范伯子研究资料集

范曾题

陈国安 孙 建 编著

江苏大学出版社
JIANGSU UNIVERSITY PRESS

图书在版编目(CIP)数据

范伯子研究资料集/陈国安,孙建编著. —镇江:
江苏大学出版社,2011.6
ISBN 978-7-81130-228-8

Ⅰ. ①范… Ⅱ. ①陈… ②孙… Ⅲ. ①范当世
(1854～1905)－人物研究－文集 Ⅳ. ①K825.6－53

中国版本图书馆 CIP 数据核字(2011)第 107015 号

范伯子研究资料集

编　　著/陈国安　孙　建
责任编辑/郭　杰　米小鸽
出版发行/江苏大学出版社
地　　址/江苏省镇江市梦溪园巷 30 号(邮编：212003)
电　　话/0511-84440890
传　　真/0511-84446464
排　　版/镇江文苑制版印刷有限责任公司
印　　刷/丹阳市兴华印刷厂
经　　销/江苏省新华书店
开　　本/718 mm×1 000 mm　1/16
印　　张/30.75
字　　数/570 千字
版　　次/2011 年 10 月第 1 版　2011 年 10 月第 1 次印刷
书　　号/ISBN 978-7-81130-228-8
定　　价/68.00 元

如有印装质量问题请与本社发行部联系(电话：0511-84440882)

范伯子先生画像

范伯子先生像

《通州范氏诗略》所附范伯子先生遗像

范伯子先生手迹之一

清 通州 范当世 肯堂 書

通州師範學校永存

范伯子先生手迹之二

范伯子先生印章

序

马亚中

　　陈国安是钱师仲联先生的关门弟子,也是我的小师弟。前几年国安与我一起点校范伯子先生诗文集,附录部分评论资料辑录以及传记序跋资料摘要均是他所为。当时因篇幅所限,只是遴选其荦荦大端。没想到几年过去,国安与友人一起竟发掘钩沉,爬梳整理,考辨芟伪,编纂成眼前这洋洋钜观,真让人惊喜不已!

　　范伯子先生是晚清著名诗人,仲联师《近百年诗坛点将录》将他列比为《水浒传》里第一等英雄"天雄星豹子头林冲",可见其在近百年诗坛上的成就与地位之高。清代诗史上有以人的地位和影响而传诗的,如沈德潜、祁寯藻、曾国藩、张之洞等,也有以诗的艺术成就而传人的,如吴嘉纪、黄景仁、王昙、龚自珍、江湜、金和等,后者对于真正的文学而言,当然更为重要。范伯子先生就是属于以诗传人的这一种。他无意于科名,以一介布衣而终,而把毕生的愿力钟于诗文,遂使他的生命在诗文中大放异彩! 这样的人物在文学史上值得大书特书。

　　记得20世纪80年代初,我做的硕士论文便是桐城派诗歌研究,当时学术界人云亦云的还只是桐城派古文,我做桐城派诗歌研究自然颇为寂寞,但仲联师和程千帆先生给了我很大的鼓励。当时我秉承师说,在论文中将范伯子先生单列一章,作为桐城派后期诗歌的杰出代表加以重点研究。近代的宋诗运动是由嘉庆时期的桐城派诗启导而成,其后的同光体亦推尊桐城姚惜抱,而范伯子先生正好是桐城派诗和同光体的一个最好的纽结,因而具有特别重要的意义。后来我选写博士论文《中国近代诗歌史》的时候,又对此说作了进一步的发挥。因此在我看来,编纂一部《范伯子研究资料集》无疑有着极其重要的价值。

　　我做论文的时候还远没有掌握如此丰富的文献史料,所以研究还很肤浅,多皮相之见。《范伯子研究资料集》出版以后,相信当会极大地推动范伯子研究的深入,真正的学人都会感谢国安和他的友人。

　　20世纪50年代以来,特别是90年代以来,学术界高度重视思想观点,因而也相应特别推重论述体,甚至视论述体为研究的唯一,而把研究的基础性工作,诸如文献史料的编纂整理、古籍的笺注、人物的年谱撰写等等都视为壮夫不为的雕虫小技，甚至以为这些工作没有思想的建树，而只是断砖烂瓦的堆砌，属于冬烘先生的玩意儿。以至发展到今天，在大多数高校和科研机构的学术评估体系中都把论文推崇到至高无上的地位，一部花多少年心血的《沈曾植集校注》，居然还不如《文学评论》上的一篇小文章，学术价值评估已经扭曲到如此荒谬的地步，却尚无有力者大声喝阻，而听凭其大行其道，这岂不是中国学术的悲哀！问题是多少年来对论述体的高度重视，是否真正造就了一批思想家呢？

民国时期曾经在一段时期出现过学术的辉煌，有识者都认为这首先要归功于对新材料的发现和运用。今人都随影附响批评明代学术的空疏不实，但明代还是出现了陈献章、王守仁、王廷相、李贽等大思想家，还是孕育了王世贞、胡应麟、焦竑、徐光启、陈确、黄宗羲、方以智、顾炎武等大学者。其实，以今天的学者为参照，明代的文人学者无不是饱学之士，今人又有什么脸面去批评他们的空疏呢？当今的学术研究可以不问学术对象的研究难度，不需考稽原始文献，不求证据的充分归纳，而只要把文学创作的方法推广运用，天马行空，信马由缰，舒展想象的翅膀，便可作凿空玄虚之论；更有甚者，只需腾挪裁缝功夫，便可以顷刻间炮制出长篇宏论，一年可以出版几部论著、发表几十篇论文，不仅让我等驽钝者望尘莫及，也让历代圣贤汗颜。然而这些"专家"又的确是聪明绝顶之人，他们虽然可以天马行空，信马由缰，却从不敢真正越雷池一步！于是他们便能享尽这种体制、这种评价体系赐予他们的荣华富贵。学风至此，怎么还能指望造就真正的学者和思想家呢！

国安和他的同道，看来是不识时务者，居然敢于逆风而行，做此吃力不讨巧的傻事，而且是真正需要用傻力做的事。《范伯子研究资料集》中诸如"酬赠类"、"品题类"的"吴用威《赠范肯堂》"、"顾曾炬《致范大无错书》"、"邱心坦《范无错秀才武昌》"、"陈虁龙《读范肯堂诗集题后》"、"孙雄《郑斋感逝诗》"、"贺培新《书范先生像用东坡书太白真均》"等等材料，非广搜晚清别集、详加查检而不得，这是要坐冷板凳、下苦功的。有时可能要花几天时间才能觅得一条，其中甘苦，非亲身参与者不能体会。花这么多精力，用聪明人的方法，早就可以写出好多篇洋洋洒洒的大论文了，但是国安他们明知而不为，不能不使人既感慨、又感动。

投机取巧，在商业社会可以说是屡试不爽的普遍法则。但是诚如钱锺书先生所说"崇高的理想、凝重的节操、博大精深的科学和超凡脱俗的艺术，均具有非商业化的特质。强求人类的文化精粹，去符合某种市场价值价格的规则，那只会使科学和文艺都'市侩化',丧失其真正进步的可能和希望",因此"大抵学问是荒村野老屋中,二三素心人商量培养之事"。这是一个真学者的肺腑之言。真希望执政者也能明白这样的道理,想办法来矫正每况愈下的商业化的学风,认真鼓励"荒村野老屋中,二三素心人商量培养之事",坚持下去,中国的具有民族文化特色的学术,才能卓然自立于世界学术文化之林。这些都是缘于国安和他朋友的这部大著而引发的感慨,为此我要向他们致谢和致敬!

丙戌正月初八序于姑苏丑石斋

目　录

序跋类
内篇(依写作顺序)

外篇（依作者年代）

提要类（附著录）

选目类

短评类

附录

传记类

姚永概 《范肯堂墓志铭》（《碑传集三编》卷三十九）

太史公曰："诗三百篇,大抵皆圣贤发愤之所为作也。"岂不诚然乎哉? 诗体至唐而大备,然世之论者,每称李白、杜甫二人者,途辙不同,其忧时嫉俗之情则一。厥后诗鸣者至多,而苏轼、黄庭坚、陆游、元好问为之最,四子之为诗犹白、甫也。自是以降,兢兢于格律声色,公然模袭,其发愤也不深,则立乎中者不诚;中不诚则气不昌,气不昌则不足震动而兴起。

孔子曰："诗可以兴。"兴于发愤也。维我圣清载逾二百,五洲交通,艺术竞胜,仅恃一国窳败不振之故习,不足敌彼族之方新,而朝野之论又断断不可合并,故酿为甲午、庚子之再乱。于时范君起江海之交,太息悲伤,无所抒泄,一寓之于诗。其诗震荡开阖,变化无方,读者虽未能全喻精微,无不知爱而好之。以一诸生名被天下,噫! 何其盛也。

君讳当世,字无错,号肯堂。世为江苏通州儒族。祖某,父某,皆不仕。君少,出语惊长老,壮而益奇。武昌张先生裕钊有文章大名,客江宁,君偕张謇、朱铭盘谒之,张先生大喜,自诧"一日得通州三生,兹事有付托矣"。其后,君弟钟、铠相继起,世又称"三范",而称君为"大范"云。吴先生汝纶官冀州,见君与謇、铭盘唱和诗,贻书钩致,君亦乐依吴先生,遂之冀,而张先生亦来主讲保定,益相与论定古圣贤人微言奥义,学更大进。是时,君方丧前夫人,吴先生为介,聘吾仲姊,因就婚先子江西安福署中。先子故能诗,吾姊亦娴吟咏。君往来二年,得诗益多。其后,吴先生居保定,吾往从之。君方携吾姊客李文忠公所,见即饮酒赋诗,诙调间作。别十日不见君寄诗,即寄声消责以为乐。迨甲午战败,文忠公得罪,君与吾皆东归,不复北游,视曩时游燕如易世矣。

君初在冀,所教诸生多为通材,知名于世。家居及道途所遇人士,有一语之善,必扶植之,其经承君讲授者悉有成就,收科第者相望。两弟,一成进士,为令河南,一拔贡,朝考一等,为令山东,而君卒以诸生终。学堂令下,君已病肺卧,慨然强起,以助国家长育人才为己任。迂儒老生,极口訾嗷,至投书丑诋,君一接以和,面论文谕,使有端序。病且笃,就医上海,遂以光绪三十年十二月初十日卒,年五十一。逾年,葬于通州东门外范氏之阡前夫人吴之右。吴夫人生二子:罕、况,皆诸生,有文学,足以推大君志。以况为弟钟子。一女,适义宁陈衡恪,早卒。后夫人姚。君所为诗尝自定为十八卷,合文十卷,藏于家。

方今海宇学术棼起,云变川增,治斯事者材力已患不给,而吾国文至繁奥,习之尤费日时,议者乃欲更张之就浅易。君诗虽至工,真知其意者无几人。数世以后,又孰能测君所用心乎?然巴比伦、埃及之古碑,希腊、印度之诗,西士好古者搜释之不余力也,以吾国文字精深微眇,实有不可磨灭者存,意必有魁桀之士宝贵而研索之,殆可决也,于君诗又何忧乎?

君事亲教弟,极于孝友,待朋友有终始。将葬,弟钟来问铭,未敢应也。既久,乃写所得于君者以抒吾哀,而系之以铭,铭曰:猗与仁人,世有范君。大本既立,发为高文。若最其行,以儒而侠。友死孤稚,娟娟者妾。君引任之,以濡以沫。囊无一钱,求者踵门。计子而贷,汝裤汝饘。胸中恢恢,齐其仇恩。欺不汝疑,背不汝怨。有李生者,尝为人言:"岂大奸与,不即圣贤。"何奸何贤,有蕴弗宣。吾铭未信,曷读诗篇?

编者按:先生手自写定诗十九卷,文十二卷,此云诗十八卷,文十卷,稍误。

金钺 《范肯堂先生事略》(《续碑传集》卷八十)

国朝以古文推正宗者,金曰桐城三家。惜抱既逝,石甫姚按察、挚甫吴京卿继起,而通州范肯堂先生亦以古文鸣于时。先生冶游武昌,受业于濂卿张学博,学博固得桐城之传者。又交于挚甫,继娶于姚,即按察之孙,永朴仲实、永概叔节之女兄也。师友渊源,学术益懋。先生自谓谨守桐城家法,然其为文独得雄直气,纵横出没,随笔所如,无不深合理道,固不局局然于桐城绳度也。

先生性至孝,少贫力学,橐笔走四方,常南北数千里,必以岁时归省父母。后以亲年渐高,家居不更出。先生亲教授两弟中林、冏门,读书成通才博学,与兄齐名,世号为"通州三范",怡怡笃友,挚爱比于父子。先生尝从容谓中林:"吾家庭之间,他日其改用殷礼乎!"先生初娶如皋吴孺人,早卒,为作《大桥遗照图》;继娶桐城姚孺人,贤淑能诗善书,家庭之间,雍雍如也。

先生交游满天下,遍历名川大山,所至公卿争倒屣迎之。李文忠方为直隶总督,闻其名,介吴先生礼请宾之,授公子经迈季高学。然文忠日晡退食,恒过先生论政事。先生感其意,亦出己见,多所赞助。是时中兴久,吴县潘文勤公、常熟翁尚书方锐意排缵古学,知名之士争趋集帷下。先生则慨然屏弃举业,独居深念,心忧天下事不可为,壹意研究经世有用之学。凡后来次第兴革大端,先生举于先十余年悬策及之。会中日事起,京朝士大夫集矢和议,先生独违众论,以为未可轻开外衅,时论訾之,虽先生知交,亦有腾书相抵者,先生怃然谢曰:"是非听之,异日终当思吾言也。"文忠既罢总督,先生亦归通州,齮龁先生者犹不少息。先生自伤时命坎坷侘傺，发愤一寄之于诗，仰天浩歌，泣鬼神而惊风雨。世之称先生诗者，谓先生盖合东坡、山谷为一人也。

先生笃念亲旧故人，泰兴朱举人铭盘客死，收养其寡妾孤子于家。尤好奖拔后进，至典衣卖宅，资遣寒畯之士渡海求学，乡人之仰食于先生者常数十家也。

铽少诣州应学院岁试，时先生养疴天宁寺之塔院，命弟胄门来召，与语曰："孺子可教也。"由是执弟子礼。先生在天津，铽以公车北上投谒，慰问饥寒，有若子弟。铽既通籍，先生以书招至广州，先生时居广东巡抚许文肃公幕府也。

先生以父贞孝公、母成太孺人相继卒，哀毁成肺疾，就医上海，寓铽书曰："金生，我五百里门生长也，宜知我！"及先生归榇通州，铽奔赴会葬，见先生弟中林、胄门白衣冠跣行风雪中，号哭流血，道路观者感动涕洟，不能仰视。陈伯严吏部赋诗所谓"原路一棺寒雨外，衣冠数郡仰天时"者，是时作也。呜呼伤已！

先生讳当世，初名铸，字肯堂，通州岁贡生。弟钟，戊戌进士，河南知县；铠，拔贡生，山东知县。子罕、籾，州学生员；女适义宁陈吏部子衡恪。

范铠　《南通县图志·范当世传》（1914 年）

范当世，原名铸，如松子，家故屡空，少聪颖警悟，从学于王先生兆榛。王授制举业最盛，有声，及门甚众，独爱重当世。当世上学必先及曙为母卖所纺纱于市，归啜粥而后至学。幼即能对偶，工敏惊其长老。年十五，学时尚制艺，能汗漫摩其声调，州试录第二，群哗："范氏有子矣！"当是时，张謇年十六，试，后于铸甚远；院试，铸黜而謇进，至是始相识。嗣每试必过从，研质所学，学则举业耳。謇既游江宁，先后从临川李先生、全椒薛先生、武昌张先生游，得闻古学之津要，归则输诸铸。而海门周家禄、如皋顾锡爵、泰兴朱铭盘，各本所得，相与观摩淘淬，为许书、马班范陈四史之学。而试于有司，诸人者辄无得，顾气志不少衰。謇又先后与铭盘、家禄同客军中，与当世同师张先生。会当世、謇、铭盘有联句诗为桐城吴挚甫先生所见，踪迹于张先生。时当世佐张先生修《湖北通志》，吴时为冀州牧，张先生因介当世客冀。既至冀，甚相好。旋入北洋李文忠幕，课其子。文忠镇畿辅，握军国大柄，权势赫如，当世亦声光灼乡里。謇故鄙文忠以利禄傲倪轻士，至是与当世异趣，数年不通问。清光绪甲午中东战役，淮军溃败扫地，讥谤及当世，不尽实也。戊戌、庚子，政变迭起，当世已归，乃不复出，与謇谋乡里教育如初好。当世博爱易入，倜傥轻财，无人己之别，亦善与达官贵人游，与謇尝相非。张先生一日语曰："若二人毋乃太邱之广与仲举之峻乎，胥过也。"謇成进士之年,当世即纳资为光禄寺署正,文忠与瑞安黄先生积午其论当世兹事一庄一谐,当世闻之夷然不措意也。家居病甚,与謇尤绝相爱。及就医沪上,疾革,謇闻而走视,握手悲怆良久,卒勖謇曰:"世不妨无我,不可无子。"謇时有触,诵其言而悲焉。诗文皆有专集。弟钟、铠并能文,当时称"通州三范"。子罕,贤谨。

❦ 赵尔巽等 《清史稿·张裕钊传附》（1927 年）

裕钊门下最知名者有范当世,字肯堂,江苏通州诸生,能诗,(吴)汝纶尝叹其奇横不可敌,著《范伯子诗文集》。

❦ 刘声木 《桐城文学渊源考》卷十《范当世传》（1929 年）

范当世,原名铸,字无错,号肯堂,通州人。诸生。师事张裕钊、吴汝纶,受古文法,相从最久,于《史记》、韩文、杜诗尤三致意。其为文创意造言,皆绝奇非凡俗所有,恢谲怪玮,不可测量,辞气昌盛不可御,自言谨守桐城义法。诗才尤雄健,震荡开合,变化无方。撰《范伯子文集》四卷（编者按:当为十二卷）、《诗集》十九卷。

❦ 费行简 《近代名人小传》（商务印书馆 1934 年版）

范当世,字肯堂,南通州人。工为诗,菲薄唐贤而思力深锐,发为篇章,兀傲健举,沉郁悲凉,匪第超越近世学宋诸家,其精者直掩涪翁,清末诗人岿然灵光。文亦简奥苍坚,台隶桐城。不善治生,终身困匮,中年流徙江湖,客死旅邸。张謇、陈三立、郑孝胥皆与笃交,锡良、端方等交致币聘,卒不一应。标格清峻,唯天际孤云、绝岭乔松差足拟之。自其既殁,而浮薄文人竞作肥遁,坚贞之谊遂不复见于国中矣。呜呼!

❦ 汪辟疆 《近代诗人小传稿》（1937 年前后）

范当世,初名铸,字无错,号肯堂,江苏通州人。祖、父皆儒素,少时出语惊长老,壮而益奇。武昌张裕钊客江宁,肯堂偕张謇、朱铭盘谒之,裕钊大喜,自诧一日得通州三生,兹事有付托矣。有弟钟、铠,皆能文章,又称"三范",而称先生为

"大范"云。吴汝纶官冀州,贻书钩致,从之,遂之冀。时裕钊亦来保定,主讲莲池书院,并相与论定古人微言奥义,学益大进。后佐李鸿章幕,时往来天津、保定间,因得遍交海内名宿,诗益奇肆。甲午战败,文忠得罪,先生亦东归,家居不出。以久不第,抑郁牢愁,诗境几于荆天棘地,不啻东野之诗囚也。工力甚深,下语不肯犹人,读之往往使人不欢。然其渊源所在,则得力于李杜、韩孟、苏黄为多,故能震荡开阖,变化无方。先生所教诸生,多为通才。两弟,一成进士,为令河南;一拔贡,朝考一等,为令山东;而先生卒以诸生终老,名被天下。光绪三十年以病肺卒,年五十一。有《范伯子诗集》十八卷、《文集》十卷。

🌿 徐世昌　《清儒学案》卷十九《挚甫学案·交游》(1938 年)

范当世,初名铸,字无错,号肯堂,江苏通州人。岁贡生。性至孝,少贫力学。始游武昌,受业于张廉卿。又交于挚甫,师友渊源,学术益懋。李文忠督直隶,闻其名,介挚甫礼请授其子学。暇恒过先生论政事,多所赞助。会中日事起,京朝士大夫集矢和议。先生独违众论,以为未可轻开外衅,时论訾之,怃然曰:"是非听之,异日终当思吾言也。"坎坷自伤,一寄于诗,论者谓合东坡、山谷为一人。两弟,钟、铠,先生亲教之,并成通才,世号为"通州三范"。著有《范伯子诗集》十九卷、《文集》十卷。

🌿 徐昂　《范无错先生传》(民国)

范无错先生,讳当世,号肯堂,世为南通儒族。父如松,孝子也。先生少聪悟,惊长老。每晨为母粥纱易米,然后入塾。补诸生后,治许书与马班范陈四史之学。既绝意制举,游学四方。初闻《艺概》于兴化刘熙载,已而受诗古文法于武昌张裕钊。北游冀州,复从桐城吴汝纶研求文学。时方丧前夫人吴,以汝纶之介,婿于桐城姚氏。由是益探讨惜抱之精谊,学业大进。旋入北洋李文忠幕。当是时,文忠权势奕奕,而先生恣意诗歌,感慨身世,与海内贤豪倡和震荡而排訾视禄秩微尘耳。倦游归里,谋乡邑教育。未几病肺,以清光绪三十年十二月初十日卒,年五十一,乡谥"孝通"。弟钟、铠,并能文,世称"通州三范"。先生性孝友,推仁于知交故旧,恒有始终,扶植后进,广譬博喻,真意弥满,而其神思则旁薄乎环宇而无有涯际也。著有《伯子文集》十二卷,《诗集》十九卷。子罕况,皆以诗名。

姜芙初　《乡谥扁跋汇编》（民国）

范孝通先生，讳当世，号肯堂，廪贡生。吾乡高平氏，名德重望，八叶相承，至肯堂先生昌大其绪。幼龀内行，长益多闻，其弟若子并以巍科文章显。后进英髦，被其容接，率发闻乡里。比年新校垂成，藉以牖民，而厥施未竟，士林悼之。呜呼！如先生者，在家为孝子，在国为通人，依古立谥，庶乎其不朽云。

《中文大辞典》（中国文化研究所）

范当世，清江苏通州人。初名铸，字肯堂，岁贡生。光绪间客直督李鸿章幕。有才名，古文师张裕钊，友吴汝纶。尤工诗，能合苏黄之长。著有《范伯子诗集》。见《清史》四百八十五、《续碑传集》八十。

《中国近代学人象传（初辑）》（台北大陆杂志社 1971 年版）

范当世，初名铸，字肯堂，别署伯子，江苏通州人。生于清咸丰四年，光绪三十年卒，享年五十一岁。君贡生，光绪间客直隶总督李鸿章幕，张謇、陈三立皆与笃交。《清史·张裕钊传》附述有云："裕钊门下最知名者有范当世……能诗，吴汝纶尝叹其奇横不可敌，著《范伯子诗文集》。"散原老人所撰《范伯子文集跋》有"君始从武昌张先生受文法，寻与桐城吴先生讲肄，求之益深"、"君虽若文士，好言经世，究中外之务。其后更甲午、戊戌、庚子之变，益慕泰西学说，愤生平所习无实用，昌言贱之。岁时会金陵，稍喜接乘时之彦及号尸新学者，下上其议论。余尝诵梅圣俞'谈兵究弊又何益，万口不谓儒者知'之句以谑之，君复抚掌为笑也"、"君有二弟，钟，字仲林，铠，字秋门，皆才士。君卒，仲林、秋门亦继逝，世所称通州三范者，十余年间俱尽矣"等之记述，君之流徙江湖，客死旅邸，知有由来矣。

《中国近现代人物名号大辞典》（陈玉堂编，浙江古籍出版社 1993 年版）

范当世（1854—1904），江苏通州（今南通）人。初名铸，字无错（1907 年《国粹学报》、1912 年《独立周报》刊有遗作），改字肯堂（姚永概撰有《范肯堂墓志铭》，载 1908 年《国粹学报》），号伯子（有《范伯子诗文集》），一作伯之，又名范今（或为别署），别署古瀛狂客、铜士、伯人，影射名范孟公（见龙公《江左十年目睹记》）。文学家。光绪间，客直隶总督李鸿章幕。吴汝纶、张謇、陈三立、郑孝胥皆与笃交。锡良、端方等交致币聘，卒不应允。后流徙江湖，客死旅邸。生前有才名，古文师张裕钊，所作散文属桐城一派。也工诗，能合苏黄之长。与弟钟、铠齐名，称通州三范。著见例。夫人姚蕴素，光绪末，长南通女子师范。

《中国文学家大辞典·近代卷》（梁淑安主编，中华书局 1997 年版）

范当世（1854—1905），初名铸，字铜生；后易名当世，字无错，号肯堂，又号伯子。江苏通州（今南通市）人。少孤贫，力学。补诸生。后屡试不第，决意弃举子业。初闻刘熙载《艺概》，辄大喜。已而，偕同邑朱铭盘、张謇携所为文，至江宁凤池书院，"求张裕钊为是否，且恳恳问文法甚至"（刘声木《桐城文学渊源考》本传）。张裕钊见而喜曰："自诧一日得通州三生，兹事有托矣。"（姚永概《范肯堂墓志铭》）至是，范、张、朱遂得"通州三生"称号。嗣后，其弟范钟、范铠继起，世称"通州三范"。吴汝纶主冀州（今冀县），闻范当世文名，邀其北上，讲学于保定莲池书院，与吴汝纶门生贺涛齐名，故有"南范北贺"之称。时，范氏丧妻，由吴汝纶为之介，续聘桐城姚莹孙女为妻，益探研古文，学大进。旋入北洋李鸿章幕，以诗文课其子。"当是时，文忠权事奕奕，而先生恣意诗歌，感慨身世，与海内诸贤豪倡和震荡"（徐昂《范无错先生传》）。后即南游，客鄂、沪。晚年，倦归乡里，谋乡邑教育，筹办南通小学。肺疾发，卒于乡。范当世好言经世，"颇主用泰西新学以强国阜民"（马其昶《范伯子文集序》）。其论文，宗尚桐城，然"苟意有所动，便放胆为之"（《与蔡燕生论文第一书》），不为桐城"义法"拘囿。陈三立评其文为"敛肆不一体，往往杂瑰异之气"（《范伯子文集·序》）。然文不逮诗，自谓其诗"出乎类苏、黄"（《与俞恪士书》）。姚永概认为"其诗震荡开阖，变化无方"（《范肯堂墓志铭》）。著有《范伯子诗集》一九卷、《范伯子文集》一二卷。又辑诗文为《范伯子先生全集》，并附其妻姚倚云《蕴素轩诗稿》。生平事迹见《清史稿》卷四八六、金铽《范肯堂先生事略》（《续碑传集》卷八十）、姚永概《范肯堂墓志铭》（《碑传集三编》卷三九）、刘声木《桐城文学渊源考》卷十等。

《中国历代名人大辞典》
（张㧑之等编，上海古籍出版社1999年版）

范当世(1854—1904)，清江苏南通人，初名铸，字无错，号肯堂。贡生。以古文有声名。光绪时入李鸿章幕府，常相与谈论政事。自负甚高，而终身坎坷。诗多沉郁苍凉之作，为晚清名家。有《范伯子诗文集》。

《辞海》（上海辞书出版社1999年版）

范当世(1854—1904)，清末文学家，初名铸，字无错，后字肯堂，江苏通州（今南通市）人。岁贡生。曾为李鸿章幕僚。从张裕钊学古文，又同吴汝纶、陈三立等结交。所作散文属桐城一派，也能诗。与弟钟、铠齐名，称通州三范。有《范伯子诗文集》。

丁红禅 《范伯子年谱》（存目，未见）

黄树模 《范伯子先生行实编年》（《范伯子全集》附，1996年）

咸丰四年甲寅七月初四日寅时生于四步井老宅

　　五年乙卯二岁

　　六年丙辰三岁，七月弟钟生。

　　七年丁巳四岁

　　八年戊午五岁

　　九年己未六岁

　　十年庚申七岁

　　十一年辛酉八岁，十月弟铠生。

同治元年壬戌九岁

　　二年癸亥十岁

　　三年甲子十一岁，受业于同邑王景周兆榛。

　　四年乙丑十二岁，祖静斋病殁。

　　五年丙寅十三岁

六年丁卯十四岁,出应童子试;识如皋冒伯荣;从冯开文运昌为文会。

七年戊辰十五岁,岁试以州试第二名被摈。

八年己巳十六岁,州试第一,与张季直謇、顾延卿锡爵、仁卿锡祥、陈子璪国璋为友;从顾修定金标学,与绮岚兄弟交。

九年庚午十七岁,岁试以三十一名入学,学使鄞县童砚薇侍郎华;与达少卿寿增、顾裘英曾灿、姚敬之熙同案为友,始识静海李少堂芸晖,与其子磐硕安为友;赴江南乡试。

十年辛未十八岁,补廪。

十一年壬申十九岁,娶吴氏。

十二年癸酉二十岁

十三年甲戌二十一岁,始学古文;岁试列三等;七月子罕生。

光绪元年乙亥二十二岁,赴葭垾顾延卿之招。

二年丙子二十三岁,九月,女孝嫦生。

三年丁丑二十四岁

四年戊寅二十五岁,正月谒刘融斋熙载于兴化,与顾仁卿同行,舟中联句;二月至欧家坊马氏馆,至白蒲吊沈笠湖锽;三月侍父及外舅游狼山、马鞍、黄泥、军山,宿川至庵。四月,葛青伯桐归自浙江,同顾延卿两弟宴于望海楼,赠青伯七律。夏,携弟铠读书于黄泥山之新绿轩;至吕四场,识王欣甫熙豫。十一月,送张季直渡江吊林学使天龄,有序。十二月,有《祭王欣甫母赵太恭人文》。

五年己卯二十六岁,为达晓山森林墓志,少卿之父也。侍母成夫人与顾延卿之母游狼山,又侍父与马勿庵毓鋆、顾晴谷曾烜、周少墀源灏饮于西山,遂游马鞍、狼山,至白衣庵,有《南山歌》。八月,谒刘融斋于上海龙门书院。冬,客海门,与王欣甫、刘馥畴逢吉、黄君俭世丰、杨子青安农、张季直作消寒会。

六年庚辰二十七岁,三月,子况生;与张季直、朱曼君铭盘至浦口,舟行联句。谒张濂亭裕钊于南京凤池书院。四月,客扬州;赴海门吊张母金太孺人;封翁以耕阳田四亩为张氏葬地;往吕四谒李草堂;为程悦甫遵道刺史校士泰州。

七年辛巳二十八岁,介朱曼君谒张濂亭。二月,刘融斋卒于家。三月,与顾延卿走哭之。六月,至上海祭刘融斋于龙门书院;识袁爽秋昶;客王欣甫处累月。十二月,祭顾贞懿曾焕。

八年壬午二十九岁,弟钟举优贡。秋,应乡试,谒黄漱兰通政体芳于江宁。识王弢甫彦威。

九年癸未三十岁，四月，顾修定卒；廿二日，至上海乘船至湖北任通志局事；廿九日，妻吴孺人卒。五月，归里。秋，复至武昌。十二月，归里。是年，马勿庵卒。

十年甲申三十一岁，正月，复至武昌，游琴台。十二月，归里。

十一年乙酉三十二岁，三月，至冀州应吴挚父之招，为武邑信都书院山长。七月，南归应乡试。十一月，再至冀州，交王晋卿树楠、贺松坡涛。是年，张樵秋攀桂卒。

十二年丙戌三十三岁，十月南归。是年，荫堂封翁六十岁。

十三年丁亥三十四岁，四月，三至冀州。

十四年戊子三十五岁，七月南归。重九，登狼山。往海门祝张润之七十寿。十月，就婚安福。

十五年己丑三十六岁，正月与姚夫人结婚。六月，病还里，养病于天宁寺。顾延卿视疾，至病愈乃归。十月，侄毓（秋门子）生。

十六年庚寅三十七岁，十月，至安福。与蔡燕生金台游甘棠湖。冬属冯小白画《去影图》。吴挚父电约明年为李鸿章课子。

十七年辛卯三十八岁，正月，携姚夫人还里。登滕王阁。三月，至天津，课李幼子季皋经迈。

十八年壬辰三十九岁，在天津。正月，以联寿李相七十。三月，言睿博有章来见。作天津问津书院诗。九月，贺松坡来会。

十九年癸巳四十岁，天津大水，王云晦尤卒于天津，为料理丧事。俞恪士明震携两弟来；姚叔节永概来；吴辟疆闿生来问学；吴挚甫来；姚仲实永朴来。

二十年甲午四十一岁，弟钟举江南乡试第二名。弟子姜问桐、李刚己成进士。张濂亭卒于保定莲池书院。朱曼君卒于旅顺。张季直以一甲第一名及第。四月，辑《范氏诗略》；荐冯小白襄卫汝成军事。十一月，送女孝嫦去湘北，适陈师曾衡恪；吊陈友谅墓；客万星涛中立双梧书室。岁暮还里。

二十一年乙未四十二岁，买东宅。阆州南练勇。吊张润之封翁。子罕入州学第一。至葭埭祝顾母寿。与姚叔节登狼山。至江宁，应张香涛之洞之招。岁暮归。子罕娶妇马氏。

二十二年丙申四十三岁，里居。与姚夫人登狼山。长孙重台生。

二十三年丁酉四十四岁，弟铠得拔贡。二月，姚闲伯永楷卒。至泰州应陆笔城刺史之招。

二十四年戊戌四十五岁，弟钟成进士。秋以许仙屏振祎之招至广东；识裴伯谦景福,居番禺县署。重九登白云山,吊燕市酒人。十二月,自广州还至上海,十七日抵家,廿五日,父荫堂封翁卒。子况入州学。

二十五年己亥四十六岁,葬父贞孝先生于耕阳阡。八月,去广东不果行。冬,同何眉孙嗣焜、张季直登狼山,宿白衣庵,题名刻石;看保安沙。至上海,居王欣甫署中;迟周粤修家禄不至,在上海度岁。为吴挚父六十寿诗。与沈爱沧瑜庆、王义门毓青为消寒会。

二十六年庚子四十七岁,二月,外舅姚慕庭浚昌卒于竹山县署。三月,回里。女孝嫦殁于江宁。五月,至桐城吊外舅丧;始见马通伯其昶。七月,归;挈子罕往省外舅吴芰庵疾。闰八月,赴沪谒李鸿章;荐保少浦厘东为沈爱沧课子;至新建吊义宁陈宝箴。九月,至扬州。十月,还里。至吕四李草堂。何眉孙卒于沪。

二十七年辛丑四十八岁,里居。狼山观烧。四月,至淮安沈爱沧淮扬道署。主东渐书院。至保安沙观新堤。六月,奉封翁主入忠孝祠。为徐溥泰成婚。至清江浦谒陈小石夔龙漕帅。至泰州观小学堂。筹议通州学堂事。

二十八年壬寅四十九岁,四月与汪剑星树堂、王梦湘以愍、江潜之云龙登狼山,望海楼用东坡韵赋诗。八月,去江宁。九月九日,同王梦湘、江潜之、汪剑星携酒肴至狼山祭王伯堂铁珊。刘揖青自海门携其女秋水来。

二十九年癸卯五十岁,正月,吴挚父卒于桐城。三月,为母称寿。病肺。就文昌宫议设学费公所。五月,姚夫人归桐城,送父葬,即归。闰五月,母成夫人卒。

三十年甲辰五十一岁,二月,编诗;延冯光久熙宇教孙读。五月,客张叔俨督柳西草堂。肺病剧,就医于上海。十二月初十日寅时,逝于上海。张季直、刘一山桂馨、白振民作霖为经理丧事。

三十一年,乙巳三月,葬于东门外范氏之阡。阖学议谥先生曰孝通。

季本奕　《范当世年谱》(全文详见《苏东学刊》2001 年第 3 期)

清文宗咸丰四年甲寅(1854),七月四日生。范当世,原名铸,更名当世,字铜士,更字肯堂、无错,是北宋名臣范仲淹二十七世孙。行一,世因称范伯子。廪贡生。

咸丰九年己未(1859),六岁。开始读书。

咸丰十一年辛酉(1861),八岁。开始对史事时政、先祖事迹萌发兴趣。

穆宗同治三年甲子(1864),十一岁。师从王兆榛习八股文。"家故屡空",依靠母亲成氏纺绤养家,当世亦予佐助。

同治四年乙丑(1865),十二岁。祖父范持信逝世。

同治六年丁卯(1867),十四岁。拜顾金标为师。开始参与州里文人聚会。

同治七年戊辰(1868),十五岁。开始研读先人遗著。第一次参加州试,名列第二。结识如皋顾锡爵。

同治八年己巳(1869),十六岁。结识张謇。张范结交三十余年,影响了周围一代学人的文风学业,且最终促成了地方近代教育的勃然兴起。

同治九年庚午(1870),十七岁。通过院试优选为廪贡生员。七月,娶妇新地(今兴仁镇)吴氏。舅家皆以吴氏为贤,当世亦自诩"娶得好妇"。八月,首次参与江南乡试,未捷。

同治十一年壬申(1872),十九岁。以文才闻名州里。

同治十二年癸酉(1873),二十岁。父如松以编次《通州范氏诗钞》相委命,当世遂有游学之志,自此不复全力于时文。

同治十三年甲戌(1874),二十一岁。长子罕生。

德宗光绪元年乙亥(1875),二十二岁。开始记日记。七月中旬至宁,八月乡试受挫,试毕返通。

光绪二年丙子(1876),二十三岁。九月十六日,女孝嫦生。

光绪三年丁丑(1877),二十四岁。整理家藏先人诗稿遗编。结识泰兴朱铭盘。

光绪四年戊寅(1878),二十五岁。设馆课徒于通州城西之欧家坊。正月下旬与顾仁卿同赴兴化,从刘熙载习《艺概》。六月,开始整理家谱。是年,忧世虑时,多有感愤之作。

光绪五年己卯(1879),二十六岁。移馆于州南黄泥山麓。八月,应江南乡试,未中。旋赴上海,聆教刘熙载于龙门书院。

光绪六年庚辰(1880),二十七岁。年初散馆。三月赴宁,"通州三生"同谒桐城大家张裕钊。春夏之交,之楚游学。

光绪七年辛巳(1881),二十八岁。师从张裕钊于武昌。应鄂督张之洞之聘,随张裕钊参与修撰《湖北通志》,历时三年。通志中嫠妇传皆由当世主笔。

光绪八年壬午(1882),二十九岁。为张謇荐于冀州州牧吴汝纶。秋,应江南乡试,未中。弟钟成优贡生。

光绪九年癸未(1883),三十岁。吴氏病殁于通。六月,奔丧回通,旋复返鄂。

光绪十一年乙酉(1885),三十二岁。春,应吴汝纶之招游学冀州,自此客冀四年。秋,南归以应乡试,未中。冬,再至冀州,受聘主讲观津书院。

光绪十二年丙戌(1886),三十三岁。春,移寓观津书院。秋,南归省亲。吴汝纶始为议婚于桐城姚氏。

光绪十三年丁亥(1887),三十四岁。四月,三至冀州。

光绪十四年戊子(1888),三十五岁。七月,南归。八月应乡试,大病受挫。此后绝意闱场,不再应试。十月,就婚安福,续娶姚氏。是年作《与蔡燕生论文第一书》。

光绪十五年乙丑(1889),三十六岁。春,居甥馆于安福。夏,只身返里,卧病于天宁禅寺。

光绪十六年庚寅(1890),三十七岁。十月,"强病支离出郭门",再至安福。吴汝纶为荐于李鸿章。

光绪十七年辛卯(1891),三十八岁。正月,携新妇还通。二月,只身辞家。三月抵天津,入李鸿章幕为西席四年,且就此与张謇产生数年隔阂。

光绪十八年壬辰(1892),三十九岁。客居天津李鸿章府。弟范钟处馆武昌,范铠处馆兰州。

光绪十九年癸巳(1893),四十岁。多有力促乡试者,当世均予坚辞。作《与张幼樵论不应举书》。

光绪二十年甲午(1894),四十一岁。春,纳资为光禄寺署正。四月,编成《通州范氏诗钞》。十月,嫁女孝嫱与陈衡恪,亲送至湖北。秋,辞归,自此不复北游。

光绪二十一年乙未(1895),四十二岁。倦游归里。冬,薄游金陵,有诗赠黄遵宪。

光绪二十二年丙午(1896),四十三岁。里居,所为诗皆深有寄托。

光绪二十三年丁酉(1897),四十四岁。里居课徒。弟范铠选为拔贡生。

光绪二十四年戊戌(1898),四十五岁。就馆广州。七月,被征以经济特科。十二月,返里,二十四日,父范如松病殁。是年,弟范钟中进士,并与范铠实授知县。

光绪二十五年己亥(1899),四十六岁。服父丧,里居。秋,谋续粤馆未果,客滞上海。

光绪二十六年庚子(1900),四十七岁。春,滞沪。三月,返里。五月,奔外舅姚慕庭丧至桐城。五月十八日,爱女孝嫦病殁江宁。六月,姻丈陈宝箴去世。闰八月,吊陈宝箴丧至南昌。九月,还至扬州。十月,返里。

光绪二十七年辛丑(1901),四十八岁。四月至淮安。还里后,任东渐书院山长。

光绪二十八年壬寅(1902),四十九岁。抱病筹办通州小学堂,屡赴江宁、泰兴等地考察,并亲撰《通州小学堂宗旨》。冬,患疾,自江宁归。

光绪二十九年癸卯(1903),五十岁。病肺。春,客江宁。暮春,返通。闰五月,母成氏病殁。冬,薄游金陵。

光绪三十年甲辰(1904),五十一岁。卧病里居,亲自编成诗文集。十月,就医上海。十二月十日(1905年1月15日),病殁于沪。

酬赠类

❧ 吴用威 《蒹葭里馆诗》

卷上：

《赠范肯堂》：江东三范今健者，伯子纵横还自殊。千里卖文钱易尽，半生作客道能纡。故人厚禄遗书不，难弟天涯有梦无。老向穷途觅生活，不知何处是孤蒲。

《将去如皋迟肯堂蘅意不至却寄》：一身丛百忧，万里集方寸。出门值春尽，风雨人孤闷。小邑海东秀，廛市绝尘坌。尊罍迭酬酢，花柳竞娇嫩。颇忘游子归，兼洗劳民恨。风怀笑癯鹤，豪吟输老健。窥园董非懒，折角朱实愿。荒荒病树斋，脱粟为我饭。后山老尊宿，礼佛借花献。兴酣脱常节，狂来创新论。龙门传货殖，岂为美屠贩。一笑缦忽绝，百罚杯屡劝。言别已惆怅，怀人逾缱绻。栖栖范与金，缄札寄吾怨。

《舣舟待发肯堂不来蘅意来同人复招集雨香庵归途赋寄蘅意兼示健庵鹤亭次前韵》：平生蹇所遭，枉尺直仅寸。一官走江海，终岁战愁闷。失喜东皋来，小集良友坌。春残夏方至，雨霁晴亦嫩。载歌停云篇，坐销新亭恨。招寻素襟惬，登涉病骸健。清谈间谐谑，狂态骇谨愿。颇念离居子，废箸独忘饭。临歧君忽至，投辖计屡献。强为滞归程，未许排众论。余心苦形役，琐屑逾负贩。当歌情一往，对酒座交劝。河梁去迢递，日月来缱绻。此时潇湘间，猿鹤复应怨。

❧ 李鸿章 《答范肯堂》（手稿，藏南京范阳处）

其一（光绪十八年二月一日）：奉读赐笺，深惭不当，老迈无能焉。及壮岁有纵横之气，兼及国事荆棘，更鲜文思，雅命之报，须候时日耳。小儿读史既竣，尚希复熟，以免弃忘。不胜感望，外附海燕双盒，聊助文坛清兴，即希哂收。

其二（光绪二十年十一月八日）：顷奉手书，敬悉黄总兵之母得先生一言而骨肉完聚，仁德兼施，先生之功大矣。鸿章处兹国难殷急之时，实无余闲为此可缓之事，冀州寿文即请烦清神代书。日内奉圣谕进京与端王洽商军机，约月余可返津门。先生南旋省亲，不敢阻留，但时日不可过延耳。今谨奉本年束修金五百两，外备二百两，聊助先生代笔清兴，并壮行色。明春聚首在即，余不多详。

张裕钊　《濂亭文集》

卷二《赠范生当世序》：余以今年三月，因通州张生謇，晤其同里范生当世邗江舟次。范生出所为文示余。余读之，其辞气诚盛昌不可御，深叹异以为今之世所罕觏也。洎七月，生偕泰兴朱生铭盘来金陵，复携所为文求余为是正，且恳恳问为文法甚至。余既取其文稍稍点定，于其归告之曰："生诚志乎文。夫文必有其本，匪第以文而已。生独不见夫云乎？轧忽轮囷，潏然起于山川之间，潢洋浩渺，旁魄乎大地。及其上于天也，鸿絧缤纷，骈阗胶輵，瓣若层台，矗若崇墉，澹乎若波，崒乎若峰，旁唐日光，与风骇砀，倏忽万变，光色照烂，爑闳灡洴，蠼若龙者，腾若猱者，蹲若虎者，奔若骥者，骞若鸿者，厉若隼者，漾若鲦者，罨若盖者，扬若旆者，曳若带者，累若菌者，萦若藻荇者，晔若葩华，森若长松，烂若黼绣，骗若鼎钟，婀若美姝，巍若列仙，奇变俶诡，千蘳亿形，不可殚陈，久立骋望，震炫敞罔，荡精骇神。至其施利泽于天下也，罩宇宙合，绵络天地，歃岱欱海，乘骇猋，驱疾雷，砑震电，雨九野，植百昌，昭苏品彙，覆帱无外，恩渥泽罩，风止雨霁，不一瞬而倏归于无有。积之无垠，出之无穷，舒之无方，敛之若无，然后知向之所为，一变化于自然，而皆其余也。乌乎！生诚观乎是，岂徒以文乎哉？即其文，又孰有尚焉者哉？"

张裕钊　《濂亭遗诗》

卷一《赠朱生铭盘》三首之三：名区佳山水，蒸馏孕奇尤。英英范与张，骎骎骒骐骝。与子总六辔，骎骎驰椒丘。愧匪九方歅，逸足忽并投。敢云夜识道，庶共持其辀。王良飞上天，房精光忽遒。龙媒一朝尽，在坰纷辕驹。遇罕意弥珍，惜哉难久留。合并不可常，回肠增烦忧。况闻子畴昔，佳士复顾周。远闻辄心许，想象铡发眸。因子一寄声，新月海东头。何日渡江访，吾当具扁舟。朱生，泰兴人；范生当世、张生謇，通州人，并从余游者。顾锡爵，如皋人；周家禄，海门人，皆以文行知名，未之见也。

姚浚昌　《五瑞斋诗续钞》

卷一：

《寄无错》：别恨将经岁，音书只再闻。病躯仍偃蹇，急难尚殷勤。远树悬孤日，长空起夏云。布帆果相就，重话过宵分。

《喜范甥病愈来安福用其道中见忆诗韵》：

欢觞悲话一时并，感慨经年未易平。来路云山空有态，穷途去住总无情。投书千里思悬榻，筑馆三秋尚此城。六月布帆忆归日，临歧翻悔送长征。

闻尔还家病日长，老亲苦计讬空王。霜晴石塔铃声寂，风夜蒲团海气凉。毕竟上池传舍长，坐看六物起沉疴。即今稳趁安居便，身手明年好斗强。

卷二：

《倚云自书一联由津门寄予其婿颇矜负求诗为奖走笔得长句寄之也》： 吾家两女母早背，于归各得翁姑爱。婉娩辄动亲党怜，人不间言无外内。不薄富贵却安贫，束缊相忘狐貉对。就中小女力有余，米盐诗字纷无碍。腕底时略卫夫人，吟絮风流差可辈。小乔夫婿是周郎，举火惊天不可当。揭幕归来顾曲暇，奇书往往出闺房。老夫朝来坐东厢，发箧开绳话十行。纸尾明珠十四颗，如初出海珊瑚旁。引语似怜老夫拙，劝饮名酒看月光。吁嗟乎！人生万事交臂失，此身所得千中一。若使轻荒俄顷用，酒更何功月何恤。请看古来痛饮人，半是危时之所逸。闻道扶桑碣石间，沧海桑田近几还。明年乘兴东游去，看作大字奇句使我胸怀宽。归再细述与汝姊，令之磊块消尽无微瘕。老夫大笑口不合，吾儿从旁载笔传之奕世惊人寰。

《常熟言謇博明经用东坡初食荔支诗韵作诗谢范无错荔支无错驰简以所酬相视且督予和》： 口福有如雊与卢，颠倒博局为荣枯。火轮八日四千里，荔支翻作桃先驱。忆游莆田初脱襦，排云仙子桃花肤。行疑碧露步障藏火齐，一摘万颗纷若花雨烦天姝。梅妃当门色双抱，岂待一笑来海隅。迩来南北三十载，故事久已忘其粗。忽然盈盘仙果自天降，大似万里之外象罔得元珠。昭君虽非旧时态，且喜香味犹能腴。人生率贵远与罕，讵必出无远志归有鲈。吾曹尤物亦关命，正恐一掷百万隐人之钱难可图。

卷三：

《无错送蟠桃》： 海涯未是安身地，天下应无止足车。儿女偶同林聚鸟，稻粱差似梦占鱼。旧醅藏自贫家妇，佳果分从上相居。近日蟠桃更香美，盈盘不比朔偷余。

《范甥用山谷诗韵题李莼客诗集属和适吕庭芷观察出示赵沅青并莼客诗次韵因并题之》：江南帐前旧老兵，赵北燕南龌姓名。击壶按剑高吟罢，被酒大叫声如霆。论诗放眼有青白，死者可作归九京。狂言大雅久不作，李杜而外无歌行。笔如神龙气如虎，安得此辈相尔女。吾甥教授力有余，长句谁应颉颃渠。何来郁鄠与连蹜，云龙上下正相须。呜呼哀歌斫地不，丈夫荐贤活国可嘘枯。昆陵老翁头亦白，把卷相对忆曾胡。

卷四：

《无错以齐山攀针茶惠山泉见饷赋此相招同咏》：日驭顿夏威，连雨醴秋味。虚馆扰人徒，与接若犹未。念予山水乡，花乳天浆贵。跨坑岩白芳，触石清冷沸。春尾汲闶流，夏首尝新卉。趣侔友同心，清拟伐肠胃。海近易成荫，孤怀发深歔。何当拨活火，满为衰年慰。凉朝忽奴来，果如解衣衣。去浊槌解环，恬雅爪搔痹。沉虑遭事轻，赏心逐杯既。忘客物有情，浇焚心无畏。卫公有中泠，辍念子无谓。

《无错招与恪士骞博及令叔雨晨饮中泠水烹茶倚云遂留小饮以迟无错已而谈朝鲜兵事感成一律》：白发青灯强自娱，拔钗换醉又须臾（无错昨和予诗有拔钗之句）。新知潭水殊深浅，旧友春山半有无。大野风来要雨住，长河日落倩云扶。杯瓶漫举知谁惜，万古苍凉此一壶。

《送肯堂南归》：馁秋咏雪事刚兴，海警何堪起恶憎。十月汝餐江上菊，一方吾枕日边藤。扶身有子轻如鸟，避地无家便似僧。行矣长途莫相念，帝车紫气尚蒸腾。

卷六《寄和范甥肯堂小女倚云同游狼山之作》：秋空新晴日欲午，书来顿失心所苦。怜渠牢落自解颜，狼山游尽山之五（山凡五峰）。望海台上折扶桑，新绿轩前唤渔父。提壶倚树变云霞，落笔吟诗杂风雨。鹿车连臂踏花宫，凤琯双调笑茶鼓。我昔飞帆东海头，山之南北七开眸。五珠点破海光碧，三面排生城市秋。阿翁前年留我住，历数妙景时无休。我欲从之鸡遇肋，无赖归意鹰脱鞲。事机一失至今悔，万里何日更相投。今者连章寄都下，发箧风樯复阵马。闺中旧见称同调，好友今才识大雅（顾延卿有和作）。手摹心绘诗中情，如置身在僧兰若。古木长宜海上秋，藕花半落江南夏。燕都八月老秋容，西山山翠攒青空。早寒易入昭阳殿，夜月偏明五柞宫。吾侪小人亦何用，燕雀例笑长天鸿。固知白云即苍狗，一任瓦缶鸣黄钟。远游乡思侵寻断，官味经年减旧浓。惟余骨肉江湖外，凭仗诗篇慰此翁。

卷八《与少女倚云别三年矣音问虽通莫减苦忆触怀成诗寄之兼柬其婿》二

首之二:因依不可期,慰情得良婿。海陵易往还,一苇日可计。知无马安巧,自薄刘蕡第。停云怅海上,风帆杳天际。三年断良遘,一夕魂九逝。风禽送余啭,林日开晚丽。落霞饮众绿,斜入绮我袂。对此增远怀,绪语劳近岁。方冀广陵舟,移向襄阳系。

卷九《秋暮竹山杂咏》十四之七:扶海二千里,书来打麦天。风霜秋欲暮,岁月梦长牵。客馆桃榔雨,贫门棉豆烟。怀人仍忆弟,去否广陵船(次女嫁通州,闻其夫主讲广州,女有至扬州视其弟之说)。

姚浚昌 《幸余求定稿》

卷十二:

《范无错来安福,出与挚甫诸人唱和诗册示余,且征和。予不工诗,且吏事萦怀,无以答其意,乃率意口号真朴之词,不复检韵。古人发声宣志,厥维天籁,后世区部音均,盖非本矣。无错喜写册子,吾但书纸付之,或当见和。又闻挚甫引退,他日千里赠言,亦未可知耳》:

千里结婚姻,择士在器识。横目宇宙间,所得百不一。大江出岷峨,浩浩接溟渤。苍茫海山际,万宝藏其窟。咄哉吴冀州,珊瑚密网得。殷勤投赠我,两札细如织。譬彼天风生,有翅不容掾。明月海上来,堕我清宵腋。始见冀州心,委怀乃非率。

孤城枕山谷,溪水寒逾清。腊雨迫嫩岁,春至不可晴。阁前胡床客,不绝吟哦声。讵知庭中雪,已与阶砌平。朝来出琳琅,副缀皆连城。眼底颍西水,满纸欧苏情。皑皑万峰白,荧荧一灯青。文章与雪色,放眼皆光精。少壮不如人,垂老复何成? 吾衰久矣夫,愧此泪缘缨。

《无错用予前韵言诗境示朴儿因忆廉卿挚甫二君复自叠韵成一篇》:诗情禅悦两高寒,恰似清斋守八关。积水一轮秋后月,碧空数点海中山。故人牢落思长道,新事凄凉付等闲。且与鸡豚作春会,衙官屈宋酒杯间(是日麓逸治酒为予寿)。

《无错集录试院酬唱诗成册感题一首》:风暖山散寒,日高花有辉。南方盛春霭,客燕犹未归。既从千里宦,复此三春微。镜鬓感华志,阶戏欢彩衣。方将簿书暇,韵事壶觞飞。湖海多风波,云谷足清机。回翔惜珍木,窈窕思故扉。一卷自我贵,千古当谁依。眷言俄顷用,所得愿无违。

《次韵答砚斋兼示蒲仙及无错》:南中二月时,山水生春晖。如何一室人,匡坐澹忘归。结交在四海,相赏契以微。顾我五彩服,同君游子衣。陈公弹哀琴,目送归鸿飞。坐中范石湖，举手张天机。错落入我怀，明珠投暗扉。绿杨藏鸟语，桃李相因依。何必眷江湖，即此莫相违。

《晓赴试院借无错半臂戏缀一章》：公事何由了，衰年摄养难。三春将禁火，半臂却余寒。雨沐山光展，云蒸日气残。衣裳易颠倒，念尔不能安。

《春霁一首戏效倚云诗境示令和之兼邀无错同作且示三儿子》：残雨连山霁尚微，中庭春事正依稀。花娇风子探香入，柳密鸦雏曳絮飞。午放余暄松革带，风回小冷怯春衣。剧怜旧日同巢燕，不向珠帘画阁归。

《庭树生赤芝六茎儿婿见之以为祥也走笔示之》：芙蓉树上赤芝生，范甥劝作赤芝行。我谓气感亦偶尔，故事毋乃傅会成。商山当日避世英，采芝采蕨同无情。古人长吟聊托意，竖儒浅识相传称。汉武芝房霍光柱，或休或咎空相惊。方书药鼎岂必是，恐遇毒死乃仙名。世物纷纶德所蒸，机出机入何爱憎。即今庭芝正如此，思我素积惭仙茎。腐言未尽众大笑，考祥亦可聊称觥。吾家有楼号来鼎（国初，吾家于除夕有鼎甑飞来，甑中饭犹热），宰木娑逻屋劳荆（先八世祖遗屋老荆榛为四，柱围几二尺，墓上一树，如伞罩之，俗名之娑逻云）。未能免俗望长发，继以此芝为四征。朝霞入夜犹散绮，落日在树如系绳。何人倒插珊瑚根，附枝著干如联星。鲁相庭前六七璧，梵王塔上三五铃。老人端为儿孙喜，移榻指点时一兴。生人愉戚风约萍，有遇即乐斯为经。他时会适天奚凭，何必区区辨渭泾？何必区区辨渭泾？

《与蒲仙夜话即示儿婿》：顾马无人过冀北，丸熊有母在淮南。相思射策觑天巧，遮莫敲门惜大惭。仙乐洞庭乘月听，明珠沧海入秋探。独怜齐陛竽声满，瑟调虽高只自谙。

《茧扇赠砚斋兼示无错》：君家蚕事好，余艺妙能工。蛛合难为巧，鸠巢未许同。昔闻缯扇贵（汉制：皇后、贵妃用之，命妇否），今见茧丝功。光耀飞精镜，圆开似月弓。素丝消暑日，黄绢惜秋风。细响宵牵缕，规行昼在奢。一句缠纸上，百口吐环中。无缝捐刀尺，多层讶仆童。招摇过羽白，检点想灯红。四月残春去，三年制锦空。宦违马安巧，珠谢蚁穿通。送似娱堂北，联翩效宅东（无错续为二扇绝佳）。策勋合寒燠，披受听雌雄。自古扬仁枋，炎凉四海融。

《质言一篇送无错》：高树不藏暑，火云蒸午晖。游子戒巾装，何以避炎威。迢迢望经岁，始来雪霏霏。鸤鸠啄桑椹，驾言千里违。贫贽难久留，此情吾已知。挥手在数日，举室同愕眙。汝归堂上乐，汝去吾亲悲。悲乐境良殊，那复能挽回。嫁女不远行，如何慰尊慈。报刘苦日短，且复聊相依。滔滔大江水，日夕无停机。南风发庾岭，著意更相催。海门何沆漭，狼山何崔嵬。大泽万怪多，出门慎所之。

常言六合表,壮游岂非宜。但恐明发怀,一日肠九回。读书爱玉体,勿逐轻薄儿。
天衢轶荡荡,虎豹无蹲雎。木落江上寒,秋高鹰隼飞。望汝时登阁,念予或开扉。
予怀江湖深,汝器海山奇。荆州有豚犬,亦逐龙象驰。耸身入阛阓,联步思杜韦。
逝将从汝翁,一笑沧海湄。

《七日有事西郊有怀寒人通伯无错及楷朴》:薄宦易为劳,怀人难缓思。辞
亲事远郊,已觉秋先至。鸡鸣戒仆夫,树杪星三四。出郭望人家,林峦互深翳。
风朝送夙凉,露叶闻余坠。初日隔山海,驰光白在地。谂此道途情,念彼穷居志。
矧有江海人,辛苦千里意。银汉清且浅,牵牛隔锦织。人生分多离,明者慎名利。
瓜肥足暑餐,稻熟欢晨刈。默对陇上翁,抚枕不成寐。

《重送无错兼呈荫堂先生》:武功山外火云生,梅雨槐花送客行。柔橹一声
人去后,满江鸣咽绕孤城。海雨湖云易夏寒,计程惊起念衣单。书生兴发轻千
里,未得封侯不自安。乾坤何处是前期,华屋相逢即路歧。阛阓五云新捧日,一
封书寄破颜时。海气连江动十山,时清天放汝翁闲。早凉鸠杖登楼望,遥指孤帆
天际还。飞棹乘潮忆旧游,水心亭下绿杨秋。西风若与吾生便,日日狼山对海
鸥。漫别青山逐俸钱,武功泸水两依然。田桑空负成都郭,偕隐终应绝岛边。生
儿何必仲谋佳,王谢门庭自散怀。今日得秋谁最早,秣陵新雁两三排。

《九日怀通伯桐城无错通州》:九日衔杯忆别离,吴云楚雨负花期。江流直
注三千里,秋色平分十二时(今年重九在秋分节候内)。丹灶有缘逢扁鹊,青山
无恙失神龟(无错病久,遇良医渐已。通伯屡为亲卜兆,屡不成)。迢迢湖海书
都断,近把茱萸插向谁。

《寄无错》:西江老吏怀所亲,无言却病维摩身。世间推排我旧物,天意成就
汝高人。和神入冲化瑕衅,奇骨不折如松筠。书来纸尾许相造,扁舟为载江
南春。

姚浚昌 《叩瓴琐语》

卷二:

范肯堂当世出其前妇遗照乞题,作二律与之,题其后云:"先大夫评吴梅村
伟业《题王端士〈北归草〉》云:'世人以此等訾梅村,然如汉宫人谈飞燕、合德事,
掩面涕泣,亦自动人。'右诗得无如所云邪?昔王济谓孙楚《除妇服诗》,不知文
生于情,情生于文?予谓楚诗但情生于文耳。自古惟文生于情者可贵,如《报燕
惠王书》、《出师表》、《祭郑夫人文》、《泷冈阡表》之类,固不易攀,其次如《陈情

表》、《祭十二郎文》，亦能千古。拙作或其流亚欤？若貌为秦汉，言中无物，后世谁传此者？恐当于酱瓿间求之耳（庚寅）。"

编者按：姚浚昌所题《大桥遗照图》二律，今不见。

顾曾炟　《方宦文录》

《致范大无错书》：无错足下：素交贤达，倏焉乖分，风誉扇于京畿，尘容抗于关辅。燕秦百递，邈不相闻。窃惟远局川原，迭更凉燠，割枌桑之欢绪，萦萧艾之羁愁。良觌不申，好音亦杳。来教谓不能无望于仆，仆于足下则又甚焉。自重跰入秦，浮湛雁鹜，装怀犯虑，重以衰颓，引伍伯以为缘，屏铅椠而弗御。笔记多缺，跧暇可知。足下徜徉婿乡，跌宕宾馆，庚杲见器于府主，高柔爱玩乎贤妻。停云在西，宁忘昔席？而八九年所仅奉，客岁津门一书抑何简也！曩者，皇览之辰，谬有叙述，乃辱尊公琼玖之报，并获足下笙磬之同。文则贡以良直之谈，诗则写其纤郁之致。迩年志业，俱可审观。仆每憾吾乡僻在海角，闻睹卑隘，出门测交，不过我辈六七书生相与剖析，然疑比附景响，以为通都大邑诸方杂进，所得当不啻有是。比到此间，纵游簪海，其足当韩陵片石者，十无一二，乃叹江东菰芦中英谞辈出，并世所希。顾念岁月迁流，良会不再，未及廿稔，往迹已陈。先师撤瑟于邺园，伯氏辍塓于家弄，少墀摧伤于强壮，勿庵奄殚于中年，云悔道卒于津沽，曼君客亡于海徼，加以彦升去粤，延卿居夷，季直浮江，中林度鄂，死者已矣，落落此数子者，又不常合并，每述畴曩簪盖之乐，益思壮盛知惠之雄。因念故园零落之悲，弥增异国孤羁之感。俛仰今昔，殆难为怀。比谂足下悬车不出，葺宇家林，吟声酬答于闺帏，佳气郁葱于衿佩，以视仆之弃置尘坌，向乡里小儿降心低首作生活者，劳逸之致，相悬万万矣。云东飞，附问无恙。

《为范铜士尊公双庆征诗文启》：范子觞余于所亲之舍，酒半，谂余曰："来岁屠维之次，初月太蔟之律，大衍五十，萱瑞斯汁，半百加三，椿庆斯罩，将率两季寿二老，而曷以邑吾抱焉？章逢腐儒，开门授徒，丈我都都，而砚田其芜，甘脆靡储也；筐篚陈语，解带应举，诸伧诩诩，而船风其阻，冠帔靡取也。惟是幼窃谀闻长亲明师，四方之有道而文者，不以不才无似而盍炽勿疑，其将笙吾絜养之诗，刿吾延年之卮，饮食歌舞，相与被吾亲以庞禠，吾子其先之？"余曰："谅哉！孔奋上馔，陆贾传餐，亲心已安，曷若曹刘操笔，驱染摇攋，斋壁幂䍙，烂然瑰玮之色；崔邠导舆，王劭奉服，亲愿已足，曷若尹班缔交，歌呼招邀，门巷萧条，嶷然绚述之曹。然则褐衣而焯千祀，其文字乎？圭门而傲百城，其友生乎？子谋所以寿其亲者至矣。顾吾习于子,知子之亲有宜寿者三焉:其一世祚之绵也,文正之裔,郁为华资,起家百里,竺生英奇,大易肥遁之卦,东京党锢之碑,一传十山,旗鼓文坛,再传一陶,迭长风骚,紧箕裘之克绍,振浮休之逸老,逮今九叶,传世万藻,李沁赋棋之句,袁宏咏史之诗,哀然成帙,蔚然有辞,重侯累将,何以加兹?其一内行之质也,早年须捷,寒毡敝席,任摩教之劳,职甫获之役,壮幕禹航,踮指旁皇,中更寇警,茧足奔骋,生则孝鲤涌泉,殁则慈乌噪烟。矧伊比肩,志趣翕然,宗罗俪嬿,陶翟齐贤,炜哉彤管,前光后妍。其一令谋之远也,豹劣龙优,撞破烟楼,劻剧勃若王,愓粹潢如刘;不遗之籑瓿而策之元圃,不歆之簪组而勖之艺府。伯兮攻古文辞,桐城、阳羡之别支,仲喜为诗,娄东、新城之故规,季弱弟齿犹未也,而不得以常儿遇之。二百三十年,又坛坫乎山茨?有斯三者之寿,而文章以歌咏之,友朋以欢乐之,顾不伟欤?诸君子皆与子习,教坊致语不足荧吾侣也,史巫谰言不足羼吾伦也。承奉玩戏如君家鲁公云云者,吾知免矣。其不习子者,即以余言为乘韦焉前马焉,可乎?

邱心坦 《归来轩遗稿》五卷(光绪甲辰本)

卷三《怀人诗二十四首》之《范无错秀才武昌》:神交八载鬓毛疏,身世何当得自如。落月应怜辽海燕,几时重食武昌鱼。乐浪近海时看剑,黄鹤临江日著书。底事依人常作客,故因上策是樵渔。

吴汝纶 《桐城吴先生全集》

诗文

《依韵送范肯堂南归》:道适前无古,才横空所依。心知非力强,目接似君稀。巨海收清淑,幽灵饷芯绯。耸身蹈霄汉,落笔有天机。鬼物穷艰怪,烟云眩是非。一诗初北走,三载怅南睎。……望深才一聚,欢浅遽言归。觐省知何乐,康强那更祈。近怜文度返,久忘长公饥。轼辙家全有,丘轲后可几。青衫明日脱,为道欲抠衣。

《范无错生日次韵奉贺》:颜生得依归,钻仰失生理。贾子伊管才,少谪乃长已。世士好耳食,人古因妄喜。无错希二子,二子易与耳。大化孰终始?配者实尊己。坐驰天不宜,徇名意故俚。退之不解事,三十落牙齿。不闻至人说,万物乃一指。身后贤与愚,百里五十里。抵死媚后人,计拙望空侈。我嘿公哓哓,用意各有以。二途将一可，往问张夫子。

《答范肯堂四首》：

庭槐更荣枯，吾衰久矣夫！废学窃微禄，两失空居诸。薄德天不祐，谴告当休居。三年蝗欲起，今兹复蠕蠕。小人无远图，萌芽忽若无。纵之使坐大，顾乃以禳除。我急往视之，稍稍开其愚。尚虑安厝火，未能穷根株。无事岂不好，事至难濡濡。仆仆君勿句，何时还故吾！

我行经垄麦，农事方未休。弥望如波涛，强半登车箸。天地积不公，难可测其由。富者获连轸，贫无寸草收。妇人以孺子，遗滞争穷搜。咄哉彼妇人，不耕焉有秋？从人丐残余，宁能存立不！父老前道吾，东垄复西畴。去年滏水溢，高浪掩禾头。今岁麦颇丰，幸给旦夕求。天事不可期，宁当无后忧？笑谢汝父老，天者吾不谋。民生勤不匮，不勤今何尤！

穿渠四十里，三年役未已。渠成宁足多，不成讵非耻！或云地势限，成亦难可恃。浚深时逢源，那无蛟龙起？滏水西南来，到海东迤逦。中流挽其颓，浸灌穷无止。芒芒神禹迹，明德绵千祀。此邦故漳绛，涓滴无今水。成败皆自为，变迁无定理。但恐久穷阏，疏瀹从今始。

山川无新故，弹压要人文。不才食瘠土，岁久空纷纭。公来破其荒，龙虎生风云。莘莘媚学子，浮如苗怀新。道高辄惊众，耳语犹断断。岂知千载胸，岱岭看浮云。平揖呼乔松，并坐分中庭。下视悠悠人，杯水旋螺纹。我虽老不学，稍稍尝其旛。日对绝尘足，愧无十驾勤。昨日示新作，对案来杜韩。弱才那能知，聊使诸生闻。

《范君大作弟侄皆有和章老夫亦不能再嘿勉成一首》：江湖多风波，山林有独往。范子尔何为，怀书方十上。要津策高足，仆病未能强。不见李公儿，衰墨卧榛莽！乃翁人中豪，诗语颇惊创。一跌九幽底，死去今无两。高文又何用，那能脱尘网！不见武昌翁，赤手狂澜障。操瑟立竽门，万言徒粪壤。逝为沉冤鬼，生有飞来谤。岂况麇鹿性，能乏云山想？茆檐旧松筠，绿净恣幽赏。欲去径须去，谁使归期爽？吾宁佯聩聋，奈已兆光响。眼中不羁人，天赋实阔放。高步骋天衢，逸气凌莽苍。回翔翎翮劲，决起风云壮。终期汗漫游，对酒追昔曩。

《酬张采南兼呈肯堂》：来者无穷年，古人嗟已往。茫茫君子心，突兀万夫上。扶摇与榆枋，所知焉能强。我昔少年日，读书真卤莽。周旋命世豪，选耎稍一创。终古无特操，愧对景罔两。是时多艰虞，妄欲纽坠网。上拟勤远略，下犹乘一障。此抱郁不展，沦落遂尘壤。优游美文史，瑟缩忍讥谤。夫子古狂狷，斐然有深想。倾家散黄金，折节恣幽赏。邂逅陶谢手，摇豪方竞爽。贱子病求息，懒复逐声响。会成集验方,僭比宣与放。宿无三月春,果腹游莽苍。高问应叱避,退笔那能壮。大业付公等,努力继前曩。

《诸公倒用前韵要和勉答盛望》:吾州枉众宾,今兹乃过曩。岳岳二三子,入笔波涛壮。荒城俯平皋,极目天莽苍。不有文字娱,僻陋吾安放。羔雁得范子,大音无细响。散声入混茫,臂挹西山爽。三年苦独唱,空结千岁想。吾弟病新已,颇蒙击节赏。高论惊凡愚,那顾群儿谤。张侯自东来,光怪压穷壤。酒肠若无底,诗心绝尘障。李生最后至,雏凤落吾网。援戟各成队,挑战舍偏两。吾其为得臣,收卒冀少创。松坡久无作,幽思堕渺莽。颇似欧叔弼,已被子瞻强。寄声趋赵叟,诗务宜速上。过此欲少味,去帆如鸟往。

《次韵答肯堂采南》:颇闻比夜秉烛游,吏卒守人苦未休。坐思万里云卧壑,更忆千年人倚楼。秋雁涵江开笑口,晚莺系马惊骚头。婆娑老子今无似,惭愧能诗两盛流。

《次韵奉和锡九并呈采南肯堂》:衰容自诧发星星,尚倚余酲傲晚晴。远客意方求胜迹,小臣心未死神京。乘槎四道分天使,歃血三年议越城。圣主怀柔殚率土,会看云海一澄清。

《和范肯堂元韵》:愚儒不决事,须人裁可否。虽得劝驾人,当行乃反止。说在景罔两,行止有待耳。我老日颓懒,万事废不理。谁令穿木盘,牛铎哄一市。往年喜晨游,近亦旷不趾。尚余濠梁想,欲追惠庄轨。大范今健者,笔阵可横使。九天咳珠玉,洒落在墨纸。并时驰骋人,闰位蛙与紫。别君逐混浊,得麻失文绮。相望三百里,谁能久遣此!妇翁吾畏友,周旋逮群纪。跟跄今北来,韬颖入囊里。亲串两追随,玉树花交倚。念此愈欲往,刻日笃行李。世事谁料得,濒去担复弛。失马有再归,然灰行复死。勇进乃退耳,昔疑今信矣。会合良有以,迟速君当俟。平生久要心,岂在一晌喜?倘见徐伟长,并取一哂唯。

《前韵和范肯堂》:有夫白皙又甚口,世才一石君八斗。谪仙雄笔乞与君,问君久假何当还?遗我新诗十七纸,使我置身开宝间。元凯论才霄汉上,草茅珍怪知谁赏。似闻姓字动公卿,劝子怀书入凤城。可能白发无甘馔,忍子区区半菽荣。子言人生各有志,安用建鼓求亡子。使我鸣驹树两旌,未必亲堂加燕喜。我闻子语为爽然,取子小文为子弹。焦明已自翔寥廓,网罗薮泽宁能攀。鸡虫得失孰非幻,江上君看千叠山。

《为诒甫和范肯堂冬柳韵》:冉冉年华悔却迟,根深那便气流枝。病才萧瑟非关地,老未龙钟已后时。轻薄繁霜严胜雪,圆通流水晚成澌。摧藏敬避当春絮,陡起因风不易知。

《题范肯堂大桥遗照》：异时范君当世既丧其前夫人，哀思之不聊，则命工图其父母所家曰大桥者，以寄其思，且誓不更娶。汝纶谋所以散其哀而败其誓也，见是图则深非之。又为书告濂亭翁，翁复书曰："是《易》所谓恒其德贞而夫子凶者也，吾助子破之。"已而，范君以其私白翁，翁竟止不言，而更为君题字图上。君归，矜语汝纶，殊自得也。当是时，吾县姚慕庭先生方邮寄其女公子所为诗示余，且属选婿。余曰："莫宜范君者。"于是以书径抵范君之尊甫平章婚事，词若劫持之以必从者然。复书果诺许，余然后喜吾谋之卒遂而笑濂亭之不足与计事也。

范君既别余去赘姚氏，早暮与姚夫人为诗更唱迭和，闺闼间自为诗友。于是又命工图其生平所历事为去影图，与姚夫人淋漓题咏其上。今年复见余于天津，间持示余。余笑谓："君今图如此，前所为大桥图可愁置不复理也。"君乃曰："大桥图子终不可嘿已，嘲颂唯命耳。"余笑谢，君则请之益坚。已别，又为书敦促之至六七。始君为是图，殆将坚持初誓，以写其哀，余既劝君令更娶，则是图之作固无取余言，故余时时诽笑是图以拒其请。今别数年，君与后夫人相得甚，前哀忘矣，不惟无事余言，即君自视兹图，殆亦若"老子"所云"刍狗"者，乃复持之以申前请，且必欲得平日诽笑是图者为之一言以为快，吾无以测君之用情之所究极也。意其中之所存，固有远而不可测者而特寄之是耶？为记其作图后事曲折如此。

尺牍

卷一：

《答范肯堂》（光绪十七年四月十日）：前接傅相书，深以得名师为幸。旋接来示，敬悉宾主款洽。傅相英雄人，最善待士，世人往往谬议，正坐未见事耳。吾为执事作合，乃自揣文学不足以阐扬傅相志业，将以千秋公议付之雄笔纪载，以正后来国史，不区区为目前计也。

《答范肯堂》（光绪十七年五月十五日）：承索两儿文字，均以抱病未愈，不能写寄。蒙示令郎大作，亦俟迟日奉缴。某处此馆三年，旧时交游，凡有请托，一概谢绝，不敢出位妄言，人亦谅之，相安若素。近有一事，不能不一破例上闻者：署定兴令李传棣，亦执事所识，其兄李佛生，家口留滞金陵，全恃该令一官。近为一小事撤任，弟极知其无过，以为上官方在研鞫，虚实不难分明。顷闻当道竟欲先行参革，归案审办，实则所坐之罪，全无左验，但凭原告一面之词，遂欲文致重劾。某与其弟兄，交游廿余年，佛生孤子，尚有代为教育者；亲见其全家百口将坠落不测之渊，不能不恻然于心。欲求执事，转达师相，稍缓其狱；即欲严参，亦求俟定案之后，再行具奏。万求开一面之网，勿先行参革。罪若难逭，某断不敢代求偏恩；若所坐无验，谅当道亦难锻炼成狱。惟先行参革，将来便欲以"业经革职，应无庸议"八字了案,则未免过冤耳。某事师相数十年,窃见属僚有过,从不轻上弹章。虽有重情,不过撤委示儆。缘州县最畏撤任,撤任足以制其死命,此诚澄清吏治之要术,不必奏参革职始为执法。近时号为锋厉者,动以参劾属员,博整顿之虚声,实则所参不公,吏治愈坏,何如师相之不恶而严哉!某近无言事之责,不敢干与公事,独李令之兄,与为至交,从前曾屡为师相言其受谤之非实,今之所求,亦不敢屈师相之法,求伸一己之私情,惟事前勿遽奏参,统俟定案时奏办,不过暂缓须臾耳。但千万勿漏泄此书,恐为不知者所诟厉也。

《答范肯堂》(光绪十七年十月):大作濂亭寿文,实为奇作,所请陪客,与主人全不相涉,有如时文家所谓无情搭者。文乃错综变化,尽成妙谛,诡谲多端。此由才气纵横,体格雄富,用能因方为珪,遇圆成璧。令我俯首至地,纵欲以文寿濂,读此不得不焚弃笔砚,佩服!佩服!承下问恳至,谨贡鄙见,以为合肥、瑞安等字,即所居县为称,似非古法,大率起于明代。古人就所官之地为称则有之,似未尝以籍贯为号,然此固小节,不足为文字轻重也。拙作不能成体,大类时文,来示所批文尾,乃谬加饰誉,且有兄事师事之说,马齿稍长,呼兄自不敢辞,若师之名称,则冀州初见之时,尊论已极可佩,今岂忘之!律以昌黎"庸知年之先后生"之说,则吾当北面,今亦不复云尔者,以获交有年,不欲中变也。

《答范肯堂》(光绪十八年闰六月二十五日):使院盘桓最久,与公兄弟晨暮留连,可谓极欢,别后犹系念不忘。季皋待我至厚,尤可感。渠百日后,当理旧业,吾意欲请其纂修师相年谱。前时名人莫年多有自为年谱者,师相公事少暇,固不能自撰,亦不肯沾沾自喜。然生平所办皆大事,关国家安危,他人传述失真,则心迹易晦,莫若季皋于问业之暇,日记数则,由执事润色而呈之于趋庭之时,以决定事理之是非。此在季皋为莫大之著述,而在吾辈亦有先睹为快之愿,异日国史不能得英雄深处也。请公裁酌,以为可行,则请即行之。

《与范肯堂》(光绪十八年十月三十日):昨承惠书,深喜文字间有辅仁之友,犹还冀州时旧观,此吾徒之至乐也。拙文疵累,曾不自知,其诗辞平列四事,蹇滞可笑,执事所教皆是。今改云"士昔失学,民亦不泽。有呆有朴,有儒不复。孰师孰父,孰觉以煦。公既澈止,乃塾乃庚",以上八句,不知可用否?乞教我为幸!昨阁鹤泉检讨来此,据云孟绂臣与直隶诸公商定,欲为某请加京衔,殊可骇怪。彼谓议发之师相,吾窃料其不然。吾事师相数十年,师相待我,向不如是之浅。如当道诸公,嫌我官职下,不堪任此讲席,则我可即日辞去,又何必作此等转折!往年天津道吴香畹保我一知府衔,吾闻面辞。香畹谓文牍已详院矣,吾乃至幕府,请景翰卿调查此件文牍来,吾自将贱名删除。其后在冀州劝赈,胡云楣观察，又议定列奖，吾度不可辞，乃怒激之曰："君岂欲收我为门生耶？"胡公乃已。此皆在官时事，岂有在官不欲加衔，去官处馆的须加衔之理。若云宾主不称，亦未闻主人延宾，必求与己敌贵之人。今师相贵极人臣，又安所得一贵极人臣者为之宾哉！鹤泉佳士也，闻吾言乃笑曰："吾窃料其不可，当作书告绂臣尼止之。"继又闻绂臣并有书致提调宋君，吾问宋君，宋君亦言，已复书告以勿办。据此，则此议当可中寝。万一不能中寝，则吾惟有弃馆而逃之一法，吾岂为汪仲伊、崔岑友哉？执事知我，尚望设法劝止此事，勿遽逐我远去也。

《与范肯堂》（光绪二十年七月二日）：病中成《淮军昭忠祠记》一首，自知漫率不成文，通白颇有议删之处，兹录稿呈政，务望痛加改削。海上多事，而吾辈乃从容而议文事，真乾坤腐儒也。大诗谨据所窥测者记注眉端，以识私叹，未能得其深处。前议光禄碑，容迟再奉复。相公此时军国事重，吾此二文但成稿，俟事小定再献上耳。日本此次争高丽，蓄谋已久，特承俄人铁路未成时发难；俄路成，则日本无可措手。日本得之，则俄必拱手分地，而吾国大势去矣。高丽不能立国，无愚智皆知之。往年黎莼斋在英时，吾尝寄书莼斋，谓越南、高丽皆当改为内藩，遣督抚治之，否则必为他人所得。黎复书服吾论为英伟，而亦不敢坚持也。高丽亡久矣，此廿年来赖相公经营保全之，是以弥留不绝，今难以虚声守矣。诏旨诘责，言路纠弹，相公惟有忍辱负重支此危局耳。

《与范肯堂》（光绪二十年七月廿一日）：东事轩然大波，尚未识如何结局。周公都统诸军之举，径罢为善，周固非都统之才也。近年欧洲各大国无不增兵增饷增船增炮，独我国以外议庞杂，不许添购船炮，一旦有事，船炮不及倭奴，遂至海事束手，渤海任他人横行，则虽陆军麇集平壤，何能济事！又况军械不能足用，士气孤怯。来示谓山海关形势单弱，未必有备。某未识何术备之，且恐形势孤弱，不止山海关一处也。某久游相公门下，今军事孔棘，而某卧疾保定，不克一趋辕门。又平日深讥他人以山长而条陈要政，随节航海，今日不欲效尤。且此事失疏在于平时，及至两军相当，愚见亦自无可献之策也。独默计时艰，中夜太息，不能成寐，不知相公七十之年，旁无同心赞画之人，何以撑拄危局耳！

《答范肯堂》（光绪二十年八月廿日）：大诗所诣益高，赋品当在鲍、江之间，此乃追还古风，非时俗所有。吾读竟，不以为君喜，乃反怨恨，既叹老颓，又深惜执事诗赋益奇，益复无人知者，奈何！奈何！近日内意，似不信人，想师相意绪不能佳。窃谓此等皆在意料之中，豪杰当事任，惟有不顾是非福祸利害，专力于吾所能为而已。独惜国论如此，决无胜敌之理。举朝愦愦，将有石晋之祸耳。丰润所处极难，今番之劾，似非怨家，殆亦专与师相为难者。闻日内有战事，曹子建云："权家虽爱胜,全国为令名。"惜乎,今之议者不能通此义也。

《**答范肯堂**》(光绪二十一年闰六月朔日):大诗纯乎大家,此数诗尤极纵恣挥斥之致。文二首,风味(翰——新增)然,盖养到之候至,陈义皆有为而发。读来示并寄秋门书,知将北渡,复托词以归,鄙意殊不谓然。执事去年南归,其时后事不可知,盖受人托孤重寄,去就不宜太轻。若缘世人讥讪,则流言止于智者,虽在近亲密友,尊闻行知,各有所守,不必同也。且与人交分,岂得当群疑众谤之际,随波逐流,掉头径去哉?吾谓台从仍以北来为是,非徒吾二人欢聚有私快也。沿海筑堤办团,以为御倭妙策,此种儿戏举动,吾仰仰祥麟威凤,他国三尺之童闻之,未有不喷饭者。削国殃民,至于此极,而朝野议论,颠倒眩瞀,愈昏谬则愈得民誉,天下安得有是非?吾辈会观其通,俗所是者殆未必是,俗所非者殆未必非,则亦何必断断于其间哉?导岷竟已作古,廉卿后人何以如此?此真令人憾愤!秋门欲以百金赙之,君家兄弟真能轻财,吾所万不能逮者也。吾子姓似三桓子孙,而君家诸季鼎盛如此,霍氏世衰,张氏兴矣!

《**答范肯堂**》(光绪二十五年三月二十一日):考终自寿所极。读来示,起病即前后溲痛不可忍,此下部生疮,而医者乃定其名曰伤寒,此如不知文者见古诗号之曰此时文也,以此治病,亦安得令人活!虽有割股心何益!君尚有老母,后当戒慎,勿用此等医为望。命为文志墓,葬期急,得书迟,又老朽不能文,辞则义所不可,谨为此急就章,呈君兄弟,聊当挽幛挽联之用,不必果刻石也。

卷四《**答范肯堂**》(光绪二十八年十二月二十日):弟归皖筹办学堂,勾留省城甚久。归展先墓止十日,旋又到省。叔节交到惠书,具承一一。敝县学堂,鄙意欲求速效。在倭所聘教习,长于法学、理财学。此二学者,时所急需,又与吾国向日讲空学者相近,足以渐开文化。又见日本近年专仿西国公学,其中学校所谓普通学者,凡十四门,学生不能久用心伤脑力,每日仅学五点钟者,学四五年,仍毫无所得。以其门类太多,时刻太少,课程太浅,鄙意深所不取。尝以问文部大臣菊池男爵,菊池云:方今各国学校均奉德国为师,德之中学校尚无善法,中国初兴学校,于各国未得善法之中学校,可暂置后图。吾以其言为善,不敢遽议中学校。又其教习甚多,一时无此财力,故慭置之,就吾教习之所长,使学徒专力赴之,冀久后当有成者。此下走私见,非尽用伊藤言也。至若学成之后,尚宜资使游学外国,以求进而与东西学者争胜,不宜令得少而止。至于学已大成,国家取而用之,固可收效尽力,不用亦可持其学以自立于世,不至沦为奴隶。凡鄙人立学之宗旨如此。此固无国学乡学之分,要以能自行其志为贵。来示乡邑学校,齐民所有事,学子之初级,蒙意不然。齐民所有事、学子之初级,乃西国所谓普通小学。此小学不过读书作字算术体操唱歌数者而已,此宜一村一里便立一学。吾国教法未定,教师难得,一时尚难遍立。若乃一县所立之小学校,岂得专教此等?汉志所云八岁入小学,十五入大学,此以学年分大小,今西国所谓小学大学者也;所云诸侯岁贡少学之贤者于天子,学于大学,此以学地分大小,今吾所谓京城大学州县小学者也,不得合并为一事。西国小学专教九岁以下之幼童,无一人不入学,故可曰齐民所有事,学子之初级。州县虽小,百里之内必多能入大学之人,美国大学数十区者以此,岂得一县之大立一小学堂,仅教九岁以下之幼童哉?然则造育之道,京师乡县一而已。

来示谓仆宜早北上,无使外人绝望吾国,所见极是。仆此游,日本人属望甚至,虽不敢冒居总教习之任,故不能径归卧家,使方外轻藐吾国。但北去亦止委蛇数月,徐谋奉身而退,诚不宜自忘己量,强所不能,贻羞知己。执事傥谓吾言不谬,望并转告伯严,幸甚!

《尺牍》补遗

《与范铜士》(光绪十年十月二十九日):前岁接奉惠书,三年不报,非敢故为疏阔,缘数年以来,处心积虑,必欲一枉高轩,而时会所值,至不能自决进退,用此含意未伸。及廉卿先生北来,则又私心自喜,以为铜士在吾术中矣,不谓人事牵系,尚复沉吟至今,踪迹之合并,以不信有主之者耶!朋友道衰久矣,悠悠者追趣逐者,以相取益,卯亲酉疏,甚者争为朋党,私立标帜,倾动时人,究乃人各一心,虽日与连榱而居,抵掌而谈,而腹有山河,咫尺千里。若吾二人之南北暌隔,言论不一接于耳,风采不一接于目,而声气相感,兴往情来,尽不必足音跫然,而已若胶漆之不可离别,斯已奇矣。来岁倘能北来过访濂亭,幸以鄙州为北道主人,俾某获遂数年夙愿,私心快慰,岂有量耶!奉上白金五十,为执事膏秣之资,迟速惟命。万一鄂事未了,固亦不必亟亟北行,需之数年,不难更缓数月,幸勿因志稿未竣,掷还往物为望。孤城寂寥,无与晤语,官事羁屑,都已废书。廉卿近在三百里内,而不能请益。执事闻所闻而来,仍恐见所见而去耳。

廖树蘅 《珠泉草庐诗钞》

卷四《陈友谅墓在武昌提刑署后伯严及通州范当世肯堂钟仲林各为一诗余漫拟之》:辍耕犹是夥颐王,凭吊兴亡一举觞。城垒昔成狐兔窟,旌竿犹蠹水云乡。古碑阴雨生金粟,遗窆荒园泣断螀。悙史世家谁引例,鄂城吟望几斜阳。

周家禄 《寿恺堂集》

卷十：

《赠范氏兄弟》： 三范皆无敌，门才亦自夸。除书惊里巷，遗卷动京华。风柳浮图月，山茨讲社鸦。夜来诵家集，知是谷梁家。

《将之朝鲜与范当世别于沪渎》： 箫鼓江城夜，筝琶恩垒秋。片帆将落叶，万里暂同舟。后约何堪问，前途始欲愁。君看飞鸟尽，此水更东流。

《重九日寄和范当世》：

一赋三都定几年，碎金知复几多篇。众中劳动当筵问，为道才名不似前。

桐华落尽未招魂，筒竹传诗不可论。今日州门重回首，虎贲空有典型存。

家乡重九异天涯，何处茱萸何处花。周北张南俱寂寞，闲云吹向莫愁家。

卷十一《迟范大不至戏寄》：

楚客山中缠齿羊，门生私议蟹将糖。不知上客行厨传，侃母涛妻一夜忙。

见说临淄舞蔗竿，胡床握槊坐为欢。牛心炙烂晨凫瘦，谁省山中治具难。

男要鱼鲜女酒浆，冻蟾无复作羹汤。明朝杜老吟诗苦，剩与残杯冷炙尝。

卷十二《大桥遗照范无错当世属题》：

大桥遗挂柳丝烟，无错征题十载前。故剑两家啼垄树，新诗一路写琴弦。中年哀乐谁能遣，才子情文世共传。下笔逡巡云有待，不期珠玉已盈编。

天荒地老海扬尘，石泐金销志未湮。情重那知难废礼，病多始信为伤神。娇儿问字依慈母，新妇题诗吊故人。亲听山公美夷甫，不烦把卷更沾巾。

卷二十八：

《与范肯堂铸》： 沪上之别，忽忽月余。油碧青骢，金尊檀板，无日不在海山魂梦中也。芗涛中丞以弟去年为延陵所作《论登州旅顺形势书》及与宝侍郎、陈学士书，按图相索，礼意颇殷。无如弟既不乐远游，同事中又有毛遂自荐者，只得请避贤路。

《与范肯堂》： 闻季直上书朝鲜国王，劝其内禅。家禄之愚以为，无论封立外藩，有天子之命在。即使国王自欲援光尧故事，而王世子方数龄，今日之国王不又将为昔日之李昰应乎？揆度事理，未见其可。怡庵明年四十，求足下一文，自言惟少孤受母夫人之教为可说耳。

《与朱曼君铭盘范无错当世》： 同舟甚乐，今日当过常州，转瞬眼光即在松寥浮玉间，曷任健羡！张军门防务方劳，坐论时少。法舰舍台湾而麋萃普陀，当事虑其轶犯长江,骆驿电问。然以家禄揆之,孤拔凶狡,必不自走死路,要不可无此过虑耳。此间防务亦颇认真,惟湘淮界限似太分明,兼之防营将领无不携带眷属,大敌当前,而将帅人人有顾身家恋妻子之意,则杀敌致果之心,何自而生?非独兵气恐不扬也。刘南云蔑视法虏,谓不足当一战,虚骄之气胜,则戒惧之意少,益为弩末矣。

卷二十九《复范无错》:恪士去年遭台峤之变,润生廉访发电往问,无回电。后但知其曾一至南洋,亦不得其实在踪迹。义宁新政需才,或当回湘相助邪?

📧 周家禄　《寿恺堂尺牍》(民国《通通日报》连载未刊稿)

《与范铜士》:诸君惠临,为家母寿则不敢当,若知己论心,弟固不愿辞也。此意曾与延卿言之。嗣闻足下已回通,延卿欲旋里而后东行。南北闱揭晓在即,诸君捷则斯行必不果。若愚母丧,弟势在必行,恐彼此惶惑,行止不定,是以专足奉书以尼诸君之行。若诸君东行之意已决,弟有闭门不内者耶?斗酒只鸡,仓卒可具。谨当以十八日回家恭候大驾。厅考缓期,并不可去,奥篆之中,可作十日叙也。鄂行何惜三五日留而不同发。弟确有数事与足下面谈,不仅为季直矗书云云也。一旦分驰,合并匪易,惟足下图之。九月望日,家禄谨上铜士先生足下。

《与范无错》:别后十五日到沪,廿三日北行,廿七日到营,一路无事。惟在沪小住八日,殊不尽兴。途中作《游仙词》八首,曼君、怡庵,皆所击赏,故以奉寄,无以示不知我者。到营方知畏老为同事中伤,居停有函辞之。家贫亲老,情何以堪?为畏老悲,盖自悲也。此席未有替人,足下欲北游,挽廉老作函,当可为地,然慎勿言之出自我也。匆匆不尽百一。

《答范无错》:被八月廿一日廿八日书,所以为家禄计者无所不至。瑞安先生与颍川龃龉,虽颇闻之,以为所争者公事,与就馆之人无与焉,而不知其中有如许委曲也。今颍川丁忧,事作罢论,借此结束,尚于大段无碍,惟家禄欲得馆之心甚急,书局限于篇幅,不足以济事,仓卒又无相当之馆,守株而待,实有坐困之势。顷虽贴书瑞安,请为之地,然未卜能否得当。与仲林约,若月内无回音,便为汗漫之游,恐终不能待从者之言旋也。匆匆奉复,即颂箸安,诸惟鉴察不宣。

再启者,张子冲以留防朝鲜之吴孝亭军门来延掌书记,意颇诚恳。子冲、薰南又再三劝驾,弟颇心动。然每一言及,家中虽无尼行之人,而家祖母家母俱有凄然之色。今姑待瑞安处回音,非万分为难,不敢遽出此下策也。今年筱帅送三百金,不为多,而道家仅存四百元,除还季直欠款近百元外,家祖母病中置办寿衣寿器,小儿定亲,一切开销,业已所存无几。若长此株守,有出无入,断难敷衍。足下家累方重,岂有余力及我?即有之,亦非家禄所愿闻也。老伯体气甚好,虽有哀乐之感,尚不致有损道履,勿以为忧。少田光景甚难,近托子冲、家禄欲为其大儿敏孙谋营中馆地。家禄复书言吾等衰颓,固无远志,若贤郎英年绩学,前路方长,不必出此下策。顷问仲林,似南菁书院尚有剩额,可否以余力更一谋之,奖成后进,亦吾辈之事,足下当不惮津梁也。

《与范无错》:在沪候手书不至,于初七日成行,中间水浅换船,种种阻滞,直至十二日晚间,始抵汉上。欲过江一吊礼园之丧,而舟中感冒风寒,触发肝阳眩晕旧症,万不能再受小船之颠播,仅以手书及挽联往。而孝膺得书,即渡江来见。虽留谈未久,而恳挚之情,流溢言外,不禁动孤儿之感,而故人有子,又不禁为礼园喜也。仆人之事不能如愿,且到长沙再说。皮衣据孝膺言,大箱信局所不肯带,软包则既恐潮损,又恐浮沉,万不能大意。渠言年内有泰兴同乡回去,交寄最妥,一切由渠处函复,弟不复豫。小儿明年到馆,一切由足下指点料理,自可无庸烦琐。惟贤兄及侯君处修膳金,弟虽关照舍间,随时致送,但弟不在家,是否果能按季致送,未敢悬断。倘万一有迟早不齐之要,务乞关照范、侯两处,曲为原谅。好在弟秋初必到家,必不至脱空也。小儿不能树立,弟年力就衰,禽犊之爱,不能已。窃有一至俗之见,屡欲言之,而深以为愧,而终不能已于言者,世俗有拜继之风,吾乡尤为盛行,窃不自揆,欲令小儿拜继膝下,藉大翼之庇,以为成立之助。此事于古无闻,然吾辈行之安之,后此不援为故事。若蒙慨诺,俟明后年吾两人在家时,率小儿具礼往拜,且令拜认诸尊长,以为异日援系之地,不胜幸甚。至区区愚虑,则略尽前函,不复赘及。明后日当赴长沙,岁首由长沙起早,前赴常德。天寒风雪,孤客独舟,身世之忧,触目皆是。遥念足下具庆一堂,弟昆并美,除夕家宴,灯火笑语之乐,视游子出门之苦,相悬奚翅天壤也。书不尽意,伏惟鉴察不宜。

《与范无错》:通城所留汉上所发各函,想次第达览。弟十五日自鄂赴湘,舟行顺利,今日已过湘阴,明日不转东南风,傍晚必抵长沙。在省小住数日,即起早前赴常德。小儿馆事,承伯父调度,已极允洽。但始终不得手书,终不释然,务乞于出门之前,将馆中一切情形详示一纸,驰寄湘垣,至盼至盼!弟在家时阅看小儿下半年所作文字,于截上截下关动等题,虽手法未臻自然,而心思渐能悟入。弟之愚意,以为少年作文,先须开发其志气,疏瀹其性灵,舒展其局度,鼓舞其兴会,使之才情发越,心思透达,然后引之于绳墨之中,驱之于幽险之域,而后徐徐自悟于规矩之外,以自达于康庄之途。若使理境未明,思路未开,而遽以虚小割截之题束缚其才气，汩没其性灵，无论志意抑塞，领悟无从，即使幸能领悟，而终身埋没于考卷之中，将来亦必无开展之日。故今年小儿到馆，意欲求先生以开发灵性舒展气局为主，其截上截下搭截等手法，但求随时指点，使之领悟，一二年后，理境稍明，然后从容为之，未知可否。伏乞祈以尊意，转致贤兄，总以循序渐进不求速效为主。小儿三岁时出天花险证，牙齿受伤，至今不能食坚韧之物，而读书读文，声音亦不甚清朗，兼之先天不足，禀赋虚弱，不能高声读文，而作文亦全无声调，未知有何善法，以使之不必高声朗诵，而自能领会文中之抑扬顿挫，以渐臻于声调圆熟之途。伏乞足下有以教之。至于写字，素未讲究，故结体用笔全不入彀。此事拟令专从秋门三叔学之，用九宫格临九成宫，日二百字，至少亦须一百字，一日不许间断，或五日十日一送阅，听候批评指点，及用笔结体之法，三兄处终年略送薄润，以酬终岁之劳，未审可否？伏乞转达商之，并以告小儿为感。此次小儿到馆，拟令日看《纲鉴》四五页，令其自加圈点，每日呈函丈阅政，以观其误否，不许一日间断，以为常课，想无不可。足下试告贤兄，以为何如。前书所请世俗之礼，若尊意不以为然，亦未敢过增，恐不知者疑吾有所希冀于左右也。北方馆事，千万留意，恐第二书去，足下已出门，故兼及之。此颂侍安。

《答范无错》：闰月初在沅州，方奉到三月廿九日沪上所寄书，眷逮周详，喜慰过望。家禄去年出门，所至之处，但作一二日勾留者，必致家书，亦必致足下书，顾来湘四月，迄未获足下一字，私衷不能无疑。君子不失言于人，兄弟之间，失言亦何足校。但古人造次必于礼法，若家禄之所请，人情之所有，而礼法之所讥，度必为大雅君子所不取，故迟不见答，所以阳拒之而阴诲之，不屑之教诲，是亦教诲之矣。庸讵知足下推己及人，为小儿从学计，所以诱掖而开导之者，如之周且至，而哀家禄之请而许之，其言又如是之沉痛乎。足下第二书言小儿近事，恐未必然，然其来书，知家禄有请于足下，其踊跃鼓舞，恐不得当，而冀幸万一之得请期望迫切之意，乃太过于我。书中有言，儿子为人读书之道，从此皆有所取法，归告祖母，祖母必怀喜云云。揆其所言，似其胸中尚非全不辨黑白者，且能仰体祖母之意，则其天性尚不无可取，将来或不至终入于下流，则家禄即有以见先君于地下。至于学问之成就，谈何容易，家禄自顾何人，敢望有亢宗之子乎？具礼一节，容俟明年秋试后，吾两人在家后举行，息壤在彼，幸无二三。足下议昏甚善，家禄去年春初出门，即请命于老伯，欲为物色佳偶，今挚公作媒，可谓先得吾心。足下但当一听堂上之所为，不必更有异议。先王之制礼也，不及者仰而企，过者俯而就，故礼曰节文，文其不足，节其过中，礼之精也。吾辈用情，不患不及，而患过中。足下存殁之间，可谓仁至义尽，再过则失中矣，其可不俯而就乎？昏期何时？随时见告。里中人书来，言足下在家，无日不赌，无日不阔，至有教戒子弟爱之重之，不愿汝曹效之之语。悠悠之论，岂足以测贤者。然据来书自述，颜色改常，食少人疲，不知病在何处，以此论之，道路之言，或非无因。家禄体道之精，进德之勇，万万不逮足下，且人必无过而后能见人之过，家禄丛过之躬，自治不暇，何敢论人？然窃不自揆，以为足下而即以名士终焉则已，如其不然，古人进德修业，二事并重，足下今日业已修矣，其进德之次第，诚非浅见所敢测，然或者起居嗜好，尚有一二未足为后生子弟效法者，未始非盛德之累，不可不及时克治，由勉强而几于自然，由疑谤而至于无可议论，则今日悠悠之论，安知非贤者鉴观之助，而家禄刍荛之言，何尝不足备高明之采乎？家禄与足下皆已有子，子皆已长，其言教不如其身教也，愿足下留意焉。中木书来，言堂上无恙。中木兴会甚好，度其近体必佳。子珊已致之湘学幕，六月当来。家禄近体如常，惟闻家母于二三月间再患外证，气血大亏，忧念不已，拟于七月一归省视。承留意推毂甚感，但马齿日增，精力日减，教读书启，恐皆不任。如蒙盛意，阅文校书二事，积习所在，尚能勉竭驽骀，倘南中有相当之地，则尤私衷所愿耳。肃此上复，余俟续启。即问道安不宣。

顾锡爵 《顾延卿诗集》（未刊稿）

《葛青伯范铜士中木秋门江童子同集望海楼》：此国登楼作饯春，眼前光景眼中人。未除湖海交游气，每对江山感慨神。暮色远来千古事，壮心横接九州尘。归途别领分离味，残梦西飞马上身。

《寄肯堂》：坎坎伐轮置河侧，哀哉河水清且直。不稼不穑而有食，远思君子多惭德。今我在此能无恶，念子在彼犹无致。庶几夙夜永终誉，勿使衣裳沾霜露。

《过肯堂家》：

小室重来静掩扉，为谁花发剑兰肥。明知久住浑忘味，坐对南山不忍归。

镇日婆娑二老欢，一家相对慰平安。今宵未敢怀游子，曾解天涯坐客难。

草草封书寄未成，新诗遥唱欲沾巾。如何前路逢迎曲，又带阳关呜咽声。

《肯堂夫妇游南山并有纪游诗出示和之》：故乡三月逢春早，登临不觉南山小。远传佳句下东皋，居然山好人尤好。君家夫妇比神仙，云中携手何缥缈。夫人自作悬岩书，大夫能赋高峰妙。此事风流歇绝多，闻之七日心怀悄。十六年前奉板舆，楼台几处留鸿爪。西来江色与天长，海光横接青难了。荡胸决眦逸兴

遄,蓬莱特起双栖鸟。我南君北成分飞,独归一听钟声杳。白骥奔驰鹣退飞,王
孙亦复思春草。前事妍如尺璧珍,新游艳似千金宝。同乐同忧自古然,眼前困倦
非潦倒。我与范君何患焉,风尘久被愚庸扰。倘见山灵一瓣香,苍烟之约当
偕老。

《寄肯堂》:

虚传相忆苦无书,回首幽兰惜别初。千古清才双宋玉,一时佳偶两相如。杯
中明月吾曾饮,座上青云子自嘘。位置斯人真未定,且将踪迹混樵渔。

君家兄弟笋班春,每纵清谈气备真。左海为襟何有地?南山当户岂无神。
红颜相惜知如旧,白首重逢愧若新。努力自崇明德后,子将终不负人伦。

《题肯堂去影图》:端忧如梦复如醒,每试思维不愿醒。问病相依参塔佛,悼
亡曾与吊湘灵。清风偶散明踪迹,皓月同归照影形。逝者如斯来可念,欲回天地
慰飘零。

《和肯堂》:

北斗为杯酌北辰,昏昏长夜想清晨。扫除吾辈空谈罪,重见傅岩入梦人。
山内斜阳世岂知,山前人影散何迟!回光忽照初来路,独立苍黄此一时。
兵气知非日月消,中原大笃唱椒聊。笼东尚作公庭舞,自誉由来实自嘲。
谷口幽沉发大风,贪人败类古今同。招魂欲问青天恨,阊阖无阶路不通。
素月生明魄又哉,循环无极往便来。后人哀感成何事,却怪秦人不自哀。
渭水何殊津水潮,天回地转路遥遥。十年已兆兴戎局,不信人中有女尧。
久闻崩溃及尼山,举世谁能识孟颜。一恸至今吾未解,尚留哀愤在人间。

《读肯堂近诗曰:天子从容反里门,西征甲卒散归村;驷虬逐日嗟何及,仗
马迎风更不喧;兴复又添垂老泪,荒茫永有未招魂;商量去孔诚何说,只向深山万古
存。为之反复,悲从中来》:

尧不幽求舜再生,诏书万纸急纷更。华山野老骑驴坠,从此人间说太平。
出门时节野梅香,忽吊文山古道场。既有沧桑千古恨,两人相对更苍茫。
凤慕宗周与道周,要当残汉武乡侯。今宵如共冤魂语,一卷悲文月满舟。
男儿不幸处奇穷,置我元黄错杂中。百战乾坤才作血,何人何世见真龙。
告退尼山自莞然,耶稣后起欲争先。只疑亦是消残局,未必能支五百年。
富有而邻不厌贫,相邀旧岁作新春。高谈王霸非吾事,一醉尊前忆故人。

《记与肯堂丁堰舟中语》:约束千秋孔孟文,当今更变日纷纷。看他画虎人
成狗,愿子为龙我作云。长啸引吭如有应,狂咻掩耳不须闻。此时相视舟中语,
正有斜阳照水纹。

《腊月八日奇寒不出读出师表》：三分天下孰支持，一表犹闻请出师。国事不堪成两误，民心未定乃孤危。惟凭谨慎酬先帝，或使艰难觉后知。倘与长沙疏并读，治安奇在圣明时（作时忆肯堂咏陈友谅作，颇欲通其消息，既成而殊不似）。

《怀肯堂》：天地为蘧庐，何人非游客？胡为见吾子，匆匆有行色。朱门植峨峨，仿佛帝王宅。神鬼及天人，古画罗四壁。亦见君夫人，授我以巨册。中多蝌蚪文，仓卒不可识。命我影缥缃，慷慨逐□笔。寐时已悲怆，觉后更凄恻。自与君分离，岁月成淹忽。远闻墓门前，芳草黄又碧。况此期年中，人事加迫急。四海方猖狂，吾道孤可惜。愿得魂魄亲，知君长相忆。

《大桥图》：

惊鸿曾与照春波，魂魄犹应恋苎萝。独立小桥成脉脉，落花似比去年多。
莫愁憔悴感孙郎，报答平生未敢忘。青玉明珠俱不足，千秋终让郁金堂。
扁舟岁岁访桑麻，有约重寻长者家。今日画图君不见，绿荫冉冉是天涯。

贺涛　《贺先生遗诗》

（仅二首，乃徐世昌编选《晚晴簃诗汇》之底本，由涛之嫡子葆真录呈者）

《肯堂以诗倡吴先生先生之弟熙甫先生张君采南李君和度熙甫先生之子千里往复酬和积十余篇涛不能诗肯堂强之乃依其韵而错杂用之勉成一首》：吾师性好客，亭园极遐赏。高宴无虚日，嘉客时来往。酒政酷汉吏，诗律密秦网。张李争出奇，范子才无两。群雄不相下，建国各分壤。小侯执贽来，听命甘诮谤。郡县不敢居，退思乘一障。忆我二十余，抗志薄今曩。良马脱羁络，千里犹莽苍。盲进不知退，力竭仍思强。岂料遇仲达，唾手收曹爽。蚁垤恐颠踬，嵩华恶能上。范子笑其旁，瓦缶击之响。怜彼蜩与鸠，不使控草莽。趣我令当阵，怯夫胆忽放。纵横大敌前，那复计弱壮。思酬知己恩，胜负不设想。请师备良药，将疗灌夫创。

《过天津肯堂留饮用山谷次晁补之廖正一韵见赠依韵和之》：筝弦在耳酒在口，老范为诗胆如斗。謇博意兴何超然，日以诗歌相往还。既得薛君与鼎立，何又援我厕其间。我自受形尘世上，孤怀那肯邀人赏。茫然四顾吾何从，自投所向归桐城。桐城大儒世与蜎，岂屑稽古如桓荣。不事公卿乐处士，知音四海惟吾子。大匠门下多瑰材，散栎见收殊可喜。群贤会合古所难，伯牙琴为钟期弹。得与良朋日欢饮，云路悠远何须攀。吾师罢官我何望，将从子言归故山。

❧ 贺涛　《贺先生文集》

卷一：

《题大桥遗照》：通州范君肯堂不忍死其妻,图其母家所居曰"大桥遗照"。大桥者,所居之里有桥而其妻取以为名者也。图成,系以诗,以视武强贺涛曰："子其为我识之。"涛不知生死之说,古之达者,如庄周之伦,以死为寝休,而无概于心。佛之徒,则谓人死且复生,相与礼于其所谓佛,而致死者于佛所谓极乐土而生之。夫不死其死与死而之生,皆致绝于其死,而推而远之,不足以抑人之情而塞其悲。方士能致鬼与人相见,其说盖诞怪不可信。然古有复魂之礼,宋玉、景差祖其意,衍为《招魂》、《大招》,皆恳恳乎以故居为念,而庶几乎魂之归来。范君既图大桥所居,又冶铜为炉,薰以众芳而勒铭其上,以招大桥之魂,然则斯图之作,其楚骚之遗乎?

《送范肯堂序》：涛始学文于桐城吴先生,及武昌张先生北来,复命往受法。时吴先生为冀州,而张先生弟子通州范君肯堂以聘来,涛亦自大名教谕调守冀学,因主其书院讲席,始与范君交。盖通之为州,江海所汇,形胜冠东南。君生长其间,恣山水之好,又远客四方,以博其趣,故其文恢谲怪玮,不可测量。涛既腐于才,独姝姝焉抱师所传,而足迹所极并四达而不逾千里,辄用自憾而壮君之所为,君亦以是相勖。七月初吉,君将南旋,次其道所由,自津沽浮海,南至沪,又并海而北,绝江而抵通。既拜其亲,应试于金陵,迎妇于江右,闻张先生且南归,则又溯江而上,谒师于武昌,不半载走江海万里。凡吴楚胜地,古人所穷探极赏更百千年而号为名迹者,一纵所欲,以盛昌其文。涛既不能勉从君言,则惟冀君之速归,读其文,讯所经涉,以骇视听,而恢拓志量,斯不啻从君游焉。君与南中故旧,选奇逐胜,徜徉而酣嬉,思北方友人有滞迹辟左,形拘景絷,如君诗所谓"瓮坐而釜游"者,亦未必不笑且怜之,而亟图北来以慰其意也。

《书范肯堂〈书日本高松保郎上使臣书后〉后》：海西之说兴,从而效者多富强,中国士大夫未尝深求其故,辄恶其异己而宾之。通其说者,又或艳彼目前之效,而厌所蹈习,谓不复可与有为。山东郑东甫尝为文辨之,以为彼在今为极盛,而吾道则适际其衰,此寸木高于岑楼之类也。因穷探根源,竟其所归,以衡决得失,而抑彼以尊我。予既读而伟之。日本旧服习于中国,激愤于积弱,舍而惟西说之从。肯堂此文,则因其一端之犹近吾道,而惜其误用,慨然欲诱而正之,所见与东甫略同,其设心尤厚。予固尝闻西说而喜称道之矣,读二子之文,因复自疑焉。

贺涛　《贺先生书牍》（民国九年刻本）

《与范肯堂》（光绪辛卯）：读惠书，欣悚无似。冬不甚寒，体当安适。伏惟万福以文寿武昌先生，乡故言其所以寿之之说，已奇之矣。今读其辞，乃更非乡者意念所及，信乎子之谲于文也。子又尝见吾母，亦欲寿之以文。吾父之德，子亦当闻之。吾父年六十有七，吾母五十有六，皆宜见于子文，愿遂成之。子启其端，吾当益求张、吴两先生之文以张其事。小子不肖，将衰之年，乃获微官。既无以养，抑不得为荣，诚得子及两先生文献之吾亲，因以夸族党姻故，窃以为荣于诰封，子岂有所吝而不卒其觊乎？时文识高而理周，无意于奇，而神出怪发，往往不测。读不终卷，心掉神眩，首已至地。子今令我序之，恐辱宠命，必不获已，则俟其心神少定而后图之。目疾无少增减，谨遵所戒，使备一官而已，不敢用也。初犹以为恨，既而思之：我部中官也，岁时一到，无所用于部也，不官所官，敢责官于我者之能其官乎？故亦久而安之。岁暮省亲于故城，正月望后还冀，入都当在春夏之交。舟行必如约，然不敢凤期。闻吴先生在津度岁，不易得之遇也，恨不能往。先生念我，尝问以书，愿以见闻于我者白之先生。苹西、刚己明年如保定，今冬早归。比惠书至，其去已久，事宜晤言，故未尝执讯以告，吾亦意其未必往也。大文奉还，稍参鄙见，恐无当于大雅，尤恐谬于吴先生。子以为荣，我则惧焉。及门两公子款我甚殷，别不能忘，为致声谢也。

又：读所赐寿言，推尊吾父既无虚饰之辞，而所以教我者尤中其病。初不自觉，读此文乃大悟，非执事不肯为此言，亦非执事不能为此言也。若以文论，则阔远深邃，望之无际，探之无穷，唐以后殆无此文格，乃斤斤焉与归、方较长短，如孔明之自比管、乐，何自谦邪？睿博场后即出都，当别求书者。

又：奉到由衡水寄来手书，敬审动静，佳胜兴趣日高，至以为慰。秋间奉到所赐寿文，即求能书者书就，归献堂上，举家拜观，欢忭莫名，终以未得嫂夫人书美哉犹有憾也，然亦不敢渎求。今乃欲践前言，则喜出望外。前书云，始为言情之作，颇不自惬，所赐乃更为者，拟请嫂夫人书其初作。既拜大教，又领盛情，则所以觊我者尤厚。必不肯者，或已书就，亦望以草稿见示。退之云：小惭者亦蒙谓之小好，大惭者即必以为大好。待浅人固当如是，况所云不自惬者，又未必非望道未见之意也。涛十一月入都，往反当一过津，此言可质天地，所许望早寄京先睹为快，幸勿留以为要挟之具。冀州书院秋闱有声，我两人当分居其功，而李、魏之得意,执事之力尤多,何乃推功于我耶?吴先生文既谨领以归,顷奉张先生书云,文已脱稿,不日即当书就,会试时带来。世族巨室,孰不为其亲寿?海内难得之物,皆可聚而有之。文人学子争以文献者,亦当不可胜数,而欲一时兼得两先生及吾子之文并皆自书,则虽强有力者不能也。阎鹤泉以诗祝嘏,谓合海内能文者之文以为寿,亦可谓知言矣。

❧ 吴汝纶(未见专集,引诗见《晚清四十家诗钞》)

《和范肯堂元韵》:万生浩无纪,斯人竟长往。端居感昔游,忽若千载上。鸾凤本高飞,孤鸣何倔强。飞鸣未云止,回风堕草莽。尚有过迈伦,遗业守先创。昔我兄弟交,如君止三两。婉娈徒相怜,无计脱尘网。惊涛激横流,放恣谁为障。痛哭西州门,贤相今黄壤。我思濂亭翁,大隐何誉谤。且复蹈机井,临风增怅想。入室有高弟,纵力追幽赏。文史相娱嬉,意兴兀森爽。鸡虫亦何关,南北隔音响。按剑诧明月,此郁何由放。高吟感故知,近事怀老苍。孤怀萦百感,言尽气犹壮。唱和我何能,悲念今与曩。

《读范君集有感随笔书之》:往余陋劣既不学,掷去春阴不自惜。偶然对卷复生瞋,颇妒古人犹未没。当时意气亦自雄,六合茫茫嗟独立。坐中长者自相语,彼至吾年定何若。情移势谬倏更迁,药饵绵延益废阁。朋游接对俨休休,惭恶梦魂常戚戚。赵括安能读父书,仲谋那复承兄业。吾兄爱士更八埏,晚获通州范无错。文字光光照区宇,怪奇往往难句读。吾读万过无一知,耗损餐眠费探索。有如村子见少妍,心知其美口嗫嗫。自嗟朴野恐笑人,还君诗卷三叹息。

《和范肯堂元韵》:僻处偶逢佳客至,有如甘澍沃枯晴。客中晨夕共须惜,坐上诗词孰与京。往日心期如逝水,孤怀迢递结层城。何时病起乘余兴,樽酒安辞浊与清。

❧ 朱铭盘 《桂之华轩诗集》(民国二十六年铅印本)

卷一:
《与范大铸》:汝祖及吾祖,先朝并有名。苍茫百年事,迢递两人情。归路沧波远,西风尊酒清。何须怨摇落,无用最儒生。

《寄范铸葛桐》:郭外青山酒客多,葛生范大近如何。开书艳听南皮乐,送客遥怜灞上歌。天末风高回暮色,尊前泪远与江波。荒城六月西风起,晓角残星梦薜萝。

《留别范大无错范二中木范三秋门》：林樾萧森罨敝庐，晚风凉意到襟裾。盘飧却称贫家味，谈笑都成策士书。南徼新军深驻日，西征名马半归初。草堂此会真难得，江上明朝梦更虚。

《江氏山居同范大兄弟》：系船柳外爱清阴，深愧山翁好客心。紫蟹味兼尊酒重，白莲香与暮烟深。微时歌哭都无谓，早岁关河空苦吟。珍重主人醇朴意，未妨颓语漫题襟。

卷二：

《寄范大》：人生有何乐，骨肉是真欢。便共闭门卧，终胜衣锦还。远游况牢落，经岁独江关。不信烹山酒，离情醉可删。念汝衡门下，为欢有几时。书看令弟好，诗上老翁嬉。植拔能萝薜，烹鲜且蛤蜊。日来煮春酒，肥牡更招谁。

《与季直无错行抵如皋书寄中木兼送季直入都》：明发扁舟下海陵，白狼回首见高稜。贤兄归梦三更雨，念汝清诗十月冰。为悔风尘忆茅屋，偶思骨肉怨行滕。素冠三月长安去，有客悲哀况可胜。

卷三：

《寄怀范无错武昌兼怀令弟中木同年》：黄鹤楼头见月明，晴川阁下枕潮声。我从徽外兵戈地，羡汝胸中山水情。病起翻令归兴减，鬻文料是可怜生。京华三月逢君弟，回首笙歌涕泗横。

《寄肯堂》：旅顺所居屋，俯听大海波。始闻疑耳聋，又疑风霆过。主人闵旷独，为我营行窝。命吏督夫卒，架木划坡陀。南人四五家，亦有鸡鸭鹅。村老相爱敬，但知美冠靴。骑马六百日，足力不见多。三年救妇病，一病九跌蹉。问君有何怀，那能笑与歌。今年却移居，粗得营薜萝。丈人附书至，其月妇病瘥。尔来稍发意，遂思大声哦。丈人爱吾辈，但恨不共科。平生说张吴，余人徒傞傞。火急钞细字，十年载一驼。誓灵变此计，孤学世所诃。武昌七十翁，幽居当如何？

卷四：

《题肯堂照像寄肯堂诗》：肯翁寄我赫蹄形，贱子悬着瓜庐隅。审君貌肥肤革缓，料是病起毛髓枯。水心亭上二十四，目长眉远丹肌肤。黄鹤楼边政三十，气充骨劲耐歌呼。论文不眠僮仆怨，绝学锐讨门户孤。武昌白头财七品，冀州脱手空三都。君我尺牍互嘲弄，商量便服利走趋。季翁腹饱喜高论，彦叟病懒甘腐儒。余者群子各南北，有时一见在道途。吾党为学几途辙，丈人及我一冶炉。天津对酒电过眼，南苏望远月边湖。古时轼辙说麟凤，君家罕况真於菟。我无楚丘卜臣妾，安知方朔生龙猪。令人感激想年少，转眼老丑成颠胡。

《寄肯堂》:心恨大范无报书,如垂长竿不得鱼。无鱼犹当嚼园菜,得书黄金比不如。黄金可成河可塞,只有懒漫无计袪。读书写字有日格,以忙塞咎君欺余。望君太酷当自劾,逼文堆牍行爬梳。君当文渊波浪阔,宁知泥淖掀大车。发言高议啃肠胃,那用钟鼓祠爱居。平生喜诵伯伦传,酒星在天不照余。书来要说天六幕,八荒日月为瓜庐。

《桂之华轩文集》卷九《谢范无错启》:某启:伏蒙以夫人书帖见饷,谨奉启陈谢者,伟语惊人,弘词配古。中郎为父,故善八分;太冲为兄,遂工铭赞。猥以刘卢族望,骀苦通家,入马季长之后堂,睹卫夫人之法帖。期之圣学,乃簿录之余波;临以至人,见大方之秋水。玩词尚象,起白云沧海之心;置座镌铭,寤太元法言之指。欲酬杂佩,妇岂陈玢;规答苞苴,息非道韫。惟使闺中小学,奉如女史之箴;灶下胡奴,日诵洞箫之赋。谨启。

陈三立 《散原精舍诗》

卷上:

《衡儿就沪学须过其外舅肯堂君通州率写一诗令持呈代柬》:吾尝欲著藏兵论,汝舅还成问孔篇。此意深微竢知者,若论新旧转茫然。生涯获谤余无事,老去耽吟傥见怜。胸有万言艰一字,摩挲泪眼送青天。

《寄肯堂》:拗怒横流束一门,凭谁疏引灌千村。公知吾意亦何有,道在人群更不喧。碌碌已穷鼫鼠技,姝姝欲并蠹鱼魂。痴儿种海求瓯脱,任被麻姑目笑存。

《中秋夜同肯堂喆甫恪士泛舟青溪矩林次申亦各携妓至遂登复成桥步月次肯堂韵》:黄篾之舫横溪风,绮楼复阁长烟笼。客心正悲焉所穷,老去无复酡颜红。谁悬大月辉天东,万柳桥头视濛濛。当襟钟阜争块雄,飞光倒景惊化工。俄顷响柹星摇空,泊集洲渚如鹅鸿。髶者暂者杂疲癃,还闻雏鬟唤人丛。翱翔驰道笑语融,虫声四野答未终。翩然弄影墟墓中,踯躅掩泣波双瞳。君不见古来歌吹江山上,阅尽鸥群坐钓翁。

《肯堂为我录其甲午客天津中秋玩月之作诵之叹绝苏黄而下无此奇矣用前韵奉报》:吾生恨晚生千岁,不与苏黄数子游。得有斯人力复古,公然高咏气横秋。深杯犹惜长谈地,大月难窥彻骨忧。旷望心期对江水,为君洒泪忆南楼。

《次韵伯弢怀范大肯堂之作》:梅坞闲飘三两花,凭扶雪色散谁家。暮年怀抱自天壤,到处池台欺鬓华。尘土一官迎燕鹊,梦魂万纸照龙蛇。怀人落日满江海，解对琵琶微叹嗟。

《和肯堂雪夜之作》：逼仄江南无可语，只余残泪洒残年。（由南昌返金陵，便得席氏女弟凶问。）况当夜雪园亭畔，更觅吟魂几榻前。万古酒杯犹照世，两人鬓影自摇天。痴儿未解寒灯事，任咤尖叉合比肩。

《肯堂有感愤题金陵诗次其韵》：笑啼自昔成千劫，性命于今值一毫。犹许区区豁双眼，雪泥没踝酒旗高。我还又到兴亡地，微觉孤檠拥万钟。蚁视玄黄参一解，梨洲而外只而农。

《雪夜再和肯堂兼感近事》：拂衣艺上百十事，放艇江南三四年。几共子吟狂雪外，独看谁卧短檠前。倾杯自照尾闾海，呵壁都成鳞甲天。莫便欷嘘对檐树，明朝饥鹊噪随肩。

《公约酬范大诗甚美因依韵奉贻》：四象桥边梁处士，剧哦妙句照杯清。沉冥梧几欲头白，突兀儒冠为眼明。被酒向人成气象，笼灯过我见生平。门前带水抑何恋，和汝书声遥夜鸣。

《雪夜读范肯堂诗集》：雪窗寂众籁，寒灯不肯怜。取诵肯堂诗，重接平生欢。汩汩写胸腹，汇海回涛澜。神虑濯饥寒，声欬虚空旋。谁言死无知，宛宛出我前。老至亲故稀，况有深语传。忧患弃一瞑，抚此岁月延。向怪古人痴，牙琴为绝弦。

《雪夜感逝》：死去亲知并一哀，帏灯檐雪映徘徊。等闲歌笑防追忆，重叠文书有此才。万古只余寒彻骨，连宵翻教梦成灰。仰天侘傺谁相语，断续江湖白雁来。

卷下《正月二十二日通州南郭外会送肯堂葬》：重来城郭更寻谁？海气荒荒皆所悲。原路一棺寒雨外，衣冠数郡仰天时。斯文将丧吾滋惧，微命相依世岂知？唯待千年华表鹤，河山满目识残碑。

🐟 王树枏　《文莫室诗集·信都集》

《赠无错》：我年三十二，躬辇趋冀州。君年三十二，亦此来倾投。吴公府潭潭，临渊日敲钩。游鳞饕大饵，一钓鱼双头。我当君之年，细于蛤与蜉。君已变瑰怪，捷猎翔龙虬。君乃弗自伟，日日加鞭辀。进退不旋踵，势如参逆流。况予顽钝质，翔泳寻常沟。斗水苟不资，败腐将谁收。吾闻达人语，生若风中沤。一朝忽漫漫，衮衮不可抔。中有不灭者，炳燏箕奎娄。勖哉罔或辍，逐好相与勠。君生后一日，风雨摇归舟。主人为荐酒，倾杯写绸缪。祝君千万年，如此诗所酬。

宋伯鲁 《海棠仙馆诗集》

卷九：

《南游二集》之《东坡生日王义门中翰置酒邀客次坡公和王郎庆生日原韵范肯堂诗先成依韵奉答兼呈同席诸子》：白马熏天众所趋，开筵暇日独于于。东南八达盛宾主，中外一家新范模。已睹浊流投顾及，翻愁神器误仁儒。求林辗转思潜翼，守口森严畏夺郛。清夜留宾酒如海，回风入破雪沾桴。香厨络绎进丰膳，好句回环如贯珠。后俊宁非古人敌，晚筠肯逐朝槿枯。请看江上南飞鹤，终日荒田味雪腴。

《陈敬如王义门范肯堂先后有诗见赠仍用前均奉答》：春风吹水歌吴趋，海客邂逅相喁于。熙然睨我握中璧，纛以龙虎穷追模。仲宣七哀本奇郁，正字感遇惊陋儒。流风回雪奄时辈，彦龙执鼓恢廓郛。风尘澒洞海波壮，毛发如漆空乘桴。诵君好句感君意，愧无汉水双明珠。天寒白雪照原野，惟有劲草心不枯。酒酣拔剑三叹息，九州今日无膏腴。

《和肯堂祀灶前一日诗》：范公下笔江海长，万里秋涛自输送。真思砭骨人莫测，硬语盘空孰能动。髯翁已往不复还，八百年来见伯仲。残年我尚读公诗，公诗自好终何用。谁能夺得鲁阳戈，古乐新声徒聚讼。但道后儒苦著述，那识六经皆凿空。兴亡代嬗谁为此，不敢高言听者众。白发相看奈老何，到此方知觉春梦。我今买得武陵舟，流水桃花泛云洞。

《再叠前韵和肯堂》：寒灯照席人未眠，忽有新诗笑相送。隐忧如此谁能堪，侠骨似君我犹动。六经今作富贵资，大义沦亡罢姬仲。公有至性轻死生，生不逢时死安用。结缨从窦各有心，一言可息群儒讼。山中岁月自宽闲，天与此老吟诗空。忧来高咏当亡何，如此佯狂未云众。世间甲子无人知，为汉为秦倏如梦。但看鸒鹭巢松禽，雪落冈寒不知洞。

《肯堂以人日和杜公追酬高蜀州诗见示依均奉答》：大雅沦亡久不作，近代诗人阒寥落。公诗绝好兼怨悱，古色谁能识今非。西京豺虎方煽乱，老病龙钟与恢廓。贫穷到骨世难谐，姓字将为人所略。岂知板阁少眠睡，亦与扁舟同寂寞。逸风已蹑千里骊，健翮终思九秋鹗。稷契唐虞那可论，俊顾及厨今尚存。四海盱衡无净土，一篙那得出方坤。新年江浦发初白，旧好春明情所奔。急管玳筵送长昼，缁辎綦会簇千门。飘风掘堁众山暗，杜户栽花吾道尊。一纸邮传喜开口，昏灯为我掇心魂。

张謇 《张季子九录》

卷二《王欣父刘馥畴范肯堂黄君俭杨子青同在海门作消寒会别后分寄诸君》之二：兴尽悲来漫拍张，白狼小范最能狂。酒酣一唱箜篌引，四座无言各断肠。（"白狼小范"，铜士有此印。）

卷四《与勘藏九香敬铭登狼山望海楼追悼肯堂梅孙》：故人陈约在黄泥，观烧犹传隔岁诗（肯堂有狼山观烧诗）。姓氏剧成耆旧传，欢嬉追溯少年时。苦求耕钓谁能偶，便数沧桑我亦衰。望海楼边寻石刻，伤心梅老共烟霏。

卷十《剑山规建文殊院感怀范伯子二首》：

崱屴空诸倚，乾坤亿劫过。风尘谁得避，江海昔经磨。池隐云泉气，滩埋石子窝。平生风土爱，剪拂认烟萝。

少年怜范大（无错），骑马一同登。不作重泉友，还悲百岁僧。徙江鼋跋扈，捎树隼凭陵。头白谁相慰，依山奉佛能。

裴景福 《睫闇诗钞》

卷四：

《送范肯堂渡海还通州且念结邻之约》：海内忘形更几人，爱而不见独伤神。析木津头一杯酒，雪月梅花六度春。别后光阴真一瞥，翻江倒海坤维裂。丞相门前车辙稀，平津馆里书灯热。归来高卧大江东，群季风流盛五峰。英声人重范老子，雄文吾爱苏长公。冀州说士飞书尺，中丞便置迎宾驿。陆贾新趋入粤装，谢安偏理还山屐。廉饮堂深东北偏，肯来盦启一榻悬（署君卧室曰肯来盦）。风尘我合移文诮，松桂君成招隐篇。岭外繁花冬愈好，劝君不觉鸥夷倒。海水天寒多北风，白云苍莽蓬莱岛。便到吴淞烟水昏，莼丝鲈脍怆人魂。江山为卜扬子宅，鸡犬同住武陵村。

《范肯老弃人间将百日矣今夜拣旧稿见肯翁手批朱墨灿然不觉出涕卧不成寐赋长句哭之》：君披云锦归金阙，我犯风沙倒玉厄。绝域何心生马角，残编有泪洒蛛丝。方知执绋凭棺日，犹是高歌斫地时。人世音书多滞阔，况从泉路寄相思。

洪述祖 《雪后肯堂以诗见示和敬如韵》
（诗见孙雄《道咸同光四朝诗史》甲集卷六）

廿年不入山阴道,雪后看山兴仍好。朅来久作江海人,四十男儿未云老。忆昔十五二十时,孔杨视作大小儿。等闲负此好身手,乃与樽酒欢相持。赵后昔问三无恙,世以年丰占宰相。病夫亦复苍生忧,故人几辈青云上。沧溟静日翻紫澜,空山归卧知犹难。诸公白战斗鳞甲,玉女一笑空中看。新诗各有高寒境,变化飞腾在俄顷。海外方为鹬蚌持,宵深始觉鱼龙静。眼前大地无纤埃,求仙何必寻蓬莱。红炉绿醑万事足,无问西北浮云来。

王定祥 《映红楼遗集》（抄本）

卷四：

《淮上送范仲木之武昌时余将偕其伯兄肯堂当世往徐州》:眼前去路忽纵横,楚尾吴头万里情。孤愤不关穷达感,飘零真觉别离轻。二难倾盖缘何事,独客扬帆又此行。知尔江潭风雨夕,只应直北望彭城。

《口占别范大时君将之冀州》:彭门春尽柳毵毵,晓日铃辕送客骖。一样辞家君更远,青山何处望江南。

陈夔龙 《松寿堂诗钞》

卷三：

《淮上喜晤范肯堂光禄依韵奉酬》:旧闻一范军中有,淮浦相逢倦眼开。且为桐城留正派,独惭湖海是粗才。平生风义从谁说,世变沧桑信可哀。何怪儒臣心恋阙,养牛叨赐上尊来。

《接肯堂泰州见怀诗即用其韵时值人日维舟淮郡先二日于淮园西偏植芍药梅花数种故有末句》:我爱通州范光禄,著书日与古人欢。江湖满地容高隐,风雨扁舟发浩叹。忆弟心随棠舍远,题诗春到草堂寒。药园金带梅香雪,花事期君次第看。

🐟 沈瑜庆　《涛园诗集》

卷一《正阳篇》之《九月二十五夜奉和范肯堂见怀原韵》：圣贤列鼎食，王公羞溪毛。穷达两不厌，风节相争高。人情重缓急，因付随所遭。台馈昔致饩，诸侯能投桃。果腹论风雅，坐啸刘与曹。郑伯索敝赋，吴王征百牢。九重扫巢痕，百鸟鸣啾嘈。既叹士不遇，岂有名可逃。望洋忽返驾，风雨声萧骚。行役念予季（昨夕，送季弟赴粤），神交饮醇醪。国子退太学，妻啼而儿号。晨炊方乞米，对客犹挥毫。生尘置范甑，作诗追韩豪。

卷二：

《春申篇》之《和肯堂寄题召伯埭斗野亭和秦少游及苏黄诸子》：广陵别同舍，苏公语难平。后来友秦黄，一时成三清。得意斗野亭，杰构累层甍。俯视廿四桥，欲倒东南倾。旷代得精意，吟情悠然生。三子此劲敌，五言真长城。新诗发旧痒，久饥饫南烹。卷帘梦扬州，胜此宁西行。匝月憎官书，倦眼时一明。因君结古欢，厕名吾所荣。

《王岑之惠所拓秦邮帖赋谢兼示肯堂并送东绿五弟之官浙江》：范子昨吟斗野诗，王公今拓秦邮帖。谁知堆眼畏官书，到处汗牛艰发箧。一行作吏便尔俗，何待勍敌方气慑。愧难据案答诗筒，险韵哦思一再叠。故人不谅促挥毫，判牍余湔书小箑。昔贤诗成手自写，公事昼完客夜接。我今四月犹清和，耳怕蚊雷衫汗浃。对床忽梦浙江潮，明日清风趁苕霅。杭州山寺墨本多，捆载无妨重归楫。

《子封自海州来肯堂兄弟自通州来竞谈张季直沈雨人倡垦通海洲田之盛已而二范别去余谒府金陵留子封少住十日未及期函书以妇病告归却寄兼柬雨人》：东西二帝子遨游，南海北海风马牛。城阙佻闶矜自由，子持故技将焉售。主人出门以写忧，谓客为我十日留。京尘消息渺悠悠，驰书劝作致书邮（来书劝办淮海邮政）。中言妇病未少瘳，清辉香雾催掉头。白日看云胡不谋（久不得子培信），二范友爱真吾俦。门内之治勤自修，人生若此复何求？皋比课士劳校雠，防攻子盾以子矛。一度扬尘一断流，巧取豪夺等浮沤。眼前突兀逢麦秋，彼此疆界画鸿沟。流亡无术给锄耰，挺险未忍穷录囚。诸君肯使鲁无鸠，我诗与子炯双眸。东渔海上能狎鸥，千头已长木奴洲。我袯子佩何时休，盍不耦耕偕老归黔娄。

☙ 江云龙 《师二明斋遗稿》（不分卷）

《题范肯堂当世大桥遗照图》（图寓悼亡）：

同榜青裙一少年，来归阿姊伴诗颠。鬓丝袅袅春风影，一占桥头一镜前（肯堂后夫人姚为叔节孝廉女兄，叔节与余戊子同榜）。

披图迤逦惨离魂，贫贱夫妻不可论。痛忆桐棺南下日，潇潇暮雨过杨村（余元室刘恭人癸巳病殁京邸，明年归葬）。

《元夜狼山观烧次肯堂韵》：鳌灯烧海艳千古，欲往从之道修阻。奇观乃在耳目前，快哉范子吟啸侣。登山忘山一豁意，说向井蛙恐不许。要知奇特出寻常，手揽银河落庭宇。尘市循例闹灯节，皓魄盈盈望三五。天公作意翻奇格，月黑云昏凄欲雨。长风不动万声暗，古佛冥坐三花聚。始见流萤数点耳，熠熠宵行摇残暑。失声一叹弹指间，化万莲花铺净土。金轮遥撞地球破，星宿海翻天倒处。碧翁应悔失关阑，放手为之不可御。诏下巫阳恨自责，终古无愁作愁语。由来忧患不在大，星星燎原祸乃巨。篝火狐鸣尔何为？不过驱除兴汉祖。西北一望千里赤，万灶无烟待谁举。小儿学诗解此意，句短节促写酸苦（藻儿有诗，颇具深意）。老夫近日情怀恶，执笔摇摇心无主。让君赤手探骊珠，鳞甲森森不敢侮。

《肯堂归自淮上以余曾贶其行出诗见示并为耦耕吟申沮溺之意各答一首》：

无贫无富世大同，降及衰世有无通。千金不受一金受，翰林昔野今官穷（昔官京师，吴沧石赠句云：千金不受一金受，无怪人呼野翰林）。老聃治生贵用啬，细如曲穴嘶寒虫。庄生放言颇快意，鲲鹏运海天培风。嗟子饥驱走淮海，归来但见甑尘封。兴来请学樊迟稼，大哉夫子不如农。

巢父许由称大贤，嚣嚣售舜逃深渊。何如长沮桀溺偶避世，独与穷途一老相周旋。富春老渔殊可怜，学巢学许又误焉。不臣天子友天子，客星自待真欺天。嗟子赠我耦耕篇，一吟再吟心凄然。陆沉大地将成海，沮溺归耕何处田。

《题徐积馀太守狼山访碑图卷次肯堂韵》：……范生通经作山长，文章至味分酸咸。身不出乡名天下，太璞愁被人刓劖……

《梦湘肯堂叠前韵复成因顺和之》（诗略）

《同梦湘肯堂走狼山访去秋哭亡友王伯唐处因刻石记其事》：竹杖芒鞋出郭门，愁云四塞天为昏。劳劳一世皆虚影，寂寂空山有断魂。愧在生前称死友，忆从梦里见真人（伯唐死后入梦两次）。海枯石烂知何日，万古难消墨泪痕。

《同梦湘肯堂宿狼山僧室肯堂用东坡游灵隐高峰塔韵赋诗索和率答》(诗略)

《榷期已满昕夕盼代者不来上书乞退肯堂梦湘各用东坡韵挽留适余读陶集再叠前韵志感》(诗略)

《虫言倒用前韵简梦湘肯堂》(诗略)

陈锐　《袌碧斋诗》

《岁杪怀范大肯堂通州》:东望江门尽雪花,残年吹汝独还家。那无腥腐供朝食,犹废精神斗物华。夫妇短歌杯送蚁,羲农白日窒惊蛇。未分半席谭天演,竿木随身只自嗟。

《同肯堂夜坐怀伯严》:虚馆冬深人未回,风灯倦客共徘徊。冤亲渐可观平等,麟凤原知是祸胎。微禄欺人官似赘,长江流涕雪成堆。那无尊酒能相待,侧帽呼儿步远梅。

《伯严明年拟垦西山肯堂要之时余家被毁感而有和》:故人欲作老农计,归垦西山待岁年。尸祝倘酬全壤熟,吾生已落百忧前。尽衔冤石空填海,等是无家莫问天。肯约隔邻残雪后,绿蓑青楂挂吟肩。

《国用不足烟酒税增而范陈雪夜倡和不已作此解之》:杼柚东南民力竭,诗人哀怨托遥年。也知烟酒关生事,正见冰霜挂眼前。连榻鸡鸣声彻晓,五洲龙战血经天。泥沙掷尽蜉蝣死,何处洪崖更拍肩。

《舟夜中酒再和示肯堂伯严》:远东决裂初闻战,江左凋伤莫问年。一舸提灯呼雪外,几人收涕到尊前。题诗暗记伤心地,占梦从无悔祸天。今夜骤寒须尽醉,佩刀聊为割豚肩。

《肯堂为作原毁奉答一首》:贱儒未敢憎多口,独处何当怨盛年。才见晴光消雪后,便催诗思发花前。分唐界宋原无党,篱鷃池鲲各有天。时誉误人犹胜毁,期君充耳两垂肩。

《闻嘉应黄公度之丧口占挽词并追悼王幼退给谏胡研孙粮储文道羲学士范肯堂征君》:王胡文范一时去,又丧通儒黄百家。扫地文章今已尽,回天心力望徒赊。青枫湛湛浮江水,碧血澄澄篆土花。独有交情两行泪,年年痛哭日西斜。

赵启霖　《瀞园集》(民国辛未二鲁轩原刊)

卷五《甲午五月南旋途中作》十六之六:言寻范夫子(通州范当世时居李合

肥幕府），邂逅未嫌真。高咏指千载，诸昆兼绝伦。道优无不适，天迥欲难陈。向晚携诗去，芦茄送海轮。

俞明震 《觚庵诗存》（民国庚申铅印本）

卷一：

《寄怀舍弟兼呈肯堂》（甲午）：侧身惊见孤飞鸟，落日无根大地悬。原野高寒愁集霰，弟兄南北各潸然。嗫人乱角从空下，背郭幽花抱露眠。斜睨五洲成独醉，朔风吹海又残年。

《和范肯堂兼示李刚己》：自我来天津，一日一课诗。出门泥没踝，嵼岏窥天倪。登高夜气静，得此晨风吹。日光附大地，万象皆离披。拓境无留影，一隙天所悲。悚身伺其间，寸寸还自持。百年太散漫，魂魄遂从之。卓哉范长公，黯淡天人姿。谈诗有余地，割取晴空丝。及门尽贤达，李子尤恢奇。深谈破蒙翳，真气相因依。悠悠人间世，扰扰长安儿。道德偶中人，耳徇心为疲。何哉寂寞中，获此真支离？

《甲午天津杂感和姚慕庭先生原韵》之二：寂寞真相喻，宁知范子豪。危言伤大隐，一发系吾曹。激咏物情好，披风众窍劳。深心无不在，孤睨一星高。

姚永楷 《远心轩遗诗》（《五瑞斋诗续钞》附，不分卷，清末刻本）

《九日登高忆肯堂》：几日霜风菊渐开，翠微高处独徘徊。霜澄万木秋将老，水尽南天客未来。开瓮我储元亮酒，凌云君擅士衡才。何当一鼓西江棹，共把茱萸酌玉杯。

《送无错行》：

如君竟不拔茅征，肉食应难相管城。三数朋交天下杰，一生风义古人情。高斋兴发吟难遏，下邑时和政自平。何日从君江海去，烟波无际望君并。

习俗焉知南北强，殊方箫鼓闹巫觋。蚊飞十月裘忘着，龙蛰三冬地未凉。独把诗怀对名酒，谁将别恨忏空王。眼前为乐须臾事，珍重春回一线长。

《寄肯堂》：万里春归雁，遥知到海湄。故人成久别，两地起遐思。云树江南梦，莺花冀北诗。采芳欲相寄，江上柳如丝。

《与叔节肯堂小饮》：人生中岁月几望，未望先怀三五愁。绿酒莫辜天上影，清霜渐欲鬓边留。含星雾下常淹郭，近海风生易满楼。寥落天涯各珍重，菊枝应尽作觥筹。

姚永朴 《蜕私轩集》（民国辛酉刻本）

卷一：

《题妹夫范肯堂当世小影》：有莘丈人老岩耕，石室诸贤多逃名。感先慕后出意表，当时岂料入图形。形人形己两不恶，鉴井讵须忘六凿。三十二相有如来，何必今无范无错。青山东断沧溟开，长鲸时驾三山来。万家金碧楼台际，乌帽青衫不世才。君不见汉宫蛾眉不自救，金钱能怒毛延寿。好将面目贮深山，留待文翁与教授。

《肯堂用山谷武昌松风阁诗韵为诗见示步韵酬之》：胸罗列宿口为川，至文不待笔如椽。千古万古胡非然，上溯羲皇五千年。文采变化塞天地，日有精光月有弦。喷薄无尽山之泉，击壶高唱彼何贤。云锦片片落我筵，忽若白日天光悬。破暑凉我旧青毡，风岩月壑听潺湲。霎时耳目生余妍，苦热连朝不能馑。得此可断火与烟，濂亭西饮蛾眉泉。莲池咫尺难为前，拱璧把玩今废眠。百番不敢金绳缠，文章至味脱拘挛，报君深意如螺旋。

《肯堂昨招饮今拟访之以雪盛不果叠松风阁诗韵赠之》：何人饮若虹饮川，醉倒不知雪压椽。我今南来即能然，何须远说魏晋年。共道今年无冻天，纸鸢风响空中弦。正思君家再煮泉，岂料天公不我贤。似怪昨日虚高筵，举杯不饮如磬悬。霎时衢桁铺白毡，缩脚何异雨潺湲。那敢走看梨花妍，案有樽酒釜有馑。家人围坐红炉烟，翁归车声如鸣泉。谓我思君冷难前，方今薄海报寒眠。僵卧谁能解行缠，妻孥开瓮坐如挛，劝君莫待三更旋。

《闻仲妹将至皖作诗寄之》：吾女兄弟三，伯姊适马氏。夫婿为儒宗，更喜同闾里。季字怀宁陈，遣嫁尚有俟。远行惟仲妹，家在狼山趾。范君天下才，囊空学则侈。高吟动江海，李杜近在咫。深闺互唱酬，佳句清如水。欢娱曾几时，所天形忽萎。人生寄斯世，何异风中蕊。安心途自夷，任运理无诡。谁能执天权，顺受而已矣。忆昔过汝家，前后两度耳。初值门闾盛，三范名远迩。再往大范亡，一棺寒雨里。会葬倾东南，交亲争作诔。庸儿纷满眼，斯人去何指？两范况续徂，所性有济美。近闻抱曾孙，要是膺繁祉。古人尝有言，未必自生子。汝夙明兹意，恩勤彻终始。营营哺诸婴，责岂惭后死？五月榴花红，汝来皖江涘。吾亦视吾孙，岸晴舟待㸓。相别逾十年，相见真可喜。悬知各惊衰，鬓发非昔似。引领望南云，辘轳情不已。

《敬次大人韵赠肯堂兼怀通伯》：君携巨笔泛沧海，来向荒城共掩关。嗜古才真过屈宋，哦诗句欲压江山。春风此际情相许，故国当年兴亦闲。何日更寻浮渡约，吟鞭上下碧峰间。

《敬和大人试院书感诗韵呈大兄及肯堂》：十年重向武功来，杖履追陪揽异才。海大睡龙珠在握，天高老蚌月中开。山城夜共披黄卷，白下秋曾践碧苔。杜甫已遥青眼少，酒阑拔剑莫兴哀。

《将应江南乡试肯堂先行诗以赠之》：

扫径携壶雪里迎，虚堂日日起吟声。春深啼鸟方求侣，宵短闻鸡剧送行。六月雨添千顷水，扁舟人去一帆轻。秦淮把袂知非久，无那樽前别思盈。

湘水文澜皖水来，百年宗派后先开。一源断续归真赏，六籍萌芽发异才。坐见君吞云梦去，生平曾见海涛回。鸿飞鹬退寻常事，鹏翮终须万里培。

《峡江舟中忆肯堂》：峡尽见人烟，停桡欲霁天。峻峰临石郭，春市聚江船。南国雁方北，故人书不传。持觞谁与醉，长啸舵楼前。

《过天津赠肯堂》：雨雪初消柳拂波，烟艘又泊意如何。故人归卧江南少，情话年来海上多。群雁依然思徼塞，春风底事别松萝。少陵亦自飘零甚，苦为王郎斫地歌。

《陈伯严三立索予近著赋寄并怀肯堂》：忆昔曾同江上舟，十年身世共沉浮。众芳芜秽佳人老，一叶飘零天下秋。微尚半生驹易逝，嘤鸣千里鸟相求。却思旧日谈诗侣，鸡酒松楸奠莫由。

🐟 王守恂　《王仁安集》（民国辛酉刻本）

《诗稿三》（甲午上）《呈范肯堂先生》：芳草被幽径，地僻无人知。不为桃李花，灼灼呈妖姿。坐此久留滞，色悴香纷披。恨不移根植，得傍江边蓠。骚人一采折，衔恩心欲悲。走也感身世，平生常自持。性情寄风雅，臭味防差池。曾闻古人言，多师唯我师。门墙近在迩，欲进还迟疑。深恐所造浅，堂奥无由窥。何缘获笔札，语语皆箴规。勉其所未至，讵为宽假词。狂喜来登堂，凉风天末吹。居然瞻泰岱，一笑群山卑。

《诗稿四》（甲午下）《次韵范肯堂师论诗之作兼呈俞君恪士》：文章贵达意，末流乃尚辞。不遇风雅宗，哓哓亦奚为。词伯振宗派，精蕴谁探窥。登堂授笔札，命我一和之。天地有奇气，公得无留遗。食蜜彻中边，岂徒甘如饴。发声震聋聩，析理清心脾。吾观流俗子，末技争妍媸。作画苦无骨，聊复涂胭脂。人间有骐骥，不在毛与皮。千家竞摹效，此唱彼则随。六义日沦丧，放眼心自悲。安有公数辈，化腐为神奇。小子学诗苦，境地经崄巇。偾车覆前辙，见公深悔迟。迥忆少年日，赋材无媚姿。倾心事文翰，吟咏为游嬉。野马不识路，那知人毁訾。茫茫有千古，将即还复离。何幸得公教，古人难我欺。刮目待三日，岂复乡里儿。师资老恪士，幽凿险可椎。苦吟百代响，一语千回思。阶前地盈尺，许我同扬眉。二公倡诗教，遗泽瀹人肌。从今谢组织，不为饰履綦。

《范肯堂师赐书册赋此感谢兼呈范夫人得二十六韵》：海风颠顿天迷离，吾辈束手宜咏诗。昔我从事乡祭酒，梅杨门下春风披。拘守家法未知变，复从人海逢我师。口讲指画不辞苦，一笑尘世皆糠秕。云诗有法贵自得，以声鼓荡空中思。自昔禅宗重衣钵，心心所印无人知。我师传法大于此，天机发泄无留遗。写诗付我意精审，廿年境界容攀跻。随时进步各循序，功无躐等无逆施。登山有图弈有谱，导我先路谁能欺。上溯所宗曰四世，义取古哲无偏陂。十山大节更昭著，诗格能使新城卑。铜驼涕泪溅秋柳，阮亭初唱成妖姿。旁及群季两诗伯，虽异格调同襟期。就中秋门尤卓绝，奇气来往天风吹。此皆当代能复古，从今研索求师资。碧天云外发奇响，灵璈仙琯调弦丝。梅花能洗烟火气，冰雪先发琼瑶枝。水仙一阕脱凡骨，神光仿佛来湘湄。隔窗授经有遗范，我欲拜倒青纱帷。大海波涛乏舟楫，成连一曲情能移。方今东国未纳土，眼中犹见天王旗。生不杀贼作露布，一编占毕空毛锥。安得四方就招抚，明堂一献登歌词。呜呼时局有人在，书生咄咄将何为？息心内照把诗册，瀼瀼仙露倾华池。

《诗稿五》(乙未)《怀范肯堂师及俞君恪士》：屋云压脊来清风，庭树微动青葱茏。今年苦忆去年事，春驹代谢何匆匆。在昔学诗已十载，拙手涂附非精工。纵协宫商半浮响，机缄未启天难通。无端遇合范夫子，拂除心镜加磨礱。大兴俞子复同调，论诗不与常人同。谓走问途尚不谬，惟遇歧路难折中。不惑是非绝疑信，性情声律相和融。时事一变范俞去，眼中愁见旌旗红。朱明秉令政严酷，夜深萤火穿珠栊。负手行吟不忍寐，墙角微月将朦朦。安得呼云化飞鸟，快舒羽翼凌长空。

《诗稿六》(丙申)《上元梦范肯堂师》：欣开笑口问新诗，犹是平生接见时。今日梦回灯月晓，昔年别后羽书驰。胸怀落落无余事，吾道悠悠念我师。记得荔支亲手擘，此间有味果谁知？

《诗稿十》(庚戌)《读范集觉诗兴日好追怀往事不胜今昔之感因而有诗》：收揽化机作诗料，化机不竭诗无穷。曹溪说禅脱文字，我欲开堂讲顿宗。朝来爽气净如洗，披衣推枕开帘栊。下阶闲步看花木，枝蕊衔接分青红。与心相会即吟咏,发舒志气非求工。写就深藏不索和,和者有鸟鸣和风。忆昔从事范伯子,先生大笔真如龙。不意小诗得欣赏,谓貌虽异神则同。十六年来去如水,此心如树烧已空。频年所遇苦不合,悲伤憔悴都成翁。幸有诗怀未灰灭,机缄阖辟能复通。静坐驱遣眼前事,旭日侵晓升于东。但得新诗日日有,蔽衣粗食甘长终。

《诗稿十二》(癸丑)《过范肯堂师故宅》:昔日苦吟争格调,年来得句转平常。闲情放荡笙歌地,旧梦模糊花月场。辜负师恩今已老,低徊堂室未全忘。人间那有凌虚管,回首知音泪万行。

《诗续稿》卷一《肯堂师许我诗可到遗山追忆感赋》:诗句能追元好问,先师许我独垂青。谁知晚节同遭遇,惭愧当年野史亭。

陈诗 《尊瓠室诗》(光绪戊申铅印本不分卷)

卷一《范肯堂先生疗疴沪渎从人存问近状辄成此诗奉简》:五年杯酒黄花笑,客里相逢岁又阑。落落江关供老病,劳劳尘市问饥寒。醯醢铺醊嗟何补,肝腑雕镂总自残。缮性故应澄百虑,好扶筇竹一枝安。

言有章 《坚白室诗草》(民国己巳铅印本)

《贺范肯师双寿》:希文忧乐笔通灵,题烛新词漱耳听。及冠及笄今又半,红鸾并作老人星。

《敬步肯堂师问津书院忆姚姜坞先生用山谷武昌松风阁韵》:狂澜既倒思障川,大厦宁徒笔作椽。放眼如箕心如然,分罗文献三百年。顺康文治丽中天,矫明疏漏光诵弦。浸淫穿凿言涌泉,抉云扫浊资大贤。邮传汉宋同侑筵,谁与一发千钧悬。桐城三姚世青毡,溯流归方导沉渹。长松古梅淡益妍,人醉得醒饥得馔。分溉经液清烽烟,方今时变百沸泉。鳣堂书瑟悦在前,先生苦热吟未眠。且整茶枪开粽缠,蛟龙光怪腾拳挛,三舍不获空周旋。

《呈肯堂师用山谷晁廖赠塔诗韵》:先生文采腾万口,此才岂可论石斗。如秦延敌方开关,席卷群雄遁欲还。又如亥步与夸走,摇足能周天地间。湖海元龙楼下上,到门谬荷中郎赏。承盖扶轮治性情,茫茫吾道重干城。并时岂恨余生晚,扬眉遂傲封侯荣。扶翼三才首儒士,世宙横流赖君子。文川武乡廉让间,茵涵随风屏愠喜。古乐由来索解难,夔旷不作谁为弹?只有后先忧乐志,一腔热血相飞攀。言遵东海自容与,举足欲望三神山。

《肯堂师啖以荔枝不数日复有茶叶之赐姚宜人益佐以西瓜用山谷送范庆州韵呈谢》:先生为诗如将兵,淮阴非以十万名。风水天然自沦涣,晴空千里飞迅霆。张皇幽眇阐宗旨,博我皇道宏汉京。论证了了妙处剂,足令眇视跛能行。敖曹枉说气如虎,至竟嗫嚅效儿女。西昆獭祭终闰余,源头迳欲寻清渠。绛囊分得丹砂颗,茗柯实理尤相须。况闻后命传仆夫,五色镇心文不枯。拜倒鸥波更无语,请淬锋锷酬风胡。

《肯堂师为熊锦荪主昏赘于姚慕翁所置酒索诗即席步锦荪催妆韵应教》:青庐嘉礼紫宫仙,百代黄虞信凤缘。梅实迨今求庶士,芙蕖自昔赏名贤。云依泰岱空中起,月傍长安近处圆。闻道谢庭盛风雅,画眉妆罢斗新篇。

《吾友王仁安既从李啸师游益慕范肯师之教以诗道意艳称吾师友之乐次韵奉答》:先正雍容有典型,由来致用在通经。人间第一元无当,天上双丸不肯停。晚仅识途悲老骥,仙曾食字状干萤。忆从扰攘风尘际,绝羡扬云旧草亭。

《海水次姚慕翁韵呈肯师》:

海水群飞日,回澜聚德星。因公辨朱紫,染我甚丹青。投箭天终笑,挥戈日肯停。似曾游岱岳,同上岁寒亭。

中原饱豺虎,金币等泥沙。劲忆风前草,空怜镜里花。寸心悬日月,一笑冷烟霞。多少虚声耻,茫茫路正赊。

《余既挟仁安赍诗谒肯诗师乐而和之次韵应教》:三十当自立,汲汲非求知。幽兰闯空谷,葳蕤含古姿。孤芳足欣赏,风雨愁离披。柏悦松益茂,道德崇藩篱。尚友缅曩哲,萧条心已悲。参商判同代,云山孰赠持。一堂复胡越,臭味终差池。学至海不倦,惟我通州师。余生未云晚,君遇何恨迟。汉宫千万户,瞠目相惊窥。谁知百炼钢,绕指深中规。升堂既用赋,呕心安足辞。焦琴协蔡制,寒谷回邹吹。蓬峤今在望,俯视星河卑。

《春日寄怀仁安兼忆旧游》诗有句云:"梦范居中夜忘曙,御李门前日易曛。"

《忆肯堂师兼寄挚甫师姚慕庭先生贺松坡胡子威俞恪士》:

上界罡风面面寒,骊龙柱下睡初安。十洲三岛经行久,亲拭真人鹤顶丹。

黄河遥接斗牛寒,沟水朝盈立可安。不是肥硗殊雨露,膏腴深润独涵丹。

宜僚丸转逼空寒,定后禅心万累安。毕竟专家有孤诣,梓人规矩羽人丹。

我闻诗境贵深寒,三起三眠夜未安。欲问元亭苦搔首,独提油素猛加丹。

《叠韵寄怀肯堂啸西两师》:胸欲无秦何论汉,肝胆相倾金石贯。壮心拼得耗闲吟,国门一字苦难换。忆从逢公侍坐隅,如傍建章结网蛛。垂橐直前捆载返,六合旁魄欣论都。钟期听琴识流水,涂鸦愧复抛故纸。时督我和誉我诗,俨绳窭人张饬委。春余白祫出郊圌,芳草粘天绿作茵。欲刬俗虑希静寿,木石深山侪野麇。吁嗟乎,造化阴阳若炉炭,剑气冲霄星斗烂。独乐园兮昼锦堂,朝野重轻发遥叹。

☙ 姚永概 《慎宜轩诗集》

卷一:

《樟树镇阻风寄两兄及范肯堂姊夫》(乙丑):寒波生空江,雪后北风作。荡荡旅舟摇,昏昏白日落。公等共嘉会,逍遥一何乐。酒食恣流连,文章互斟酌。夜谈忘更鼓,晨眠迟铃索。焉知远游子,旅病肌肤削。夜阑或梦见,仿佛似如昨。薨薨一宵事,鸡鸣又阻格。愁心何处散,苍茫付寥阔。

《大人与武陵陈蒲仙绍兴诸砚斋肯堂康平笃生士宜及两兄试院联吟二姊率甥女渺犹子佐燧亦颇有诗因集为三釜斋唱酬小录一卷永概六月自都门归始发而读之敬缀一章》:范子天下才,壶腹贮琳琅。来为姚氏甥,冰玉得益彰。若耶旧樵客,武陵老渔郎;灯火古安成,会合天南疆。机深嗜欲浅,吾宗有老康。攒眉觅新句,结想存陶唐。珊珊玉树姿,阿英与阿璋。正如双飞鹤,参差追凤凰。伯也诗语清,好句梦池塘;仲也才温温,美玉出昆冈。更有云霞手,欲织天孙裳。提携两稚子,亦解搜枯肠。秋蚓思弄笛,春莺学调簧。老人公事暇,试院春风长。戏出斫轮技,引之使其昌。雄窥李杜窟,秀撷屈宋芳。雷电下光怪,沙水忽微茫。颇似苏长公,白战聚星堂。岂让谢太傅,儿女解篇章。是时概独远,单车之朔方。邑人无狗监,何因献长杨?天阍虎豹守,茵溷随风扬。一击果不中,逝将返故乡。去时雪山白,归日炎山苍。楚南多暑雨,窗户生新凉。柳枝覆书榻,芭蕉压短墙。雏诵联吟诗,长飘挹天浆。如何诗中人,南北又遑遑。云山因乖隔,后会安可量?谁令万里游,失此百日光。再拜缀此辞,聊以解惭惶。

卷二:

《肯堂寄示诗一卷中多嘲应举求官者流兼及予出门诗以为笑谑乃次其口字韵以问之》:我诵子诗略上口,有酒真堪下一斗。子诗卅首在我前,子心与我相回还。我心区区子不见,托之宏农会稽间。冠盖纷拿九天上,元圭夜投人不赏。如子缩手真聪明,我今况并无连城。朱门陛戟渠有命,岂与木槿论朝荣。我闻藐姑仙人冰雪似,肌肤绰约若处子。纵令插足到人间,不逐市儿争愠喜。潭潭相府夏生寒,有书可读棋可弹。西瓜斗大南鱼美,宾朋络绎相追攀。子今享此亦云泰,梦中曾到黄泥山。

《薄薄酒一章和肯堂》：薄薄酒，不如茶，故山封寄黄金芽。色碧香清沁两颊，梦回时听松风哗。丑丑妇，不如花，嫣红姹紫正复斜。秋庭风露少人迹，相对婀娜如娇娃。吾家持门有好妇，亦有新篘可酿酒。江南万里未能到，不与先生供斗口。坐饮茶，起看花，年来渐解此中趣，莫持子趣向吾夸。

《次韵和肯堂自寿六首》（之一）：声名潮正起，岁月日方中。文富身知健，诗成道未穷。调高遗外物，静胜息交讧。独有多情处，难教绮语空。

《肯堂用宫字韵寄通伯邀同赋》：离别长年侣渐空，看花那复故人同。情多无耐杯中绿，愁极全消颊上红。秋色苍苍连鹊岸，短衾夜夜梦牛宫。渔蓑马棰从公好，逆水冲风有二虫。

《肯堂戏拟陆鲁望渔具诗十五首而吾姊拟袭美添渔具诗以足之肯堂写卷子索和大兄先成十五首清妙独绝与肯堂之悲峻相敌不能复有加也乃效吾姊作五章聊报督和之意》（诗略）

《和肯堂濯发饮瓜汁之作》：顽云泼空不可启，雷车隐隐藏云底。天公似厌人世污，欲倒天河为人洗。赤脚粗童打我门，新诗一纸拾遗体。不将新沐思弹冠，但说餐瓜如啖荠。吾侪入化偶为人，只有虚空是根柢。已嫌口腹累吾真，况乃贪痴恋甘醴。秋毫非小岱非大，庄叟微言中肯綮。九州号物人处一，有似太仓数秭米。昨宵酷热今宵凉，恶比仇雠好兄弟。生者相逢喜在颜，死后应知各含泚。出门不辨骨谁收，犹诧门前赐幢棨。吾欲从天问是非，又值鸿蒙方拊髀。君今高兴日为诗，迫我连番传急递。狂言遇君一吐之，聊破支眠无限涕。

《次韵寄和肯堂游狼山之作》：日月递积新故年，至人有宰任汝迁。升坑坠谷巧作缘，祸福自己安在天。七十二沽春风颠，长桥丹碧跨平川。舆轿扰扰盖田田，大马矫怒如龙然。君潜幕府聊自全，我拥诸生享餐钱。肥瘦虽异俱游仙，此乐政未知谁先。回头陈迹云烟旋，饮酒莫辨圣与贤。相公周游环海壖，名王杰相争相延。君傍名山伴枯禅，我愧旅食愁蹇连。眼穿不见明珠悬，空对新语味娟娟。

卷三：

《将之通州先寄肯堂并追吊吴先生》：死快当时谤者心，生存一疴漫相寻。年来白发镊未镊，望里青山深复深。海国秋潮传雁信，江天暮雨起龙吟。书生枉下穷途泪，如此神州岂陆沉。

《怀肯堂》：安能如俊鹘，一瞬见通州。化我心成药，医君病使瘳。梦通终觉远，书到只言愁。白发怜吾姊，诸甥又浪游。

卷四：

《来沪数日肯堂亦就医到此吾姊偕行相见喜赠》：别来几日须都白，我到中年子应衰。歌哭隐含三古愤，文章自写一秋悲。尊前骨肉须勤问，后世渊云未可期。莫道委形从物化，有身端合付灵医。

《寄肯堂》：君居巨海纳江门，不向烟萝更觅村。潮落登盘尝脍美，月明开户琢诗喧。但携大弟贪家弄，懒写邮笺慰客魂。长揖朱门吾亦倦，黄金欲尽敝裘存。

桂念祖　《桂伯华先生遗诗》（不分卷）

《通州范肯堂先生余为诗所私淑也未一面而归道山追念无已岁庚戌游学日本乃晤其二子罕况于东京旅馆悲喜交集不可为怀罕见赠长句沉雄高迈具体乃翁余学佛后兹事久废虽才分拙劣亦不得不勉酬高韵以志一时之盛云》：合离缘是多生结，大小坡非一代人。忝荷高情怜薄祜，苦无灵药活斯民。心持大黑半行偈，脚踏软红千丈尘。便欲拉君谢时辈，众中留取性情真。

李刚己　《李刚己先生遗集》（民国六年刻本）

卷一：

《冀州宅中用通州先生赠别桐城先生韵兼呈两先生》：高山屹相并，举世所瞻依。品谊当天出，文章极古稀。教言能记忆，书味本芳菲。感触因成志，披吟欲动机。纵怀天内小，开卷古人非。歧路难分愿，周行久独睎。此钱当万选，来试有群讥。红雨花疑落，青云鸟竞飞。雉犹劳凤顾，龙尚爱鱼肥。欲作山千仞，初阶土四围。铭心真已固，有命岂能违。微石泰山积，细流沧海归。好书吾尽有，大禄尔何祈。道欲探精奥，情真似渴饥。穷年恒兀兀，入室庶几几。成败皆天意，姑为慎钵衣。

《立秋呈范先生》：仰陪夫子下阶吟，呜咽鸣蝉向我暗。半月偎城动凉色，一风入木作秋音。星云高灿还相媚，雾雨横凄忽见侵。应有列仙在空阔，徘徊不下瞑烟深。

《上范先生兼简子城兄》：花香能醉枝头蝶，蝶亦绕枝不忍飞。有鸟啼呼下空阔，向花深处恋晴晖。六街风动沙尘遍，念尔鲜衣归不归。

《阴雨闷坐怀范先生并吴刘诸君》：卧病羞为愁苦言，放歌恐断别离魂。秋霜未降草花落,鸿雁欲来烟雨昏。被酒径寻燕市筑,裹粮谁至子桑门。平生知爱能多少,眼底还无一二存。

《夜读史记感事兼怀范先生》(调寄《满庭芳》):稷下人归,信陵客散,曳裾更欲何门。沟中断木,时至或牺樽。南望邯郸旧道,悲风起落木纷纷。知多少,卖浆屠狗,奇士老荒村。　　凄魂,古亦有,杜邮剑斩,秦市车分。问螳僵雀败弋者何存?倒挽银河下泄,洗不尽怨渍冤痕。看公等,手携皓月,照破十方昏。

姜良桢　《春草堂诗集》二卷(光绪戊戌刻本)

《敬步范肯师赠张平定原韵》:

火云烧赤天,时当夏之仲。俯视万千人,蠕蠕徒蠢动。惟余赣书生,安贫守清俸。枝长鸟可托,花落庭无讼。高吟老范诗,顶礼心香供。文可选楼藏,才可明堂用。韩柳欧苏外,藉公补其空。延陵覆焘宏,浃洽殊人众。纵横商古今,心虚气亦洞。大名动椽属,安车争迎送。髦士坐春风,如餐益智粽。比近考官来,勃兴得人颂。从兹教泽敷,一州遍弦诵。大树撼蜉蝣,视彼真梦梦。

吾乡两夫子,才名相伯仲。藐视诸侯王,礼罗不为动。不恋黼黻荣,不希万千俸。著作满名山,评定千秋讼。一现宰官身,万家生佛供。一为入幕宾,坐言可起用。贱子隐卑官,箪食嗟屡空。马经伯乐相,身价已殊众。读公五言诗,吟哦气益洞。恍如七宝函,仙娥御风送。又如刘宋主,投汤报以粽。排斥等孟韩,奇葩类雅颂。高焚一瓣香,元夜琅琅诵。勉率偶续貂,愧无生花梦。

《又和肯师奉赠原韵》:

赏识风尘幸遇君,清淡许我细论文。大名久应推诸葛,遗像曾经拜左芬。千里同瞻淮水月,十年高卧敬亭云。书城坐拥消长夏,差幸门无车马纷。

人到无求念虑宁,微官休笑管圊图。下方俗调羞庸劣,上界钧韶听杳冥。曾识陶潜垂碧柳,何期薛卞重青萍。卅年空负便便腹,拟向门墙敬执经。

《送范师肯堂宜兴壶作此代柬》:公乃江南秀,我亦江南产。天教邂逅旅一坡,教我吟诗何限。贱子素嗜茶,公好更有加。开瓶互领江南味,哀哀北地空薰花。沙瓯小于斗,遗公遣下走。区区瓦缶同,制造吾乡有。樵青煮茗味醰醰,遍酌同人别苦甘。料得诗肠清彻骨,冰心一片忆江南。

冒广生 《小三吾亭诗》

卷一：

《答范肯堂光禄二首即依来韵》：

范家兄弟出堂堂，险语惊开万古荒。国士几人能遇合，歧途解哭即猖狂。山河大地知何极，哀乐中年悔渐尝。准拟从君觅方药，安心容我醉为乡。

颇闻兵革息风尘，历历心头事未陈。天宝宫花空有泪，贞元朝士已无人。谁何伯仲能伊吕，吾汝忧嗟岂贱贫。便复出门同惘惘，不知明镜鬓毛新。

冒广生 《饯春诗兼怀肯堂》（录自陈衍《石遗室诗话》卷四）

当时不醉更何待？后日相思亦惘然。曾笑仙人太无赖，要留老眼看桑田。

酒酣拍遍阑干说，今夜星无座客稠。忽忆论心范无错，落花如雪过扬州。

王宾基 《堇庐遗稿》（不分卷）

《肯堂先生将之粤时养疴一粟庵谨次韵先生登狼山游燕诗以献》：五山突兀如云连，楼阁嵯峨花雾娟。江风海雨毓神秀，吾师遂以大行全。披图息影沧江屋，白日雄心四海悬。提挈肝肠走万里，脱略上座公卿延。酣歌跌宕纵文史，俯视一代嗤名贤。归舟雪夜荡云海，风树一恸怆呼天。哀哀泣血声未已，依然负米阻山川。心头历历无从数，八口之计老砚田。遨游落拓古如此，何但买醉嗟无钱。我身七尺江南北，误落凡近二十年。馨香祷祀百年后，奚不靦面争为先。往时夜走黄泥麓，岂谓师在兹山颠。门阑关隔尺寸耳，独游不乐心茫然。山中一去天浩浩，花开花落几变迁。病榻沉沉萧寺夜，霜飞木落谈荒禅。昨闻登高作重九，尚有惊句如飞仙。秋高壮望白云际，携持往结名山缘（先生在粤，九日登白云山有诗）。

《肯堂先生以诗勖余兄弟敬献七律二章》：

海上归来兴未阑，每能大句域中盘。高天日月卑田见，一气烟云万眼看。潜德不言身所服，论文无上国之冠。登龙莫说仅三士，我亦从今拜柳韩。

此日登门纵大观，风云变态倏无端。苍崖壁立悬孤索，沧海横流把一竿。花鸟春中来雨露，鲲鹏天外激波澜。但怜小草根株薄，一暴还防十日寒。

杨圻 《江山万里楼诗钞》

卷一《京口遇范肯堂先生》（合肥太岳督直时,先生为幕府上客,今别十年矣）:

桃花逐春水,江上忽逢君。宇宙今何世,风流意不群。暮潮生细雨,绝壁起闲云。严武军中事,相看感旧闻。

忧乐谁前后? 含情未忍言。与君看落日,为我话中原。时难文章弃,春深草木繁。卧来江渚冷,高枕向乾坤。

诸宗元 《大至阁诗》（不分卷）

《病中忆范丈无错昔年所见语者为诗纪之并效其体》:昔闻范翁言,病卧憎群儿。挥斥不忍去,复逐群儿嬉。其病亦豁然,此理不可推。余时方壮健,过耳忘若遗。撄疾今伏枕,妇稚时相随。大儿颇解事,户扃不内窥;小儿素跳踉,屏息若有思;婉娈二女子,侍沃日就医,登车辄敷茵,闻呻屡颦眉。次女本多病,新岁强自支。视我日就瘥,家人始嘻嘻。骨肉晚益亲,乐苦心共知。病中我善恚,念此为解颐。涉想及范翁,其语通天倪。九原不可作,太息诗成时。

陈衡恪 《陈衡恪遗诗》

《别外舅归江宁用其赠秋水韵》:朝来忽思亲,飘然戒归装。临行别吾舅,轻舆趁宵凉。顾瞻来时途,乔林挹清香。昨会固已娱,今怀莽千乡。不恨舟行迟,但恨江波长。飞雨散炎皓,烟鸥自回翔。家园不我即,揽襟且相羊。远游非偶然,所求辄微茫。亲心劳倚闾,子职惭负粮。举目有浮云,沉吟但空床。薇褐果冥冥,金貂岂皇皇。感念平生亲,素志期冰霜。

《再次韵外舅录呈公湛讲友》:光阴去我若逋亡,把玩须臾只自伤。山色万年非旧黛,江流寸碧是新长。且乘来影摹诗句,犹恋余情入酒狂。是梦是真亦何据,大槐宫里妻瑶芳。

《偶成二诗次韵外舅范肯老》:

涕泣空山犹昨日,看看风霰入残年。桥边柳眼先春动,江上愁心与梦煎。感世渐知前者贵,论人复望后来贤。炉烟向夜依微尽,暂就南床拥被眠。

婷婷丽质随尘化，臃肿樗材得大年。培覆无端宁窅眇，荣枯何事枉熬煎。啸吟自乐仍非计，驱逐能娴岂谓贤。脱略安排都不是，几回引枕觅酣眠。

吴君昂（未见专集，所引见民国莲池书社刊本《吴门弟子集》）

卷十一《送范肯堂先生秋试南闱》：男儿童稚也幽忧，每见佳吟颇费搜。只恐高门难久立，焉知大作不长留。恢恢天地正怀古，飒飒风尘未到秋。此去提书缘道唱，过江谁任拔其尤。

卷八《送范肯堂先生序》：生乎千百载之前，巍然而高昭然而明者，天下几人也？生乎千百载之后，巍然而高昭然而明者，天下几人也？钧是人也，而前后千百载天下共指而数之，其必有由矣。麒麟亦走兽也，凤凰亦飞鸟也，太山亦山也，河海亦水也，而其所以出类拔萃者，岂无为也哉？麒麟之为兽也，麇其身焉，牛其尾焉，马其蹄焉，而一其角焉。麇也马也牛也，是合众美以为美也，角之一也，众无之而已独有之者也。麒麟以此为走兽之圣。凤凰之为鸟也，戴德负仁，荷义膺信，履文系武，延颈奋翼，五光备举，以兴八风，以降时雨，游必择地，饮不妄下，故其来也，雷霆不作，风雨不兴，川谷不澹，草木不摇，及其逍遥乎万仞之上，翱翔乎四海之外，则鸿鹄莫不惮惊伏窜，而况燕雀之类乎？而凤凰亦以此而为飞鸟中之圣。太山之高于培塿也，非一石之积也；河海之广于潢沱也，非一流之纳也；圣人之才于人人也，非一德之卓也。古之魁闳俶傥豪杰之士，无奇行伟节以发其志气，则其恣意之所为穷老而不知息者，滔滔也。绳墨之士则修身事心以蕲至于古圣贤之域，其不拘拘于绳墨之中者，其始也茫然无所向，或时自放于酒食声色，酣嬉淋漓，恣意所欲，嘲弄剧饮，呼呶而不少息，盖其侘傺感叹有郁于中也。若舟之于水，不泊而长行，则旋转飘荡而不知所止也。于是喜怒哀乐、忧愤悲怨、愉快憾恨、恐惧思慕、郁抑烦冤、嬉游倨傲、旷达不羁之气无所寄以泄其奇，则发为文章以自解。而自绳墨之士观之，以为此其去道远矣。然而古之魁闳俶傥豪杰之士，盖未有不泛滥于此而能为圣贤者。此麒麟、凤凰、太山、河海之所以独异于众者也。今先生岂有意与麒麟、凤凰、太山、河海争为出类拔萃之选也耶？其可谓魁闳俶傥豪杰之士者矣。平生喜为文章，颇时放其怀抱，然巍然昭然之德固非魁闳俶傥豪杰之士所能尽也，然则先生之取必于得科第也，亦其小庆焉耳，夫何足以庆之？

编者按：吴君昂，名千里，小字驹，汝纶之侄。时伯子先生依吴汝纶为冀州讲席，君昂随父依伯父，请益伯子，有师生之谊。

吴闿生 《北江先生集》

卷二《上范肯堂先生当世》：忆昔相国能文章，睥睨韩柳陵欧阳。纵横一代世莫敌，磊落百丈光逾长。姬传秘旨未坠地，赖公出为天下倡。一时文士纷纷起，有如百水归沧浪。不幸大星忽西陨，士无父母民无望。濂亭先生继之起，文星灿烂临武昌。怀抱瑰奇人不识，发有文字为光芒。黄河之水从天降，波涛汹涌不可方。遭逢不遂老藜藿，西入秦岭云苍茫。我生既已后曾相，举头西望川无梁。心所服膺不得见，纵欲有作谁予匡？先生濂亭高弟子，雄名与师能颉颃。语妙天下世所少，藐视四海轻侯王。与我相望才百里，川途来往勤车航。曾张微言倘示我，轻车熟路谁能量？敢谓韩欧不可及，竟令千载独芬芳。

熊叡甫 《喜晤范肯堂于君亩邸赐读大著奉题即以志别》
（手稿，藏范曾先生处）

珠斗横杓左潎深，中宵读罢更沉吟。眼中人自期千古，天下才犹滞一衿。丽正文章元馥郁，华严楼阁孰窥临。翰林早达交仍旧，相与迢迢证此心。

编者按：熊叡甫，字光公，江西人。

袁绪钦 《酬叔节兼寄肯堂》（《门存倡和诗钞》卷三）

归装八载忆津门，见子秋高渤海村。铁骑未增燕塞戍，金轮猝告沈阳喧。曾弹看剑羁人泪，难返挥戈战士魂。今日寒灯谈往事，相思仲博鬓霜存。

易顺鼎 《见范大肯堂和伯严诗因再叠寄范》
（《门存倡和诗钞》卷四）

数点青山认海门，君家更在海门村。鲛人雁户三秋冷，虎弟龙兄一世喧。迢递关河空赋别，苍茫天地各招魂。相看未可伤迟暮，忧患余生是幸存。

陶逊 《寄呈通州范肯堂》（《门存倡和诗钞》卷六）

抟霄金翅拂天门，垂老犹闻隐一村。水面林钟发宏响，人间瓦釜歇浮喧。欲穷沧海无涯量，待访眉山未死魂。醉眼摩挲望南斗，莫嗟古往幸今存。

❧ 王以慜　《游黄泥山新绿轩范肯堂学长别业集唐》（《门存倡和诗钞》续刻）

一带长溪绿浸门，萦纡别派入遥村。林峦当户茑萝暗，微霰下庭寒雀喧。毕竟林塘谁是主，蔼然云树重伤魂。东山居士何人识，竹上题诗隔岁存。（壁上有朱布衣诗最工。）（罗邺、方干、薛能、韦应物、白居易、武元衡、孙元宴、尚颜）

❧ 李士棻　《天瘦阁诗半》（六卷）

卷四《前年在沪上，张廉卿告予曰：吾门有二范，天下士也。予见无错，读其古文辞，才识闳卓，叹美之。顷，无错之弟仲木明经在陈伯潜学使幕中，襄校文字，过予，定交。予益信廉卿之言不虚，喜而有作贻仲木，并寄无错》：双丁二陆见于书，幸甚今朝识面初。日下一龙疑未远，邺中七子问何如。偶逢陈尹因留榻，喜过侯生久驻车。画苑（稷侯）诗家（觉轩）联袂至，东南竹箭满吾庐。

卷六《灵会卧游录百廿六首》之《范无错》：绨袍直作绮裘看，银烛金尊兴未阑。红锦裹头旌乐句，青云附尾壮文澜。犹闻洛下传双陆，竟识军中有一韩。苦忆伯霜逢仲雪，武昌鱼美问加餐。（顷见君弟仲木，真今代二雄也。）

❧ 陈中岳　《转蓬集》（不分卷）

《读范伯子诗题后》：邈矣通州范伯子，轩然翔凤出梧林。人疑太华三峰峻，诗有黄河九曲心。何事暮年最萧瑟，可怜多难每登临。榛苓一往思山隰，却为生迟感不禁。

❧ 章士钊　《孤桐寺韵集》

《十一叠韵和履川怀范肯堂先生》：
丈人家近半山寺，苦学荆公矜炼字（谓先外舅吴北山先生）。亦从通州大范游，邮签往复互标异。
我携诗札出登岷，细读使我森间间。指点批抹绝恳款，何止弟蓄貌使驯（礼称彦复仁弟）。

我生后公廿余载，口说未亲义法在。渊源得自舩菴师（先师俞恪士先生），俞范同时擅淮海。

俞公阴佐唐文卿（景崧），台湾一击天下惊。归语范公成一笑，眼中竖子空成名（范薄文卿所为）。

序跋类

内篇（依写作顺序）

马其昶 《范伯子文集序》

余自弱冠受学,尝从吴挚父、张廉卿两先生问古文义法。两先生者,皆喜接后进,余居门下,碌碌未有以自见,独因是得闻海内才隽之名,识于心不忘。其后,北游京师,往往获交贤士君子。今虽老,行能无似,而幸差免匪僻之趋者,亦赖之于师友也。

张先生尝为书抵余外舅姚竹山君,盛称通州三生。三生者:朱君铭盘、张君謇及范君当世也。朱工骈文,惜早逝;张以干济称;而范君字肯堂,孝友恺悌,诗才雄健,尤为吴先生所激赏。时方失偶,而竹山次女曰蕴素,亦娴吟咏。吴先生为媒介焉,遂与余称僚婿。尝一见于金陵,再见于天津。君时居李文忠幕府,为课其公子;吴先生都讲莲池,往来津沽间,诗酒文宴之乐,称盛一时。自曾文正督畿辅,喜延揽人士,其流风未沫,犹可想见焉。君恨余不为诗,督之甚力。吴先生曰:“子毋然。子为诗,徒见短耳! 终莫能胜彼。”因相与一笑罢。洎竹山卒官,君会丧桐城。居未几,闻乱遄返。自是一别不复见,而君遽殁矣。

范氏,通州旧族。明季勋卿公,有高节。数传至君,乃以诗名天下。家贫,客游以养亲,以膳教诸弟,不私一钱。岁时归省拜谒,因拥膝泣,久之,乃能言。为诸生,连试不得意有司,守高不仕。门下士或窃其绪余,致通显。弟钟,进士,为令河南。铠,以优贡生,令山东,时有“三范”之目。十余年间,零谢殆尽。

君习闻吴先生绪论,颇主泰西学说。身殁而国祚倾,事有违反,运有代谢,其盛衰存亡之可感喟者,又岂独一身、一家之故哉! 君诗已辑者九卷,曰《范伯子集》。今其徒友,复汇辑所为古文四卷,属余弁言。余不闻曩时师友之謦欬久矣,感君夫人屡请之勤,质言之以俟后君子读君文者,有以论其世焉。庚申月桐城马其昶通白。

陈三立 《范伯子文集序》

往范君肯堂既殁,排印其诗集十九卷,天下争传诵之。犹有文集十二卷,今岁君配姚夫人始为录副,寄余卒读。且以君亲友如马通伯、姚叔节辈,皆绝推隆君诗,而未及论列其文,欲余颇加月旦一言缀其后。盖君之文敛肆不一体,往往杂难瑰异之气,而长于控抟旋盘,绵邈而往复,终以出熙甫上,毗习之、子固者为尤美,此可久而俟论定者也。

君始从武昌张先生受文法,寻与桐城吴先生讲肆,求之益深。至为诸生十数年,矢博科第养亲。顾所为制举文与所为古文辞相表里,以故终不第,飘泊南北,名在士大夫间而已。

君虽若文士,好言经世,究中外之务,其后,更甲午、戊戌、庚子之变,益慕泰西学说,愤生平所习无实用,昌言贱之。岁时会金陵,稍喜接乘时之彦及号尸新学者,下上其议论。余尝引梅圣俞"谈兵究弊又何益,万口不谓儒者知"之句以谑之,君复抚掌为笑也。

君有二弟:钟,字仲林;铠,字秋门,皆才士。余最夙交仲林,附以昏姻,然后与君习。君卒,大乱起,国步猝改。仲林、秋门亦继逝世,所称"通州三范"者,十余年间俱尽矣。独余留孑遗之躯,悬祸乱之会。老不愧耻,反蹈君曩昔所贱者,以未死之日,或尚役于文字,得钱求活。其所遭身世之可悲,质君于冥漠,宜无甚于此也。壬戌七月义宁陈三立。

徐昂 《范伯子文集后序》

桐城文章,源于望溪,海峰嗣之,迄姬传而大昌。门弟子流衍,江苏最盛,江西、广西、湖南弗能逮也。先师范伯子先生治诗古文辞,始师张廉卿,既得吴冀州上下其议论,造诣由是大进。后婿于姚氏,益得规惜抱之遗绪,故夫异之、伯言而后,江苏传古文学者,当巨擘先生焉。先生论文,意求雅适,境尚平淡,义贵含蓄,法重包绾,讥骂而有敬慎之心,诙嘲而有渊穆之气,此其说尝于《与蔡燕生论文书》发之。诗歌亦间有及文事者,《与采南和度论文章生造之法》及《酬采南》诗,论文皆以创为主,犹夫昌黎务去陈言之旨也。昂尝论之,韩门胪列古文,独轻班氏。退之《进学解》,答刘正夫、崔立之诸书,历举前代文人,多不言孟坚。其徒李习之《答王载言书》、皇甫持正《答李生书》、李汉《韩愈文集序》、孙可之《与高锡望书》,皆出一轨,岂不以班氏蹈剿袭迁史之讥而屏之乎?集中《或问》一首,述孟子、荀卿、庄周、屈原、司马迁、相如、韩愈之徒,亦不及班氏,此通于韩子者也。

先生气度磊落,意顾情挚,慈祥充溢,而嗔怨胥泯,言论皆本至诚而出。每构一杰作,凝思运神,真若有千圣百王之揖让于前,亿龄万代之承望于后,偃笔而起,传世朋众,引吭朗诵,声震四座,而精采愈见。

昂既请业,先生忻然锡以诗。岁寒风雪,治羊酒招往,集徒友环坐欢饮,先生撑杯纵谈,意气不可一世。亲炙未久,而先生迭遘亲丧,哀毁病没。今阅十数年,乃得睹手定之稿。以昂之沟瞀,何足窥其万一,惟夫怆感之余,思其人不得,而因其遗文以想见丰采议论,旁皇敚罔而不能已于言,庸计当与否耶?

呜呼! 桐城之学久微,世且或引为诟病。昂忆十年前在江南,有友人某殷殷问范先生安否,愿从之游,时先生没已七稔,既述其状,神凄志索,相与唏嘘不置。今何世欤? 有爇瓣香浣薇露而研求先生之遗著者,其或能知先生也乎? 壬戌八月。

☙ 曹文麟 《范伯子文集跋》

保子沄孙似辑杂报,弘于开元,爱列文笔,存国菁英;又以通州先哲之文无有逾于范先生者,求得遗稿,依期赓印而属文麟与闻点校,俾便初学。窃念断句之法知之者罕,始以村塾课童弗利长句,强截以朱,而汉魏作家气息深厚,起止殊异,诗赋一科,句且别于散文,近五百年制艺大行,又复谐和声调,弗顾顿接,陈书万册,谬误十九,盖有由也。先生之文章尤若长空云气,并海山脉,循俗为之,即损气势,且背神理。先生从子毓时与穷究,乃获竟事。校或目迷之间,乱序讹差之咎,讵能幸免? 幸毓与其世母姚蕴素先生及两兄将刊大本,会当纠正,而沄孙又令为跋。文麟之愚,于先生宁敢有言? 毓则谓:"世父知子,今并是役本前缘法。若执谦过甚,义在弗为,亦人生之一戾已。"文麟退而思之:先生孝友于内,任恤于外,以道自任,吐词为经,其德醇也;远踵退之,上窥子长,排冈溢海,凡夫辟易,其气昌也;游走公卿之间,提携后进之士,豁达之概,显诸毫楮,其度弘也;离时派而弗居,度古学之中旷,独肆恢张,自忧自喜,其识远也。昔者荷评少作,谓为才辩纵横;今竭心力,能言仅尔。甲子之春,慨忆周彦升先生有"曾逢老辈我生迟"之句,襟裾既渺,同此遐思,遂撼情简末以报沄孙而谢毓也。中华民国十八年四月。

☙ 宗孝忱 《范伯子先生文集后序》(《观鱼庐稿》卷上,又见民国乙丑《南通日报》文艺附刊第四十三号署名"敬之"文章)

南通范伯子先生以诗古文名天下,而行谊落落尤为士林所引重。孝忱曾受业于先生门人歙县项君子清，得读先生诗文数十首，又尝受知于先生挚友顾公延卿，备得先生之为人，每拳拳于怀，恨不及游先生之门。

癸亥冬，孝忱入省幕，事泰县韩公，而先生子彦虭君实先一月来。韩公以吾二人皆后进，居故相近，命与共处一室。而吾二人舍文艺无他嗜好，朝夕切劘，发情乃日笃。孝忱恒以先生诗文背于彦虭前，彦虭辄和之如流。辞毕，问谁欤作者，则相与大笑。于是彦虭知孝忱倾慕先生者深，以先生诗集赠，更出先生文稿属为后序。

吾师沙先生有言，为古文者必具闳识孤怀，而后义有所据，言足以立。孝忱惟先生生平超然人世利钝得失之表，而抗节王公，竭诚后进，其识之闳，怀之孤，一寓于文，而文乃卓绝一时。且先生夙承古文法于武昌张濂亭先生，而又以桐城吴挚甫先生为莫逆，两先生皆嗣续方、姚学者，师友渊源，可推而知也。孝忱又何敢赞一辞！惟孝忱虽不及侍先生，顾得师先生之友，且获交先生之子，私淑之忱，于以大慰，附先生之集而传，故所愿也。因书付彦虭，且促其刊行，庶先生之文，久而弥光，不为诗所蔽欤！

编者按：宗孝忱（1891—1979），江苏如皋人，字敬之，室名观鱼庐。早年留学日本，毕业于法政大学，擅书法，精通《说文》，熟谙经史。有《观鱼庐稿》、《南溟杂记》等。

徐文霔 《校刻范伯子集序》

《范肯堂先生文集》十二卷，先生手定本也。先生行谊具详前序。世之称先生者尤重其所为诗，而文霔初耳先生名，则以文。忆少时随宦广东之陆丰县，滨海地僻，慕为古文辞，而苦无师，先君则为言范先生。盖是时先外舅王欣甫先生方官江南，与先生为昆弟交。王氏群从，皆从之游。先君之所期望于文霔与文霔之所私自冀幸者，咸谓异日居甥馆，执赞先生门下，匪难也。

光绪己亥岁，外舅权知上海县事，先生莅止，始获一见。忽忽未遑请益，谨从王氏群从得闻先生绪论，观其评点课本，若有所悟。是岁，先君见背，既而外舅亦由上海投劾归里。荏苒数载，先生遂归道山。文霔既不获再见先生，深愿得读先生遗集，以为南通自治名天下，先生著述，纵其家无力刊行，彼中耆旧宁容恝置？况先生门人遍于南北，必有为之刊布者。迟之二三十年，未见成书。

前年，桐城吴君北江以所刻《晚清四十家诗钞》见贻，录先生诗至百一首，乃更求之南方，得活字排印本诗集，而文集卒不可得。文霔尝告吴君，他日苟得范先生文集,当为刊行。今春,吴君门人张子次溪偶得写本两册于天津书肆,吴君嘱以见示,则真范先生文集也。证之卷首目录,仅存其半。惧更亡失,谋为刊之。吴君复为求之其家,乃得范先生介弟秋门校定全本,盖由先生手写本迻录者。文霱窃叹先生下世未久,而其遗稿已在若存若亡之间。扬子《太玄》,以覆酱瓿;昌黎文集,弃诸敝筐,自古已然。况世变陵夷十百倍于往昔之日乎?幸赖吴君与张子之力,犹得睹此完本,不可谓匪幸矣。

回忆趋庭之日,耳先生名,忽忽遂已四十年。由少而壮,壮而老,卒未能受业先生,副先君之期望。俯仰今昔,弥为怃然。亟以此集寿诸枣梨。其诗集十九卷,行将继续刻之。庚午冬海盐徐文霱蔚如跋于天津寓庐。

🐟 王守恂 《范肯堂先生文集序》

吾师肯堂先生,器宇之宏伟,性情之坦易,学问之淹博,道德之精纯,及诗文之海涵天覆,石润川辉,海内通儒硕士,类能识之。惟平生志事,未意设施,卒郁抑以殁,不能不为吾师惋惜也。

守恂始见吾师馆合肥李相国,许退食与名流唱和往来,闲与及门论德讲艺,继往哲,启后学,旷视千载,俯纳一时。甲午海疆有事,李相国移节,吾师亦南旋。嗣后客游鄂、沪,到处逢迎,不乏朋友,求如李相国之贤,倾心款接,殊亦难觏,竟以旧疾弃世。读吾师就医沪上诗,凄凉黯淡,足使远士伤悼,近识含悲。天生斯才必有所用,如之何摧残压迫以穷老而终?然文章诗笔,充塞宇内,横溢寰区。吾师虽死,其精神长在天地间。夫亦可以无憾矣!

吾师诗集墨本不多,思见者每不易得,惟时人总集中选刻颇夥。文集未见于世,今徐君蔚如搜得原本,付与剞劂。徐君表章文统,人尽佩服,况在及门,若守恂之受恩深感德厚,欢欣鼓舞,有非言语可以形容者也。至于吾师文章评论,如李汉之序昌黎文,苏轼之序六一集,及门大有人在,守恂则非其人,不敢强作知言,为吾党笑。受业王守恂谨撰。

🐟 曾克耑 《范伯子诗集序》

以自然为宗,生造为法,奇横为体,不事浮藻,不务枵响,不懈而及于古,率天下之志业者,自纵横排荡入,而造乎雄恢雅正之域,卓然为一代诗家宗祖,则通州范先生其人也。先生之为学,其本在诚,其用在仁,其道在通,其所忧伤愤叹在邦国之兴替，人才之消长，而非声气之盈虚，身世之通塞，故其发而为歌诗也，挟浩落之气，渊穆之神，精微之思，出之以坦荡质直之词，若江海之茫洋无涯涘，大风作而涛澜之奔腾，起伏万状，观者固将目眩神震，茫然莫测其端倪。其精深博大，岂浅识所能窥者哉，则其不为众人所知，亦固其所然。吾以为相知之事，非独众人难之也，即大师亦有所蔽焉。吁！可异也已。陶、杜、孟、苏，世所称诗坛魁硕也，然杜目陶为枯槁，苏诮孟以寒苦，斯岂其学有所不逮邪？抑亦其性情各异乃不相喻邪？非有知言之彦出而别白之，则众论何由定。然非历时久，宅心公，用力勤，其识足以窥见其性情之真、感发之微，则论定亦非易易也。陶、杜之卓然并峙，苏、黄所表章也；黄、元之足嗣少陵，姚、曾所扬阐也；至若孟、柳、梅、王之为世重，则又同光诸老所介道也。独以同光正宗名震一时若先生者，身殁而世遂莫之知。虽其诗高复不易识，抑无人焉为之表扬之过也。子云有待后世之子云，其不以此也哉。先北江师往尝从先生问学，而诏及门所以称道先生之诗者甚，至比章子斗航锐意欲为重锓，黎公薪传实助成之，而以序见属，余以为二公传阐先生之意既足尚矣，独余老钝无成，今兹所述，皆本昔日所饫闻于先师者，书以塞二公之望，而于先生之诗之精深博大，乃未能追其万一。把笔序先生诗，乃不知愧汗惶悚之无极也。太岁在阏逢执徐陬月，福州曾克嵩。

姚倚云 《范伯子文集跋》

壬申之春，吴君北江自北平邮递徐君蔚如伉俪书，征取先外子肯堂先生之遗稿，将为之付刊行世。北江且谓：徐君征稿既久，不能得，嗣得之于东莞张次溪公子之所，虽非全豹，然徐君由是大奇。次溪以为晚近少年嗜古文学者盖寡，且又北江弟子，心益器之。徐君女公子肇琼女士，工诗画，不栉之学士也。母氏王夫人，系出海盐右族。本其家学以授女士，女士所获自不侪于庸俗，北江为之介，联两姓之好焉。余惟海盐王氏与范氏有通家之谊，次溪公子之尊公亦尝以文章受知于先外子，而徐君则又以深参内典，名海内者也。婚姻之道，作合于天。以淑女配君子，其琴瑟静好可知，而余尤感于以文字因缘成佳偶焉。

比者，次溪来书，告以先外子诗文合集将次雕成，属余为之跋，又重之以徐君之命。嗟夫，先外子殁且三十年，其生平怀抱瑰伟，未有以稍展其志。设逢盛世，天复假之年，其所彰，岂只文诗而已！然今之所不可泯者，亦惟文诗而已！外子尝谓余曰：以子之天资，可学为古文。余时委靡不自振拔，又困于米盐琐屑，未尝从学，为今之悔。且又以绵薄，积三十年，视其遗集湮没未彰，夙夜忧虑，而无可如何。今得诸君子之力,俾不朽于来兹,感激涕零,不知所云,谨述其付刊始末。徐君其亦鉴吾戴惠之心,且以识士君子之知遇。庶几千百岁后,或有奋扬国学于海内者,览而为之感不能自已欤!范姚倚云谨跋。

冯明馨　《范师伯子先生文集后叙》（手稿）

吾通据江海之交,五山骈列,雄特之气郁乎苍苍,代必有人焉以生其间,而求所谓古文学者,则自吾师范肯堂先生为之倡。先生幼擅圣小儿誉,读书辄过目不忘,神识过人,孳孳不倦,故所造直逼桐城。岂唯吾乡名宿,诚一朝之山斗也。明亲炙门墙久,夙闻先生始游学受业于融斋刘先生之门,得其传,乃知文以载道,讵沾沾科举制艺为耶?旋偕朱先生曼君、张先生季直渡江谒濂亭张先生于金陵,执文以为贽,而请益焉。武昌见而大喜曰:"吾一日而得通州三士,乃真乐也。"先生归,益肆力于八家之书,以上窥龙门,将归、方所评定者而研究之,丹黄不去手。因评点惜抱所纂之古文辞,以为生徒范,而先生之古文名大噪一时,同郡如孙君儆、金君铽、保君厘东皆从游焉。又得季弟铠所写之姚、张评点《前汉书》而读之(此乃皋文手订之书,益以姬传所评点者,为常州同学谢钟英珍藏本,秋门自南菁讲舍得之),益知惜抱心得之所在。后应吴冀州聘,主讲信都、观津书院,与冀州上下其议论。复得吴镗、李刚已之徒赏奇析疑,举曩昔所定惜抱之文重厘订焉,以授吴、李,吴、李学成乃去。洎戊子秋,明从先生赴省试,主王先生忻父家,见马通伯、姚闲伯、仲实、叔节诸君子来谒,均袖文一卷,与先生商榷,斯时先生犹未至安福就婚也。后先生馆天津李合肥幕中,教其公子经迈,而武昌又适主讲莲池,论文之札将相往还,又将惜抱所纂者三加厘订焉,分五色笔以识先后,桐城之法乳至此乃益昌明,其有裨于后学者,岂浅尠哉?先生之文,其意象笔势皆蟠际于奥旷之区,文派中又增一胜境。先生其禀山川雄特之气,发为文章者乎?后世之人,苟能知先生之文而好之者,其于文与道必深,非其深者,亦不足以知先生之文而好之也,于先生又何与哉?明以从游最早且久,故述其渊源如此。民国十一年八月。

黎玉玺　《范伯子全集序》

军,天下至难治者也。治之者必读书焉,取友焉。书非仅战陈之术、攻守之具而已也,必极蜚文钩玄之学焉;友非仅将率之才、军旅之彦而已也,必索博通渊识之士焉。习久而知博,识高而摄广,觉军之不足治而军乃可治,斯非浅识者所可几。余以寡学而总戎机不即颠陨者,贤豪健者之掖我广也。福州曾教授履川,今之博通君子也。余尝读其书而佩之,虽神交未接谈笑,而简札之所以诏我者多矣。比复语我曰:"近世吾国之为古文者,桐城吴挚父先生为第一,以可上接荆公也;诗则通州范肯堂先生为第一,以足上嗣遗山也;译事则侯官严几道先生为第一,以可上窥玄奘、义净也。吴先生遗书行世久矣,严先生书亦广布海内外,子不尝为布其评点故书三种邪?范先生之作,虽徐文蔚为刻全集,而所遗尚多,比余穷搜精写竟,子其能继侯官书后为之刊布乎?"余曰:"是吾事也。"夫古人往矣,其文章高下胜负盈肭之数,世既有定评矣。苟于模楷一世导扬千古之作,无人焉为之刊行,徒令浅率荒陋不通之流妄据骚坛以迷罔天下之耳目,则亦谋国治军之责也。刊而行之,岂惟范先生精神意态永悬于宇宙,而其忧国拯世之怀、悲天闵人之旨将与吴氏、严氏共垂于天壤,以泽来学,国魂民极,其将有赖于斯。太岁在柔兆敦牂壮月达县黎玉玺序。

～ 曾克耑 《范伯子全集跋》

方范先生之逝不数年,其知旧先以排字版印其诗十九卷,附《蕴素轩诗》四卷行世,天下既传诵之。其后,其乡人复为授梓,削姚夫人诗不刊,工滥恶,讹夺尤甚,而文集十二卷其乡人复以小字本印行。追余友张君次溪婚于海盐徐氏,以范先生诗文集乞其外舅刊之,世所传徐文蔚刻全集本是也。余南来以文学教于新亚书院,识秘书监沈君燕谋,先生乡人也,相与谈先生著述,余举徐刻,燕谋曰:"恐尚未竟。余中表黄君树模尝次先生《行实编年》一卷,录《集外文》一卷、《近代诗家评》一卷,而其所为联语则其乡人曹文麟君尝为之注。子欲得之乎?"余因乞其展转移录以来。会识先生曾孙临,又从乞得简札十余通,有上其父及外舅书,亦颇关掌故与其家风。而诗本事燕谋复就所知躬为之注,虽不得其全,其乡之老辈大略尽是矣,于是授粤黄君吟仿徐刻本手写之,凡补六十四叶,盖至是而范先生遗集可谓获其全矣。间以语吾友达县黎君薪传,薪传曰:"扬阐先贤以诏世,吾责也。"夫刻书以行世,事易耳,然必极搜讨缀辑之力焉、网罗倡导之功焉,假以时日,济以缘会,而后乃克底于成。盖自范先生下世六十年而其遗著乃克全布于世,其难可知矣。然则世事之大于剞劂者不知其几千万也,其难其烦又不知其几千万也,夫岂一手一足之烈、一朝一夕之时所可企者哉!太岁在柔兆敦牂壮月,福州曾克耑。

🦎 程沧波　《影印范伯子先生诗文集小序》

南通范伯子当世先生,清末同光之际,以诸生遨游南北,其诗文名动公卿。光绪甲辰,先生以疾殁于上海,年未六十,士林伤之。其诗文流传,数十年来声光巍然,足以证其造诣深且大。南通僻处大江以北,由江入海之要道,其人文有异于苏松常镇者,盖苏松文胜于质,而常镇则质胜于文,至于淮扬通泰,文质之外,乃具中原奇旷之气,其人事功文章,每超越于寻常。同光之际,南通之士,以书生厕身戎幕而远适异域者,实繁有徒,张謇、朱铭盘等尤其佼佼,有非江南士夫所可企及者矣。先生生前,未尝得志于名场,尝忆挽李文忠联句有云,贱子于人间利钝得失,渺不相关。此六十年前士大夫所不忍言,而先生乃昌然言之,是盖时世剧变中仁人志士之伤心语也。先生虽自言与人世利钝得失,渺不相涉,然读其诗文,知其抱病之身,所皇皇不可终日者,为地方兴学,为伤时忧国,由其诗文,知其才大,书卷多,识力卓绝,近古体诗皆能以精思锐笔,清练而出,廉悍沉挚,浩涵博大,盖兼而有之。先生所遭之时,甲申、甲午、戊戌、庚子诸役之时也;先生所处之境,屡试乡闱不售,贫病交困之境也。然而先生之诗,波澜壮阔,绝无穷愁之气,慷慨悲歌,忠君爱国,一出之于磊落之才,精博之学,而寄之于诗,身后文章,历数十年而盛名不衰,岂偶然哉。余尝论清末民初诸诗人之诗,散原之峻极,南皮之典丽,公度之新放,海藏之奇傲,寐叟之深隐,节庵之沉郁,乃至马浮蠲戏斋诗,冶儒佛道于一炉,熔杜韩欧苏于一家,一花一叶,风神飘逸,正亦诗中之灵光,而先生之诗,兼雄浑与沉挚,其今代之苏陆欤。

《范伯子诗集》光绪末年木刻本,流传不广。比来迁台员,其书益不易得,十年前彭君醇士曾得香港友人寄赠一部,同好借阅,视同秘笈,辗转易手,此书竟不知所在,朋辈论诗,每引为大憾。

今岁八月,张季直先生纪念会中,适与邵镜人、沈云龙两先生同座,畅论南通文献,因及先生之诗,镜人先生谓间关万里,范先生诗文集完整无恙,予与云龙先生闻之欢喜欲狂。翌日,镜人先生出示此书,予既尽一月之力,反覆重读一过,云龙先生奔走书肆,得文海出版社李振华先生慨然任影印之责,今杀青有期,索序于予,因略叙此书重刊经过,以告世之爱好先生诗文者。先生长离人世,今且六十年矣,语其身世,名位不显,年不中寿,然而六十年后,海澨山陬,尚有踏破铁鞋以求其吉光片羽者,生前富贵,身后文章,孰彼孰此,幸与不幸,莫之致而至者,命也;莫之为而为者,天也。呜呼!

✺ 徐沅 《范伯子先生遗墨跋》

沧海飘泊中，回忆光绪中叶名流讲贯之乐，渺不可得，有举其旧事者，辄向往之，若获观当时手迹，则尤为之摩挲不释也。仲远方伯出示范肯堂先生致尊兄謇博先生手札，盖在癸巳、甲午间，同客天津，以文学相商榷者为多。张充与王俭推襟送抱，陆倕与任昉心照神交，其风谊复存乎此。沅与仲林、秋门皆有一日之雅，而常以未见肯堂先生为憾。后三十年乃睹手翰，恍若接其风采而与其言论也，犹颇引为乐事云。丁卯中秋徐沅奉跋。

✺ 言敦源 《范伯子先生遗墨跋》

范肯堂先生当有清同光之际，为武昌张濂卿先生入室弟子，与其弟仲木、秋门皆负文章重名，瑞安黄侍郎体芳督学吴中时所目为南通三雄者也。壮岁既迁，以诗雄海内，没逾十稔，遗集始出，其手书翰墨流传尤鲜。曩者，桐城吴先生挚甫牧冀州，延新城王晋卿树楠掌书院，教先生主讲武邑，而武强贺松坡涛更以吴先生之学设教于乡。数君子者，声气相应，宏奖后进，一时学风蔚然为畿辅冠。先兄謇博随侍先君于新河官舍，闻先生名，得以乡人之谊上谒，是为订交之始。后先生居天津讲学，先兄亦以壬辰岁幕游续至，过从益密。乃赍所为诗请业于先生之门，躬为弟子。嗣是书札往还、篇什唱和，几无虚日。时先生有挚友俞觚庵明震者，先兄师先生而友觚庵，往往新诗就正，互为推敲，或此甲而彼乙，或是丹而非素，常以此剧争雄辩，两贤相厄，不以为忤，而更视为至乐云。先生为诗，向恃腹稿，自得先兄论诗，意合，一夕挑灯尽写以往诸作，哀然成帙，遂有定本，其相契如此。先兄以甲午秋试吏河南，遂与先生别，所藏先生手札不下数十通，皆在癸巳、甲午之交。先生平日不以书名，然翰动神飞，备极刚健婀娜之致。且本雄于文，为诗名所掩，世人或不尽知，今即其书札文字诵之，固可推见梗概矣。敦源识仲木于大学，交秋门于稷下，独于先生缺一日之雅。回首前尘，忽忽一世，至亲骨肉之摧谢，师友老成之凋零，感怆于中，时时不能自已，乃汇集先生所赍先兄手札墨迹，为之影印，以公诸天下。岁次丁卯秋仲常熟言敦源谨识。

✺ 言敦源 《范伯子先生遗墨再跋》

肯堂先生墨迹影印成，前跋既纪其大凡，而胸中欲言不尽之隐尚有难已者，爱仿前人再跋之例,以数十年中闻见而尔缕焉。先生天才超迈,同治庚午,年十七,应省试,即文采斐然,由是负海内大名者卅年。仲木、秋门皆奉先生为师,力学成名,独先生数奇,久羁秋赋。光绪壬午尝应试白下,与泰兴朱曼君铭盘、同里张季直謇泛于秦淮,有联句排律,流布远近。挚甫先生闻之,殷勤招致,先生始北游。元妃先逝,乃为介于乡人姚慕庭浚昌,妻以次女。更荐诸总督李文忠公,授公子季皋侍郎读,每日晡辍讲归,或下廉读书,或开阁延宾,辄以为常。后辗转旅寄,以病道卒,年五十一。遗诗十九卷,有《范伯子集》刊行,文十二卷,次第出。先兄于壬辰客武进盛杏孙年丈津海关道幕,得与先生会合,相处最久。其时海宇承平,人文辐辏,与先兄同幕者有桐乡劳玉初乃宣、绍兴柳林轩士俊、无锡杨石渔楫、范夫模昆季、武进李经羲宝潜(后易宝淦)、阳湖汪子渊洵;同客天津者有慕庭、叔节永概乔梓、俞觚庵、海州李啸溪丈映庚、桐城徐椒岑宗亮、绩溪邵班卿作舟、绍兴周晓敷思煦诸人。时挚甫先生已罢官,继濂卿主莲池讲席于保定,松坡成进士后旋引归,石渔之弟仁山楷(今名道霖),官京曹,亦往来于天津,大抵以砥砺名节、商榷学问为志事,五百里贤人聚,若有此种气象。先生诗得力于太白、山谷为最多,文则服膺濂亭,上至湘乡、桐城诸老,泛滥于汉、唐。若八法则仅以行、草见。居恒自待不薄,于先兄亦期许备至,当日传笺往复,且晚不倦,虽尺牍、小品,率非经意,然词旨隽永,笔艺高浑。喜以长颖濡墨,震纸欲飞,与先生耿介拔俗之致颇相似,流传北方,容亦有之,必以先兄之所藏者为最多。片纸寸幅,积久成帙,中更兵燹,幸弗失坠,窥豹一斑,唯此而已。

🐉 曾克耑 《范伯子先生遗墨跋》

往达县黎薪传上将重镂范先生全书竟,天下既传诵之。无为张子稚琴间复示余常熟言仲远先生所印范先生与乃兄謇博遗札数十通,为长跋二,于师友昆弟之遭际离合、人才时会之消长升降,恻然若有慨焉,终以未获从范先生游为憾。余既读而异之,旋识先生令子熔甫,熔甫复以是札示吾友夏子叔美,叔美欲乞台员有力者布之而未得当也。会余复于范先生曾孙临所得范先生上其父、外舅与妇、弟书数十通,诗文手稿数通,喜曰:"是可以合言刊重布之也。"稚琴、熔甫既乐助其成,因寄台员,乞吾宗绍杰依范先生全书式影布之,于是范先生遗墨可得其梗概矣。范先生往为挚父吴先生所拂拭,意往复手札藏先北江师所必多。世变以还,与伯芝绝音问者且二十年,无由索以付影以慰天葆爱范先生遗墨者之望。斯余重布斯编,欣叹之余,不能不记其私憾也。太岁在屠维作噩且月。

🐚 范伯子 《赠蔡公湛手书诗稿跋识》

蔡公湛，此间英妙奇士也。因女婿陈师曾而得见，既颇览我近诗矣，又索写一二旧作。吾诗八百篇，未知何所爱，姑以昔者与俞恪士论文一首写奉吟教何如？公湛顷来与我谈，益知志意所在。吾不欲外视，公湛愿益宏，此学业未为深入乎古人而不谬于来世者，气求声应，岂患目前所识之少哉？庚子九月，范当世。

🐚 陈三立 《肯堂赠蔡公湛手书诗稿题记》

此肯堂庚子岁唁我居父丧西山墓庐，过南昌始与公湛相见所写诗也。肯堂爱才好士，扶掖后进之心，恳挚出天性，宜于公湛才俊少年尤一往而深。录论文作，特高妙，其平昔持议颇依此。今相望三十年，从劫罅中诵之，尚如孤灯夜雨促膝对谈时也。公湛重肯堂手迹，久不能忘，忽于数千里外示我印纸，徒博我后死亡命之身，感旧怀贤，老泪纵横耳！民国十八年秋七月陈三立写于沪上。

🐚 王一庐 《范伯子诗文手稿识语》

南通范肯堂先生精邃于古文辞，有专集行世，与张季直、朱曼君当时号称三杰。此其亲钞遗墨，不易一见。品伯同志偶从旧书市得之，爱其文情流利，诗格雄浑，重整残破如新，遍索题句。品伯以新进人士，而关心旧学如此，岂新文犹未尽沦丧欤？不禁忻然搁管，谫陋如余，得与是稿共存，亦大幸矣。

🐚 朱尉翁 《范伯子诗文手稿识语》

范初名铸，后易当世。清光绪初，与张季直、朱曼君时称三杰。三人同为黄漱兰侍郎入室弟子，襄校吴中府州试卷，才名籍甚。晚复客李合肥直督幕府，刊范伯子诗四卷。此录诗有刊本所未载者，品伯兄宜善藏之。

🐚 曹文麟 《范伯子联语注序》

联语之始，可考者为蜀孟昶"长春"、"余庆"之句。至宋、明而大行，至有清而极盛。曾湘乡与弟书,载挽胡润之中丞太夫人联,谓胡家联必多,此可望前五名否?则当时士大夫之重视可知也。吾友丁启之于中华民国元年殁,吾与诸友哀之,为广征挽联,而邑中遂成盛行联语之习,吾侪若以夸侈倡,甚悔之,而无以救矣。老辈所为,以顾晴谷、周彦升、范肯堂诸先生及张啬庵师为远殊于常,顾以典重高华胜,周以清隽胜,而肯堂先生、啬庵师之文则同出于昌黎,恒人尤望而却走。保君沄孙今属注肯堂先生联语,俾读者明其事迹而会其所托,是亦益后学之道也,因为强勉从事。识别诸句用圆点外,其圈点皆先生手录本自为之者。

🐦 曹文麟 《范伯子联语注跋》

此依先生手录稿,亦有文麟庆吊时见之而此定稿已更数字者,癸丑七月向大兄彦殊借读,遂敬写别本,今乃略释之。曾湘乡挽胡太夫人云:"武昌居天下上游,看郎君新整乾坤,纵横扫荡三千里;陶母为女中人杰,痛仙驭永辞江汉,感激悲歌百万家。"盖以声韵气概胜者,先生寿李子木之母及挽李文忠公下联有焉;至以度量胜,则有如观津书院云:"如今比屋东西,稍有欢颜在风雨",挽高节母云:"与令子无一日之亲,感恸独因哀启语",挽何眉孙云:"登山常不乐,澹交多此一番游",以及高等学堂联语之所云;以性情胜,则有如挽姚闲伯云"骨肉奇欢真有此",挽顾伯母云"大兄有言,亲亡则身老,不知人间何世何年于我乎萧瑟",挽马勿庵云"我未尝不义,已成天下负心人",再挽樾馥云"于弟应极痛,父丧间之,今日抚棺才一哭",挽姚外舅云"我之今日亦何恨能加,惟有牵连并哭耳",挽顾屺思云"痛不欲会其敛,尚留梦想在人间",挽张又楼兄云"母且遗忘,兄于何有,伤哉一哭莫能容"。又有此稿不载曩闻诸人者,挽某君云"抚棺一痛,生平芥蒂细于毛"。凡此亦复几人能作?文麟尝与苦行诵于虫天奥庭前,徘徊焉神入苍莽之际,不胜其踌躇,盖别有索解处也。先生之作出于昌黎、半山、东坡、山谷之诗文,故习之者不当于联语求之,先生之性情与其度量,列之古人诚亦罕见,故师先生者又不当于文字求之。世有生平之行大异其所为文字者,而文字于是乃等于艺术,然案其辞,核其文思又安能穷深而抉奥,则诚伪不由斯判耶!呜呼!李生有言:"岂大奸与,不则圣贤。"文麟盖有以窥先生矣。若以遣辞言,文何必有派,而固不能无类。彼出于近代骈文、诗歌、词曲以至今世俗语者,各有其自然之美,特醇酒、蔗浆自殊其气味耳,附以语知言者。曹文麟注毕复识。

外篇（依作者年代）

姚浚昌　《性余翁诗钞自序》（编者按：此稿共分上下两卷，上卷自题《上堵诗钞》，下卷自题《五瑞斋诗钞》，今范曾先生题为《性余翁诗钞》，盖以其自序署款"性余翁"也）

丙申九月，铨官竹山。丁酉三月，自武昌之任。十一月，檄权南漳县事。中间道路往来，公家事了，偶有余闲，与人唱和，积数月，遂得诗百三十三首。春光已暮，柳絮乱飞，念吾女倚云远隔二三千里，其夫婿范肯堂，江湖牢落，奉养无方，时廑予怀，乃取所为诗，命奴子钞之，遥寄倚云，并示肯堂，畀知吾近况，兼以遣吾抱也。江山绵邈，世事可忧，安得一二年间鼓舵东游，一抒心曲，且以晤语尊翁，登狼山，望大海，同解积懑耶？

范伯子　《幸余求定稿序》

当世前年冬就婚安福，于路作诗为到门之献。其诗有曰："顺康元老家，乾嘉大儒系。道咸名公孙，同光诗人子。蔼蔼敦诗媛，持以配当世。"盖自石甫先生而上，姚氏之道德文章、勋名气节，皆天下所共闻。至吾外舅则遭逢离乱，廉隅刻苦，不堕其家声，而平生颇以诗自乐，此亦中兴诸老之所共许，而非当世一人之私言也。既赘于安福，前后二年，闲伯、仲实、叔节皆法外舅为诗，而当世亦绁绎旧文，步趋新作，获益良多。外舅既以幸余尽刻其先集，闲伯兄弟因复荟萃外舅诸稿，请自定付刊。外舅曰："吾甲戌以前诗无几，殆不足复存。引疾以后，乃勤于为此，亦自为之自弃之可耳。苟欲稍存一二，亦须求定于人。何急刊为邪？"当世曰："然！公之所勤为，盖前此诸公所未尝见也。逝者已矣，存者或南或北，动辄千里，将欲普同于兹事，亦非钞胥所能胜。盍即刊印数十本，以为邮筒之资乎？"外舅许之，乃授稿当世，稍为编排，得十二卷，用其意题曰幸余求定稿，而诸公昔尝评论者，仍刊于前。道光丙午至咸丰丙辰诗六十五首，卷第一；丁巳至同治甲戌诗一百二十二首，卷第二；甲戌至光绪丙子诗七十六首，卷第三；丙子至戊寅诗八十六首，卷第四；己卯至辛巳诗一百八首，卷第五；辛巳、壬午诗八十四首，卷第六；壬午诗七十一首，卷第七；癸未诗七十四首，卷第八；甲申诗九十八首，卷第九；乙酉、丙戌诗九十一首，卷第十；丁亥、戊子诗八十六首，卷第十一；己丑诗一百十六首，卷第十二。光绪十六年庚寅冬十二月子婿范当世谨志。

马其昶 《慎宜轩集序》

外舅安福君谢官归，余为馆甥，时叔节偕其两兄方就外傅。三人者，性质殊，然皆与余相善也。外舅工为诗，其论学戒炫鬻。吾党硁硁，一循其轨辙。叔节年少，学骤进，诗文并茂。余不能诗，尝一为之，不工，遂弃去。外舅之重莅安福也，通州范肯堂亦就婚官舍，遂大为诗，父子、兄弟、甥舅、夫妇更迭和唱，哀然成编矣。其后改令竹山，终于任所。闲伯已前卒。肯堂会丧桐城时，幽燕俶扰，天子蒙尘。肯堂被病清羸，感触身世之际，凄然苦语，穷朝暮索余文观之，未及半而去。今肯堂则既死矣，独余与仲实、叔节犹得假馆近县，岁时归聚，从容出所业相质正，然诚不意今便逾五十人也。顷叔节见，语郡守恽公录其文将为印行，征余序，余未及为。先是，叔节以皖中新刻肯堂诗寄我评，目其诗国朝第一。余复书论肯堂所诣诚过绝人，顾诗家各有其性情体貌，正不容轩轾，且吾辈数人昵好，世所闻也，称心而言，人疑其党，因约刻集不相为序，叔节遂亦不余强也。余既尽读肯堂诗，私念今世宁复有是诗？又宁复有斯人乎？世曷尝无人，有之而不与吾接，则等于无矣。幸而并生一域，又托为骨肉亲爱，当其生不知其难得也，及其既逝，彼此志业所期或颇未倾写，犹不若后人读吾书者之我知，宁非憾邪？所谓戒炫鬻，又岂此之谓乎？然则叔节之检存所作用诒同志有以哉？余虽欲不言，乌得已也？肯堂殁，余未有记述，叙叔节文，感而思焉。若夫叔节才美不后肯堂，同为吴先生所激赏，其名声已自能显于世。余故不暇以详，仍前志也。

徐世昌 《贺先生文集叙》（节录）

自桐城姚姬传氏推本其乡先生方氏、刘氏之微言绪论，以古文辞之学号召天下，湘乡曾文正公廓而大之。曾公之后，武昌张廉卿、桐城吴挚甫两先生最为天下老师。继二先生而起者，则刑部君也。盖桐城诸老，气清体洁，义法谨严，笃守先正之遗绪，遵而勿失，于异学争鸣之时，厘然独得其正，此其长也。曾公私淑桐城之义法，而恢之以汉赋之气体闳肆雄放，光焰熊熊，遂非桐城宗派所能限。张先生濡古至深，吴先生复参以当时之世变、匡济之伟略，堂奥崇隆，视前人超绝矣。两先生门下贤隽士相通流,如通州张謇季直、范当世肯堂、沧州张以南化臣、桐城马其昶通伯、姚永概叔节、南宫李刚己刚己、冀州赵衡湘帆,皆其著者也。

崔朝庆　《石颠诗文稿序》(节录)

人才多乘时而兴,而天地固时时生才,特才之生也,其群或不知之,遂不能才之,甚且轻之且诟之。余少友范君肯堂,习见其与朱曼君、周彦升、顾延卿、徐石生、王云梅、张季直等游,邑之人于诸子,有知之才之者,而轻之诟之之言出诸士大夫之口,亦往往而是。非若今之后生盛慕当时文酒之会,致望古遥集之思,恨不能与同时也。

范铠　《堇庐遗诗叙》(节录)

呜呼!叔鹰固与吾伯兄肯堂亲迩之时为最长,其得力所自,出于吾伯兄者为多,故今之遗诗皆吴冀州及吾伯兄所点定者也。曩者,武昌张先生主讲金陵,吴先生以桐城之学倡导北方,其后保定莲池书院为张、吴两先生嬗代之地。吾伯兄于其际亦主讲冀州,当是时,南北文学并兴,而北方尤号鼎盛。海内大师相聚数百里之间,后进知名无虑皆三家弟子。而铠与次兄亦稍稍慕效之,顾次兄间得从张、吴两先生游,以发舒其所学。惟铠饥驱四方,迫于时,阙于地,仅一谒吴先生于莲池书院耳!至欲经岁侍吾伯兄,藉闻绪论,以求定其所为诗文而亦不可得。二三十年间,天之不慭遗老固事之常,然岂出于天亲如兄弟者求数年之相亲而亦艰于遇,果何为而至是耶?叔鹰勤心于文字,得从讨论,于是时又何其幸欤!

姚永朴　《蕴素轩诗稿序》

同治甲戌,先考自安福引疾归。濒发而先妣卒,既返,寓于皖两年。时科举未罢,延师督诸子为制义,于女使学针黹而已。妹倚云,顾好读书,日取经史古文诵之。遇有疑滞,就询父兄,为讲说,辄豁然。及先考卜宅邑之挂车山,以地僻罕人事之扰,时时为诗自娱。予兄弟因从事吟咏,妹亦与焉。吴挚甫尝见妹诗于戚姻家,为之惊喜。会通州范当世丧其室,乃自冀州遗先考书曰:"肯堂诗笔海内罕与俪者,君为贤女择对,宜莫如斯人。"先考以道远难之,吴先生一岁中申言至七八,妹由是字范氏。其后先考重莅故任,肯堂来就婚,夫妇相得甚,闺中唱和如鼓琴瑟。肯堂寄妹诗归，厥考荫堂先生诧曰："焉有女子能为此者，非假于若父兄，即吾儿润饰耳。"妹归觐，知实己出，又喜曰："姚氏旧门，固当有此女。"时肯堂两亲咸在，前室遗二男一女。妹仰事俯育，勤劬备至。公姑既没，佐肯堂治丧如礼。为子纳妇，而嫁女于义宁陈氏。今二子以文学名于时，诸孙成立，且有曾孙矣。嗟乎！人代之递嬗，岁月之迁流，忽忽遂四十余年。伯兄最先卒，先考及吴先生又违世，肯堂亡亦二十年，伯姊叔弟复相继沦丧。惟予偕姊夫马通伯卧病闾巷中，妹独远隔千里，人生罕称意事。然求骨肉聚处稍久长，天亦若有靳不肯与者。是可叹也！妹诗曰《蕴素轩稿》，初附印肯堂诗后，顾不多，迩年复哀前后所作，钞存之，为若干卷，属予题数语于首。予喜妹诗温厚尔雅，能协诗教。爰述平生德行之无憾于两姓者，与为学始末，漫书而归之，冀慰其意云。岁丙寅冬仲克永朴识。

🐾 王守恂 　《赵幼梅蓄海集序》（《王仁安集·文续稿》卷三，复见赵元礼《藏斋集》之六）

吾师范肯堂先生诗雄视百代，以其笔仗大胸襟宽也。余学诗于先生趋径不同，天赋才力限之，无能为役也。幼梅服膺先生最深，虽未亲接函丈，余有闻于先生，无不为幼梅道之。幼梅新编《藏斋集》之六，名曰《蓄海》，是即戊亥二年之诗也，以校序属。余读之至再，长篇之纵横跌宕，短幅之沉着苍凉，放眼天地之崇卑，委心世代之兴替，笔仗之大、胸襟之宽，几乎登范先生之堂，而入范先生之室也。幼梅天性好友，书法诗笔又为人人钦慕，杯酒谈笑宴会之际，咸以为无幼梅不欢，殆所谓能太高迹太近，盖有陆放翁之遗范焉。放翁诗万首，七十岁仅得其半，其余皆七十后诗也。幼梅年未六十，精力强健，如放翁之年岁时，其诗亦将万首。然则余之年力衰残，吟咏都废，其得之于天者浅薄疲塞，是固无如之何也。回首师门，万感交杂，得附大集以存姓氏，未始非不幸之幸也。

🐾 姚永概 　《陶庐文集序》（节录）

始吴先生官直隶也，以兴学为务，尤重择师。其知冀州，欲得先生，而黄子寿方主修通志，倚先生，靳不肯与，腾书互争，李文忠公和解之，令先生居冀与志局各半岁，乃已。而同时教于冀者，为通州范肯堂当世。先生既去，继之者则松坡。松坡教冀士最久。肯堂弟子之尤者为李刚己。刚己得进士，令山西，死年未四十。赵湘帆衡者,先生及松坡弟子也,文亦雄健,名重于世。

🐚 夏敬观 《蜗牛舍诗序》（节录）

光宣间,天下言文章者,咸称通州三范,而伯子诗名尤著。始予与仲林乡举同年,往来南京、通州、上海,因以诗谒伯子,时时闻绪论,至一变往所为……伯子丁世衰微,愁愤悲叹,一寓于诗,其气浩荡,若江河趋海,群流奔凑,滋蔓曲折,纳之而不繁,审而为渊,莫测其深。窃意世知重伯子之诗,未必能尽喻其旨也。

🐚 吴君昂 《冀州唱和诗序》（节录,民国莲池书社刊本《吴门弟子集》卷八）

初范肯堂先生自通州来入幕,与伯父讲贯文字,伯父欢甚。后又得姚锡九、张采南两先生继踵而至,贺松坡先生本主讲冀之书院,而张廉卿先生亦时自保定来游,于是一州之士皆贤豪英俊。是时,家君病亦大愈,遂与诸公觞咏唱酬无虚日,为诗多至数十首,然后知人世之遭逢,未若聚合之隆为尤可贵也。

🐚 吴闿生 《晚清四十家诗钞自序》

先大夫垂教北方三十余年,文章之传则武强贺先生,诗则通州范先生。二先生皆从先公最久,备闻道要,究极精微,当时有南范北贺之目。其后各以所得传授徒友,蔚为海内宗师,并时豪杰未有或之先也。二先生外,则有马其昶通伯、姚永朴仲实、姚永概叔节、方守彝伦叔、王树楠晋卿、柯劭忞凤孙,咸各有以自见。其年辈稍后,则李刚己刚己、吴镗凯臣、刘乃晟平西、刘登瀛际唐、步其诰芝村、赵宗抃铁卿、张以南化臣、阎志廉鹤泉、韩德铭缄古、李景濂右周、王振垚古愚、武锡王合之、谷钟秀九峰、傅增湘沅叔、常育璋济生、尚秉和节之、梁建章式堂、刘培桠宗尧、高步瀛阆仙、赵衡湘帆、籍忠寅亮侪、郑毓怡和甫等,皆一时才士。贺先生门下著者曰张宗瑛献群;范先生门下著者则推刚己,刚己既从范先生受学,又久事先公,才气雄伟,涵弘迤演,益以光大,同时侪辈莫之及,惜其早逝,流风所披未广。而刚己之子葆光子建作诗颇有父风,其门人秦嵩山高亦近今之贤隽也。今钞近代诗以师友源澜为主,凡四十一家,可观览。当二先生从先公游,闿生方始髫岁,奉觞跪起,窃闻余议,以为宾客豪俊极一时之盛选,亦人事之适然者耳。当时忽忽诚不深知郑重,俯仰数十年,时事日非,前踪日远,然后咨嗟太息,以为此数公者皆千古不常见之人也。世变愈降,则贤哲之所树为弥高,宜其益不相及。往者不可接,来者无由知。持此区区残简,质之无极之人世,其存其亡,茫乎不可究诘也。兹余编览未竟,益惶然继之以悲也。甲子十二月阊生自序。

🐟 叶恭绰 《陈师曾遗诗序》（节录）

师曾少好为诗,又工画……画竟,辄好题句,故君之诗与画恒相系属。君少承散原先生之训,又濡染于妇翁范肯堂先生之诗学者至深,第所作乃一易其雄杰倔强之概,而出以冲和萧澹。

🐟 柳诒徵 《江山小阁诗文集序》（节录）

同光间,通州、如皋、泰兴文运勃兴,震耀寰宇,高才硕学若周彦升,若朱曼君,若范肯堂,若张啬公,若沙健庵诸先生,鼎鼎盛名,大江以南,莫之逮也。

🐟 顾公毅 《蕴素轩诗集序》

蕴素先生之偶范伯子先生也,吴冀州为之媒。蕴素先生亦若以诗媒者。先生尝录所为诗由其兄姚仲实先生呈冀州,冀州亟赏之。时伯子先生失偶已数年,意不更娶,而冀州毅然为介,伯子先生已既于冀州得诗读之,议始定。光绪戊子冬就婚安福。合卺之夕,宾筵酒阑时,蕴素先生突闻中庭有人引吭高诵其诗不置,异之,既乃知即伯子先生。一时传为佳话。此义宁陈师曾衡恪语。师曾范婿,以辛亥二月就通州师范学校教习。其时公毅应蕴素先生约,兼女师范校教育课且二年矣。先生谓女教系家国者至钜,尝推原二南之化,著论于校十年概览之中。以其忠厚悱恻之意播之于诗、而更浃之于校之人也,校风乃独以质静闻。校有事,往往询及公毅,大者必欲得一言,如是者迄十年之久。公毅主县教育会事,又延先生长妇女宣讲会,会尝数百人,先生随机立说,听者为之意消。民国八年先生以长皖校去,女师范校以为校终不可无先生也,先生亦弗忍固辞,遂归授经义。先生之言曰:"女子教育,贵能观于今而慎所当取,尤贵能鉴于古而知所当守。"其为讲义,则犹是旨。一讲既终,群弟子罔不悦服而退,盖其忠厚悱恻足以致之。公毅谢女校事又忽忽十年,与先生岁或二三见。秋初,起居先生,正曝书于庭,检一小册示公毅,上署《蕴素轩少时诗稿》。稿蝇头小楷,谛视之,先生之手笔也,而评者为吴冀州。就所识年月考之,则已越四十年,墨迹如新,粲然夺目。因忆师曾所谓诗媒者以询,先生默应焉。冀州于其《送别二兄》"黄鹂紫燕舞春风,水碧山青绕江树。长天杳杳看归鸿,短梦依依闻杜宇"句评曰:"顿开异境,飘洒不群,吾家梅村恐尚未到此。"于《初秋闲理小园寄仲兄》"蝉噪高林际,蚓鸣砌草根。秋风穿牖冷,疏雨扑帘繁。庭树纷残叶,壁苔长细痕"句评曰:"如此方谓之情景交融。"于《中秋月夜怀二兄三弟》"秋露凝花坠,凉风掠袖生。徘徊良夜永,游骑杂歌声"句评曰:"韵味悠永。"《雪夜忆仲兄》"佳日宜人增怅望,严寒萧瑟倍思乡"句评曰:"逸气横生。"《送三弟之江阴》"儒生任穷达,励志追先哲。独念川途劳,勉慎风尘劣"句评曰:"纵横如志。"《三弟以诗来索和答之》诗凡八章,章各有评。曰:"一往情深,言情之善则也。"曰:"疏宕。"曰:"奇幻不可思议。"曰:"琅琅有声。"曰:"沉痛。"曰:"韵能天成,不事雕琢。"曰:"此篇气势尤为奇纵。"曰:"情韵深美。"而于卷端大书特书曰:"风格高秀,体裁澹雅,绝无闺阁之态。固由毓德名家,濡染有源,亦是天挺瑰姿,非复寻常所有也。"公毅披览再四,无任景慕。昔闻冀州评伯子先生诗,谓为海内无对。于先生诗,评又若此,其力任为介宜矣。先生之诗,老而益工。所历即艰苦,一视乎义命而安之。故其为言极舒迟澹泊之致,世更有冀州共人,不知作何赞叹也。先生以其诗稿将付剞劂,属为之序。公毅不文,更不能诗,念少作曾获伯子先生评奖,谓为读书得间有造之才,而辱先生之知也亦已久。故乐道两先生事,且俾天下后世读是诗者,知先生于诗之外,亦正大有事在焉。中华民国十九年十二月世愚侄顾公毅谨序。

梁鸿志 《大至阁诗序》(节录)

贞公(宗元乡谥)治诗垂四十年,不名一家,而所诣与范肯堂为近,陈伯严、郑太夷、俞恪士、黄晦闻、夏剑丞、李拔可交口称之。

宗孝忱 《马肝集跋》

孝忱冠年即闻邑先进蒋元亮步陶文采冠绝一时,惜未中寿而殁,入邑同治志文苑传,称其古文廉悍,雅近柳州,有《拜经堂集》。嗣从项子青先生所,读所作《乞缪处士画》七绝一首,倜傥而有深沉之思,益心慕之,而所谓拜经堂集稿,卒无从得见,得见于志书者,仅诔吴见三辞一篇。比客瞻园,南通范彦矧君出一小册示孝忱曰:"此贵邑蒋先生遗著也,谨付之君。"受读之,则先生遗诗八十一首,题曰《马肝集》,乞缪画一绝亦在集中。彦矧尊人肯堂先生曩因顾延卿先生交蒋先生,此则蒋先生逝后,肯堂先生得之于延卿先生,亟录而存之者,册首为小序,所以推崇与惋惜之旨实深。呜呼,才人不寿,古今同慨,于吾邑先进不独为蒋先生一人悲也,如姚彭年施曼、郭锡恩枚臣两先生,所诣皆卓然可传,而天不假之以年,使多所著述以尽其才,仅遗残缣剩璧弄翰戏墨之作,供后贤太息于无已也。抑有感者,昔人文字交谊使中心诚相得,虽死生不渝,而于死友遗著尤殷殷冀有以永之,吾于肯堂、延卿两先生,盖不胜高山景行之向往云尔。

林庚白 《今诗选自序》

诗至清代而极盛,亦至清而极衰,变化多而真意渐失也。同光诗人,号祧唐祖宋,王闿运则高言汉魏、六朝,不知时世去古日以远,举文物典章以迄士大夫齐民日常之生活,皆前乎此者所未有,于此而仅求似于古人,则观其诗无以知其时与世,章句虽工,末矣。民国诗滥觞所谓"同光体",变本加厉,自清之达官遗老扇其风,民国之为诗者资以标榜,展转相沿,父诏其子,师勖其弟,莫不以清末老辈为目虾而自为其水母。门户既张,于是此百数十人之私言,浅者盗以为一国之公言,负之而趋。其尤不肖者,且沾沾自喜,以为得古人之真,其实不惟不善学古人,其视清之江湜、郑珍、范当世、郑孝胥、陈三立,虽囿于古人之藩篱,犹能屹然自成其一家之诗,盖又下焉。

曾克耑 《晚清四十家诗钞序》

必谓雕镂肝肾、歌泣鬼神之作无当于温柔敦厚之教、兴观群怨之旨,则《三百篇》可无作也。然而自《三百篇》而汉魏,而六朝,而唐宋,而元明,世愈降而诗愈卑,陵夷至于今日。江汉之游女、兔置之野人,亦扬徽立帜以诗教天下,而民德乃日偷,国艺益纷𥅆不可救。呜呼!是孰使之然哉?天下事不难于倡而难于倡之不得其人,尤难于传之不力。诗之有待于倡,盖不自今日始矣。自李杜源本风骚,胎息汉魏,极天地古今之变,视《三百篇》无愧色,而犹不免蚍蜉之谤。得韩文公起而倡之,孟郊、张籍、樊宗师、李长吉和之,然后天下惟李杜是宗。宋承五代,西昆方盛,欧阳文忠公又起而倡之,一以李杜为归,东坡、山谷巍然起传其绪,规模益大。至今天下言诗者翕然称李杜、苏黄,非此四家几不得为诗。而凡以诗鸣者,其格律、声色、神理、气味,苟不出入此四家得其神似,即不为正宗,何其盛也!何其盛也!自是以降,陆、元承其流,王、姚绵其绪于不坠。覃及胜清之末,肯堂先生卓然起江海之交,忧时愤国,发而为歌诗,震荡翕辟,沉郁悲壮,接迹李杜,平视坡谷,纵横七百年间无与敌焉,洵近古以来不朽之作也。自范先生没,当世负盛名者多能与范先生同源一趣,而轨辙较近、感发较切,示天下学诗者所从入之途,固莫捷于是矣。此吾师北江先生选录近代四十家诗之微意也。先生秉太夫子挈父先生之学,以古文诏后进,又尝问学于范先生,于诗所得尤深。慨挽近异说纷腾,李杜、苏黄之学将绝于天下,于是取师友渊源所自及当代名流所为不大背乎斯旨者,凡四十一家,都六百四十六章甄而录之,要以范先生为之主,精加评点,分别途径,积载二十,乃克成书,盖精力之勤无过先生,开示始学又无过斯集者矣。先生盖自拟于惜抱先生《今体诗选》而有待于方来,又以克嵩为可教,命为之序。克嵩窃以为惜抱生当承平,其所兢兢者别裁伪体耳。若当兹异说纷纭、国学日蹙之时,求一寻常知咏歌、娴音律者且不易得,况语夫正宗之学邪?先生虽以韩欧之才倡李杜之学,非更数十百年之久,其孰有笃信其说者邪?然苟得其人,感寤于意言之表,嬗传于精微之际,安知其不相喻于旦暮间邪?君子独行,其是已耳。纵环天下无解人,亦何足憾,而况斯道之未必遽绝邪!呜呼!此同门诸子所不敢自已,而克嵩诵习之余,不自知其感奋兴起也。以克嵩之庸苶而犹感奋不能自已如此,则凡天下士才气千万倍于克嵩者,其感奋兴起宜如何邪?日月出而爝火熄,雷霆震而万物昭。是书之行,其亦诗学昌明之兆乎?吾师之传于是远矣。

民国十三年秋七月门人闽侯曾克嵩谨序。

曾克嵩 《通州范氏十二世诗略跋》

方余弱冠游京师从北江师受范先生诗时,则知范先生尝选其先人九世诗,待其弟秋门归刻之,以未获读为恨。迨余乞食南游江海间,遭世变,亟尝七刊先十一世诗,则又时时以范氏诗为念,恨不得躬获其书而亲布之为憾。十年前,以故识先生曾孙临于香海,因叩以是书踪迹,知尚藏其家未刊,则乞其家人迻录以来。继复叩其家通州三范者,伯子诗行世久矣,仲季奚若?则又自其家穷搜迻录以来。自余知范氏世有诗而未得读,缠吾魂梦者几四十年;而自来香海得悉索其诗以来,亦且十五载。文章出世之有晷刻,范先生尝咏之矣,不谓其家集之验之也。

吁异矣！顾念范氏之诗，范先生而上，范先生既选定之矣；自范先生而下，篇章虽具在，苟无人焉加以简择去取所以承范先生遗志，甚不可也。余，范先生再传弟子也，义无所于让，因忘其僭妄加以别裁焉。自范先生以次约其精者，范先生得一百七十三篇，姚夫人得六十七篇，仲林得八十七篇，秋门得八十六篇，彦殊得四十三篇，彦劺得一篇，子愚得一十五篇。凡作者七人，得诗四百七十二篇，益以范先生所选其先人诗五百三十三篇，其父六十篇，合为一千有六十五篇。范氏自云从先生至子愚，历世十二，作者十六，其诗之至精者奚具于是矣。……是书出，岂唯范氏祖孙父子兄弟夫妇之精神意态将永悬于天壤，而师门以家学蔚为国光者得以时昭布焉。海内外好学深思之士，有不生其忾慕敬恭之念而思法效之以增其光焰以永吾先圣斯文之传于不坠耶？斯尤吾所为欢欣赞叹而不能自已者也。

曾克耑　《颂橘庐文存》（节录，民国丁亥八月成都刊本）

卷三《上陈散原先生书》：弱冠北学于京师，于治西文之余，研诵故书，几虞时之弗给，然而好爱文学之念，则未尝须臾忘。间尝问先大父，孰为当代诗人最？曰："无如吾同年生散原者。"则取吾丈诗以赐之，克耑则大喜，反复研诵，醰醰乎其有味也，虽寝食未尝去手。又于公交游唱酬诗所称颂，识范肯堂先生，求其诗不能骤得，引为大憾，然慕恋想望，固无时不形诸梦寐也。如天之福，从北江先生游，学为诗古文词。北江先生夙从肯堂先生受学，因获读其诗，知丈所称道，先得吾心也。克耑之所为慰幸，抑可知矣。窃尝综丈及肯堂先生诗比量而观之，则范诗如穷冬严凝，北海积雪，峨峨层冰，天柱欲折，悲风怒号，玄黄惨裂，极目茫茫，万里一白，其悲壮苍凉之境，凄厉沉痛之音，盖得于杜公为多。而丈诗则如盛夏郁蒸，玄云起伏，暮景沉沉，万象森郁，金蛇蜿蜒，雷霆间作，惨惨天地，自为翕辟，其沉郁苍莽之致，瑰奇雄伟之观，似得于昌黎为多。……克耑学术途径得自吴范两先生者，又与公声气相应求，时移世往，挚父、肯堂两先生既不可接謦欬，其教诲奖掖爱护克耑尤至者，惟北江师独深……

曾克耑　《颂橘庐丛稿》（节录，高拜石《光宣诗坛点将录校注》引）

人之出名不出名，一半系于作品的价值，一半也因时会地域的关系，还要靠奖励有人。肯堂的诗诚然大家，但当时若没有吴挚甫的提倡，陈散原、姚叔节、俞恪士、夏剑丞的鼓吹，恐怕还是没人知道。因为社会是盲目的，如果一大师之作，没有另一大师宣扬,一般社会是不会知道的啊。

徐骆 《曹先生文集序》

姚惜抱先生始为《古文辞类纂》,桐城文学遂益大昌于世。后之论古文者,于明清则首尊归、方,于清则曰方、姚。震川诚有独诣,足迹不广,所记多里巷琐琐,然情致缠绵,往复不尽,故虽历数百年,其光笔彪炳,莫能熸也。当惜抱之世,张皋文、恽子居之流类皆深于是事,隐然树一帜颉颃桐城,然亦不能超溢轨范,大抵为一支流耳。曾文正公服膺惜抱,至列之圣哲画像,犹深惜惜抱之文,读之不能成声,特师其学,进而求焉,遂集大成,退之而后推巨擘云。张濂亭、吴至父,文正高弟也,而所诣又绝异:濂亭肆志于阳刚,而至父则极能事于阴柔。范伯子先生师濂亭而友至父,早闻文法于兴化刘融斋,尝题《茗柯文集》,书之曰:"皋文先生之为古文也,不知后世有所谓阳湖派也。"故范先生之为古文,亦无所谓桐城、阳湖,一本文章义法,力求其至,所成乃几乎文正。吾读其集,以为是亦一昌黎也。然先生之所遭,盖与震川有同憾矣。以一诸生,声光被于天下,独无魁伟震撼一世之绩为笔底之具,而又不遇兴灭如刘、项,飚举若良、何,略如司马氏之所为,以快意生平、气度恢弘,横睨山岳,俯纳江海。马通伯尝叹为"今日宁复有是人?宁复有是作者"?则先生自不仅以文章重。盖先生抱不世之才笔,拓万古之心胸,而所自见无一不深于情,其所纵笔逞意自为欣愉悲戚,读其文者亦往往不期然而为之欣愉悲戚。其悱恻动人为何如?陈伯严以为长于控抟旋盘,绵邈而往复,是实兼有阳刚、阴柔之美,此其所以高视杰出,为桐城、阳湖所不能囿,使并时诸贤箝口下心,掩卷悲叹,以为无复加于是,兀敖健举,为一代之雄也欤?

吾师曹君觉先生,亲受业于张啬庵先生,先生与范先生固同受文法于濂亭者也。而吾师亦尝闻范先生之绪论,而获评少作,谓为才辩纵横。然吾师生平甚谦抑,不自以为能文章。早弃举业,欲求经世之学。于世兢兢科第功利之日,毅然去国,留处海外者五年,而厄于境,不获自效,终其身役役于世方诟病之古文,所称述又囿于乡里苟细之事,视归、范而尤为不厌其志者也。然特方正不苟作,其迫于人事之所为,随草随弃,人虽得一言以为光宠,而自视常欿然。推吾师之用心,岂不以志不获展不得已而为此,而不复能择所宜轻重者,徒以从人之所求,则又文章为世丛诟也固宜,奚贵其为古文,而复沾沾自喜以为吾能善为古文也。此诚始意之所不及,而世亦徒以文士目之,益失之矣。吾间以意所悬揣发为是言,问于吾师,而即以求其是非。吾师亦惟一笑,弗深论也。吾师所为文不止于此,此所遴存且不逮其半，其不欲苟存若是，是其文尤为可贵者乎？不然，如退之固为一代大手笔，而不免于谀墓之讥，则事迹宏卑，与文笔良，截然为两事，而文之所贵，固在此而不在彼也。若有憾乎归、范之无鸿篇巨制而即以为减色，则尤鄙夫之见矣。范先生晚年恨所习不切实用，昌言贱之。吾师所期亦在彼而不在此，目论者岂足以知其所用心。而世之断断于姚、张异同，益不足以论吾师之文也。窃以吾师所为之所以为贵，自别有在，岂斤斤论一时得失而为阿私谀谤之词。若谓余故为大言，自张门户，则文章为千古公器，非一二人能自为短长，益毋庸妄为争辩也。

🐟 徐骆 《诗稿自序》（节录）

余年甫冠，读渊明集，爱其冲淡，酷好之。后受诗法于范先生彦殊，始稍稍窥门径。又时饫习苦行、曹君觉诸先生之绪论。曹先生，述闻于张公嵩庵者，知昔日与朱曼君、范无错两公纵横坛坫，驰骋海内，开一州风气之先，以至于今。而今州之少年，缵承盛业，不坠其绪，殊仰望其盛于无极也。惜余生晚，不获亲接朱范两公，而又无挈引而及张公之门，此与范公不及事曾湘乡有同恨焉！

🐟 徐骆 《曹先生六十晋七寿序》（节录）

李唐始以诗取士，赵宋广其制，益帖经墨义。明太祖既有天下，以八股文为牢笼黠智之策，且复夸喜语人：天下英雄入我彀中！清以异族入主中夏，官制草创，多袭明之旧，而仕宦不由科第，辄引为终身之玷。以故大儒硕士，虽明知其敝，亦莫能舍而不由也。历有清二百数十年，几无人能越其藩篱。范伯子先生三十五岁后不复与有司之试，数发其意于所为诗文。张嵩庵先生年逾四十，犹试于礼部，遂魁多士。岂二先生所守有异而所诣因亦显然不同，抑亦张先生必欲终其试程、范先生有意为是，而即以为名高乎？观于二先生意量之高越，殆不若是浅也。当是时，吾师曹君觉先生年未冠，试合于有司，成诸生，有名黉序，尝与江南乡试，不遇而归。旋奉考驰千府君讳，哀毁甚，遂弃所习，毅然东渡，留扶桑凡五阅寒暑……归国后……襄地方教育，迄于今且四十年，而先生向之所学终未一施用。……先生亲受业张先生之门，而志行乃大类范先生，卑视一第，脱于牢笼，固不为名高也，期成经世之学。

徐骆　《赠吴君冀阶序》（节录）

范伯子先生少日读书黄泥山中，及别新绿轩出游军幕，而有"还山古有万千难"之句，其时气盛揽辔自负，以为风飚云起，旨趣所指，利泽行被于天下，迨乎功成，巾车初服，还于乡井，重得徜徉山水之间，问桑麻而偶乡老，展典籍而晤古人，斯亦人生之至乐。而旷观古今贤者能若是者盖至鲜，故当始出，不免俯仰而兴怀，迨其后偃蹇湖海，终不获少展才智，及将衰归卧荒江寂寞之滨，颓然无复自容，故去山二十五年，追怀往躅，而有"匪石一生"、"下泉三叹"之感，纵极醉亦无以忘忧。呜呼！识量若范先生，乃怀憾若是，究其得失，宁关于才与不才，实系乎遇与不遇耳。吴君冀阶，行年六十，三十年前受业于张啬庵先生，旋即本所学教授南山之子弟，著闻一时。张范二先生交至笃，少时足迹于南山独多。冀阶习知之。两先生之际遇始同而终异，范先生年岁不待系乎天，张先生之晚遇，又何尝不系乎人？

钱仲联　《翁同龢诗词集序》（节录）

曼殊统治禹域二百六十七年，诗人辈出，数殆逾万。宰相能诗，若金之俊……冯赐履……尹继善……纪昀……彭蕴章……，俱有集传世。而卓然为名大家者，仅阮元、祁隽藻、曾国藩、张之洞及吾外曾祖二铭、舅祖松禅父子而已。……阮元雄视嘉道时期，祁隽藻导晚清宋诗派之先河，二铭诗结道光前宗唐之局，曾国藩为山谷诗之首倡者，张之洞号称以宋意入唐格，巍然巨子，是皆宰相而无惭为专家诗人，并足以领袖风雅，与其同时名家若姚燮、钱仪吉、郑珍、何绍基、江湜、李慈铭、王闿运、邓辅纶、高心夔、袁昶、范当世诸人角高下者。

言雍然　《坚白室诗草跋》（节录）

先君逾弱冠，即致力为诗，先后请益于李越缦、范肯堂两先生之门，于范先生亲炙尤久，勤求精择，造诣日高。

潘伯鹰　《颂橘庐诗存序》（节录，民国丁亥八月成都刊本）

君（曾克耑）幼时，则已读今世诸名公之作千数百首，而于《散原精舍诗》翻之数周。及学于吾师,复受范伯子诗,尤笃好之。是后大导其源,为诗亦多。君所致力者,陶潜、阮籍、杜甫、韩愈、苏轼、黄庭坚诸家,要归于杜,亦博其趣于孟郊、李贺、李商隐、韩偓、王安石、陆游,宋以下作者,元好问外,涉猎而已。

提要类
（附著录）

孙师郑　《续修四库全书提要·集部》（民国）

《范伯子文集》十二卷（徐文霭校刻本，又南通排印本）：清范当世撰，当世字肯堂，一字无错，南通州人。诸生。少时出语惊其长老。张裕钊客江宁，当世偕张謇、朱铭盘往谒，裕钊大喜，自诧一日得三士，文章之事有付托矣。仲弟钟、叔弟铠，均由当世指授，以文学驰誉江左，世称"通州三范"，而称当世为大范。吴汝纶官冀州牧，见与謇、铭盘唱和诗，贻书招之，当世遂北游。后又入李鸿章幕府，兼课其子。洎甲午战后，鸿章离直督任，当世始南归。旋出游沪、鄂，偃蹇不称意。年五十一，客死沪上，凄凉黯淡，识者悲之。然文章诗笔，横绝一时。陈三立序其文谓："敛散不一体，往往杂瑰异之气，而长于控抟旋盘，绵邈而往复，终以出熙甫上，毗习之、子固者为尤美，此可久而俟论定者也。"三立又谓君"好言经世，究中外之务，其后更甲午、戊戌、庚子之变，益慕泰西学说，愤生平所习无实用，昌言贱之。岁时会金陵，喜与号尸新学者上下其议论。余尝引梅圣俞'谈兵究弊又何益，万口不谓儒者知'之句以谑之，君复抚掌为笑也"。集中《与蔡燕生论文书》谓古人佳文，大抵必多所磊磊不平而含蓄不露，意思稠叠而随手包裹，不碍于奔放，著字数百而旁见侧出之虚影不啻万千，空明澄澈而万怪惶惑于其间，此即当世自道心得之语，虽不能尽副所言，而意境之超迈、笔力之健举，亦实有石润川辉、海涵地负之概，近世作者鲜能抗衡。南通徐昂受业于门，尝谓先生每构一杰作，凝思运神，真若神灵来告，既偃笔而起，传世朋从，亢喉朗诵，声震四座，而精采愈见。盖当世于文不苟作，有作必竭尽心力，故能言之皆有物也。

无名氏　《续修四库全书提要·集部》（民国）

《范伯子诗集》十九卷（光绪戊申孟冬通州范氏刊本）：清范当世撰，有《范伯子文集》已著录。姚永概撰《墓志铭》云：诗体至唐而大备，世之论者，每称李白、杜甫，二家途辙不同，其忧时嫉俗之情则一。厥后如苏轼、黄庭坚、陆游、元好问之为诗犹白、甫也。自是以降，兢兢于格律声色，公然摹袭，其发愤也不深，则立于中者不诚；中不诚则气不昌，气不昌则不足震动而兴起。孔子曰：'诗可以兴。'兴于发愤也。清自咸同以后，五洲交通，艺术竞胜，彼族方新，旧势不敌，而朝野之论又断断不可合并，故酿为甲午、庚子之再乱。伯子起江海之交，太息悲伤，无所抒泄，一寓之于诗。其诗震荡开阖，变化无方，读者虽未能全喻精微，无不知爱而好之。以一诸生名被天下，何其盛也。当世初依吴汝纶于冀州，有《龙虎篇》、《六君子篇》、《月蚀辞》、《飘风叹》、《中秋登冀州西城独吟》诸作，为时传诵。晚年感伤时变，语多悲哽，如《悠忽吟示江润生太守》云："带甲满江海，飞蝗更蔽天。民今在炉火，官亦坐针毡。急难嗟无位，祈哀慨少田。从公且悠忽，蚁命分同捐。"庚子《读罪己诏》云："可怜鹿马迷凄后，惨淡无言到圣仁。一昔惊闻诏罪己，万方流泪善归亲。问安已过鸡鸣驿，失路应悲萤火津。最痛三良前死殉，至今欲赎亦无身。"忧国忧民，心悬如捣。断句如"世有万年身是寄，民今百死我何冤"，"世不唐虞谁洗泪，士非回宪总羞贫"，"一日声名非异事，万年文藻有清思"，"朋来合以我为主，海大真容著此生"，均有石破天惊、云垂海立之妙。陈衍《石遗室诗话》云："伯子识一时名公巨卿颇夥，徒以困久不第，抑郁牢愁，诗境几于荆天棘地，不啻东野之诗囚也。工力甚深，下笔不肯犹人，读之往往使人不欢。"当世为诗，不肯犹人则诚有之，若谓因困久不第，造成荆天棘地之诗境，则浅之乎测贤者矣。

🐦 袁行云　《清人诗集叙录》卷八十（1994 年）

《范伯子诗集》十九卷：范当世撰。当世初名铸，字肯堂，一字无错，江苏通州人。岁贡生。受诗古文法于张裕钊，依吴汝纶官冀州，讨论最久。又客直隶总督李鸿章幕。经历中法、中日战争、八国联军，目睹国势阽危，太息悲伤，一寓于诗。流徙江湖，于光绪三十年客死旅邸，年五十一。《诗集》初刻于光绪四年，此近代浙江徐氏排印本。凡文十二卷、附一卷、诗十九卷，附桐城姚倚云《蕴素轩诗词稿》四卷。首吴汝纶、陈三立序。其诗沉至，夏然独造，下语迥不犹人。《峰山夜吟》、《龙虎篇赠挚甫先生》、《六君子篇》、《同何眉孙张季直夜登狼山宿观海月处》、《月蚀辞》、《飘雨叹》、《中秋登冀州西城》、《独吟》诸作，为时传诵。《悠忽吟示江润生太守》云："带甲满江海，飞蝗更蔽天。民今在炉火，官亦坐针毡。急难嗟无位，祈哀慨少田。从公且悠忽，蚁命分同捐。"《答诸公要余上海同谒李相》云："青天白日沉忧患，远水遥山送语言。世有万年身是寄，民今百死我何冤。可怜黄发承兹难，宁惜丹心为至尊。后鬼前狨啼不已，又能重把劫灰论。"不愧名作。陈衍以为"诗境几于荆天棘地，不啻东野之诗囚"。又云"若谓因困久不第，造成荆天棘地之诗境，则浅之乎测贤者矣"。断句如"白日骖骓齐税驾，黄沙饼饵一登盘"（《平原道中》），"树木有生还自长，草根无泪不能肥"（《大桥墓下》），"带郭帆樯声近市，涉江丝管气如春"（《抵章江门投诗张筱泉方伯》），

"疾病余春花媚眼,干戈独夜酒鸣肠"(《次李拔可》),有含蓄无尽之意。又如"才士本为时贵贱,冥心忽与世低昂","不信江山如错绣,更无奇策建堂堂","国闻家事皆抛撒,离合悲欢一刹那","豺狼异域纷当户,鸾鹤中朝尽化烟","千夫历碌愁关传,一辈嵯峨已国冠","一顾苍天云尽失,几人白地浪来倾",感时书愤,亦未尝不佳。晚作《逼仄行》、《读报愤感》、《黄浦江感赋》、《九江迟船怅望伯严》、《伤秋五首》等篇,可见怀抱,与喟感身世者区以别矣。唯当世于清朝政府官僚,犹多寄以期望,不免弱调。而羁愁之音,即当如陈衍所云,读之往往使人不欢也。

柯愈春 《清人诗文集总目提要》(2001 年)

《范伯子集》三十一卷:范当世撰。当世生于咸丰四年(1854),卒于光绪三十年(1904)。初名铸,字铜士,更名后字肯堂,号无错,江苏南通州人。因行一,世称范伯子。同治十年廪贡。游学四方,初闻于兴化刘熙载,后受诗古文法于武昌张裕钊,复从桐城吴汝纶于冀州研求文学,后入北洋李鸿章幕。光绪二十八年与张謇等呈请两江总督设立高等小学校,反对八股,提倡西学。所撰《范伯子集》,内文集十二卷、诗集十九卷,光绪三十四年浙西徐氏刻,南京图书馆藏。又有民国二十二年浙西徐文霨校印本,中国国家图书馆藏。吴汝纶、陈三立为之序。又有《三百止遗诗》不分卷,稿本,南通市图书馆藏。夏敬观《忍古堂诗话》称,其诗"以文为诗,大都气盛言宜,如长江大河,一泻而下"。姚永概撰墓志铭谓,甲午、庚子之乱,"范君起江海之交,太息悲伤,无所抒泄,一寓之于诗。其诗震荡开阖,变化无方"。继妻姚倚云,亦能诗文,有集传世。所谓"位卑未敢忘忧国",范当世是也。

《清史稿·艺文志·道光咸丰同治光绪宣统朝》(1927 年)

《范伯子诗集》十九卷 范当世撰(略)

孙殿起 《贩书偶记》卷十八(1936 年)

《范伯子诗集》十九卷 通州范当世撰 光绪戊申刊(略)
《范伯子文集》十二卷附一卷《诗集》十九卷 通州范当世撰 《蕴素轩诗稿》五卷 桐城姚倚云撰 民国壬申至癸酉浙西徐氏刊(略)

❧ 《江苏艺文志·南通卷》（1995 年）

范当世（1854—1904），原名铸，字铜士，更名当世，字无错，号肯堂。因行一，世称范伯子。清通州人。同治十年（1871）廪贡，后九次参加乡试，未奏，遂绝意仕进，游学四方。初闻《艺概》于兴化刘熙载，后受诗古文法于武昌张裕钊，复从桐城吴汝纶研求文学。旋入北洋李鸿章幕。恣意诗歌，与海内贤豪唱和。倦游归里，与张謇谋乡邑教育。反对八股，提倡西学。光绪二十八年（1902），与张謇等呈请两江总督设立高等小学校。未几病肺卒。

《范伯子先生遗墨》 子部艺术类 存

　　曾克耑辑 台北《近代中国史料丛刊续编》本

《范伯子文集》十二卷 集部别集类 存

　　（1）光绪三十四年（1908）浙西徐氏刻本，南京图书馆藏

　　（2）1929 年铅印本

　　（3）1932 年浙西徐氏校印本

《范伯子文集》九卷 集部别集类 存

　　剪辑 1928 年《通通日报》本，南通市图书馆藏

《范伯子诗集》十九卷 集部别集类 存

　　（1）光绪三十四年刻本，南京图书馆等藏

　　（2）1933 年浙西徐氏校印本，附姚倚云《蕴素轩诗稿》五卷

《范伯子联语》 集部别集类 存

　　1931 年铅印本，南通市图书馆藏

《三百止遗》（不分卷） 集部别集类 存

　　稿本，南通市图书馆藏

《范伯子先生全集》 集部别集类 存

　　台北《近代中国史料丛刊续编》本（此包括《范伯子文集》十二卷、《范伯子诗集》十九卷、《范伯子联语》，附姚倚云《蕴素轩诗稿》五卷）

《通州范氏诗钞》四卷 集部总集类 存

　　范凤翼等著，范当世编，稿本，南京博物院藏

❧ 李灵年、杨忠 《清人别集总目》（2000 年）

范当世

《范伯子诗集》19 卷

  光绪三十四年刻本(北图、上图、南图、粤图、赣图、湘图、南大、上海第一师范、安徽师大、南通师专、无锡、台湾东海)

  民国二十二年浙西徐氏刻本(南开)

  民国铅印本(南图)

《范伯子诗》19 卷附姚倚云撰《蕴素轩诗》4 卷

  光绪三十年刻本(辽图、豫图)

  光绪铅印本(晋图)

  民国排印本(上图、南图、杭大、镇江)

  民国铅印本(首都、鲁图、中科院、复旦、台湾史语)

《范伯子先生集》

  台北文海版近代中国史料丛刊 24 辑

《三百止遗》(不分卷)

  稿本(南通)

《范伯子文集》

  民国十二年刻本(无锡)

《范伯子文集》9 卷

  剪辑民国 17 年《通通日报》本(南通)

《范肯堂文集》12 卷

  光绪浙西徐氏朱墨校刻本(南图、浙大)

  民国十八年排印本(北图、南图、北京师大、南通师专、无锡)

《范伯子全集》文 12 卷诗 19 卷

  民国二十一年至二十二年徐氏校刻本(北图、人大)

  1986 年中国书店重印民国二十二年浙西徐氏校刻本

《范伯子文集》12 卷《诗集》19 卷附《蕴素轩诗稿》5 卷

  民国二十二年浙西徐氏校刻本(上图、粤图、川图、中科院、复旦)

《范伯子先生遗墨》曾克耑辑

  1969 年台湾影印本(日本国会)

《范肯堂手札》

  石印本(中科院)

选目类

黄体芳 《江左校士录》（1885 年）

卷一《四书文》之《录科》

范当世（壬午录科）《人之正路也》

编者按：此为佚文。

《国粹学报》第二十二、三十九、四十期（光绪三十二年九月二十四日、三十四年二月二十日、三十四年三月二十日）

第二十二期内容：（未见）

第三十九期内容：

《峄山夜吟》

《晋卿注墨子属余评校粗校一过归之以诗》

《六月十五日酷热傍晚得雨乃解因与挚父先生姚锡九张采南乘兴登西城楼玩月而姚丈张君并吹笛余乃即景为诗得二十一韵》

《与沈爱沧兄念其女婿林暾谷而有去年今日之叹爱沧亦泫然诵此二十八字以同余悲遂赠一首》

《已矣叹》

《伯严言古之圣贤人德充而才大则有波澜有云雾诙诡以游于世不为匹夫匹妇沟渎之行其安身立命之处乃因不可得见而知德者亦鲜矣余闻其言而悲之聊因记述而并参一解》

《残蚊》

《过江有寄》

《三叠前韵述怀示内子》

《举足一首》

《天津节署有小园登楼晚眺寄仲林武昌秋门京师》

《天津问津书院姜坞先生主讲于此者八年外舅重游其地感欲为诗乃约当世同用山谷武昌松风阁韵》

《落照》

第四十期内容：

《俞恪士》

《穷十宵之力》

《梦中连夕为诗醒辄失之是晚对月睡在堂梦得两联则立起续成方知梦中与开眼所为仙凡迥别》

《黄斋学士既刻绳吾诗又引申其义至再至三而不厌若以鄙人足当其直道而拙诗能堪其纠弹者感酬一诗以悲其遇》

《湖北按察使署吊陈友谅墓》

《余既与伯严稍稍赠答无几而决行矣携大集以归用韵而成惜今日之作》

《里中岁晚郊行复用伯严见诒之第二首韵以寄》

《七月三十日叠韵书怀》

《赠爱沧》

《走笔书事即以谢同人之招》

《元旦叠韵自占》

《与义门论诗文久之书二绝句》

《入此年忽忽又经旬矣时日之流惊心动魄叠前韵示儿曹》

《谢客难前韵》

《还家有述前韵》

《不信》

《汗》

《九江迟船怅望伯严》

《九江登舟照水有感是日齿痛尤剧》

《冒鹤亭以江建霞所赠辟疆先生菊饮倡和诗卷属题即用辟疆韵题二首》

《秣陵中秋伯严以城间胜处在复成桥约诸公棹小舟往会至则风甚月不莹不能望远伯严遂欲出马路穷探而陶公所携妓尼之及反棹至四象桥月色转莹彻余与伯严徘徊良久述以此诗》

《次韵丹徒柳翼谋秀才兼贻其同县诸子》

《过梁公约寓庐索赠》

上海国学扶轮社　《国朝文汇》丁集卷十三（宣统元年）

范当世，字肯堂，南通州人，贡生，有诗文集。

《秋浦双忠录序》

孙雄 《道咸同光四朝诗史甲集》卷五（1910 年）

范当世,字肯堂,江苏通州人,诸生,有《范伯子诗集》。

1.《东坡生日临觞有感复和敬如》。

2.《感事依沈爱沧瑜庆所用丁字韵》。

3.《欣父席上应诸公咏雪之属用敬如韵》。

4.《消寒二集同人属余先赋仍用敬如调而易其韵》。

5.《萧先生穆》(桐城二老诗之一)。

陈衍 《近代诗钞》第十六册(1923 年)

1.《赠顾涤香》。

2.《送周彦升之山东戎幕》。

3.《湖北通志局闻妻丧于时方修〈列女志〉稍整齐然后行悲苦之余犹翻故纸停笔写哀遂成四绝》录一"迢迢江汉"。

4.《大桥墓下》。

5.《感春三首》。

6.《南康城下作》。

7.《杂感二十八首庐陵道中》录一"黄菊有至性"。

8.《入滩河易舟闻舟人言往月安福使人迎探状惭恐弥甚心神益焦辄复为诗十九韵》。

9.《骤暖出眺还复同外舅登阁次韵一篇》。

10.《余与晋卿往来数月既尽读其诗歌骈文墨子之属最后又得读其古文益服其无所不能携至保定视吾师吾师叹嗟焉七月余将南还晋卿别以诗和之得卅四韵》。

11.《天津问津书院姜坞先生主讲于此者八年外舅重游其地感欲为诗乃约当世同用山谷武昌松风阁韵》。

12.《和叔节次韵陈后山秋怀十首》。

13.《赠王宾基寓基两生》。

14.《与内子登狼山游宴极乐内子先有诗而余次其韵》。

15.《看保安沙还至上海和敬如见怀》。

16.《与义门论诗文久之书二绝句》。

17.《人日和杜公追酬高蜀州诗用其体韵》。

18.《临睡感题》。

19.《过焦山内人扶病眺望》。

20.《三君子篇》。

吴闿生　《晚清四十家诗钞》卷上（1924年）

范当世诗70题101首（五古20首、七古38首、五律6首、七律37首）附批语。

1.《上吴先生》尾批：先大夫曰：句句横亘万里，字字扪之起棱，不知肯堂吞并几许古人也。至其振懦起顽之盛心，挑战致师之猛艺，令人和战无策矣。

2.《酬冀州判张君》尾批：自评：此小小之作，又多白话，不过看其不俗耳。

3.《杂感用临川集每诗之题句以穷吾兴端》（二十八首录九）"散发一扁舟"首尾批：此首尤为夭矫深至。

4.《入滩河易舟闻舟人言往月安福使人迎探状惭恐弥甚心神益焦辄复为诗十九韵》"我独望公耳"句夹批：望，怨也。公之就婚姚氏，先公力为之媒，故词若有怨焉。

5.《成婚有日内子为诗三十韵以道其相与为善之意与其迫欲侍舅姑之忧余亦作三十韵答之》"苟合岂不危，吾忍将卿失"句夹批：二句中有转折。不得其人是苟合也；若得人如卿，则吾又安忍失之。"不得事尊章，宜尽祖孙职"句夹批：时姚夫人母已卒，而祖母在堂，故以尽职为勖。"子有翱翔诗"句夹批：诗集刻作"时"，盖误字也，以乙正之。

6.《黄泥山读书》。

7.《狼山观海》尾批：此悼前夫人大桥作。

8.《燕南并辔》"鞍马真能健，读书方不慵"句夹批：西学未兴，儒生未闻体育之说也。惟先大夫知此理，常以教人，此诗即本斯旨。"官中念师友，车马犯严冬"句夹批：共访濂亭于保定。"私心惜髀肉，对面聊从容"句夹批：二句亦有转折。言本自惜髀肉，而不得不奉陪也。

9.《挚父先生以李伯夫人归榇问应来会否就吾决行止走笔答诗二十二韵并以手写近诗属其来路评也》。

10.《徐椒岑先生寿诗》尾批：情词深美，全集中压卷之作。"公毋再拒我，谓子奚湛浮"句夹批:湛浮,犹徇俗也。言子何必以俗例寿我?

11.《次韵王义门景沂见赠之作》尾批:先大夫云:跌宕自喜,大似太白。"往复共酩酊"句夹批:一起苍凉沉著。"烈烈好丈夫,饥来失刚缏"句夹批:感喟深至。

12.《看保安沙还至上海和敬如见怀》尾批:先大夫曰:此篇似韩。

13.《至父先生出行野四日不归极望成诗》尾批:玉阶四句,先大夫曰:奇峰耸天,戛然忽止。此非真通古人消息者不易办也。

14.《张君得诗属书于扇而索观他作再答一首》尾批:先大夫曰:后半兀傲可喜。案公诗胎息太白为多,此犹初作,气韵已然。

15.《南康城下作》。

16.《依韵酬叔节》尾批:此诗衷情激越,可动天地,音调之美,无出其右者。

17.《外舅用山谷松扇韵题诗刻诸竹扇上以与当世敬和二首》尾批:数诗苏黄余韵。

18.《叠韵述怀示蕴素》。

19.《送外舅入绥巩支应局仍用前韵》"饥人如得赦书似"句夹批:先大夫曰:如似同用宜酌,后章未及改。若易"如"为"俨",则顺矣。

20.《天津问津书院姜坞先生主讲于此者八年外舅重游其地感欲为诗乃约当世同用山谷武昌松风阁韵》尾批:先大夫曰:吾尝论山谷七古,推松风阁为第一,气骨高渺,杳然难攀。此诗殆欲追而与之并。

21.《至父先生来书劝乡试欲以诗答会连日用山谷韵乃复效其次韵晁补之廖正一连缀二编因示叔节》其二"屠龙有技无人赏"句夹批:先大夫曰:接笔突兀峥嵘。其二尾批:末二句谓叔节也。以下诸篇,跌宕奇伟,汪洋恣肆,为先生生平极盛之作。

22.《叠韵再示蕴素》"堕地已分天一尺,涉及分外皆非荣"句夹批:名论不刊。

23.《喜松坡来再次一首》尾批:先大夫曰:语非惊人,独起落飘忽,自有奇气,此最难得。

24.《连与松坡赛博饮酒楼谈吾师之道致足乐也而周晓芙招不至赛博和吾各诗则尤美吾乃再次一首以酬赛博而通晓芙》尾批:收有信誓旦旦之意。

25.《二十三日即事再次一首盖效山谷七篇终矣》尾批:先大夫曰:奇趣横生。

26.《送熊锦孙入都应试再次前韵》。

27.《再叠和叔节》。

28.《謇博酬余赠荔支倒押子瞻南村诸杨一首韵余仍依原诗韵次答和并饷以茶》"东南口腹天下无,嗟尔堕落东北隅"句夹批:先大夫曰:想见陶冶盛心。

29.《外舅赐和薄薄酒二章意韵深美读至俯视儿女仰对高堂不笑而乐地久天长八句感德我之无涯叹清辞之益上有怀不已欲和难工会与謇博用荔支唱酬录稿当呈即依此韵陈谢》"狼山一塔公见无,寒家即在山城隅"句夹批:先大夫曰:肯堂纵横突兀处最可爱,他人所无。

30.《答謇博用山谷送范庆州韵谢余评其诗因自陈其夙好义山为之已久不能骤改愿以吾说剂之而盛畏古文之难曰行迹易求神明难测余既面与之诤又次其诗罄余意亦盛夸其辞以为戏也》"天仙化人妙肌理,堕马啼妆百不须"句夹批:先大夫曰:暗度金针,良工心苦。

31.《从謇博借得李莼客集叠韵题其端以示謇博》尾批:先大夫曰:肯堂此等境界得之太白,其倏忽变转亦似之。

32.《薄薄酒二章广苏黄之意》。

33.《赠王宾基寓基两生》。

34.《与内子登狼山游宴极乐内子先有诗而余次其韵》。

35.《项晴轩以所藏先勋卿公手书卷子及旧刻颜书装将军诗命其子本源来学将以为赘赋谢一篇》尾批:"成之"二句趣语。

36.《同何眉孙张季直夜登狼山宿海月处》尾批:造意奇崛。

37.《欣甫席上应诸公咏雪之属用敬如韵》尾批:自此以下诸诗,多感德宗幽囚而作。

38.《星涛席上叠韵奉诒兼待逊庵兄至》"对面相看泰华低,低声一奏雷霆静"句夹批:大言炎炎。

39.《消寒第七集》尾批:沉郁可追《离骚》。

40.《慎交吟》尾批:末四句志念深矣。

41.《书贾人语》尾批:先大夫云:奇句惊人。

42.《连阴十余日夜忽无风而自霁虽仆辈犹知明日之复雨也》尾批:先大夫曰:此韩卢《月蚀诗》风韵。

43.《以保生厘东荐之伯谦》尾批:此诗见先生穷途推贤好士之风义。前四句夹批:一起极似太白。"何用千金买骏骨,真能一饭扬名声"句夹批:感慨无限。

44.《三足乌行》尾批:驱迈苍凉之气,贯虹食昴之词,深得杜公神髓。

45.《人日和杜公追酬高蜀州诗用其体韵》尾批：和杜诸作,神韵直与原作无异。

46.《次韵杜公逼仄行赠善夫》。

47.《感于东坡生日之作遂为至父先生六十寿诗》"独与往圣留纯和"句夹批：写先公志业,颇得深处。

48.《叔节寄诗言愁蕴素设两端以慰之吾则率吾之臆而已甘苦实不相喻不必谬附知己亦录相视以当反骚何妨》尾批：此等只率臆言之,而高格自不可及。

49.《相公后园鹤时时悲鸣为诗问慰之》。

50.《前韵答季皋》尾批：季皋,名经迈,李相幼子,先生馆李氏,乃先公所荐为季皋课师也。

51.《留别新绿轩》尾批：此初离乡里留别之作,其词则在天津时所追改。先大夫云：后半声气并壬,可云伟制矣。

52.《过泰山下》尾批：《刚己日记》载：先生自评云：此等题无他难,但若将泰山看得绝大而求为震撼之词,则便竭蹶支持不能佳矣。又曰：我诗何足与杜公比伦,要其一起一收,规模颇好,中四句亦蹈大方也。

53.《晚凉置酒坐诸君堂下即席赋诗》尾批：此冀州作,先公有和韵在本集。

54.《寄答余小轩兼示刘幼丹蔡燕生及钱仲仙七律四首》其二尾批：颜回自谓,李耳喻先公也。末句刚己屡袭用之。其四尾批：此四诗在冀州作。集本失载,今从刚己日记稿中钞得。集本存诗至多,此不宜删,殆遗失也。

55.《赠睿博》尾批：以下天津幕中作。先大夫曰：后四句大气标举,最是山谷长处。

56.《赠仲实》。

57.《次韵答姚锡九》。

58.《锡九在保定得余诗欣然更作并告我以不日道天津署青县当助汪贞女白金四十而盛夸近日以宦术传授叔节怂恿更和其诗而亦将有以授余也余览书竟即笑叠二首以待之》尾批：三郎谓叔节。先生凤以叔节求官为非,而锡九反以宦术相夸,故戏答如此。

59.《和俞恪士》尾批：先大夫曰：大家体气。

60.《以馆中分饷之蟠桃转饷外舅外舅有诗走笔奉和》尾批：五六二句,先大夫曰：傲睨一切。

61.《外舅附诗与罕况两儿亦依其韵相示》。

62.《梦中连夕为诗醒辄失之是晚对月睡在堂梦得两联则立起续成方知梦

中与开眼所为仙凡迥别》。

63.《和外舅冬柳并寄至父先生》尾批:是时先公在阳信叔父任所,故云。

64.《次韵恪士并寄重伯三首》其一尾批:先大夫曰:豪情风、胜概气与题称。

65.《次韵恪士并怀至父先生四首》其一尾批:起四句,先大夫曰:公此等风格正觉涪翁去人不远。其四尾批:收意深痛。

66.《金道坚之为人余闻之曼君有年今年春啸溪始为绍介期会于公宴之间然余之往也固已不烦指引而能自得之于稠人中矣曼君之死道坚欲求其女以为子妇余以是尤切于心今以素扇属书乃属冯君小白画蓬莱旭日奉诒而作诗以道其意》尾批:题中所述种种,无一剩意,而气势尤为超卓。

67.《述怀八首》(录二)尾批:此下辞李相南归后诗。

68.《香涛尚书将移镇湖广再呈二诗》。

69.《读曾文正岁暮杂感诗》(六首)其四尾批:"白"集本误刻作"向","客尝"误作"客堂",皆据手稿校正。

70.《果然》尾批:此已亥冬诏立溥俊为大阿哥时作。"游丝"句谓事竟解决,"锦瑟"句谓德宗在位适得二十五年也。公于德宗多忠愤之作,已见前古风各篇矣。

编者按:北图复有吴闿生《范无错诗选》稿本,即《四十家诗钞》之底本也。

徐世昌 《晚晴簃诗汇》卷一百八十(1929 年)

范当世诗 8 首:

1.《酬方子箴廉访赠文序》。

2.《晚凉置酒坐诸君堂下即席赋诗》。

3.《采南为诗专赠我新奇无穷倾倒益甚再倒前韵奉酬以其爱好也稍为戏语调之》。

4.《南康城下作》。

5.《睿博酬余赠荔支倒押子瞻南村诸杨一首韵余仍依原诗韵次答和并饷以茶》。

6.《适与季直论友归读东野集遂题其端》。

7.《伯严言古之圣贤人德充而才大则有波澜有云雾恢诡以游于世不为匹夫匹妇沟渎之行其安身立命之处乃因不可得见而知德者亦鲜矣余闻其言而悲之聊因记述并参一解》。

8.《光绪三十年中秋月》。

🌀 钱仲联　《清诗三百首》（岳麓书社 1985 年版）

1.《吾所植荷既开尽而风雨频至坐见其萎谢慰别以诗》。附【题解】：此诗为咏物抒怀之作。诗以为风雨所折的荷花自况,寓作者身世之叹,并借助荷根为屈原所化的想象,抒写了洁身自好的情操。"潇湘洞庭上"以下八句,仙乎仙乎之笔,可谓提挈灵象,养空而游。近代学古各家,对此能无缩手。

2.《大桥墓下》。附【题解】：悼亡之作,要情真,但又不要凡俗,前人如元稹不免庸陋,王士禛不免于藻饰,梅尧臣、王安石、陆游,始可称合作。范当世此首,亦是当仁不让。语句清挺,固是其独擅。五、六深挚,尤不易到,是盖以孟郊的古诗意境骨力为七律者。

3.《过泰山下》。附【题解】：此诗作于光绪十一年乙酉十月,抒写途经泰山之感。全诗融情于景,虚实相一。起句倒转用苏轼《游金山寺》诗"我家江水初发源,宦游直送江入海"句意。接着便转入"腹中泰岱亦峥嵘",掷笔空中,具有高屋建瓴之势,能总摄全局。通过对泰山峥嵘气象的赞颂,"腹中"、"亦"更显示了诗人的抱负。第三句快速转入到"空余揽辔雄心"欲澄清天下而志未得展的感慨,第四句又跌落到眼前的泰山。五句紧承第四句写冬山如睡的景物,因为不是一般的冬山而是泰山,故运用了"痴龙怀宝"的典故,诗句便辐射出异样的光芒,眩人心目。特别是"怀宝"而"睡",隐喻自己的怀才未遇,报国无门,与第三句紧紧扣住。结二句一放一收,一句一折,抒写面对复杂动荡的时势不为"云雷"所协的豪壮胸襟,"天高处"也含期望将来"雄心"得遂,身居高位为国效力之意。这种结笔,是从杜甫《望岳》诗末二句"会当凌绝顶,一览众山小"化出。全诗八句,语势拗折,大气盘旋,举重若轻,体现了姚永概所称诗人作品"硬语盘空"、"震荡开阖"的艺术特色。李刚己日记载伯子自评曰："此等题无他难,但若将泰山看得绝大而求为震撼之词,则便竭蹶支持,不有佳矣。"又曰："我诗可足与杜公比伦,要其一起一收,规模颇好,中四句亦蹈大方也。"

🌀 陈友琴　《千首清人绝句》（浙江古籍出版社 1988 年版）

范当世《湖北通志局闻妻丧于时方修〈列女志〉稍整齐然后行悲苦之余犹翻

故纸停笔写哀遂成四绝》(录一首)。

🐟 钱仲联　《清诗纪事·光宣朝卷》(江苏古籍出版社 1989 年版)

原名铸,字无错,又字肯堂,江苏南通州人。贡生。有《范伯子诗集》十九卷、文集十二卷附一卷。

1.《吾所植荷既开尽而风雨频至坐见其萎谢慰别以诗》。

2.《上吴先生》。

3.《狼山观海》。

4.《徐椒岑先生寿》。

5.《次韵王义门景沂见赠之作》。

6.《睿博用山谷送范庆州韵谢余评其诗因自陈其夙好义山为之已久不能骤改愿以吾说剂之而盛畏古文之难曰行迹易求神明难测余既面与之诤又次其诗馨余意亦盛夸其辞以为戏也》。

7.《近来湖湘间名士盛传吾弟仲林庐山诗中有落日一去无人传之句以为苍茫雄特而以吾弟秋门甘肃诗中天下寒看逐望齐配之此外则盛称吾妇啼鸟一绝及其碧天云净雪初消又见风吹叶之词句而吾诗则依然寂寞无人道者坛坫之可畏如此余乃戏为折补此数作以为己有既以自娱亦自笑云》。

8.《消寒第七集》。

9.《果然》。

10.《书贾人语》。

11.《平心示义门》。

12.《听仲林谈易实甫幼时陷贼事其尊人方伯君之拒贼不以贿赎贼之始终爱护至败死而必欲生全之与僧忠亲王之飘忽夜驰得实甫问知易氏儿以付应城县曲折尽绘感不绝于心遂成三诗》。

13.《至镇江晤丁星五及游氏子信有江清之事》。

14.《光绪三十年中秋月》。

15.《自谛》。

16.《落照》。

17.《答董卿诗》。

钱仲联 《近代诗三百首》（浙江古籍出版社1990年版）

1.《南康城下作》。附【题解】：此诗作于清光绪十四年戊子（1888）十月,时范当世因吴汝纶介绍,续娶桐城姚倚云,就婚江西安福县姚父署中。途经南康,阻风城下。南康,清江西省南康府,治星子县。全诗全于"风"上落笔,激荡回旋,绘声绘影,抒写了行旅之艰辛。最后八句却又峰回路转,倏忽转变,表现了自己镇静自如、偷闲著书的情怀。诗笔奇横无匹,转接处往往突兀峥嵘,不落常套。

2.《守风至六七日之久夜不复成寐百虑交至起眺书怀》。附【题解】：这首诗是光绪十四年戊子（1888）十月作者就婚江西安福,阻风南康城下作。因守风而夜不成寐,百感交集,穷困潦倒,感叹身世,兀傲排荡,不同凡响。

3.《果然》。附【题解】：这首诗作于光绪二十五年己亥（1899）十二月,作者旅居上海时。这年十二月二十四日,上谕立端郡王载漪之子溥儁为皇子。这是慈禧太后用光绪帝的名义所下的诏,意在废光绪帝。此诗即感此事而作,题为《果然》者,戊戌变法失败后,光绪帝久被幽禁瀛台,太后废帝蓄谋已久,海内皆知。今见二十四日上谕,所以有"果然如此"之感。

4.《暮春金陵城北见桃李花有感》。附【题解】：诗中所写阴雨消尽春光之后,桃李花始开放是一种不正常现象,由此引出对时事的感慨。"点缀山川有是才",是作者自负之语。

《历代哀祭诗词精华二百首》（陕西人民出版社1997年版）

范当世《大桥墓下》。

郭绍虞、钱仲联、王蘧常 《万首论诗绝句》（人民文学出版社1991年版）

范当世,字肯堂,江苏南通州人,诸生,有《范伯子诗集》。
1.《读爱沧〈涛园诗集〉》。
2.《与义门论诗文久之书二绝句》。

🐚 **刘大特** 《宋诗派同光体诗选译》（巴蜀书社 1997 年版）

范当世诗 5 首：

1.《大桥墓下》。

2.《南康城下作》。

3.《守风至六七日之久夜不成寐百虑交至起眺书怀》。

4.《果然》。

5.《暮春金陵城北见桃李花有感》。

🐚 **钱仲联** 《近代诗钞》（江苏古籍出版社 2001 年版）

范当世诗 39 题 43 首：

1.《留别新绿轩》。

2.《赠顾涤香》。

3.《送周彦升之山东戎幕》。

4.《过泰山下》。

5.《龙虎篇赠挚父先生》。

6.《挚父先生出行耶四日不归极望成诗》。

7.《大桥墓下》。

8.《吾所植荷既开尽而风雨频至坐见其萎谢慰别以诗》。

9.《感春三首》。

10.《南康城下作》。

11.《守风至六七日之久夜不成寐百虑交至起眺书怀》。

12.《安福试院登阁和外舅》。

13.《举足一首》。

14.《伯行不喜烘开牡丹为诗道其意依韵和之》。

15.《外舅用山谷松扇韵题诗刻诸竹扇上以与当世敬和二首》。

16.《天津问津书院姜坞先生主讲于此者八年外舅重游其地感欲为诗乃约当世同用山谷武昌松风阁韵》。

17.《挚父先生来书劝乡试欲以诗答会连日用山谷韵乃复效其次韵晁补之廖正一连缀二编因示叔节》。

18.《謇博用山谷送范庆州韵谢余评其诗因自陈其夙好义山为之已久不能骤改愿以吾说剂之而盛畏古文之难曰行迹易求神明难测余既面与之诤又次其诗罄余意亦盛夸其辞以为戏也》。

19.《从謇博借得李莼客侍御诗集即夕读其七古二十余篇不容不服恨无由见之观其自序称后世谁能定吾文者吾自定云尔则又慨乎莫能禁也独夜无聊叠兵字韵题其端以示謇博》。

20.《徐椒岑先生寿诗(并序)》。

21.《同何眉孙张季直夜登狼山宿海月处》。

22.《欣父席上诸公咏雪之属用敬如韵》。

23.《消寒第七集》。

24.《果然》。

25.《善夫以次韵少陵杜鹃行索和余患词意之将竭也用其韵为三足乌行》。

26.《人日和杜公追酬高蜀州诗用其体韵》。

27.《题通伯所藏惜抱先生手迹卷子》。

28.《辞外舅灵几》。

29.《仆诚》。

30.《冒鹤亭以江建霞所赠辟疆先生菊饮倡和诗卷属题即用辟疆韵题二首》。

31.《感次叔节金陵见怀韵兼酬丹徒陶宾南依韵见寄之作》。

32.《答伯严用叔节韵见寄系以辞曰时势隔日而异观心期极古而并喻来章所慨决答如斯》。

33.《题蒋运判西山待隐图》。

34.《为伯严录天津甲午中秋诗至人间佳节复有几沦失八九钟阜南之句觉向时所惋惜能偿以此日之游而今此所悲哀复绝异于当年之事伯严愈有且莫承平更百忧之作感痛叮胜言哉次韵尽意》。

35.《萧先生穆》。

36.《究观东野之文辞颇有合于西哲之言公德矣感叹再题》。

37.《光绪三十年中秋月》。

38.《自谛》。

39.《况儿以伯严叔节皆在沪请速就医夜出江口占示内子》。

黄明、黄珅 《近代诗词文》（广东人民出版社 2004 年版）

范当世诗 4 首：

1.《南康城下作》。

2.《书贾人语》。

3.《大桥墓下》。

4.《过泰山下》。

短评类

陈三立 《三百止遗识语》

苍然块放之气,更往复盘纡以留之。盖于太白、鲁直二家通邮置驿,别营都聚,以成伟观。范蔚宗自矜其书为体大思精,吾于此集亦云。三立识。

编者按:范晔自矜其书之语,参见其《狱中与诸甥侄书》。

徐世昌 《晚晴簃诗汇》卷一百八十

范当世,字肯堂,江苏通州人。诸生,有《范伯子诗》。

《诗话》:伯子少负隽才,时武昌张裕钊有文章名,客江宁,伯子偕张謇、朱铭盘谒之,张大喜,自诧一日得通州三生,兹事有付讬矣。与弟钟、铠,世称"三范"。其一成进士,作令河南,一以选拔为令山东,独伯子以诸生终。生平为诗甚勤,用意幽眇,造语深至,多激宕之音,殆所谓穷而后工者耶?

陈衍 《石遗室诗话》卷四

南通州范肯堂明经当世有中秋月句云"噫余瘦削不成影,见汝盈盈在上头",凄咽似倪云林中秋之作,皆不久下世矣!

陈衍 《石遗室诗话续编》卷二

南通徐益修昂,范肯堂入室弟子,著有《诗经声韵谱》、《说文部首音释》、《声纽通转》、《音说》、《益修文谈》。诗似其师,不肯作人云亦云语。

陈衍 《近代诗钞·石遗室诗话》

伯子识一时名公巨卿颇夥,徒以久不第,抑郁牢愁,诗境几于荆天棘地,不音东野之诗囚也。工力甚深,下语不肯犹人,读之往往使人不欢。

赵启霖 《三百止遗读后》

在国朝近胡云持,而奇肆高亢过之,非诸家所能及,所谓积土成山,风雨兴焉者也。甲午五月启霖读过。

> 编者按:康乾之际山阴诗人胡天游,号云持,其诗雄健有奇气。

> 附:范伯子手稿《三百止遗自序》:吾诗大抵皆有挚父先生评,此本三百余首,自甲申以前及初至冀州诗有高丽纸别本,评者为程悦父,借观而分析,或在秋门处矣。其再至冀州诗皆零稿,亦有就孟生日记评者,兹不复能合。今所得录,独两次安福诗及去年新得之作耳。罗稷臣欲吾写诗而为之石印,吾乃写其必不可上石者。然独斤斤于吴评,何哉?凡吾辛苦为一诗,固取于彼之一誉,而是吾事也。甲午初秋,无错。

陈诗　《尊瓠室诗话》

卷二:戊戌政变,宋芝洞侍御以保康长素被斥,避祸遁之沪,变姓名赵善夫,与范伯子恒相唱和。己亥岁暮,善夫有《次韵少陵杜鹃行》云:"君不见蒲卑蜚去化为鸟,昔着柘黄今被乌。风巢危偪貌饥惨,光采不得同鸳雏。"盖伤景皇被幽瀛台,行将废立也。征伯子和,范叟亦作一首,改曰《三足乌行》,而以宋句附注其下,余曾见其稿本而钞存之。后见刻本,则注语全删矣。今存之,以志忠爱云。

卷三:通州范肯堂明经当世,原名铸,字无错。文学桐城,诗肖宋人,以布衣名满天下。庚子有题吴北山师诗集云:"以行得官以言去,古人如此亦堂堂。看渠八海横飞日,更向万山深处藏。何由黑发看成白,应许玄天不作黄。试把遗书往沉诵,逸民俦侣自成行。"先生颇爱余,尝讲诗法,有知己之感。甲辰冬卒,年五十许。著有《范伯子集》。

陈诗　《皖雅初集》引《静照轩笔记》

肯堂先生诗宗宋人,文学桐城,以布衣名动公卿间。为姚慕庭大令之婿,继配姚蕴素夫人亦能诗。庚子夏曾至桐城居匝月,吾皖僻壤,得名流戾止,亦嘉话也。余诗由唐入宋,颇赖先生指授。甲辰春,先生客死沪上,余哭以诗云:"腐骨何须问乡国,大文至竟有渊源。"因与新建夏映庵、南陵徐随庵、山阴俞觚庵、临川李梅庵四观察及诸知旧醵金,刊其诗十九卷,志不忘也。

赵元礼　《藏斋诗话》

卷上:浙江俞恪士先生,光绪甲午在天津,寓肯堂先生所。先生诗弟子以诗呈恪士,少许可者,尝有句云:"落日无根大地悬。"又云:"不向深山坐秋草,人间谁识夕阳深。"沉至情深,不可端倪。谓吾乡王仁安曰:"君欲为诗,流俗人能为人诗,吐弃之可也。"

卷下:张廉卿先生赠朱曼君诗内有云:"龙虎忽腾上,雄出为干将。希宝宁复有,欲持贡玉堂。"又"英英范与张,骙骙骖骐骝。""范"即肯堂,"张"即季直也。其推重如此,张幼樵先生致李文正函则云"状元张謇乃吴提督长庆幕客,与朱铭盘、范当世称通州三怪。朱中乙科,已故,范未售,近在合肥处课读,三怪伎俩不同,其为怪一也"云云。武昌誉之,丰润毁之,知人论世,谈何容易耶。

徐珂 《清稗类钞·文学类》

范伯子有《自谛》一篇,语语飞动,如天马行空,长鲸跋浪,录之,诗云云。

冯甡 《夫须诗话》

通州范无错明经当世,亦主张宋人者,思想笔力,亦复空世所有。然以较海藏,则犹不逮。无他,一则极其才思而才思极,一则不极其才思而才思亦自无不极也。

又,言浙江慈溪王定祥云:"晚年入瑞安黄侍郎江苏学政幕,颇与通州范肯堂当世、仲林钟兄弟、泰兴朱曼君铭盘诸名流相契合。至是诗学益骎骎日上。"

梁启超 《巢经巢诗钞跋》

郑子尹诗,时流所极宗尚,范伯子、陈散原皆其传衣,……时流咸称子尹诗为能自辟门户,有清作者举莫及。以余观之,吾乡黎二樵之俦匹耳。立格选辞有独到处,惜意境狭。

金天羽 《艺林九友歌》

序云:"晚清诗人学苏最工者,推何蝯叟(绍基)、范伯子。"(《天放楼诗集》之《雷音集》卷五)

金天羽 《答苏堪先生书》

"继弢叔(江湜)之后,为通州范伯子,贫穷老瘦,涕泪中皆天地民物,大江南北,二子者盖豪杰之士也。"(同上)

狄葆贤 《平等阁诗话》

卷一:南通州范肯堂明经(当世)一字无错,平生兀傲颓放类阮嗣宗。困兀寡谐,以古文名世。诗学东坡临川,心摹手追,直造其域。比以肺疾就医沪渎,晤谈竟日,抵掌论天下事,辄欷歔不置,见其近作数首,亟录之。《为伯严录天津甲午中秋诗因次韵尽意》云:"一世不为明日计,吾侪能惜此宵游。拚将特地清醒眼,来觅当年散失秋。寂寂山川夜逾静,沉沉歌管死无忧。应疑从古高寒月,只照人间百尺楼。"《赠萧先生穆》云:"敬甫平生亦奇绝,交游百辈尽成尘。自言老去奔波事,剩作天涯上冢人。文字未能阿所好,生涯犹觉不为贫。不知君子东方国,记否吾家有逸民。"《既为王伯唐刻石狼山之阴梦湘更以重九日携酒肴邀余及剑星潜之往祭归次梦湘韵》云:"野哭山云驻,哀歌木叶飘。腐儒随分尽,精魄与天遥。不死论陶杜,乘时让管萧。悬知汉阳笛,重过石城桥。"《暮春金陵城北见桃李花有感》云:"春在雨中凋蚀尽,居然桃李放晴来。贪叨日月无多候,点缀山川有是才。江介一番通舰舶,海人随处起楼台。可怜花木乘时异,不称风前烂漫开。"《得仲弟广州书却寄》云:"已是飘飞四日程,海山迢递意难更。胆缘病怯愁无奈,魂为惊多梦不成。一顾苍天云尽失,几人白地浪来倾。年年兄弟寒酸语,且喜能教心太平。"《季直生日叔俨来为置酒召朋旧因道畴曩感成二诗并寄陈子畴》云:"记否南山下,先春并马行。卅年为一世,双笑送平生。得间还思旧,临觞尚有兄。开轩吾病减,山翠复纵横。""嬉戏各同味,中年道路分。子能达初志,吾尚抱空文。削迹论生事,长欷念故群。陈生终健者,临老百分勤。"《光绪三十年中秋月》云:"噫予瘦削不成影,见汝盈盈在上头。一世闺人齐下拜,八方园实竞前投。移灯读曲行行怨,倚杖看云片片愁。病久可胜寒彻骨,颓然掩袂若为秋。"《病间》云:"病久不知病,翻多病间欢。惺忪成美睡,芳冽出常餐。短晷复余几,小程殊未完。移床就晴日,聊一扫纷难。"

卷二:甲辰岁暮,范肯堂先生客死于沪,归葬通州,挽之以诗者綦众。兹汇记于此。陈伯严诗云:"摇摇榻上灯,海角相诺唯。羸状杂吟呻,形影共羁旅。嗟子淹沉疴,倏忽笃行李。饱闻绝域医,沪渎颇挂齿。谬计石散力,万一疾良已。子果用所言,携拏叱神鬼。初来奋低昂,稍久勉卧起。云何别匝月,天乎遽至此!岁暮轰雷霆,但有瞪目视。疢恨促之行,颠踬取客死。又幸保须臾,絮语落吾耳。残魂今安之?荒茫大江水。"吴君遂诗云:"垂死病中一相见,浚冲伤性了残生。肺肝早分忧时裂,涕泪从教苦野倾。袖有文章能活国,目存江海独伤情。廿年爱我如昆弟,竟使枯桐不再鸣。"陈鹤柴句云:"弥留瞬息仍耽道,绪论能窥万物根。腐骨何须问乡国,大文至竟有渊源。"注:"范先生病亟时,有劝其归者。先生曰:归死、客死等耳,奚为故乡,奚为道路乎?"

　　范肯堂先生遗诗曰《范伯子集》都十九卷。其诗有得于小雅,能奄有宋诸大家之胜,盘空硬语,为其特长。兹录五律《送姚叔节北上二首》云:"宵来一尺雪,慷慨泥君行。便复遵吾约,焉能送此情。长吟教事懒,薄霁使眠惊。叠此艰难意,啼呼梦弟兄。"又:"放手吾何吝,常为隔岁叹。知言真不易,即事况多难。重以文章好,真当骨肉看。北方无此酒,往矣不胜寒。"七律《读王贡两龚鲍传而叹》云:"汉家遂少山林逸,不者穷愁未得之。四皓荒唐无此物,两龚傲睨欲何为。游于世上真无奈,问我胸中亦不奇。要觅君平一帘地,百钱谁向汝稽疑。"《题娄贤妃所书屏翰二字》(注:江西藩署故宁王府也,字在门楣)云:"娄妃不与宁王逝,大字辉辉在戟门。想见扶携宫婢日,暗思采掇圣人言。于今朱氏无炊火,何处青天著墨痕。女德万年看不厌,抚膺百感泪浑浑。"(以上二诗庚子秋作)七绝《感愤》云:"罗者不知有寥廓,应从数泽视鹔鹏。如何故作痴人梦,捕免而今向月明。"《偶书季布传后》云:"曹邱仍使布名驰,端木犹能誉圣师。一自巢由洗耳去,人生何处不相资。"断句五言云:"便将巢作姓,不问舜何年";七言云:"欲倾东海斟臣酒,怕有西风拂帝弦","譬以等闲铁如意,顿教椎碎玉交枝","皇古至今哀痛日,寻常互市往来船"。庚子王室如毁,多以诗篇寄其孤愤,每一吟讽,如见其人。其继配桐城姚蕴素夫人(倚云),乃石甫廉访孙女,善诗词,能文章,有林下风,著有《蕴素轩集》。五言句云:"风屯汉阳树,月满武昌楼",摛辞雄杰,克绳祖武。又《午寐》一绝云:"半掩虚窗一楼烟,绿蕉庭院欲秋天。香凝蕙帐成幽梦,啼鸟惊回亦自怜。"江湘间多传诵之。

🌊 夏敬观　《忍古楼诗话》

　　汉寿易实甫顺鼎,童时陷贼中。其父函叟方伯,拒不以贿赎。贼爱护之,养为己子。僧格林沁夜追贼,得实甫,问知为易布政子,以付应城县。其事与吾乡宋少保筱墅子陷回中相类。易子慧而宋子平平无奇，则不同也。通州范肯堂当世有述实甫事诗三首，云："妻孥是何物？不信爱难休。寇盗焰方炽，风云气正秋。孤雏凤鸾似，一折死生羞。曷怪中兴易，群才若是遒。""飘忽夜从贼，僧王盖有神。宁知汝孺稚，从此识天人。灯火千貂卫，风烟万马尘。田横古难画，何况迹云陈。""劫众亦易非，慈仁有大同。可怜全我友，不忍贼斯翁。恻怆并有孺，唏嘘莽伏戎。眼前生齿满，谁与祝天公？"肯堂以文为诗，大都气盛言宜，如长江大河，一泻而下。滋蔓委曲，咸纳其间。集中《戏书欧公答梅圣俞诗后》，有二语云："文之于诗又何物，强生分别无乃痴。"盖肯堂自道其诗之旨趣，亦如是也。制长题，须明诗意而不与诗复，极不易为。肯堂效东坡特工，然间亦稍冗耳。

闻吴董卿言，肯堂为义宁陈右铭中丞作墓铭，公子伯严酬以千金。携至扬州，访柯逊庵运使。一夕就王义门谈，至深夜始归客舍，而卖文金已为盗所攫去矣。董卿投诗，先有"千里卖文钱易尽"之句，遂以为谶。今集中有答董卿诗云："盗爱余钱非盗跖，卖文所得尽今宵。悲歌吴季诗成谶，笑乐王生兴已消。不信重城能放手，谁将万贯更缠腰？抛除锁钮安排睡，直放酣然一梦遥。"《失盗翌日晨起作》："向时平寇论，方晓尽成空。一贼盗吾有，万端无计穷。留居殊旷荡，去路已疲癃。丝尽茧仍失，飘摇秋树虫。"

易宗夔 《新世说·文学》

咸同光宣之诗人，可别为三宗。王壬甫崛起湘中，与郑弥之力倡复古，由魏晋以上窥风骚，是一大宗。弥之《白香亭诗》，高秀出湘绮楼之上。湘绮自谓学二陆，至曹陶已无阶可登；而弥之和陶，冲淡微远，深唅神味。李莼客及章太炎之五言，韵古格高，欲追湘绮，皆属此宗。张香涛尝谓洞庭南北有两诗人：王壬甫五言，樊樊山近体，皆名世之作。樊山早岁为袁简斋、赵瓯北，自入张门，一概弃去，从李莼客游，颇究心于中唐晚唐，吐语新颖，则其独擅。龙阳易哭庵，固能为元白温李者，于是中晚唐诗，流传颇盛。大抵二人少作隽妙，晚年稍觉颓唐。此宗效者甚多，而佳者难觏。若同光体诗人，出入南北宋，郑苏戡、陈伯潜、陈伯严、沈子培为其宗之魁杰。其中又分二派，一派清苍幽峭，体会渊微，思精笔炼，苏戡、伯潜优为之；一派生涩奥衍，语必惊人，字忌习见，伯严、子培优为之，范肯堂、林畏庐、陈石遗、李拔可皆此宗之健者，至罗瘿公、黄秋岳、梁仲异、夏剑丞，则后起之秀也。

由云龙 《定庵诗话》

卷上：纵横变化,李杜为之大宗。嘉州、东川,悲壮苍凉,工于边塞征战之作。常侍、摩诘,兼为雄丽。昌黎兀傲排奡,音节最高。子瞻、放翁,沉雄喷薄。遗山、青邱、空同、大复,高视阔步,嗣响唐音。梅村踵武元白,典赡华丽,自成别调。初白力追玉局,颇多巨制。至近代巢经巢、范伯子,并学杜、韩、东坡,淋漓挥洒,如天马行空,不可羁勒,残膏余馥,沾溉后学不少。学宋诗者往往借途经巢,非必直接苏黄也。张濂卿选有清三家诗,取施愚山之五古五律,郑子尹之七古,姚姬传之七律,谓足津逮后人,诚知言也。江西诗人蒋心馀,力学昌黎、山谷,其诗沉雄拗峭,意境亦厚。黎二樵《五百四峰草堂诗》中,七古几占多数,意境词笔,迥不犹人。程春海诗亦生辣,而多硬直处,以其力避凡庸,刻意新响,而知者反稀。陈骏庵意深词隽,李拔可工于叹嗟,宋派之杰出也,夏映庵力摹宛陵,有神似者。……七古中拗峭生动不涉枯淡者,经巢及范伯子、黎二樵皆然,兹各录其一首。……经巢《留别程春海先生》云:"我读先生古体诗,蟠虬咆熊生蛟螭。我读先生古文辞,商敦夏卣周尊彝。其中涵纳非涔蹄,若涉大水无津涯。捣烂经子作醯醢,一串贯自轩与羲。下迄宋元靡参差,当厥兴酣落笔时。峭者拗者旷者驰,宏肆而奥者相随。譬铁勃卢铁蒺藜,戛摩揭擦争撑持。不袭旧垒残旄麾,中军特创为鱼丽。此道不振知何时,遂尔疲苶及今兹。学语小儿强喔咿,雕章绘句何卑卑。鸡林盲瞽为所欺,传观过市群夥颐,厚颜亦自居不疑。间有大黠奋厥衰,鼎未及扛膑已危。其腹不果则力羸,其气不盛则声雌。固念宛转呻念尸,非病成毗即戚施。黄钟一振立起痿,伟哉夫子文章医,当今山斗非公谁?种我门墙藩以篱,拥肿拳曲难为枝。络之荆南驱使骓,野马复不受辔羁。锡我美字令我睎,以乡先哲尹公期。无双叔重公是推,道真北学南变夷。此岂脆质能攀追,敬再拜受请力之,头童牙豁或庶几。槐黄催人作丛綮,定王城下离舟维。春风冬雪惯因依,出送抚背莫涕挥,东流淙淙识所归,有质卖田趋洛师。"范伯子和虞山言謇博韵云:"世说小范十万兵,不能战胜徒其名。空提两拳向四壁,推排日月驱风霆。帐中突兀建吾子,忽复自顾大莫京。岂无羽翼在天地,远莫能致孤难行。语子瑰文猛如虎,伏而不出如处女。浩如积水千倍余,千一之效流成渠。天仙化人妙肌理,堕马啼妆百不须。莫学世间小丈夫,容光滑腻心神枯。少壮真当识途径,看余中老已垂胡。"伯子又有《过赤壁下》一首,亦奇恣。诗云:"江水汤汤五千里,苏家发源我家收。东坡下游我上溯,慌忽遇之江中流。不遇此公一长啸,无人知我临高秋。公之精灵抱明月,照见我心无限愁。"二樵《慈度寺松障歌》云:"饥乌食榕不果腹,飞入空村啄大屋。屋山横雨海刮风,窜逐风势飞入松。村静月寒哀彻骨,尾劳毕逋落口实。胡髯匝合古鬐莎,长带窈窕山鬼萝。窳虚辍乐鼠塞窦,根櫱迸沫蛇盘巢。年深物化若蒙鞯,摄迷毁体如病魔。之而鳞甲身半露,撑攫风雷气凭怒。痛箝不放入定身,解缚谁能持咒护。千缕沧波喷啮痕,前朝老衲手爪存。可怜是病非四大,当此直指不二门。吾师慧剑金刚宝,此物根尘葛藤老,漫留不割说法了。此法要使人尽晓,一声霹雳笑绝倒。是时冰雪归故林,吾与居士观其心。"以上数诗,因其诗集不常见,故录之。至七古长篇,要在波澜壮阔,沉郁顿挫,亦富丽,亦峭绝,纵横变化而不失其矩度。试取杜、韩、苏、黄诸大家之作,涵泳循绎,当自得之。若必拘于旧法之分段、过段、突兀、用字、赞叹、再起、归题、送尾,则泥矣。

卷下:曩见有近代诗家评语,不知何人所作,姑记于此,以质世之读诗者。"李越缦诗如汉廷老吏,不愧虞伯生。樊樊山诗如百战健儿,不愧萨都剌。王湘绮诗如人间五岳,气象光昌。郑弥之诗如天上七星,芒寒色正。易实甫诗如伶俜妙伎,虽无贞操,不失丰神。郑太夷诗如空谷幽兰,虽乏富丽,殊饶馨逸。陈散原诗如金碧楼台,庄而愈丽。陈石遗诗如着花老树,丑中见妍。曾环夫诗如散花天女,雾鬓风鬟。谭壮飞诗如天外飞仙,时时弄剑。范伯子诗如饥凤悲时,孤麟泣遇,至其力能扛鼎处,又如垓下项王时歌徵羽。陈听水诗如入道老僧,避尘墨客,至其田园萧散处,亦复嗣音王孟,接响黄陈。柳亚子诗如凝妆闺秀,微逗春愁。林浚南诗如烈士中年,渐归秋肃。苏曼殊诗如江城玉笛,余韵荡胸。狄平子诗如半老徐娘,自饶风韵。金天放诗如临淮治军,旗垒变色。林琅生诗如木兰百战,归著云裳。"所评未必悉当,然智者见智,仁者见仁,固未可以方体论也。

🐟 王逸塘 《今传是楼诗话》

通州张季直謇、范肯堂当世原名铸、朱曼君铭盘,均以朴学齐名。卬驱相依,艺林争羡。有《哀双凤》五言排律,流传一时,亦一段佳话也。序曰:"双凤,如皋倡也,与许生有委身之誓。许贫,不能如假母欲,过从遂简。母既怒凤不悦他客,甚笞,苦之。凤竟以忧,将死,属曰:'收我者许也。'吾侪哀而为之诗。""二月江南柳(盘),风条豌绿芜。枇杷门巷在(謇),裙屐酒尊遄。无意逢花落(铸),何缘救草苏。为君数前事(盘),怆我郁噉吁。碧玉家原小(謇),红儿貌不殊。凤饥梧粒瘦(铸),虫蚀蕙根枯。绛树雕阑出(盘),青罗宝镜摹。弹筝愁浪子(謇),抉酒倚香奴。鬼卦金钱卜(铸),欢情斗帐腴。缬云方空晓(盘),璃月著难敷。含睇羞团扇(謇),缄盟结绣襦。郎来鹦鹉觉(铸),梦浅碧鸾扶。半臂宵宁冷(盦),双飞愿忽孤。缯绨穷赎蔡(謇),毒冒独棲庐。岂悔偷灵药(铸),终难并鄂拊。隔帘牛女怨(盦),递简角张迁。强笑成歌舞(謇),华妆泣粉朱。纵摇雕玉佩(铸),未剖赤心符。宓枕推遗植(盦),苏台誓托吴。露莲秋后苦(謇),霜菊影边癯。一病秦医拙(铸),千行楚泪俱。名驹犹惜骨(盦),灵鸟竟辞笯。宛转卷蒝拔(謇),凄凉杜宇呼。命残留钿合(铸),臆暖待裯榆。谁道城南艳(盦),能从陌上夫。百金豪客赗(謇),九鼎美人躯。往者曾平视(铸),今来失彼姝。芙蓉悭晚堕(盦),蘅芷际春徂。锦瑟鸳弦尽(謇),香泥燕垒无。欲铭罗袜冢(铸),更涕博山炉。沧海填精卫(盦),穷阴种橐吾。天涯感沦落(謇),回首重踌蹰。"哀感顽艳,荡气回肠,亦可想见三君少年时才藻之盛矣。

赣诗人欧阳仲涛云:"(桂)伯华为诗不多,而诵习甚博,评阅甚精,于时贤最服膺范伯子。中年殚精佛籍,所为诗生硬多梵语。"然此在昔贤,本有成例,以诗境论,未可以狂花客慧少之也。

老友虞山言仲远敦源与哲兄謇博大令,早承家学,并负时名,大河南北,类能道之。謇博曾游通州范肯堂之门,以能诗称,不幸早逝。

虞山言氏一门风雅,前已及之。近仲远更以新刊坚白室及从吾好斋合装诗草见示,骤睹二妙,喜可知也。坚白室者,其仲兄謇博大令有章所著,君曾从吴挚甫、范肯堂、李越缦诸公游,于肯堂亲炙尤久。集中有《肯堂师唊以荔枝不数日复有茶叶之赐姚宜人益佐以西瓜用山谷送范庆州韵呈谢》云:"先生为诗如将兵,淮阴非以十万名。风水天然自沦涣,晴空千里飞迅霆。张皇幽眇阐宗旨,博我皇道宏汉京。论证了了妙处剂,足令眇视跛能行。敖曹枉说气如虎,至竟嗫嚅效儿女。西昆獭祭终闻余,源头迳欲寻清渠。绛囊分得丹砂颗,茗柯实理尤相须。况闻后命传仆夫,五色镇心文不枯。拜倒鸥波更无语,请淬锋锷酬风胡。"肯堂答诗云:"世说小范十万兵,不能战胜徒其名。空提两拳向四壁,推排日月驱风霆。帐中突兀见吾子,忽后自顾大莫京。调停居间吾不可,不吾帅者听子行。语子瑰文猛如虎,伏而不出如处女。浩如积水千倍余,千一之放流成渠。天仙化人妙肌理,堕马啼妆百不须。莫学世间小丈夫,容光滑腻心神枯。骏马真当识途径,看予牛老已垂胡。"盖杂述平昔论诗语以为戏也。

曹文麟 《书狼山观烧诗卷后赠冯静伯》(《觉未寮文存》)

范伯子先生笃于性情,而才又足以副其德而行之悉当,古之人或弗能逮之,而矧在今人,古之贤者或弗能尽知之,而矧在今之昏瞀不肖之徒?读其诗文而相接以其神,千载犹同堂也,接其言论丰采而茫然于其气度,一室犹胡越也,而岂得强而易之者乎?余尝于习苦行之虫天奥听范彦彬、冯静伯读先生之诗,声能震灯之焰,而动巷外行路之人。以为先生犹在世者,不知闻此将若何乐。此非余能竟通乎先生之神,能知二子之神与先生不甚远耳!而同游诸子亦尝异先生乃与朱曼君、顾延卿、张嵇庵诸先生同地同时而生。余退而思之,卑而就余言,以余之不智,而获友邑中范彦殊、习苦行、徐益修、顾觊予、顾怡生,而即潜奉之为师,而又得彦彬而师其缜密,得静伯而师其宁固,得徐笠僧而师其慧定,得徐一瓢而师其弘远,宁得谓古今人之远弗相及?彦彬、静伯见余赠一瓢序而大惊,闻此言则又将责余之自贬已甚。然余若诸子之年,曾不能稍自贬,故昏瞀至今而一无所成。今者私挟乎吾之诚意而游其神,希万一藉以益吾之学与行,诸子其安能禁者。然若诸子之年逮余之今日,如余之废惰,或且卑损,令余悠然仍思诸子今日之所长,则诸子败矣,诸子其又将责余之神锐而虑太过欤?静伯钦伯子先生,亦以为无尚焉者,写其《狼山观烧诗》付山僧月澄、曼陀,属余有以志其后。余乃为此以赠静伯,而又冀静伯能师彦彬之明决,无专极其性情而由之困且踬也。谨以告伯子先生之神,且质诸山之灵焉。

郭则沄 《十朝诗乘》

康长素……迨以孝廉上公车,复上书争国是。主春闱者相戒,勿使康某得隽。乙未徐荫轩、李若农同主试,若农得梁桌如卷以示徐,徐疑为康,抑之。既而揭晓,康列第五,适出徐手,恚甚,欲撤去。同事以卷已进呈持不可。徐归,戒阍者康以赘来,勿为通。然康竟得观政工部。时德宗惩甲午之败,谋自强。张樵野密进康所著书,上惊赏,戊戌改制由此,卒以求治太急致败。范肯堂亦主变政者,有《平心》诗云云,持平之论。

林暾谷罹法,其妇为沈涛园女,亦能诗,有《哭外词》,传诵于人。涛园亦好谈新政,是年于大沽舟中闻人谈都下近事,因为诗二首见意云云。其诗即为暾谷而作。成败得失间,当局者往往昧之。然使晁、贾不生,汉史亦无色矣。范肯堂诗云:"势极犹翻手,功高亦转环。"此中固有数在。

钱基博 《现代中国文学史》

(陈)三立之诗,晚与郑孝胥齐名;而蚤从通州范当世游,极推其诗;以当世亦学黄庭坚也。当世尝录示《甲午客天津中秋玩月》之作,三立诵叹绝曰:"苏黄而下,无此奇矣!"因酬以诗称"吾生恨晚数千岁,不与苏黄数子游。得有斯人力复古,公然高咏气横秋"者也!当世,字无错,号肯堂,少出语惊长老,壮而益奇。武昌张裕钊有文章大名,客江宁。当世偕同县张謇、朱铭盘谒之。裕钊则大喜,自诧一日得通州三生,兹事有付托矣。其后当世弟钟、铠相继起,世又称三范,而称当世为大范。桐城吴汝纶方知冀州,见当世与謇、铭盘唱和诗,诒书钩致。当世亦乐得以为依归,遂之冀;而困阨寡谐,一出客直隶总督李鸿章所,意气甚欢。既更世难,抑郁牢愁,壹发以诗,有《范伯子诗集》,工力甚深,下语不肯犹人,峻峭与三立同。而三立笔势壮险,仿佛韩愈、黄庭坚。当世意思牢愁依稀孟郊、陈师道。顾三立喜之特甚,为子娶当世女,有《衡儿就沪学须过其外舅肯堂君通州率写一诗令持呈代柬》:"吾尝欲著藏兵论,汝舅还成问孔篇。此意深微竢知者,若论新旧转茫然。生涯获谤余无事,老去耽吟傥见怜。胸有万言艰一字,摩挲泪眼送青天。"志意牢落可想!盖三立名公子,既蹉跌不用,然不能忘情经世,则一发之于诗。

汪辟疆　《近代诗派与地域》之二《闽赣派》

　　闽赣派近代诗家,以闽县陈宝琛、郑孝胥、陈衍,义宁陈三立为领袖,而沈瑜庆、张元奇、林旭、李宣龚、叶大壮、何振岱、严复、江翰、夏敬观、杨增荦、华焯、胡思敬、桂念祖、胡朝梁、陈衡恪羽翼之,袁昶、范当世、沈曾植、陈曾寿,则以他籍作桴鼓之应者也。……若袁昶、范当世、沈曾植、陈曾寿四家者,皆不著籍闽赣,而其诗则确与闽赣派沆瀣一气,实大声宏,并垂天壤……范当世以一诸生名闻天下,久居合肥幕中,所交多天下贤俊,而吴挚甫、汤伯述、姚叔节、王晋卿、陈散原,尤多切磋之益;晚岁抑塞无俚,身世之感,家国之痛,悉发于诗,苦语高词,光气外溢,盖东野之穷者也。然天骨开张,盘空硬语,实得诸太白、昌黎、东野、东坡、山谷为多。《玩月》一篇,陈散原尝叹为苏黄以来,六百年无此奇矣……此四家者,袁沈为浙人,范为苏人,陈则鄂人也,昔吕紫薇作《江西诗派图》,而陈师道、韩驹、晁冲之,皆以他省人入录,盖以著籍虽异,而宗趣实同。况寐叟与苏戡、石遗相习,范伯子与散原为姻娅,陈苍虬与散原互相推重,攻错尤多,其渊源肿爹相通者乎?

汪辟疆　《光宣诗坛点将录》

天猛星霹雳火秦明——范当世

当其下手风雨快,谁其敌手花知寨。

霹雳列缺,吐火施鞭。(扬雄《羽猎赋》)

盘空硬语真能健,绪论能窥万物根。玩月诗篇成绝唱,苏黄至竟有渊源。(散原见无错《中秋玩月》诗,叹为苏黄以来,六百年无此奇矣。)

附一:地英星天目将彭玘——王懿荣(一作王树柟、李刚己)

……

此外河北诗人,新城王晋卿、南宫李刚己最有名。晋卿能文,诗以纪游诸作为胜,所造得杜韩为多。刚己得诗法于范通州,清刚健举,则又从涪翁直溯杜韩者也。尚有天津王仁安守恂者,与刚己略从同,惟气势驱迈,近范为多。

附二:《近代诗人小传稿》

李刚己,字刚己,河北南宫人。肯堂弟子,光绪戊戌进士,官山西大同县。所作诗辞气驱迈,植体杜黄,得法于师,几于具体。民国三年卒,年四十三。有《刚己遗集》五卷。

王守恂,字仁安,河北天津人。官河南巡警道。肯堂弟子。其诗学致力甚深,得力于肯堂较多。其用力之作亦复健举。有《王仁安集》初、二、三、四集。

附三:《光宣以来诗坛旁记·桂伯华》

伯华早年诗工甚深,才气健举,于唐宋近玉溪、坡公,于近贤近范伯子。然后习禅悦,理智超澄,所为诗词,虽寻常酬对,亦能自拔于世谛文字之外,而不为何人所囿。

汪辟疆　《论诗绝句十首》

民国以来为诗者,貌取古人,肉胜于骨,不惟不能以意驱辞,且大抵以辞害意,所作仅自贼,并不善读古人之诗,倘兄以为然,当胜过请益于老朽诗匠万万。狂谬之言,得毋诧乎?并附十绝句云:

诗衰清社亦随之,到眼千篇朽骨遗。刻划争矜新帖括,西江诗派梦窗词。

才思荆公未易追,咀含独得杜韩遗。陈黄一例师承在,皮相谁能喻细儿。

苦誉诚斋薄放翁,何曾二妙有殊同。渊源子美胎陶谢,莫但推求字句中。

后村才力替苏黄,今体冬郎与□当。人品诗功元一事,郑声何取咏怀堂。
气节无存气力差,遗山学杜但牙牙。千秋咏叹关忠爱,标榜儿曹莫浪夸。
巢经巢与伏敌堂,簝石而还奋海藏。伯子伯严孤诣仅,剥肤无奈众儿郎。
木庵深刻伯潜精,季子南皮各有成。失笑兼葭楼畔客,唇焦差到宋人声。
生还万里一瓢庵,举世谁知王重南。宋体唐音此嗣响,用心大至靳随骖。
组庵句法似东坡,百炼艰辛不匮多。若把词章比功业,性情往往见吟哦。
百辈浮夸汉赋音,不成学古不通今。先生笔仗如山在,培塿宁堪较浅深。

姚鹓雏　《生春水簃诗话》

闻苏戡倾服肯堂,有"我于伯子得其鳞爪"之说。苏戡始治大谢,浸淫柳州,伯子则直入苏黄,窥伺老杜,取径似微有不同,然伯子《酬方子箴廉访》七律云云,感喟横生,逸气欻举,所谓霜钟出林,使人意远。苏戡七律,都入此种,宜其交契也。古诗,伯子遒劲生动,才气横溢,前无古人;苏戡则高澹闲雅,得味外味,亦未遽让也。

伯子古体,长吟大句,无篇不佳;近体骨势峻嶒,气欲负山而趋,而语多沉痛,则所遭然也。七律如《赠顾涤香》云云,《送周彦升之山东戎幕》云云,《举足一首》云云,《过泰山下》云云,《题顾莼溪画兰》云云,《守风书怀》云云,七绝《江心晚泊》云云,伯子自评诗曰:"沉而质",沉则语重而意隐,质则力遒而亡藻,宜世人多"张茂先我所不解"之叹也。

姚鹓雏　《文羽》

范伯子诗如饥凤悲时,孤麟泣遇,至其力能扛鼎处,又如垓下项王,时歌徵羽。

陈声聪　《兼于阁杂著·论诗绝句·范肯堂》

高吟俯视半舆台,汩汩词源倒峡来。大范胸中兵百万,直须谈笑却风雷。

陈声聪　《兼于阁杂著·论诗绝句·吴辟疆》

深州座上迈时英,李范柯姚唱答声。人尽可堪诗亦尽,看云袖手晚何情。

（自注：李刚己、范肯堂、柯凤孙、姚叔节）

陈声聪　《兼于阁诗话》

《吴范交情》：南通州范伯子（当世）诗兀傲排荡，以杜、韩之风骨，参苏、黄之姿神，以一诸生名满天下。桐城吴挚父（汝纶）、北江（阁生）父子极推崇之，以为横绝千古。当挚父先生官冀州时，伯子往依之，讲论政事文章，极为相得。时方大言洋务，皆认为中国不能长此守旧，在教育方面，尤富革新思想。挚父为严几道所译之《天演论》作序文，且深赞林琴南之翻译西洋小说，延入京师大学堂任讲席，在桐城派文人中，最为通达之一人也。伯子丧耦，挚父为介聘桐城姚氏女名蕴素，亦工吟咏，闺房唱和，一时佳话。成婚有日，蕴素为诗三十韵以道相与善之意。伯子和答，有"吾昔山中年，恐惧畏人识。一诗落人间，遂为吴公得。苦作珍奇收，过求美珠匹"之语。在前尚有《入滩河易舟闻舟人言往月安福使人迎探状惭恐弥甚心神益焦辄复为诗十九韵》云："顺康元老家，乾嘉大儒系。道咸名公孙，同光诗人子。蔼蔼敦诗媛，持以配当世。当时却不言，咄哉吴刺史。持我烟雾中，德我亦已诡。令今尚在途，我独望公耳。金陵逢诸昆，玉树得相倚。依依订后期，期在月建子。岂知岁寒累，隔月不能指。纷如败叶多，扫去复填委。江流入太湖，湖穷见滩水。一月四易舟，偃蹇莫能驶。已闻安福君，迎探日有使。人生重然诺，大诺矧可尔。感此宵寐淹，对烛惟惭己。韩公诗万篇，翱也数十纸。培塿附泰山，不尔将安恃？伐肝取新作，急索勿令徙。持为到门献，薄咎庶能理。"此诗诙奇条畅，首起尤雄骏，是其本色。安福君称其妇翁，时方需次安福，诸昆指仲实、叔节二兄弟也。伯子四十不第，即放弃举业，有《至父先生来书劝乡试欲以诗答连日用山谷韵乃连缀二篇因示叔节》云："爱惜君心畏君口，惯能移嵩诮箕斗。君口哓哓不可关，吾心峣峣亦不还。岂有当年伐柯斧，舞我更置青云间。君道吾文百年上，但可欧心受公赏。自古人微各有情，平生不愿识都城。男儿尚能弃卿相，况我碌碌非辞荣。年增白发举场里，性命区区亦人子。岂不将心比父心，此但多忧少见喜。君不见世上迂生得饱难，有铗无门何处弹。相公厚我亦已足，更用举手将天攀。不必昏人簇迷网，正当开眼望湖山。"第二首云："吾今欲闭谈天口，亦莫虚空打筋斗。四十真当生死关，要从人海收身还。已读南华亦奚悔，可以容身雁木间。范子何为书十上，屠龙有技无人赏。此是吴公叹喟声，乃有息壤燕南城。平生知心百不阕，宁独一第为吾荣。吾命穷薄堪一士，蓬蔂子邪薛萝子。老与郊岛相娱嬉，此在风尘犹可喜。君不见赋有膏兰保命难，龚生至死遭人弹。何哉吾党二三子,犹欲舍命重跻攀。寄语东堂读书者,看取玉貌还青山。"相公指合肥李,时与吴先生皆在北洋幕中。东堂读书者指姚叔节,自不欲试,亦劝其勿试,笔力高峻,辩才无碍,吴先生爱之,欲期其远大,而伯子乃有"四十真当生死关"之语,灰颓如是,故不永年。又有《书贾人语》一首甚奇:"去即去耳谁为贤,人如绿草生春田。镰刀割尽还须长,不闻但有今岁无来年。东家独患囊无钱,佣保杂作何有焉。请看朝廷没曾左,也有后来相联翩。我闻此语怳失色,从此昆仑泰华皆不坚。明朝便叱玉皇退,何能一帝专诸天。"此颇有思想性,以口语释之,世间事物,新旧不断交替,旧者去,新者能来。人家怕无钱生活,何妨去劳动。朝廷即使没有曾、左,也会有人接上来。事物没有不变的,昆仑山、泰山、华山也不算得坚牢,彼玉皇大帝何能一人管得诸天,明天可一叱而去之。在当时发此议论,可谓惊人,不独有思想性,而且有革命性。至贾人所举曾、左,自是当时说法。伯子诗纵横捭阖,悲愤伤时,独于合肥多恕辞,是旧时士人所谓忠于所事者,亦无足深论也。

又《三甫风义》:桐城姚石甫(莹)为姜坞先生曾孙,亦工诗古文,官至湖南按察使,既为循吏,又属文苑,其孙女婿范伯子(当世)有《外舅生日献诗》,末二语云:"再从循吏归文苑,万岁千秋父祖同。"即谓此。

又《人境庐》:黄公度其他遣兴之作脍炙人口者,如《小女》云:"一灯团坐话依依,帘幕深藏未掩扉。小女挽须争问事,阿娘不语又牵衣。日光定是举头近,海大何如两手围。欲展地球图指看,夜灯风幔落伊威。"《即事》云:"墙外轻阴淡淡遮,床头有酒巷无车。将离复合风吹絮,乍暖还寒春养花。一醉醝腾如梦里,此身漂泊又天涯。打窗山雨琅琅响,犹似波涛海上槎。"范伯子评谓:"七律最难于伸缩自如,转变不测。吾于此二律,尤三复味之不厌也。"

又《佛日楼》:往岁客渝州时,于曾氏撄宁获识合肥李栩龛(家炜),不久即别去,不相闻问。近见其兄弥龛(家煌)《佛日楼诗》,喜近人范伯子、陈散原二家,而上追昌黎、山谷,张皇幽渺,用力已多,予独爱其绝句之有意境而落笔轻闲者。

林庚白 《丽白楼自选诗》

民国以来作者,沿晚清之旧,于同光老辈,资为标榜,几于父诏其子,师勖其弟,莫不以老辈为目虾,而自为其水母。不知同光诗人之祖宋,与宋四灵明七子之学唐,直无以异,盖皆貌其面目声音,而遗其精神也。唐人以自然得其真与美善,而四灵七子,务刻划以蕲似于自然,背矣。宋人以充实矫平易浮滑之失,与唐人争胜,而同光迄于民国以来诗人,但雕琢以求充实,空矣。或谓同光诗人,如郑珍、江湜、范当世、郑孝胥、陈三立皆不尽雕琢,能屹然自成其一家,固矣。然珍、湜实当咸同之世,不得列为同光人,当世、孝胥、三立,则诗才与气力,故自不凡,而孝胥诗情感多虚伪,一以矜才使气震惊人,三立则方面太狭,当世则外似博大,而内犹局于绳尺,不能自开户牖,以视珍、湜诗能用古人而不为古人所用,抑又次焉。即以珍、湜论,《伏敔堂集》且突过巢经巢,此惟可为知者道之耳!

🐚 夏承焘 《天风阁学词日记》(浙江古籍出版社1984年版)

一九三五年十二月一日:读《范伯子诗集》。陈伯严从伯子游者,此同光体先声也。

🐚 钱仲联 《三百年来江苏的古典诗歌》之《晚清以来的各种复古诗派》

晚清诗坛,就全国范围来说,是同光体称霸的时期,而宗法唐诗、西昆的,也还不乏其人。江苏的情况,则唐诗派的势力大于宋诗派。

自江湜诵法黄庭坚,宋诗在江苏诗坛露了头角。这跟清初汪琬等学习范成大的宋诗一派,宗趣全不相同。到了同治光绪年代,以陈三立为首的同光派诗人,展开了宋诗运动,在江苏的一面旗帜是范当世。

以学习黄庭坚为中心的同光派诗,它的远源实导自桐城派古文家。姚范、姚鼐于山谷诗的兀傲崛奇、玄思瑰句,是备极赞叹的。桐城派古文家兼为诗人的,自姚鼐以后一直到方东树、吴汝纶,都曾取径于山谷。张裕钊选《国朝三家诗钞》,取姚鼐七律为一家,可以窥见他们标立宗旨之意。范当世是裕钊弟子,《范伯子诗集》有《读外舅一年所为诗因论外间诗派》说:"泥蛙鼓吹喧家弄,蜡凤声声满帝城。太息风尘姚惜抱,驷虬乘翳独孤征。"衣钵相承的脉络,显然可寻。吴汝纶之子闿生,选《晚清四十家诗钞》,以当世诗冠首,推为大家,又可作为晚清宋派诗跟桐城派紧密关联的一个明证。陈三立对当世诗也很推重,陈衍选了他相当数量的作品入《近代诗钞》。当世诗雄才大笔,浩气盘旋,与其他同光体诗人以僻涩尖新取胜不同,内容也比较能反映现实。金天羽说:"范肯堂贫苦老瘦,涕泪中皆天地民物。"近人论同光体诗,笼统地贬斥为形式主义文学,范当世的作品,正好有力地否定了这一不公允的论断。

范氏的苏北同乡如张謇、朱铭盘，所为诗都有一定成就，但不属于宋诗一派。名辈稍后于范氏的镇江王瀣，其诗玄思窈想，得《咏怀堂诗》的神髓，为陈三立所激赏，可以说是宋诗派的后劲。

吴下诗派，西昆体极盛，这是清初虞山派的继承。吴县曹元忠、常熟徐兆玮、张鸿是这一派的代表作者。在清末，他们同官北京，相约作昆体诗，不作江西派语。刊有《西砖酬唱集》，是仿照宋初的《西昆酬唱集》而题的名，西砖是张鸿所住的胡同。张鸿早期作品，隐约缛丽，神肖李商隐。晚年能参取异派的长处，致力于梅尧臣、王安石，而像《游仙诗》五十首、《落花流水花诗》八首，隐文谲喻，寓托时事，仍然保持西昆的特色。张鸿的弟子常熟孙景贤，能继承这一传统，所著《龙吟甲乙草》，恪守西昆家法。长篇如《宁寿宫词》纪李莲英事，《正阳门行》纪辛亥革命，可称诗史。元和汪荣宝，也是西昆派的健将。稍后有常熟杨无恙，是从昆体入手而出入于李贺、孟郊、黄庭坚、陈与义诸家的，所著《无恙吟稿》、《无恙续稿》，其中尽多反映时代面貌的名篇，特别是抗战时期的作品，价值更大。游览之作，如《黄山杂诗》和游日本的诗，摆脱陈法，自出手眼，有时还点化通俗语入诗，这都是其他昆体诗人所不能及的。

不属于西昆诗派的宗唐诗人，成就卓越的有常熟杨圻与沈汝瑾。杨圻著《江山万里楼诗钞》，才华富丽，魄力沉雄，能为唐音而不像明七子那样的摹拟无生气。长篇大作，能接步梅村，《天山曲》长数千字，纪香妃事，自有七古以来无此长篇。抗战军兴，避寇居香港，所为诗苍凉悲壮，洋溢着爱国感情。沈汝瑾著《鸣坚白斋诗存》，一生专学杜甫而不是摹仿杜甫，吴昌硕佩服他到五体投地，为刊行他的遗集。沈诗的特色是清真质老，与杨圻同样宗杜，而风格截然不同，悲慨国事、讽刺统治阶级罪恶和反映人民苦难的作品，在集中占有相当多的数量，如《悲马尾》、《舟中观刈禾》、《纳粮谣》、《哭雨三章》、《东邻》、《修塔谣》、《禽言》、《筑路》、《祈雨两章章八句》、《佣者自田间来听其言演而成谣》等篇，富有深刻的思想性，是吴嘉纪、郑燮的嗣响。

如上所述的复古派诗人，都跟明代复古派一味摹古的不同。他们的作品，都还具有不同的独特风格。在文学问题上，也不是一味主张复古，张鸿曾写过《续孽海花》，孙景贤写过《轰天雷》。只是在诗歌方面，不敢像同时代主张"诗界革命"的人们那样大胆地开拓新天地。因此，他们在晚清的江苏诗坛上，不能占有首要的地位。

钱仲联 《论近代诗四十家·范当世》

肯堂一穷儒,高名动卿相。热泪翻海波,声诗助悲壮。漫怜孟郊囚,胸次故昭旷。

吴闿生选晚清四十家诗,以范伯子冠首。陈衍《近代诗钞·石遗室诗话》云:"伯子识一时名公巨卿颇夥。徒以久不第,抑郁牢愁,诗境几于荆天棘地,不啻东野之诗囚也。工力甚深,下语不肯犹人,读之往往使人不欢。"此论未为圆该,所选亦非范诗之极诣者,不如吴选之能见其大。然伯子佳构,如《吾所植荷既开尽而风雨频至坐见其萎谢慰别以诗》五古,提挈灵象,养空而游,仙乎仙乎之笔,二选皆失之目睫。金天翮《答苏堪先生书》以伯子与江弢叔并举,谓伯子"贫穷老瘦,涕泪中皆天地民物。大江南北,二子者盖豪杰之士也"。斯论能得其实。

钱仲联 《近代诗钞》

范当世,初名铸,字无错,改名当世,字肯堂,号伯子。江苏通州人。岁贡生。早岁肆力于学,常橐笔走四方,南北数千里,遍游名山大川。曾从张裕钊学古文,娶姚莹女孙为妻,并与吴汝纶结交,故为文得桐城派真谛。又亲课钟、铠二弟学业,后二弟学成,与兄齐名,世称"通州三范"。李鸿章为直隶总督时,延其入幕府,及李卸任,遂归通州,穷困潦倒之中,吟咏自得。与陈三立为姻家,故酬唱特多。后又至广州,入广东巡抚许景澄幕。光绪三十年(1904)肺疾卒于上海。著有《范伯子诗集》十九卷。生平事迹,见《清史稿》本传、姚永概《范肯堂墓志铭》、金钺《范肯堂先生事略》。

以学习黄庭坚为中心的同光体诗派,它的远源实导自桐城派古文家。姚范、姚鼐于山谷诗的兀傲崛奇,玄思瑰句,是备极赞叹的。桐城派古文家兼为诗人的,自姚鼐以后一直到方东树、吴汝纶,都曾取径山谷。范当世受桐城派的影响极深,他在《读外舅一年所为诗因论外间诗派》中说:"泥蛙鼓吹喧家弄,蜡凤声声满帝城。太息风尘姚惜抱,驷虬乘翳独孤征。"衣钵相承的脉络,历历可见。因此,范当世作为"江苏传桐城学者之巨擘"(徐昂《范伯子文集序》),同样成了同光体在江苏的代表诗人。余撰《近百年诗坛点将录》,以天雄星豹子头林冲一员相比,谓其《过泰山下》诗云"生长海门狎江水,腹中泰岱亦峥嵘",是何气概雄且杰！范当世虽是承桐城派余绪，学习黄庭坚，然而，他的学习也糅合了自己的创造。他在《采南为诗专赠我新奇无穷倾倒甚再倒前韵奉酬以其爱好也》一诗中云："君知桐城否，所学一身创。"其所谓创，最主要的一点就是主张为诗要参之于"放"、"炼"之间。如其《除夕诗狂自遣》所云："我与子瞻为旷荡，子瞻比我多一放。我学山谷作遒健，山谷比我多一炼。惟有参之放炼间，独树一帜非羞颜。"他直欲集东坡和山谷为一手。范当世集中如《过泰山下》、《大桥墓下》、《吾所植荷既开尽而风雨频至坐见其萎谢慰别以诗》、《天津问津书院姜坞先生讲于此者八年外舅重游其地感欲为诗乃约当世同用山谷武昌松风阁韵》、《南康城下作》等，就是放与炼有机结合的上乘之作。当然，还必须看到，范当世"虽若文士，好言经世，究中外之务。其后更甲午、戊戌、庚子之变，益慕泰西学说，愤生平所习无实用"（陈三立《范伯子文集跋》），因此，他在诗歌中反映了晚清乱糟糟的政治局面，也寄托了自己的政治理想。金天羽曾称赞他"贫穷老瘦，涕泪中皆天地民物"（《答苏堪先生书》）。范当世的这些诗作，有力地否定了近人论同光体诗笼统地贬斥为形式主义文学这一不公允的武断。也正是这些内容和形式上的成就，使得他在近代诗歌史上得到了广泛的承认。吴汝纶认为"当今文学无出肯堂右者"（《与姚叔节》）。陈三立说："吾生恨晚生千岁，不与苏黄数子游。得有斯人力复古，公然高咏气横秋。"（《肯堂为我录其甲午客天津中秋玩月之作诵之叹绝苏黄而下无此奇矣用前韵奉报》）又说："江南号三范，子也白眉良。早岁缀文篇，跻列张吴行。承传追冥漠，坠绪获再昌。歌诗反掩之，独以大力扛。噫气所摩荡，一世走且僵。玄造豁机牙，众派探滥觞。手揽囊龠灰，缁此万怪肠。"（《哭范肯堂》）可谓倾倒备至。吴闿生选《晚清四十家诗钞》，以当世诗冠首，推为大家。而对同光体十分不满的金天羽，也将他与江湜并举，以为"大江南北，二子者盖豪杰之士也"。（《答苏堪先生书》）

钱仲联 《近代诗评》

范肯堂当世如灵均呵壁，奇辟自矜。

钱仲联 《近百年诗坛点将录》

天雄星豹子头林冲　范当世　范伯子诗为近代学宋一派所推，吴闿生选《晚清四十家诗》，以伯子冠首。金天羽《答苏堪先生书》，谓伯子"贫穷老瘦，涕泪中皆天地民物","盖豪杰之士也",良非过誉。其《过泰山下》诗云"生长海门犴江水,腹中泰岱亦峥嵘",是何气概雄且杰!

钱仲联　《浣花诗坛点将录·天立星双枪将董平　郑珍》

近代尚宋诗者,无不推重郑珍。梁启超曰:"咸称子尹诗能自辟门户。有清作者举莫及。"陈衍《近代诗钞》以为"历前人所未历之境,状人所难状之状,学杜韩而非摹仿杜韩"。

盖郑珍以经师而为诗人,所谓"学人之言与诗人之言合"(《近代诗钞》)者之旗帜,开出清后期诗坛一大变局。其学古趋向,推源杜陵,而又融香山之平易、昌黎之奇奥于一炉。沈曾植、陈三立、范当世诸家皆其传衣。胡光骐推为清代诗人第一,不为过也。

钱仲联　《梦苕庵诗话》

1. 阅陈石遗《近代诗钞》一过,未能满意。石遗交游遍海内,晚清人物,是集已得大半,然名家如丘逢甲等皆未入选,而选录诸家,如魏源、姚燮、朱琦、鲁一同、王锡振、邓辅纶、高心夔、黄遵宪、袁昶、沈汝瑾、范当世、刘光第、康有为、金天羽,皆未尽所长。

2. 清末黄公度、谭复生、夏穗卿、蒋观云、梁任公诸人,倡诗界革命。任公《新民报》中有《诗界潮音集》之选。然诸人中除公度外,余皆成就未能副所期。独金丈松岑崛起吴下,张革新之帜,所著《天放楼诗集》、《续集》,才思纵横,陈丈石遗谓方之古人,于杨升庵、龚定庵为近。松岑则谓于升庵绝对无缘。论近代诗,颇推许郑子尹、范伯子、袁爽秋诸家,而于时流之做宋人一派者有微词。

3. 丙寅秋,卧病梁溪,唐师蔚芝以范肯堂当世《伯子诗集》见赠。枕上读之,精神为一振。伯子穷儒老瘦,涕泪中皆天地民物,发为歌诗,力能扛鼎,震荡翕辟,沉郁悲壮,能合东坡之雄放与山谷之遒健为一手。吴中诗人,江弢叔后,未见其匹。

4. 肯堂五古,横亘万里,扪之起棱,录其极工者长短各二首,皆《近代诗钞》所未选。《上吴先生》云云,《狼山观海》云云,《徐椒岑先生寿诗》云云,《次韵王义门景沂见赠之作》云云。

5. 肯堂七古,气骨崚嶒,直欲负山岳而趋。晚清学宋诸家,皆不能及。其起调之工者,如"有文支柱山与川,恍人有脊屋有椽。我立此语非徒然,眼下现有三千年",如"诅汝三年不去口,相逢那不五六斗",如"昔我提心常在口,山有泰山天北斗。非我大言惊愚顽,也自朝山拜斗还",如"雷公半夜张馋口,攫我当门二酒斗。轰然一醉天河翻,驱走风云更不还。我从往之点滴尽,只令陷我污泥间",如"江海既会声喧豗,双流竞地生民灾。狼山如闼当江开,能喝海若惊涛回",如"李白韩愈浪得名,子瞻山谷皆平平。不然嵚崎历落如我者,安得置之世上鸿毛轻",皆奇横无匹。其转接处,往往突兀峥嵘,不堕恒蹊。如"玉阶仙露三千年,一树琼花长婀娜。中有彩鸾非帝骖,朱户沉沉下青琐",如"范子何为书十上?屠龙有技无人赏",如"狼山一塔公见无?寒家即在山城隅",如"山中之人气如虎,帝旁魁梧多好女。悾憧一世真有余,万岁千秋不爱渠。千秋万岁渺茫事,问渠政亦不汝须",皆奇峰耸天,倏忽转变。结语如"四海疮痍今若何?九重云物皆如梦。不能暖灶取一欢,醉死樽前气犹洞",如"嗟吾不自惜其诗,割鸡焉用牛刀为?正若天人堕尘溷,再三珍重话临歧",如"明朝便叱玉皇退,何能一帝专诸天"等,皆悲痛沉郁。此非真通古人消息者,不易办也。

6. 肯堂己亥后诗,感德宗幽囚而作者,多沉郁悲愤,驱迈苍凉之气,贯虹食昴之词,直欲抗韩杜而攀《离骚》。

7. 肯堂《答謇博用山谷送范庆州韵》句云:"语汝瑰文猛如虎,伏而不出如处女。浩如积水千倍余,千一之放流成渠。天仙化人妙肌理,堕马啼妆百不须。"数语暗度金针,良工心苦。

8. 肯堂七律,硬语盘空,全得力于山谷。《留别新绿轩》云云、《赠顾涤香》云云、《送周彦升之山东戎幕》云云、《过泰山下》云云、《大桥墓下》云云、《守风至六七日之久夜不复成寐百虑交至起眺书怀》云云、《举足》云云、《次韵恪士并怀至父先生》云云、《果然》云云、《香涛尚书将移镇湖广而余从之乞近馆再呈二诗》云云、《况儿以伯严叔节皆在沪请速就医夜出江口占示内子》云云,时贤学山谷,但得其清瘦之致,肯堂独得其莽苍之态,嗣响颇乏其人。

9. 范伯子诗:"古人所宝文章境,岂与小夫争俄顷。对面相看泰华低,发声一奏雷霆静。"我友王瑗仲诗:"黄农虞夏归尽然,吾欲立柱昆仑颠。独挟遗书三百篇,长驱圣道开西边。"诗人不可无此胸襟,非大言炎炎也。

10. 陈伯英《秋据楼诗》,余前已论之。伯英复以续稿一册寄示,则风调犹昔,而境亦清真,佳者可比江弢叔,仍录其佳句于此。《夕晖》云:"撼扉风自春来劲,斗酒人从乱后稀。"上句本义山,与范伯子"日光昼软来穿户,风力宵沉自打门"二句,构想略同,而沉雄不逮。

11. 咏物之作,能别出手眼超乎象外者,殊不多见。范伯子集中,有《吾所植荷既开尽而风雨频至坐见其萎谢慰别以诗》一五古云云,以仙灵缥缈之笔,写苍凉沉郁之思。咏物诗中,别开异境。此外陈仁先集中咏菊之作,亦皆托意幽深,铸词精炼,为前人所未有。

12. 光绪二十五年己亥腊月二十四日,上谕立多罗郡王载漪之子溥儁继承穆宗为皇子。至是废立之谋遂大定。范伯子时在上海,有《果然》《书贾人语》二诗纪此事云云。果然者,传说废黜光绪之事,果已证实也。"游丝忽落三千丈"指光绪。"锦瑟真成五十弦"切二十五年,锦瑟凡二十五弦,断裂之则成五十弦矣。"大僚"句讽刺在朝大官,或本是后党,或噤若寒蝉也。

13. 肯堂诗法,李刚己得其传,虽未出蓝,已能具体。刚己,光绪甲午进士,官大同知县,初为莲池书院高材生,为吴挚甫及肯堂激赏,其古诗辞气驱迈,雄怪惊人。

又,刚己七律,气势俊逸,酷肖其师,不愧霸才,稍失之粗。

14. 海盐王叔鹰宾基,亦肯堂门下士。《堇庐遗稿》导源萧选,沾及唐宋诸大家,而以瘦劲出之,削肤存液,睿然深秀。

15. 肯堂子彦殊罕诗,倔强瑰异,龙种固不同凡马也。《判月辞》云云,惨辉妙旨,成嵯峨俶诡之观。神血湛湛,殆欲分液郊愈,乃翁《月蚀辞》,未能踞其上也。

钱仲联　《钱仲联讲论清诗》

范当世《旅中无聊流观昔人诗至于千首有感于黄公度之人之诗而遽成两律以相赠》,自注:陈伯严赠公度诗,有"千年治乱余今日,四海苍茫到异人"之句余故感于是而发端也。其一云云,其二云云。这两首诗很重要,表现出范当世对黄公度的推崇。

俞明震。石遗之《近代诗钞》《石遗室诗话》所选均为其成熟之作。俞明震带过兵,到过台湾,在"台湾民主国"做内务大臣。失败后,在江西带兵,后又为提学使。他早期有不少与范当世唱和的诗,故其诗有范当世味道。

俞明震《觚庵诗存》早期诗多思想进步之作,关心民生疾苦,风调与范当世很有相同之处。后来到甘肃,诗艺大进,功力深厚。而去台湾前后,却很力不从心。大凡七律空阔,五言中亦有深刻者,为宋人笔调。《章江晚泊》"江山寥落同萤照,城郭苍茫与雁齐"两句,绝好。

钱锺书 《谈艺录》（中华书局 1984 年版）

第四十二"明清人师法宋诗 桐城诗派"条：桐城亦有诗派，其端自姚南菁范发之。……惜抱渊源家学，可以征信。惜抱以后，桐城古文家能为诗者，莫不欲口喝西江。且专法山谷之硬，不屑后山之幽。又欲以古文义法，人之声律，实推广以文为诗风气。……后来曾涤生定惜抱七律为有清第一家，张濂卿本此意，选《国朝三家诗钞》，其一即惜抱七律。濂卿弟子范肯堂固亦同光体一作家，集中《读外舅一年所为诗因论外间诗派》有云："泥蛙鼓吹喧家弄，蜡凤声声满帝城；太息风尘姚惜抱，驷虬乘鹥独孤征。"沈乙庵《海日楼群书题跋》"惜抱轩集"一条亦甚称惜抱诗，并谓"张文襄不喜惜抱文，而服其诗，此深于诗理者"云云。

第四十八"文如其人"条【附说十四】以目拟文：仲任此语，乃吾国以目拟文之最早者。《自纪》篇亦云："孟子相贤以眸子明瞭者，察文以义可晓。"《五灯会元》卷三白居易问惟宽禅师云："垢即不可念，净无念可乎？"师答："如人眼睛上，一物不可住。金屑虽珍宝，在眼亦为病。"《白氏文集》卷四十一《西京兴善寺传法堂碑》目记此问答。施尚白《愚山别集》卷一"鳞斋诗话·诗用故典"条驳东坡论孟襄阳云："古人诗入三昧，更无从堆垛学问，正如眼中著不得金屑。坡诗正患多料耳。"范肯堂《再与义门论文设譬》云："双眸炯炯如秋水，持比文章理最工。粪土尘沙不教入，金泥玉屑也难容。"吴文木《儒林外史》第十三回，马静上与蘧公孙论八股文不宜杂览，所谓"古人说得好"一节，亦即惟宽语也。伪书《琅嬛记》卷中引《玄观手钞》云："吾心如目，妄念如尘埃，必无可入之理。"

钱锺书 《石语》

"章太炎黄季刚师弟"条：（江）叔海议论确有近任公者，任公推王荆公为第一大政治家，叔海《半山寺诗》用意亦同。丈曰："信有此乎？"按：《半山寺诗》云："理财心本殊桑孔，绍述谋应罪卞京。今日尚留新法在，后儒底事浪讥评。"自注曰："保甲免役，至今行之，不独社仓为青苗遗法也。"按：范肯堂伯子诗集有《东坡生日诗》，极推荆公而斥东坡之立异，此郭匏庐所谓"不谓闭门范伯子，已曾奋笔诤东坡"也。盖任公推荆舒，实为戊戌变法解嘲，伯子亦有同感耳。叔海则翻案也。

钱锺书 《小说识小》（三）

吾国旧小说巨构中，《儒林外史》蹈袭依傍处最多，兹举数事为例……第十三回马二先生与蘧公孙论作八股文道："古人说得好：'作文之心如人目'，凡人目中，尘土屑固不可有，即金玉屑又是着得的么？"按以目喻文，始于王仲任《论衡》，《佚文篇》曰："鸿文在国，圣世之验。孟子相人，以眸子焉，心清则眸子瞭。瞭者，目文瞭也。"《自纪篇》语略同。《传灯录》卷七白居易问惟宽禅师云："垢即不可念，净无念可乎？"师答："如人眼睛上，一物不可住；金屑虽珍宝，在眼亦为病。"施愚山《蠖斋诗话》驳东坡论孟襄阳云："古人诗入三昧，更无从堆垛学问，正如眼中着不得金屑。"马二先生之言，实从此出。范肯堂《再与义门论文设譬》七律前半首云："双眸炯炯如秋水，持比文章理最工。粪土尘沙不教入，金泥玉屑也难容"，则又本之《儒林外史》矣。

周振甫 《文章例话·柔婉二》引孟宪纯《评点古文法》乐毅《报燕惠王书》

范当世云："粹美之文，例以阳刚阴柔之说，则此与刘子政《谏赵昌陵疏》、诸葛公《出师表》皆在阴柔之格。"

李猷 《近代诗介》

余年二十余时，居上海，丹徒吴眉孙师庠，曾以木刻范伯子诗四册，郑重赠余，且曰："子学诗，宜学范先生，勿为一览无余，或风花绮靡之作也。"余敬诺，而实不知范先生诗之佳处也。范先生诗黯然无光，但精华内敛，妙处实不易率尔知之。抗战时与先师杨云史先生同住香港，师曾告余昔年与范先生晋接之状，及所论作诗之法。盖范先生诗于经史植基深厚，故虽平凡之语，亦用字不同，诗虽不为雕饰，而其句法奥衍，回环曲折，着力处如拗钢铁，密栗处如琢古玉，且不假一二词藻以增其色彩，亦不故作倔强以示坚挺，总之纯任自然，写其心中之意，毫无斧凿，天成苍劲之姿，即令老杜东坡诵之，亦当敛手。观其集中与张季直、朱曼君舟中聊句倒押五物全韵，即可觇其工力，无惭昌黎之石鼎诗也。诗人曾履川先生于前年在《幼狮学志》发表《论范伯子诗》一文，于范先生之生平及学问独到之处，叙述甚详，并编印《通州范氏十二世诗略》，亦可为先生之知己矣。履川先生在《论范伯子诗》一文中，所介范先生诗以古诗为多，确多精妙，余从全集（近年黎玉玺将军所重印）中摘录古近作诗若干首，以介当代，一当太羹玄酒也。

严迪昌 《清诗史》

"同光体"理论有"三元"之说，即"上元开元，中元元和，下元元祐"。开元、元和在唐代，开元有杜甫，元和有韩愈，元祐为北宋末，有黄庭坚。至于沈曾植后来又易开元为元嘉，济入谢灵运诗风，姑不谈它。关于"三元"之说，陈衍申明是承之于曾国藩的，《石遗室诗话》说："顾道咸以来，程春海、何子贞、曾涤生、郑子尹诸先生之为诗，欲取道元和、北宋，进规开元，以得其精神结构所在，不屑貌为盛唐以称雄。""同光体"的前后脉络，至此应很明了。"不屑貌为盛唐"，就是变"唐"的宋诗风调，以宗法"一祖三宗"的"江西诗派"为目标的诗学观也极清楚。当然，"同光体"有其内部复杂状态，《石遗室诗话》卷三从风格上有两大系列的评述，先师汪辟疆教授的《近代诗派与地域》、《光宣诗坛点将录》均有不同角度的分析和评点。

"同光体"诗人在清末堪称名家，而且诗艺确实高的有范当世，他谱名铸，字无错，后改字肯堂。江苏南通人，贡生。著有《范伯子诗集》十九卷。少负才，与张謇、朱铭盘有"通州三生"之称，与弟范钟、范铠又称"三范"。范伯子为桐城姚浚昌（慕庭）之婿。浚昌是姚莹子，以宦家子参曾国藩幕。伯子的妻舅兄弟姚永朴、姚永概均为桐城文派嫡传，其继室姚蕴素为女诗人。范伯子又曾为李鸿章幕宾，落魄不得志，流徙江湖，客死旅邸。际遇和心境，加之个人情性，伯子诗寒苦特甚，与"同光体"别的诗人大多瘦硬奥涩又总带点缙绅、学人味不同，诗的风格亦偏近苏轼、王安石。陈衍《诗话》说其"诗境几于荆天棘地，不啻东野之诗囚也"，"读之往往使人不欢"。试录二首以示例，《落照》："落照原能媲旭辉，车声人迹尽稀微。可怜步步为深黑，始信苍茫有不归。"《光绪三十年中秋月》可说是中秋咏月诗中最丧气的一首："忆余瘦削不成影，见汝盈盈在上头。一世闺人齐下拜，八方园实竟前投。移灯读曲行行怨，倚杖看云片片愁。病久可胜寒彻骨，颓然掩袂若为秋。"

范伯子的诗再次说明，任何一派诗论诗法都无法改变派中人的心绪，以谋一统。反过来说，诗心支配着诗学观，逸致之思与怆楚凄惶各自有异，形态上的宗宋宗唐和实际情怀不能混为一谈。即以陈三立而言，他在"戊戌政变"失败后，心情幽郁,诗情深沉,实无心思专求拗折和选用冷僻字词,如光绪二十八年(1902)写的《黄公度京卿由海南入境庐寄书并附近诗感赋》就是著名诗例:"天荒地变吾仍在,花冷山深汝奈何?万里书疑随雁鹜,几年梦欲饱蛟鼋。孤吟自媚空阶夜,残泪犹翻大海波。谁信钟声隔人境,还分新月到岩阿。"

沈其光 《瓶粟斋诗话四编》上卷

同光以还,通州诗人张謇季直、范肯堂当世、泰兴朱曼君铭盘最著,三人皆游武昌张濂亭门。

吴仲 《续诗人征略后集》

(徐贯恂)其乡先辈范肯堂、顾晴谷及云间杨苏龛诸先生常贻书论诗,谓能以性灵书卷熔化一炉,为后起之杰。

陈道量 《单云阁诗话》

范伯子所制诗题,皆绵绵有情致,光绪诗坛中,卓然名家……其所造诣,皆有混茫之元气吐纳其间。

伯子本善病,此诗(《光绪三十年中秋月》)满纸萧瑟,说者谓其下世之先征也。

《范伯子诗集》十九卷,通州范当世著。其最末一首为《落照》,诗云云,字字沉痛。

陈冰如 《鞠俪庵诗话》

范伯子名当世,号肯堂。功名虽未能一第,而文名重于朝野,合肥相国延之为西席,宾主尤相契合。其为诗,一以古文之笔以作之,力摹郊岛,佳则佳矣,惜非尽人所能解。平生最鄙随园,作风迥异。全集中独流利近人者,"江心一蝶背人飞"七字最佳。此句之神妙,尤集一"背"字。伯子之文力,近追上古,而不屑稍近世俗,任其坎坷,其志趣抑在此一字乎?

《继樵集》者,丰利潘质翁之所作。翁名恩元,字丹仲,以孝廉留学东瀛。归国任法大教授,继仕部曹,晚岁长银行秘书。生平著作宏富,诗词尤夥,而造句高古,近我乡范伯子。

冯静伯超,书法学郑苏戡,诗宗吾州范伯子,皆有声于当世。

姨甥敏农,其诗初学晚唐,颇得流利隽逸之旨。中年而后,以感于陈(伯严)范(当世)之说,一意学宋,而力求生涩,少年之稿尽多删弃,惟其妇钱夫人能背诵百余首,赖以存之。

陈寅恪 《寒柳堂记梦未定稿(补)》

范肯堂撰先祖墓志铭,谓先祖喜康有为之才,而不喜其学也。康南海挽先祖诗云:"公笑吾经学,公羊同卖饼"者,可证也。

郭家声 《忍冬书屋诗续集》
(编者按:八卷,民国二十九年铅印本,前有盐山贾恩绂序)

卷三有《闻人诗百一首》,其中咏范当世肯堂云:六百年间无此奇,散原亦解作谀词。涪翁教下传衣者,宗派西江衍一支。

曾克耑 《论大范诗上行严丈十一叠韵》

大范读书寄山寺,也自武昌问奇字。冀州钩致屡贻书,强为执柯世惊异。
东坡诗笔导江岷,双井孝友何阍阍。二家纵敛各有取,纵横变化兼能驯。
我记学诗近廿载,眼中惟此真源在。江金郑陈一扫空,自古回飚扇东海。
范公得妇能卿卿,吾诗莫使闺中惊。睹著敲书如不分,何须呕血博诗名。

季惟斋 《庸经堂笔记初编》

吴闿生《晚清四十家诗钞》,曾克端序尝言,范肯堂七百年间无与敌焉。此真不识古人体要之言也,亦不知置牧斋、亭林、渔洋于何地?《诗钞》选海藏二十七首,沧趣十三首,伯严九首,而肯堂诗百一首,尤足骇异。诗坫此风盖源于唐人。

𝌑 姚永朴　《双肇楼记》

海盐徐君蔚如,夙慕南通范伯子肯堂为人,与其文学之美。肯堂殁后,其诗尝有印本,顾文多散佚不易得,惟东莞张次溪藏有全稿。蔚如之配王夫人,少师事肯堂,后复受业吾邑吴挚甫先生。

𝌑 杨圻　《双肇楼记》

光绪壬辰,余年十八,婚于合肥文忠公之门。南通范伯子,方为文忠幕上客,见余文字,许为可造,亟称于文忠。自后诗文辄就教,得闻绪论。

长评类

沈云龙 《通州三生——朱铭盘、张謇、范当世》

（天一出版社《张季直传记资料·现代政治人物述评》）

1. 张裕钊及门三弟子

泰兴朱曼君（铭盘）与南通张季直（謇）、范肯堂（当世），皆尝受业于武昌张廉卿（裕钊）之门，号通州三生。南通于清为直隶州，泰兴，州之属邑也。廉卿与桐城吴挚甫（汝纶），俱师事湘乡曾涤生（国藩），能传其学。张年长于吴十七岁，为道光丙午举人，官内阁中书；吴则同治乙丑进士，官直隶冀州知州。无锡薛叔耘（福成）叙曾文正公幕府宾僚，谓从公治军事，涉危难，遇事赞画者，凡二十二人，而以渊雅许挚甫；其以宿学客戎幕，从容讽议，往来不常，或招致书局，并不责以公事者，凡二十六人，而以古文推廉卿。盖吴之才雄，张长于气度，所为文章，奇偶错综，闳中肆外，均能严守桐城派家法，而无其寒涩枯窘之病，则得力于湘乡阳刚劲直之气为多！侯官严几道（复）以译述欧西政学巨著，卓然成家，然亦私淑挚甫称弟子，稿成，必以质正。挚甫自谦不通西文，顾亦时有独见。严尝语人曰："不佞往者每译脱稿，辄以示桐城吴先生，老眼无花，一读即窥深处，盖不徒斧落徽引，受裨益于文字间也！故书成必求其读，读已必求其序"。其倾服有如此！

按张季直《自订啬翁年谱》卷上："同治十三年甲戌八月，孙先生（云锦）介见凤池书院院长武昌张廉卿先生裕钊，叩古文法，先生命读韩昌黎，须先读王半山。"时季直年二十二岁，是为问学于廉卿之始。廉卿著有《濂亭文集》，光绪六年庚辰《赠范生当世序》云："余以今年三月，因通州张生謇晤其同里范生当世邗江舟次。……洎七月，生偕朱生铭盘来金陵，复携所为文求余为是正，且恳问为文法。"是范朱之得列于裕钊为门弟子，乃由季直之辗转介谒，而桐城姚叔节（永概）撰范肯堂墓志，则谓："武昌张裕钊客江宁，见张、朱、范三先生大喜，诧曰：吾一日得通州三生，兹事有付托矣！"叔节与肯堂有郎舅亲，而其言已微乖于事实；盖三生从学有先后，并非廉卿一日得之也！

曼君于三人中年最长，生咸丰二年壬子，弱冠后，与季直同客庆军统领提督庐江吴筱轩（长庆）军幕，先后凡八载，吴殁后三年，改就提督张仲明（光前）之聘，以光绪十九年癸巳病逝旅顺军中，年四十二，季直为经纪其丧。次年，廉卿亦卒保定莲池书院，年七十二，季直设位以祭。肯堂少于曼君二岁，与挚甫交最亲，以季直之介也。挚甫荐之于直隶总督合肥李少荃（鸿章），并授李子季皋（经迈）

读,宾主极融洽。迨中日战起,有诋排合肥者,竟以"东床西席,狼狈为奸"二语,形诸奏牍,东床谓张幼樵(佩纶),西席即指肯堂,乃谢职南归,居州为紫琅、东渐等书院山长。光绪三十年甲辰殁,年五十一,而挚甫先一年卒于故里,年六十四。季直长于肯堂一岁,以甲午大魁天下,其声名事业均在朱、范之上,而又独享高龄,至民国十五年丙寅逝世,年七十四。余杭章太炎(炳麟)称其得濂亭薪火之传,以文章掩科第者也,诗文别成一家,旨在经世致用。而曼君工于骈文,磅礴郁纡,雄深雅健,与王壬秋(闿运)、李莼客(慈铭)诸家,均不相似。其能绍述桐城义法,以之流衍于通州而张一军者,唯肯堂一人而已。其继室姚夫人倚云(蕴素),执教南通女子师范三十余载,抗战初期犹健在;肯堂门弟子著籍甚众,乃以徐益修(昂)称高足;徐氏主讲南通省立中学时,余受业师也,后膺杭州之江大学国文讲席之聘,均以桐城古文授诸生,驰誉大江南北云。

2. 范、姚之婚姻

肯堂,一号无错,原名铸,字铜士;诗学黄庭坚,工力甚深,笔势峻峭,不肯犹人,著有《范伯子诗集》十九卷,自订文集十二卷。义宁陈散原(三立)诵其诗,赞叹不绝,曰:"苏黄而下,无此奇矣!"因酬以诗,称"吾生恨晚数千岁,不与苏黄数子游!得有斯人力复古,公然高咏气横秋"者也。弟钟,字仲林,进士,为令河南;铠,字秋门,拔贡,为令山东,皆受学于肯堂。仲林尝与散原及龙阳易实甫(顺鼎)游庐山,成《庐山诗录》合刻。秋门善古文,工书,学张濂亭极得神似,与二兄并负时名,世称南通三范。肯堂初娶于吴,生子罕,字彦殊;况,字彦矧;女鞠,字孝嫦。彦殊诗至隽妙,侯官陈石遗(衍)评其怪而可喜。季直赠诗起句云:"九代诗人八代穷,郎君十代衍家风,懒牛尚逊蜗牛贵,三范凭开一范雄。"盖范氏世传其诗,至彦殊已十代矣!彦矧能诗古文,惜不常作。孝嫦字散原伯子师曾(衡恪),嫁数年卒,肯堂为文志其墓。方吴夫人之卒也,肯堂客湖北,修通志,草列女传,闻耗,成悼词四绝,有"读过三千婺妇传,可知男子负心多"之句,又挽以联云:"又不是新婚垂老无家,如何利重离轻,万古苍茫为此别;且休谈过去未来现在,但愿魂凝魄固,一朝欢喜博同归!"上联用杜少陵三诗题,颇具匠心,而语深意长,伉俪之情尤笃。因誓不更娶,尝绘大桥图以志哀思。后游冀,挚甫怜其遇,商诸肯堂尊人,强其缔婚桐城姚氏。姚夫人祖名莹,字石甫,曾任台湾兵备道;父名浚昌,字慕庭,时官安福知县,与挚甫有通家之谊,初议许矣,旋又中悔,挚甫大窘,乃为书抵慕庭云:"鄙意议昏专以择婿为主,其他皆其所轻,执事初见极是,若左右顾盼,长虑却步,则必至淑女愆期,交臂而失佳士。执事阅人多矣,知人才之难得,尚望采纳鄙言,旁人忌才嫉用,或多诽议,不足听也。况范氏但坐一贫字耳！贫非士君子所忧也。"慕庭得书,议乃定,此即肯堂诗"蔼蔼敦诗媛,持以配当世,当时却不言,咄哉吴刺史,持我烟雾中,德我亦已诡"也！范姚之姻既成,挚甫亦为文记大桥图,备论其事,而以撮合为乐。肯堂于光绪十四年戊子十月就婚安福署中,到日呈一诗,慕庭大激赏,喜得才婿。婚夕,姚夫人闻有人吭声诵其诗中庭,使婢侦之,乃肯堂也。自是闺门之内,翁婿之间,唱酬无虚日。肯堂成婚后,挚甫已去官,乃改入李合肥幕,携夫人北上之天津。光绪十八年壬辰,李寿七十。肯堂与弟书中有谓:"相国寿文决意不作,而寿联固不可少。撰一联云:'环瀛海,大九州,钦相国异人,何待子瞻说威德;登泰山,小天下,藉通家上谒,方今文举足平生',二三知言者固以此联为高绝,然议其庇者亦不少矣！盖相国无平行之人,仅南皮相国(张之万),而又无人为之撰此语。其他矫矫如翁尚书则云:'壮猷为国重,元气得春先。'未尝不自以为高,实则试帖佳联耳！张香翁(之洞)则云:'四裔人传相司马;大年吾见老犹龙。'其与幼樵信中,尤自命不凡,实则上联断非寿三十年宰相之语,下联亦属平平,二公如此,他可弗论。"其自视之高类如此。盖肯堂联语,亦以古文法为之,自曾湘乡而后,无与抗手者。合肥屡欲保举,或讽令入场,肯堂皆坚却,其浮云富贵,敝屣科名,尤非热中钻营之士所能方其万一。光绪二十七年辛丑九月,合肥以与八国联军议和,逝世于北京贤良寺,谥文忠。肯堂挽以联云:"贱子于人间利钝得失,渺不相关,独与公情亲数年,见为老书生穷翰林而已;国史遇大臣功罪是非,向无论断,有吾皇褒忠二字,传俾内诸夏外四夷知之。"感愤之情,溢于纸上。而挚甫之殁,则挽以"君今安往乎？吾末之也已！不无善画者,莫能图何哉！"交谊至深,情无所泄,而以浑沌出之,即弥见其挚。凡此数联,均为世所传诵。

3. 范、张之关系

据张季直《啬翁年谱》卷上:"同治七年戊辰十月,应院试,主试为鄞县童侍郎华。题为'裨谌草创之,世叔讨论之,行人。'榜发,取中二十六名学生员。……先是州试,余取列百名外,同时通范铸少余一岁,取第二;(宋)璞斋先生大诃责,谓:'譬若千人试而取九百九十九;有一不取者,必若也。'余至西亭,凡塾之窗及帐之顶,并书九百九十九五字为志,骈二短竹于枕,寝一转侧即醒,醒即起读,晨方辨色,夜必尽油二盏;见五字即泣,不觉疲也。至是余隽而范落。"叙其少时为学之刻苦自励,而于肯堂则不免稍矜意气！自后季直凡五应乡试均不中,至光绪十一年乙酉始中顺天乡试南元,为常熟翁叔平尚书(同龢)所得士。复四应礼部会试均报能,至光绪二十年甲午始以恩科会试中第六十名贡士,旋应殿试,阅卷大臣仍为翁尚书,乃以一甲一名赐进士及第,授翰林院修撰,年已四十二矣！时肯堂正客李合肥幕，合肥与常熟政见两歧，张、范遂亦异趋。未岁，中东衅起，翁李和战之争，世传二公阴主之，盖曾于家书中各露其微旨也。《范伯子文集》卷七祭季直封翁润之先生文有云："嗟两家之兄弟，逐风尘之累迁，既酸咸之各异，亦升沉之各天！"又云："昔金恭人之殁也，余不惮百里而星奔，恨公丧之独否，属有故而羞陈，殆昔勤而今惰，岂今疏而昔亲，自问百不如贤子矣，犹庶几乎斯言之能诚。"按时为光绪二十一年乙未正月，在季直掇高魁之次岁，而季直母金恭人殁于光绪五年己卯十一月十八日，无葬地，肯堂尊人以田八亩赠之。伯子文集卷一有《归田券》，记其事，则前后才十五年，张范交谊之亲疏可见。而肯堂祭文所云："属有故而羞陈。"语意含蓄，亦耐人寻味。然啬翁年谱则谓："光绪六年庚辰正月十八日，治金太夫人丧，开吊。……延太仓诸生王幼园（元鑫）度葬地于余西、金沙、通城东三处；定用城东小虹桥耕阳原地，本范氏墓外之余地也，四亩弱，归自先君，以海门田八亩易之，而移其租，订易地券。"琐琐言之，即意在阐明兹事之原委。然所记互异；一曰八亩，一曰四亩弱；一曰赠，一曰易地，近乎各执一词。又《啬翁年谱》："光绪十六年庚寅，小虹桥先母所葬墓地，前以海门田与范氏易者；地隔，范氏收租不便，而墓地不定，固亦非计，因议照时偿地价，而范氏归我庚辰所与易地之契，至是阅十一年。"此中殊有曲折。翁常熟尝许季直以霸才，于此可略见一端焉！洎后时异境迁，张范复和洽如初，故肯堂之殁，季直挽以联云："万方多难，侨札之分几人！折栋崩榱，今后谁同将压惧；千载相关，张范之交再见，素车白马，死生重为永辞哀！"盖方同致力于乡里教育，前嫌已尽释，遂举郑子产、吴季札缟纻之交及东汉范式、张劭相期为死友以自况，极熨贴自然，故不觉辞之悲苦矣！

4. 朱、张同客朝鲜军幕

曼君，原字日新，一字俶傧，光绪壬午举人，著有《桂之华轩诗文集》，民国二十三年甲戌春，其甥郑权伯（肇经）为之重编印行。章太炎序云："泰兴朱曼君先生少倜傥，善属文。既壮，事武昌张公。张公以古文辞著，而先生善为俪语，犹（李）申耆出于（姚）姬传之门也。其文上规晋宋，下亦流入初唐。……亦喜赋诗，颇杂宋体，盖清代风习固然。先生著述多未就，有《五朝会要》，余未见，见其《桂之华轩诗》四卷文九卷，序之云尔"。而彭泽汪辟疆（国垣）《光宣诗坛点将录》，评曰："曼君诗泽古甚深，不苟作，不矜才，自是学人之诗。"其为世所推重，可知也！郑君编有《曼君先生纪年录》，兹就其与范张交谊有关者，摘录数节，并稍加缀补，以叙次其生平："光绪三年丁丑，是年二月，公至浦口，客庆军统领提督庐江吴公筱轩（长庆）军幕，始于军中识张季直（謇），周彦升（家禄），束畏皇

（纶），邱履平（心坦），林怡庵（葵）与为友。而公尤为张季直所推崇，日后交谊亦最笃。季直酬公诗云：盘也弱而才，十倍于辟疆，自其少日时，开口咏凤凰，能为六朝文，亦复资初唐，故乡寂文雅，得子真非常。""光绪六年庚辰，公仍客浦口军幕。三月二十日，公与张季直、范肯堂同舟至浦口；舟经如皋，有哀凤联句三十二韵之作，并序云：'双凤，如皋倡也。与许生有委身之誓，许贫，不能如假母欲，过从遂简。母既怒凤不说他客，甚笞苦之，凤竟以忧将死，属曰：收我者许也。吾侪皆旧识，哀而为之诗。'全诗载诗集卷二，惟删去序中旧识一语。七月，公因范肯堂谒武昌张先生廉卿（裕钊）于金陵，问为古文法，执弟子礼。张先生赠公诗，有'名区佳山水，蒸馏孕奇尤。英英范与张，骈骊骖骐骝。与子总六辔，骙骙驰椒丘'句。冬，公随吴公移驻登州。"

光绪七年辛巳，仍客军幕，在登州。四月，项城袁慰廷（世凯）至登州依吴公，吴公命在营读书，属季直、彦升及公为是正制艺。旋吴公因公言，畀慰廷会办营务处差。是年军事简，多读书之暇，公与季直、彦升、怡庵诸人，时有唱酬。

光绪八年壬午，仍客登州军幕。公以是年优贡，举本科乡试，试后驰往军中，从吴公援朝鲜。先是日本干涉朝鲜内乱。六月，吴公奉督师援朝鲜之命，时幕僚多归应乡试散去，独张季直丁内艰留军中，季直措置前敌军事，手书口说，昼作夜继，乃请留袁慰廷执行前敌营务处事。七月三日拔队，朝鲜参判金云养（允植）同行。七日晨抵朝鲜南阳府。十二日军渡汉江。十三日吴公入韩，晤王生父李昰应，午后，昰应至军，执送南阳军，传登兵船赴天津。十六日应国王密请，督军攻剿乱军，乱平。公作东援纪功之碑，吴公以下幕府僚佐将吏等姓名，并勒碑阴。

光绪九年癸未，仍客汉城军幕。是年秋，公旅病兼旬，朝鲜国王李熙颁赐药物，旋又颁赐参帛笺丸等物，并谢之。是年公与朝鲜士大夫时有唱酬。

5. 朱、范、张之友谊

光绪十年甲申四月，公随吴公调防金州，有留别朝鲜士大夫诗。时吴公已病甚，吴公自朝鲜分其军三营畀慰廷留防，自统三营至奉，不两月，慰廷自结李相，一切更革，露才扬己，颇有令吴公难堪者，公因与张季直昆季移书切让之。闰五月二十一日，吴公卒于军，宾客星散。公与张季直、邱履平南旋，有金州述别联句之作。公作《祭庐江公文》、《哀庐江公文》及《吴武壮公墓志铭》。

光绪十一年乙酉，公客江苏督学瑞安黄公漱兰（体芳）幕。是年朝鲜国王李熙感吴公平乱功，为建靖武祠于汉城，岁时致祭。祠内有去思碑，金尚铉撰，金允植、沈履泽书。碑镌光绪八年随征将士宾吏题名，首列幕宾优贡江苏通州张謇、训导江苏海门厅周家禄、举人江苏泰兴县朱铭盘，第二十一名为营务处同知河南项城县袁世凯。

光绪十二年丙戌，是年二月公入京应礼部会试不售，四月与张季直、刘仲鲁（若曾）出都，至保定莲池书院起居张先生廉卿。

光绪十四年戊子，公客金州张军门仲明（光前）军幕。是年有《题肯堂照像寄肯堂诗》："肯翁寄我赫蹄形，贱子悬着瓜庐隅。审君貌肥肤革缓，料是病起毛髓枯。水心亭上二十四，目长眉远丹肌肤。黄鹤楼边政三十，气充骨劲耐歌呼。论文不眠僮仆怨，绝学锐讨门户孤。武昌白头财七品，冀州脱手空三都。君我尺牍互嘲弄，商量便服利走趋。季翁腹饱喜高论，彦叟病懒甘腐儒。余者群子各南北，有时一见在道途。吾党为学几途辙，丈人及我一冶炉。天津对酒电灺眼，南苏望远月边湖。古时轶辙说麟凤，君家罕况真於菟。我无楚丘卜臣妾，安知方朔生龙猪。令人感激想年少，转眼老丑成颠胡。"

光绪十八年壬辰，仍客金州军幕。公为张季直作《柳西草堂记》。昔孝标自拟敬通，谓有三同四异，而公方于季子，则有四同三异云。

光绪十九年癸巳，仍客金州军幕。十月，姬赵氏生子骐之。十一月十八日，公以积劳病瘵，卒于金州军中。季直祭公文云："洸洸庐江，风云干旄，伟余两人，河球赤力，君气食牛，何有众豸，独余是亲，咏陶好喜。余之聪明，实非君匹，意量相资，磋磋切切。分笺写檄，昼几宵灯，捉舟并辔，抵蹶揄肱。"翌年甲午，中日战争将起，旅顺地处冲要，姬赵氏携藐孤，抱遗文，扶枢仓皇南归，张季直为公经纪丧事，并安其家属生计。

记中所述光绪甲申曼君与张季直昆仲移书切责袁慰廷之原稿，即影印附于文集之首，辞锋咄咄，酣畅淋漓，对袁之个性指摘备至，累三千言，以文长，不具录。章太炎题朱曼君先生像赞，谓："海陵之彦，唯君阔步。训辞深厚，翰音飞翥。以彼良材，屈身戎路。簪笔乐浪，治书玄兔。嘉之解嘲，宏之作赋。才固绝人，厄亦难度。君殁韩亡，金辽多故。今遂耗矣，君离其污。"盖言其实，非诔美也。

6. 张之家世及庭训

季直，家世业农，幼名长泰，行四，兼祧外家东台吴氏，故又名吴起元。咸丰四年甲寅，五弟生，仍还本姓。年十六，误入族籍，应如皋县试，改名育才，字树人。二十五岁，始具呈学官，更名。五十后，号啬庵。著有《张季子九录》。其子孝若（怡祖）编述《南通张季直先生传记》一巨册，胡适之赞许其用白话做先传，打破一切古文家的碑传义法，充分表现出他的伟大的父亲的人格和志愿。按季直经营实业，兴学治政，至民国而大显，为世所稔知，然生平实得力于父母之教，季直为其尊翁作墓志铭,有云:府君督謇弟兄读书力田,曰:从古无穷人之人也;人而惰,则天穷之。每作一事,必具首尾;每论一事,必详其表里。虽仓卒小札,盐米计簿,字必完整,语必谨备,亦往往以此教子,而观人,曰:轻重者,植骨贵贱之徵,人莫贱于轻,莫贵于重。艺蔬种树,横纵成列,位器疏密,皆有尺寸。佣或偷贰不如约,不厌再三勖,曰:凡事有度有当而后安也。虽贫,不求援于富室;虽为农,不降诎于有势力之人。曰:同戴三光,吾任吾力,吾不违天,而谁吾诎也?方謇之登朝籍也,倭氛日棘,戚友贺者,数謇归期,府君曰:丈夫之仕,犹女子之嫁也;子尚为吾有乎?病亟,或问思謇否?府君曰:渠不当归……又张濂亭《通州张生母金孺人墓志铭》有云:"謇兄弟甫四五龄,母夜篝灯,教识字,益拥絮,手衣履箴作,且作且覆问謇等。深宵寒风凛冽,室中萧然,顾视謇兄弟,辄泪下;盖其悲苦有不可道者。……其生平训迪謇兄弟,必以远大中正,无世俗之言。诸子有过,痛笞楚不少贷。所与游,必问其何人,近者察视,远者参询,辄能决;是其贤也,则喜,至必加敬礼;不贤邪,戒勿与近,而其人后果往往败。……是季直日后之成功,所恪遵于庭训者深矣!"民国九年庚申,距金孺人逝世,已四十年,张氏昆季特购地于东台县附郭王家舍,建母里师范学校,以志劬劳之思,盖东台为金孺人之故乡也。及季直之殁,已为昔日所谓通州三生中之岿然一老,又值其一生事业之最颠峰,各方哀挽甚夥,均备致推崇。余独以为徐师益修一联,全用成语,于沉郁中见其哀痛。联云:"子弟诲之,田畴殖之,子产而死,谁其嗣之?今所闻于舆人者,乃亦类是;泰山颓乎?梁木坏乎?哲人其萎,将安放乎?此岂独其徒党也,而始云然!"极得肯堂神似。而绍兴蔡子民(元培)挽张联云:"为地方兴教养诸业,继起有人,岂惟孝子慈孙,尤属望南通后进;以文字鸣光宣两朝,日记若在,用裨征文考献,当不让常熟遗编。"则亦不愧为学人之作。惟张氏日记,迄未传世,三十年来迭经变乱,不知其后人尚能永保之否?

(一九五八年九月十二日至十月十日 香港《联合评论》第五至九期)

❧ 高拜石 《通州三生记范大》(《古春风楼琐记》第十集)

清光绪六年庚辰,武昌张裕钊廉卿客居江宁,张謇偕其友范铸、朱铭盘谒廉卿旅次,执贽称弟子。廉卿大喜,很得意地说:"吾一日得通州三生,兹事有付托矣!"晚清治古文诸家中,能严守桐城派家法,又能闳以汉赋气体,而无桐城寒涩枯窘之病者,首推曾国藩。曾氏既成大功,门下士多通显,独张廉卿以治文为事,相从凡数十年。国藩尝言:"吾门人可期有成者,惟张吴两生。"即指廉卿与吴挚甫汝纶也。廉卿文字渊懿，得力于曾氏阳刚劲直之气为多，他主张："文以意为主，而辞欲能副其意，气欲能举其辞，譬之车，意为之御，辞为之载，而气则所以行也。欲学古人之文，始在因声以求气，得其气，则意与辞可因之而益显，其法不外于此。"其喜得通州三生者，以薪传有人，故谓"有付托"。《清史》张廉卿列文苑传，以范朱二人附，并称为廉卿门下之最知名者。

范铸，字铜士，号无错，与其弟范钟、范铠，称通州三范，所以一般朋友称他为大范，或范大。世为通州儒族，少年时出语惊长老，长而益奇。他和张謇可说是总角之交，同治七年戊辰，张謇应州试，榜发，范铸列第二，张謇取列百名以外，张謇日记中自注"通州范铸，少余一岁，列第二"。次年己巳，张范二人，便结为良友。朱铭盘（曼君）和张謇相识，则在光绪三年丁丑，张謇入吴长庆幕时，始相识为友。铭盘为泰兴籍，南通在清代为直隶州，泰兴是通州的属邑，故三人称通州三生。范铸虽饱学能文，一时名公钜卿为之倾倒，可是屡困场屋，终其身为诸生，其后改名为当世，字肯堂，号伯子，大约就是因屡上科场不获一第的缘故。

伯子为文深得张廉卿的薪传，绍述桐城义法，流衍于通州，而别成一军；诗则学黄山谷，工力甚深，与义宁陈三立，称晚清诗界龙象。然抑郁牢愁，陈石遗说他的诗："诗境几于荆天棘地，不啻东野之诗囚，而其下语不肯犹人，读之往往使人为之不欢。"但其他的人，对他无不推崇备至，如吴挚父称"其诗纵横不可敌"，张謇说"伯子诗，不仅为通州二百五十年来所无，就是与并世英杰相较，也无多让"，陈三立则赞称他是"清朝三百年来第一诗笔"。

伯子在功名上虽不得意，但前半段的生活似乎还过得很好。他初娶的夫人姓吴，称大桥夫人，能诗，伉俪甚笃，不幸在伯子作客湖北，受聘通志局修志时，得病亡故。伯子正草列女传，闻耗为之停笔写哀，作悼词四绝，有"迢迢江汉泪滂沱，秉烛修书且奈何，读罢五千嫠妇传，可知男子负心多"之语。

功名失意，又兼上别离丧偶，使他无心作客，在修志告一段落后，匆匆辞了志局的事，返家时则已玉棺深掩，黄土一抔了。他写了一副极其哀痛的联，悬在大桥夫人的灵右，句云："又不是新婚垂老无家，如何重利轻离，万古苍茫为此别；且休谈过去未来现在，但愿魂凝魄固，一朝欢喜博同归。"及到大桥夫人墓下，墓门深掩，永隔人天，并有诗哭奠，也写得沉哀之极，如："草草征夫往月归，今来墓下一沾衣。百年土穴何须共，三载秋坟且汝违。树木有生还自长，草根无泪不能肥。泱泱河水东城墓，亡与何人守落晖！"

其时吴挚父适官直隶冀州知州，看到伯子和曼君、季直唱和诗，知道他正赋悼亡，写信给他慰问，并约他北上一游。他正感着侘傺无聊，同时他很看重挚父的治学与为人，更不便遽却，遂由通赴冀。恰好他的老师张廉卿也到了北方，在保定书院主讲，他此时已不想再向场屋里博科第，便向古文作更深一步的研讨，相与论定古圣贤人之微言奥义，学问遂以益进。

挚父对伯子很为器重，不忍见这名场失意的才子，客邸身单，鳏鱼夜永，神伤心瘁，有心替他做媒，好使弦续鸾胶，重调琴瑟。他的桐城同乡朋友姚慕庭（浚昌），正任江西吉安府安福县知县，长女已嫁与马通伯（其昶），次女蕴素，尚待字闺中。这位二小姐，端丽能文，兼娴吟咏，正是天成的嘉耦。伯子却不过，且和慕庭的儿子姚叔节（永概）兄弟，也已见过，知是世家令媛，便即应允，于是这婚事便告成了。光绪十四年戊子，伯子三十五岁，也是姚永概中解元的一年，姚家喜事双临，迎伯子到安福成婚，有《入滩河易舟闻舟人言往月安福使人迎探状惭恐弥甚心神益焦辄复为诗十九韵》之作，准新郎心情，写来跃然纸上，句云："顺康元老家，乾嘉大儒系，道咸名公孙，同光诗人子，蔼蔼敦诗媛，持以配当世。当时却不言，咄哉吴刺史，持我烟雾中，德我亦已诡。令今尚在途，吾独望公耳。金陵逢诸昆，玉树得相倚。依依订后期，期在月建子，岂知岁寒累，隔月不能指，纷如败叶多，扫去复填委。江流入大湖，湖穷见滩水，一月四易舟，偃蹇莫能驶。已闻安福君，迎探日有使。人生重然诺，大诺矧可尔！感此宵寐淹，对烛弥惭已。韩公诗万篇，翱也数十纸，培塿附泰山，不尔将安恃？伐肝取新作，急索勿令徙，持为到门献，薄咎庶能理。"

到安福之日，见面便呈这诗，慕庭大为激赏，喜得才人为婿。却扇之日，新夫人更是雅丽出众，吐属不凡，伯子大慰所愿，有诗云："酒狂谁似盖宽饶，长剑禅衣只自描。作苦不知身世贱，搜奇独恨古人遥。结交颇尽东南美，娶妇能兼大小桥。离合死生今白发，凭君慰我写无聊。"风流自赏如此。

伯子就婚安福，燕乐融融，冬尽春来，益饶佳趣，闺阃间更唱迭和，自为师友。姚慕庭官清如水，意闲似鸥，筍斋唱和，冰玉双清，伯子的心情，亦若枯木逢春，至为得意。录其《骤暖出眺远复同外舅登阁次韵一篇》之句："南方天气多炎蒸，惊蛰几日薰风生。春乘夏气一何锐，昨日枯柳今朝荣。竟把纱罗易裘服，洒然出眺心神清。此邦山色亦佳绝，往往峭拔无低平。城根灭没不可见，微见粉堞当疏林。有亭翼然欲飞去，陡绝不知谁所营。丈人官此亦良得，但祝老母娱千龄。南楚北燕吾涉过，茫茫独啸谁同声？三十已妨浮誉起，四十欲将高隐成。隐卒不成誉亦少，每年还为饥驱行。无官弗求有弗弃，从人觅食徒荆榛。冀州食糈亦云泰，一旦自休亦割情。天津城上春如海，仙李枝头溜好莺。怪底白鸥性殊洁，不能浩荡姑衔冰。爱居却有避风智，精卫难将沧海平。瓠子名为封禅瑞，柏梁又主钩陈兵。天心茫昧岂能测,三公弼亮知权衡。嗟我与公但相照,宵来璧月女华灯。肥甘大肉岂足惜,名子快婿齐称觥。"

其时吴挚父已去官,给直隶总督李鸿章礼罗入幕,因鸿章的少子经迈,已届就傅之年,乃荐伯子于李,这时已函告了伯子,招其北上。因此,伯子在婚后三四个月之后,便挈了新夫人到天津入李幕做了幕宾,宾主至为相得。当时李鸿章勋业盖世,领袖畿疆,内政外交,清廷倚为轻重,伯子从不以私事有所干请,鸿章素以才气爵位自矜,好以利禄驱使才俊,独伯子志节超擢,鸿章亦益重其品格,每月初一十五,具衣冠到书斋里,向伯子起居致候,以古代宾师之礼相待。

光绪十八年壬辰正月初五日,李鸿章七十生日,两宫赐寿,将吏云集,致祝之物,争奇竞异,伯子书一联为寿,句云:"环瀛海大九州,钦相国异人,何待子瞻说威德;登泰山小天下,藉通家上谒,方今文举足平生。"词意夐绝,恰合身份,有议其稍嫌于亢者,伯子笑置之。当时,各方寿李之联,佳者极多,如翁同龢致祝之"壮猷为国重;元气得春先"。又"中国相司马矣;老子其犹龙乎"。张之洞之"四裔人传相司马;大年吾见老犹龙"。张之万之"景武勋名,临淮纪律;郑侯相业,柱史仙龄"。张荫桓之"天生以为社稷;人望之若神仙"。及俞樾之"为岁之首,为月之中,春酒一卮,惟相公寿;治内以政,治外以武,长城万里,殿天子邦"。又"以黄阁老臣兼青宫太傅,九畿坐镇,五等崇封,德威及万里遐陬,翻笑唐李郭宋范韩,勋业事功不离寰宇内;先元宵十日祝上相千秋,梁案齐眉,谢廷继武,恩礼自九天下逮,远轶汉张苍魏罗结,富贵寿考再届古稀年"。伯子少所许可,不是说堆叠,便是指为试帖,尤其相司马典故,说:这岂是用于三十年宰相之语? 其自视之高如此。

光绪十九年癸巳,日本窥伺朝鲜渐亟,其时中国海军新建,海军提督丁汝昌率海船二十八艘,周历南北印度各海面,习风波,练阵技,一班浅视者便诩"天下莫强焉",独李鸿章老谋深算,他认为湘淮旧将,死的死、老的老了,对外殊无把握,器械缺乏尤不应用,想从外交方面,以夷制夷,其措施颇为枢臣所不满。伯子盱衡世局,良切杞忧,有"千灵百怪争鸿濛"及"顾此稞壤忧心忡"之叹。

甲午中日事起,朝士争起言战,清廷遂锐意用兵,鸿章始终以"缓不济急,寡不敌众,战事真无把握"为言,遂为众矢之目,诋排鸿章的人,竟于奏牍中指斥"东床西席,狼狈为奸",东床指鸿章之婿张佩纶,西席即谓范伯子也。他感到"冀州亦何事","险怪不可触",坚意辞幕,及鸿章得罪,伯子遂挈眷南归。

这年的八月,他用高青邱中秋玩月韵,写了一首诗,极为海内传诵,陈散原叹为"清朝三百年来第一诗笔",原诗录之如次:"我来四换霜林蓝,魂梦已失江边

159

岚。江月沉沉山月小,今皆沦落无人探。浪说吐茵不宜逐,坐对丞相车毳鬈。偷有此庐乐今夕,天与月我相濡涵。月之团团定何物?疑非我与天能参。一片寒冰照空世,却有功用无求贪。著向青天不可扫,朗若大字题空嵌。所以贤愚各顶礼,岂有骂语闻诟喃。我之抟抟定何物,语大足比书中蟫。当年亦欲舍此相,春山夜雨萦苔龛;固知早成定虚愿,不得绿发寻归庵。郁蘱锦瘤要人采,百计不售成枯楠。平生思之但负月,扪心愧对秋江潭。人间佳节复有几,沦失八九钟阜南。身独何为入囚舍,翻覆自缚直如蚕。只能磊落对天笑,老死寂寞吾何惭?焚香径下嫦娥拜,臣于万物靡所耽。朗吟莫呈有述作,书生例许为空谈。李彪设具范云啖,岂论明日无黄柑?天有雨风月有阙,惟独臣言无二三。祝拜而起妇亦拜,拜罢一笑千愁含。谓余披写既如此,孰为偃蹇停归骖?天寒海昏怒涛动,孤客坎壈真能堪!嗟子斯言吾岂昧,飞霙既集谁不谙?丈夫行止有尺寸,但惜玉貌非好男。长年与人共烟火,能无一日同苦甘?何况东兵大蠢手,曾不责我谋平勘。糈台丈人亦无事,正用此际穷幽覃。劝君努力清光下,不惜沉醉宵酣酣。博得有情无智慧,岁与草木无边毵。"伯子中秋玩月诗,真力弥满,气韵生动。陈散原诵之,叹为"苏黄之下,无此奇矣"。报之以诗云:"吾生恨晚生千岁,不与苏黄数子游。得有斯人力复古,公然高咏气横秋。深杯犹惜长谈地,大月难窥彻骨忧。旷望心期对江水,为君洒泪忆南楼。"当其时,海水群飞,九州麻乱,伯子生丁此际,无可抒泄,举烦冤郁勃抑塞磊落之气,喷薄出之,一寄之于诗,斯亦不得已欤!他挈同甘共苦蕴素夫人南归,一路游览,夫妇都同诗人,唱和甚乐,他负异而不欲炫名骇世,无谓之毁誉,更秕糠视之。举其《过泰山下》之作,以见一斑:"生长海门狎江水,腹中泰岱亦峥嵘。空余揽辔雄心在,复此当前黛色横。蜿蜒痴龙怀宝睡,蹒跚病马踏沙行。嗟余即逝天高处,开阖云雷傥未惊。"

到了通州,他时与夫人遍览狼山诸胜。狼山在通州之南,雄踞长江北岸,与常熟福山隔江而峙,是海疆重镇,也是游览的好去处,山巅有支云塔、观音院、林溪精舍诸胜。春服并驾,携手喝于,人远望之若神仙。他二人也极游燕之乐,有《与内子登狼山游燕极乐内子先有诗而余次其韵》云:"世态更改年复年,山色向人无变迁,所以古之倦游者,往往归结青山缘。嗟我蓬飘二十载,今来共尔东南天。越从戊子作重九,十年不履兹山巅。春初与人观野烧,宾从杂遝如流川。此间岂容尔我迹,辗转期待秧分田。山空人静杂花发,攀登一览心欢然。平时未知知几许,及此方觉吾犹全。身之得闲贱亦好,饥饱在后何须钱?惟以佳人古难得,同时郭李云如仙。白头相守亦相喻,此乐未被旁人先。三千大千泡影置,当时如来岂不贤?四十年间陡穷汉,惜无此趣能少延。如今与尔共生灭,在家何取忘家禅。一日看山未云少,百方清兴来连连。浮云已向空中失,落日犹在天边悬。临门一照长江水,人与山容皆静娟。"

具用世之心者,虽行藏安于所遇,但濩落也不能无悲。他有《人日和杜酬高蜀州诗体韵》一首,可知其并未忘世。句云:"人间何日不兴作,何代无人怨沦落?把手杜公人日篇,感激凄伤泪如昨。遥遥大历千年来,人代相看已寥廓。宁我独无经世才,知君亦乏匡时略。常将短札记经过,更把长篇娱寂寞。言怀稷契悲唐虞,坐想骅骝忆雕鹗。""如今似我更无论,汉中昭州无一存。刘表能谈周礼乐,赵佗不问汉乾坤。朔风慄慄重险覆,西海滔滔万溜奔。天意宁嗟腐败土,旧游欲断公侯门。可怜季世生无赖,要使饥驱道不尊。尺水涟漪复何有,涸余常此役惊魂"。

甲午以后,李鸿章父子为国人所集矢,翰苑敢言之辈,至直斥"鸿章利令智昏,为倭人牵鼻,闻败则喜,闻胜则忧"。安维峻说"李经方为倭逆之婿,以张邦昌自命"。易顺鼎谓"李经方前充出使日本大臣,以己资数百万供给倭人,……其所纳外妇,即倭皇睦仁之甥女。其奸诈险薄,诚不减蔡京之有蔡攸,严嵩之有严世蕃"。众口铄金,清廷亦不给面子,拔去三眼花翎,褫去黄马褂,免掉直督及北洋大臣之职,"李二先生是汉奸",几于妇孺能说,吴挚父所谓"有舌烧城,以国倾公"之时也,黮暗至极。戊戌变政时,连总理各国事务衙门大臣的职衔也丢掉了,政变后奉派到山东勘灾,这时确是寂寞之时。己亥冬,派他署两广总督,无非叫他去南方看守门户,一直到庚子老太太自己闯下穷祸,弄得不可收拾,才叫他北上议和,七十九岁的老翁,周旋折冲于狡狠贪诈非我族类的各战胜者之间,弄得积劳吐血,在贤良寺躺下了后,殁而犹视,清廷赐谥文忠,才脱了汉奸卖国贼的谤累。伯子挽以联云:"贱子于人间利钝得失,渺不相关,独与公情亲数年,见为老诸生穷翰林而已;国史对大臣功罪是非,向无论断,得吾皇褒忠一字,传俾外四夷内诸夏知之。"将李二先生的轮廓画了出来,才人手笔,要自不凡,而感愤之情,也溢于辞句。

辛丑回銮后,慈禧的老面孔掩不住愧惭,假行新政以作遮羞,命设各级学堂,选派留学,以张百熙为京师大学堂管学大臣,引用人材,锐意兴学,首荐吴挚父,奏加五品卿衔,总持教务。挚父请先赴日本考察学制,返国时,曾与伯子见面,详把日本学制见告。伯子亦以为乡国长育人才自任,慨然强起。其时规制初拟,迂儒老生,骇为异端,极口訾嗷,至于投书丑诋。伯子一一接之以和,或当面相与论辩,或用书面详予解释。略见端绪,而吴挚父于光绪二十九年秋遽因末疾逝世,伯子哭以联云:"君今安往乎?吾末之也已;不无善画者,莫能图何哉!"深谊挚交,情无所泄,以浑沦出之,弥见肫恳与怆痛。

那时他已染上了肺疾,秋间渐剧,咳嗽弗获安眠,蕴素夫人悉心为觅药。六十年前,肺病尚没有特效药之类,患者常认为绝症,只在拖时日而已。伯子疾稍见瘥,冬春不胜炉火,两颧又发赤起来,一病缠身,百忧煎迫,他有《临睡感题杜集》之句:"了知身世风驰过,无奈当前日似年。事至终须一笑遣,吟成翻藉百忧煎。思君往矣真同物,问我谁款待后贤。病体不胜炉火澹,仍能辛苦课宵眠。"

伯子和陈散原是儿女姻家,散原的长子陈衡恪(师曾)娶伯子和大桥夫人所生的长女(大桥夫人生有子女各一,长子名范罕字彦殊,女名春绮)(编者按:原文如此。)。伯子对这女婿才学甚为满意,曾有"我有两子罕最佳,泛滥周秦汉诸子,亦若我婿陈师曾,卯角声名挂人齿,兹皆足以娱我年,老死蓬蒿弗恨矣"之叹,故和散原交谊,特别深挚。

伯子于光绪三十年甲辰之冬死于上海,至今恰一甲子。他之赴沪,是陈散原和姚叔节邀他去的。这二人,一个是儿女亲家,一个是嫡亲郎舅,自然特别关心他的病恙。甲辰的秋天,伯子已是瘦骨离支,咯痰带血。这年中秋,他月下闲吟,有"噫余瘦削不成影,见汝盈盈在上头"之句,凄咽之极,知者颇讶其不祥。散原、叔节则以上海外国人开设的医院林立,不妨在沪觅医,或住沪疗养,也是对病人有益的,因之分别函劝伯子,最后得到病人的同意,由蕴素夫人伴着从南通坐船到上海,舟过焦山,扶病眺望,亦有两诗:"斜阳冉冉天光好,积水洋洋树色酣。欲问山灵此何世,尚将晴翠扑江南。""临江病眺莫伤怀,不死终能尔我来。故意存兹一片石,世间何物是楼台。"

伯子是十一月初三到上海的,病弱的身体,加上舟车劳顿,以及气候环境的变化,情况很不好,而散原、叔节则因到南京去,来不及去照料,而且病人也因春肺难医,冬心遽敛。这事颇引起通州三生之一的张謇很大的误会,对陈姚二人颇有微词,见于前些日子新出版的《张季直日记》中,外间颇少见,抄录其有关伯子之死的记载如下:

甲辰十一月初六日记云:"闻肯堂为伯严、叔节电邀至沪,病颇剧,而二君已去。"这时季直为立宪事,常莅宁沪,是日未往视伯子。

十一月二十八日,季直为争议划豫东苏皖四省毗连州县,建徐州为行省,端方竟拟易为江淮省,改漕督为巡抚,他特为此事而忙。时端方由湖北巡抚调江苏巡抚,十二月初二到上海,初四赴苏州上任,季直应端之约,到沪在洋务局晤谈。是日记云:"至沪践陶斋(端方字)之约,即送其行。"端赴苏后,季直特去看伯子,三十日记云:"视肯堂病于铁马路前李氏租舍。"

这时伯子的病已显得十分沉重了,患肺结核的病人,健康虽坏到极点,神识常是很清楚的。季直在沪逗留期间,闻伯子病重,于十二月初五再去视疾,是日记云:"闻肯堂昨呕血瓯许,大狼狈,亟视之,甚惫,执我手,附我耳而语,气息仅属,始为言:尚不死,若如柯医生言,二日不更见血,尚可支拄一二月,否则殆。继又言:子长我一岁,望节劳,我可死,子不可死,幸记之!闻之心楚。三十余年之老友,今无几人,年来同兴地方自治之基,肯堂预议论极多,亦甚资其助力,今察其病状,至危险可忧者。属一山代营衣衾棺木。殓用素服,用衾我主之,州俗不用衾也。生平乡里知好惟肯堂、彦升(周家禄字)、曼君(朱铭盘字)……数人,曼君逝于旅顺已十二年(按:光绪十九年癸巳),彦升上年亦大病,今犹未瘳,其病状与肯堂大异。肯堂病在形质,精神全无病,故虽极重而无乱言;彦升病在神经,形质全无病,故人视之无忧,而时时自言将死,死必无以庇子孙……"

周家禄彦升,一字蕙修,晚号奥簃老人,通州西川港沙人,与张季直曾同在吴长庆营,生平虽奔走衣食,清季游幕于张之洞、袁世凯幕,那时在南洋公学讲学,熟于朝鲜史事,有《寿恺堂诗文集》,这时患精神病,治疗无效,一直到宣统元年己酉冬才死。因此张季直慨叹地说:"肯堂、彦升,于学界皆可有协助之能力,而皆有危殆之病,故虽数十年之交,分毫不得其助,可痛也!……闻肯堂此次自编诗文已成,论其诗文,非独吾州二百五十年来无此手笔,即与并世英杰相衡,亦未容多让。生平虽以不节于用之故,稍被世讥,要其大段明白公理,尚非他文人所能及也。"

十二月初六日记云:"视肯堂疾,稍平。至晚发德律风问之——日人谓之电话也。"

十二月初七日记:"肯堂以德律风来告,病间请放心他去。是夕,附江宽(轮名)回。"季直因伯子电话告以病稍松,遂放心回通州。但伯子之觉得稍松,或如所谓回光返照症状,他叫季直放心回去,自己三日后便撒手而逝,数十年老友竟不能作最后一面。伯子是十二月初十日上午三时许死的,卒年五十一。噩耗传到南通,季直于十二月十二日记云:"得振民函言:肯堂初八九两日病良已,能饮粥,吸鸦片,谈笑如平时,足肿亦消,寝亦安帖,忽初十日寅刻,复大吐血,血尽即绝云。"

十二月廿一日记:"作挽肯堂联。代叔兄(按:即张詧,季直之同母兄,字叔俨,号退庵)联云:'公无渡河,公竟渡河,人去丧归,忍听挽歌迎檽翣;昊天不傭,昊天不惠,麟伤凤叹,胡堪珍瘁到州乡。'肯堂之去沪也,叔兄劝止之,不听。肯堂于兴学事,颇有助力,今失之矣!又:'万方多难,侨札之分几人,折栋崩榱,今后复同将压惧；千载相关，张范之交再见，素车白马，死生重为永辞哀。'夜半后，雪。"季直自拟的一联用汉张俭范滂典故，至为浑成雅切，状元公文字毕竟有一套。

十二月廿五日记，对范钟、陈三立等最有微词，略云："振民讯：谓廿一夜雨雪交下，肯堂枢将行，心甚急，而仲林（伯子之弟钟字）叔侄对坐烟榻，论梁启超学派。叹为东晋风流，去人不远！此次肯堂之至沪也，伯严、叔节实电招之，比至，则伯严、叔节日事酬应，而置病夫于室，旋乃俱回金陵。——亦振民云。——名士者，汉人最贵之称，如诸葛君真名士也。至东晋后，遂不尽美。自科举本领杂入名士项下，而名士之声价身份益低，至侪辈以之相嘲笑。今观振民言如是，亦可喟矣！"季直讯范钟与伯子之子（疑即范罕）居丧不哀，如东晋阮籍那班人，对有名士之称的陈散原和姚永概，也尽心调侃一番，均表示不满。

散原于伯子到沪就医时，并不是没有见面便去南京，如季直所记一般；大约伯子和他见面时，除告以病状乃至并言及身后事之外，或以病的好或坏，不是一时之事，不欲阻其南京之行，所以散原便大意地走了。散原有《哭范肯堂》三首，写来亦极悱恻。录之于次："摇摇榻上灯，海角相诺唯。羸状杂吟呻，形影共羁旅。嗟子淹沉疴，倏忽笃行李。饱闻绝域医，沪渎颇挂齿。谬计石散力，万一疾良已。子果用所言，携拿叱神鬼。初来奋低昂，稍久勉卧起。云何别匝月，天乎遽至此！岁暮轰雷霆，但有瞪目视。疚恨促之行，颠踬取客死。又幸保须臾，絮语落吾耳。残魂今安之？荒茫大江水。""江南号三范，子也白眉良。早岁缀文篇，跻列张吴行。承传追冥漠，坠绪获再昌。歌诗反掩之，独以大力扛。噫气所摩荡，一世走且僵。玄造豁机牙，众派探滥觞。手揽橐龠灰，缁此万怪肠。惭汗视故技，八荒恣骞扬。永夜郁自语，摧烧箧中藏。愚暗退抱蜀，几案引嗫嚅。子亦笑相谋，灯火逐评量。嶕峣放人世，孤感依微茫。鄙事得熙怡，坐对发苍浪。敬礼复不待，余生信伥伥。""通州弹丸耳，名以张范辈。张氏营实业，农商炫区内。范氏专教育，空拳办兹事。子当寝疾甚，喘呓惧失坠。弥缝挽天亡，辛勤扶士类。其精贯物变，下牖无穷世。颠飙扫万灵，姝姝垂文字。亲朋日去眼，吾衰宁有恃。维嫡学东瀛，实子所爱婿。家儿与驱驾，傥副衔木志。一事愧未能，李汉序韩愈。"

第二年，即光绪三十一年乙巳的正月二十二日，伯子葬期，散原先期赴通，有《通州郊外会送肯堂葬》一诗，云："重来城郭更寻谁，海气荒荒接所悲。原路一棺寒雨外，衣冠数郡仰天时。斯文将丧吾滋惧，微命相依世岂知？惟待千年华表鹤，河山满目识残碑。"

伯子遗诗,经他生前自己写定的,有十八卷,合文十卷,合编为范伯子文集,藏于家。姚叔节曾为伯子写墓志,并论其诗云:"君诗虽至工,真知其意者无几人,数世之后,孰能测君所用心乎?然巴比伦、埃及之古碑,希腊、印度之诗,西土好古者,搜绎不遗力也。以吾国文字之精深微妙,实有不可磨灭者存,意必有魁杰之士,宝贵而研索之,殆可决也。"散原《雪夜读肯堂诗集》云:"雪窗寂众籁,寒灯不肯怜。取诵肯堂诗,重接平生欢。汩汩写胸怀,淮海廷涛澜,神思濯饥寒,詹亥虚空旋。谁言死无知,宛宛出我前。老至亲故稀,况有深语传。忧患弃一瞑,抚此岁月延。向怪古人凝,牙琴为绝弦。"仍念念不忘死友,末语更有知音谁托之感。

张季直于乙巳的正月十五,和友人们登览狼山的望海楼,这地方是伯子生前屡经登临之地,季直有《悼范大诗》一首,成于伯子卜葬前一个星期,句云:"故人陈约在黄泥,观烧犹传隔岁诗。姓氏剧成耆旧传,欢娱追溯少年时。苦求耕钓谁能耦,便数沧桑我亦衰。望海楼边寻石刻,伤心梅老共烟霏。"——此诗亦见于《张季直日记》中。

伯子的季弟范铠,字秋门,于民国五年丙辰的正月,客死济南,那时老二仲林,也已去世了。散原有诗悼秋门云:"通州三范今俱尽,飞泪迷茫江海间。兄弟忍思能我厚,妻孥犹说待君还。政声世许文名副,酒隐天悭石隐间。饮恨兵戈阻舟楫,和歌永负访碑山。"可见三范对诗文都有宏造的。

伯子的继配蕴素夫人,于伯子死后,一意致力教育。范罕兄弟似对继母没有多瞻顾,而蕴素夫人思想亦与常人不同,能自食其力,不以儿孙为养老工具,晚年生活,尚不寂寞。蕴素名姚倚云,少于伯子十岁,孀居时才四十岁左右,自号"范姚先生",著有《蕴素轩集》四卷。民国廿三四年间尚健在,已届七十高龄,其答人询近况书,略云:"自肯堂殁后,家无儋石之储。当时官长及亲友均拟筹巨款为鄙人生活之赀,一概谢绝,遂与乡里二三同志,筹办高初级女子小学,以开风气,勉力勤学,以昌明女德,研究国学为宗旨。其时学子达数百人,颇有可观。张啬公(张季直号啬庵,通人多称为啬公)闻之,改为师范,筑校舍,规模宏大矣。为之料理成立后,即行辞职,啬公不许。从此任职十五年,至民国八年,舍亲方孝远为安徽实业厅,因此回乡(桐城)劝兴女子职业,创办女子工艺传习所。三年之后,因病回通,啬公仍命女师授经,今又十年矣。因系义务,取修甚廉。现今女校,自校长以下,均系弟子,服务厥志,不受人惠,虽兄弟友于之爱,不取非分之赀;所谓子孙者,更属名义,惟有竭力尽我之义务而已,非彼不孝,不能违我之志也。砚田所积,克苦之余,饘粥可以自给,衣食住皆为之计,有余则以弥补家人之不足,尚以节省余赀,稍助小学之基金。生平娱乐,惟有群弟子与女友,弟子不亚于贤子孙,此鄙人实在之状况也。蒙足下厚意,念及鄙况,今大略为足下言之,惟祈察鉴。"

张季直的通州女师范歌,曾有"通州女师范,乃在城之东,名园袭洙媚,讲习开春风,春风驰荡百蛰融,园中卉木新葱茏,女子有学兮欣欣棣通,女子有学兮邦家之隆",所咏似即蕴素夫人所创之校。当时通州诸绅眷办学的风气甚盛,蕴素夫人于夫死后,不受人馈赠,而瘁心于女教,作育英才,在二十世纪初期的女性,而能有此思想,殊可钦敬,不愧为伯子的贤匹了!

章品镇 《涕泪乾坤焉置我》

天上一颗星是地上的一个人。大人物的星轰隆隆划过夜空光耀大地,入地时更是地动山摇。多数人是无声无光的。也有人则光芒一闪。《南通县志》本传中说范当世"声光灼乡里",那是说他在李鸿章府上做教书先生的时候,插上诗的翅膀的他的那颗星,照得他的同乡们眼花。至于以后种种,就多是这一幕的余光和反照了。

吴挚甫荐范于鸿章时,名义是西席,教李的幼子经迈(季皋)读书。但又有言在前曰:"傅相英雄人,善待士。世人往往谬议,正坐未见事耳。吾为执事作合,将以千秋公议付之雄笔记载,以正后来国史,不区区为目前计也。"李素以傲慢轻士著称。大概因为有厚望于范,开始相处,宾主之礼相当郑重,朔望必具冠服相见,食则日奉鱼翅一篑。又恐南人不耐北地冬寒,特赠以署中唯李自用的西洋皮衣。李范宾东,李是阅世极深,刚柔自如;范则是自小眼高于顶。有此两人相处,趣事也就纷至沓来了。如范的二弟会试受挫,闲中谈到这件事。李说:"令弟如此人才居然见拒,我看府上祖坟风水或有不妥。若能改作一下必有大效。"范闻言侃侃申辩道:"寒家屡代天伦友爱,诗文超迈一时。若是风水一变,弄得孝友风微,文章减色。即使出无数人、进士,不过惊愚炫俗,又有什么意思。这是家父平日教训我兄弟的。"李乍听之下先是一怔,继而拍手大笑说:"了不得,了不得!如此家风,府上必定要出曾文正、李中堂了!"再有一事,吴挚甫有个弟弟在山东做官,因里误将受处分。吴托范进言求助。李托词法不可徇,婉言辞谢。范争之不已,直至面红气促,怒形于色。李命随侍在侧的儿子陪先生进去休息。既退出,范更惶急,随即作一信交季皋进呈。李见范如此正面相逼只得答应。又有一次,范更是狂病大发。依照当时的规矩,幕僚可以用居停的舆马。李

166

有皇帝赐的紫缰,范曾用以访友。有人密告李,说范用紫缰作狭邪游。李说既用紫缰,不可没有护卫,立命戈什八员随从。在第一、三两件事里,范可说是任性,第二件事则近乎憨直。范当世的这些做法,如果用世俗标准来衡量,都是不合辙的。至于李呢,遇到这样的狂生,也就逢场作戏,以歪打正着博取一个量能容士的美誉了。

李鸿章晚年渐知八股取士有碍洋务派新政的推行。人说"李合肥开目而卧",他力求在不为八股蒙蔽神智的人中觅人才,且主张能力第一,不以道德屈能力。对于范,大概以为将来为他立传的人,若是个白丁也不合适。他几次通过吴挚甫和爱婿张佩纶力劝范应乡试。范如愿意,李当然会有布置。可是范却对这份厚情一口谢绝了。虽然他自己、也有别人认为"当今时文第一"非他莫属。但他当时也已经认为八股当废,又岂甘尾随庸常举子挟笔墨包俯首入考场,揣摩考官癖好而为圣人立言……何况"白发登科"何异"摽梅始嫁",就是嫁出去了,不也惹人笑话? 他以诗答吴挚甫云:"君不见世上迂生得饱难,有铗无门何处弹? 相公厚我亦已足,更用举手向天攀?"这是让李鸿章下台的话,说得颇合官场关系。他是个疏散惯了的人,爱好的事,是流连诗酒,尽兴于友好之间。若说志向,使他神往的则是李白、苏轼的流风百代。顶戴的重压,皂隶的喧阗,他受不了。当然,官可鄙,亦有可羡之处,范也未能完全免俗。例如他就以近水楼台之便附案保举,让他随身的仆人倪元戴上了翎顶,在世俗人面前大抖威风。范曾说李对他的看法是"一极可爱而又最无聊之人"。他也说过"常同相国淘气",这就是"淘气"而实"无聊"的举动了。我想,李说他"可爱",是说他天真;说他"无聊",是说他因昧于世故做出的一些别出心裁其实无益实际的事。身处高位如李鸿章者,一天到晚所见多是些唯唯诺诺的奴才,实在是乏味的。他需要有某些不需要心存戒备的人消闲,让他在必须装腔作势的言行中放松一下。范当世正是这样一个彼此都可脱略形迹的对象。有一次李举行盛大宴会招待外宾,宴会未终忽有急事需要他处理。李起立致歉离座,忽又舍众多亲信隶属至范当世的身旁,俯身在范耳边低声数语,座中人看在眼里,以为李范关系大异一般,此后趋奉者也就多了起来。范对李是有知遇之感的,遇有需要捧场的事,会不惜力气。如贺六十寿辰的联语:"环瀛海大九州,钦相国异人,何待子瞻说威德;登泰山小天下,藉通家上谒,方今文举足平生。"这些颂词献给当时的李,作为门客未尝不可,但李鸿章究竟只是一代之豪,而千百年来孔融、苏轼总有人在同情、歌颂,故颂词的后面,也还藏着一个"说威德"的范当世,是在自比方今之孔、苏。一代与百世,书生是更倾心后者的,这倒颇见其性格。至于李的几位少爷、侄少爷,或赠或和,都可见之他的诗榜;而对李的第一心腹,爱子李伯行,似乎更愿敷衍。他到天津不久,就有诗《伯行不喜烘开牡丹为诗道其意依韵和之》。诗中叹惜北方触目皆沙,花卉蒙尘,渴望"思量壅培待时至",可是"哪有惊雷来发扬"?下文于是点到自己,"我悲寓园太萧瑟,每欲醉倒依公旁。岂知金碧楼台下,也有寒人抱雪霜"。这就赤裸裸地弹铗而歌了。他刚到就认为有必要给李这样的信息。同样的心情还曾向李的另一心腹于晦若敞露过。范当世曾经形容自己"掀髯一笑荣枯事,坦腹真成醉饱余",看来真是洒脱之至。但是,在那个以能身居权贵左右为荣的气氛中,岂能时时有此境界。

狂放的范当世的身上,似乎同时蕴蓄着一种先天的忧郁气质。也即是姚叔节说他的"意气无韩苏,沉忧类屈贾"。他天津的第二首诗,就是《闷极》。直督衙门里交往较多的只有张佩纶、于晦若,而这两人又都不太热心于诗。范日常的功课,只是官场站班似的应酬,无穷无尽的诗债、家乡亲友有所希冀,动曰"登高一呼"。……忙得人仰马翻,雅得俗不可耐。更有使自负幻灭的,是贵公子"客如垣积仆如川",难得接近。"疾才不入公卿眼,遽而全疾也不贤"。孔融、苏轼虽命途悲惨,他们的悲惨是被人看重的。要用古人比拟,倒有些像杜甫的。他在和俞恪士的诗里就径直说出不过是"迁生托饱真毋羡,虚占成都几树桑",忽然就有了弃绣襦绮食归就麦饭青衫的念头。但也不过一念,只是不如意时惯常的牢骚。但到甲午,时局大变,形势就不同了。年初张佩纶被劾逐归。张原有马尾误国的旧账,此次又被人说为"干预公事"。若是败仗不断,要找人祭旗,他这"刑满释放"的人前途就不可测了。范当世已感到这不过初现端倪,决非个别人进退的事,他在赠曾重伯的诗中说:"花前一尊须痛惜,焉知来日不分飞。"此后数月范愈益看出李的左右,虽然"出将入相"比戏台上还热闹,可是武如山蹜但颓败,文如蜂聚不过纸上谈兵,见不到一个着实有用的人。至于他,有《寄某御史》诗说得颇为明白:"烬余士卒生还少,孤注楼船再战无。九代垂衣魂梦惊,卅年补衮血华枯。相台尚作栖乌舍,莲幕终分养鹤符。疏有千篇诗万首,一般无用恨为儒。"盛筵将撤,何况还有狐悲兔死之忧。他决意要走,虽然有吴挚甫的反复劝说:"与人交,岂得当群疑众谤之际随波逐流,掉头径去哉!"他还是在甲午十一月送女就婚于陈师曾离李南返了。

甲午惨败,举国悲愤。朝中大员相互指责,李鸿章首当其冲,真是四处起火,八方冒烟。负伤回朝入觐时,拿出一件血衣呈阅。老佛爷鼻孔里逼出一丝冷气微笑道:"亏你好记性,还将这东西带给我看。"本想稍博抚慰,不料反倒碰了个阴森彻骨的钉子。好在还保得一个文华殿大学士名衔,却是门前冷落车马稀了。

形势如此,走了一个掉笔头的书生,一时未必就放在心上。但在范当世却大有不同,有种说法着实可怕。认为甲午之败,是李身边有人出了坏主意,"东床西席狼狈为奸"是"见诸奏牍"的。是否有此奏牍,我不敢必。"东床"指张佩纶那是无疑的。张于这"东床"之位曾颇受嘲讽。梁鼎芬有诗"黉斋学书未学战,战败逍遥走洞房"。"西席"呢?张先"西"而后"东"也是肯定的。"狼狈"一说中的"狈"的皮帽子给范当世戴上尺寸合适吗?苦就苦在有先前的许多传说可作论据。甲午之初有友作联语给他看:"上马击贼,下马作露布;左手持螯,右手擎酒杯。"他就复诗说:"四事未能先得半,一生无命不须才。"其实后三事是可以的,不过所缺的不是"命",即李鸿章所说的祖坟风水,而是"胆识"。他说不是无"命",而是无"才"。何况这"才"是需要以"胆"为支撑。这正是范一介书生一生所缺的。范陷困境中,俞恪士说他"并世毁誉情,转向沧桑哭"。范之不为时人所谅,似乎只有以无语之哭对之了。青少年时的好友张季直本就不满李的以利禄轻士。李在甲午的失计更使他义愤满胸。当时参李最烈的首数他与文廷式。范入李鸿章门下,范张就已不通音问。张季直甲午大魁,范的集中竟无一语涉及。同样使范伤心的是他的亲长陈右铭对他的不满。陈原为咸同间著名清流,甲午时在直隶布政使任上,听说马关签约愤极而哭,说"国家不成其为国家了!"对李鸿章大为怨恨。李自日本回天津,他竟不与见面。范仲林会试中式后过天津。未交数语,陈即愤愤,说:"你兄弟都是跟李鸿章走的!"公子三立甚至密电张之洞,恳张出面请诛李鸿章谢天下。当世、散原挚交,且新结至亲。此时见面,大概也已经没有多少话可说了。不久陈右铭升任湖南巡抚,在湘广罗人才,大办新政,隐然居世运枢轴,范虽赋闲,竟无招致之意。陈右铭评论李鸿章,说他极知不堪战,却不以死生、去就争,敷衍时论避一己的受谤而导致国家民族的大祸。其实,在此处,范的看法与陈颇为相近,认为李的招祸之由在于"顾恤暮齿"。李当时也有规护自己的话,"功计于预定而上不行,过出于难言而人不谅"。"难言"也就因为"顾恤暮齿"。不过范还不如李说出了前因后果,只是在诗文中多次提到牛李、元祐、钩党字样。张季直是反李最烈的翁同龢的门生,李、翁两家宿怨为世所周知,翁等的议论体现了全国士夫百姓的所想,但在范的眼里同时也是个竞争的局面。五年以后范在给陈师曾的诗里还说:"云天断影纷难绘,灯火残膏尚自煎。未觉马杨真可乐,焉知牛李孰为贤。"只是觉得自己可以置身事外了,"诗书曲蘖将安用,酝酿老夫成醉眠"。

再说范当世嫁女后回通州,有和顾晴谷的述怀诗。对家乡亲友颇有剖白,其三说:"自我言从李相公,短衾夜夜梦牛宫。进无捷足争时彦,退有愚心愧野翁。

涕泪乾坤焉置我,穷愁君父正和戎。时危复有忠奸论,俯仰寒蝉只自同。""进无捷足争时彦",不久即知一家衣食不足,不是愤世而又自怨可以谋得的,"二顷膏腴"只是一句空话。此时适逢张之洞将由两江总督回任湖广。虽知"上山擒虎易,开口求人难",也只得去南京见他了。见到后闲谈,张说李雄于资财。范回说,据他所知"李相家资甚贫薄"。张闻言哈哈一笑。李的财产,在他去世时,估计约为一千万两。范的出格回护,说给较能清廉自守的张之洞听,当然难以入耳。范当世所说虽是违心之论,但并不把李鸿章当做箍在身上一件湿衣裳,随即脱下狠狠丢掉,是他的"可爱"之处。可是张之洞的这一笑,也就把范当世的满腔期望笑掉了。本来范到宁就有诗赠张,中有"干时剩有屠龙技,乞命来分养鹤符"的话。不久又赠第二首,诗题就是《香涛尚书将移镇湖广而余从之乞近馆》。"诏以尚书还治楚,细民垂泣欲攀辕",是说自己的攀辕正与"细民"相同,是有感于尚书的盛德。但事与愿违,诗后有跋,大概是事后补题,借此抖明:"余之来,尚书实招之,乃淡交。既接,而毁言日闻,故亦聊有所云,以观其俯仰。"本来"中流失船,一壶千金"。可惜水中的葫芦是滑的,张之洞不是著名的巧宦吗?任怎么捞、抓都"攀"不上它。张之洞本是个爱才好客的人,名流文士争趋之,糊涂书生恐怕是受戏弄了。大概张的无意于范当世,也许因为受气尚少,胸中稍缺一块空地的缘故吧。本来光绪九年,范应张聘在武昌修《湖北通志》,既薆事而有后约。范却以恩师张濂卿在保定,遂失约离此张而就彼张。光绪十六年当世准备去江西岳家,弟仲林时在武昌,函告张仍有罗致意,希望迂道一来武昌。但当世复信说,不就张并非"高傲",只是不知北边将如何安置他。第二年就因吴挚甫的推荐而进了李府。张之洞一向以诸葛亮、司马光自况,不肯居李鸿章之下。何况他也并非不知道一个做诗的人有可用之处。他曾有诗嘲讽严武说:"堂堂仆射三持节,犹幸流传藉腐儒",即可证明。而一介寒儒范当世居然视他如无物,当然大为不快。这次在南京深深被损伤了自尊的算是轮到范当世了。拔脚回家吧,又何以归报双亲。他蹀躞秦淮河上,深悔此次的南京之行,更自怨入世不深,不知处处有门户,处处有朋党。"四载热边过,死灰终不温。穷饥焉有道,祸福固知门。执国无中立,忧谗遂负恩。谁知九州错,铸就一寒暄"(《有所愤》)。他说"四载"是说居李府四年。"负恩",似乎指别人,实是指李。他在以后挽李的联语中也说:"贱子与人间利钝得失渺不相关,独与公情亲数年……",很有边打招呼的味道。两大之间难为小,是极为尴尬的,如今,他深有体会了。从小至好的张季直规避不见多年,就是学生李季皋也居然作了绝交的表示。据传某次同乘一艘江轮,学生也不去看老师。吴挚甫原就同情范的因书生习气弄得"谗毁百端",师生之间也一至于此,曾多次为二人撮合,甚至明言欲季皋"振其饥寒"或为"谋一适地"。学生才稍稍作过表示。不久庚子年闯了大祸,西太后又要李鸿章出任艰巨,充"乞"和大臣。李北上,至上海逗留不前。通州诸同乡劝范同去谒李。范犹豫。一个月后才决心过江。既见,李所谈不涉前事,而是"老泪滂沱有笑言",这一目了然的宽容,更使人觉得别有隐痛袭人了。其后《集》中又有《闻李相至天津痛哭》:"相公实下人情泪,岂谓如今哭非时。譬以等闲铁如意,顿教锤碎玉交枝。皇舆播荡嗟难及,敌境森严不敢驰。曾是卅年辛苦地,可怜臣命亦如丝。"虽然着笔于个人,实在是悲痛故人虽归,而山河破败、人事已非。伤心如此,也就不复因个人的偃蹇,而难以排遣那淡淡的凄凉了。

李至北京乞和,重用于晦若,又奏请起用张佩纶。张和于是范当年在李署往来独多的二人,现在又何啻霄壤,范当世对此当然不能无所触动,但集中无诗。李鸿章说自己是一间破屋子的裱糊匠,这话有一部分是对的。现在替人受足洋人的气以至劳累而死了。西太后给他恩典,赐谥"文忠",杜天下悠悠之口。范作长联哀挽,也为李落实一个"忠"字。两人关系到此结束。

本来,这几年范的生活日趋困顿。范虽出身清贫,却是精神上的贵族,手面一向很敞。他平生不敛钱,即在可借势的时候亦不变初衷。有一位乡友贫逝天津,范为办后事,所费甚钜。李鸿章送了钱,又说何不交天津道去办。范答死者与他无交情。其实此类事只要有"势",何必言"情",他似乎无心也不谙此道的。从光绪二十年离开天津后十年间,为了办事,也为了访友,更多的为了找一啖饭地,鄂、粤、赣、江宁、桐城、上海、扬州、清江浦,到处跑,到处羁留。叹老嗟贫,这一时期常挂在他的嘴边。但书痴范当世究竟自有他倔强的一面。且说张季直未显达时,母死,无地安葬。范父子让出祖茔一角,救了张家的急。范此时穷困,两人的隔阂因事过境迁也已消淡,恢复了往来。据传某日张访范,说了过去赠墓地的事,表示理应申谢。随即从随从手里捧过一包银元,并说这是我数十年来心里的一件大事,请不要怪我俗套。岂知范当世一见大怒,站起来指着张呼斥道:"张季直,我不料你竟是这样一个人!你不是我的朋友!"说着拿起银元包向窗外丢去。这是个传说,不知是否确实。总之二人关系至晚年大有改善,都走出了"牛李"的局限,存了小异,两人所想其实是大有相同处的。

李鸿章曾经惊叹,他之所处是数千年未有之大变局。因为有方生,又有未死,所以要"变"。而范当世不能自觉花大力气挣脱"未死"对他的笼罩,更不能如同辈的先进,咬牙反戈,让该死的快死,应生者赶快成长。一个穷书生的正义感,常露出本质的天真。除此之外,他有时又懂得点世故。所以这些,都决定了他在政治漩涡中荷戈彷徨,进退失据。

他是一位有成就的诗人。他的许多诗颇能揪动人的感情。但他把诗单纯当做交际,包括表态工具的时候,诗就浪费了他的精力。诗有时也使他痴迷。他曾劝襟兄马通伯做诗。他的第一知音吴挚甫则笑说:"你自己的缺点就在于做诗。"但事实又是吴的儿子闿生选《晚清四十家诗》就置他于首位。宋诗派的领袖陈散原在读他的《中秋玩月》后更说"苏黄之后无此奇矣"。他自己更有如下分析:"我与子瞻为旷荡,子瞻比我多一放;我学山谷作猷健,山谷比我多一炼。唯有参之放炼间,独树一帜非羞颜。径须直接元遗山,不得下与吴王班。"他到晚年虽对世俗生活已大感落寞,但对自己诗的评价仍决不后退一步的。元遗山后一人,这可能与"五百年必有王者兴"的盛衰循环论有关。他的"目无余子"中,自有他对诗的振衰起颓的责任感在的。但现在还有几个人知有范当世其人呢?诚如林庚白在《丽白楼诗话》中说的"同光诗人十九无真感"。原因多在他们的诗,往往尽避本事,唯抒胸臆而又太好用典,其甚者真有"误把抄书当作诗"的毛病。总之,做的功夫在字面上花得太多,这种弊病在范的身上尚不显著。即使如此,我们又岂能指责读中国古典文学的研究生,知有黄公度,而于范当世则茫然呢?从这里不又引导我们窥探到深一层的原因:

"数千年未有之大变局"中,新旧断层的一边有条船就要启碇了。这船上有亲有友。范当世有上船之志,终因不知目的地究竟是个什么局面,当前的关键又以哪里。这些,《十三经》、《二十五史》都没有作过交代。犹疑之下,终于未能举足。他于光绪三十年病殁上海。张季直、陈三立等亲友为他办了后事。去世前有诗题名《落照》,他不能明确地知道使中国陷于盲目的那条灰暗隧道的出口在哪里:落照原能媲旭晖,车声人迹尽稀微。可怜步步为深黑,始信苍茫有不归。

🐚 高阳 《陈三立与范伯子》
(节选自华夏出版社《清末四公子·陈三立》)

凌霄汉阁主人徐彬彬,论散原与其诗,月旦精当。其谓:"综览《散原精舍诗》,所最推许者,当属通州范当世肯堂,集中投赠独繁而挚。"此亦精当之论,其实两公交情,即诗未推许,亦别有深挚者在。

光绪甲申以后、甲午以前,李鸿章开府北洋,麾下有两名幕僚,一为于晦若,一为范肯堂。据说李倚范之深,犹甚于于。两人皆为李司章奏,但于晦若长于文采,故凡岁时贺表、谢恩折子,由于秉笔,究其实际,到底不过应酬文字。至于有关大更张、大措施的奏折，则由范主稿。李对范之重视优礼，有一故事可述。

按：清代的幕府制度，宾主一体。幕客的身份地位，视如居停，所以范肯堂在北洋，常用李鸿章的伞盖。李鸿章在清朝末年，蒙恩特隆，珍赏不绝。有一年蒙赏"紫缰"，这比赏"紫禁城骑马"珍贵得太多。但通常只视为荣典，并不真用紫缰。事实上除了阅兵偶尔骑马以外，平日八抬大轿，亦没有使用紫缰的机会。哪知范肯堂一次心血来潮，命厩中预备了"爵相"的座骑，到天津紫竹林中去征歌选色。便由嫉范者到李鸿章面前去打"小报告"，指范僭越，而且如此使用紫缰，亦不免亵渎名器。

哪知李鸿章这样表示："既用紫缰，不可无驺术。"即时传令，以后范用紫缰，须照仪制，前导四"顶马"，后卫四"跟马"。护卫的武官，有以军功保到二品，蒙赏花翎的。以红顶花翎的武官为前驱，书生之荣，一时无两，传为佳话。

范肯堂自然有值得李鸿章重视之处。他是所谓"通州三生"之一，沈云龙先生有《通州三生——朱铭盘、张謇、范当世》文云："肯堂，一号无错，原名铸，字铜士；诗学黄庭坚，工力甚深，笔势峻峭，不肯犹人，著有《范伯子诗集》十九卷，自订文集十二卷。"

肯堂为与桐城吴挚甫交情甚厚，以吴之推荐，入李鸿章幕府，为鸿章继室赵夫人所出之子经迈授读。其时张佩纶婿于李氏，在节署参预公事。甲午后，忌之者以"东床西席，狼狈为奸"形诸奏牍，以致张佩纶奉旨逐出，肯堂亦谢职南归。我所知，此一奏牍，出诸李鸿章的长子（胞侄入嗣）经方指使。

肯堂入北洋幕府，正在李鸿章炙手可热之时，屡次劝肯堂入仕，而肯堂坚拒。此与散原的性情相似，诗文的造诣亦不相上下，一见成为深交，以后且结为儿女亲家，散原长子衡恪，即为肯堂的爱婿。

《散原精舍诗》中，与范肯堂酬唱之作，自光绪二十七辛丑至三十年甲辰，肯堂病殁，前后四年中，收存约十首，推崇之意，情见乎词，如《肯堂为我录其甲午客天津中秋玩月之作诵之叹绝苏黄而下无此奇矣用前韵奉报》七律一首："吾生恨晚生千岁，不与苏黄数子游。得有斯人力复古，公然高咏气横秋。深杯犹惜长谈地，大月难窥彻骨忧。旷望心期对江水，为君洒泪忆南楼。"又《和肯堂雪夜之作》："逼仄江南无可语，只余残泪洒残年。况当夜雪园亭畔，更觅吟魂几榻前。万古酒杯犹照世，两人鬓影自摇天。痴儿未解寒灯事，任咤尖叉合比肩。"

第二联不特见两人交情，且确信两人的人品、文学，必可博世。范肯堂自视亦颇高。光绪十八年正月初五，李鸿章七十赐寿，其时李之勋名事业，如日中天，所以做寿场面之阔，为有清以来所仅见，范肯堂与弟信中云："相国寿文决意不作,而寿联固不可少。撰一联云:'环瀛海,大九州,钦相国异人,何待子瞻说威德;登泰山,小天下,藉通家上谒,方今文举足平生。'二三知言者固以此联为高绝,然议其尤者亦不少矣!盖相国无平行之人,仅南皮相国,而又无人为之撰此语。其他矫矫如翁尚书则云:'壮猷为国重,元气得春先。'未尝不自以为高,实则试帖佳联耳!张香翁则云:'四裔人传相司马;大年吾见老犹龙。'其与幼樵信中,尤自命不凡,实则上联断非寿三十年宰相之语,下联亦属平平,二公如此,他可弗论。"

此函中"南皮相国"指张之万,与李鸿章为道光二十七年丁未同年,当时老辈凋零殆尽,在翰苑中,科名无高于李鸿章与张之万者,故云"无平行之人"。

"翁尚书"指翁同龢。他送李鸿章的寿联,在日记曾有记载,这年立春在正月初五以后,故云"元气得春先"。切时而善颂,不作平常恭华语。上联自是大臣的语气,所以为高。

张香翁指张之洞;幼樵为张佩纶,方居北洋节署;两张至交,而张之洞与李鸿章不协,张佩纶颇思从中调和,但碍于李经方及盛宣怀之排斥,终未能圆满。

翁之一联,以时年正月初六立春,所谓"元气得春先",得一"巧"字;但与上联"壮猷为国重"相对,只觉浑成,不露纤巧,而犹为范肯堂讥为不过试帖诗中的佳联。至若张之一联,上句"四裔人传相司马",固颂其威名远播,但语气中仿佛李鸿章骤膺大拜,四裔争传,并非威名久著,故云"断非寿三十年宰相之语",实为定论。

在我想,范肯堂此时既在北洋,则各方寄到的寿序诗联,李鸿章必先与门下评骘。而张之洞之失,适足为范肯堂下笔之助,故上联用文彦博故事,《宋史》卷三百十三:

> 彦博逮事四朝,任将相五十年,名闻四夷。元祐间,契丹使耶律永昌、刘霁来聘。苏轼馆客,与使入觐,望见彦博于殿门外却立,改容曰:"此潞公也耶?"问其年曰:"何壮也?"轼曰:"使者见其容未闻其语,其综理庶务,虽精练少年有不如,其贯穿古今,虽专门名家有不逮。"使者拱手曰:"天下异人也。"

以李鸿章拟之为文彦博,威望相若,文彦博年至九十二,所以用之于寿联,尤为善颂善祷。"然议其尤者亦不少",则因范肯堂在上下联中,以两古人自况,极占身份之故。上联"何待子瞻说威德",意谓文彦博勋名自在人口,何待他人渲染。实则不然!文彦博之得享盛名,得于苏子瞻揄扬之力为多。为契丹使者说威德,犹小焉者也;关系尤重的是,元祐初年,子瞻以学士草制,帮了文彦博很大的忙。

宋朝故事，凡两府除授，例用白麻书制敕，称为"宣麻"。罢相亦复如此。"宣麻"措词的美恶，天下视为定论。宰相的声价，定于学士的笔下，故当事者极重视，而学士之为天下荣，以及为执政者所尊礼，亦以此故。甚至后妃皇室，晋位加爵，希望得一美制，有特赠丰厚润笔者。

文彦博生于宋真宗景德三年，至哲宗接位，年已八十。元祐二年，累疏乞休，子瞻秉笔批答不允。前后十余诏，每一诏出，等于哲宗为天下臣民推重文彦博一番，就《东坡内制集》中摘引数段如下：

> 吾卿之所以必留者三：卿以英杰之资，开物成务，世不可缺，一也；弼亮四朝，更涉变故，谋无遗策，二也；名冠天下，进退之间，为国休戚，三也。

> 召用之初，中外相庆，搢绅莫不竞劝，父老至于流涕。中道而归，其义安在？

陈、范虽皆不愿做官，但决非于时局政事，渺不关心。甲午之后，陈、范的看法相同，局内设谋，"局外哀鸣"，别有契合之处，而幽衷孤愤，无可言说，惟相诉于酒杯之中，此更为交深且挚之一因。

按：范肯堂与张季直少小交笃，中道踪迹稍疏，则遇合使然，沈文《通州三生》，第三节叙"范张之关系"云："季直凡五应乡试均不中，至光绪十一年乙酉始中顺天乡试南元，为常熟翁叔平尚书所得士。复四应礼部会试均报罢，至光绪二十年甲午始以恩科会试中第六十名贡士，旋应殿试，阅卷大臣仍为翁尚书，乃以一甲一名赐进士及第，授翰林院修撰，年已四十二矣！时肯堂正客李合肥幕，合肥与常熟政见两歧，张、范遂亦异趋。未岁，中东衅起，翁李和战之争，世传二公阴主之，盖曾于家书中各露其微旨也。"

翁同龢与李鸿章不独政见两歧，且私下不和，由来已久。原因有二：

第一，李鸿章自克苏州后，不知如何，江苏京官对之均无好感。可能是乱后收拾残局，料理未尽妥善，得罪了臣室之故。所以李鸿章动辄大骂："吴儿无良！"

第二，是同龢之兄同书，咸丰八年任安徽巡抚；十一年内召，下一年亦即同治元年，曾国藩奏劾"同书于定远失守时，弃城走寿州，复不能妥办，致绅练（团练）有仇杀之事。迨寿州城陷，奏报情形，前后矛盾。"其时曾国藩正为朝廷视作可挽救大清天下的第一重臣，言无不纳。因而同书被逮下诏狱。王公大臣会审，竟拟大辟。同龢之父心存先扼于肃顺，几遭不测。辛酉政变，"三凶"皆诛，凡是反对肃顺,或为肃顺所看不顺眼的人,皆复起重用。翁心存更受命为帝师,家运方转之地,忽来此意外打击,竟致忧念成病,而终于不起。方病危时,朝命特释同书,侍奉汤药,心存既殁,命持服百日,仍就狱。旗人的服制与汉人不同,大丧不过持服百日,所以诏许同书百日后仍还狱,已是很大的恩典。但汉人父亲之丧三年,同书在百日后,斩衰入囹圄,自为亲人所痛。同龢此哀,没齿难忘,颇疑曾之奏劾同书,出于李之怂恿,因结不解之仇。不过,翁同龢到底是读书人,公私是分得清的,平时从不提此私怨,而在公事上则不免杂有意气。

翁同龢做官,除了咸丰末年放过一次乡试主考以外,宦辙再未到过他省,督抚的习气一点不沾,督抚的甘苦亦不甚了解。本质上是个太平宰相,坐而论道,作育人材,再好不过,如果是在明朝宣德年间,无疑就是"三杨"之一。至于安邦定国之才,实在谈不到,好管事而见解不能透彻,行动亦不能贯彻,而且亦不免为人情包围。因此,往往为德不卒,甚至说得苛刻些,成事不足,败事有余。

平心而论,甲午大创,如果说李鸿章要负一半的责任,翁同龢的责任起码也有两三分。但他的责任,无形之中,也是不期而然地转嫁到了慈禧太后身上。慈禧一生,很少吃人的暗亏,惟独这一次是例外。

因此,翁同龢当户部尚书,实在是很不适当的人选。在他以前,户部是"身不满五尺而心雄万丈"的阎敬铭当家,阎以精刻著称,慈禧太后想移用海军衙门经费修颐和园,阎敬铭抵拒甚力,管事的太监、工部、内务府,甚至还有户部的官吏,无不恨之刺骨,在慈禧太后面前,日夜媒蘖。以致本极欣赏阎敬铭,有一次召见恭王,提到阎敬铭,脱口称之为"丹初"而传为佳话的慈禧太后,对他印象变得极坏。阎敬铭殁后,竟到不愿予谥,礼臣力请,始谥"文介",是个恶谥。

阎敬铭离开户部后,翁同龢本可有所作为,又以醇王外管海军衙门,内管颐和园工程,翁不能如阎之力拒,丙戌(光绪十二年)十月二十三日翁在日记上有一笔:

> 庆邸晤朴庵,深谈时局,嘱其转告吾辈,当谅其苦衷,有"昆明湖易渤海,万寿山换滦阳"之语。

庆邸指庆王奕劻,朴庵为醇王的别号,他的意思很明白。而亦终于谅解了醇王的"苦衷",论者谓其"模棱依违,户部款竭,海军欲增舰购炮,皆无以应矣,可见甲午之败,不但常熟孟浪主战,需负责任,即此数年中恭掌度支,不能正言抗旨,撙节国用,以备不虞,亦需负责任,徒于日记托讽,而不悟己亦有咎也"。应非过苛之论。

由于户部款竭,所以翁同龢对督抚请款,务皆从严。其时张之洞由晋抚调升粤督,"八表经营",颇有更张,而翁同龢对广东的报销,驳多准少,张之洞大为不平。本为世交,竟至成隙。张之洞认为翁同龢竟欲置之死地,可见其内心仇恨之深。

至于对北洋,相传翁同龢曾经奏定,十五年之内,不得添置一枪一炮。此在档案中无可稽考,但光绪十七年,户部奏请南北洋停购枪炮船只两年,则属信而有证。按:醇王殁于光绪十六年冬,而翁则在光绪亲政后,得君正专,手掌度支,足可当家。其时户部满尚书为宗室福锟,其母夫人为慈禧的"清客",当时宫中所谓"福禄寿三星"之一,因此福锟自为后党。福锟,原为协办大学士,照例可以兼部。十八年升大学士,授体仁阁,不能再兼户部。但大学士管部,福锟所管者,即阎敬铭所管的户部。翁同龢与福锟结纳之迹,殊为明显。则抑制北洋军费而以"昆明湖换渤海",亦必经由福锟传达慈禧之意,而为翁同龢所徇从,是亦可知。

以我的看法,翁同龢当时心目中视为第一大事者,即是辅助他一手教导的光绪有所作为。而此又必以取得慈禧的支持为先决条件,故同意以库款修颐和园,亦为调和母子感情不得已之举。但认为北洋军力已充,不必增购枪炮,则不仅昧于当时各国军备大势,且亦不免对李鸿章存有成见。甲午之难既作,翁同龢门下一致主战。翁同龢或以为一战而胜,光绪的威信即可由此建立。因为慈禧之能建立权威,固不仅在其政治手腕高明,亦以垂帘未几,戡平大乱,自有其对得起"列祖列宗"者在。这一点翁同龢是最了解不过的。则光绪如欲摆脱慈禧的笼罩,惟有建一乾隆以来所未有的大武功,始可如愿。只是对北洋的态度,多少流露出幸灾乐祸,借此以窘李鸿章之意,为不可恕耳。

《蜷庐随笔》作者王伯恭,为翁同龢门生,曾客朝鲜,与李鸿章、袁世凯亦有渊源。甲午事起,李之门下与翁同龢门下能交往而可深谈者,只有范肯堂之与张季直,而又不幸异趋,无可与语。所以王伯恭做了桥梁,所记如此:

> 是时张季直新状元及第,言于常熟,以日本蕞尔小国,何足以抗天兵?非大创之不足以示威而免患。常熟韪之,力主战。合肥奏言,不可轻开衅端,奉旨切责。余复自天津旋京,往见常熟,力谏主战之非。盖常熟亦我之座主,向承奖借者也。乃常熟不以为然,且笑吾书生胆小。余谓:"临事百惧,古有明训,岂可放胆尝试?且器械阵法,百不如人,似未宜率尔从事。"

王伯恭记其最后与翁的对话,虽只短短数语,翁之心事如见:

> 常熟言:合肥治军数十年,屡平大憝;今北洋海陆两军,如火如荼,

岂不堪一战耶？

余谓：知己知彼者，乃可望百战百胜，今确知己不如彼，安可望胜？

常熟言：吾正欲试其良楛，以为整顿也。

至此，王伯恭语穷辞出。如所记不虚，则翁同龢决心考验北洋，其志早定。但不意是如此严重的考验，黄海一战，"倚天照海倏成空"（陈弢庵《感春》诗句）；则翁同龢挤得李鸿章不能不侥幸一试，希望出现奇迹而终成幻灭者，岂能辞书生误国之罪？而张季直、汪柳门等人，推波助澜，扪心自问，恐亦不无内疚神明。

李鸿章幕府中，凡核心分子，早于淮军援韩时，即已抱有深忧。桐城吴汝纶久客李幕，其时长保定莲池书院，有一函致范肯堂，极为中肯：

东事轩然大波，尚未识如何结局，周公都统诸军之举，径罢为善，周固非都统之才也。近年欧洲各大国，无不增兵增饷，增船增炮，独我以外议庞杂，不许添购船炮，一旦有事，船炮不及倭奴，遂至海军束手，渤海任他人横行，陆军虽集平壤，何能济事。又况军械不足用，士气孤怯，来示谓山海关形单势弱，未必有备，某则未识何术备之。失在疏于平时，及至两军相当，愚亦无可献之策矣。独默计时艰，中夜太息，不知相公七十之年，旁无同心赞划之人，何以支此危局耳？

"周公"指恭王。辛酉政变后，恭王授议政王，领军机处，时人比之为周公辅成王。光绪十年被逐后，闲废十年。甲午复起，管理总署，总理海军，督办军务，节制各路统兵大臣。但恭王既老且愈，且亦不如醇王曾究心兵事，吴汝纶谓其"非都统之才"，月旦固甚精确。但以为"径罢为善"，则别有言外之意，为范肯堂所默喻而不必提及，后人读此，却不可轻轻放过。

原来，恭王之复起，为翁同龢所领导的舆论所促成。可是恭王既不长于军事，又一向主张寄专阃不为遥制，则李鸿章以首辅之尊，实无人可以指挥，故必赋恭王以"节制各路统兵大臣"之任，始假王号以令北洋，事同掣肘，叙以为"径罢为善"。

督办军务处成立于光绪二十年十月初五，据翁同龢日记："十月五日。是日奉旨，恭亲王督办军务，各路统兵大员均归节制，如有不遵号令者，即以军法从事。庆亲王奕劻着帮办军务，翁同龢、李鸿藻、荣禄、长麟着会商办理。"

李鸿藻在慈禧心目中有特殊地位，为翁所不敢忽视；荣禄则以步军统领的身份，负拱卫京畿之任，不能不用；着一长麟，可知此督办事务处出于翁之献议。日记中又记："十月二十二日，冒雨至督办处，闲话而已。两邸诸公皆集。（自注：日日如此，以后不再记。）十一月初五日，上屡问军务处有何布置。退后与庆邸、恭邸商量,拟派人探旅顺敌情,并令前敌悬重赏,募死士,酌加勇丁口分等。"

于此可见,督办军务处毫无用处。成立匝月,尚无布置,足见恭王对此亦无兴趣。前敌紧急,而总司军令者惟日日闲话。及至御前有所咨责,始拟派人采旅顺敌情。书生谈兵尚且不可,何况负实际责任?观翁之措施可笑如此,不能谓吴汝纶无先见之明。

甲午既败,陈右铭移书吴汝纶,责李鸿章明知不可战,而不能以去就力争。吴汝纶复信,对求和亦认为失机,至今仍为"内幕新闻",因治现代史者,似尚无人道过。吴书云:

> 开示相各节,多某未及知,岂敢妄辩。独谓淮军之败,并无戚容,似非其实,某闻平壤之败,李相痛哭流涕,彻夜不寝,此肯堂所亲见,某亲询之者。及旅顺失守,愤不欲生,未闻其无戚容也。倭事初起,廷议欲决一战,李相一意主和,中外判若水火之不相入。当时倭人索六百万,李相允二百万,仅增至三百万,而内意不许。及平壤败后,英俄两使居间,则劝出二千万,其时清议,皆谓李相通倭,业已积毁销骨矣。李相面告二使,谓大皇帝决计开战,某系领兵大臣,和议非所敢闻,请入都与恭邸议之。其后,议卒不合。及十月初,某再至天津,则旅顺岌岌,各国皆守局外,不复排解,有言和者,则倭人已索五万万矣。以上所言,皆某所亲见。

吴汝纶信中又说:"旅顺、威海既失,海军覆没,中国绝无能守之理,此时言和,直乞降耳,乃欲以口舌外胜,岂可得哉? 去冬已索五万万,今春乃减至二万万,此非李相口舌之功,乃入境被刺,倭恐见高列强,兼得割地之益,遂得减为此数。"

李鸿章马关被刺,实在是塞翁失马。此一鲁莽浪人,所成全于李者至大,否则不独和议难成,或虽成而赔款不减,益无以见谅于国人。两宫亦难有垂怜之心,或者返国之日,即闻归田之命。被刺后更有一事,得以增重李的身价,即日后亲制绷带,遣御用看护妇至行馆为李裹伤。翁同龢以中国皇后与外廷臣子从无交涉之义衡之,诧为奇事。而此在中国看来,逾越常情的恩礼,足为李鸿章成名垂"四裔"的明证。后此犹能复得入总署,料理洋务,以及奉使"寰瀛海",皆于此事不无关系。

吴汝纶信中,又有一段议论,明畅通达,在彼时可谓见识超卓,为李鸿章声辩的理由,尤可注意:

> 至此次和约之不容于清议,则西人已事先知之,不谓吾国士大夫,

竟不出外人所料也。俄人代争辽东,此自别有深意,岂吾国之福。倭之许俄,正其代谋妙策,此亦与吾国无干。若和约未定之先,则彼皆束手旁观,绝不肯代出一言,以违公法。倭人不遽入关,并非力有不足,去年内廷深恐倭入沈阳,李相料其绝不深入,以其行军全仿西法,辎重在海,不欲远离,后果如其言。若谓关内防守至严,倭不敢入,殆非笃论也。中国不变法,士大夫自守其虚骄之见,以为清议,虽才力十倍李相,未必能转弱为强,忠于谋国者,将何以自处?李相之欲变法自强,持之数十年,大声疾呼,无人应和。历年奏牍俱在,可复按也。

李鸿章之亟图变法自强,自为事实。但"不拘一格用人才"谈何容易?满清两百多年,用其人之才,可以不问其德。而事成之后,但见任事之人之功,其处事为求急功而不以正道之恶劣影响,能使其减至最低者,照我看只有康熙具此天纵的智慧。中兴之臣,则胡林翼、曾国藩庶几似之;左宗棠、李鸿章不足以论此。如果李鸿章在北洋,所用任事之人,都像他幕府中于晦若、吴汝纶、范肯堂等辈的人品,而不是盛宣怀、龚照玙之流的龌龊用心,士大夫又何至于硁守"虚骄之见,以为清议"?

同时李鸿章善用术,他的术当然很高明,我想可以反"内王外霸"的说法,称之为"外王内霸"。李鸿章"用沪平吴"(薛福成语)时,仓猝成军,孤身远寄,外有强敌李秀成;内有挟"常胜军"自重、把持饷源、采取敌视态度的薛焕与吴煦,而部下诚信未孚,恩威未立,不独军务难以措手,万一哗变,甚至薛、吴心狠手辣,购内奸,谋不逞,性命亦且不保。在这样荆棘满地的处境下,不用术何以立足?

李鸿章一向防内重于防外,对于手创的淮军,不愿其和衷共济,使用如现代术语所谓"单线领导"的手法,怕的是"合而谋我"。淮军之所以不及湘军,在先天上就有这么一个"私"字当先的念头在作祟。其后刘铭传等已成气候,便不愿听李鸿章的摆布,一手创建的私人武力而缓急不可恃,此为李鸿章最大的悲哀。

李鸿章用术的第二种手法,是具有多样的面目,能礼贤而不肯以本来面目示人。幕府中的贤者,所见者是"外在",而不能想象李鸿章也会打"痞子腔",更不能想象李鸿章有时会有"痞子"的行径。此即"君子可欺以方"的道理,如范肯堂,亦为被欺者之一。

光绪二十七年辛丑九月,李鸿章为俄国人多方逼迫,因为有把柄捏在人家手里,身家性命,勋业威名,有全盘崩裂之虞,郁怒交攻,终于不起。范肯堂寄一挽联,为时传诵:"贱子于人间利钝得失,渺不相关,独与公情亲数年,见为老书生穷翰林而已;国史遇大臣功罪是非,向无论断,有吾皇褒忠二字,传俾内诸夏外四夷知之!"措词煞费苦心,但局外衡量,认为李鸿章最后是失败的,其意自涵蓄于字里行间。

下联以李鸿章谥"文忠",得以巧为辩护;上联则自道其情亲数年的感受,认为犹是"老书生、穷翰林"的本色。李以"书生"讥张之洞,而示范肯堂以书生面目,此即是欺其以方的术,至于所谓"穷翰林",或者以为李鸿章起居八座,既鲜声色之奉,亦无口腹之欲,不改当穷翰林时的故态。殊不知李鸿章弄钱,向来不要明的要暗的。北洋公款,项目甚多,李鸿章因无所染,交卸时库款不下千万,袁世凯用以培养武力,应酬各方,挥霍一空。但李在俄国,以及由俄回国后,强行主持胶澳事件,几次自华俄道胜银行接纳俄人贿款,范肯堂就不知道了。这也难怪,不独范肯堂,与李比范关系更深的人,当时亦无所知。直到民国十六年北伐时,才有李鸿章为俄国所收买的确证。

李鸿章之术,行之三十年而无往不利,这当然是因为他有几个特殊有利的条件:一、始终获得慈禧太后的赏识,二、先获恭王、后获醇王的全力支持,三、以曾国藩为标榜,口不离"老师",故湘军虽与淮军不睦,但却不会与淮军公然不和,四、道光二十七年丁未一榜,人才辈出,而李鸿章于同年极意周旋,如沈葆桢、丁宝桢,皆以清刚著称,但皆受李鸿章的笼络。当然,挟洋人以自重,更是中兴名臣中惟独李鸿章才有的条件与手法。

这些因素加起来,以及他在北洋的展布,与经管之事之多,自然而然予人以这样一个印象:李鸿章一定有办法!朝野上下,震于浮面,期许过高,而李鸿章在承平无事时,亦乐得受此虚誉。但李鸿章不是没有自知之明的人,他自道他的作为不过如北京扎棚的匠人,破房子可以搞得花团锦簇——偶遇风雨,修修补补,亦无大碍,但到底只是破房子。因此,他办洋务,以息事宁人为基本宗旨。有时故作剑拔弩张之状,实际上是做给朝廷及清流看的。

他的苦衷,就在说不出"破房子"的话,这也有道理,因为他领的钱是盖高楼大厦的钱,虽说翁同龢掣肘,奏定不购一枪一炮,但犹如盖屋,不过装修较差而已,骨架子应该还是好好的。若说本来就是粉饰一个表面,破屋子还是破屋子,那么原领的工料费用到哪里去了呢?由此追究,不必他以"去就力争",只怕身家性命,即已不保。

因此,张季直虽力赞翁同龢,主战以窘李鸿章,但基本上的看法,实与陈右铭父子及范肯堂等人的看法不远,不责以不能战,责以不能备战保持和局。张状元劾李鸿章一疏,颇为时人传诵。第一段说:"直隶总督李鸿章,自任北洋大臣以来,凡遇外人侵侮中国之事,无一不坚持和议,天下之人,以是集其诟病,以为李

181

鸿章主和误国。而窃综其前后心迹观之,则二十年来坏和局者,李鸿章一人而已。台湾之事,越南之事,其既往者,姑置不论,请就今日日人构衅朝鲜之事,为我皇上陈之。方光绪八年间,李鸿章令丁汝昌、马建忠前往朝鲜,与英美各国立约,许朝鲜为自主之国,朝鲜与东三省唇齿相依,奉中朝正朔,于理于势,可半主而不得自主也。听其自主,既失之矣,推李鸿章之意,不过年老耽逸,视朝鲜如一赘委诸各国之喙,冀其断断相持,而我得袖手偷安于旦夕,其朝鲜关于中国之利害不暇计也。"

张季直称此为"自腐",物自腐而虫生,敌乃有可乘之机。张季直曾参吴长庆幕,光绪甲申,吴以六营赴韩平乱。事定后曾一再建议,应协助韩国从事各项改革,俾能应付日本的侵略。而李鸿章斥之为多事,翌年而撤回吴留守在韩的三营。张季直认为示弱的结果,无异鼓励日本侵韩。此皆张亲历之事,而吴之上书北洋,亦必出于张的谋划,故言之格外痛切。

第二段进一步是论行战求和的道理:"自来中外论兵,战和相济,西洋各国,惟无一日不存必战之心,故无一人敢败已和之局。李鸿章兼任军务洋务三十年,岂不知之。本年五月间,日衅已见,使李鸿章得袁世凯数十密电以后,援十一年第三条约,诘以派兵何以不先知照,则日谋可发,不至于战。即得汪凤藻电复之后,其时日兵尚不甚多,布置尚不甚密,使派叶志超、聂士成率一二十营,如吴长庆之径入汉京,挟王还我,易客为主,徐待理论,亦尚不碍于和。朝鲜敝政,本应中国早为之酌改,日既以此为言,我何妨令袁世凯与议,折日惠韩之计,收我抚于属国之权,李鸿章则始终执其决弃朝鲜之意,而贻日人华既不顾势难中已之口实,卒酿兵端,一败涂地。试问以四朝之元老,筹三省之海防,统胜兵精卒五十营,用财数千万之多,一旦有事,曾无一端,立于可战之地,以善可和之局,稍有人心,能无痛哭,故李鸿章之罪,非特败战,并且败和。"

此疏中的警句,为"惟无一日不存必战之心,故无一人敢败已和之局"等,流传人口,辄能琅琅成诵。就是李鸿章自己,亦承认责备得有理。

我不知道张季直责以"非特败战,并且败和",是否受了陈右铭父子的影响,而改变了说法。但基本上,也是实际上,张季直是主张非战不可的,此看王伯恭所记翁同龢的说法可知。翁同龢、张季直自然不致有幸灾乐祸之心,但以为即令受创,趁此整顿北洋,亦为长策。只是不曾想到,淮军是如此不济事! 张季直所说,甲午夏秋间"日兵尚不甚多,布置尚不甚密,使派叶志超、聂士成率一二十营,如吴长庆之径入汉京,挟王还我,易客为主,徐待理论",亦不过事后的理想,揆之实际,聂士成或可一战,叶志超未见得能够成功。

张季直此疏上于甲午九月,不数日丁忧,仓皇南归。从此不仕,而以办实业雄于乡里,闻于四海。张季直之从事货殖,在政治学上有一极大的意义。他的看法是:一入仕途往往能进不能退,是故中朝大老,只得婉娈取容;而所以不能退者,由于以官为业,一退无以为生。当然,这不仅是一家温饱,也牵连着部曲僚佐的生计。有感于此,所以先谋自立,有退的余地,方有进的作为。这个看法是非常深刻的。张之万、额勒和布之流,既老而犹思伴食至死,终于明旨斥退,其事可鄙,其情则可悯。推而广之,李鸿章更难抽身。责以不以去就力争和局,不能不说把个人的出处,看得太容易了。

在张季直离京后,范肯堂亦即南下,先送女于湖北按察使署中,其女即散原长子师曾之妻。肯堂早有归意。他跟张季直有用世之志,大不相同,本性淡泊,感情上经不起宦海中的波诡云谲,惊涛骇浪,自知不是做官的材料,且亦不讳言己之“顽钝”,但不肯抹煞良心,装出一副忠爱的假面目,欺人干禄。这一点与散原的本性,完全相合,此亦就是散原所以激赏其甲午中秋玩月诗的缘故。当然,这首诗刊《范伯子诗集》中,几亦可说是压卷之作。

诗集卷九《中秋次韵高季迪张校理玩月》,原作用覃韵,入手一蓝字一探字就难押,而肯堂步韵,竟如原作:“我来四换霜林蓝,魂梦已失江边岚。江月沉沉山月小,今皆沦落无人探。”

按:肯堂于光绪十七年二月就北洋幕府,至是霜林将丹,故谓“四换”,蓝字极新,但非羌无故实,郭璞《柚赞》:“实染繁霜,叶鲜翠蓝”,此蓝字是有来历的。

下一韵鬖字又为险韵,而肯堂用《汉书·丙吉传》污车茵的典故,及温庭筠的诗句,出语奇极:“浪说吐茵不宜逐,坐对丞相车毵鬖。”

《汉书·丙吉传》:“驭吏嗜酒,尝从吉出,醉呕丞相车上。西曹主吏白欲斥之,吉曰:‘以醉饱之失去士,使此人将复何容?西曹第忍之,此不过污丞相车茵耳!’”肯堂用此典故,使我相信他用李鸿章的紫缰到紫竹林去吃花酒,确为事实。借“醉饱之失”以喻此事,可见当然必有以此进谗,欲去之而后快者。此一段意新、景新、句新,无怪散原倾倒。古往今来,多少万首诗,以人人习见之景、心心皆同之理,若说有所感慨,早不知多少年前即有人说过。是故诗中只要有片词半语,未经前人道过,即可不朽。而肯堂此十句中,“天与月我相濡涵”以下九句,构成一大段极深极周备的新意,而又非无端空想,乃是有此境遇,有此情景,而又适有感慨,并能从容“濡涵”,乃有此九句千载不磨的好诗,天功人力,泊凑而成,非可强求。

“毵鬖”典出温庭筠诗:“珠网毵鬖丞相车,晓随叠鼓朝天去。”此五、六两句,

已道出见嫉于同僚,而居停犹有敬意,故暂留不去,但一无献替,谓"浪说"、谓
"空对"皆有言外之意。又引起下句一"偷"字:"偷有此庐乐今夕,天与月我相濡
涵。月之团团定何物?疑非我与天能参。一片寒冰照空世,却有功用无求贪。
著向青天不可扫,朗若大字题空嵌。所以贤愚各顶礼,岂有骂语闻呫喃。"

月之"功用无求贪",是一大发明,而月之所以有资格诚人"无求贪",则以月
之本身无私。如果李鸿章亦能如一片寒冰朗照人世,则贤愚各顶礼,岂复有呫喃
怨骂。此是就月而言的一层新意。若以自身而言,则月本无私,而偏望月能私
我,则由失望而来的烦恼,本由自取,不特于月无咎,而且有愧于月:

　　　　我之拃拃定何物,语大足比书中蟫。当年亦欲舍此相,春山夜雨萦
　　苔龛;固知早成定虚愿,不得绿发寻归庵。郁垒锦瘤要人采,百计不售
　　成枯楠。平生思之但负月,扪心愧对秋江潭。人间佳节复有几,沦失八
　　九钟阜南。

肯堂之诗,就形式而言,有三特色:第一是好为七律;第一是好首句不押韵,
但不必成对句;第三是好用叠字,而往往非常见的叠字,如此处之"拃拃",结尾
之"酬酬",皆罕见人用。此亦硬语盘空之一端。

"语大足比书中蟫"之"语大",出《礼记》:"语大天下莫能载也!"此语字作
动词用,即说话之说。《淮南子》:"夫井鱼不可语大,拘于隘也。"此与井蛙窥天,
意思相同。有个笑话:两乞儿各言其志,道是发了财便当如何?甲谓,我只是睡
了吃,吃了睡。乙谓,何暇复睡,直是吃而已。这就因乞儿除了饱食以外,不复知
世间尚有许多可以用钱买得到的物质享受,所以连说大话都不会说。犹之乎井
中之鱼,不知沧海,故"不可语大"。

"蟫"即蠹鱼,所谓"语大足比书中蟫",一方面是自谦不过一条啃书的蠹鱼,
要我谈天下大事,亦不过搬几句书中的话头,固不知世间还有九州万国;另一方
面却又是自道宗旨:若与我谈天下大事,必以圣经贤传为法,史载治乱为鉴。

缘此寻绎上句所谓"拃拃",又须回过头来从《思玄赋》中所谓"志拃拃以应
悬"去求解了。按:张衡的《思玄赋》为明志之作,而与前面"月之团团"对着,又
似指本性,自道外圆而内方。此两句赋可解释为志向垂示于外者,貌若圆通广
大,只求用世而无不可以适应。其实内心自有主宰,志气决不会失坠,由此以体
味肯堂的"我之拃拃",殆指大志而言,本性志向求为世用,苦于见闻有限,不足
以成大事。"当年"以下四句,为失悔之语。而"郁垒锦瘤"乃是自况。刘勰《新
论》:"楩楠郁垒以成缛锦之瘤。"树木畸形发展,长出许多疙瘩,即是所谓"锦
瘤"。乃不可为栋为梁的器材,但遇慧心人就其形状,制为器具玩饰,亦别有拙

朴之趣。然而先决条件是要有人赏识，倘如千方百计求售而不得逞，则到头来还是弃材。

自觉虽是弃材，或者人以为锦瑟，此即是一念之私，人或不知其私心，但仰对朗朗无私之月，扪心不能无愧。虽有愧于月，却可无愧于天。因为肯堂自顾生平，即在此时抱定了听天由命的宗旨。其言如此："人间佳节复有几，沦失八九钟阜南。身独何为入囚舍，翻覆自缚直如蚕。只能磊落对天笑，老死寂寞吾何惭？"

这是决心不再如蚕之自缚，自愿老死寂寞。以下对月设誓，设为夫妇问答之词，音节高妙嘹亮，脱胎于《琵琶行》，而格论比白香山高得太多，"焚香径下嫦娥拜，臣于万物靡所耽。朝吟莫呈有述作，书生例许为空谈。李彪设具范云啖，岂论明日无黄柑？天有雨风月有阙，惟独臣言无二三……祝拜而起妇亦拜，拜罢一笑千愁含。谓余披写既如此，孰为偃蹇停归骖？天寒海昏怒涛动，孤客坎壈真能堪！……嗟子斯言吾岂昧，飞霙既集谁不谙？丈夫行止有尺寸，但惜玉貌非好男。长年与人共烟火，能无一日同苦甘？何况东兵大蠢手，曾不责我谋平勘。"

"李彪设具范云啖，岂论明日无黄柑？"用《南史》李彪为范云设食，范饱餐无余的典故，亦犹俗语之所谓"今朝有酒今朝醉"。

第三段答复妻子的话，是全篇精义所在。"玉貌"二字，骤看费解，此二字向来与朱颜并用，似无二义，其实不然。典出《史记·鲁仲连传》："鲁仲连见新垣衍而言。新垣衍曰：'吾视居此围城之中者，皆有求于平原君者也，今吾观先生之玉貌，非有求于平原君者也，曷为久居此围城之中而不去？'鲁仲连曰：'世以鲍焦为无从颂而死者，皆非也！'"

按：长平之战，赵国大败，丧师至四十万之众。秦兵东围赵国都城邯郸，诸侯救赵，皆畏怯不前。魏王使者新垣衍入赵，劝赵尊秦昭王为帝，以求秦罢兵。鲁仲连其时亦在赵国，大为不平，向平原君赵胜自告奋勇："梁（魏都大梁，即开封）客安在？吾请为君责而归之。"新垣衍不愿见鲁仲连，但因平原君固请，迫不得已相见。初见的情形如上。

"从颂"即从容。张守节《史记正义》云："《韩诗外传》云：姓鲍名焦，周时隐者也，饰行非世，廉洁而守，荷担采樵，拾橡充食，故无子胤，不臣天子，不友诸侯。子贡遇之，谓之曰：'吾闻非其政者，不履其地；污其君者，不受其利。今子履其地食其利，其可乎？'鲍焦曰：'吾闻廉士重进而轻退，贤人易愧而轻死。'遂抱木立枯焉！"按：鲁仲连留赵不去者，非为一身。新垣衍之意，以鲁仲连既无求于赵，何必自处围城？而鲁仲连以鲍焦自比，故有后文"彼而肆然而为帝，遇而为政于天下，则连有蹈东海而死"的轻生之语。

于此可知"但惜玉貌非好男"者，实范肯堂以鲁仲连自况。但如强调此志，则为言不由衷。而在妻子面前，更不必说此大话，所以接下来有所解释："长年与人共烟火，能无一日同苦甘"，语平而情挚。"何况东兵大蠚手，曾不责我谋平勘"，更是对居停义不可负了。

"蠚手"即"棘手"。其时兵事确是非常棘手之时，所谓"曾不责我谋平勘"者，意谓李鸿章并不要求范肯堂赴前线参与军务。然则试问：范肯堂有无赴前线的义务？答案是肯定的。因为他此时正受命管理粮台。

"粮台"犹之乎现行军制中的后勤单位。所管的事务，不仅止于粮秣补给，要看事务繁简，或者统帅个人的习惯，或者管粮台的人的才具而定。北洋范围极大，军装、被服、银钱、粮秣皆设专责机关，而笼统谓之粮台。范肯堂所管的，不知是哪一部分。但管粮台总是好差使，平时优游自在，一遇作战，便是效命之时。只看直隶臬司周馥年谱所记，便知李鸿章待范肯堂不薄：

（甲子）七月二十三日相国传见，出示电旨云：周馥于淮军情事较为熟悉者，着即派令驰赴前敌，作为总理营务处，联络诸将，体察军情，将进剿事宜电商该督，不可延误，钦此。余恭阅毕，不致辞，即请速回省交卸臬司篆务，以便启程。李相国属俟中秋后启行。先是有京大僚，议举淮军出身，现任三品大员，派赴前敌，帮办军务，意欲相国奏余前往。余力辞，相国曰："我不欲以此事困尔，仍当营务处可也。"遂奏奉总理前敌营务处之旨。时有友告余曰："此役必败无疑，尔往前敌何为？"余曰："明知必败，而义不可辞也，余从相国久，不忍不顾死生，听之！"

八月初一日交卸臬司印务……二十三日抵沈阳，谒裕寿山将军禄，定静村将军安、依尧山将军依克唐阿，并盛京五部侍郎等，知平壤各军已败退义州。二十五日由沈阳启行。

九月初三日在途接李相国电……初九日往安东县晤聂士成、马玉昆、卫汝贵、吕本元诸总戎等……初十日回凤凰城调宋祝三军门，时彼已奉旨帮办北洋军务。十二日送宋祝帅赴九连城，此后住凤凰城与袁慰庭商办转运各事。

周馥、袁世凯都是李鸿章责令赴前敌办理粮台及转运事宜的，范肯堂虽为幕宾，但既有粮台差使，亦可被派出关，而李鸿章并未让他身蹈危地。若此而犹求去，未免负义。

但到了冬天，范肯堂毕竟离开了天津。此行送长女孝嫦于归陈氏，作客武昌按察使署,署中有陈友谅墓,作诗以吊,而与陈散原唱酬之作,弥见情挚。《散原精舍诗》始于光绪二十七年辛丑,在此以前的诗集中未收,差幸肯堂有诗,略存散原此时的心境。有一首,题作"余以岁暮疾,还里,濒发而为风浪所阻,乃又喜与伯严兄得稍聚也,抚事有赠",诗是两首七律:

> 爱极翻成无不舍,归心忽断喜心回。故知雨雪为期会,转借风波尽
> 乐哀。家有疗饥田二顷,吾当烂引子千杯。茑萝攀附寻常事,鹤与长松
> 万古陪。

起句极深挚,非情到至处不能道。结语轻婚姻而重友道,以松鹤相喻,期许甚高,自许亦不浅。

> 海内飘摇十数公,更能坚许两心同。独成一往翻怜昨,乌有千秋果
> 慰穷。醉把文章传作笑,谈将身世渺浮空。淹留弗渡群真善,终恐岷江
> 不再东。

诗中颇有牢骚,而此牢骚亦两心所同。将归之前,肯堂夫妇有诗别婿女。其夫人出于桐城姚氏,贤而能诗,肯堂诗题是:"内人有诗别女,吾亦不可无以诒师曾也,遂次其韵。"诗仍是七律两首:

> 平生冰玉有余音,不觉推移望汝深。如此妇翁应可意,向来儿女未
> 关心。圣谟漠漠精犹粲,人海茫茫血见忱。万事不如文尽写,几年燕楚
> 对披吟。

> 乃园梅萼万千枝,塞雨江城入梦思。毕竟宦游渺如寄,不如心赏净
> 相宜。明时家国方忧患,历劫文章有陆离。再见飘摇定何处,怀贞履道
> 不须疑。

此诗明为"诒师曾",其实亦是劝慰散原。成行之日,又有诗别散原:"余独何为惜今日,支离撼顿一逢兄。寒江照此双心合,夜雨怜渠独角成。六籍死灰拼葬送,八方兵气忽峥嵘。谈余低首乘流去,窃把君诗海上城。"结语以此去携有散原诗集之故。"六籍"即六经,"六籍死灰拼葬送",当是用荀粲的典故。《魏志·荀彧传》注:"《晋阳秋》曰:'荀粲好言道,常以为子贡称夫子之言性与天道,不可得闻;然则六籍虽存,固圣人之糠秕。'"肯堂诗中的"死灰"亦犹"糠秕",虽葬送无所惜。但天道究竟为何? 非起孔子于地下而面叩之,不可得闻。此即散原诗中"汝舅还成问孔篇"的由来,诗乃写示陈师曾,令过通州特呈肯堂,此"汝舅"无疑地是指其"外舅"。

散原与肯堂酬唱的诗作甚多。光绪二十九年冬天,肯堂有金陵之游,作诗甚多,不索和而散原自和,不特交情,亦以气味相投,所以感应既深且切。肯堂有一

首七律《与刘聚卿晤谈后归而大雪为诗记之》：

> "刘郎胆略真堪羡，直向欢场券一年。嗟我百忧消雪后，也知生事艳春前。宫中待衍鱼龙戏，巷曲相呼羊酒天。倚遍薰笼忘瑟缩，小儒亦自负吟肩。"

此诗诙诡，当是别有本事在内。散原和作云：

> "逼仄江南无可语，只余残泪洒残年。（由南昌返金陵，便得席氏女弟凶问。）况当夜雪园亭畔，更觅吟魂几榻前。万古酒杯犹照世，两人鬣影自摇天。痴儿未解寒灯事，任咤尖叉合比肩。"

散原既和，肯堂相酬，其诗如下：

百国洋洋尽东作，嗟余寒寒未除年。曾无寸土关生事，亦自安心到眼前。见说螟蝻深入地，思量蟊贼岂由天？西山来日春如海，君看陈良锸荷肩。（按：诗题有说明，"伯严谓我，来岁当垦西山"。）

散原得此酬作，有《雪夜再和肯堂兼感近事》诗：

> "拂衣艺上百十事，放艇江南三四年。几共子吟狂雪外，独看谁卧短檠前。倾杯自照尾闾海，呵壁都成鳞甲天。莫便欷嘘对檐树，明朝饥鹊噪随肩。"

此四首诗的含义，须与另外四首诗合看。与此同时，肯堂有《感愤题金陵》两绝：

> 六代偏安真不易，五朝四姓尽人豪。当关不有强梁手，卧榻能容揖让高？

> 衣冠文弱君休笑，烟水南朝性所钟。正作清谈皆老佛，要知斯世已黄农。

此诗借古喻今，所咏为南朝的故事。"五朝"为前五代宋、齐、梁、陈、隋，但隋都长安，故知此"五朝"乃指东晋、宋、齐、梁、陈。

诗咏六朝，题作"感愤题金陵"，自是喻今的言外之意，而其意何在，骤难索解。

倘谓关乎时事，则玩味诗意，应是江督之争。按：张之洞于刘坤一出关督师时，曾署江督。光绪二十一年年底，各自回任，二十八年九月，刘坤一殁于任上，仍由张之洞署江督。论资历张应真除，他本人亦颇有意于此，因为江督领南洋大臣，局面较湖广为宽，以"八表经营"自期的张之洞，更有展布的余地。不意一年之后，突以滇督魏光焘移两江。据沃丘仲子《近代名人小传》记：籍隶湖南邵阳的魏光焘，原是个厨子，从左宗棠西征起家。甲午之战时，是湖南藩司，带兵四营,随吴大澂出关,见王湘绮《游仙诗》中"南岳真妃首降坛"句下自注。及至兵败而回,吴大澂得翁同龢之力,竟得回湘抚任。而魏光焘的运气更好,不数月得擢陕巡抚,庚子年勤王,更一跃而为云贵总督。据说他通过曾经使俄的王之春的关系,走了荣禄的门路,由偏远的滇督移调江督。魏光焘自顾何人,不敢到任。到了第二年春天,张之洞内召,魏光焘才到两江接事。以此一段史实看,魏光焘自是"人豪",而他的"当关"的"强梁手",便是荣禄,此所以张之洞不能不在两江"鞠躬下台"。但此事已成过去,范肯堂不应于此时有"感愤"。

第二首前两句是自道,第三句为当时江宁官场的风气。魏光焘颇有无为而治的光景,近乎老庄。末句"黄农"指黄帝、神农氏,《史记·伯夷传》:"黄农虞夏,忽焉没兮! 我安适归兮?"据《索隐》:"言羲农虞夏、敦朴禅让之道,超忽久矣,终没矣。今逢此君臣争夺,故我安适归兮?"由此而观,肯堂的"感愤"是一己之事,虽与江督之易人有关,却非为张之洞抱不平。

按:范肯堂于张之洞初署江督将回任时,有《香涛尚书将移镇湖广而余从之乞近馆再呈二诗》七律两首。第一首结句:"韩书之上吾能耻,华发凄其不可言";第二首结句:"正苦低回惜同命,断无长铗向君弹",其情甚窘,其言甚苦。而诗末有自注:"余之来,尚书实招之,乃淡交。既接,而毁言日闻;故亦聊有所云,以观其俯仰。"是故《感愤题金陵》当是感愤其个人得失。

肯堂南归后,既谋两江馆地而不得,复以他的同乡广东巡抚许振祎的邀约,决定游幕岭南。其时为庚子年夏天,哪知刚到广州,即奉旨裁去督抚同城的广东、湖北、云南三缺,许振祎因而去官。皮之不存,毛将焉附,肯堂折回上海,另谋出路,其意仍在江南。到了九月间,戊戌政变已过,一切新政,都成陈迹,京内外所裁各衙门,尽复原状,不过广东巡抚变了鹿传霖。鹿是张之洞的至戚,少不得有人替他筹划,复去广州。

其时由于百日维新归于泡影的一番朝局大变更,凡思想稍稍开通有"新党"之嫌者,走避江南的很不少,大都住在上海,托庇于逻卒所不及的"夷场"之内。此辈与肯堂气味相投的很不少,因而他亦淹留十里洋场,颇得友朋之乐。

及至二十五年十一月间,两广总督谭钟麟以疲老罢任,而京中端王载漪及假道学徐桐,以及比徐桐略胜一筹的承恩公崇绮,以端王之子溥儁为东宫变相的"大阿哥"。而在慈禧面前,能够与顽固派争一日之是非者,另有一个荣禄,其势甚孤。老谋深算的李鸿章,看出风色不妙,朝中还有大波澜,决意远避是非之地,因而以迂回的方式,自告奋勇,愿出镇两广。荣禄力赞其成,几番深谈,取得默契,一旦有事,内外相维。李鸿章乃于二月十日,在广州接任。

此时的范肯堂很矛盾,一方面不愿求李鸿章,另一方面又愁李鸿章不找他。这样在上海蹉跎到第二年三月,终于绝望,回到通州。在此寄居上海,侘傺无聊的日子中,却有许多好诗,有《除夕诗狂自遣》两首,可与陈散原论范肯堂甲午天津玩月诗对看:

> 岁岁年年有更换,不见留光可稍玩。惟独今年除未除,雄诗百首长为伴。人言诗必穷而工,知穷工诗诗工穷。我穷遂无地可入,我诗遂有天能通。我与子瞻为旷荡,子瞻比我多一放。我学山谷作遒健,山谷比我多一炼。惟有参之放炼间,独树一帜非羞颜。径须直接元遗山,不得下与吴王班。

此诗自述其诗的取径、特色、抱负,以及进境的由来,语直而深。"吴王"自是指吴梅村、王渔洋,路数不同,无可与班,而著一"下"字,自得之意可见。"径须直接元遗山",则一笔扫过明朝的诗翁,"前后七子"皆未在肯堂眼中。

肯堂自光绪廿六年庚子三月回通州后,不久即有拳匪之乱。当祸机刚发时,散原有丧父之痛,而肯堂亦居岳父之丧,但仍赴南昌西山,助散原料理丧事。陈右铭的墓志铭,即出于肯堂的手笔。散原的至交而兼至戚,计得两人,一为范肯堂,一为俞恪士。而与肯堂由于气味相类、境遇相似,诗文的造诣又在伯仲之间,惺惺相惜,其情尤深且挚。

癸卯以后,肯堂在通州办学,往来于江宁。办学之时,"一日而得匿名书盈寸",并不顺利。而且此时身体很坏,所赖以滋润心灵的,无非友朋之乐,而常到江宁,一半亦是贪恋钟阜之南,与至交载酒清游,暂忘侘傺。但似仍不免为人所嫉,《感愤题金陵》第二首,仿佛有明志之意,"衣冠文弱君休笑,烟水南朝性所钟",道其本性偏爱江宁;"正作清谈皆老佛,要知斯世已黄农",词旨微妙,意中似责似讽,其盘踞要津,莫以"清谈老佛",装作看破色相以鸣高。须知潮流所趋,大讲立宪,即回复三皇揖让禅代的时代,政由民主,未见得能长此盘踞要津。

我这个说法,并无本事作佐证,实在亦只是细参肯堂当时境遇,自然而然产生的一种感觉。不过,散原步韵的两首诗,却颇有勿作奔竞的讽劝。"笑啼自昔成千劫",言宦途的险巇;"性命于今值一豪",言历经千劫而此身无恙,本事不小,还是件值得自豪的事;"犹许区区豁双眼,雪泥没踝酒旗高",劝肯堂乐观自适。"我还又到兴亡地,微觉孤檠拥万钟",言不卷入政治漩涡,是最可贵之事;"蚁视玄黄参一解",道其个人对世事的看法是单纯的,不必与人争什么是非曲直,归隐著书,最为高尚。故特拈黄梨洲、王夫之二人,以为可作楷模,"而农"是王夫之的别号。

散原的讽劝,可确信其为由衷之语。因为他本人即有回西山开垦做隐士的计划,如前引肯堂诗"伯严谓我,来岁当垦西山"可证。因此,肯堂《与刘聚卿晤谈后归而大雪为诗纪之》一诗,玩索的重点,不在诗之内容,而在何以肯堂要写这一首诗。言为心声,心里想说的话,在他人看来,有无意味是一回事,为什么想说这些话,又是一回事。

肯堂此诗,制题及内容皆有隐晦,大致是在刘聚卿处,有过一番征歌逐色的韵事。看"倚遍薰笼忘瑟缩,小儒亦自负吟肩"的句子,则声色移人,已有不能忘情者。而诗中有艳羡刘聚卿之意,亦隐约可窥。

提到刘聚卿,不妨附带一谈。此人名世珩,字葱石,安徽贵池人。其父刘瑞芬,为李鸿章早年跟洋人打交道很得力的一个助手。曾督办厘金,署理过两淮盐运使,当过上海道,都是很肥的差缺。光绪十一年曾充驻英公使,回国后擢升广东巡抚,殁于任上。刘聚卿席父余荫,拥赀甚丰。本人在两江、在湖北以道员候补,与端方气味相投,当过好些差使。为人风雅,富于收藏,最有名的是"双忽雷"。

范肯堂两年在江宁,与刘聚卿常相过从,诗集中有《题刘聚卿晋义熙铜鼓拓本》、《聚卿招饮恰与去年雪后之招为一周岁》等诗。刘对范有所馈赠,亦是可想而知的。其时散原亦住江宁,但与刘聚卿似少往还,或者气味不甚相投之故。

肯堂殁于光绪三十年冬天,陈散原有三首极哀痛挽诗。

编者按:收入时本文有删节、校改。

徐骆　《记通州范伯子先生》

桐城姚叔节解元永概,于光绪三十年,为通州范伯子先生志墓有曰:"五洲交通,艺术竞胜,仅恃一国窳败不振之故习,不足敌彼族之方新,而朝野之论,又断断不可合并,故酿为甲午庚子之再乱。于是范君起江海之交,太息悲伤,无所抒泄,一寓之于诗,其诗震荡开阖,变化无方,读者虽未能全喻精微,无不知爱而好之,以一诸生,名被天下,噫,何其盛也!"

盖自伯子先生丧其前夫人吴,吴冀州挚父为介,耦叔节仲姊倚云字蕴素者,父子昆仲舅甥伉俪之间,更迭唱酬,极尽其乐,海内向望,莫不歆慕,以为生人之遭之快无以逾于此也。

先生之先出于宋文正公,与清初范文肃公同出文正江西之一裔。明季有讳凤翼字异羽者,以进士观政已,除滦州知州,闻都下有"银滦州"之目,耻之,疏改顺天教授,与顾宪成、高攀龙以气节相尚,而构者众,遂请告归,五起京卿不就,坐东林党夺职为民。时如皋冒辟疆、宜兴陈贞慧、桐城方密之、商丘侯朝宗并负清望,函书往还,声气互通。南都破,清军勘定郡县,首任知州黑星,政暴戾,州人明万里、苏如轼如辙兄弟,倡众杀之。清大军驻扬州,一时传有檄大军屠一州之说。异羽乃走南都,谒当道,仅戮首事数人,州赖以安。自是异羽隐军山,又八年乃卒,年八十一,天下称为真隐先生。史忠正公可法钦其为人,为著《范公论》。

异羽子讳国禄,字汝受,筑十山楼,啸傲其中,故又号十山。与方密之同就学金陵钱邦芑中丞之门,入清不应试,膺聘修州志,构奇祸,几破其家,然里中至今迄不知始祸之因。善为诗,渔洋山人王文简公赠诗云:"翩翩浊世佳公子,只有扬州范十山。"通故扬属,故云。而海内传诵"杖藜扶入销金帐,一树梨花压海棠",则异羽戏赠其友李君纳宠句也。

十山而下,阅四世曰懒牛翁,字完初,讳崇简,是为先生之曾祖。完初与胡尚书印渚、李学博渔衫友善,印渚以乾隆五十四年大魁,渔衫三中副榜,尝于所著《怀旧琐言》(未刊稿,曾排日刊诸南通《通通日报》)太息言之。先生于光绪二十四年居冀州时,辑其先世诗曰《通州范氏诗钞》,序中称之曰:曾祖晚年,贫不可以言,独恃吾祖教授为生,吾祖每夕归,必得曾祖欢而后止。一夕,久之若不欢。问家人,曰:"岂有事耶?"曰:"无之,独丁氏送蟹辞耳。"曰:"故嗜此者,奚不言?"遂驰出门,脱中衣质钱,冥走数市,竟得大螯以归。熟而徐进之。曾祖愕曰:"丁氏物耶?"曰:"非也,固将烹矣。"乃喜而歌诗以尽兴。当世盖十一岁时,立于祖父之侧,父刚退,祖父谓曰:"顷汝父之欲吾笑也,与吾同矣。"

完初又善书,笔致秀淡有古法,不常作,得其缣素者争宝之。有子曰持信,字静斋,工诗,稿散轶,咸丰中寇乱,围城中成绝命词二绝。子六人,叔曰如松,字荫堂,先生父也。入徐清惠公浙抚幕,忽心动求归。及居父丧,邻火作,伏父枢大号,天为反风,竟无事。每大声读市上,大惊市中人。既殁,吴挚父为志墓,张謇庵誉修撰为书而刻焉。挚父答先生书云:"命为文志墓,葬期急,得书迟,又老朽不能文,辞则义所不可,谨为此急就章,呈君兄弟,聊当挽幛挽联之用,不必果刻石也。"此文吴集不存,余藏有拓本,古茂朴实,至性之文也,而吴公挹谦若此,可深叹已。

溯自异羽,下迨先生兄弟,世世为诸生,优行瑰节,列于州志,后先相望,世泽之长,清德之美,求之他郡县不一二观也。

先生讳当世,字肯堂,号无错,原名铸,字铜士,卒于光绪三十年十二月初十日,年五十有一。葬州城东小虹桥北,即异羽耕阳阡也。

始年十四,出应试,榜发前列。明年,学使童华按临至州,日未移晷,文诗俱就。上堂缴卷,学使偶左倾,疑有咨询,立俟之。学使殊未觉。先生袖出淡芭菰管,徐就案上风灯取火吸焉,且朗诵其文而出。学使爱其才而短其狂,竟摈不录。故事,州试前列十名非文大胶误,无不售者,先生无故而摈,一州哗然。后童公语其故,群疑始释,盖有意抑之也。

阅一岁,以榜尾补诸生,仍前院云。旋食饩,有声庠序,而九试秋闱,不得一第。

三十五岁后,遂决意不再应试,于致张幼樵佩纶论不应举书,尽情发之,书略曰:"既谈学业,又不入场,一昔奉览之家书,或权辞而未尽,惧相国(指李文忠)不察,谬许其忠于所事,而他人直谓其一意以求官,又颇知我者不谓其高,即疑其愤,都非鄙心耳。当世自二十岁不与学政之试,则不复致力于时文,遇有故而后作,亦历年而颇殊,或颇以自验其盈虚,而未尝留心于得失,遇试则试,更无牢骚。或将引而下之乎,则向来固不习于斯;抑或推而上之,使断然自为一家乎,则曩者亦无是志也。"

此书所言,颇自贵其所为时文,惜乎不能遏其操守以就时趋而副有司绳墨,且甚鄙文风日沦于低下也。

闻先生自禁学宫,科岁试辄列三等,又不欲苟且以取上考,故于书中,慷慨言之。书中又云:"至如当世等辈砬砬之才,不能改趋于有用之途,而仍退然自画于无用之地,此真所谓窳败可笑之人也。知不复有轻重于世;而莫能隳其少小之业,偷为一身之娱,及乎濡于此者既久,而亦不免爱惜珍护之意胶葛于其胸,便欲撰著文字留俟百年之争,以为中国圣人之道,等而下之至于吾侪之所为,乃亦有其不可废者如此耳。夫明知其当废而亦且争之,以为此乃凡民血气之勇所当然,又不自量其为何如人而强与于争之数焉者,以为此亦凡为秀才者所有事也。"

先生尝以一国有一国之所私,一家有一家之所私。苟有所守,出而争之,从古圣贤不以为怪也。自其从读书识时务,不可奈何而谋所以但娱其身者若此,故外此皆不复措意。因之游谈十年而产不进,不以为贫,九试不得一科,不以为贱。独因病几殒,因而废试,亦不以为高。尝累陈于乃翁,而荫堂每听之者也。

幼樵时颇贵显,又为文忠爱婿,以文忠意欲先生勉出应试,不意先生不变初志,直率谢之。于书末"相国未宜渎,藉足下一转览之何如"二语,知幼樵之劝驾,本出文忠授意,初不知先生敝屣荣名,早不以一第挂诸心目,而从事文字乃秀才应有之事,不为科名也。

先生尝大病,自志生平仅数语以贻其季弟秋门(名铠,拔贡,官知县,尝著

《南通新志》,卒后里人谥曰孝毅)曰:"范氏之先,以俭德世其家,至当世而俭德衰矣,善为时文,自谓当今第一,古文师事武昌张裕钊,兄事桐城吴汝纶,而为曾国藩私淑弟子,中年颇好声伎,妻死后,不复为,继妻姚颇贤",又曰:"兄千秋后,志墓加生卒年月可矣,即以烦吾弟,不必学子由之琐琐也。"

观此足以见先生之自负矣,然同时至友皆以为实录。

吴挚父与姚叔节书云:"独肯堂穷困,我竟无力振之。士不得志,则谗毁百端以尼其际会,不必问所自来,知道者亦置之不辩。当今文字无出肯堂右者,其窘固其所也。"又与先生外舅姚公慕庭云:"今海内文笔,如范肯堂者,某实罕见其对。"又答伯子书云:"前接傅相书,深以得名师为幸。旋接来示,敬悉宾主融洽,傅相英雄人,最善待士,世人往往谬议,正坐未见事耳。吾为执事作合,乃自揣文字不足以阐扬傅相志业,将以千秋公议付之雄笔记载,以正后来国史,不区区为目前计也。"叔节为先生志墓又云:"武昌张先生裕钊,有文章大名,客江宁,君偕张謇、朱铭盘谒之。张先生大喜,自诧一日得通州三生,兹事有付托矣。"义宁陈三立散原为先生文集序云:"君之文敛肆不一体,往往杂瑰异之气,而长于控搏盘旋,绵邈而往复,终以出熙甫上,毗习之、子固者为尤美",又云:"顾所为制举文,与所为古文辞相表里,以故终不第。"

诸公所论,以证先生所自举"引而上之,推而下之"之语,不觉其过也。

先生初谒濂亭,濂亭欣然赠以序,于其文极欣赏,而以云为喻,言其变幻波谲,不可方物也。先生自书《送彭蒂亭之官安庆序》后曰:"此最初见赏于吾师者,评以为气格逼近昌黎,乃并其意量肖之,可谓豪杰之士矣。"又《辨柳子厚八骏图说》,亦记其后曰:"作此等文时,挚父先生特欣喜过当,而吾师不谓然,复书'论矫强自然之分与真伪雅俗之所判,其端甚微,其流斯远',当时悚然听之。其最称许者,则《题张氏墓图》一首耳。"

以先生为文,不规规于桐城,而张、吴持见各异矣,故马通伯及仲实(永朴)、叔节皆绝推隆其诗,而不甚论列其文,诚以先生不为桐城囿也。

先生对于文派,初无成见,于桐城派与阳湖派,未见姚、张有异同之句,足见其惟知致力于古。余昔见先生三十岁前文数十篇,挚父、濂亭均加评点,然颇自鄙薄,后自定文稿,皆未收入。先生始所亲炙者为兴化融斋刘先生熙载,文集卷一有《哀祭刘先生文》,中有云:"当世年二十而知有先生,盖闻之锡爵(如皋顾延卿,诸生,尝从薛叔耘出使英法德意,即先生诗首篇"十五逢延卿"者)。锡爵初不欲当世之骤见也,以为退一乡一国而友天下,必其识足以观天下之善士,苟尚非其人,则宁姑舍是。于是当世怀愿见之诚五年,然后乃见于先生之里,退而上所为文数十篇,则先生以为可喜也。至于明年,先生在龙门,龙门弟子孙点(点,字圣与)以书来告曰:'先生念子,子不能来,则先生就子矣。'于是当世以秋八月往,先生穷日夜之力而与之言,于其将行也,而为改定《亲炙记言》者七纸。"

融斋先生为同光大儒,生平学问,见于所著《艺概》,此书为后学津梁。惟先生于融斋,后先仅两见而已,而终身事之,古人风义,不可及也。

先生北游依挚父冀州,实张蒿庵为之介,蒿庵手订年谱有荐肯堂于冀州吴公语。然就先生诗"一诗落人间,遂为吴公得"句,则吴公固早知先生矣,乃辗转求之,或由蒿庵而知其踪迹耳。

挚父致濂亭书云:"铜士至今无消息,不识何故,弟以盗案不获,方拟怀惭自退,故亦不望铜士北来。"又一书云:"范铜士近有消息否,弟因盗案未获,进退狐疑,今案有端倪,仍拟书币走聘也。"又答濂亭书云:"前接长至日手书,并寄示范函,某于此君梦想三年,迄未合并。此次作书奉招,而范已决计北行,可谓神情契合,南有南皮而不往就,此则老兄在北,得使弟如孟德挟天子归许下耳。"三书并于先生北游有关,蒿亭作介,或另一说也。

先生原以广雅张之洞聘修《湖北通志》,既蒇事,且有后约,而先生以濂亭在保定,遂决意舍张而就吴。其初至冀在光绪十一年乙酉三月,先生年方三十,留四月,至七月南归,时冀州人文极盛,如新城王树枏晋卿(晋卿,光绪丙戌进士,官甘肃新疆布政使,年八十余殁于壬申、癸酉之际,以耆年硕学,由国民政府明令褒扬)、武强贺松坡,并以文学著名,挚父悉招致之,以教其州之子弟。先生文集卷三《重修观津书院增建试院记》云:"吾之来游冀州也,以州牧桐城吴君之招。吴君之为州,专务积产书院,以富其贤豪之人,而使之从容致力于学,盖合其五县之子弟而大造之,五县令顾不自为也。"又云:"吾还江南,冬又来,则郑君已有钱六百万修复观津书院,聘吾为师。"(郑字筠似,名骧,官武邑令,挚父集有《郑筠似八十寿序》云:"故事,摄县率一年为限。余为请于大府,留君三年,以竟其事。自初迄终,经画井井,于是武邑之俗大化。)先生为此文,在同年南归返冀时所作。又为郑题书院联云:"自来学校以书院辅之,如今比屋东西,稍有欢颜在风雨;吾为父兄望子弟成耳,此后一官南北,还将老眼看云霄。"此以筠似虽著教养之绩,而不能媚大府,因不安于其位,乃感慨言之。又代挚父题书院赠郑骧云:"明公家法有礼堂手订之经,异日当成通德里;此地昔时多燕赵悲歌之士,为我一吊望诸君。"挚父集亦载此联,易"手订"为"写定","燕赵"为"燕市",前人代作,不妨两集并存也。

是时冀州判张采南、吏目秦昌五,喜金石文字好为诗歌,挚父取署之备赋所入而三分之,俾各享千余金,因皆得以无事而坐啸焉。先生皆与流连,数见之诗中,以为生平所最乐也。

而王晋卿善为骈文,且专力《墨子》,而不能深知先生之为人,意颇轻之,见先生所为《山海》一文,以为不典,乃博稽载籍,拟山谷演雅示先生。惟先生所为山海原意,不过著所见捕鱼状耳,遂亦肆其不经之谈,成诗四十四韵和之。其诗恣肆横放,极其诙谲,晋卿亦为心折,以所注《墨子》转求计校,交乃弥深,往还以笃。

贺松坡善为古文,后于先生师事濂亭。濂亭在保定,由挚父为之介见,因与先生欢洽逾于侪辈。先生题松坡文稿及为松坡父苏生翁寿序,畅言其情焉。

先生居冀四年,挚父谢官,继濂亭为莲池山长,而先生亦以挚父之荐为合肥相国教其子,所居书室颇湫隘而邻庖厨,仅间坦牖。先生于家书及之,意不乐居,又以敬礼甚至,因安之。

会合肥七十赐寿,宴各国使节及王公卿相,嘱先生陪侍。半酣,合肥突以要务须先行,耳语先生少留俟。他人见之,不知何语,纷来殷勤,极人情趋赴炎凉之致,后以语人,以为至可哂也。

挚父弟汝绳官汶上,以睚误将撤职,一家十余口将因而流离失依。挚父以语先生。先生方病,乃令弟子李经迈、经进兄弟扶掖而见合肥,力为缓颊。合肥以法不可徇,谢焉。先生争不已,面红气促,怒形于色。合肥令迈、进扶先生少休。既出,至皇急,愧无以答挚父,又或恐人疑其不力于谋,竟逞意作一纸,令迈、进呈合肥,其略云:"天下令长不率职,而既不善其先,斯宰相亦不能诿为无事也。今吴令以惩惩不免于雷霆之威,其兄贤者,急而求我,是能自爱,亦即尊相国也,诚以一官系数十口之饥寒,非公畴能全之者,今虽七百里急递已不及,非急电恐无济耳,事迫辞直,惟公宥谅。"少顷,迈、进出,呈一纸,仅数语云:"汝令吴事乞缓,乃兄挚父贤者,文正公昔所深重,可推屋乌之爱"云。盖电东抚缓其狱矣,后汝绳竟以获安。先生后与弟书及此事,自云专与相国淘气,足想见其宾主之融洽。

然先生绝未尝干以他事,故与弟书又云:"相国语人,范师不欲保举,又不入场,吾亦无如之何。兄则谓我家倪元(先生之仆)得附案获保举冠翎顶,斯可豪耳。相国屡属幼樵讽令入场,兄复书具言其意云云。"书辞前述已详。先生薄视富贵,敝履科名,此可示其略矣。

书中于合肥寿辰诗文亦有论议:"相国寿文决意不作,而寿联固不可少,撰一联云:'环瀛海大九州,钦相国异人,何待子瞻说威德;登泰山小天下,藉通家上谒,方今文举足平生。'二三知言者固以此联为高绝,然议其冗者亦不少矣。

盖相国无平行之人,仅南皮相国(张子青之万)与之平行,而又无人为之撰此语。其他矫矫如翁尚书则云:'壮猷为国重;元气得春先。'未尝不自以为高,实则试帖佳联耳。张香翁(之洞)则云:'四裔人传相司马;大年吾见老犹龙。'其与幼樵信中尤自命不凡,以为无出其右,实则上联断非寿三十年宰相之语,下联亦属平平。二公如此,他可弗论。"按中国相司马矣,乃温公本传语辽夏所云云耳。书中又云:"挚父本相约同作武昌寿文,见兄文,废而弗作,集碑字寿之云:'文字空千载;声名动四维。'寿相国之文本相约不作,而但作寿联,见兄联,又废不作,仍集碑字云:'我国有大老;是身得长生。'天下服善,未有过于此人者也。"文集卷四有《武昌张先生七十寿言》,挚父答先生书论之云:"大作濂亭寿文,实为奇作,所请陪客与主人全不相涉,有如时文家所谓无情搭者。文乃错综变化,尽成妙谛,诡谲百端,此由才气纵横,体格雄富,用能因方为珪,遇圆成璧。令我俯首至地,纵欲以文寿濂亭,读此不得不焚笔砚"云云。又以原文论及李合肥及黄通政漱兰,即所居地称曰合肥、瑞安,实非古法,大率起于明代,古人就所官之地为称,未尝以藉贯为号,固宜避之。先生韪其说,乃易称合肥曰相国,瑞安曰通政,尊其官焉。

先生之诗,深入汉魏,而归趋于东坡、山谷。叔节尝誉为有清第一;散原以为苏、黄以下无此奇;吴江金松岑丈天翮,亦以为清诗巨擘,其与郑苏戡论诗书,极意称之;侯官陈石遗衍,选咸同诗,以为抑郁牢骚,诗境几于荆天棘地,不啻东野诗囚也,又谓工力甚深,下语不肯犹人,读之往往使人不欢。然伯子诗集十九卷,初由武昌排印行世,后乃刻于皖中。原本颇有误字,惜开雕时未尽校正,亦一短也。付刻之诗,曾未遴选,盖生平不苟作,作则存稿,故自二十五岁留稿,及其殁仅二十余年,得诗一千余首,可谓富矣。

尝读其诗,大抵平实近人,所蕴富侈,悱恻缠绵,虽纵横排奡,而得其自然,非故为聱牙佶屈,貌为两宋生硬割裂以售其欺者。石遗所谓功力甚深,乃道着语,至谓荆天棘地,乃境遇使之然耳。闻诸令子吾师文介先生言,未尝一见其攒眉苦吟,每作一艺,伸纸直书,更不点窜,即吾所散见诗文稿,皆与刻本无一字参差。此真瑰玉浑金,不暇雕琢,天然至宝也。

先生自论其诗在宋元之间,明清所不屑,有《除夕诗狂自遣》云:"我与子瞻为旷荡,子瞻比我多一放;我学山谷作猷健,山谷比我多一炼。惟有参之放炼间,独树一帜非羞颜;径须直接元遗山,不得下与吴王班。"论者以为当。而挚父于其诗尤倾倒,数评之云:"大诗纯乎大家,此数诗尤极纵恣挥斥之致。"又曰:"大诗所诣益高,赋品当在鲍江之间。此乃追踪古风,非时俗所有。吾读竟不以为君喜,乃反怨恨,既叹老颓,又深惜执事诗赋益奇,益复无人知者。"可谓极推崇矣。叔节所为墓志亦论及其诗曰:"君诗虽甚工,真知其意者无几人,数世以后,又孰能测君所用心乎,然巴比伦、埃及之古碑,希腊、印度之诗,西士好古者搜释之不遗余力也,以吾国文字精深微渺,实有不可磨灭者存,意必有魁桀之士,宝贵而研索之,殆可决也,于君诗又何忧乎。"叔节生平伏膺先生为最深,故所言亦较切。然其后马通伯尝规之,马亦姚婿,精为古文,所著《桐城耆旧传》,颇重于世。其为叔节《慎宜轩文集序》云:"叔节诗文共五卷,光绪戊申恽季申为排印行世……先是叔节寄我《范伯子诗集》,且品其诗为国中第一。余复书论肯堂诗所诣诚过绝人,顾诗家各有其性情体貌,正不容轩轾,且吾辈数人昵好,世所闻也,称心而言,人疑其党,因相约刻集彼此不相为序,叔节遂亦不余强也。余既尽读肯堂诗,私念今世宁复有是诗,又宁复有斯人者乎?"通伯虽亦推重先生之诗,其言特委婉,不若叔节之直为张目,使世人有党同之议。序中又曰:"世曷尝无人,有之而不与吾接,则等于无矣。幸而并生一城,又托为骨肉亲爱,当其生不知其难得,及其既逝,而乃与古人同致其慕想,而平生志业所期,虽亲爱或颇未相倾写,犹不若后人之我知,宁非憾耶?所谓戒炫粥者,又岂此之谓乎?"又曰:"肯堂之殁,余未有纪述,叙叔节文诗,感而思焉。若夫叔节才美,不后肯堂,同为吴挚父先生激赏,其名声已自能显于世,余故不暇以详,仍前志也。"综观前后所论,则通伯于先生之缱绻相思,可谓极其至矣。

至先生之诗,匪独能吐胸中抑郁,且能显其一腔忠愤之气,又或以诙嘲出之,虽处境至艰,苦语连篇,但读者每为破涕为笑,是又诗中别一境也。

其过扬州居逆旅,忽失盗,官为追偿以责主者,先生怜而受其半值,以是心境极恶,成《仆诫》五古云:"我行扬州市,败舆破赡帷。客久无衣裳,瑟缩严风吹。岂其吟不辍,恐为惊寒嘶。仆人反相告,诫我毋尔为。路旁笑者众,谓此成书痴。我果抗声否,恍惚不自知。笑亦岂妨我,不问舆中谁。仆乃始怫郁,怪我殊倾危。公为匿弗见,我面将安施。当时朱买臣,野吟妻羞之。何况大都会,冠盖纷传驰。分明同学者,绚赫多威仪。而忍作此态,主仆令人嗤。我闻噤不语,此人弗可欺。凭何相慰藉,富贵吾无期。惜哉汝不去,作笑无穷时。"读此诗,知胸中正有无限牢愁,极尽其调笑讥骂,虽云戏作,亦其深心也。盖先生闻仲实、叔节兄弟先已至扬,先生后至,而仲实以某氏遇之无状而已去,诗中"同学绚赫",实有所指云。

又《中秋》一律云:"噫余瘦削不成影,见汝盈盈在上头。一世闺人齐下拜,八方园实竞前投。移灯读曲行行怨,倚杖看云片片愁。病久可胜寒彻骨,颓然掩袂若为秋。"后此不久,先生遂下世,《石遗室诗话》即以此章以为诗谶也。然后闻文介师语,谓此诗颇有所蕴,有如东坡"琼楼玉宇"之词。时帝圉瀛洲,女主当权,方竭力于七十万寿,不以恤民裕国置怀云尔,则所云识言者,益失之矣。

又元夜狼山观烧长歌有句云:"白日已下天无光,荡荡乘空揽空宇。冥然一点两点出,忽焉稀疏见三五。不能一胸纷来如,泛滥崩腾骤如雨。大海分为无尽波,婉娈迎风颜色聚。直视又若星河翻,芒角摇摇煽残暑。倘其玉帝乘云观,已讶高天沉下土。自读庄生视下篇,便识乾坤无定处。"吾州元夜野烧,本古视田之遗意。是夕,农氓多以火炬循行田垅,以为祈祷,而登高纵览,尤属大观。南山近江,火阵横空,星光遍野,人争赴之,若海陵之观潮焉。此诗写其飘渺陆离,颇能尽致,啬庵后十余年亦有观烧之作,自谓不及,而诗中亦有范生不作之叹。而下写歌更为生动:"翻腾变化人为之,万众齐心不可御。居高听下虽不闻,因风送声可知语。他人有菜小如钱,吾侬菜若筐之钜。蟊贼尽死人则肥,如此云云咒田祖",又接写老农望岁之切云:"假令官长为娱嬉,岂能令彼一时举。正为灾祲动切身,各各燃薪写心苦。遂令山中蚑蚕臣,浩然独叹生民主。一诏弥纶有万年,百姓身家不可侮。"此诗作于庚子拳乱之秋,收句乃痛论焉。而并他诗"威公老去貂牙在,蒙氏蹉跎胜广强"之句,使当雍乾之世,不将罹文字之奇祸乎?

是时先生体已渐衰,自叹生平所学不切实用,昌言贱之,累见于歌咏,又洞悉当时大势,知非更新不足以图国本。而啬庵弃官归,致力地方实业既有成,次第兴教育。先生于其前创高等小学,告乡人谋所以肇始,得匿名书盈寸,多持阻挠之说,以紫琅书院王梦湘山长招游军山,感而为诗,末有句云:"圣皇忧勤日有诏,敬告海内无雕虫。官师贤能眼如炬,奚以若辈犹昏瞳。欲偷天酒浑难得,莫把松容掩醉枫。"自注云:"杨万里诗'小枫一夜偷天酒,却倩孤松掩醉容。'学堂之纷晓,盖有若松枫之类,依韵成词,乃得善喻,小枫何足道,孤松为可怪耳。"松,先生自喻,枫则指投书之人。论说虽烈,而终不为所动也。

观先生全集所作,皆有所指喻,较之并时诸家流连光景者大异。最豪于和韵,尝次山谷口斗韵至十余首而不穷,不为韵窘,此散原所以称道有加于苏黄者,以苏黄喜倡和而不能圆转自在如先生之纵横如意也。

先生手定文十二卷,初无刊本,藏于家者三十年,后徇《通通日报》之请,排日刊载,积数年始馨。报馆主者即印为小册,始与世人共见。其后故人子徐君刊大本于北平,既藏事,复重刊诗集,共成六巨册,且收入轶文数篇,及与挚父长函。余叔益修先生亲受业先生之门,即诗集所称为徐昂秀才者,为传冠于首。《通通报》又求得联稿,印成小册,惜无好事之人为刊大本。先生联语,亦以古文法为之,自曾文正而后,无与抗手者。

先生初娶于吴,生子罕,字彦殊,况,字彦刿,生女鞠,字孝嫦。彦殊殁,谥曰文介,诗至隽妙,石遗评其怪而可喜,以为喜作崛强语,瑰异别具手眼。啬庵赠诗起句云:"九代诗人八代窃,郎君十代衍家风。懒牛尚逊蜗牛贵,三范凭开一范雄。"盖范氏世传其诗,至文介已十代矣。彦刿能诗古文,惜不常作。孝嫦字散原伯子衡恪,衡恪字师曾,嫁数年卒,葬散原先公右铭中丞公墓西南二里许之赵家塘,先生亦为文志其墓。

吴夫人年未四十卒,先生方客湖北修通志,草列女传,闻耗成悼词四绝,记其二句云:"读遍三千嫠妇传,可知男子负心多。"伉俪之情至笃,因誓不更娶,尝绘《大桥图》以志悲思。大桥者,夫人母家在州东偏十五里许兴仁乡有小桥焉。夫人殁,欲图其貌而无从为书工言,乃倩其友文右泉同游其地而图其景物,以存其概。

后游冀,值姚慕庭先生方为少女择婿,挚父乃为之媒,而先生以前誓具在,不欲背言。挚父无如何,而必欲成之,密为书劫荫堂翁。翁复书权诺,又属延卿劝喻之,乃延卿阳劝而阴讽之,先生持其说以谢挚父,适以《大桥图》乞濂亭书端,即以示挚父,谓濂翁且许其志,他人不能夺之。而挚父媒之益力,先生终迫于父命,允焉。而慕庭忽惑于浮言,欲中悔。挚父大窘,乃为书抵慕庭云:"所论范氏姻事,前因执事及仲实累有书托,并言不嫌远省,但计人才,故敢为之导言。今范公来书,虽立言婉转,要已允诺,其所以委曲言之者,实肯堂故剑情深,誓不更娶,前时范公屡令更娶,肯堂深友(指延卿)从旁讽喻。肯堂坚持初见,仍以不更娶为词,其父不能夺也。"又云:"范氏本无议昏之心,而某由执事谆嘱,驰书劝之,既有诺矣,而尊处又若不甚见信,使某无辞以谢范,殊觉为难。执事前书专以此事见委,肯堂所闻知也,今欲改议,亦若难于置词。鄙意议昏专以择婿为主,其他皆其所轻,执事初见极是,若左右顾盼,长虑却步,则必至淑女愆期,交臂而失佳士。执事阅人多矣,知人才之难得,尚望采纳鄙言,旁人忌才嫉用,或多讲议,不足听也。况范氏但坐一贫字耳,贫非士君子所忧也。"慕庭得书议乃定,此即先生诗"蔼蔼敦诗媛,持以配当世。当时却不言,咄哉吴刺史,持我烟雾中,德我亦已诡"也。

姚范之姻既成,挚父亦为文记大桥遗照,备论其事,而以撮合为乐,颇以傲濂亭。

先生以光绪十四年十月就婚慕庭安福署中,到日呈一诗,慕庭大激赏,喜得才婿。婚夕,姚夫人闻有人吭声诵其诗中庭,使婢侦之,乃先生也。自是闺门之内,翁婿之间,倡酬无虚日。慕庭《五瑞斋诗集》云:"范无错当世来安福,出与挚父诸人倡和诗册示余,且徵和。余不工诗,且吏事营怀,无以答其意,乃率意口号,真朴之词,不复择韵。无错喜写册子,吾但书纸付之,或当见和。又闻挚父引退,他日千里赠言,亦未可知耳。"诗首章云:"千里结昏姻,择士在器识。横目宇宙间,所得百不一。大江出岷峨,浩浩接溟渤。苍茫海山际,万实藏其窟。咄哉吴冀州,珊瑚密网得。殷勤投赠我,两扎细如织。譬彼天风生,有翅不容捩。明月海上来,堕我清宵腋。如见冀州心,委怀乃非率。"此诗坦怀直写,喜得快婿之情,跃然纸上,固悔昔之执异见矣。又一诗云:"孤城枕山谷,溪水寒逾清。腊雨迫嫩岁,春至不可晴。阁前胡床客,不绝吟哦声。讵知庭中雪,已与阶砌平。朝来出琳琅,副缀皆连城。眼底颖西水,满纸欧苏情。皑皑万峰白,荧荧一灯青。文章与雪色,放眼皆光精。少壮不如人,垂老复何成。吾衰久矣夫,愧此泪缘缨。"此则推誉甚至,且有自叹弗如之概。

慕庭尝为张文襄誉为"名父之子,名子之父",曾文正亦以其名父之子而教之,叙其军劳而与之官,亦同光间大诗人也。仲实《蜕私轩集》有题妹夫范肯堂小影,中有句云:"三十二相有如来,何必今无范无错。"又云:"万家金碧楼豪际,乌帽青衫不世才。"又有《闻仲妹将至皖作诗寄之》云:"远行惟仲妹,家在琅山址。范君天下才,囊空学则侈。高吟动江海,李杜在尺咫。深闺互唱酬,佳句清如水。"又云:"再往大范亡,一棺寒雨里。会葬倾东南,交亲争作诔。庸儿纷满眼,斯人去何指。"仲实两至通,第二度盖会先生之葬,故诗中及之,而云"囊空学则侈",即挚父所谓坐一贫字意耳。

先生大名自在天壤,《蕴素轩诗》四卷附先生诗后,亦自常照千古也。先生成婚后,挚父已去官,乃荐之李合肥,即在其时,先生遂挈夫人北之天津,至甲午始南归,而"东床西席,狼狈为奸"二语,竟亦登之奏牍。东床指张幼樵,西席即指先生,觇此可知其宾主之水乳。然尚有短先生于李季皋者,遂有"绝交不出恶声,三载从游,得益良多,何敢妄言讥诽"之愤言。挚父闻而与之书,力辟其诬,以为以先生之风义,平日为人卜之,恐有传言过实之处,当今中外贵人,皆以诋排合肥为事,肯堂或唯唯否否,不欲触犯时贤,诚或不免,若谓推波助澜,并欲痛诋季皋以影响之谤,似出情理之外,肯堂不至出此。又以先生曾谒某公(按:观挚父后书,某公或指张文襄),欲图馆地,而有黄某毁之,目为李党。若果痛诋合肥,则黄谮必不行矣。况今之贵人,亦具相士之识,若甫离门下,递反眼骂讥,岂不惟闻者薄其行乎?故疑告者之增益而附会之,以成此谤议也。其后挚父又答季皋云:"近得令师范肯堂来书,于师相及我兄皆甚殷勤。又自言去年见张香帅,一论及师相,彼此即参差不合。肯堂称师相家资贫薄,香帅哂之,次日一城传笑此言,以为阿附云云。凭肯堂来书,似无违言,旁人是非,容恐莫须有之事。人如肯堂,似不宜遗弃也。"旋又一书云:"肯堂拜赐,弟如身受。此君文字在近日名流之上,师相久留宾馆,自宜有以始终之。执事亲执弟子之礼,尤宜有以振其饥寒,或为谋道地。鄙言无私,不妨时时达之亲舍也。"细味两书,似范李之间,曾一度有芥蒂,而挚父为之辩晰,始泯前嫌,亦见挚父于先生始终殷殷,爱才之心,昭然若揭,易世后读之,犹使人增风义之念。就先生挽李文忠一联观之,亦征其终始无间,联云:"贱子于人间利钝得失渺不相关,独与公情亲数年,见为老书生穷翰林而已;国史遇大臣功罪是非向无论断,有吾皇褒忠一字,传俾内诸夏外四夷知之。"感愤之情见乎词句。挽挚父则云:"君今安往乎,吾末之也已;不无善书者,莫能图何哉?"交谊至深,情无所泄,则浑沌出之,弥见其挚,是无怪今日犹传诵人口也。

盖无论先生之文之诗之联语,咸以情致胜。如挽吴夫人一联云:"又不是新婚垂老无家,如何利重离轻,万古苍茫为此别;且休谈过去未来现在,但愿魂凝魄固,一朝欢喜博同归。"此联他本谣传讹"又"为"既","苍茫"为"伤心","欢喜博"为"有幸庆",遂大有金铁之殊,而上联用杜公三诗题尤具匠心,且语重情长,岂俗手所能办耶?

先生自北返,再至江西,未久,慕庭以忤上官旨罢官,甫一月即殁安福署中,有挽联云:"我之今日亦何恨能加,惟有牵连并哭耳;公在人间更无缘遭妒,奚为委曲以死乎。"慕庭事大府多依古典,府,贤人也,父事慕庭,道,纨绔子也,嫉之而遂陷之,总督又不为辨曲直,慕庭遂郁郁以终。联语虽不及当时事,而于言外已具见曲折矣。

旋复至南昌,赴陈右铭中丞之葬,居中丞公崝庐匝月,为公撰墓志。时公以保奏新党得罪,罢官家居,立言极不易,而文特奇妙,诚一代大手笔也。散原酬以所影日本遗留之宋刻《黄山谷集》为润笔,先生复酬以诗有"小文云报吾滋愧,况以黄生内外篇"之句。

既自江西返,便道至扬州,留一月而回里。后一年一至淮安,自是不复远游,居州则为紫琅、东渐等书院山长。乃遭亲丧,哀毁成疾,比以谕旨办学,已病肺卧,强起为理,校事甫葳,病入益深。散原、叔节招使就医于沪,遂殁于沪,未终母丧也。绝笔赋落照诗云:"落照原能媲旭晖,车声人迹尽稀微。可怜步步为深黑,始信苍茫有不归。"

蒿庵为经纪其丧,丧车渡江,会送者极一时贤俊,沈爱苍、俞恪士、陈散原师曾乔梓、姚叔节仲实昆季皆会其葬。其日大雪初霁,山川一白,天亦若为斯人一变色也。里人追慕遗行，敬为易名曰孝通，顾晴谷先生曾烜为之跋曰："在家为孝子，在国为通人。"诚定论也。又为之启云："范肯堂先生，代席向德，长都隽声，翩然盛府之元僚，卓彼君贤之先觉。豆笾妥俏，副先公孝子之名（按：荫翁谥曰贞孝）；千篇纵横，擅并世通儒之目。育英才即颖封人之锡类，念旧典如戴侍中之解经。许季长让弟立名，王福畤誉儿成癖。降绯衣于海上，迎丹旐于江干，引虞歌而归丧，准周解而制谥。正月十九日，诸生数百人，集于庠门，致之私邸。素车会葬，岂惟门生要经之情；元石勒铭，更有间史口碑之作。"誉当其实，可谓毫无愧怍者也。

先生不甚工书，而下笔有古意，识者颇珍惜之。言謇博在京师，与先生习，过从无虚日，藏先生手简数十通，随手涂雅，而有奇趣，语亦奇妙，中有"岂有堂堂范当世先生而惟一言謇博者乎"，乃为寻常游戏事而发者，謇博视如拱璧，哀而影印行世，余从友人王驾吾所一见之。

先生少时家綦贫，于所为《先母述略》可见其情也。"吾母既不及事吾大母，则独孝事吾大父，其间有至难者。不孝盖六七岁时，夜读于纺车之旁，而吾母泣语之曰：'我之初来，汝父一不论是非若何而轻绝我，非汝祖之慈，则不有汝矣。'不孝虽无知，亦觉是言之悲。"此所谓轻绝云云，则已不能得其实，询诸老辈，亦莫能言其详。述又有云："其后吾父因乱思大父，不复肯幕游。又惟居养不赡，则举所入悉以奉大父，而独恃吾母纺纱之所得养私家焉。凡吾母既成纱，则令不孝持至西门市尽处售之，买棉以归。其日必令不孝觅晨餐归进大父，日中则为大父具一肉，如是数年。"是先生六七岁，已役役于成人者之所为。是文集中不载，而能尽记一家友爱诚孝之迹，视熙甫述琐屑启性情何多让也。

荫堂翁有庶弟三人，其母每炊，以麦屑与米置一釜，而不令糁离，以麦饭食先生兄弟。一日，盎中糁数米粒，先生不识，讹以为蛆，闻者为大笑。此余闻之先生从子彦彬，谓先生知麦屑之为饭，而不知饭之别有米也。

先生始出，即有大名，与蒿庵同应试，先生亚于冠军，而蒿庵见摈。蒿庵之师语蒿庵曰："若千人试，售者九百九十九，其不售者必若也。"蒿庵愧愤，乃书"九百九十九"五字于坐卧行止所经以自动。再试，上列，而先生落，蒿庵自订年谱记其事，故老相传，即学使童公故抑其傲慢，非战之罪也。

同时挚友如泰兴朱铭盘曼君、如皋顾延卿、海门周家禄彦升、同里徐石生麟翔、王云悔尤、马勿庵毓鋆、顾裘英曾灿，均深相结纳。尝与曼君、蒿庵舟行至仪征，联句倒押五物全韵，及《诸葛忠武侯画像连句》七古，及《哀双凤》五排，有联句小序云："双凤，不知何县人，粥为如皋倡女。（曼君）与许生识，遂订嫁娶，许既贫，不能如鹄欲，往来稍稍间，而凤终不妄接人。（啬庵）鹄患之，以忧归，濒危，属曰：'收我者，许也。'吾侪固旧识，闻而哀之，作为此诗。（肯堂）"今三诗朱、张二集并载之，惟节去序中旧识一语。此数篇即前所谓"一诗落人间"者也。是时先生始幕游，客吴武壮浦口军中，文诗存稿，即始于此。后啬庵中顺天乡试南元，为翁文恭所得士，先生客于合肥，以所主政见各异，二公遂亦异趣。中东甲午之衅，翁李和战之争，传二公阴主之。此事知者极少，二公家书曾各露其微旨焉。晚年时异境迁，欢洽如初，故先生之殁，啬庵挽以联云："万方多难，侨扎之分几人，折栋崩榱，今后谁同将压惧；千载相关，张范之交再见，素车白马，死生重为永辞哀。"盖方同致力于教育，前嫌已尽释，一生一死，乃见交情，遂不觉辞之悲苦矣。此与先生吊祭啬庵太翁润之先生时，诚不可同日而语也。文集卷七《祭张封翁润之先生文》有云："嗟两家之兄弟，逐风尘之累迁。既酸咸之各异，亦升沈之各天。"又云："昔金恭人之殁也，余不惮百里而星奔；恨公丧之独否，属有故而羞陈。殆昔勤而今惰，岂今疏而昔亲？自问百不如贤子矣，犹庶几乎斯言之能诚。"其时为光绪二十一年正月，在啬庵大魁之次岁。金太恭人殁于光绪五年，无葬地，荫堂翁赠以耕阳阡池南田八亩，先生文集卷一有《归田券》，则前后才十五年，交之亲疏，灼然可见，而祭文所云，殊不能掩其迹也。

先生高不逾中人，而特魁伟，面白皙，有微髭，吐音弘亮。平居手不释卷，虽游宴亦以书帙自随。恢弘有大量，金钱到手辄尽，喜奖掖后进，从游之人，收科第者相望。弟钟字仲林，进士，为令河南，乡谥孝和；铠拔贡，为令山东，乡谥孝毅，皆受业于先生。仲林尝与易实甫顺鼎、散原游庐山，成《庐山诗录》合刻，著有《蜂腰馆诗集》。铠字秋门，以生年属酉，故以为字。善古文，濂亭尝赠联云："此才冠当代；吾道有传人。"爱重极矣。工书，学濂亭得其神似，与二兄并负时名，世所称为南通三范者也。

先生生平尤笃风义，不以丝毫芥蒂存于胸肠，勿庵、云悔、裘英、石生均前死，为经纪其丧，赡其孤稚，无微不至，故叔节墓铭并著之曰："猗与仁人，世有范君。大本既立，发为高文。若最其行，以儒而侠。友死孤稚，娟娟者妾。君引任之，以濡以沫。（指立云悔之寡妾为继室，而督之以门户者也。文集卷六有《立云悔之寡妾为继室之告文》）襄无一钱，求者踵门。计子而贷，汝裤汝馈，胸中恢恢，齐其仇恩。欺不汝疑，背不汝怨。有李生者，尝为人言：岂大奸与，不即圣贤。何奸何贤，有蕴弗宜，吾铭未信，曷读诗篇？"李生或谓为先生友人李磐石安，先生诗"一从令子为兄弟，长使他乡役梦魂"呈草堂先生者，即其人也（草堂名芸晖，安之父），或曰即李季皋，弗能证焉。

　　沃邱仲子费行简《近代名人传》，列先生于文苑云："工为诗，菲薄唐贤，发为篇章，兀傲健举，沈郁悲凉，匪独超越近时学宋诸家，其精者直掩涪翁。文亦简奥苍坚，惠隶桐城。不善治生，终身困匮，锡良、端方，交致币聘，卒不一应。标格清俊，惟天际孤云，绝岭乔松，差足拟之。自其既殁，而浮薄文人竞作，肥遁坚贞之谊，遂不复见于国中矣，乌乎。"行简庶几真能知先生者矣。

　　汪辟疆作《咸同诗坛点将录》，目先生为霹雳火，或以先生之诗大气磅薄，一往无前，差相似耳。余又见李审言《怀人诗》，有怀先生一绝，尊曰范肯堂师，迨先生下世，审言与人书而曰"吾友范某"，生死易称，大可哂也。

　　而无锡钱基博子泉，于民国二十三年撰《后东塾读书杂记》，刊诸陈灝一所主办之《青鹤杂志》第十四期，其首篇所论，即为先生文集。其抉要语曰"粗读一过"，已与其原引"发微抉奥，观其会通，究其流别，六通四辟，其运无乎不在"之旨，大相径庭。而论先生之文曰："议论未能畅茂，叙事亦无神采，独以瘦硬之笔，作呻吟之语，高天厚地，拘局不舒，胡为者邪？吾欲谥以文囚。"然又引散原序中赞美之词，以为知言，是明知其美好矣，而复曲解以诋毁之，无论言之矛盾，亦已流于轻薄矣。又论先生之诗曰："范氏诗出江西，齐名散原。然散原诗境，晚年变化，辛亥以后，由精能而臻化机。范氏只此番境界，能入而不能出，其能矫平孰以此，而仅能矫平孰亦以此。"

　　其书既出，吾友冯静伯见之，以子泉所言，近于昏瞀，抵书辩驳。子泉辞穷，复书一敛横恣之气，语调亦变为谦抑，而谓静伯近于误会，且谓范先生"风流文采，照映人间"，前后毁誉，判若两人。而静伯复集前后书札悉以寄之灝一，并揭于《青鹤》。子泉不堪，复致长函于灝一，而所以称誉范先生，遂亦不自恤前言，崇扬惟恐不至。同时徐益修先生亦著论，以子泉以散原序文"控搏盘旋，绵邈而往复"属于阳刚，而不知深研细索，此正属于阴柔也。子泉并此而不知，遑论其余矣。

　　吾师曹君觉先生亦致书静伯，劝其且已，并云"曰粗读，曰一过，已与子泉自言发微抉奥者左。钱君负江南重誉二十年，兴会所至，不暇细绎而著为说，蹈近人整理国故者之常失。吾辈当以为戒，轻薄之言，施诸乡里先哲，其自损实厚，濂亭先生手批肯堂先生文，及肯堂先生手批《古文辞类纂》，若早行世，恒人或罕为相度之言"。此事辩讼，首尾数月，报章亦竞相转载。余时主《大江北报》笔政，乃汇而印为单行本。子泉闻之，亦颇减其锐兴，而后东塾所谓读书杂记，遂亦中止，不复见诸《青鹤》。

严迪昌 《范伯子诗述略》（据《文史知识》2003 年第 8 期）

　　晚清同治、光绪年间以诗名于世的范伯子,最足称不假诗外名位以为推力的本色诗人。有清一代诗界,诚如赵执信《钝吟集序》中所言:每"挟官位以为重","卿大夫恒以官位之力胜匹夫"。于是,汗牛充栋的诗集固多予人纱帽气、缙绅气挥之难去的感觉,即若繁芜的诗话笔记所载述者亦大抵以科名、门第、职位之重为论评视野之范畴,寒士布衣、草根底层历来被论者所忽略。闽中陈衍以诗论著称近代,其《近代诗钞序》即曾概括清代二百余年诗界"以高位主持诗教"这种史实,说在康熙朝是王士禛,乾隆朝则有沈德潜,到道光、咸丰时期又有祁隽藻、曾国藩。可以想见,正是在此种流风指向的鼓动下,凡"寒"或"野"的诗情诗境,不免遭轻慢贬抑,缘其既不合"盛世"或"中兴"气象,亦不符温柔敦厚、怨而不怒之诗教。惟其如此,所以陈衍的《石遗室诗话》说到范伯子诗时说:"诗境几于荆天棘地,不啻东野之诗囚也","读之往往使人不欢!"高名如石遗老人也不易别具一副眼光,殊不知那原是个国人无欢的时代。

　　范伯子(1854—1904)谱名铸,字无错,后易名当世,字伯子,号肯堂。少时即每出语惊长老,与张謇、朱铭盘同以才学称。师事武昌张裕钊、桐城吴汝纶,张氏曾有"一日得通州三生"之惊叹。继之,伯子两弟钟、铠亦名起,复有"通州三范"之艳称。原配吴氏卒后,继娶桐城姚浚昌次女倚云,旋与岳丈及二妻弟永朴、永概及连襟马其昶频密唱酬并切磋古文。甲午战前曾从幕李鸿章节署,姚永概《范肯堂墓志铭》谓其时朝政"仅恃一国窳败不振之故习,不足敌彼族之方新,而朝野之论又断断不可合并,故酿为甲午、庚子之再乱"。伯子"起江海之交,太息悲伤无所抒泄,一寓之于诗。其诗震荡开阖,变化无方,读者虽未能全喻精微,无不知爱而好。以一诸生名被天下,噫,何其盛也!"读来"不欢"之诗实乃时代使然,时世人心所孕育出的诗得读者"爱而好"应是必然事,姚氏所论乃公道语。

　　论者又每好言范伯子成姚氏婿后,穷研惜抱轩主人姚鼐文,得桐城一脉法乳。其实通州范氏自有诗文化之家法承传。伯子《通州范氏诗钞序》说:"盖自我之有家于通州,于今五百年,一显于明季,入国朝遂无复有位于朝列者,仍世贫贱以著书自娱。"范氏系崇川人文世族,明末"一显"指伯子八世祖范凤翼,进士出身,明亡后逃禅八年乃殁。其子范国禄字汝受,号十山,此公"国变三十年不履金陵",以志节为时人誉称,尤以诗名于世。著《十山楼诗》等,与子范遇(濂夫)之《一陶园诗》均享盛名,交游亦皆遍天下,若陈维崧、孙枝蔚、邓汉仪、汪懋麟等尤称莫逆交,范氏之代有诗人当始自是。《序》之结末说:守持先人遗诗"俾范氏之子孙简而易诵,知昔人之艺如此其精,而名声利禄之际乃有如彼其淡然者也。不怨不惧,前修之从,则吾范氏之泽未艾乎!"此即为一种家族人文风范的沿波讨流。读伯子诗,不明乎此"门风",必难以得其精义。

《范伯子诗集》十九卷,存世古今体诗一千一百零七首。葆真写心,是伯子诗最见优长处,学苏(东坡)学黄(山谷)则是一种诗艺取舍之功。倘不着眼前者以谈范氏诗,徒议其诗风诗艺宗奉所在,进而计较于体格范型,纳之于"同光体"中成一翼或别支,凡此舍诗心以论诗的体派,均属本末倒置之说,无法跳脱前人设置的牢笼,必也不能摆落清末遗老遗少特定的诗之趣好。

善于写心实即擅于抒述一己情性的哀乐,"写心"是最具个性化的审美行为,亦是能超出千人一面而在既定格律声调中展现诗人的原创能力。作为一介书生,范伯子有其用世之心,原亦具自家的抱负。但时世昏浊,虽为"名诸生",仍只能空怀忧愤,抑郁以终,无所用于世可谓彼辈的不可逆转的命运设定。于是,他的家国情必也凄苍荒茫,沉痛在心,又无奈徒唤。对此,只需读其诗集卷九,作于甲午海战前后之诗即可具见。试读《寄某御史》:

> 烬余士卒生还少,孤注楼船再战无。九代垂衣魂梦警,卅年补衮血华枯。柏台尚作栖乌舍,莲幕终分养鹤符。疏有千篇诗百首,一般无用恨为儒。

"一般无用"是末世儒士阅历浮沉的慨叹悲苦心语。范伯子在当时不算激进超前者,但也绝不是落伍之冬烘。其儿女亲家陈三立在跋《范伯子文集》时说:"君虽若文士,好言经世,究中外之务。其后更甲午、戊戌、庚子之变,益慕泰西学说,愤生平所习无实用,昌言贱之。岁时会金陵,稍喜接乘时之彦及号尸新学者,下上其议论。"这应该就是与时俱进之心,原系中国士人传习相承的兼济天下精神。然而那却是个腐朽的政体统治时代,出路何在?范伯子心头笼着驱之不去的阴影,愈来愈陷于迷茫无望的思绪,别具一种下层才士的悲剧典型性,从而也更具普遍性。所谓悲剧意义即此辈虽无惊世骇俗、特立独行之举,但深深呼吸着时代风云,感受世变前的郁闷昏黑特为敏锐。言为心声,诗也就每多透发出某种先机体验,《落照》一绝堪称不经意间所架构的意象,无异为"同治中兴"以来封建社会运行于末路的写照,同时也宣告一己生命的终结:

> 落照原能媲旭辉,车声人迹尽稀微。可怜步步为深黑,始信苍茫有不归。

"位卑未敢忘忧国"固是士人的优秀品质,但诗人毕竟不是职业政论家。作为诗人,必然有更为丰富多彩、细腻入微的感情世界。所以,位卑之匹夫仍忧患家国,然淑世情怀不是他们情感生活的全部。范伯子诗既有家国情,更多的则是抒发着诚挚真切的乡情、亲情。在飘转江湖间忆恋家乡,写其早时养病读书的黄泥山下的"新绿轩"情境,写天风海涛、江海寥阔中的狼山峰顶,无不动人心旌。亲情之写,既有兄弟手足情,亦有怡怡翁婿诗唱和之快意情,而尤以伉俪情笃之歌吟为珍异。清代以前,伉俪情少见于诗,有则"悼亡",却每情难见真。到清人诗中,此题材有长足发展,佳制渐多,伯子以晚期一作足称优秀。

诗人原配吴氏是位知诗而贤淑的女子,结缡十年称情笃而早亡。吴氏殁时,伯子正取道上海乘轮船赴湖北通志局谋生。船过狼山西上时辰,恰好为吴氏离魂之际。追抵武昌得噩耗时,诗人痛彻心底成《写哀》四首,一种哀恸触纸可感。前二首云:

> 耗至惊看吾父笔,行行老泪写哀词。如何薄命无妻日,正是过门不
入时。

> 一病新从九死还,分明给我去乡关。平生已种无边恨,此恨绵绵况
可删?

范伯子二年后返乡又作《题大桥影子》、《大桥遗照诗》追悼之篇。大桥,吴氏名。又一年更作《大桥墓下》,为范诗一名篇:

> 草草征夫往月归,今来墓下一沾衣。百年土穴何须共,三载秋坟且
汝违。树木有生还自长,草根无泪不能肥。泱泱河水东城暮,伫与何人
守落晖。

伯子继室姚倚云亦能诗,有《蕴素轩诗稿》五卷,夫妇间琴瑟弦和,酬应不断。新婚后不久二人联吟心绪正佳时,诗人"因而感怀前室,诵其遗诗,忽复与之流涕,蕴素用前韵,余复次之"。诗的后四句云:"好事只今疑过分,悲歌对子不能才。一篇残稿嗟何咎,十七年间事可哀。"姚蕴素此题原唱未收入诗集中,但有《奉题先姊大桥遗照》一长篇。如前所述,中国诗歌史上夫妇唱和佳制甚少,自明末往后酬应于伉俪间的作品渐见盛起,此实系一种特具文化意义的文学现象,是社会在前行而女性品位提升之景观。以范伯子而言,其虽自苦"指天画地幽囚里",然前后得佳偶,堪谓上苍给予不薄的人生补偿,于诗史则尤称佳姻缘。姚氏诗则特以一实证凸现这段诗姻缘的令世人艳羡,那首题遗照诗声情俱美,兹节一段作上述转注:

> 嗟哉此画所绘谁?万柳凄迷涂其幅。人间结境有许哀,从来此事
伤心目。纸上传心不传真,大桥魂魄今何属?义为一体不相亲,蘋蘩自

愧为君续。甘贫乐贱非我谋，不期富贵从君淑。（遗诗有"唯应作贤者，富贵不相期"之语。）天意并许归斯人，纷华安得移素欲。揽图援笔百感并，写我凄凉致我情。

《光绪三十年中秋月》是范伯子卒前数月所吟。"中秋月"历代诗人笔下可谓车载斗量；但这一首要算写得最令人丧气，诚是"令人不欢"。诗语平易中见奇崛，不刻意求工而工之于极致。伯子前中期诗多有瘦硬奥折而时也不免生涩枯槁感，至此则深得自然流转又清折之境毕现：

喑余瘦削不成影，见汝盈盈在上头。一世闺人齐下拜，八方园实竞前投。移灯读曲行行怨，倚杖看云片片愁。病久可胜寒彻骨？颓然掩袂若为秋。

读范伯子诗，益增不囿前人陈说之必要，从中寻觅辨味中国士人历经千百年而至于末世的心绪心境，实为此类诗集别具价值之所在。

姜光斗 《同光诗派中的翘楚——范伯子》

（据《苏东学刊》2000年第2期）

古人所宝文章境，岂与小夫争俄顷。
对面相看泰华低，发声一奏雷霆静！

诗人宏视阔步，睥睨一切，显示了他纵横驰骋于近代诗坛的不可拘勒的豪迈气概！这决非大言哗众、傲气骄人，而是诗人信心十足的自然流露。钱仲联教授在《三百年来江苏的古典诗歌》一文中说："到了同治光绪年代，以陈三立为首的同光派诗人，展开了宋诗运动，在江苏的一面旗帜是范当世。"又说："当世诗雄才大笔，浩气盘旋，与其他同光体诗人以僻涩尖新取胜不同。内容也比较能反映现实……近人论同光体诗，笼统地贬斥为形式主义文学，范当世的作品，正好有力地否定了这一不公允的论断。"事实胜于雄辩，范伯子的诗歌成就决定了他在中国诗歌发展史上应有的地位，任谁也否定不了。

范伯子（1854—1905），名当世，字无错，号肯堂，原名铸，字铜士。有弟钟、铠，皆能文章，合称"三范"。当世最长，所以称"大范"或"伯子"。江苏通州（今南通市）人。出身于通州世族，据他自述，"盖自我之有家于通州于今五百年，一显于明季，入国朝遂无复有位于朝列者，仍世贫贱，以著书自娱，历年既多，虽无丧乱寇燹之灾，散失亦略尽，其仅存者犹百数十卷。"（《范伯子集·通州范氏诗钞序》）由此可见，范伯子的诗歌的深厚功力，在很大程度上得力于悠久的家学渊源；当然，也得力于他的广取博采，好学不倦："初闻《艺概》于兴化刘融斋（熙载）先生，既受诗古文法于武昌张廉卿（裕钊）先生，而北游冀州则桐城吴挚父（汝纶）先生实为之主。从讨论既久，颇因窥见李、杜、韩、苏、黄之所以为诗，非夫世之所能尽为也。而于李诗独尝三复。"后又得桐城姚鼐孙女蕴素为其继室。蕴素颇有诗才，著有《蕴素轩诗集》，夫妻唱和，切磋诗艺，伯子颇得其助。蕴素之弟姚永概，也是近代诗坛著名诗人，有《慎宜轩诗集》，其诗秀爽警炼，沉郁顿挫，语必生新，志在独造。不时与其姊夫范伯子讨论诗艺，互有影响。

据范伯子自叙，通州范氏乃宋代著名儒将、杰出的文学家范仲淹之次子范纯仁的后裔。但世代邈远，无法详考。兹据范伯子《通州范氏诗钞序》和范曾《家翁诗序》（载《子愚诗抄》），将其世系表列于下（旁支略去），以清眉目：

[宋]范仲淹（希文）——纯仁（尧夫）……[明]盛甫——均用——廷镇——秉深——禹迹（九州）——介石（希颜）——应龙（云从）——凤翼（异羽，有《勋卿诗集》）——[清]国禄（汝受，有《十山楼稿》）——遇（濂夫，有《一陶园存今诗选》）——梦熊（君宰）——兆虞（韶亭）——崇简（完初，有《懒牛诗抄》）——持信（静斋）——如松——伯子（有《范伯子诗集》）——罕（彦殊，有《蜗牛舍诗》）——[当代]子愚（有《子愚诗抄》）——曾（当代著名书画家）

范伯子与近代史上著名实业家和教育家张謇、泰州著名骈文家和诗人朱铭盘相唱和，当时称为"通州三生"。三人同去拜谒张裕钊，张大喜，"自诧一日得通州三生，兹事（指文学事业）有付托矣。"（见姚永概《范肯堂墓志铭》）

范伯子虽极有才华，却屡试不第，以诸生终。他曾应吴汝纶之邀请，去保定莲池书院讲学，"君初在冀，所教诸生，多为通材，知名于世。家居及道途所遇人士，有一语之善，必扶植之。其经承君讲授者，悉有成就，收科第者相望，两弟一成进士，为令河南；一拔贡，朝考一等，为令山东。而君卒以诸生终"。他在莲池书院时，与古文家贺涛齐名，有"南范北贺"之称。范氏一生，致力于诗文创作和教育事业，至晚年，虽"学堂令下，君已病肺卧"，仍"慨然强起，以助国家长育人才为己任"，在家乡积极参与筹办通州小学堂。

范伯子具有维新思想，"颇主用泰西新学以强国阜民"（马其昶《范伯子文集序》）。陈三立《范伯子文集序》也说："君虽若文士，好言经世，究中外之务。其后更甲午、戊戌、庚子之变，益慕泰西学说，愤生平所习无实用，昌言贱之。岁时会金陵，稍喜接乘时之彦及号尸新学者，下上其议论。余尝引梅圣俞'谈兵究弊又何益，万口不谓儒者知'之句以谑之，君复抚掌为笑也。"他积极筹办新学，虽遭保守派匿名信攻击，仍然坚持如故，并勉励同事为了搞好教育，应不顾饥寒，不怕辛劳："尔我饥寒真细事，后先仓猝为劬劳。"（《梦湘来主紫琅书院，余亦从淮上归主东渐……》）对于为艰苦地筹集办学经费而劳碌奔走的同道如张謇先生等表示由衷的敬意，并希望他们能百折不回："嗟兹巨事山难任，嗟彼苦心河水深。行行且无畏，事大不如心。"（《筹议学费初集余病困不能多言卧听盘硕季直二君谈默然赞之》）对于资本主义国家的维新教育事业，充满向往之情。范氏有诗题曰《日本嘉纳治五郎以考察中国学务来江宁余方营通州小学校故于俞观察席上多所请质而感君来意甚悲甚惭即席为二诗赠行并因挚父先生游彼国未归附声问之》。诗曰：

> 吾曹所学真安用，泪眼乾坤见此儒。不信愚心生作梗，虚烦热血走
> 相输。青山一角方联社，碧海千层欲化涂。指点扶桑问君处，倘缘风便
> 一相呼。

因此，他让儿子进外国人办的洋学堂，后并去游学日本。范氏有《罕儿入法兰西学堂，以安息日出为余述其间规矩之严，甚乐从也，余亦甚慰，明日复忧其暴改所习，迭少浦韵戒勉之》诗，其中有句云："况其仁可学，真与道为凭。执业若行水，奉身如履冰。无然惭似我，衰鬓日鬝䰍。"

近代著名诗人金天羽说："范肯堂贫穷老瘦，涕泪中皆天地民物。"的确，范伯子诗集中，颇有愤慨时局、揭露弊端、关心民生疾苦之作。他曾自称："万语纵横惟己在，十年亲切为时嗟。"（《戏题白香山诗集》）"细思我与国何干，惨痛能来切肺肝。"（《夜读遗山诸作复自检省乱来所为诗百余首至涕不可收愤慨书此》）他对于政局的糜烂感到痛心疾首，几乎无法用语言来形容。在《八月十二夜乘车至港念昔秋去沪而今春返皆无几时世变遂已至极感痛不可以言诗以记候》诗中写道："急火炊粱粱不熟，大千糜烂一何神。可怜目断前星日，亦是身游太古晨。土乡终为覆巢卵，饔飧犹累倚闾人。凉风八月宵如昨，一往无由问屈伸。"

在《西山崝庐吊伯严悲思右铭姻伯作伤秋五首次韵杜甫〈伤春〉》诗中，更深刻地揭露了军阀混战、觊觎帝位、列强肆虐、瓜分中国的触目惊心的景象："江海烽千里，京津寇万重"、"法敫群强怒，邦崩万象离"、"帝已成奇货，军犹扰近畿"、"祸极生民日，冤归守土臣"。最后一首，尤其写得沉痛：

> 麻衣相哭罢，余恨万千多。乍见邮中字，还兴室内戈。望乌无止
> 屋，叹凤有临河。恻恻履霜操，凄凄薤露歌。穷乡得蔬米，危墼倚松萝。
> 不死且须惜，看看睡梦和！

范伯子还有一些影射时政的诗，通过曲折的隐喻、象征手法，把矛头直指专

211

横跋扈、骄奢淫逸、不可一世的慈禧太后。其中最脍炙人口的是《光绪三十年中秋月》：

> 噫余瘦削不成影，见汝盈盈在上头。一世闺人齐下拜，八方园实竞前投。移灯读曲行行怨，倚杖看云片片愁。病久可胜寒彻骨，颓然掩袂若为秋。

此诗表层意思是诗人慨叹自己病体瘦削，面对着一轮皎洁盈满的中秋皓月，想起世上妇女此刻都在拜月，家家供桌上陈列着八方鲜果，却引不起他的任何激情，无论是读曲，还是看云，只觉得到处都充溢着一片愁怨，由于寒气彻骨，他只好颓然掩袂了。而深层的含义是以瘦削不成影、不胜寒气彻骨、只得颓然掩袂的衰病之身来比拟奄奄一息的中国，而那一轮令闺人齐拜、八方供果、盈盈在上的月亮，则是影射势焰薰天、作威作福、脑满肠肥、蠹国害民的慈禧太后。经过如此剖析，我们对颈联"移灯读曲行行怨，倚杖看云片片愁"两句所透发出来的浓重悲剧气氛也就能深刻理解了。由于此诗语语双关，而又浑然不露，思想性与艺术性达到了高度的统一，所以当时范伯子的好友、诗坛领袖陈三立曾叹为"苏黄以来，六百年无此奇矣"。

诗人对慈禧持如此严厉的批判态度，必然会对主张变法而遭幽禁的光绪皇帝表示深厚的同情。如："可怜鹿马迷凄后，惨淡无言对圣仁。一昔惊闻诏罪己，万方流泪善归亲。"（《读皇上罪己诏》）"一马十牛愁未已，群鸦孤凤泣何将。"（《不信》）"游丝忽落三千丈，锦瑟真成五十弦。老寡可怜垂涕晚，大僚应记受恩偏。"（《果然》）所以钱仲联《梦苕庵诗话》说："肯堂己亥（光绪二十五年）后诗，感德宗幽囚而作者，多沉郁悲愤，驱迈苍凉之气，贯虹食昴之词，直欲抗韩、杜而攀《离骚》。"

诗人对于民生疾苦也非常关心，《苦雨并闻雹伤麦四迭前韵示梦湘》诗写道："去年恒雨亦恒晴，四野啼号梦已惊。正作麦秋仍有害，可怜萌庶欲无生。檐花惨落悬无影，陇树悉兼飞雹声。俯仰人天尽于邑，老儒何术论升平。"

痛农民之所痛，急农民之所急，虽为一介老儒，并无一官半职，却为自己无术致太平而感到痛心疾首。这和杜甫、屈原等古代伟大诗人爱国爱民的感情正是一脉相承的。又如《养疴寓楼苦雨吟眺》：

> 客病艰难不可说，淫霖衰飒更堪听？楼居密密连云黑，灯火萧萧向日青。歌哭万家声阒寂，飘摇独树影伶俜。正愁风雨乾坤大，蚁穴侯王梦未醒！

其意象之萧条肃杀，感情之沉郁悲壮，声调之呜咽悒郁，跟杜甫晚年的《秋兴八首》、《登高》等杰作，几乎毫无二致。汪辟疆教授指出，诗人"晚岁抑塞无俚，身世之感，家国之痛，悉发于诗，苦语高词，光气外溢，盖东野之穷者也。然天骨开张，盘空硬语，实得诸太白、昌黎、东野、东坡、山谷为多。"(《汪辟疆文集·近代诗派与地域》)

诗人具有拯世济民的宏伟理想，他曾与友人张謇等夜登狼山，面对浩瀚的长江，铺开他建设家乡的理想蓝图。他的《同何眉孙张季直夜登狼山宿海月处》诗写道：

> 江海既会声喧阗，双流竞地生民灾。狼山如阃当江开，能喝海若惊涛回。引江入田灌万顷，此德万古常崔嵬。何哉六籍功不纪，寻碑访碣无诗材。乃知地亦以人重，老蚌千年珠未胎。可笑子瞻宦游懒，远送不越金焦来。子之发源我收蓄，邀阅四姓重追陪。何君弗谓惠泉好，持吾茗盏衔吾杯。毋言临江独私有，从古据地争雄魁。张君吾以海东让，千岁斥卤兹能培。一日和甘尽作稼，亦能消释胸中哀。丈夫弗假风云助，遂以白地明天才。吾皇释政后一岁，己亥冬至狼山隈。有吾三人夜秉烛，走访衲友寻初梅。会以兹山万万古，勿与五岳为陪台。

此诗竟是一份重要的近代经济史料，原来张謇创办通海垦牧公司的最初设想是诗人范伯子提出来的。此诗写于光绪二十五己亥(1899)，至光绪二十七年辛丑(1901)，张謇便创建了通海垦牧公司。蔡冠洛《清代七百名人传·张謇传》中记载道："其通海垦牧公司，则创于庚子联军入京后，广植棉花，以供纱厂之用。场地濒海，潮汐涌决，民苦昏垫。謇先招人夫数千人，日夜赶筑长堤，一月而就。不久复为风浪所冲。深夜披衣，躬自抢救，狂风暴潮，几以身殉。其后缺口既堵，广地才得垦殖焉。由是一力经营，先后十年，田园人家，蔚成新村。"可惜范伯子于光绪三十年十二月初十(相当于公历1905年初)即已去世，不及见此盛况。

但张謇的振兴实业，只能使局部地区稍收实利，对腐败透顶的满清帝国犹如杯水车薪，无济于事。范伯子的末世沦落之感和怀才不遇之慨无处发泄，并一泄于诗。所以姚永概说："范君起江海之交，太息悲伤，无所抒泄，一寓之于诗。其诗震荡开阖，变化无方。"陈衍说："伯子识一时名公巨卿颇夥，徒以久不第，抑郁牢愁，诗境几于荆天棘地，不啻东野之诗囚也。工力甚深，下语不肯犹人，读之往往使人不欢。"陈衍指出范伯子诗风的劲健生涩、沉郁悲壮、凄怆怨愤是正确的，而抹煞他的忧国忧民之心、将他的诗全说成是发泄个人牢骚则是不正确的。即使从诗人那些借古人之酒杯，浇自己之块垒式的作品，也不能得出如此之结论。

如《人日和杜公追酬高蜀州诗用其体韵》：

> 人间何日不兴作，何代无人怨沦落。把手杜公人日篇，感激凄伤泪
> 如昨。遥遥大历千年来，人代相看已寥廓。宁我独无经世才，知若亦乏
> 匡时略。常将短札记经过，更把长篇娱寂寞。言怀稷契悲唐虞，坐想骅
> 骝忆雕鹗。如今似我更无论，汉中昭州无一存。刘表能谈周礼乐，赵佗
> 不问汉乾坤。朔风慄慄重阴覆，西海滔滔万溜奔。天意宁嗟腐败士，旧
> 游欲断公侯门。可怜世季生无赖，要使饥驱道不尊。尺水涟漪复何有，
> 泗余常此役惊魂。

杜甫是古代诗人中具有匡时济世大志的典型代表，他的"致君尧舜上，再使
风俗淳"和"常年忧黎元，叹息肠内热"等诗句是脍炙人口的名句，而如今范伯子
偏说他"亦乏匡时略"，偏说他写诗仅仅为了"记经过"、"娱寂寞"，正言若反，反
言若正，我们必然从反面去理解才能得其真髓。因此，联系前面所举各诗来看，
此诗所抒泄的，正是范伯子怀才不遇、报国无路的悲愤，而不可能是一己之荣辱、
个人之否泰。

马亚中　《范伯子诗文集点校前言》（上海古籍出版社 2003 年版）

范当世（1854—1905），初名铸，字铜士、无错，号肯堂、伯子。通州（今江苏
南通）人。早岁与弟钟、铠齐名，号称"通州三范"。曾九试秋闱而不得一第，三
十五岁后遂绝意科举。肯堂与同乡张謇相善，又与一时闻人张裕钊、吴汝纶等
游，并曾应吴汝纶之荐担任晚清大僚、时任直隶总督李鸿章的西席。然一生布
衣，漂泊南北，贫病交加。晚曾执通州东渐书院讲席，后又任江宁三江师范学堂
总教习，终以积疾病逝上海。其平生所成则以诗文鸣于当世，在晚清诗坛声名显
赫，有很高的地位。汪国垣《光宣诗坛点将录》以马军五虎上将之一"天猛星霹
雳火秦明"属之；钱仲联师《近百年诗坛点将录》则以"天雄星豹子头林冲"属之，
皆非凡比。而且由范当世在当日诗坛上所处的特殊位置，我们还可以看清桐城
派诗与同光体诗之间的微妙关系。作为晚清诗歌史上的重要人物，范当世值得
文学史家加以深入研究。

一

就文学史的角度来看，范当世与桐城派之间有着一种特殊的关系。

范当世曾在《通州范氏诗钞序》中说："初闻《艺概》于兴化刘融斋先生，既受

古文法于武昌张廉卿先生,而北游冀州则桐城吴挚父先生实为之主。"张、吴两人乃曾国藩门下著名弟子。曾氏尝谓:"吾门人可期成者惟张裕钊、吴汝纶两生耳。"曾氏在诗学方面继承了姚鼐取法苏黄、"融铸唐宋"的精神,并且像姚鼐一样由学黄山谷而注意到了李商隐。其论李商隐诗曰:"渺绵出声响,奥缓生光莹。太息涪翁去,无人会此情。"甚至认为姚鼐的七律乃"国朝第一家"。而张裕钊虽然自己作诗并不高明,其所选《国朝三家诗钞》却颇有独到处,认为清朝唯姚鼐七律及郑珍七古、施闰章五律能"卓然自立",也特别推崇姚鼐。而吴汝纶为姚鼐邑人,一生钦服姚鼐,坚守桐城壁垒,曾说:"中国教学后欲改习西学,中国浩如烟海之书,行当废去,而留姚鼐《古文辞类纂》以及曾国藩《十八家诗钞》。"视姚、曾两选为后学唯一正鹄。吴汝纶论诗宗旨亦本桐城家法,诗曰:"唐世盛文章,开元元和时。惟李杜韩柳,前空后难追。欧王苏黄元,明代惟一归。"也恰与同光体诗论家陈衍的"三元"说有相似处。又与日本客人论诗曰:"吾国论诗学者,皆以袁子才、赵瓯北、蒋心馀、张船山为戒。君若得施(闰章)、姚(鼐)、郑(珍)三家诗读之,知与此四人者相悬不止三十里矣。诗学戒轻薄,……欲矫轻俗之弊,宜从山谷入手。"所论观点的精神实质与姚鼐、曾国藩完全一致。

范当世既师张裕钊,又得吴汝纶"上下其论","造诣由是大进"。吴汝纶至推其诗为"纯乎大家"。

范当世前妻吴氏病故后,曾一度发誓不娶,后经吴汝纶反复规劝,毅然绍介,并以诗媒,乃得桐城著名女诗人姚倚云为妻,传为诗坛佳话。倚云父姚浚昌为桐城派中期著名作家姚莹子,其诗也曾得到宋诗派著名诗人莫友芝及吴汝纶的推重。而且浚昌子永朴、永概亦学于吴汝纶,时与肯堂切磋诗艺。此后肯堂更是与姚家父子时相唱和,因而益得桐城遗绪。故其赠阳湖张仲远婿庄心嘉诗自称:"桐城派与阳湖派,未见姚张有异同。我与心嘉成一笑,各从妇氏数门风。"以能承妇家诗学而自鸣得意。后肯堂学生徐昂序其集曰:"夫异之、伯言而后,江苏传桐城学者,当巨擘先生焉。"洵为知师之言。

另一方面,范当世还是著名的同光体诗人。

肯堂不仅得到以同光体为"极峰之点将录"的汪国垣的推重,而且钱仲联师为《大百科全书》所撰"同光体"一条,也明确肯定肯堂属同光体作家。事实上,肯堂与同光体的"开派作者"、"都头领"陈三立还有着一种特殊的关系。肯堂之女孝嫦乃陈三立子衡恪妻。范陈两人不仅有亲家之谊,而且趣味相契。梁启超就认为范当世与陈三立两人皆传郑珍衣钵,将他们视为同道。陈三立对肯堂评价极高。其《肯堂为我录其甲午客天津中秋玩月之作诵之叹绝苏黄而下无此奇矣用韵奉报》诗曰:"吾生恨晚生千岁,不与苏黄数子游。得有斯人力复古,公然高咏气横秋。"如此推重肯堂,出自不喜阿好的陈三立之口,不仅是因为肯堂的诗在客观上有着高度的艺术造诣,而且也是因为他与陈三立作诗旨趣在本质上气味相投。

陈三立对桐城派诗学大师姚鼐深为敬仰,其《梦庵访我匡庐山居得观所携桐城姚先生日记》一诗可以为证。而且他的诗学主张也与姚鼐一脉相通。具体表现在提倡黄山谷,同时又兼取李商隐这一点上。陈三立论山谷诗曰:"驼坐虫话窗,私我涪翁诗。巉刻造化手,初不用意为。"又曰:"我诵涪翁诗,奥莹出妩媚。冥搜贯万象,往往天机备。"陈三立同样也注意到了山谷诗雕炼而能"自备天机",兀傲拗硬中见"奥莹妩媚"的境界。而陈三立自己所作也正追求此境。陈衍评其诗,以为"其佳处,可以泣鬼神、诉真宰者,未尝不在文从字顺中也"。同时,"奥莹出妩媚"一句又正本于曾国藩论李商隐诗"奥缓生光莹"句。由此,陈三立诗学观点渊源所自,也就不言自明了。而同光体"开派作家"中除陈三立外,余如沈曾植、郑孝胥、陈宝琛、袁昶等也皆心仪姚鼐。可见,同光体诗人之重姚鼐原非某一人偶然私好,而有着内在的本质联系,而范当世以其双重身份恰好成为这种联系的实际承担者和具体的象征。

二

范当世论诗本于桐城派宗旨,曾说因与张裕钊、吴汝纶游而"窥见李、杜、苏、黄之所以为诗,非夫世之所能尽为也",并进一步阐扬姚鼐、梅曾亮、曾国藩等主张生造、独创的绪论。他在《采南为诗专赠我新奇无穷倾倒益甚再倒前韵奉酬以其爱好也》诗中说:"君知桐城否,所学一身创",认为桐城派的精神在于创造。又在《与采南和度论文章生造之法》诗中说"独笑惟蜘蛛,容身必自创。蚕死囤图中,愚知曷能两。遂令古圣人,效法网公网",再一次肯定独创的精神。然要独创,则首先要具有独创者那种"搓摩日月昭群动,折叠河山置太空"的胆识与魄力。因而,肯堂于"李诗独尝三覆",试图从上天入地、纵横驰骋的李太白诗中去领悟独创者的精神。

但这种创造决不是轻率任意、肤浅浮滑的,因此,范当世在艺术形式上又主张参之于"放炼"之间。其《除夕诗狂自遣》诗曰:"我与子瞻为旷荡,子瞻比我多一放。我学山谷仿遒健,山谷比我多一炼。惟有参之放炼间,独树一帜非羞颜。"居然欲集东坡、山谷之长而自树一帜,真是胆识超群。过分"放"易成轻率,过分"炼"易致聱牙,两者殊途同归,皆失自然浑妙之致。故肯堂在学东坡、山谷的同时,还曾究心于"海大山深"、"诗思绵邈"、含蓄密致的李商隐诗,以免产生粗率、聱牙之弊。这些见解与桐城家法及同光体诗人的观点精神完全相契。由此,我们也可以进一步理解,晚清爱好同光体诗的批评家为何大多也推崇范当世的诗歌了。

范当世在诗歌艺术上所努力追求的也正是上述这种奇创与浑妙相统一的境界。

这首先表现在范当世作诗,构思想象力求新奇,但一般并不像李白、李贺那样往往带有迷离惝恍的神话色彩。从这里我们可以略窥以"惊创"为奇的黄庭坚以及同时代著名诗人郑珍对他的影响。

如其描写泰山:"蜿蜒痴龙怀宝睡,蹒跚病马踏沙行。嗟余即逝天高处,开合云雷倘未惊。"无论是直笔正面描摹,还是曲笔侧面形容,前人几乎已写尽了泰山雄奇的姿态。没有料到,晚出之范当世会从天上激发云雷,去撼动如痴龙般酣睡的泰山。设想之奇,可谓前所未有。

再如经过赤壁,大凡诗人总要高吟数首,但却几乎无人像他这样来抒怀:"江水汤汤五千里,苏家发源我家收。东坡下游我上溯,慌忽遇之江中流。不遇此公一长啸,无人知我临高秋。公之精灵抱明月,照见我心无限愁。"

作者以两家所处的独特地理来总括浩浩荡荡的五千里江水,构思已自巧妙。又进而想象两人下游上溯会合赤壁,益见不凡。然这样来写或许犹有作手,不料诗人又猛然一转,从幻想的自由王国跌入到斯人已去、缺乏知音的使人失望的现实世界。至此,似乎已是途穷,哪知柳暗花明又一村,谁能想到诗人将笔锋一转,让坡翁飞到天上,抱起明月以照我愁。真是既新奇又含蓄,既流荡而又凝炼。

再如其写雷雨,既不像东坡那样说:"黑云翻墨未遮山,白雨跳珠乱入船。"又不似姚鼐所吟:"海上晴天雷雨豗,惊涛奔入乱山开。"而是如此诙谐地写道:"雷公半夜张馋口,攫我当门二酒斗。轰然一醉天河翻,驱走风云更不还。我往从之点滴净,只令陷我淤泥间。"

从嘴馋的雷公醉酒落笔,以显示雷雨声势之猛,以及乍起骤止的姿态,并又巧妙地以"点滴"双关酒尽雨尽,形象极为生动,如此设想恐怕太白、山谷也要为之倾倒。

而作者构思想像之奇,也并非仅仅只是一二个意象之奇,倘若只是如此,那么即使像刘大櫆《海峰集》中甚至也不乏其例。作者设想之奇,更表现在他的整个诗境的意象组合往往出人意表。

如前所示,诗人纵身入天,开合云雷来震惊泰山,而泰山却不为所惊,以此来显示泰山之沉稳气象。东坡精灵抱月的意象固然奇,但更奇在作者从总体构思上通过心会东坡,让这位曾作过超脱旷达的《赤壁赋》的诗人体察他内心之愁,以见愁绪深广。雷公醉酒,自然不比贵妃醉酒,其意象固然令人惊奇,但更奇妙的是诗人从眼前旗斗为雷雨所折,而设想出雷公攫此酒斗,大发酒疯,掀翻天河,驱走风云,断了人间诗人的濡唇之酒。

读了这样的诗,我们再联想到黄山谷诸如"马龁枯萁喧午枕,梦成风雨浪翻江"、"有人夜半持山去,顿觉浮岚暖翠空"之类的诗句,以及郑子尹"半话落岩上,已向滩脚坐"、"却见上水船,去速胜于我"、"眉水若处女,春风吹绿裙。迎门却挽去,碧入千花村"这样的诗句,我们自然会感受到他们之间有着一股相互贯通的精神气韵。

诗人的想象构思不仅新奇深刻,脱去凡表数层,并且在艺术表现的表层形式上也是比较自然的。

这种"自然"首先表现在他选辞造句准确贴切,不做作,不硬凑,正所谓能参之"放炼"间。这由前示数例已可见大略。再如《南康城下作》:"日日登高望北风,北风夜至狂无主。似挟全湖扑我舟,更吹山石当空舞。微命区区在布裘,浮漂覆压皆由汝。连宵达昼无人声,卧中已失南康城。眯眼惊窥断缆处,惟余废塔犹峥嵘。"

诗人用"无主"喻北风失控而狂吹,用"挟"、"扑"状风势之猛,用"无人声"言风威之怖;用"断缆"示风力之巨,用"失"、"眯"现风沙之迷漫,如此等等,遣辞造语,一无雕琢之痕,极其轻松,而又生动凝炼。相比而言,曾国藩或有韩愈之峻嶒,范当世则深得太白、东坡之流畅自如。

这种"自然",还表现在作者用典、对仗、押韵也举重若轻,贴切严谨。

如:"怕萦春草池塘梦,何止桃花潭水情"(《闲伯送余至庐陵途中作赠》);"一世闺人齐下拜,八方园实竞前投"(《光绪三十年中秋月》);"一从白地腾枝出,日对青天倚树吟"(《栀子花》);"字里鲲鹏翻积水,眼中鱼鳖撼骄阳"(《和俞恪士》)等等,皆可谓自然浑妙。这恐怕与范当世曾究心于李商隐不无关系。再如作者好作次韵诗,如其次曾国藩前后《岁暮杂感》诗就有十五首之多。作次韵诗往往容易流于生硬,或顾韵而失意,或顾意而失韵。然范当世的次韵诗则大多意韵切合。次《岁暮杂感》诗是这样,再如他的二首次丁字险韵诗亦同样如此。这两首诗依次复用"丁"、"零"、"听"、"馨"、"萤"数字,且已有作者数十,实难下笔,但作者写来却同样自如。其二曰:"向来花事付园丁,曾未看花雨既零。素壁并无天可问,空弦犹有客能听。生愁云沓身无类,剩恨霜凄德不馨。万事已同秋扇弃,暴风还复打流萤。"怀念戊戌变法中被害的林旭,感慨当时的政治风云,情意贯通,哀恻动人。而所用音脚又毫不牵强,显示了作者深厚的艺术功力。

这种"自然",更表现在作者运思造境、谋篇布局浑然无痕。如示《二十三日即事再次一首》描写雷公攫走酒斗,暗喻龙王庙前旗杆为雷雨所折的实景,便堪称浑妙。再如其《吾所植荷既开尽而风雨频至坐见其萎谢慰别以诗》一篇,由眼前荷为风雨所凋,追忆其萌芽而至花发结实的一生,写得灵气洋溢。接着又化实为虚,由深怜荷花而致梦幻:"潇湘洞庭上,弥路花漫漫。传闻有司命,乃是神仙官。五更得目际,大士乘飞鸾。停云拂素袖,沥露当花冠。"因此而生疑窦"嗟尔一华植,岂有高灵看",进而又省悟"哀哀楚骚子,抱石沉急湍。奇躯不得腐,化作荷把盘。传为万万年,七窍心犹完"。把屈原与荷花糅合起来,从而突出地显示和赞美了荷花高尚的精神品质,开拓并延伸了诗歌意境,丰富和深化了荷花这一艺术形象的象征意义。而诗意的前后过渡,意象的不断展现、变幻又极自然,如天然丽妹,顾盼流飞,而神韵佚荡。绝不如市姑之涂脂抹粉,忸怩作态,令人生厌,真所谓是"提契灵象,养空而游,仙乎仙乎之笔"。

三

范当世作诗也决不只是在艺术上追求一种自然奇妙的境界而已。陈三立序其集尝谓:"君虽若文士,好言经世,究中外之务。其后更甲午、戊戌、庚子之变,益慕泰西学说。愤生平所习无实用,昌言贱之。"他同情维新志士,重视西学,反对投降卖国。他的好友亲朋,诸如陈三立、吴汝纶、严复、张謇等绝大多数都是主张改革变法的时代先行者。他本人虽一生在政治上碌碌无所为,但只要有可能,他就要为乡梓创办实事。晚年,他以抱病之躯,胸怀教育救国的理想,在家乡创办现代学校。他认为:"凡民救死无如学","变国莫先于秀民",中国要强大,就必须走日本明治维新的道路,向西方学习先进的科学文化,而且"为学堂之大纲"应该是"智育、体育、德育"三方面全面发展。毫无疑问,他的这一思想观念,在当时是非常进步的。在办学过程中,范当世虽备受訾嗷丑诋,但他无怨无悔,任劳任怨,倾其全力,即使沉卧病榻,也仍心系学堂。他是南通最早的现代教育的倡导者和实践者之一,为南通的现代教育事业的发展作出过重要贡献。

范当世生平之中应吴汝纶之邀为李鸿章课子一事,虽为他的同乡好友张謇所不屑,但肯堂对李鸿章的和戎政策也有他的看法。在甲午后所作《和顾晴谷六十述怀》诗中曾说:"自我言从李相公,短衾夜夜梦牛宫。进无捷足争时彦,退有愚心愧野翁。涕泪乾坤焉置我,穷愁君父正和戎。时危复有忠奸论,俯仰寒蝉只自同。"表现了他涉足李幕的苦闷,流露了对李鸿章的不满,而他的诗歌所表现的显然也不只是个人的"身世逼塞"。曾克耑认为他的诗"忧伤愤叹在邦国之兴替,人才之消长",金天羽亦认为他的诗"涕泪中皆天地民物"。这些评论,皆合乎实际。范当世生当末世,虽有用世之心而终难见用。其时凶狠顽固、骄奢淫逸的慈禧太后祸国殃民,多行不义,清王朝行将崩溃。一些维新志士,则企图依靠孱主光绪推行新政,挽救国运,难免处处碰壁。这样的社会,不能不使范当世痛心疾首,因此,他诗歌的情感基调激愤而又悲伤。

他为混浊的时世而激愤:"君不见,长安令,日日章台醉不还,骢马御史不敢弹。只用黄金作阶级,朱门廉陛非难攀。看汝康衢老师老为客,一日见逐饥毙无归山"(《太息》);"何用千金买骏骨,真能一饭扬名声"(《以保生厘东荐之伯谦》);"如今马阮成芳姓,绝叹沧浪孺子歌"(《资仲实以求通》);"怪怪奇奇尽偶然,昏庸柄国已千年"(《元旦叠韵自占》);"戎夷交狎侮,妇稚亦猖狂"(《有所愤叹》)。

这就是当时腐败的官场,黑暗的统治,诗之矛头所向,直指慈禧太后。

"公乎来游听我告,安石正论经天垂。……天仙化人一方语,今来竟作奸佞资"(《东坡生日觞有感》);"百国皆是青春人,独我残年未教送。岁时月日谁为之,积习如山推不动"(《消寒第七集》);"汝羿已射九日落,那不释此常区区。纵灭其形难灭影,到今反笑奸雄愚。贯通三才作王字,看渠能抹青天无?看渠能抹青天无,不用鞅公持戈趋。"(《三足乌行》)

这就是当时乌云密布的政治。作者站在光绪周围的维新人物一边,反对慈禧,赞成变法,感愤光绪被幽。

他也为国事民瘼而悲伤:"商声各自华天地,那更兴亡到砌虫"(《吾欲日课一诗》);"闭门忍死谁能免,遍地荆榛何处游"(《次岁暮杂感诗慨然毕》);"翕合文章真欲涕,迷离家国更何音"(《余以许仙屏中丞促赴广东》);"为爱迁书语扬幼,人间无地著哀伤"(《有感于时事》);"览物潸然况悲己,忍从诸子笑擎榼"(《走笔书事》)。国事糜烂,新法难行,哀鸿遍野,民不聊生,诗人的热血碰到这冰冷的现实,遂化成了满眶悲伤的泪水。

"人弱将天困,医多奈病何。吾知百无用,径合死岩阿"(《有所愤叹》),"便将巢作姓,不问舜何年。忍死吟吾句,含悲入此筵"(《正月四日雨稍止》);"若将泪与秋霖注,后土何时更得干"。(《苦雨牢愁》)这是一个步步走向黑暗,无可挽救的时代。虽然光明就在黑暗的彼岸,但作者已经泪眼模糊,心力交瘁。他已无法感受那正在向人们招手的希望,甚至,连自然界的烂漫春光,也不能使他振奋精神,相反只能增添他内心的伤感"欲问山灵今何世,尚将晴翠扑江南",美好的春色和这萧瑟的世界是那样的不协调。诗人终于在光绪三十年冬天唱完了他悲伤的歌,离开了这令人绝望的世界。

但范当世与孟郊、贾岛的诗风不同。他的诗不仅为时代而激愤悲伤,而且其境界往往还是壮阔的。同光体诗人夏敬观评其诗曰:"伯子丁世衰微,愁愤悲叹,一寓于诗。其气浩荡,若江河趋海,群流奔凑,滋蔓曲折,纳之而不繁;审而为渊,莫测其深。"肯堂诗的气势及其境界之浩荡壮阔由前面部分诗例已约略可睹。再如:"有文支柱山与川,犹人有脊屋有椽。我立此语非徒然,眼下现有三千年。"(《用山谷武昌松风阁韵》)"世说小范十万兵,不能战胜徒其名。空提两拳向四壁,推排日月驱风霆。"(《用山谷送范庆州韵》)"四海疮痍今若何?九重云物皆如梦。"(《消寒第七集》)"峨峨两鬓雪山白,漂泊一身江水寒。"(《下关迟番船再作》)如此之类,显然不同于荆天棘地、奇僻凄寂的孟、贾诗风。这种壮阔的境界,激愤而又悲伤的情感基调,与其奇妙的艺术形式有机统一起来,就形成了其诗歌悲壮而奇妙浑成的风格。范当世正是以他独特的成功的创造确立了自己在当日诗坛的重要地位,并以其双重身份构筑了一座雄美的沟通桐城派和同光体两大诗歌流派的桥梁。

四

范当世在晚清文坛上,不仅以诗鸣海内,而且文章也极得时誉。他虽然未中进士,但有人认为他的时文(八股文)为"当时第一"。古文受义法于张裕钊、吴汝纶,张、吴均为曾国藩高足,所以从文统上来说,他受湘乡派的影响更深一些。湘乡派从桐城派发展而来,曾国藩对姚鼐更是顶礼膜拜有加,自述因读姚惜抱尺牍而大悟古文作法,此后几乎每天必读姚氏编选的《古文辞类纂》一二篇,但是此时的桐城派由于自身与外界的原因,渐趋低落。曾国藩有鉴于此,颇思有以振作。桐城派方苞、刘大櫆、姚鼐诸子提倡"义理、辞章、考据"为学文、为文主旨,实际上仅专重辞章,为乾嘉汉学家讥嘲,曾国藩则于"义理、辞章、考据"外加入"经济"这一内容,提倡经世致用。我们用姚选《古文辞类纂》与曾选《经史百家杂钞》的选目相比较,也可以悟到两者的区别。湘乡派与桐城派确有不同之处,而要以此点为最巨。范当世对文学的见解,似与曾国藩一脉相承。他在《课乡子弟约》中说道:"且为学岂不贵乎有用,而学无所谓经济也,识时务耳。不达于当时之务,不能窥古人之足迹,其不学犹可也。"

同时他又是一个主张文道合一的,《况箫字说》云:"世之为士而不学,为学而不要诸道,为道而且鄙斯文为不足求者,此皆吾所谓无归之人。"这些都表明范当世的文学观与湘乡派无多大区别。

范当世对于写作古文则主张:"积学多年,不患无意,辙辕万里,不患无题。苟意有所动,便放胆为之。为之之道,第一求意雅不求字雅,则所见若某某君之病去矣。布帛菽粟,平实说来,不必矫揉造作,以求波峭,则所见若某某君之病又去矣……古人佳文大抵必多所磊砢不平,而含蓄不露;意思稠叠,而随手包裹,不碍于奔放;著字数百,而旁见侧出之虚影不啻数千;空明澄澈,而万怪惶惑于其间。"(《与蔡燕生论文第一书》)这些意见也都与曾国藩所谓"不作快利语",作文要有阳刚阴柔之美的说法相接近。范氏留下的古文不多,就存世的一些文章看,他的确是体现了自己的主张的,能承归、姚、曾、吴的衣钵,洁净瑰异,盘旋蓄势,善于细小处见真情。刘声木《桐城文学渊源考》评云:"其为文,创意造言皆绝奇,非凡俗所有,恢谲怪玮不可测量,辞气昌盛不可禁,自云谨守桐城义法。"又云:"其文敛肆不一体,往往杂瑰异之气,而长于控抟旋盘,绵邈而往复,可以上毗习之、子固。尤善论文,主于生造,以创为主,意求雅适,境尚平淡,义贵含蓄,法重包绾。讥骂而有敬慎之心,诙谐而有渊穆之气。又好言经世,究中外之务,慕泰西学说。"都很准确地道出了范当世的为文特色。

范当世本是锐志用世的人,可惜天不假才,不获一第,使其抱负无由施展,仅以一介文士、达官贵人的慕僚终老。发为文章,多抑郁不平之气,有时直是借他人之酒杯,浇自己之块垒(如《武昌张先生寿言》);他又是个性情中人,对亡妻一往情深,为文为诗,哀惋沉痛,至情至性,令人动容。他的古文在文学史上应该给以公正的评价,予一席之地。

五

范当世的诗集版本情况并不复杂,主要有:光绪三十年十九卷附姚倚云《蕴素轩诗》四卷刻本;光绪三十四年十九卷刻本;民国二十年文集十二卷诗集十九卷附《蕴素轩诗稿》五卷浙江徐氏校刻本;十九卷附姚倚云《蕴素轩诗》四卷光绪铅印本、民国排印本;十九卷民国铅印本。其中浙江徐氏校刻本后出转精,且较其他版本多收了《寄答余小轩》(四首)、《途中赠闲伯》、《舟中元宵再赠闲伯》、《促闲伯登舟》、《眺望回舟示蕴素》、《久雨病困柬之》等九首诗。因此,本次点校就以浙江徐氏校刻本作为底本,再参校光绪三十四刻本及民国铅印本。在体例上,基本保持徐氏校刻本的特点,仍附录肯堂的夫人及诗友姚倚云的《蕴素轩诗稿》，但原来蕴素诗仅五卷，这次我们采用了民国二十五年的铅印本，该版本是姚倚云晚年手定，文诗十一卷，附词一卷，比原来版本更完整、精当。并且为了给研究者提供方便，我们还附录范当世集外诗四十五首及《年谱简编》，另外还特别选辑了研究者对范当世诗歌的评点之语作为读者的参考。同时，为了使读者对范当世有一个直观的印象，我的研究生周育才还从南通觅得肯堂相片一张为扉页，此外我们还复印了肯堂的手迹以飨读者。总之，我们力求更多地包容与作者和作品相关的信息，使大家对这位已经久违了的近代著名诗人有一个全面的了解。最后，我们还要特别感谢上海古籍出版社的聂世美先生，在点校过程中给我们提出了宝贵意见，使我们的点校工作能够尽可能地完善。并还要特别感谢李保民先生为我们提供了民国三十二年所刻姚倚云《沧海归来集》，集中诗较之民国二十五年刻《蕴素轩诗稿》多出二百余首，词则多出十首；李先生还为本书增补了《范伯子文集》十二卷。书中凡姚诗增补部分与范伯子文等，均由李保民先生负责校点。当然，由于学术水平有限，本书一定还存在着不少疏漏和缺陷，在此我们谨表示歉意，并希望得到方家的指正。

编者按：马亚中先生此文乃是在其《晚清两诗派之间的"桥"——论范当世的诗》一文基础上增订而成，原文发表于《南通师专学报（社会科学版）》1987 年第 3 期。

穆凡师　《南通近代教育的先驱——范伯子》

一

范伯子（1854—1905），乃范曾先生曾祖。初名铸，字铜士；后更名当世，字无错，号肯堂，一号伯子，别署古瀛狂客，人称大范、范通州、乡谥孝通。

范伯子少聪悟，惊长老。贫苦力学，补诸生。其旷放不羁之才，殊乖笼络，九蹶秋榜，不得一第，遂绝意科举，游学四方。初闻《艺概》于兴化刘熙载，辄大喜。已而，偕同邑朱铭盘、张謇，至江宁凤池书院，恳恳问古文法于武昌张裕钊，裕钊自诧一日乃得通州三生，兹事有托矣。于是，范、张、朱遂得"通州三生"之号。嗣后，其弟范钟、范铠继起，并辔联镳，世称"通州三范"。桐城吴汝纶主冀州，闻伯子诗名，邀其北上讲学，武强贺涛亦在冀，二贤齐名，因有"南范北贺"之目。

时伯子方丧前夫人，吴汝纶介以诗媒，夺其旧誓，散其孤哀，乃续聘桐城姚鼐五世侄孙女、姚莹嫡孙女、著名诗人姚倚云为妻。旋应汝纶荐，任北洋大僚直隶总督李鸿章西席,"当是时,文忠权势奕奕,而先生恣意诗歌,感慨身世,与海内诸贤豪倡和震荡"(徐昂《范无错先生小传》)。甲午战北,鸿章移节,伯子亦南游,布衣漂泊,客踪几遍鄂、赣、沪、粤。后,倦游归里,与张謇等谋乡邑教育,筹办通州小学堂等。肺疾发,就医上海,卒。有诗集十九卷,文集十二卷,日记、联语、信札若干,后人辑为《范伯子全集》。生平事迹见《清史稿》、金铽《范肯堂先生事略》、姚永概《范肯堂墓志铭》、刘声木《桐城文学渊源考》等。

二

范伯子平生以诗文鸣于当世,在晚清诗坛文苑声名赫赫。汪辟疆《光宣诗坛点将录》以马军五虎上将"天猛星霹雳火秦明"属之;钱仲联《近百年诗坛点将录》则以"天雄星豹子头林冲"属之,皆非凡比。

前人评范伯子,诗隶同光而造其峰,文宗桐城而入其室,可谓知言。

范伯子自束发读书,便"慕思曾文正公之为人,而愿睹当时之亲炙者"(范伯子《故湖南巡抚义宁陈公墓志铭》)。既问学张裕钊,颇以曾国藩再传为荣;及接席吴汝纶,得以上下其论,造诣由是猛进;后赘于桐城,与姚家父子切磋倡和,益探研惜抱精义,依正轨,传遗绪,遂成巨擘。

晚清,"外夷之祸日亟,中国之力日绌,民贫而智益弱"(范伯子《唐府君墓表》)。范伯子忧时愤世,抑郁牢愁,发为诗歌,硬语盘空,荆天棘地,合东坡之荡放、山谷之遒健为一手,"千篇佳句抗苏黄,健笔雄浑追盛唐"(姚倚云《悼亡》),胆识绝群,境界悲阔,格外沉雄深美。

吴汝纶推其诗为纯乎大家,海内无匹;陈散原则谓伯子诗"苏黄而下,无此奇矣"(《散原精舍诗》);吴闿生选《晚清四十家诗》,以范伯子冠首,谓乃"千古不常见之人也";香港中文大学教授曾克耑称其"卓然一代诗家宗祖"(《范伯子诗集序》),"接迹李杜,平视坡谷,纵横七百年间无与敌焉"(《晚清四十家诗钞序》),又谓"近世吾国之为古文者,桐城吴挚父先生为第一,以可上接荆公也;诗则通州范肯堂先生为第一,以足上嗣遗山也;译事则侯官严几道先生为第一,以可上窥玄奘、义净也。"(黎玉玺《范伯子全集序》转述)

"夫子文章信可传"(姚倚云《悼亡》),范伯子文章虽为诗名所掩,然亦极得时誉。

苏州大学马亚中先生在《范伯子诗文集》(上海古籍出版社2003年7月第1版)点校前言中写到:"他虽然未中进士,但有人认为他的时文为'当时第一'。"据王伯恭《蜷庐随笔》载,张之洞为湖北学政,刻试牍为《江汉炳灵集》,实皆樊增祥一人所作，非庐山真面。其文犀利新颖，最为当时称颂。比黄体芳为江苏学政，仿其例，刻《江左校士录》，乃请范伯子为文，而加以朱铭盘诗赋，亦风行一时。范伯子时文功底，于此可窥一斑。

范伯子于古文主张"苟意有所动，便放胆为之。为之之道，第一求意雅不求字雅……布帛菽粟，平实说来，不必矫揉造作，以求波峭……意思稠叠，而随手包裹，不碍于奔放；著字数百而旁见侧出之虚影不啻数千，空明澄澈，而万怪惶惑于其间。"（《与蔡燕生论文第一书》）伯子文章迂回邃密，三致其意，刘声木认为"创意造言皆绝奇，非凡俗所有，恢谲怪玮不可测量，辞气昌盛不可御"（《桐城文学渊源考》）；陈三立评曰："盖君之文敛肆不一体，往往杂瑰异之气，而长于控抟旋盘，绵邈而往复，终以出熙甫上，毗习之、子固者为尤美，此可久而俟论定者也。"（《范伯子文集序》）熙甫，即明代散文家归有光；习之，即唐代散文家李翱；子固，则宋代散文家曾巩也。吴汝纶更是推崇备至，言乃"宋以来所绝无而仅有"，"直当比方欧公而上之，非千年以内之物。"（《范伯子文集附·家书三》转述）张謇以同乡挚友慨叹："非独吾州二百五十年来无此手笔，即与并世英杰相衡，亦未容多让。"（《张謇日记》）

范伯子怀抱瑰玮，惜天不假年，又不获一第，使其远大抱负无由施展，即便如此，尚能以一介文士名高天下，其才可知也。伯子继室姚倚云喟然叹曰："设逢盛世，天复假之年，其所彰，岂只文诗而已？然今之所不可泯者，亦惟文诗而已！"范伯子诗文在近代文学史上应该给予重新审视和公正评价，不仅要予以一席之地，还要浓墨重彩地写上一笔。

三

需要用浓墨重彩改写的还有中国近代教育史，因为范伯子还是一位有着卓越贡献的教育家。

作为南通近代教育先驱者之一，范伯子一生几乎是从教的一生：光绪三年至五年（1877—1879），坐馆通州城西欧家坊授徒；六年，为程遵道刺史校士泰州，得才子袁衔；光绪八年至十一年，黄体芳任江苏学政期间，曾携伯子、仲林兄弟随棚阅卷；十一年至十四年，任武邑观津书院山长；十七年至二十年，为李鸿章课子；二十三年，为陆笔城刺史校士泰州；二十七年，掌通州东渐书院；二十八年起，谋建通州师范学校、通州小学堂；二十九年，任三江师范学堂总教习。

范伯子生活的五十年，正是中国由封建社会沦落为半封建半殖民地社会、包括教育制度在内各种封建制度急剧变革的五十年，其中太平天国运动对封建教育的冲击,洋务派开办外语学校、派遣留学生、翻译科技书籍等一系列洋务教育举措,戊戌维新变法提出教育改革,以及清政府最终废止科举,实行"癸卯学制",都发生在这震荡无常的五十年。

官学与私学并存,旧学与新学交替,各种教育理念此消彼长,范伯子顺逆不一的教育生涯,恰好是这段特殊历史时期的缩影;他那矢志不移的教育精神,泽被当代,辉映千秋;而他曲折变化的教育思想,也颇值得我们研究借鉴。

四

光绪三年(1877),范伯子二十四岁,受乡绅马次垣、江德纯之聘,坐馆授徒,这是他首次从事教育活动。

欧家坊馆,不是进行启蒙教育的蒙馆,而是针对十七八岁、文化程度较高学生的经馆,是进入县州府等官学的学前班。因此所授课程不是"三、百、千、千",而是四书五经、刻赋诗文。非常珍贵的是,我们发现了范伯子写于此间的一本日记(光绪四年正月初十至四月三十日),虽然只有短短三个多月,却能窥见范伯子的初期教育主张。

《日记·凡例》第六条写到:"授徒为穷居事业,既应聘受贽,食人之食,虽蒙必忠。"这是强调一名教师的职业道德。据范伯子讲,这条凡例得到了后来出任龙门书院山长的刘熙载的首肯,认为"终身持之可也"。

《日记》二月十一日记到:"始命漱读四子书,分章理会,不读注。"后有专文解释:"读四子书者,必兼读注,为试中依注成文也。愚谓训蒙可不必如此。盖本文简而注繁,兼读注则必断章,断章则各自为熟,久之而承接处或不能忆;且读一章而注隔之,不复得圣贤当下语气,何自悟会出理来?今人试中得题,多不能当下理解烂熟,未必不由此。故余命弟子分四书至数十本,专读本文,大率一二章至极熟不复可断,然后寻绎注意。有未释者,更为之讲究,或者其大有裨益乎?"

范伯子这一见解,直指科考积弊,教育学生不急功近利为应试作文而读,而要求学生对经典先通其大意,有一个整体认识,然后再以复得圣贤精髓为本。

二月十五日,范伯子亲自定出了塾馆《功过格》,兹详录于下:

一、做人一定要在父母身上做起的,教者不以此为教,还教什么?所以我只说刻刻有个父母在心,不怕不成器。你们如何竟违拗怠慢起来?嗣后,再犯一次,记恶一次。这恶是没有什么来兑它的,有了三次,就没得挽回了。

二、规矩是做人必需之物。你们既然读书，也算个士子，年龄也有了十七八岁，如何还有时候乱舞乱跳，甚至于在父师面前都忘记了，还成个什么人！嗣后，再犯一次，记过一次。这过名身过，一过作三过，有读书、文字三功方准兑。

三、多言最是害事，既耽搁许多功夫，又生出许多不是，至于互相狎谑成了怨恨，何苦呢？嗣后，再犯一次，记过一次。这过名口过，也是一过作三过，有读书、文字三功方准兑。

四、读书最不同，我也读书，你们也读书，细孩子也读书，各有各的主意。你们此刻的主意，就应该取些到自己身上用用，再想取些到文章上用用，才算个读书。如何竟希图了事，勉强成诵，毫不思量？譬如入了宝山，金银满地，你肯舍么？如何到了书上，就没有些儿贪心？嗣后，一日读书好记一功，胡乱一次记一过，这功过准兑。

五、文章诗字，今人却拿它取出富贵来，其实可笑得狠。些儿机关，当不起人用一年心思气力，就不怕不通。别人家靠几本臭时文大呼小叫，尚且了不得，我教你们认真读书，处处占个上上着，这些事再弄不来，就不可解了。嗣后，有件好处记一功，胡乱一次记一过，这功过准兑。

以上五条，除第一条不许外，其余四条一月一结，兑清，余了功酌赏，余了过酌罚。至年终，总共余了百过，就不消说了。

相传明代云谷禅师教袁黄（了凡），把每天行事，分善恶记录，有善则计，有恶则除，叫做功过格。宋代赵概在几案之上放置黄黑豆，每起一善念、作一善事，则以黄豆一粒投于别器，有恶则投黑豆，即此意。清代石成金《传家宝》记范仲淹、苏东坡都有功过格。凡著名教育家都非常注重少年儿童的思想道德教育，朱子读书法中特别强调"居敬持志"就在于此。总结伯子先生这五条功过格，可用"秉孝敬"、"讲规矩"、"毋多言"、"读书致用"、"能文工诗"代替，尚属传统教育一脉，但已开始注重经世致用之学，对有人"靠几本时文大呼小叫"，很是看不起。明末大儒刘宗周《人谱类记》引王龙溪之言曰："若时时打叠心地洁净，不以世间鄙俗尘土入于肺腑，以圣贤之心发明圣贤之言，自然平正通达，尽去陈言，不落些子格数万选青钱，上等举业也。若不自出聪明，只管仿人学人，为诡遇之计，非其本色精神，纵然发了科第，亦只是落套数低举业，有志者所以不屑也。"范伯子正是遵循先贤语录，要学生只在真才实学上面下工夫，不落俗套，做真正有用之人。

范伯子还曾为塾馆撰过一副联语：

呼吸一去，千载无缘；

困勉以求，三代之英。

上联用明清之际学者李颙李二曲之句，下联乃伯子自申之语。透过塾联，伯子先生那种求知圣贤、时不我待的危迫感，宛在眉睫之前。二十年前，天下学校皆以"团结紧张严肃活泼"为训，此联正是"紧张"一词的注脚。

五

光绪十一年（1885），范伯子应吴汝纶之聘，任冀州信都书院讲席。

先是，光绪七年，吴汝纶知冀州，专以整顿学校、造就人才为务；八年，延新城王树枬为信都山长，与此同时，通过张裕钊贻书范伯子，殷勤招致，因伯子有《湖北通志》局之役而延搁；九年，裕钊北上入主保定莲池书院，吴汝纶复理前说，至是伯子方成行。吴汝纶《答张濂卿》书云："某于此君梦想三年……南有南皮而不往就，此则老兄在北，使弟得如孟德挟天子归许下耳。"（《桐城吴先生尺牍补遗》）欣喜之色，溢于言表。"南有南皮而不往"，则张之洞亦曾青目伯子，而先生辞官聘，答友招，尤为可敬。

吴汝纶本欲委范伯子以信都山长，然先生龙虎风云，性情倜傥，虽"莘莘媚学子，浮如苗怀新"，然"道高辄惊众，耳语犹断断"（吴汝纶《答范肯堂四首》），士论多谤，汝纶只得作罢，处先生武邑观津书院，而另延武强贺涛接王树枬。

书院教育，始自五代，盛于南宋，原为独立于官学系统之外的理学家讲学之所，以宋代白鹿洞、岳麓，明代东林等书院为著名。

书院本以自由讲学为显著特征。清初，鉴于明末书院"群聚党徒"、"摇撼朝廷"之教训，极力抑制书院发展。直到雍正年间，才允许在严密监督之下创建，但绝大多数被政府控制利用，成为以考课为中心的科举预备学校。然而书院主持人却大都依然保持着由当时著名学者或某一学派代表人物出任这一优良传统，即以莲池书院为例，先后主讲者便有汪师韩、章学诚、祁韵士、黄彭年、张裕钊、吴汝纶等大师级人物。加之提倡百家争鸣，实行门户开放，师生关系融洽，在培养人才方面，书院确有其独到之处、不泯之功。

武邑观津书院乃道光二十三年（1843）由知县雷五福创建的官方书院，与冀州信都、保定莲池，正好形成了县州省三级体系，此时三院主持，非师即友，道同相谋，风云所会，自然誉隆业彰。

言敦源《〈范伯子先生遗墨〉跋》曰："桐城吴先生挚甫牧冀州，延新城王晋卿树枏掌书院,教先生主讲武邑,而武强贺松坡涛更以吴先生之学设教于乡,数君子者,声气相应,宏奖后进,一时学风蔚然为畿辅冠。"

马其昶《赵超甫先生墓表》则云:"惟冀州自吾乡吴至父先生莅官,一以振起文化造士为急,延礼通儒王君晋卿、贺君松坡、范君肯堂专教事,一时瑰异之材得所矩范,人人皆知文章利病流别,旁衍及他郡邑。而武昌张濂卿先生暨吴先生,又先后主莲池讲席,师友渊源,同流共贯,徒党蔚兴。于是北方文学之博与东南侔矣。"

刘声木《苌楚斋四笔》卷八评到:"学部(指马其昶——引者注)此论洵为确恰。书院专为造就人材,非同虚设。但惜光绪末年,仅有冀州信都、保定莲池二处,未能及于他省,为可惜耳。然仅有二书院,教授得人,成绩之伟大已如此。若合他省尽能如此,则文治之盛,不特侔于东南,直驾唐宋之上矣。"伯子先生正有感于斯,才不遗余力办教育,呕心沥血,死而后已。

凤凰栖而百鸟集。范伯子名望所召,"诸生来试艺者益多,庭隅狎坐皆满,或至不容而露坐阶下"。(《重修观津书院增建试院记》)武邑县令郑骧谋于伯子先生,增修书院,并新建试院一。两工告竣,伯子欣然为书院题联一副:

　　　　自来学校以书院辅之,如今比屋东西,稍有欢颜在风雨;

　　　　吾为父兄望子弟成耳,此后一官南北,还将老眼看云霄。

并作《重修观津书院增建试院记》以纪其事。

观津书院乃"公家之养,官师之所具,父老之所勤苦"(同上),伯子先生所从事也只能是科举正途上的传统教育,无非"群经诸史百家文辞总集"之属。多年后,伯子先生回忆此段经历,不无悔惭,"前此二十年,吾与冀州教授于北方,皆以深文为教,后皆悔之,或至相向作危苦之言,以为吾与若之所为皆不成其为学,此则今之仰慕冀州者所不知也"(《聚学轩丛书序》)。至于"深文"之害,先生说:"吾国开通至四五千年,被文化者犹不过百一,而全国之民至今犹沦于暗昧之域,则岂非文深之过耶?……中人以上之资壹自腐于声读故训之间,头白而不悔,不但忘其身之别有事,乃至并不敢以作者自居,则岂不因六艺文深举所谓千一百一之人才尽阏于此耶!"(同上)陈三立《范伯子文集序》说:"君虽若文士好言经世,究中外之务。其后,更甲午、戊戌、庚子之变,益慕泰西学说,慎生平所习无实用,昌言贱之。"这是后话。

黎明前的黑夜,总不乏晨星闪烁。死气沉沉的旧学教育培养出的,也不尽是"一代名臣,而不知范仲淹为何人;曾入翰林,而问司马迁何科前辈"(徐勤《中国除害议》)这样的糊涂废物。范伯子名师法眼,自能启愚拔萃,点石成金。姚永概《范肯堂墓志铭》曰:"君初在冀,所教诸生多为通材……其经承君讲授者,悉有成就,收科第者相望。"范伯子在冀三年,得才济济,如武邑吴铠、衡水刘乃晟、冀州孟君燕、阎凤华等,其中南宫李刚己,尤称高足。

姚永概《李刚己墓志铭》:"年十三,应冀州试。州牧为吴先生汝纶,而贺先生涛长书院,范先生当世在幕中,方倡文学教士,得君文大惊曰:'此天才也!'录冠其曹,召居署,从范先生游。"后来刚己得诗法于伯子先生,虽未出蓝,已能具体,然志、命、才三者皆略似唐李贺、宋王令,光绪二十年中进士,以知县分发山西,卒仅四十三岁,与其师皆有英年殒殂之痛。

六

如果说,欧家坊馆里的范伯子只是乡下一私塾先生的话,那么直隶总督府的西席,则让他尊踞私学教育的头把交椅。皇帝也为太子请师傅,却吃官饭。李鸿章位重倾国,一人之下,万万人之上,其西席自然是塾师里的最高礼遇。

光绪十七年(1891),范伯子抵津,教读李鸿章之子李经迈(季皋)。

吴汝纶推荐范伯子原来别具款衷。"傅相英雄人,最善待士,世人往往谬议,正坐未见事耳。吾为执事作合,乃自揣文学不足以阐扬傅相之业,将以千秋公议付之雄笔记载,以正后来秽史,不区区为目前计也"(《桐城吴先生尺牍》卷一)。吴之本意是想让伯子做李鸿章的"实录官",写好李的身后传记。光绪十八年,李鸿章夫人卒后不久,吴汝纶复致函范伯子,建议辅助李经迈纂修李鸿章年谱。书云:"季皋百日后当理旧业,吾意欲请其纂修师相年谱。前时名人暮年多有自为年谱者,师相公事少暇,故不能自撰,亦不肯沾沾自喜。然生平所办皆大事,关国家安危,他人传述失真则心迹易晦,莫若季皋于问业之暇,日记数则,由执事润色而呈之。于趋庭之时,以决定事理之是非。此在季皋为莫大之著述,而在吾辈亦有先睹为快之愿,异日国史不能得英雄深处也。请公裁酌,以为可行,则请即行之。"(同上)今读梁启超《李鸿章传》所附《李文忠公鸿章年谱》乃李书春所撰,疑伯子当年未及施行。

既然初衷如此,尽管伯子教课百倍用心,但已非主业,于是"文忠日晡退食,恒过先生论政事,先生感其意,亦出己见,多所襄助"(金钺《范肯堂先生事略》),西席更兼心腹矣。

范伯子居津三年,所教不仅李家子,天津王守恂、常熟言有章皆曾执弟子礼。而伯子先生之最大收获,当在于通过直隶总督这个"许退食与名流唱和往来"(王守恂《范肯堂先生文集序》)的东家,极大开阔了视野,对朝野得失更加洞悉,尤其对西方文化有了全面崭新的认知。

相府雍雍,奔走往还,皆一时豪杰。范伯子于此结识之严复、康有为、张佩纶、于式枚、盛宣怀、俞明震、李慈铭、杨圻等,均当世英才,其中吴汝纶、严复、康有为、盛宣怀、俞明震都是近代教育史上的风云人物,而吴、严二人对先生影响最深。

此时的吴汝纶已经接替张裕钊出任莲池书院山长。伯子同吴在师友之间,倾吐肺腑,了无避忌,保定、天津间,来鸿往雁,赏析文字,评议国政,襄赞民谋,邮筒不虚。前面所言伯子与汝纶以教授深文为悔,至相向作危苦状,当在此时;马其昶《范伯子文集序》谓伯子"习闻吴先生绪论,颇主泰西学说",亦当在此时。

此时的严复正在天津北洋水师学堂任总办。光绪六年(1880),李鸿章创办天津北洋水师学堂,调严复担任总教习;十六年升总办,直到二十六年义和团起义,才离开。严复与范伯子均为李府上宾,相见机会甚多,伯子先生在《题〈正定王氏家传〉》中曾说"顾吾友严几道之谈西学也",《答桂生书》亦说"此乃吾向者之所尝揣,得吾友严几道之传《天演》而益信焉者",可见二人交往之深。读过不少资本主义经典,并躬事洋务教育十余年的严复,有着狂飙式的维新思想,他攻击八股,推崇西方科学,主张君主立宪,认为"是以今日要政统于三端:一曰鼓民力,二曰开民智,三曰新民德"(《原强》)。寻绎伯子先生日后诗文,严复的影响历久弥新,并一直伴随。光绪二十七年,伯子有《和严复别爱沧诗》,对严译《天演论》大加赞赏,称之为"昭然一是群书废,十万缥缃只汗牛"。

另外,范伯子还接触了不少外国人士。伯子之父如松在家书中曾告诫伯子"倘辞不获命,相公决意使去",方可去吃洋酒。伯子对待洋人,没有停留在吃喝应酬上,而是博览洋书,"时时观览其载籍"(《书日本高松保郎上使臣书后》)。近朱者赤,这些对改造范伯子的传统教育思想,形成由单纯读圣贤书而到崇西学存仁义的认识,大有裨益。

在《与张幼樵论不应举书》一文中,范伯子断言:"窃观于今日之艺,盖不特时文之末流处于当废,即士大夫间所传之古学,亦必且有中旷之一日而更待百年而后兴。"不仅禁锢人文的八股要彻底废除,就连乾嘉以来学术界、教育界盛行的空谈心性、崇尚空疏的"宋学"和专事考据、脱离现实的"汉学",有朝一日,也会被时代淘汰。

"人间六籍灰飞尽,曷不旁求海外书?"(范伯子《题俞介甫竹石读书图》)此时的范伯子"乃独皇然于西学之合乎天理周夫人事,而视我向者之所为几不成其为学。且其为道深博无涯涘,断断不尽于已译之书"(《答桂生书》)。那么是否尽弃旧学,全盘西化呢?

当吴汝纶之子吴辟疆对父亲议论西学每大疑于心时,范伯子一面谆谆教诲,"补其见之所不逮",一面申明"四裔彷徨得技巧,刻画仁义中人长。鸣鸟千年若衔尾,奇气著体交和倡"(《挚父先生之令郎辟疆……不逮》诗)学西方,是学其先进新奇的科学技术,吾国几千年涵泳之仁义,乃国粹所在,民心所依,自然当存。

然而,矫枉往往过正,范伯子已隐然感到了西学兴仁义丧的危险,"孔孟氏之为教,莫大乎以仁育天下,而莫切于仁其身……及乎世衰乱成,神德盛化之机退缩而不用,惟独一二恺悌君子出身以殉世主之难,发于不忍,而成于至是,用使介胄兴王流连叹惜,追原祸败之所由作,而益知吾道之不可废……呜呼,机器兴而耶稣之道左,吾道亦将微矣。人巧物幻之来,异时必有一决,不幸至于天动地岌,则其终能出而已乱者,果谁氏之教耶?"(范伯子《书日本高松保郎上使臣书后》)伯子先生深心远测,当年既已预见到科技暴力与人文关怀要有一场生死对决。

写于这一时期的《课乡子弟约》,全面体现了伯子先生此阶段的教育理念:

> 当世盖窃闻之矣,学所以学为文,《语》、《孟》、六经,莫非文也。文之盛者不可以猝为,由其近者通之,变而为《庄》、《骚》,博而为《史》、《汉》,泛滥淫溢而为《选》,狷洁自喜而为八家,八家往而经义兴焉。今人以次毕诸经而即为举业,是犹地天之不可以接,而高明卓见之士文语周秦,诗称汉魏,厌薄近古文字以为无足观焉者,余又以为非是也。凡文无远近,皆豪杰之士乘于运会而为之,学者务观其通,弗狃于近,亦弗务为高远,只自拔于流俗以同归于雅正而已。且为学岂不贵乎有用,而学无所谓经济也,识时务耳。不达于当时之务,不能窥古人之迹,其不学犹可也。若既充然有以自负,而谬论一切之论,以概无穷之变,释褐而仕,病国家矣。君子之道,不谈非分之事,而有通人之识,读书咏歌,进退优裕,余以是愿有同志焉,约所当循诵之书,如前所谓《庄》、《骚》、《史》、《汉》、《文选》、八家者,而流览则取其所最古者。西人文虽近俚,而格致家言有足观焉,不可废也。

学贵乎有用而识时务,乃其主旨,而末尾稍略一提西人格致家言,正是先生用心处。盖乡人封闭,尚不能全然接受西学,过度宣扬只会适得其反,渐次浸染,润物无声,方为上策。

七

光绪二十四年(1898),戊戌新政期间,光绪帝听从康有为等人意见,曾命军机大臣拟旨废除八股,并下诏:"自下科为始,乡、会试及童生岁、科各试向用四书文者,一律改试策论。"虽然不久即随维新失败而夭亡,但思想的火种已经播下。

范伯子是维新志士的同情者。在苏东坡第八百六十四个生日到来之际,伯子临觞有感,怅然吟道:"只言新法乱人纪,讵谓旧学诛民彝。公乎来游听我告,安石正论经天垂。"郭则沄《十朝诗乘》讲"范肯堂亦主变政者",并非空穴来风。因为范伯子曾大力主张学习日本明治维新道路,"某又思近己而相类者无若日本,日本昔之贫弱犹己也,三十年间,由贫弱而几于富强,与诸雄方驾,其由此适彼若是之易也,果操何术而能然者欤?……惟夫用彼之长,求己之短,则非一人独知之所能为力,而朝野上下凡有血气心知者皆与有责焉"(范伯子《游历日本考察商务记》)。

这种政治上的资产阶级改良意识,必然左右着范伯子的教育思想,而对国家命运的关切,促使他积极投身到教育救国的行列中来。

甲午之败、戊戌又败、庚子再败,短短几年,国将不国矣。痛定思痛,一大批有觉悟的中国知识分子加快了向西方学习的步伐,认为只有摈弃旧学,兴办新学,培养新型济世良才,才是强国良策。正如伯子诗中所吟"凡民救死无如学"(《和旭庄太守郊行》),或其《通州小学堂宗旨》所言"变国莫先于秀民也。"

八

光绪二十七年(1901)四月,通州知州汪树堂聘请范伯子出任通州第二大书院东渐书院山长。伯子先生教育事业的又一个春天来临了。

通州有书院两区,一为紫琅,一为东渐。此时紫琅书院山长为编修出身的湖南王以慜,加上伯子及姚某,三人是通州旧学教育的核心。一日,知州汪树堂请三人商议变革考试之法,姚唯唯,王曰一切不懂,主管州吏江云龙则惟伯子先生马首是瞻,先生云何便如何。会上又议自明年起合紫琅、东渐为一,而立伯子为西学山长,可见先生俨然已是通州教育之泰山北斗。

不久,范伯子罄所爱之书,扫艰难之钱,悉数用来尝试另一教育途径——开办书报公社。先生竭私输公,以致仲弟有"化家为国"之诮;而此举感木动石,原先责难诸公闭口无言,州官亦变阻遏为开引,更委托先生立桑蚕局、工艺局诸政,要款则提,需人则派,旨在不令二三十岁之秀才"消磨岁月于无用之地,隳坏志节于冥昧之中"(严复《救亡决论》),而人人能得谋生之道。

八月,朝廷诏命各省于省城及所属府州县筹设高等、中等、初等学堂。明年七月，颁布张百熙拟定的《钦定学堂章程》，即所谓"壬寅学制"，分大学堂、高等学堂、中学堂、小学堂、蒙养学堂，大致采用日本制度。这是中国教育史上第一个由政府公布的规定学制系统的文件，虽未及实行，然梅柳透春，韶景不远矣。

九

光绪二十八年（1902）正月十三日，南通千佛寺前殿毁于火。四天后，伯子先生即与张謇商谈利用废址兴建新学堂事宜。从后来二人一主师范一主小学分工明确可知，"小学乃教育之基础，小学惟在得师，师必出于师范，故立学须从小学始，尤须先从师范始"，是他们的共同主张。

二月，两江总督刘坤一邀请张謇商议兴学次第，张謇遂提出先定师范及中小学堂，刘韪之，藩司、粮道、盐道等要员却推三阻四。张謇见官办不成，乃谋于罗振玉、汤寿潜，自立民办通州师范。

与此同时，伯子先生则前往泰兴，参观视察当地小学堂。泰兴知县龙璋热情款待，并期望先生能就中学堂事莅临指导。

春天总是乍暖还寒。在上海，沈曾植、梁鼎芬把持下的南洋公学逆时代大潮，有恢复旧学、另立宗旨的苗头；而南通顽固派数百人竟公然与先生为敌。王锡韩《蜷学庐联话》载："办学令下，肯堂先生与张季直殿撰谋所以创始者，拟将邑中旧有书院及乡会试宾兴存款移拨提用，作为开办经费，而先由先生启告邑人。邑人大噪，竞集矢先生，先生一日得匿名书盈寸。"

"我今实亦爱其类，恐遂茫昧千年终"（范伯子《余以经营……州主》诗），救民心切的伯子先生并未因迂腐老儒们的疯狂反对而退缩，在与三弟信中言及此节，毫不沮丧，而是满纸豪情："不意顾氏父子公然鼓动数十百人与我为难。我恨其太鄙，立挟又楼与我先自承捐五百千作为我欲分大生厂之红，向季直借二千千，合此二千五百千，再向剑星不拘何项借拨二千五百千，有此五千千抵半宾兴，让彼辈发财而我于学堂得自主矣，无人能过我而问者矣，岂非快事！"此语乃出自年届半百卧病强起之人，其意志之坚、信念之贞，异世堪仰。先生三弟曾有比喻云："张殿撰志实业以兴民利，当世志教育以正人材，其勤心于其事也，皆极憔悴专一，多方以求济。推其诚之所到，惟孝子之奉病父始足相喻焉耳"（《范季子文集》卷三《上胡鼎臣方伯书》）沧海横流，方显英雄本色。伯子先生强健不息，建学各项工作有条不紊地继续开展下去。

七月九日，通州师范学校就千佛寺废址动工兴建。

十九日，伯子在与三弟信中说："季直则独任私立师范学堂，以千佛寺改造，现已兴工，与吾所为官绅合办之通州小学堂相足相成，而明定界限，各不相制。然师范学堂，我亦任出力也。"所谓"独任"，乃指经费全部由张謇一人筹集，其资金来源为大生纱厂六年利润并友人赞助，而谋划之功，伯子当仁不让。小学堂资金虽为官绅合出，然众事猬集，实由伯子先生铁肩独挑也。

通州师范学校，是中国设立的最早的师范学校之一，学校分设四年本科、二年简易科、一年讲习科，课程则有国文、修身、教育、伦理、算术、物理、化学、历史、地理、博物、图画、手工、体操等，除师范各科外，还设置有发展实业所需的测绘、农科、土木工科、蚕科等。曾先后聘请国内著名学者王国维及日本教员木造高俊、吉泽嘉寿之丞、西虎谷二、木村忠治郎等任教。

通州师范学校在中国近代师范教育史上占有一定地位。虽然此前南洋公学设有师范院，京师大学堂也有师范馆，但都不是单独立校，正如张謇所说："中国之有师范自光绪二十八年（1902）始，民间之自立师范学校自通州始。"

通州师范学校于光绪二十九年四月初一正式开校。开学典礼上，伯子先生发表演说，阐明建学宗旨。作为直接参与谋划的第一个重大成果，它对范伯子的激励作用显而易见。

十

就在通州师范学校施工建设的同时，范伯子与张师江等人具体操办的通州高等小学堂亦在紧锣密鼓进行中。

五月，范伯子与陈敬夫、李磐硕、张謇等一起相度规划小学堂用地。

八月，范伯子专程赶赴江宁，造请海内外师儒，包括日本教育家嘉纳治五郎、江南学堂总办胡研孙、南京路矿学堂总办俞明震等，考察质询学堂事宜。

十二月，范伯子致函吴汝纶，询问其东游日本考察之学制成果，并就乡里办学举措向吴氏请益。同月二十七日，通州小学校破土奠基。而此时，伯子先生因废寝忘食，积劳累疾，已是病体难支。

二十九年正月，伯子与姚夫人赴桐城吊唁吴汝纶之丧，至南京因病而罢，由姚夫人独往代吊；江楚译书局延聘伯子先生任总纂事，亦因实难胜任，改请缪荃孙主之。

二月，困惫中的范伯子已不能多言，但一腔热血，仍坚持工作，卧病听取李磐硕、张謇汇报筹集学校经费情况。事后，伯子诗中特特写到："李子出言定夭矫，而此著语殊沉沉。张君信眉大谈者，兹焉一字千酌斟。嗟兹钜事山难任，嗟彼苦心河水深。行行且无畏，事大不如心。"昏昏病肺药炉边的范伯子，心中所悬依

235

然是"乡间适茫昧,诸校待更造。仓皇欲树人,法令亦草草"(范伯子《哀王兆芳漱六李鹏飞云垂》)。忧泪涟涟之余,常常"窗明手一篇,为书致吾虔。絮语只通俗,细字常盈笺。人来夺其笔,往往张空拳"(范伯子《自谕》)。集中体现伯子学生教育理念的《通州小学堂宗旨》,大概就是这样偷偷背着家人写出来的。

学堂为何而作耶？皇上惩甲午、庚子之屡败,变法求强而决然行之者也。夫争强莫如以兵,强兵莫如以富,何为而必出于学？曰此其先务也。兵且有兵学焉,富且有农工商之各学焉。自今无一事可以不学,此特其普通之初级耳。选学童而为之者,盖曰立国必资乎人才,而培才当始于子弟；立教必遍乎全国,而变国莫先于秀民也。

凡为学堂之大纲有三:智育、体育、德育是也。一事也,人国妇孺之所知,而我之老宿不知；一名也,人国仆隶之所谙,而我之公卿不谙。虽欲开通全国,其道无由,此谓智弱。人皆廉信而好洁,我独贪诈而喜污,大而服官行军名实之间,小而日用道路之际,常被外人之耻笑而曾不自知其所由然也,此谓德弱。人民之精神,国家之血脉也,人国合兵民文武为一,而我以好勇尚力为羞,勤惰之习分,坚脆之形成,不待临戎而胜负决矣,此谓体弱。皇上愤欲变此三弱者而转为强,则举天下之士农工商概纳之于学。然则遂用西法耶？非也。凡为智育者,智之事也；凡为德育者,仁之事也；凡为体育者,勇之事也,此《中庸》所谓三德也,而且有书数焉,智育类也；有礼乐焉,德育类也；有射御焉,体育类也,此孔子所谓六艺也。三德之所弥纶,六艺之所扩充,而一义行乎其中焉。一义非他,忠爱是也。去家庭之教育,受国家之教育,凡以为国家用也。修身入群以讲求一群之公理,而后可以敌他人之大群,此在各国之立学莫不皆然,而况皇上含积年之痛,洞然于全国腐败之故,猝欲与人争而不可得,则不得不沉思一往望之于学堂者乎？是故学者非尽去其故以与万国求新不足称皇上之意,而苟不惟本之求而逐其末,忘乎内之痛而慕于外,则尽驱人适异国可耳,何贵乎有学堂也？故为学堂之条例,则甚难矣。

自中国外,各国之人无不学者,约计其学年,则四五岁所居曰蒙学校；七岁至十三岁皆谓之小学校,而有寻常、高等之分；十四岁至二十岁皆谓之中学校,而有寻常、高等之分；过此,则分科大学校终焉。人一干而上,居学校且二十年,而秩序厘然不可紊。今明诏所谓州县小学堂,盖人国十一二岁之高等小学校也。而寻常之阶级未经,并宜有十岁以前之事,顾其所选为文法较优之学童,此即不容以年限,而术之当改,知此者才十二三焉。猝语高深,既茫然有所未喻;概从浅易,复傲然自谓已知;且群经为圣哲之归,法宜至中学始为深语,而不免滋守旧者之疑;外国语亦专门之一,法宜待中学始议博通,而无以屡求新者之望。缘俗情之可否而迁就之,是谓苟且,苟且不可为也;度事理之行否而变通之,是谓权宜,权宜不可不慎也。州虽小,乃天下之所积;学堂虽小,居众学之先,自我为之,敢不重耶? 是以警念皇上变法之苦心,推原圣人立教之本旨,务俾诸生开通良知以受众美,弱俗士矜惜旧习而塞新机。我亦数十年读书之人,曾无一二端为国之用,兹为可痛,其容讳哉! 勉竭愚诚以定宗旨,且设为十目,于普通亦备专门,酌分数班,由寻常而至高等,但使进而能接大、中学常之程度,而退不失为蒙养学堂之楷模,斯已耳。

伯子先生在《宗旨》中明确提出“智育、体育、德育”全面发展作为新学教育之大纲,提介经世致用之学,这是对一千多年封建专制教育本质的否定,完全是一套新的教育内容和教育观念体系。“智、体、德”全面之发展经世致用之学倡导,这在当时意义是非常重大的,这是一次巨大的思想解放实践。一九〇五年一月伯子先生病逝时,伯子先生一手筹办的通州高等小学堂已经建成,并于三月开学。该学堂“以紫琅书院旧址及天宁寺东北地为校基,拨书院产及乡公费基金各半,益以绅民蠲资,充开办常年经费”。由张謇、范伯子、李磐硕、张师江等人共同操办的通、泰、如、静、海合办的五属公立中学堂,也于一九〇六年建成开学。伯子先生把当时的洋务派、改革派向西方学习的口号,从思想转变付诸于实际行动,从封闭的封建教育禁锢中冲了出来,摆脱了封建专制教育的藩篱而跨入近代教育的门栏,寻求教育救国之路,创办了南通近代史上第一个新式高等小学堂,实现了从旧学向新学的转变,迈出了南通近代新学教育至关重要的一步,在中国教育史上占有重要位置。

十一

光绪二十九年(1903)正月,张之洞奏设三江师范学堂(今南京师范大学前身),由江苏、江西、安徽三省合办,址在江宁。有理化、农学、博物、历史、手工、图画等科,设修身、历史、地理、文学、算术、体操各课,分本科(三年)、速成科(二年)和最速成科(一年)三种学制。杨锡侯任学堂监督,日本教育家菊池镰二郎为外方总教习。

三月，新任两江总督魏光焘欲聘伯子先生为中方总教习。伯子先生开始不欲应聘，第一，通州师范学堂开学在即，抽身不得；第二，此时三江师范之学生，乃是将来本校之教员，先生认为他们资质太弱，"仗总教习一年之陶熔，至开学之时而分派，我无仙法，何以成功？"（《范伯子与姚夫人书》）第三，伯子昔日因李鸿章事与张之洞小有龃龉，三江师范乃之洞奏设，张虽离任，然一就此席，"湖北党必将腾谤"（同上）。先生见几虑远，因不就聘。

无奈后来，魏光焘坚请不懈，伯子先生实难一辞再辞，只得抱病于十月赴任。不久先生即发现，日方总教习一干人等对待中方教习十分傲慢无礼，常有轻蔑之举动。至十一月十六日，伯子先生做东宴请日方总教习菊池及各教习，在这次双方教习齐聚的酒宴上，伯子先生慷慨陈辞，痛快淋漓地发表了一番即席演说。日方诸教习如聆大韶，如见犹龙，"其总教菊池真如暗室见赤日，喜形于面，敬谨演答，连翻译十四人皆肃然久之，然后坐。其后一一与吾问答，以至终席。各教员并多离座致殷勤者，以两总教有平分之身份，而各人益加敬也。昨日开学，菊池遂向总办言范总教之可敬，三江独得人矣云云……此为吾国争体面之一事，夫人、弟闻之必欣欣也。"（《范伯子与姚夫人及三弟范铠书》）

担任三江师范总教习，实为伯子先生教育事业辉煌顶点。可惜光景不长，伯子复无奈抱病返里。

伯子先生此信，直如雪泥鸿爪，颇有史料价值，两江师范学堂校史及今南京师范大学校史均阙载，当据此以补之。又范铠《范季子文集》卷三《上胡鼎臣方伯书》云："当世，一江南廪贡生耳，徒以学行与桐城吴挚甫夙昔并名，为北方学者所信倚……归而主教于敝州，创州邑中小学堂，复主三江师范总教习，并领江楚译书局总纂，业尽心为之更良矣。"可为旁证。

返里后的伯子先生，病势缠绵，沉疴难起，至光绪三十年（1904）七月，已不能从事任何社会工作；十一月更是"呼吸骤若游丝牵"（《自谛》），遂至上海就医。岂有神方通绝域，觅来灵药可长年？百计药疗无效，终至呕血而亡。伯子逝世前五日，张謇前去探视，先生执张謇之手，"附耳而语，气息仅属，始为言倘不死若如何……继又言，子长我一岁，望节劳，我可死，子不可死，幸记之"（《张謇日记》）。厚望重托，尽在"不可死"三字。张謇面对同舟共济创办新学事业的挚友，甚感悲痛，是日于日记中写到："三十余年老友，今无几人。年来图兴地方自治之基，肯堂预议论极多，亦甚资其助力……生平乡里知好，唯肯堂、彦升、延卿、子璐、曼君数人……肯堂、彦升于学界皆可有协助之能力，而皆有危殆之病故，虽数十年之交分毫不能得其助，可痛也。"如失臂膀，如切肝肠。

次年八月,清政府下诏,"著即自丙午科为始,所有乡会试一律停止,各省岁科考试,亦即停止",一切士子皆由学堂出身。一千余年科举制度,至此遂废。想伯子先生地下有知,当也莞尔。

《元明清诗鉴赏辞典(清·近代)》(上海辞书出版社2002年版)

1.《大桥墓下》:草草征夫往月归,今来墓下一沾衣。百年土穴何须共,三载秋坟且汝违。树木有生还自长,草根无泪不能肥。泱泱河水东城暮,伫与何人守落晖?

【鉴赏】一介书生风尘仆仆,顾不上旅途的劳顿,匆匆地归返久违的故乡,但终于泪洒亡妻的墓下。如今,他拿什么来寄托自己的哀感呢? 他既缺少"孔方兄"可以仰仗,无力将荒凉的墓地修葺一新,又没有皇恩浩荡所带来的功名,能够让死者受赠于地下,以享哀荣,那就只有情注笔底,赋首诗聊以倾诉哀感于万一,此乃是他唯一的绝活。比较起来,妻子地下有灵,对后者也许更为感动,还有什么能比情到意到更能说明夫妇恩爱、生死情深? 然而,诗,他是写了,却不像是在倾诉哀感,而是在对自己进行严谴。这就是范当世,一个伫立在亡妻墓下,悲不可言,而内心却注满了深情的诗人。

当世原配夫人吴大桥死于光绪十年(1884),其时,当世正供职于湖北通志局,紧张地纂修《列女志》,未能及时奔丧。此后,当世为衣食奔走于南北,亦无暇亲临墓下,直至光绪十二年(1886),方才有机会凭吊吴氏之墓。屈指算来,已历时三载。这在旁人,也许会给予谅解的,可是在当世自己,无论怎样说都是一桩抱憾之事,都是难以原谅的。所以诗中没有去找任何理由为自己申辩,只是诚恳诉说自己的不是——"百年土穴何须共,三载秋坟且汝违"。我还有什么脸在百年之后与你同室共穴呢? 你的坟建起来已有三年了,我还没来看上一看! 当然,对亡妻的感情深浅与否,说到底并不在于是否年年去上坟祭扫,重要的是看死者在活着的人心中究竟占有多大位子,多情如苏轼者,对亡妻王弗之感情,也未能每年上坟,然而"十年生死两茫茫,不思量,自难忘"(《江城子·乙卯正月三十日夜记梦》),不可谓不深于情。反观当世,亦当作如是看。请读者留意,此诗一开头就这样写道:"草草征夫往月归,今来墓下一沾衣。"萍踪不定、漂泊南北的诗人如今归来了,假若他对亡妻早已淡忘,也无情可言,为什么还要在回家后的下一个月,便赶往亡妻的墓下? 为什么还要泪沾衣襟? 联系到大桥刚刚下世时,当世在湖北闻此噩耗,有诗哭之"迢迢江汉泪滂沱,秉烛修书且奈何? 读罢五千嫠妇传,可知男子负心多"

(《湖北通志局闻妻丧于时方修列女志稍整齐而后行悲哭之余犹翻故纸停笔写哀遂成四绝》),以及三年来,当世不止一次地赋诗为文悼念亡妻,答案只有一个,那就是无论过去还是现在,当世对亡妻始终一往情深,难以忘怀。正是基于这种对亡妻深厚的感情,诗人才会总觉得在妻子临死时,未能与之诀别,以后又无暇谒墓,实在是有负于亡妻的憾事。诗中不去诉说自己是如何的思念,相反毫不掩饰地自我严谴,越是这样,越见出情爱之深,哀感盈怀。

往下去,当世更是进一步地将自己推入自谴的极境。不过,这回不像诗的颔联那样语气激切平直,而是较为婉曲蕴藉。诗人的着眼点是墓地的场景:"树木有生还自长,草根无泪不能肥。"时值秋季,当世目睹墓地周围终年常青的树木生机不绝,顽强地生长,而坟草因为寒冬的杀气已经枯萎,露出草根。这些原为自然界中极常见的现象,可是一经当世道来,便觉不俗。在他看来,"树木有生还自长",无疑是对亡妻的墓冢尽了最大庇护,而坟草的枯萎乃是自己情泪所未能至的结果,两相对照,树木较之于人有情的多了,这不是在将自己推入自谴的极境,又是什么? 如前所言,从自谴中见出情爱之深,哀盛盈情,于此亦然。这只要看一看当世把坟草的枯萎都归罪于自身的无泪浇灌所致,便可以想见他对亡妻的无限深情已近乎于痴,心中的哀感苦不堪言。

诗的结尾两句,由先前的自谴转入倾吐诗人心底蕴藏着沉重的忧伤,具有强烈的抒情意味。天晚了,当世凝视着深广的东城河水无情地流去,西沉的太阳渐渐地收尽落日的余晖,再也无法遏制心头涌起一阵阵孤苦无告的感情涟漪,于是从心底里迸发出"泱泱河水东城暮,伫与何人守落晖"那样凄苦的呼号。我们仿佛看到当世在凄凉的墓冢下,形单影只,泪水纵横,悲不能已;在东城苍茫的暮色中,孤零零地伫立着,听凭时间一点一点地向夜幕推移,久久地不忍离去。这里既有丧妻的孤独、惆怅和不可言喻的失落感,也是抒发了对亡妻爱不能舍的悲怆情怀。至此,一个对亡妻生死情深、哀感盈怀的诗人形象活生生地展现在人们的面前。

前人对当世之诗有"震荡开阖,变化万方"评语,具体到这首诗来看,还是很有见地的。诗中落笔便开门见山地抒写自己情系亡妻,内心充满无比的哀伤,紧接着将笔锋荡开去,犹如奇峰突起,从正面对自己进行严谴。颈联自责之意仍然承上,但视点却落到坟头草木之上,借物托怀,是篇中绝妙之句,亦可见诗人表现手法的变化多端。末了,以景结情,再度扬起心中的悲感,与首联关合。综观全诗,确有震荡开阖、顿挫跌宕、富于变化的特点。此外,前人写悼亡诗,在遣词造句上大都极尽缠绵悱恻之致,而这首诗却与众不同,它硬语盘空,戛戛独造,形成一种苍莽浑重的气象,也有使人耳目一新之感。(李保民)

2.《过泰山下》：生长海门狎江水，腹中泰岱亦峥嵘。空余揽辔雄心在，复此当前黛色横。蜒蜿痴龙怀宝睡，蹒跚病马踏沙行。嗟余即逝天高处，开阖云雷倘未惊。

【鉴赏】此诗是诗人光绪十一年（1885）北上赴冀州途中作。时诗人 32 岁。首联出语豪健，钱仲联《近百年诗坛点将录》谓之"是何气概雄且杰"。诗人说：生长在长江入海口，自小便与浩瀚江水相狎，胸怀也如大江大海一般屹立。起句不入韵，正是江西派惯用手段，予人硬语盘空之感，而语气雄放，则又与东坡为近，表现出范诗的风格特征。

颔联起、对句以流水对一气贯穿。"揽辔"用东汉范滂事，按《后汉书·范滂传》云："时冀州饥荒，盗贼群起，乃以滂为清诏使。滂登车揽辔，有澄清天下之志。"诗人慨叹道：自己屡试不第，只能以布衣之身浪迹江湖，空存济世报国的雄心壮志决塞心中，今日亲至泰山脚下，对此黛色参天的巍巍岱宗，怎能不思潮起伏。泰山的壮美正衬出诗人心境的沉郁悲凉。

再看颈联。"蜒蜿"句表面上是形容连绵雄浑的山势，实际上是隐喻当时社会对人才的废弃埋没。"痴龙怀宝"典出《幽明录》。据《法苑珠林》引《幽明录》说：汉时洛下一洞穴极深，有人堕入未死，遇长人指大羊令拔其须，先得二珠，长人自取，后得一珠，与其人食之。还问张华，华曰："羊为痴龙，其初一珠食之与天地等寿，次者延年，后者充饥而已。""怀宝"复取意于陈子昂《府君有周居士文林郎陈公墓志文》："呜呼我君，怀宝不试，孰知其深广兮。"用典可谓浑成妥帖，精妙绝伦。而沉睡痴龙更令我们想以旧中国"东亚睡狮"的诨号。"蹒跚"句自《诗经·周南·卷耳》"陟彼崔嵬（高冈），我马虺隤（玄黄），我姑酌彼金罍，惟以不永怀（伤）"化出，虽是写马，而一个骑着劣马踏着野草蹒跚而行、怅怅而思的诗人形象如在目前。

最后，尾联中诗人想象自己将要凌空直上，飞逝高天，或许云雷鼓荡于四周也不会惊惶而只会兴奋。"开阖云雷倘未惊"与"生长海门狎江水"，一结一起两相呼应，力透纸背。中间二联的沉郁悲凉，至此转为激昂奋厉，全诗也达到高潮而结束。引起我们注意的是，诗的末句用意与龚自珍早于范当世此诗四十六年的《己亥杂诗》"九州生气恃风雷"一名颇相近；联系到前面诗的第五句，也能领会到一种"万马齐喑究可哀"的意境。二者的思想感情，实有相通处。

金铽《范肯堂先生事略》云："先生自伤坎坷，侘傺发愤，一寄之于诗。仰天浩歌，泣鬼神而惊风雨。世之称先生诗者，谓先生盖合东坡、山谷为一人也。"虽略嫌过誉，然大致道出实情。汪国垣、钱仲联在他们的《诗坛点将录》中都把范当世列入马军五虎将，决非偶然。（庞坚）

3.《天津问津书院姜坞先生主讲于此八年外舅重游其地感欲为诗乃约当世同用山谷武昌松风阁韵》：有文支拄山与川，恍人有背屋有椽。我立此语非徒成，眼下现有三千年。远矣周孔隔地天，手语自听交鸣弦。五德替代如奔泉，扫去碌碌留圣贤。此事担当在几筵，耿耿一发天宇悬。丈人家世留青毡，文字碧水流潺湲。从来不与时媚妍，姜坞先生此粥馐。百年乔木参风烟，公来再饮唐山泉。龙堂蛟室来眼前，吾今只可烂漫眠。梦里不须书绕缠，醒亦毋为世教挛。眼见地塌天回旋。

【鉴赏】此诗写于光绪十七年（1891）前后。此年二月，诗人至天津，在津期间，访问津书院，有感而发。姜坞先生，指姚范，字南菁，学者称姜坞先生。姚范为姚鼐之叔父，姚莹之曾祖。范当世续娶之姚氏，为莹之孙女。外舅：俗称岳父。即姚浚昌，浚昌为姚莹之子。

这首诗总写游访问津书院所激发的感慨。诗的开首两句，即突兀托出诗人的基本论点。"有文"句中的"文"，特指阐发了宇宙间不可磨灭真理之文。《论语·子罕》："文王既没，文不在兹乎？"《集注》："道之显者谓之文。"开首两句意谓：宇宙山川有了阐发真理之文的支撑，便如同人有脊背、屋有椽木一样，可赖以挺立。

由这一基本论点出发，诗人先以周、孔之文为便，加以论证。周公制礼作乐，孔子皆弦歌之，使先王之礼乐教化可得而述。五德替代，历史演进，碌碌者遭受淘汰，圣贤之言、礼乐之道则万世长存。手语：指弹奏琴筝一类弦乐器。"手语自听交鸣弦"，意谓周、孔将先王之道付于琴弦，以求得保存和推广。五德：先秦时期的一种历史观，以金、木、水、火、土代表五德，以五德相克相生说解释王朝兴替的历史现象。"此事担当在几筵，耿耿一发天宇悬"。意谓先王礼乐教化，如耿耿一发，悬浮于天地之间，幸而得传，泽被海内，归功于几筵上为人供奉的周、孔神灵。

诗人为证实"有文支拄山与川"的基本观点，远以周、孔传先王之道为证据，近则又以"丈人家世"为证据。青毡：《晋书·王羲之传》谓王献之曰："夜卧斋中，而有人人其室，盗物都尽。献之徐曰：'偷儿，青毡为吾家旧物，可特置之。'群偷惊走。"后以青毡代称士人故家旧物。诗人岳丈姚姓有家学，世有文名，文章传世，如碧水潺流。诗人于此称誉不已。想当年，姜坞先生讲学于此，如今百年乔木已成参天之势，后人凭吊，历数就读于此的俊杰之士如入龙室蛟堂一般。"吾今只可"以下四句，描述了诗人怡然自乐的心态。远有周、孔之道绵延久远，近有丈人家世文名四播，我尽可烂漫而眠，不必担忧地塌天旋，缘因"有文支拄山与川"。

此诗重在立意。在诗体结构上表现出清代学宋诗派以议论入诗、以学理入诗的特点和对雄怪莽苍、硬语盘空诗风的追求。（关爱和）

4. 杨圻《京口遇范肯堂》：

桃花逐春水，江上忽逢君。宇宙今何世？风流意不群。暮潮细生雨，绝壁起闲云。严武军中事，相看感旧闻。

忧乐谁前后？含情未忍言。与君看落日，为我话中原。时难文章弃，春深草木繁。卧来江渚冷，高枕向乾坤。

【鉴赏】此诗原题下有小注云："合肥太岳（指李鸿章）督直时，先生为幕府上客，今别十年矣。"然李鸿章督直凡二十五年（1870—1895），因查云史《双肇楼记》有曰："光绪壬辰（1892），余年十八，婚于合肥文忠公之门。南通范伯子，方为文忠幕上客，见余文字，许为可造，亟称于文忠公。自后诗文辄就教，得闻绪论。"又诗之首句云："桃花逐春水。"由此知本诗当作于清德宗光绪壬寅（1902）三月，时年二十八岁。两年后，范当世流徙江湖，即客死于沪上旅邸。

诗为两首五律，其一侧重于相逢忆昔，其二侧重于相逢论今，诗旨虽伤故人，实质亦自伤自叹，感时忧国，表现了作者思赴国难、以求一展胸襟的积极用世精神。故十三家评点《江山万里楼诗钞》评论此诗曰："二诗回肠荡气，忧愤忠爱，流露言表。"

"桃花逐春水，江上忽逢君。"第一首之首联点题搭额，以明时间、地点、人物。如杜甫《江南逢李龟年》诗所云："正是江南好风景，落花时节又逢君。"诗中的一个"又"字，含有无限感慨，颇有故人相逢，说不清是喜是悲的感觉。诗之颔联以景生情，有合时事，云伯子虽处乱世，却风骨凛凛，卓尔不群。字里行间，流露出云史对这位长辈及至交的钦慕之心。而世运之治乱，年华之盛衰，彼此之谊，尽见于四句之中。诗之颈联虽回扣"京口"二字，慕写眼前之景，却创造出一种略带苍凉的气氛，为尾联的往事不堪回首而张本。

诗人小范当世二十一岁，以年齿论，伯子自是前辈，云史曾向他讨教诗文；就交际关系言，伯子为李鸿章僚，云史是李鸿章女婿，一盛赞"杨郎清才"（杨士骧《江山万里楼诗钞》卷一跋："壬辰秋，余谒合肥相国于津门。时云史新婚相国之女孙子。通州范肯堂为幕府上客，见其诗，为余数道：'杨郎清才。'"），一由衷感叹伯子"风流意不群"，诗格人格均足以睥睨一世。正因为如此，尾联"严武军中事，相看感旧闻"，不仅用典贴切，而且更见二人志同道合，交谊之深。

第二首五律承第一首而来，由忆旧转为论今。诗的前两句表现阶段是一种无可奈何的感伤情绪。"先天下之忧而忧,后天下之乐而乐",这是北宋范仲淹的名句,谁都知道。而同样志存社稷,心悬天下,范、杨二人亦都想奉此为处世准则。可是二人相逢江上,却"含情未忍言"。什么原因?诗之中间两联道出了原委:国步艰难,有如日落西山,呈现的是一种难以挽回的趋势。而世道的混乱艰难,使文章分文不值,文人无用武之地可方。诗句显示的一种忧国忧民的精神,溢于言表,令人动容。"卧来江渚冷,高枕向乾坤。"诗之末联表现的是不甘寂寞退隐的积极用世态度,说明作者虽"未忍言"忧乐,实质仍志在"乾坤",一时一刻亦未尝忘却天下之冷暖苦乐。

值得玩味的是,范、杨二人虽皆志同道合,心悬天下,彼此的处世态度与生活道路却到底并不一样。云史日后弹冠新朝,委身强藩,终为世人所诟病;而伯子一生穷困潦倒,心中诗中唯装着黎庶苍生,评价远在云史之上。如狄葆贤《平等阁诗话》云:"(肯堂)平生兀傲颓放类阮嗣守,困厄寡谐,以古文名世……庚子王室如毁,多以诗篇寄其孤愤,每吟讽,如见其人。"金天羽《答苏堪先生书》更云:"继弢叔(江湜)之后,为通州范伯子,贫穷老瘦,涕泪中皆天地民物,大江南北,二子盖豪杰之士也。"

此诗在艺术上的最大特点是明白如话,绝少用典,气息清厚,骨力雄秀,颇有唐人格调,尤得老杜风神。诗中"桃花逐春水,江上又逢君"、"时难文章弃,春深草木繁",半从杜诗中化出。至若"宇宙今何世?风流意不群",流水对"与君看落日,为我话中原"及尾联"卧来江渚冷,高枕向乾坤",无论就遣辞与命意言,老杜自当把臂入林,视为嗣响。(聂世美)

品题类

～ 吴用威 《题肯堂遗集》

通州范大归泉壤,留得清诗与世传。把卷为君增一痛,他年谁解作任渊。
(《蒹葭里馆诗》卷下)

～ 吴汝纶 《寿伯子三十二岁联语》

"兄弟以头腹尾擅誉,文字与梅曾张代兴。"
编者按:梅即曾亮,曾为国藩,张则裕钊也。

～ 顾锡爵 《哭肯堂》(四首)

闻讣真如手足伤,又传恶耗满他乡。未成痛哭先惊寤,人到途穷可散场。
前岁相招问死生,所言六圣总惊心。九州人物萧条甚,不可无卿卿竟行。
能用吾才已绝伦,于君下笔想精神。九原诸老英灵在,藉手文章见古人。
顾范交情世所知,幼同艰苦长同师。以君授我诚天意,来吊何须置一辞。

(《顾延卿诗集》未刊稿)

～ 顾锡爵 《祭范肯堂》

呜呼肯堂!百世之上,九原之下,吾意所属之人,为之凄怆而流涕者,则有之矣。况乎生并时,地相接,志同道合,如吾子者耶?自闻君死,以迄于今,哀来则哭,不知所从,非君之故而谁为耶?我之知君,由于先子自郡返里,顾予而叹曰:"吾近见范氏子,殆伟材,非尔所及也。"予闻则心喜。明年之郡见君,君才髫龄,跳荡欢喜,亦以为相见晚也。自兹以后,君屡过我,顾范之交,如家人焉。比君少壮,先后从学于兴化刘先生。先生谓君天资笃厚,意气□博,极言君长,以砭吾短。于是与君相得为益彰。君游武昌,病于旅邸,予尝束装千里,奔走往视。既而归里,卧疾佛寺,予则惊悝,再来相问。于是君患怔忡,神气恍惚,君枕予股,予拥君肩,终日不能言,迄君愈而后去。中间或南北一方,各谋一食,不常得见,然数月不得君消息,则中心如有所亡失,其常也。壬寅、癸卯,我居都门,颇闻君病日亟,致书曰:"君疾实可忧,愿自慎谨毋忽视。"其下笔迟回而不忍言者,则曰愿忍死为白首交,毋中道弃也。甲辰正月,君病我亦病,几死者数矣,然昏迷之顷,伏枕作书曰:"我病诚危,不如君之深,当吾死□。"君亦复书曰:"病如斯而相问,有同尽之意乎?"然予历六月而竟起,八月来视君,君亦少瘳矣,互讯疾苦。君乃叹曰:"当病笃时,自分必死,此时心中作何思□?"我曰:"此时手足并痿,不能言食,而能一身忘困苦,寸心荧然,自念富贵贫贱、声名勋业诸故吾已了了,唯生死一事,古者圣贤以为最大,由此至彼,孰为始终,向来恍惚,未知其极,今当实践,必坚持一念,观其变化,以为妙乐。"君曰:"子学归于自乐,固宜如斯,我则不然。我乃处分家事,纤悉毕举,遍辞家人以及妇子,而后相长揖如远行客。"我乃又言:"从古圣贤不信医药,自仲尼始,下逮汉宋儒者以及我先严先师其故何耶?"君未及答,我曰:"自我观之,当尔我病时,我尚不能知子,子亦不能知我,意者其病非天非人,非鬼非神,本无可知,不容求知。奈何以千金之躯委于庸俗人之手乎?我之不信也以此。"君曰:"甚哉!子言良是。"颜色悲苦。予因乱以他语而罢。呜呼肯堂!岂意此日之言为与君永诀之言哉!君嗜学之笃、与人之诚,自幼已然。至于近年进德尤猛,其掩人之短、扬人之长,吾遍观九州之贤,未尝有其匹也。处事之精谨、文章之深厚,固足验君体人情者深,然其所以然之故,则以性情为根本,而扩充于学问,以学问为根本而见之于事为,故与恃聪明矜意气者为不侔。君古文既不受方、姚所笼罩,而诗之品格自命在道州、青邱之间。我固信之,而以为犹有未之尽然者,今则已矣。论者或谓君处乡里,(广)而求用,故神动而精摇,以至于此。顾以我侧君(肆应)之间,能审轻重而为进退,精神往往余于事之外,则此殆未足以伤君也。唯自遭父丧,神气骤沮,不类曩时,至前年遭母丧,而委顿愈甚。一日问我:"古人云哀乐双□,岂父母之丧亦有乐意耶?"我因举王阳明哭则胸膈意舒以对。君极赞此说,因之时时欲哭其母,或不得,则愈抑郁难堪。呜呼□□□□本人子□(难侄),君体又系羸弱,必有不能损益自处,而至于过者,则君有不胜丧,自夭天年之一失,而我(前)日之言,乃为失词,将使我抱终身之恨矣。悲夫!

(载于1912年壬子《国粹学报》)

陈三立 《哭范肯堂》(三首)

摇摇榻上灯,海角相诺唯。羸状杂吟呻,形影共羁旅。嗟子淹沉痾,倏忽笃行李。饱闻绝域医,沪渎颇挂齿。谬计石散力,万一疾良已。子果用所言,携拿叱神鬼。初来奋低昂,稍久勉卧起。云何别匝月,天乎遽至此!岁暮轰雷霆,但有瞠目视。疢恨促之行,颠踬取客死。又幸保须臾,絮语落吾耳。残魂今安之?荒茫大江水。

江南号三范,子也白眉良。早岁缀文篇,跻列张吴行。承传追冥漠,坠绪获再昌。歌诗反掩之,独以大力扛。噫气所摩荡,一世走且僵。玄造谽机牙,众派探滥觞。手揽橐龠灰,缁此万怪肠。惭汗视故技,八荒恣搴扬。永夜郁自语,摧烧篋中藏。愚暗退抱蜀,几案引嘤喤。子亦笑相谋,灯火逐评量。嵬屼放人世,孤感依微茫。鄙事得熙怡,坐对发苍浪。敬礼复不待,余生信伥伥。

通州弹丸耳,名以张范辈。张氏营实业,农商炫区内。范氏专教育,空拳办兹事。子当寝疾甚,喘呓惧失坠。弥缝挽天亡,辛勤扶士类。其精贯物变,下牖无穷世。颠飙扫万灵,姝姝垂文字。亲朋日去眼,吾衰宁有恃。维嫡学东瀛,实子所爱婿。家儿与驱驾,倪副衔木志。一事愧未能,李汉序韩愈。

(《散原精舍诗集》卷上)

张謇 《挽范当世联》

万方多难,侨札之分几人,折栋崩榱,今后谁同将压惧;
千载相关,张范之交再见,素车白马,死生重为永辞哀。

(《张季子九录·专录》卷十《联语下·挽联》)

江瀚 《偶检故篋见亡友范肯堂壬寅岁金陵见赠之作因追和其一》

自君悲宿草,世竟少斯人。志节甘违俗,文章信绝尘。良朋多下世,遗墨几经春。早死宁非福,传看莫惨神。(《慎所立斋诗集》卷八)

陈夔龙 《读范肯堂诗集题后》

一生心力瘁于诗,如此才华可惜之。高会南皮曾作答(君久客北洋幕府),终身北面愧称师(余抗疏荐君经济特科,君来函有终身北面于举主之语)。茂陵风雨相如病,楚泽兰荃宋玉悲。读竟遗篇三太息,焚香深悔荐贤迟。(《松寿堂诗钞》卷七)

俞明震 《读范肯堂遗集怆然赋此》

达人齐思仇,沉忧吐珠玉。并世毁誉情,待向沧桑哭。谁知一卷诗,早定浮生局。君诗大国土,未屑计边幅。精神在苍莽,万象生断续。放笔夺天机,窅然龙象伏。甲午造君庐,饥驱一月宿。家贫国难多,跧行转踏跼。幽吟互赠答,一放常千曲。相知在肺肝,影不隔明烛。收泪入欢娱,持瑕又抵触。当年笃爱情,历历诗在目。此境不可追,此诗安忍读。墓门宿草深,昨夜梦海角。(《觚庵诗存》卷二)

姚永朴 《予交海内贤士甚寡偶怀逝者得五君泫然成咏诗》之四

江南有三范,家在狼山麓。仲叔亦清才,文史各洽熟。就中推伯子,高怀世罕觌。诗成泣鬼神,宁为近代束。吾尤钦其人,温温如美玉。孝德式乡间,仁心逮茕独。五十遽委形,未克荷天禄。遥想墓门前,乱蝉嘶古木。(《蜕私轩集》卷一)

王守恂 《謇博来书知范肯堂师噩耗赋诗追悼寄謇博并寄幼梅》

小草附大木,一色青葱茏。事变忽以改,萍迹分西东。相别已十载,迹隔心相通。花月值晨夕,仿佛亲音容。言子寄我讯,乃识山颓峰。泪下不复止,感旧心忡忡。欲言苦无绪,万物当秋风。我师在何许?白鹤兼青龙。四方竟安适,贱子思追从。作歌告吾党,长啸凌虚空。欲见我颜色,且看青山松。(《王仁安集·诗稿九》)

王守恂 《题先师范伯子诗集》

我心有诗写不出,往来奇气蟠胸中。偶然涉笔作吟咏,一鳞一爪非全龙。当代有人善镂错,亦或出水寒芙蓉。惟我先师范伯子,鲸鱼掣海天能通。晚有弟子苦诗小,辜负座上披春风。人间尚有凌虚管,发声天汉俗耳聋。过眼沧桑十六载,少年今日成老翁。(原注:结处用本集第九卷见和诗意)(《王仁安集·诗稿十》)

🙦 陈诗 《挽肯堂先生》

弥留瞬息仍耽道,绪论能窥万物根。腐骨何须问乡国,大文至竟有渊源。（《尊瓠室诗》）

🙦 姚永概 《冻梅叹》

墙根老梅手所栽,天葩照眼当风开。十五年来共肝胆,惟汝于我无嫌猜。今冬暄暖花仍吐,特辟轩窗原为汝。如何一雪闷阳春,使汝飘零不自主。

🙦 姚永概 《伐桂叹》

窗前老桂性所爱,直干撑空无媚态。深宵霜露饱与尝,高秋精爽谁堪配？死去根犹彻九泉,焚之香可扬青天。世间草木芟不尽,嗟哦桂仆泪如迸。（《慎宜轩诗集》卷四）

🙦 孙雄 《南通范肯堂明经当世》

通州范氏三株树,大范雄文迈杜韩。腐骨不须返乡国,忧时早已裂心肝。（自注：明经有两弟曰仲林大令钟、秋门大令铠,并以学行蜚声于时,世称通州三范。余弱冠之岁,与秋门同学南菁书院,有昆弟之好。每见明经寄弟详函,剖析学术源流,指示文章利病,于太史公书及杜诗韩集犹三致意焉。甲辰冬月,明经客死沪上,归葬通州,挽之以诗者綦众。吴彦复保初断句云："肺肝早分忧时裂,涕泪从教哭野倾。袖有文章能活国,目存江海独伤情。"陈鹤柴布衣诗断句云："腐骨何须问乡国,大文至竟有渊源。"自注云："范先生病亟时,有劝其归者,先生曰：'归死客死等耳！奚为故乡？奚为道路乎？'"）（《郑斋感逝诗》甲集卷四）

🙦 吴保初 《哭范无错》

垂死病中一相见,浚冲伤性了残生。肺肝早分忧时裂,涕泪从教哭野倾。袖有文章能活国,目存江海独伤情。廿年爱我如昆弟,竟使枯桐不再鸣。（《北山

楼集》遗稿不分卷,光绪乙巳刊本)

❦ 吴保初 《题范无错诗集》

通州大范吾尤暗,骯髒江湖二十年;身后声名终寂寞,卷中佳句几人传?(据三卷本《北山楼集》所附吴氏手迹,此诗本事为:"客腊,无错物化于沪,余既作诗哭之。日者,子言、剑成来告云,云为酝赀谋刻其遗稿,并索题句。欲书数语,而心如废井,竟无一字;欲资助若干,而家如悬磬,不名一钱。岁暮怀人,弥更于邑。因牵成一绝,聊附末简云。除夕作。末句一作'空余欬吐世争传',又作'文章憎命世空传'。")

❦ 李刚己 《读范先生遗集》

荆棘荒坟岁几周,高文不死寸衷留。暮年别有伤心事,穷老原非吾道羞。乱柝敲风山郭夜,惊霜杀叶讼庭秋。骑鲸一去无消息,南望吴天涕泗流。(《李刚己先生遗集》卷一)

❦ 夏敬观 《读范伯子诗集竟题其后》

伯子平生龙鹤气,蜿蜒夭矫入篇中。能教天下翕然变,岂谓其文穷始工。齐楚大邦真不愧,同光诸士问谁雄? 诗葩骚艳多疑义,犹及生前一折衷。(《忍古楼诗》)

❦ 曹文麟 《读伯子先生诗》(有序)

伯子先生《三君子篇》扬孔而抑释老,此其哲学之真意表见处;《赠叔节诗》扬庄而抑孔,乃诙诡之言;《叠韵速内子和章诗》扬释而抑儒,又抑郁自遣之词也。而先生之仁学,要亦出入于释氏,《咏残蚊》云:"尔我大小体,皆佛之法身。"岂弟之怀,于微物尚尔,宜乎有世上婴儿之词也。(《酬恪士诗》云:"真能丈夫者,世上皆婴儿。"不仅属包容说,寓有煦育群生之意。)诵先生诗稍有会心,因而亦达之于诗,惜不及复正也。

斩然三教见町畦,同抶婆心对世啼。欲把丈夫衡乳母,直将蚊蚋证菩提。极

峰能使千山拱,一梦真成万物齐。充溢慈祥嗔怨绝,此中妙意有天倪。(《觉未寮诗钞》)

编者按:此诗亦见《徐昂诗文选》,徐乃伯子门生,谊当称师,而曹氏乃张謇弟子,称先生正宜。

曹文麟 《游钟秀山时诸友携范伯子诗集至舟读之再叠前韵以志所怀》

范营北郭张南郭,等是传家各有才。昔日儒门贫贱好,吾侪畸士讽吟来。山楼只合荒丘僻,潮战还争万浪开。忍继勋卿须待渡,百夫力健尚徘徊。(范异羽先生筑退园钟秀山侧,十山先生继建十山楼。异羽先生又尝隐于军山,其来孙完初先生《怀旧琐言》谓狼山居中,四山倚伏,康熙初犹在江中,至军山待渡尤险。啬庵师垦海坝保江坍,数自言与潮相战。)(《觉未寮诗钞》)

曹文麟 《读范伯子诗至姚笃生穷如至死填沟壑句有成》

咫尺耕阳荒草埋,未将斯世与公偕。高文健句空残迹,次雪昏灯又一斋。尽有性情还视力,略殊损益尽忘怀。吾非李汉难为序,列卷观成愿侥谐。(同上)

曹文麟 《挽范肯堂先生》

奈何舍至行,述卅年间名士风流,东国号同文,燕书郢说多此类;恨未启归帆,申两月前上书本意,南州失重望,周情孔思更何人?(《觉庵联语》)

章士钊 《论近代诗家绝句·范当世》(二首)

陈琳书记有平生,霸气千秋共一鸣。五十年间余事了,劣容诗客对桐城。
秋老梧寒动客悲,诗为境缚亦何辞。两当轩内寻知己,奇数君优偶逊之。

蔡观明 《读范伯子诗集》

大范诗千首,深寒閟异光。炼才规李杜,全力叛吴王。何止万人敌,真教一

世狂。楚腰今遍国,吾欲试新妆。(《孤桐馆诗乙编》卷上)

曾克耑 《舟过通州》

当年张范蜚声地,壮岁吾方过此行。入眼狼山迷雾去,逼胸蜃气趁潮生。诗书未必灰终尽,锄棘微闻祸渐成。荷锸执经两无似,危栏孤倚泪纵横。(《颂橘庐诗存序》卷四)

贺培新 《十四叠均书范伯子诗集》

灵鳌盘盘螭张口,碑高三丈字如斗。谁令语重喻者难,长绳大石磨治还。公哉远乎千岁后,元气浸灌肝脾间。同时辈流多将相,龙非碌碌诸公赏。颇亲张吴与我公,蓬科自了天边城。屯蹇沉忧绍风雅,老娱郊岛以为荣。人事飘流前后水,万口轰传范伯子。诵公遗集感当年,一则以悲一则喜。秋风索漠吹管弦,华堂婉娈仙姝弹。哀鸿嗷声上青昊,岂有衽席容登攀。嗟嗟公诗亦安用,未若收拾藏深山。(《天游室集》卷一,民国廿六年北平刻本)

贺培新 《读范诗有感十五叠均以申前意》

不受人怜宁闭口,高吟戛玉干牛斗。翻然身落太华颠,翔九天兮更不还。开合晦明抱明月,圜穹旷邃茫洋间。麒麟堕地思天上,颜色低摧俗流赏。痛苦杀人郊野盈,忍看争地复争城。群小嚣浮一慢二,不以齿德为尊荣。斯世那无高抱士,可奈纷纷臧氏子。远贤亲佞嗟古然,感慨悲歌浪忧喜。范子睥睨世途难,抱琴逃入深山弹。不问来朝炊米断,文君但共风骚攀。万古一棺何处是,空余风泪硼狼山。

编者按:该卷有题曰:"山谷《次晁补之廖正一均》往返十数叠,已字穷意竭。后范无错竟十余用之,益奇踪飘忽,不可端倪。吾师北江先生集中酬答二姚,曾六叠之,与黄、范诸作足以并垂不朽。今同门曾君履川连次数首,持以相示,亦见才情,因次韵勉和一首。"其后,贺氏竟连叠二十次,其中之十四叠、十五叠与伯子有关,故录之。

贺培新 《书范先生像用东坡书太白真均》

稽天浊浪千浮沤,孤舟超越腾空游,欲疏九泽奠九州,蹭蹬风尘志不酬,狼山喝海几春秋,长胫俯啄斯须留,飞飞八海谁能求?大江滚滚出峨岷,涵灵会海钟斯人,春风吹鬓看文君,悬泉肆口流天真,雄才霸气冠千军,摩天积愤杂嘲瞋,高歌异世谁当闻。

蔡可权 《读范伯子遗墨尽然志感》

挥毫发蕴尚前辈,如舞鸾鹫书亦奇。悠悠坐想地天泰,亹亹终资仁义师。当时拜觊同美璞,今日开箧忘晨炊。海滨还叩散原叟,或慰不材无益悲。(《或存草》卷六)

王锡韩 《蜷学庐联话》卷四

家拾珊叔祖善为诗,尤长于联语,肯堂先生死,作一联挽之,已又嫌不佳,别为一联云:"文章乃末焉者也,大节所关惟孝友;征辟亦偶然事耳,先生原不在功名。"盖范氏素以孝友称,而光绪间开经济特科,大吏以先生名应,先生辞不就征,故云。

顾时辅 《范伯文冯辨感言孔壁簏元日韵》(二首)

心箴雄孟今冯虎,口授吾亲范伯时。韶頀音知吴札乐,房中彩画女尧眉。人伦周孔无双目,奇法正葩第一枝。天与机神工律内,古文四象象同诗。

古文四象吴夫子,念在机神敬授时。经史百家曾相国,首从工律欲伸眉。桐城当义惟终始,松柏承心有本枝。上帝同求书易礼,耶和华世颂声诗。(民国二十三年一月廿一日《通通日报·艺文》)

顾时辅　《范伯诗集学于通州师范为友陈式周持去二十年来每从国粹学报读之今岁致弟新得韩国均题签本以昔所赠严复题签之先伯阅本归予因同亭林公元旦韵以识》（二首）

二十三年诗卷看，卷中字字是书丹。春松秋菊同时可（玉溪生句），关塞风尘一息安（见工部诗）。吴挚父言知绘素，马通伯惑为缨冠。后山师范师曾学，国报长怀粹不官。

总角双眸乡校看，千篇今细味神丹。四唐葭律终罗隐，六代澄清首谢安。圣处文章归弟友，日常伦序在衣冠。苏黄放炼同三昧，史续遗山惜未官。（民国二十三年二月廿七日《通通日报·艺文》）

顾时辅　《保师澐孙寄赠袖珍本范伯子文集二册题辞》（二首选一）

大海堤长范并论，殷勤乡国著名言。紫琅嘉耦桐城在，筹算文情保氏存。穷到先生民孰足，贱尝少日艺弥尊。昔闻家集张吴问，江上亏为纤月痕。

徐骆　《题范先生诗集》

臣里佳人一世无，悲歌岂与古相殊。负心嫠妇五千传，去影生平十二图。绝学渊源张皖楚，雄才开合挽黄苏。翻愁一脉湘江水，接席千秋道不孤。（《石庼诗文稿》稿本，南通图书馆静海楼藏，下同）

徐骆　《过虹桥谒范伯子先生墓》

异代勋卿拜墓门，风流想象到儿孙。（明范异羽先生营耕阳别墅于虹桥，后即为墓地。）趋塘二水形家胜，作拱重城孝子原。（伯子先生《归田券》中语。）十世诗宗仍在是，一时人杰已无存。堂堂道义松楸外，凭吊于今得并论。（伯子先生尝割耕阳之南地八亩为啬公太夫人墓地，事见《归田券》。）

徐骆 《客有面诋伯子先生诗于子愚者子愚哂之余不能平益念桐城姚叔节所为先生墓志君诗虽甚工真知其意者无几人之语咏示子愚因释吾惑》

饭颗山头莫便嗔,杜陵低首独斯人。留传并作千秋圣,讽喻何关一点尘。吾辈强颜犹好事,百家述意各存真。后来门户夸同异,已失风诗落下陈。

周学渊 《范秋门录示其兄肯堂先生庚辛国事诗与己文》

三范文章天下闻,华亭千古说机云。江关萧瑟愁开府,笔墨嶙峋托右军。九土尘沙横莽莽,一身波浪逐沄沄。白头哀郢输狂愤,欲起湘纍诵此文。(《晚红轩诗存》不分卷,下同)

周学渊 《中林居士病中以诗见赠奖借逾分走笔和之并督责高轩过我之约也》四首之一

越中有子真堪乐,暮日碧云殊未来。鲁国凤麟容睥睨,天关虎豹独迟回。一时莲幕推干粲,百尺榕阴护粤台。翠羽明珰沦铄尽,千秋人叹范公才。(肯堂先生曾受奉新许公之聘来粤,乡人裴南海筑"肯来庵"以迓,今區犹在番禺署也。)

周学渊 《读陈伯严吊范肯堂征君诗有感即呈仲林先生》

不随江水千年去(陈有句云:"残魂将何之?茫茫大江水。"),剩有诗名万古存。遗子穷愁天有意,自公永逝国无魂。衣冠歌泣走淮海,虎豹文章压弟昆。白发青山耐霜雪,余生臭味向谁论。(癸卯秋,见征君于白下,自诵"白发青山有雪霜"之句,并畅论士不得科第之困侮,时予正南试被黜也。)

胡适 《读范孝通先生诗集有感因步先生和王梦湘君原韵》

久雨何时得霁晴,江湖羁旅暗魂惊。万缘辗转成今我,卅载蹉跎负此生。入

世岂求春梦稳,警人还赖晓钟声。何当重践三湘约,那怕崎岖路不平。(原载民国三年六月廿八日《通海新报·文艺》)

曹灌园　《品伯兄以所藏南通范伯子遗稿见示展玩多日书此归之》(二首)

当年江左推三杰(与张季直、朱曼君号三杰),橐笔侯门志未伸(李合肥聘入幕)。留得一腔孤愤在,才名难掩范公贫。

文章名世都无用,故纸沉埋欲断肠。毕竟墨痕磨不灭,百年心血属君藏(此稿得之荒肆中,首尾零落,经君修整,始复旧观)。

曹从坡　《闻范伯子先生阅〈游历东洋日记〉而哭》

何人东渡有载记,范公对之涕泪多。想见京津屠戮日,青林黑塞有吟哦。公言外敌禽兽我,后人读此急如何。又言变国须秀民,无识公卿竟蹉跎。故国阴霾百载久,晴日风烟指清波。昔年秋肃人有泪,此时春温好放歌。域外市侩偏怀古,霸权公然说人权。中国人权昔何有,奇穷极惨岂无源。公见海浑鱼亦逝,花落霜严鸟不喧。文革遗风今未净,邪气犹忌正气张。已经坎坷十年事,当思改革不思纲。锤炼脊梁必有骨,何必颓唐学西方。前人凄迷伏恨死,今人有路岂彷徨。(《紫琅吟草》1988年第一期)

轶闻类

❧ 顾曾烜 《方宧俪语》卷下

丁亥孟春,将之秦中,荫堂范君招饮山茨,适诸公子为君称六十觞,算鹤歌骊,一时间作……范君诸子铜士、中木、秋门并负时望,旁邑才谞咸与纳交,闻君诞辰,不远数百里而至。因取白、韩二文公语为况:"传诸好事,此会希有;作为文章,其书满家。"

❧ 顾锡爵 《答范秋门》(手稿)

令兄为漕帅所荐,而不愿就试,其志已决,不试诚是也。然鄙人近颇皇皇谋此,欲求人一荐而一试之。

又:爵自新春以至今,病势蝉联,几殆者数矣。八月初,甫能强起,便至通一望令兄肯公。令兄之病,其险虽不似我,而深过之。与之静谈两日,所喜神明完足,然惫亦甚矣。近数年来,朋友寥落,回思往日之乐,不可复得。

❧ 顾锡爵 《申君甯言》(《南通报文艺汇刊》本)

光绪三十年乙巳

正月初七日:得范仲林、秋门书。

十一日:杂阅,满眼皆见人不是,曾文正之所痛恶,友人中肯堂乃无此失,今亡矣夫。

十九日:至通。

二十日:吊肯堂之丧。

廿二日:送肯堂之葬,大雨。

廿三日:宿蒋家巷,与伯严、确士、仲林、秋门夜谈至四鼓。

二月初五日:是夜梦肯堂。

初六日:记范秋门诗。

五月廿五日:记肯堂诗云:"十五逢延卿……"

七月十六日:天演之学,予二十年前得之,曾告肯堂,惊叹以为绝伦,然亦未究其意,未加详说也。

八月三十日:有题《四小图》。此题肯堂曾作之,而未知季直之旨,故诗殊婉妙而不可存,附记于此,以免阅者之疑我肯堂也。闻市井人谈及肯堂者,心为之悲。盖身后是非,有阅百岁而未能定者,谁谓盖棺定论耶?

光绪三十二年丙午

正月十四日:思肯堂得句云:"识解超然有肯公,当时快论比清风。要知实相原非实,可悟空文定不空。诗本性灵而有感,文为心学更无穷。环球道术牛毛起,麟角由来在此中。"昔汉高之得萧何曰左右手,刘备之得诸葛曰如鱼得水。张良曰与他人言不解,与帝言则解,此天授也。予读其言而感之曰:古者君臣之乐至于如此哉?岂独君臣,朋友亦有之。若朋辈中,肯堂至今念之,亦复使我有天授之叹。

六月廿一日:夜梦肯堂。

廿二日:再梦肯堂,大哭而醒。

顾锡祥 《清顾尚絜先生墓志铭》

兄讳锡爵,字延卿,少颖悟绝伦,比长,潜心民生利病。蒲商苦厘卡,上书累千言,制府曾公沅甫韪之,亟檄县道罢去,繇是江淮间英俊多愿与之交,友人范当世推为江南北第一流人。当其时,以诸生名动公卿间,如皋顾锡爵、通州范当世两人。范以文著,兄以行见,严辨义利,皆以贫穷困于乡邑,终莫一施。……生平不肯以文人自居,独范无错高其文。无错先亡,兄乃以诗古文辞自娱其老。

贺涛 《上张先生书》

先生寿辰,门人宜以文祝。肯堂先之,其文甚高,恐无似相胜,遂辍弗为。及来京师,同门复以相强,且述师命,则又不敢固辞,乃即凤所闻于先生者推衍成章。

贺涛 《武昌张先生七十寿序》

光绪十八年,武昌先生春秋七十,门人谋所以寿之,而以其辞属涛。以文寿先生,门人之职。通州范君肯堂盖预为之矣,其意以为公卿贵人皆终其身于忧患,先生未尝求知于人,故能不践穷通之途,以自适所乐,令学者毋戚戚于先生之遭。

☙ 张謇　《张謇日记》（同治十三年正月）

二十五日　起谒梁筱师、王子师，并候穆如、肯堂、王时师、一山世丈、宋师母。于肯堂处饭，菜羹豆豉，大有山林风味。噫！世人相待不过酒食征逐耳，乃一见即如是相待，厚矣哉！晚与三叔谈，肯堂订游山之约。

二十六日　日丈余起，方早餐，而肯堂来践约，铭勋继来，略坐，携数百青铜，偕肯堂步至南营，雇马两骑出市南缓辔行，望五峰翠秀扑眉宇，与肯堂有时叠骑清谈，有时着鞭争胜。至山下，步至川至庵小憩。推窗见大江接天，征帆似鹜，忽隐忽现。僧三省煮茶以待，出其橘枣糕饼疗饥。见彭宫保、陈铁床诗字。继至准提庵，庵僧芥舟，都人士啧啧称能诗，访之则方拥敝帚扫地，窃许为雅，坐次索其著作，乃以和彭宫保四律见视，读未竟而气味龌龊，令人欲呕。东坡谓语带烟霞，味含蔬笋，若僧其犹愧焉。茶盏未寒即行。至支云塔，小沙弥初不为礼，及见风帽，细审而告伊师，遂得至雪峰僧处略坐，旋下山策马至黄泥，丛竹垂岩，枯藤络石，殿宇只数楹，而泉流涓细，短树婆娑，大非狼峰之绚烂矣。山僧映中朴甚，于新绿轩进茶，满引三数瓯乃行。而马后山光与野照炊烟相映成画，行里许，犹令人回首不置。昔人沉涸烟霞，正不知何修得此？肯堂先是因所骑甚驽，与余易之而行，讵意骅骝得路，奔轶绝尘。肯堂据鞍大号，呼道旁樵牧儿为之收取，竟无一敢应者。而余所骑虽霜蹄超逸，犹复闲闲然，按辔遥瞻已，肯堂已望尘不及。至曹公庙，则肯堂已下马而喘未定也。相与引马牧草水边，缓缓步行，马夫来乃执鞭从事。抵南郭，市人相视不止，盖以为书生而作武夫态耳。留肯堂晚饭，缓斋来，偕入城至肯堂家谈旧事，慷慨激昂，几于泪下，二鼓返。是日也，游甚畅，尤好者，马夫解事，余来去必绕山行，不以为苦。世有拖青纡紫，遇山水犹铮铮作威福者，以彼视此，不诚逊哉！马夫为谁？城南黄姓。

☙ 张謇　《张季子九录·文录》卷一《纪梦》

范子肯堂，吾总角友也。清同光之际，余客于江宁，岁杪必归省，归则肯堂必来视余，信宿柳西草堂，谈两三昼夜而去。乙亥、丙子间，一日肯堂来，住草堂，晨起，忽笑谓余："子他日当有异！我昨见子于一至宏广之楼，服役皆少女，往来蹀躞。余怪其侈，诘焉。子曰：是皆木人，动转行止以机椽者。余益怪，审视果然。他日子岂有是乎？"及余营纺厂，开幕数月，肯堂至厂话旧，述此梦，相视而笑。

中国纺织,女子事也。厂机一碇所出纱,当四五女子。四万碇则当女子十六七万人,日役十六七万人,宁非异者?

马其昶　《赵超甫先生墓表》(摘录)

惟冀州自吾乡吴至父先生莅官,一以振起文化造士为急,延礼通儒王君晋卿、贺君松坡、范君肯唐专教事,一时瑰异之材得所矩范,人人皆知文章利病流别,旁衍及他郡邑。而武昌张濂卿先生暨吴先生,又先后主莲池讲席,师友渊源,同流共贯,徒党蔚兴。于是北方文学之博与东南侔矣,其高才尤异十余人,衡(赵超甫名衡——编者注)其一也。

王锡韩　《蜷庐随笔》(不分卷)

"江苏学政刻试牍"条:张香涛为湖北学政,刻试牍为《江汉炳灵集》,皆樊云门增祥一人所作,非庐山真面也。其文犀利新颖,最为当时称颂。比黄漱兰为江苏学政,仿其例,刻《江左校士录》,丐范肯堂为文,而加以朱曼君铭盘之诗赋,亦风行一时。后余房师溥玉岑先生良官侍郎时,放江苏学政,亦欲踵而行之,属余为文,而属张季直为诗赋。余问季直已允否?师言已成赋两篇矣。余又问有无润笔?师言未计及此。余因言恐不能成。此光绪癸巳冬日事。次年季直得大魁,此事遂废。

杨士骧　《江山万里楼诗钞跋言》

壬辰秋,余谒合肥相国于津门,时云史新婚相国之女孙公子。通州范肯堂为幕府上客,见其诗,为余数道杨郎清才。

范铠　《南通县图志》卷二十二《杂记》

昔兴化刘融斋先生尝欲借栖黄泥山,就其徒(范)当世以老;而武昌张濂亭先生尝游琅山,为文记之,(张)謇、(范)当世尝欲请先生书,刻石山间,其后均未果,彼名之能以历久存者,又不留其迹,尤可慨也。

❧ 姚永朴 《旧闻随笔》卷三

通州范肯堂当世,予姊夫也。性孝友,弟仲林钟、秋门铠皆经其教育而成才,尝言兄弟一体也,奈何画为数域?友人泰兴朱曼君铭盘卒,收养其寡妾孤子于家。好奖拔后进,至典衣卖宅资寒士渡海求学。其诗文并美,诗尤高出于人。吾邑吴挚甫先生称为海内无对。既卒,会葬倾东南。义宁陈伯严史部三立赋诗云:"原路一棺寒雨外,衣冠数郡仰天时。"盖纪其事也。

❧ 王守恂 《乙丑避暑小记》

范肯堂先生客授天津,见言謇博有余诗卷,先生曰:"不图此间乃有此人!"嗣余以诗进谒,先生谓余曰:"国朝诗朱、王、施、宋,孰胜?"余对曰:"施、宋胜。"先生曰:"施、宋孰胜?"余对曰:"施胜。"先生喜曰:"可与言诗矣!"

又:俞恪士客范肯堂先生处,尝与余论诗曰:"凡流俗人所能为之诗,吐弃之可也。"余晚年重遇恪士于杭州西湖,见余近诗,曰:"君诗皆真,时有范先生遗意。"从前范先生谓余曰:"子不必学我,纵令学得,亦但似我而已。要开径独行!"私谓恪士曰:"此子将来之元遗山也。"

又:余尝有说云,自见范先生后,虽有通才硕学,不甘在弟子之列,至于友朋相处得受教益者,散见于诗文集及笔记杂著者,更不一一叙述也。

❧ 王守恂 《杭居杂忆》

见范肯堂先生时在中举以后。先生论读书先须点句,方能一字不轻放过。索余点过书来以定是否有得。余对以家贫,无力买书,统系借看。每看书,旁备笔纸,有所得,抄为日记,不敢在原书上动笔。先生太息,立命买书局大本《史记》付余,曰:"携去,用笔点着读。"阅三月卒读,而先生南去,至今思之怆然。

生平服膺通州范肯堂先生,居尝往来甚密。时值甲午,海上多事,先生戒座客曰:"我非诗不谈!"

❧ 王守恂 《阮南自述》

光绪甲午,三十一岁,从李啸溪先生学词赋史论,从范肯堂先生学制举文并讲求古今作者,于诗学颇有所得。见肯堂先生后,接遇才人硕学,均不甘居弟子之列。

王守恂 《集外杂存·言中远六十寿文》

中远与兄謇博风流文采,擅誉当时。今謇博往矣,中远颐养馀年,耽心书史,念謇博游乡人范先生之门,往还手札经年宝重,装影成册,分惠名流,不惟表章乡先辈,即謇博学问之渊源、交游之契合,通人硕士所钦慕而仰佩之者,举可以想见矣。中远之友于情笃,旧友故人称道不已,大非无故也。余与中远兄弟总角相交,甲午同謇博从学范先生。时俞恪士在范先生许,每夕阳西下,步访范先生,同恪士谈诗道故,夜分始散。一日,夜已三更,同范先生、恪士、謇博及余四人,小步河干,星月交朗,河上渔火烂然。范先生谓曰:"如此良夜,吾四人有何比似?"恪士曰:"公似月,我似星。"范先生曰:"然则謇博、仁安似渔火乎?"相与大笑。此情此景为平生最幸之事,亦今生难再之事也。范先生及恪士、謇博同归道山,余则老病支离,仅存视息。惟我中远精神焕发,子孙众多,鬓发步履仿佛四十许人,眉寿祯祥,方兴未艾,奚用颂祷为也。謇博之子简斋为周石臣弟子,石臣为范先生师、张濂卿先生之弟子,一脉相传。简斋之文向年已工而有法矣。今十年不见,愿得一读以慰怀想,当与中远图之。

王守恂 《梅花馆集序》
（光绪戊申言氏家刻本汪韵梅《梅花馆集》）

甲午,謇博重到天津,从事编纂《北洋纪事书》。守恂在津为童子师,与謇博以诗游于通州范肯堂先生之门,谈讲文艺,每归,常至夜分。有时吾两人同范先生步月河岸,以为天壤间无此乐也。

赵衡 《贺先生行状》（《叙异斋文集》卷四）

至张先生南归,吴先生接都莲池,每有所作,犹书寄先生与位是正。尝一日,燕集于莲池,吴先生诮让先生于吾文少所违反,乃不若范肯堂。范肯堂者,通州人,讳当世,尝客吴先生所,张先生第一能文之弟子也。先生从容徐答之曰:"回也,非助我者也,于吾言无所不说。"

✣ 贾恩绂　《李君刚己墓表》

有清末造,文章学术举然为天下望者推桐城吴至父先生,宾客徒党皆当代豪杰,其并时崛兴者,南则有范君肯堂,以其诗歌雄视江表,北则有贺君松坡,以古文词振起河朔。三先生者,渊源相接,并称当代宗师。而三先生之高第弟子则李君刚己其尤也,服事三先生如一,皆能传厥肸蠁,高压辈曹。吴、范、贺三公复为穷力尽气,以宏奖其名声。当吴先生之牧冀州也,延贺、范二公为之课士,刚己应试来,十三四耳。二公得其文,狂喜,传诵曰:"此子之年之才,充其诣,吾辈将弗逮也。"留之州署,范公日为讲授切磨,年未二十,文益进……吴先生去冀,即主保定莲池书院,为海内大师。刚己复从游。先生于门徒素严许可,独刚己文成,则方拟前贤都讲辈率避莫敢当者,辄以施诸刚己无靳词,尝撰骈语为赠,以西汉三辅奇才目之,而肯堂则曰:"李生拜韩、李,揖欧、曾,而凌籍、湜者也。"

✣ 徐珂　《清稗类钞·幕僚类·范肯堂佐李文忠条》

通州两名士,范肯堂其一也,德行文章,在人耳目。光绪初年,就李文忠公鸿章之聘。文忠尊师重道,朔望必衣冠候起居,每食,奉鱼翅一簋。范固甘菜根而薄膏粱者,却之,不获,文忠遂以干翅寄奉其二亲。时有以乡举劝者,范笑曰:"谁不知我李公西席,中式何为!"故事,节幕得用居停舆马,文忠蒙赏紫缰,范尝假用之,访友于天津紫竹林。或告文忠,谓范乘紫缰舆作狭邪游,文忠曰:"既用紫缰,不可缺拥卫。"立命戈什哈八员护之。

✣ 李刚己　《汪星次墓表》

自桐城吴先生官冀州时,刚己即从学于官廨,通州范先生尝从容手制艺一卷以示刚己,读之则博辨闳丽,辞气骏发,既而知为汪君星次之文……当丙戌、丁亥间,刚己初游吴先生之门,先生方倾纳四方豪俊,一时幕府宾客僚佐之盛冠于畿辅,如通州范先生、武强贺先生、新城王晋卿之徒,皆天下闳材硕学,先后来吾州,其余材辨明敏之士尤不可胜数。

☙ 夏敬观　《忍古楼诗话》

　　闻吴董卿言，肯堂为义宁陈右铭中丞作墓志铭，公子伯严酬以千金，携至扬州，访柯逊庵运使，一夕就王义门谈，至深夜始归客舍，而卖文金已为盗所攫去矣。董卿投诗先有"千里卖文钱易尽"之句，遂以为谶。

☙ 吴闿生　《北江先生集》（民国十三年文学社本）

　　卷二《先府君行述》：通州范先生当世，才高能文，先君致之官所，倾官橐待之，恣所为不问，范先生以此取重名于天下。
　　卷八《故友录》：
　　李刚己，字刚己，南宫进士。先公为冀州大兴文教，延通州范先生来课士。时刚己年十三，随诸生后应试。范先生一见奇之，以语先公。召试，果非凡，因辟一室廨舍西，使刚己及孟生君燕居其中，从范先生学，昕夕督课同卧起。先公官暇辄就范先生谈燕，穷幽极奥，而坐两生旁听之，所课文艺日程，皆亲与厘定，丹黄平骘，驳落行卷间无隙地。刚己益锐发不可御，洞穴扃要，山立潮涌，日千万里。
　　吴镗，字凯臣，武邑进士。始范先生在冀得刚己及孟君燕，以为奇才，躬自教督。其后，刚己卒成大名，而君燕不知所向。其与刚己并时有声而相亚者，则凯臣与刘乃晟平西、刘登瀛际唐、魏兆麟征甫、于凤阁桐山、凤鸣赓桐、步其灏楠荪、步其诰芝村等，而凯臣最著，凯臣、平西皆范先生所拔高第弟子也。凯臣、平西齿皆长于刚己，平西得乙科，为县江西，而凯臣先刚己成进士，亦先刚己卒。庚子之乱，凯臣在京师闻外兵且至，仓皇走出，道无车马，避雨人家田圃中，掇园瓜为食，以是得疾，归未几遂卒，闻者悼之。
　　范肯堂伯子，濂亭先生高第弟子。先公在冀州，与新城王树楠晋卿同延致官所，尝折节行弟子礼，而先公固辞不肯居。然肯堂学术多本之先公，其言论服膺之切与叔节无异。贺松坡先生在深州时，即居门下，先公延至冀，继晋卿主讲信都书院，为冀学子师，深冀诸生自刚己以下大率范贺二公所陶铸也。
　　诗一《侯官严先生复六十寿诗》（并序）：近世为寿诗者，类泛为颂祷之词而已。独范伯子所作寿徐椒岑六十诗，高挹群言，最为精诣，其词曰云云，仆尝爱而诵之。虽然，其词汲汲顾影，又欿然若不足，盖咏退士则然，非所以当先生也。今用反骚之例,逐句与之相反,以恢张吾道,敬为先生赋焉。

徐一士 《一士类稿》

"李慈铭与王闿运"条:范当世在诗家中,亦一时之隽。慈铭与言謇博手札,有云:"所携视诗,其姓名是否范当世? 当世素不知其人,观其诗,甚有才气。然细按之,多未了语,此质美未学之病也。"亦不甚许可,特视论闿运者差胜耳。

"谈陈三立"条:综览《散原精舍诗》,所最推许者,当属通州范当世肯堂,集中投赠,独繁而挚。一作云:"公知吾意亦何有,道在人群更不喧",又曰:"万古酒杯犹照世,两人鬓影自摇天"。此"使君与操"之胜概也。于范作《甲午天津中秋玩月》,叹为"苏黄而下无此奇",报以"得有斯人力复古,公然高咏气横秋",恰与范之兀傲健举相称。彼皆"为诗而诗,人格与诗格,大致不远,自足睥睨一世矣"。所论可质识者。

"谈廖树蘅"条:转引廖氏自订年谱:"光绪二十年,十一月,发长沙,拟游明圣庙。至武昌,值右铭公以明日赴直隶藩司任,即夕见之。明日与通州范当世送之登舟。"

龙公 《江左十年目睹记》第一回

讲起范孟公(影射伯子先生——引者注),与张叔正(影射张謇——引者注)是总角至交,文字知音。叔正早年家贫如洗,范孟公也不过是个穷诸生。这年叔正的封翁去世了,竟至无地以葬,恰巧孟公有一块地,颇颇合用,就亲自到叔正家来,说明奉赠。那叔正一家感激,自不必说。后来叔正大魁天下,名重一时,生计自然稍稍宽裕了,孟公家境却益发艰窘。一天,张叔正袖着两封洋钱,走到范孟公家,先寒暄了一会,落后才慢慢地说道:"前年承吾兄指困之惠,使弟等得勉完大事,实在铭篆终身。"说着把洋钱拿出,放在桌上道:"这区区之数,聊以奉酬高谊。"道罢连连作揖。却见范孟公一张瘦脸上突然改变了颜色,竟有些青森森的,呆了半晌,渐渐地面红耳赤,头颈里青筋一根根粗涨起来,突的跳起,大声说道:"张叔正! 我从前当你是个人,谁知你竟是……"话未说完,捧起桌上洋钱,豁浪浪丢向窗外,散了一地,旋转身来,往里便走。把个张叔正弄得啼笑俱难,进退无措,赸赸的走了回去。从此他们俩的交情,也就渐渐生疏了。

编者按:龙公当系姚鹓雏笔名。

徐骆　《石顾文稿》之《清封中宪大夫拣选知县显考子山府君行状》

府君姓徐氏，讳安仁，字子山，……既渐蜚声黉序，益励于学，后先问学于顾晴谷、范肯堂、王泽苍、李学登诸先生，学益进。范先生尤喜爱府君，辄为延誉于当代名公钜卿，……（府君）尝于乡试为人捉刀，其人获售，因与诸友各分得数百金，闻于范先生，先生索以济其故人，府君尽纳焉。

李葆光　《先府君行述》

至为文章，则陶镕百代，独成异观。吴先生谓先君诗文雄肆淋漓，殆为绝诣，即在古人，亦所罕觏，撰联赠先君曰："奇才间出汉三辅，闳识下视禹九州。"而范先生亦以曾文正公撰赠张濂亭，濂亭转以见赠之联移赠先君曰："眼底町畦凌籍湜，袖中诗句压江山。"此联曾文正所以期许濂亭，濂亭与范先生皆谦不敢当，而卒以归之先君者也。

郑逸梅　《艺林散叶》（中华书局 1982 年版）

第 1144 条："号称大耄之孙沧叟，在范肯堂诗集中称孙童子。"

第 1228 条："范彦殊为肯堂长子，能诗，继承家学凡十代。曾克耑有《颂橘庐诗》，继承家学凡十一代，有近代海内两大诗世家之称。"

第 1578 条："范肯堂子彦殊，亦能诗，陈石遗称为怪而可喜。"

第 1776 条："李越缦薄范当世，谓有才气而质美未学。"

第 3703 条："范肯堂、张季直、朱铭盘皆通州人。时张裕钊有文章大名，三人同谒之，张大喜，自诧一日得通州三生，兹事有托付矣。"

郑逸梅　《艺林散叶续编》（中华书局 2005 年版）

第 385 条："东莞张次溪，乃张篁溪之子，浩劫前，频与我通音问。其地有徐蔚如者，搜访范伯子遗著，而次溪适有伯子文集，俱献之。一晤之余，蔚如颇赏识次溪之雅有文才，即以其女肇璎许之。肇璎通文翰，次溪因取一别号署演肇，建双肇楼以居。伯子夫人姚蕴素,有诗名,伯子死,蕴素从事教育事业,有一长信致次溪,次溪珍藏之。"

管劲丞 《南通历史札记》

"通州诗世家范氏"条:范氏,通州明以来著姓,自明末范凤翼始,以诗世其家,传衍至罕凡十代。其著者,最先凤翼、国禄父子,殿末则当世及其子罕,中间崇简,蜂腰而已,不尽称也。张謇为罕父执,尝题其《蜗牛舍诗》云:"九代诗人八代穷,郎君十代衍家风。懒牛尚逊蜗牛贵,三范凭开一范雄。未肯台中依使相,却来床下拜村翁。杖藜劚药终相待,胜日清樽且偶同。"又云:"彦殊归自京师,所为诗益孟晋,惟其贫可念。上巳邀饮,以诗慰之,诗顾何与于贫也。"按,彦殊,罕字;懒牛,崇简别号,著有《懒牛诗钞》;三范,谓当世及弟钟、铠,盖并有时名。一范谓罕,村翁则謇自谓耳。

"范当世题张謇所为《厂儆图》"条:张謇创办大生纱厂,募股大不易,沪宁绅商既谋约,州官汪树堂尤滑吏,用其幕友黄阶平计,佯助而阴沮之。迨厂成获利,謇犹憾恨,设计作鹤芝变相、桂杏空心、水草藏毒、幼小垂涎四图,以题上二字隐指八人名姓,倩扬州画家张之溶成图,悬置大生纱厂楼厅壁间,谓之《厂儆图》。范伯子诗集《题季直所绘声绘色四图》即此。其水草藏毒,謇本以汪水旁,黄草头,隐指州官及其幕友;而当世诗云:"昔我行天下,都谋城郭居,宁知为世患,不必与人疏;物湿应难灭,行危更易徂;何当万马践,昭旷俾无余。"相题赋诗,不涉本事,大非张謇之意。缘汪任通州十年,与当世殊相得,盖故为不知謇意有专指,而在于修怨。二十年前图犹存在,见之者不云有当世诗,殆作而未题画上。伯子诗集自为编年,此作于光绪二十五年己亥秋冬间,时汪犹在任未去世。

管劲丞 《张謇轶闻》

"张謇托范当世代行廪保"条:张謇以冒籍如皋入学,受了不少拿捏,幸得通州知州孙云锦的维护,才得通过学院,于同治十二年归籍通州。光绪三年补了廪,取得了为应考童生作保的资格。照例童生应考,要有廪保二人,一个是官方指定的派保,另一个则由考童央请,俗称人保。说是应负义务,通常却视作应得的财爻。原来考童对廪保,多少总得送一份礼,如果是冷籍富家,更得多送一些。张謇补廪时,人在浦口吴长庆军中当幕友,把廪保照例加盖的那颗戳子,放在范当世身边,自己便不再过问。一次,乃兄张詧不知道从哪里碰上一富家考童,要央请廪保,他接洽妥定,去向范当世索取张謇的那颗戳子,当即遭到范当世的严词拒绝,不客气地向张詧说:"三哥,打算盘的事情是你精,考场中的事情最好还是我替季直管。"照通州一般传说,前此不久,张詧是以贩布为业的。

"张謇与张裕钊"条:清同治十三年(1874),孙云锦以候补道在南京任发审局委员,张謇应聘为书记,此其游幕生活之始。同年八月,孙为介见凤池书院山长武昌张裕钊,謇从裕钊问古文法。光绪六年,张謇、范当世因裕钊同在扬州,遂联袂往谒,相见于舟中。同年七月,范复在南京介绍朱铭盘往谒。张裕钊认识三人是有先后的。姚永概作范当世墓志,叙述这一段渊源,谓武昌张裕钊客江宁,见张、范、朱三先生,大喜,诧曰:"吾一日得通州三生。"张孝若作其父传记,引用,又变成"张公文中,也有'一日而得通州三士'",和张謇年谱及张裕钊《赠范生当世序》不同。张赠范序手书作小横幅,今藏南通博物馆。

🌀 顾鸿、顾金楠　《通庠题名录·佳话录》

范肯堂先生于同治七年岁试,以州试第二名被摈,时年十五,学使者因其有俯视一切之概也。明年州试取第一,又明年入学,仍前任学使取录也。

🌀 白作霖　《答范秋门》

通邑学事,方始萌芽,令兄大先生之流泽行将未艾,然颇惜其未竟前绪,后来者即有热心,其魄力当稍稍逊矣。

🌀 费师洪　《南通金石志》

《台城路祠刻石》:"戊戌九月三日,喜郑抉云自石埭来,约同汪建新、钱毅甫、陈仲箕、范仲林、李少岩游狼山,访五代姚存题名并索抉云为作《紫琅访碑图》……南陵徐乃昌。"

又《何嗣焜宿狼山望海楼题名刻石》:"光绪己亥十一月冬至后一日乙丑何嗣焜、范当世、张謇游宿望海楼下。"

贺葆真 《贺葆真日记》

光绪二十二年九月二日:"吾父言:'……范肯堂时文亦一绝,至父先生谓张廉卿所不及也。'"

光绪二十六年十二月二十七日:"王子翔言,吴先生《淮军昭忠祠记》'变未有已也'原本数语,范肯堂改为此一句,吴先生大快之。"

陈启谦 《持庵忆语》

《范氏父子》:封翁之长子肯堂先生(当世)为一代之豪,性亦至孝。先生外出就馆,每日归省,必具甘旨,并以所得修金奉之父母。某年先生外出颇久,一无所得而归,略具甘旨献父母而已。其母以为异,问曰:"汝此行竟无所获耶?"先生不忍质言使亲不欢,诡对曰:"仅得少数,因携带不便,托钱肆汇回,俟汇到即奉母。"退而与其配姚夫人谋,将向亲友贷金以进。姚夫人曰:"不须称贷!吾父遣嫁时,赐我金条脱,可换钱奉母也。"先生因系夫人奁物,执不可。姚夫人曰:"贷金须偿利,不如以条脱换钱。俟君手头充裕,再为我购置可耳!"先生从其言,得金若干,诡称款到,献诸太夫人。

《常将军》:范肯堂先生当世云:常将军裕,为侍御时,尝入殿值宿。殿距宫近,三更后,忽有人诣殿,衣服气概不同凡俗。问之默不语。手作势,促将军起,指刀令携之,复指其靴作脱状。将军乃携刀,袜而履地。其人复以手招之行。从之。抵宫门,将军不敢入。又招之。至室门亦然。从入复室,见一床垂帐,似闻呼吸声。其人手指帐,又指将军刀,手作斩状。将军会意,亦指帐举刀作砍状示之。其人颔首。即掀帐,见二人并头卧,将军乃举刀。斩讫,其人送之出。及殿,取一金刀予之,自指其口,复以手作斩状,即返身入。翌日,喧传某妃薨。又一日,闻某贝勒薨。盖将军所见即清文宗也。金刀嵌明珠绝巨。常之子与范先生友善,尝以刀示先生,而述之如此。

曹文麟 《觉未寮文存》

《范姚太夫人七十寿言》:吾通范肯堂先生,豪杰于吾国近代者也。法圣贤之道,而时时见诸其行事。其接于外者,姚叔节先生为之墓志有曰:"若最其行,以儒而侠"，又曰："胸中恢恢，齐其仇恩，欺不汝疑，背不汝怨。"而其家之理，则彦殊大兄曰："吾父之处家，宁得以万之一令人逮？"彦彬三弟之颂世父也，则亦然。

《戴生实君哀辞》（摘引）：论甲午之事者，至今尚断断范肯堂、张蒿庵两先生和战之异旨，而吾通先哲乃隐有成败于当时之世局。

《赠易鼎三序》（摘引）：（君）既以施与贫矣，而犹贷金以济友之贫者。范肯堂先生有言："福不念贫，非奇；贫不辅贫，则至奇。"懿欤！鼎三君之度，盖恢恢乎范先生矣。

《习苦行墓志铭》（摘引）：南通江山之气，自清初郁二百余年，而有视天下一家中国一人之两先生出，曰范肯堂先生当世、张蒿庵先生謇。范先生不遇，独以诗文章显乎九州。张先生亦不竟其用，归而治乡邑有成，著于国而传于欧美。而本乎其天，盖以两先生之感引而弘大其器量者，为习君苦行。……倦游归……日诵范先生诗文，复上窥其原于汉以来之作家，所为乃寖寖几高夐之域。……范先生之贫而广施忘其有己，众人不足知其性情，而犹能乐道。君之才熟悉人群之情伪，所施亦不下于范先生，顾其相报者至于背之，或且龀之，则一世风会之奇变，非一二人振于一乡一邑所能遏止而更导者也。

《范清臣七十寿序》（摘引）：余念我生以来，邑人称孝友之家，惟推城北范氏肯堂先生，承八世清德高文，其孝亲时时为孺子慕，而弟仲林、秋门两先生事之如父母如师长。盖当时举国号称三范者，不独以文章重也。君与同出于文正公，而迁通、迁东台之支派已殊，然十年来则聚于通，且后先同以孝友为世矜异，岂不伟哉！（亦见民国三十一年本范寅官《嚣然亭丛录》）

陆树楠　《柳圃絮语》（民国二十三年九月廿二日《通通日报》）

《范当世名被天下》：范当世，字无错，号肯堂，通州诸生。时值清光绪甲午庚子之际，外患洊至，内国骚然。当世起江海之交，太息忧愤，无所抒泄，一寓之于诗，震荡开阖，词旨弥工。尝偕同里张謇、朱铭盘谒武昌张廉卿于江宁，廉卿大喜，自诧一日得通州三杰，引为平生盛事。其后当世复从吴挚父游，客次冀州，宾主亦相得极欢。是时当世方丧其前夫人吴，哀思无已，誓不更取。会桐城姚慕庭有女公子能诗，挚父乃为之介，聘于当世，当世卒败其誓也。挚父于是有文记之曰："异时范君当世既丧其前夫人，哀思之不聊，则命工图其父母所家曰'大桥'者以寄其思。且誓不更取，汝纶谋所以散其哀而败其誓也，见是图则深非之，且为书告濂亭翁。翁复书曰:'是《易》所谓恒其德贞而夫子凶者也,吾助子破之。'已而,范君以其私白翁,翁竟止不言,而更为君题字图上。君归,矜语汝纶,殊自得也。当是时,吾县姚慕庭先生方邮寄其女公子所为诗示余,且属选婿。余曰:'莫宜范君者。'于是以书径抵范君之尊甫平章婚事,词若劫持之以必从者然。复书果诺许,余然后喜我谋之卒遂,而笑濂亭之不足与计事也。"天假良缘,艳逸如此。当世既就婚姚氏,并从慕庭于江西安福署中,因日与姚夫人更迭唱和,文史相乐,闺阃间韵事频传。至是当世又命工图其生平所历事为《去景图》,以寄其意,盖其念旧情深,永矢勿谖者也。两弟,钟、铠,咸有令名,世称三范。夫当世以一诸生而名被天下,吁其盛矣!

敏章　《李鸿章年谱》

光绪十七年三月廿一日,范当世抵津,为李鸿章之子经迈、经进教读。

弘一　书范伯子诗句赠人

于宣统二年大暑,曾书范伯子诗句"独念海之大,愿随天与行"赠杨白民。

严迪昌　斋号取范伯子诗意

严师迪昌先生书斋号凡三易:初为"霜红簃",后改"枯鱼斋",在世最后一年则易为"草根堂",特命安为之书。盖取范伯子"草根无泪不能肥"诗意也,可历历见其心志。京口陈国安记。

附　录

大江北商报馆编辑部 《论范伯子先生文与桐城学驳钱基博》

（据南通图书馆民国油印本整理）

一、钱子泉《后东塾读书杂志》

后东塾者,余所居之东偏一室,破书数百卷,坏砚、秃笔各一,读书教子皆在于此。番禺陈兰甫先生有东塾之目,因题之曰后东塾。余性不喜与人近,蛰居一室,世之所谓达人长德罕晋接焉。自以学问受之父兄,文章出自天成,世不需我,我亦无求也。一编把读,且以娱戏,书籍不论今古,人物不问新旧。有书则读,每读必记,聚□日或间,积久成帙,发微抉奥,不屑屑事考证。观其会通,究其流别,六通四辟,其运无乎不在。由是所见与笺疏琐碎者殊矣。青鹤主人索观所著,因差择其我用我法不同人云亦云者,拉杂写付,古今错乱,子史不分,署曰杂志,昭其实也。其有语涉时贤,不敢心存标榜,知我罪我,以俟论定。基博自记。

范当世《范伯子文集》十二卷:卢冀野先生以通州范当世无错《范伯子文集》十二卷见假,粗读一过。范氏力推桐城,而文章蹊径实不与桐城相同。其论文意求雅适,境尚平淡,意贵含蓄,法重包缩,讥骂而有敬慎之心,诙嘲而有渊穆之气(超按,此乃徐先生后序中语,非范先生原文),此其尝于蔡燕生论文书发之,不过铺张桐城门面语耳。而其门人徐昂后序遽称其为传桐城之学,何啻皮相之谈!独散原老人一序称其长于控抟旋盘,绵邈而往复,此老毕竟知言。盖范氏始受文法于武昌张裕钊濂亭,而裕钊则湘乡曾国藩涤生之门人也。曾门之有裕钊,犹韩门之有王介甫。韩公、曾氏素禀雄直而为浑灏流转;介甫、裕钊天性矜狷,则为瘦硬盘屈,稍露筋节便形削,不如师门之大力控抟一气浑融,但介甫矜重,出于礼经,裕钊奥衍,泽以庄骚。范氏与同县张謇季直得法裕钊,范氏瘦硬盘屈而出以绵邈,张謇瘦硬盘屈而能为横恣,亦其禀赋之不同(超按,此段乃剿窃刘海峰评昌黎《讳辩》语,而以曾氏、张氏、范氏强与比附)。吾友如皋蔡达观明、南通费师洪范九为文章深切喜往复,其蹊径皆同范氏,风气鼓荡,不期而然。吾尝戏名之曰南通派。南通派之以瘦硬盘屈取劲,犹桐城之文以纤徐澹荡取妍也。昔孟东野有诗囚之称,范氏文议论未能茂畅,叙事亦无神采,独以瘦硬之笔作呻吟之语,高天厚地,拘局不舒,胡为者邪? 吾欲谥以文囚(超按,《石遗室诗话》评范伯子先生诗有曰:抑郁牢愁,诗境几于荆天棘地,不啻东野之诗囚也云云。此处文囚之称,又显系从陈氏盗袭而来)。范氏诗出江西,齐名散原,然散原诗境晚年变化,辛亥以后由精能而臻化机,范氏只此一番境界,能入而不能出,其能矫平熟以此,而麌能矫平熟亦以此。

二、冯静伯与钱子泉书

子泉先生足下:

顷见大著《后东塾读书杂志》,于敝邑范伯子先生之文有所论列。盖未尝一读而遽志之者邪?

范先生师武昌而友冀州,其学一本于桐城义法,由介甫而上薄昌黎。吾师徐益修先生亲受业于其门,故能言之详。然范先生集中文字,则绝未有一言为桐城张目,其《与蔡燕生论文第一书》亦第自抒所得,未尝言桐城。如是,足下一则曰蹊径不与桐城相同,再则曰与蔡燕生论文书不过张大桐城门面语,其何所据而云然也。

桐城之学,观于姚氏之选古文辞可知,后世必袭方姚之貌而始谓合桐城之辙,此学桐城者之狭也。足下之见必囿于此,而遂谓范先生之文与桐城之学异,然则足下所谓皮相者不为吾师已。宋人学昌黎而有欧曾,桐城学韩欧而有望溪,学海峰而有姬传,即孰能强学方姚者而不许有昌黎、介甫?范先生受文法于武昌,武昌受之湘乡,湘乡自谓其解文章由姚先生启之,是范先生渊源所自不外桐城不又足征乎?

足下言"范氏议论未能茂畅,叙事亦无精彩,高天厚地,拘局不舒,胡为者邪?吾欲谥以文囚"。惜乎其尤驷不及舌也。

范先生之论文曰:第一求意雅,不求字雅,则所见若某某君之病去矣。布帛菽粟,平实说来,不必力求波峭,则所见若某某君者之病又去矣。又曰文章虽极诙嘲而定有一种渊穆气象,望而知为儒人之盛业,与杂家小说不同,此则所谓胸襟不至豪杰不足谈古文,德器不类圣贤亦不足以俯笑一世。至足下之文则往往喜用中华人民造国之几年,窃尝疑我中华人民造国讫五千年,何以至子泉先生为文时裁十六年、十七年?又尝见足下为费大猷传,叙过江遇盗,有落汤馄饨、过刀面等语,江湖小说能以入文,则诋范先生不畅茂无神采不足怪矣。然则足下于范先生意雅平实之说,且未之措意,则胸襟德器云云,又乌能审之乎?姚叔节氏志范先生之墓也,曰:"猗欤仁人,世有范君。大本既立,发为高文。若最其行,以儒而侠。友死孤稚,娟娟者妾。君引任之,以濡以沫。囊无一钱,求者踵门。计子而贷,汝裤汝襢。胸中恢恢,齐其仇恩。欺不汝疑,背不汝怨。"又曰:"维我圣清载逾二百,五洲交通,艺术竞胜,仅恃一国窳败不振之故习,不足敌彼族之方新,而朝野之论又断断不可合并,故酿为甲午、庚子之再乱。于时范君起江海之交,太息悲伤,无所抒泄,一寓之于诗。"是范先生之初志,岂仅求为文人而已,乃不得已而终为文人,其力求所以立言者,则既可哀已,是故悲伤太息不中寿而遽殁,而文字所就遂已至此,视彼过乎先生既殁之年而一藉兹事以汲汲时名者之所为,相去不亦远乎?范先生之诗出入于杜韩苏黄,与豫章出入于山谷、后山,各臻绝诣。然终豫章之身,不能以其清刚劲挺者掩范先生之苍郁沉雄也。顾诋其文之不足,而又毁其诗,足下朝有所作,暮付铅椠,而有诗流传人间邪?

敝邑今日守范先生之绪论,朝夕孜孜以求桐城之所以者不一,其人率皆艰勤自励,甘于韬晦。东台蔡君观明,渊源自别,费君范九亦第拜附益修先生之门,未尝亲炙。足下举以该南通之文而强为树派以隘之,非敝邑人士所敢承,合以附闻,惟足下察之。

四月二日　南通冯超顿首。

三、钱子泉复冯静伯书

冯君足下:

昨由国专转来手书,以博于范伯子文有所论列而鸣其不平,累累千言,如手足之护头目,笃信好学如足下之于范先生者,曾文正所谓举天下之美无以易,甚盛,甚盛! 惟于鄙旨差有误会。范先生风流文采,照映人间,博不过本研诵所得抒其臆见,而辞有抑扬,此乃博不敢自欺处。足下乃谓博于范先生之文未尝一读,则范伯子文集既刊布,拙志备引散原老人及令业师序文,岂不见范先生集者。然见仁见智,博不能强人以从同,然亦不欲苟徇风气以张门户,俟五百年后论定之可耳。

至于以鄙文用俚俗语相讥,不知太史公书即有此例,而《晋书》、南北史尤屡见不一见。博自惭不能随俗雅化如太史公所为,然必以俚俗语为大□,则亦不免拘虚之见。来书称博喜用中华人民造国之几年,以为大怪,此而可怪,则中华民国几年亦同可怪之例矣。又以博无诗流传人间,而论列范先生之诗为不可,试问钟嵘有几篇诗流传人间而撰《诗品》,足下得亦无大怪之乎?博可不为诗,不欲为诗,而足下固不得禁博不读诗不评诗也。

蔡君观明、费君范九皆博文字之交,博钦其为文,以为兄弟不啻者。而范九于并世稍稍能文章者无不以师礼事之,转益多师是我师,可为范九咏也。李审言先生怪博抱一《古文辞类纂》而不能高谈汉魏,足下乃谓博不得当桐城,此亦索□人□得之一也。

又来书怪博朝有所作,暮付铅椠。博本无名山之志,不过以文字相娱乐,知好索印,博不必不付,足下亦何能强我以不付。博固无所用心焉。

此复冯超足下。钱基博自四月六日。

四、冯静伯再与钱子泉书

四月九日得复书,所以教之者甚至。

然超所诤者不在此也。超之意以足下徒以形貌论范先生之文,辄以为其学与桐城异。若后生据为定论,将疑及凡学桐城者必皆偏于阴柔,则姚氏《古文辞类纂》一书,采及《国策》、贾生、扬雄、韩柳之文,其复鲁絜非书论阴阳刚柔而无或偏重,其又何谓也?此在他人可不校,顾当兹文敝之世,足下名誉甚盛几若明王凤洲之主坛坫,又尝毅然以倡桐城学为职志,一言之失,所关者大,故不能默然耳。

来书仅自白其抑扬之不敢自欺,而不为深切之论,而转多枝叶之辩,得无怅怅?无已,亦姑就所辩者置答矣。

前书谓足下未尝读范集者,盖以范先生与蔡燕生书固未称桐城,果尝读之者奈何以铺张桐城云云诬之也。然则足下之于范集或仅读前后两叙耶?

足下以江湖小说语入文,引《史记》、《晋书》、南北史入俚俗语为例,夫《史记》入俚俗语大抵必泯其俚俗之迹,未有如足下用之之突兀者。其择之必精而置之必当,诚如足下言必随俗雅化如太史公之所为然后乃可,不然《辽史》、《元史》中俚俗语尤多矣,抑皆一一入之古文乎?且今日与足下所讨论者桐城学也,乃举《晋书》、南北史自解,则方苞氏所谓古文中不可入魏晋六朝人藻丽俳语、南北史佻巧语,足下其忘之乎?抑未之知也?言桐城而适触桐城之忌,知足下之所以学桐城矣。

至若辩中华人民造国之几年云云,乃尤令人大噱。中华民国云者,中华民主国之谓,所以别于君主也。足下试思之而又思之,其与中华人民造国之义同乎否也?

钟嵘无诗而有《诗品》,观其气味神理之美,与所评量者多能验乎其深,其诗虽不传,不得谓其不知诗不能诗也。其未窥一家诗旨之精微而仅以不着边际语轩轾人者,殆未足与之并论。

来书搜枝还本,故答之者亦不觉其觚缕,其支而又支者不更及。足下谓将俟五百年后论定,此间则已与来书同载敝邑各报,闻听并世之君子,论之不及俟矣。

四月十三日,冯超静伯白复子泉先生足下。

五、曹君觉先生与冯静伯书

阅钱君之说数行,则知其出于一时之兴会,非矜诩其见以示九州百世也。而吾弟再三辩论,胡为者?曰"粗读",曰"一过",虽与其《读书杂志序》所谓"发微抉奥"者左,而引《与蔡燕生书》用益公序撮要之语,则其粗读为有征,弟奈何视为重大事,必断断辩也。钱君负江南重誉二十年,兴会所至,不暇细绎而著为说,蹈近人整理国故者之常失,吾辈当以为戒。轻薄之言,施诸乡里先哲,其自损实厚,更应举例以戒生徒。濂亭先生手批肯堂先生文及肯堂先生手批《古文辞类纂》,若早付刊,恒人或罕为相度之言。然肯堂先生近五十岁时,与后生语,且重忧时同,轻视文章之事,是又不必论矣。世斁文贱,号为文士者,宁暇相诟? 曩闻钱君与李审言有所驳斥,已兴此念,愿吾弟更推其理也。曹文麟白。

六、冯静伯复曹君觉先生书

夫子大人钧座:

超不肖,从乡里长者游处,忽忽一十年,德不立而学不进,今逞一朝之意气,与钱子泉有所辩争,未尝不稍稍悔之。辱赐书督过,乃益不觉针刺之在体也。然窃不能无慨者,文人相轻,至今益甚。范先生之学之出于桐城如此其足征,尚欲为异论以枉其实而倾之惟恐不至,不亦滋可惧耶?

超之初意能去一书,使得自悟其失,则亦已耳。顾彼所以答者,犹曰不敢自欺。请就夫子所引称者言,彼自叙其《读书杂志》固将以发微抉奥,而评范先生文时则曰粗读一过。彼诚不自欺而蓄意欺人,则又胡可掩也。顷者两校生徒无不措意此事,并闻夫子所掌之各校学子亦颇汲汲,冀是非之判。

手书教以引子泉为戒,且举例戒生徒,霭如之言,敢不自勉勉人。范先生殁且三十年矣,其所著述未能早行于世,而海内耆宿知先生者,又颇相继凋谢,遂使子泉得乘间恣意蜥龁。而不学如超乃强与于争者之列,莫能自已,毋亦文诗数卷为先生精气所寓,不容湮没而有数存焉者欤?

狂惑之言,愈不自省其非。伏冀夫子更有以教之。门人冯超再拜谨肃。

七、徐益修先生复曹君觉书

得手书,具谂吾兄对于无锡钱君评论先师诗文有文人相轻之慨。弟居恒不敢议论人,亦不遑与人辩讼。前阅钱君评论,窃谓无损于先师毫末。彦殊兄云:"先君传桐城学,亦何待言,不必辩也。"弟极然其说。惟旧学商量,前贤弗訾,聊抉所怀为知己道。

文之蹊径同否为一事,传学为一事。孟子之文不与孔子、子思同,不得谓孟子不传孔门之学。桐城阴柔之文与阳刚不同,此最著之蹊径,成于禀赋者也。姚氏论文乃阳刚与阴柔并重,此桐城学之一端也。先师之文,即谓其蹊径不同,能否据此断为不传桐城之学? 此可商者一也。钱君谓蹊径不同,意以为先师阳刚别乎桐城阴柔耳,而称散原老人评先师长于控抟旋盘绵邈而往复,以为知言。控者，操制；抟者，索持，属于阴柔之动作，与纵放成相对性。旋盘往复，性皆阴柔，与直达之迈往阳刚对待。至于绵邈二字，钱君则以先师之绵邈与张啬公之横恣对列，谓其禀赋不同。如以绵邈为阳刚而横恣为阴柔，钱君当必不然，是则先师之文，其尤足贵者，固在乎阴柔之美。貌异而神合，能否谓其蹊径不同，此可商者，又其一也。

若夫文章精彩内敛而不外畅，白贲无色，不能强人尽喻，无庸置议。惟传学与文之蹊径、阴柔与阳刚皆有关于学术之分析，须循公例，匪容私见，谨以正之吾兄，且愿与海内大雅共商榷焉。

八、钱子泉与陈灨一书

灨一先生左右：

春假来校奉手书，以事冗未即答，幸勿为过。

拙著《后东塾读书杂志》于范伯子先生有所论列，而冯君涣然大号以来鸣其不平，仆已复□，缅承垂问，敢私布焉。

仆推大南通，以别出于桐城而独树一帜，而冯君必欲卑之无高论，以附庸桐城为荣，则亦听之而已。范伯子先生风流文采，照映一世，不以仆一言而减其声价，犹之仆之论之不以冯君一书而骤摇动。仆闭门造车而不自知其合辙，辄抒所见，以为质正，而听人之非议焉赞许焉，而仆不加喜戚于其间，以徐俟五百年后之论定，此则君子之所以自处而不容博之置喙者也。昔谭复堂先生读曾文正公诗，讥其欲为钟镛之响而失之犷，亦失之矜，未免学苏黄而先得其短，而卒之曰功宗闳达非一世之人也。简篇流布，灿若星辰之垂尺寸，鲰劣犹时作蚍蜉之撼，亦各有所见而已。（语见《复堂日记补录》，收入《念劬庐丛刊》中。）今仆之不自量以论范伯子，犹复堂之讥曾文正也。人不以复堂一言而轻曾文正，岂遽以仆之一论而抹杀伯子？而冯君龂龂焉急言竭论，若真以仆之论为足轻重于伯子者，则岂仆之所及料哉？

虽然，冯君称伯子先生师事张武昌，奉手吴冀州，而以为出于桐城之证，此所谓鷦鹩已翔于寥廓，而弋者犹视乎薮泽也。冯君亦知吴冀州之所以论张武昌者固明，推之为开宗之一祖，而不敢以桐城之附庸目之乎？冯君读书少，自未见耳。其说在吴冀州之答姚仲实书也。以为桐城诸老气滑体洁，海内所宗雄奇瑰玮之境尚少，盖韩公得杨马之长，字字造出奇崛，欧阳公变为平易而奇崛乃在平易之中。后儒但能平易，不能奇崛，则才气薄弱不能复振，此一失也。曾文正公出而矫之以汉赋之气运之而文体一变，故卓然为一大家。近时张濂卿又独得于《史记》之谲怪，盖文气雄俊不及曾，而意思之恢诡、辞句之廉劲亦能自成一家，是皆由桐城而推广之，以自为开宗之一祖，所谓有所变而后大者也（语见吴挚甫先生尺牍）。推是以论，则吴冀州已不安于桐城之学，而所以极推张武昌者，徒亦以其不落桐城窠臼，而变化以意思之恢诡、辞句之廉劲耳。伯子先生则问学于张武昌，而得其辞句之廉劲，散原老人序所谓长于控抟旋盘，绵邈而往复者也。然绵邈而往复，桐城意境之所有也，至控抟而旋盘，则非桐城意境之所有也。今天下之能为古文者，莫多于南通，而仆所得亲接者，读其文章，瘦折拗峭，别出机杼，大抵不敢离散原老人所谓长于控抟盘旋绵邈而往复者。近是风气鼓荡，有开必先，而就南通言南通，不得不溯伯子为河源岱宗，以开一地之文运，犹之方望溪之开桐城，曾文正之开湘乡，而文章利钝又一问题，故仆推而大之，以异军特起于桐城之外而则名为派，犹之李审言先生之题目曾文正为湘乡派，而谓是非桐城所得限。今冯君以桐城家自矜大，而并欲限其乡先生之所造诣，以不得越雷池一步。

仆请为一谑，以广其意。昔王梦楼侍讲论诗称家数，犹之官称衙门，衙门自以总督为大，典史为小，然以总督衙门之担水夫比典史衙门之典史，则亦宁为典史不为担水夫何也？典史虽小，尚为朝廷命官，担水夫衙门虽尊，与他无涉。今之学杜韩不成而矜然自以为大家者，不过总督衙门之担水夫耳。岂惟诗哉？文章亦何独不然。譬之古文之有韩欧，自是总督之贵，以桐城拟之，渺乎小矣。今仆崇伯子先生，以朝廷一命之尊，而冯君必以衙门之担水夫相荐，藉大衙门，尚不必而况其非是，亦不可以已乎？至冯君以仆之不为诗而不许论伯子之诗，仆固不自命能诗，而必以不能诗者遂不许论诗，试问钟记室有几篇诗流传今日，而敢掎摭利病，曾不丝毫瑟缩，乃品藻汉以下诗人，以撰《诗品》，是非冯君之所大惑不解者乎？苏老泉论孙武，言兵之雄而不能用兵以取败北，自古善易者不言易，仆不能诗而论诗，倘得比于孙武之言兵，记室之品诗，古人不自为嫌，冯君何用大怪。嘉兴沈子培先生早岁博极群书而不屑意为诗，陈石遗先生亟劝为之。子培先生意动，因言吾诗学深诗功浅。诗学深者，谓阅诗多，诗功浅者，作诗少也（语见《石遗室诗话》）。以此知诗学是一事，诗功又是一事。明乎此，而钟记室之品诗而可以无一篇诗者，庶几恍然其故已。至于论之是非得失，非仆所敢自赞一辞也。

若乃冯君引绳批根以及拙文，仆固不自命能诗而并不自命能文（超按：钱子泉尝自诩其文章曰：余早承家学，服诵萧选，导以韩柳，自以为壮彩烈词，风骨无惭于古），闭户读书，何与人事，而不幸天下人之中偏在南通私嗜鄙文，若有独至者，尤不乏其人，简札频至，仆时有应有不应，亦不欲以轻心掉之。此固仆之所无如何，而亦冯君之所不能禁者也。

仆撰《费太公家传》，不过据来状而加以整比耳。自来为传志者莫不如此。而何嫌于仆唯愧不能随俗雅化以造于浑成耳。然必以俚俗语为大戒，此亦拘虚不读书之谈。公羊之言登来，太史之记夥颐，何尝不以俚俗语入文，不惟发恢诡之奇趣，亦以见神采之栩栩。至《后汉书》所载绿林、赤眉、铁胫、尤来、大枪、黄巾、黑山、左髭、牛角等名目，则更冯君所谓江湖小说之料而厉禁以入文者。然试问摈之不载，自为凿空，将何以志一代之实录而昭后来之监戒也乎？方望溪言古文不可入语录中语，魏晋六朝人藻丽俳语，汉赋中板重字法，诗歌中隽语，南北史佻巧语，故于截断众流而崇古文以卓出于史之上，诚窃以为其道隘狭，终不免有时穷，不如章实斋明文史之通之为弘识远览，与道大适，而欲为桐城家言进一解者也，特是世人或执是以疑仆之菲薄，桐城则尤仆之所大惧何者？

仆诵曾文正之所为文，其意在探源杨马，以力矫桐城懦缓之失，而亟推姚惜抱，至列之圣哲画像记，以为粗解文章由姚先生启之也。仆于姚氏《古文辞类纂》一书，以十年之力治之，撰有解题。谬窃以为并世之治姚氏书极深研如仆者，当亦不多觏，特不欲翘以为名。仆年二十岁，馆里中薛氏，其主人则吴冀州之女夫也。同时有馆师曰桐城严翼亭先生名钊者，又吴冀州之弟子，而尝见姓名于尺牍者也。睹仆所为文，辄叹诧曰："恨汝不及事吾冀州师！"仆笑应曰："恨冀州不得弟子如仆耳！使得仆为弟子，何难张皇其学以为眉目，而在仆则不事冀州，亦复无害。古人之书具在，假仆十年读书，而冀州不传之心法，仆皆自得之矣。"翼亭不以为狂。

桐城陈澹然先生自命能为太史公，而亦许仆能为太史公，独戒毋为桐城家言所误，而仆不惑其说，诏诸生治文章，必揭姚氏书以为门户。

李审言先生每恨仆牢守一部《古文辞类纂》，而不知高谈汉魏。今冯君又出桐城以相炫耀，若仆之浅见寡闻不知有桐城者。此真索解人不得者也。然人之解不解，亦复于仆何关？仆为文章，本不过以自娱戏，饱食暖衣，比之博弈犹贤，非如冯君惊天动地之以为名山大业。又比如李审言先生之为一文，必服人参、附子，非润金三百元不办。有来索吾文者，兴到则为之，佳则神来之笔，不佳则本不取酬润，无所谓报当。而一成则不改，郑孝胥所谓"骨头有生所具，任其支离突兀也"。

冯君又以仆文署中华人民造国之几年为大怪。仆前清未青一衿，而溥仪又不事我为师傅，生今之世，由今之道，不以人民造国为纪年，将以宣统复辟为□响乎？或问何以不署中华民国，而曰中华人民造国，则应之曰：由今之道，毋变今之俗，疑中华人民之已不国而视之力征经营以有事于造也。曰民国者，明国之民有之，而民主之也。试问今日之中国，果为吾民自有之而自主之乎？抑亦有代吾民有之而代主之以肆于民上者乎？吾民不力征经营以亟有事于造，则无望其自有之而自主之矣，自有自主之未易以一日几而造，则吾民在今言今之所宜以自力，此则仆之皮里阳秋，谬欲与尼山争一席者。

虽然，孔文举不云乎？今之少年喜谤前辈，而又当六经束阁，《论语》当薪之。今日而有冯君其人焉，毅然揭帜桐城，以存斯文之一脉，而矜式其乡先生如手足之护头目，可不谓之特立独行之士乎哉？此则吾党之所宜爱重，而欲期之风厉薄俗为邦作式者也。冯君书亟布之，而前抄寄蔡观明先生一书，风厉骏发，卓以名家，则又仆私心之所大畏，望并布之腹心，惟垂察不一。钱基博白。

九、冯静伯与陈瀿一书

瀿一先生执事：

《青鹤杂志》第十四期首载钱君复执事书，纵横雄辩，不肯下气，辄亦有不能遂已者。

范先生之文不以钱君昨日之诋毁而有损，亦不以今日之推尊而加荣，特钱君之为说自相抵牾者亦既多矣。

钱君自叙其《后东塾读书杂志》，固曰"发微抉奥"，而于范先生之文则粗读一过。粗读一过而遂能发微抉奥邪？钱君引散原老人序所谓控抟旋盘绵邈而往复，以为知言，旋又曰范氏文议论未能茂畅，叙事亦无神采。能控抟旋盘绵邈而往复矣，而不能茂畅邪？能控抟旋盘绵邈而往复矣，而不能有神采邪？钱君谓范氏文议论未能茂畅，叙事亦无神采，欲谥以文囚，是范先生文无足观矣，而今也则曰绵邈而往复，桐城意境之所有也，至控抟旋盘，则非桐城意境之所有也，是范先生文其意境且视桐城诸老为胜矣。钱君曩言范氏文蹊径实不与桐城相同，而今也则曰绵邈而往复，桐城意境之所有也，是范先生文其蹊径又未尝不与桐城同矣。

钱君复超书谓以中华人民造国纪年，初不与中华民国云云异义，而今则又有别说，与中华民国之义不同。钱君试自复之，未审尚一一有以自解否邪？抑钱君其犹有甚蔽者已？

吴冀州与姚仲实先生书推武昌为开宗之一祖，明明谓其文之不同于桐城诸老，而固未尝言其学与桐城异也。钱君始以范先生之文不同于桐城诸老之形貌，遂于徐先生所称传桐城学者贬为皮相之谈。今又以冀州论武昌之文异于桐城诸老，而遂并冀州断为不安于桐城之学，文与学顾混而一乎？超诚读书少，然自矜渊博者似亦不宜如此其疏也。如此其疏，而欲微之发奥之抉者，不亦仅已乎？传桐城学与学桐城文与所谓控抟旋盘,并非桐城意境之所无,吾师徐先生复吾师曹先生书论之甚晰,谨抄寄省览,有以为教也。

钱君谓超视兹事为名山大业,与李审言先生之服人参、附子索润金同致其讥诮。然超于当世且未一通名字而驰逐声气,曷尝有是不自量之心也。若夫钱君则自有五百年之志耳。有五百年之志,而书中乃不免以遁词饰辩为有伤忠厚之讪谑。超实惜其为文谬之累,以君子自处者,倘不然欤,敢不君子爱人之义。愿钱君庶几改之也。

又钱君所持蔡君观明书,论范先生文变而未成,谓彦刿先生称为知言。曩蔡君与彦刿先生书言此,超曾与闻之彦刿先生唯唯而已。他日彦刿先生与敝邑习苦行、顾怡生、曹正愿诸先生语,且以为其言所不敢知。要于人子之前短其父,无礼特甚,颇用不怿。彦刿先生今虽下世,而诸先生则犹能道之,区区之心,不忍没其实,敢更为一白焉。

属有牵率,不罄所怀,惟赐察不备。冯超顿首。

编者按:蔡观明与彦刿论伯子文一事,民国二十三年一月六日《通通日报》艺文版载有冯静伯氏《与某君书》可参读,今附录于后:观明议范先生文不足怪,当人子而议其父亦不足怪,予但举所闻于彦刿先生者为表明其心迹而已。曩予随彦刿先生与观明往留月巷酒楼途中,观明议论范先生文,予欲与辩,旋念街谈巷议,非所以敬先辈也。当时彦刿先生吞吐作鼻音,窥其意似无可奈何。后闻其申述之言,益信其无可奈何:逆观明之说,则无以对友;顺其说,则无以对父,并非面从也。观明一则谓彦刿先生称为知言,再则谓深题其言,予皆未之前闻。诗云:"耳属于垣"。予明明同行,而观明云实不在侧,真可谓有旁若无人之概。然旁若无人者,岂得谓旁无人耶?彦刿先生所申述,习苦行、顾宜孙、曹正愿诸先生皆与闻知,非若马通伯、姚叔节诸先生苛抑之说仅观明一人得自传闻也。彦刿先生既非不能持论,何暴之有?予爱惜其身后之名,尤爱惜生前之语,以为世道虽衰而人心未尽丧,于斯足觇矣。观明既误会彦刿先生之意,忍并亡友良心之语而亦将泯没之耶?将谓予之耳或失其聪欤?而苦行、宜孙、正愿三先生之耳不可掩也。白日昭昭,寸心耿耿,匪敢好辩,幸知我者垂察焉!

十、冯静伯再与陈灝一书

昨发一书,当已达览。

初以钱君自辩其引俚语入文及论范先生诗前已径答之,故不复及。既念钱君犹振振未已,不禁欲再赘一辞。

钱君致足下书,历举《史记》、《后汉书》以证俚语入文未可遽摈。然抑知必择之精置之当使无伤于雅,吴冀州固尝论之乎。冀州之言曰:文固有化俗为雅之一法,如左氏之言马矢,庄生之言矢溺,公羊之言登来,太史之言夥颐,在当时固皆以俚俗语为文,而不失为雅。若范书所载铁胫、尤来、大枪、五楼、五幡等名目,窃料太史公执笔必皆芟剃不书,不然胜、广、项氏时必多有俚鄙不经之事,何以《史记》中绝不一见? 是亦可见俚语入文之未易言也。至若范先生之诗,承其家学,自异羽先生至先生九世,而先生益臻于大。吴冀州称为海内无与俪比矣,姚叔节先生称为有清第一矣,马通老叹为今世宁复有是诗矣,而署字沃丘仲子者亦曰匪第超越近世学宋诸家,其精者直掩涪翁,乃钱君则曰仅能矫平熟,其或未睹先生全集,仅于《近代诗选》中读其十余首,而遽评焉者乎? 不然,范先生之诗以苍郁沉雄之笔,写精深微眇之思,读者罕能尽喻其旨而遂少之,若此得无皮相而近谤欤? 钱君以君子自处者,辄益忘其谬陋,欲尽言以规其失,即藉足下转览之,何如? 冯超再拜。

十一、陈灜一复冯静伯书

大教诵悉。尊论允洽,已刊者曲直自有公评。后寄者鄙意宜暂搁置,否则双方将无了期,多一事不如少一事耳。卓见当以为然,弟以事冗致羁裁答,歉甚,希谅之。七月十一日。

十二、冯静伯答陈灜一书

一昔辱损书,敢不承教。超与钱君之争,岂敢标榜门户,正以文章天下公器,非一二人所可或淆。且吴南屏诋诟姬传,湘乡护之甚至。钱君又胡能禁超使无辩也。

尝谓有清一代学术统系,有颇可待言者。若史学则本于余姚黄氏,传及万斯大、斯同兄弟、邵晋涵、全祖望、章学诚等辈,而渐被全国;考证学之流衍,若任大椿、卢文弨、孔广森、段玉裁、王念孙、引之父子,则莫不寻休宁戴氏之源;自惠氏起吴县,传及余萧客、江声、顾广圻、江藩等辈,而举国有博洽尊闻之学,自刘逢禄、宋凤翔、龚自珍、陈寿祺、乔□父子承常州庄氏之绪,而经今文学以明。桐城之有古文学,亦犹余姚、休宁、吴县、常州之各有其学耳。

自桐城之学兴而古文之奥窍尽泄,故乾嘉而后治古文而臻于能者视前代为独多,要皆一循桐城之轨,则即以南屏之诋诟姬传,究其所就,亦曾未有毫发出桐城学之范围。湘乡图画圣哲,殿以姚氏,岂特以其文集已哉? 然亦或有一二君子焉,能卓然自树一帜,类皆聪明才智过绝人人,而其醇而无□者,亦鲜不与桐城之学合矣。故今日不治古文则已,如欲治古文,舍桐城学蔑无他途。必就文章体貌而区曰某派某派,岂先哲之志耶? 王益吾曰:"宗派之说起于乡曲竞名者之私";

姚仲实曰:"大抵方姚诸家论文诸语无非本之前贤,固未尝标帜以自异";而范先生题《茗柯文集》亦曰:"皋文先生之为古文也,不知后世有所谓阳湖派也";又有诗曰:"桐城派与阳湖派,未见姚张有异同。窃意必先察此,然后言文,庶几免曲儒之诮。高明以为然否?"

庸载 《书静伯与子泉书后》
(原载《通通日报》民国二十二年四月十一日)

落汤馄饨大刀面(此语见原书所引子泉之记事文中),文人吐属趋俚言。大似饥者弗择食,望见屠门馋流涎。咀含不必英华品,日餍糟粕夸肥鲜。古人喻道在矢橛,面也馄饨一转旋。斯人撑肠蓙此耳,号称食古腹便便。植基未博自云博,缪厕作者凌彭籛。道未闻一谓知十,人十能之己诩千。只希标榜立门户,更肆抨击讥前贤。未入堂室窥秘奥,循墙先撤人篱樊。一知半解即自绝,那求道有玄中玄。吾徒奚肯阿所好,蔚宗复起二千年(谓范伯子师)。纪史直追马迁业,传之其人臧名山。小夫诋谋之不足,谥以文囚今蒙冤(子泉以文囚谥伯子师)。乌乎!斯文未丧举世有公论,平地讵容漩涡风波掀。日月江河经行自终古,纵溷阴霾秒浊亦偶然。子泉子泉,甘效蚍蜉之撼树,可知蠹鱼食字始足称神仙。譬尔鼹鼠饮河所得曾有几,乃竟操觚为文捉笔谩骂小言戋戋丛罪愆(子泉毁伯子师语见所著《后东塾读书记》中,日月何伤,多见其不自量也)。

范毓 《答外舅方子和先生书》
(原载《通通日报》民国二十二年五月五日)

去腊百无举措之际,固示整暇,命儿女辈誊写近作,付邮传,明不克践言,都一岁之兴作,文章数篇而已。今正承慈谕,过事奖借,并辱询及出处。士大夫生于今世,心乎家国,进不得与贤士大夫争一日之短长,退不治家人生产计,独抒写其学识,发为文章,岂以名高哉?兀傲之辞,必无取于当时,慨先辈之云亡,莫通其胸臆,冀友朋之际,知其束身自好,不预于亡国败家之责,无所谓巧辩与饰非,则亦浩然其长往矣。且尝与顾延卿先生论夫子之行素,以为处贫贱易,处富贵难,善其易,则处难之术存焉。富贵傥来,而有所守,不志夫大公,不怀乎阴越,福利生民,处置裕如也,奚必远证夫古之作者。毓七读先伯子文,三读抱润轩集,益信吾言之不谬。消息之来,发于几微,故惧夫守一家之言,拘拘于义法之中,未能豪也。旁薄含蕴,扩而充之,自期于执笔文成,足以上下千古,一则曰世无仲尼不当在弟子列,再则曰文在天下不在桐城,亦以发明姬传先生之用心,而药针夫后世。姬传先生之道,尝一至于湘乡、武昌间,先伯子挟以俱东,而吾通预于守之役者,不唯一人也。有曹勋阁先生者,实继吾家三范而名其孝友,其为文章,足以抗衡一世。又有徐益修先生、顾觊予先生左右之,其弟子冯君静伯能为人所不能言,足以专一军,特陈其与钱君子泉往复辩难之书及勋阁先生告诫之辞,其亦有所取乎? 不必天下之文在南通,而南通之文在天下矣。故毓述之如数家珍,则亦何希乎而不久处。

🐛 杨临 《致钱子泉书》
（原载《通通日报》民国二十二年四月二十三日）

子泉先生道席,钦闻大名,向慕已久。前见大著《后东塾读书杂志》,首及范文,彼时即以尊评过当,或启笔墨之争,已而果见报载先生与冯君往还之书,亦既审已,有不能已于言者。文士往往好论评以自高,因启相争相轻之习,如宋学汉学之各自树帜,桐城阳湖之分道扬镳,平心而言,其从入之途异,故所论亦各有偏固,是以研究探讨,宜虚己静气,不可先使意气横梗于中。若固存自是人非之心,则所论尤易偏矣。益修先生述范伯子始师张濂卿,既得吴冀州上下其议论,造诣由是大进,后婿于姚氏,故益得规惜抱之遗绪,盖言其渊源所自,故称其传桐城学也。文之变化,随其天机禀赋而异,安能强同! 然不得谓其非传也,青由于蓝,冰生于水,其形异已,其质同也。且先生既以散原老人之评为知言,则绵邈而往复,合于惜抱阴柔之说矣。范伯子与蔡燕生论文书,仅示桐城为文规矩,可为后学法则,先生遽指为桐城张大门面语,毋乃不类,殆先生好奇特之论,以冀张大门面,乃疑范伯子亦如是乎? 先生又评范文议论未能畅茂,叙事亦无神彩,高天厚地,拘局不舒,胡为者耶? 吾欲谥以文困。细玩尊评,似范文直无足观,而散原老人评范文以为出熙甫上,毗习之、子固者为尤美,姚先生叔节、马先生通伯亦尝数数赞美,见于诗文,不知先生之学较三先生者何如,识见何相反也? 初以文人相轻无足诧怪,继思先生殆有深意存焉。荀子著非十二子论,以为传圣统者舍己莫属。其后昌黎非荀子,《原道篇》有"轲之死不得其传焉"之语,意犹荀子之非十二子也。先生诋范伯子,盖有江苏传桐城之学舍我其谁之意乎? 察大著措辞,殆与荀子之斥子思、孟子为不得传孔道同耳,大文自视较范文何如? 尊名自视较范伯子何如? 今先生评范伯子若是,则将来评先生者又何如也? 学无所谓派,惟其是耳。称桐城为派,犹不免世之讥讪,遑论其他。先生述南通诸贤称为南通派,意固狭隘,且所谓南通派者,以范伯子冠,先生既谥范曰文囚,则列其他诸贤于何等耶?震川为文力求自然,好用俗语,如《张贞女传》、《记昆山县倭寇始末》诸篇,不免有过俚处,《史记》之质而不俚,亦岂易言。冯君遽以高论责难大作,先生竟以《史记》亦用俚语报之,不伦不类,两可怪也。益修先生道高学博,为此间士林所推崇,费君敬仰而拜附也固宜,乃先生以"转益多师是我师"为咏,窃疑当今之时,舍先生外,尚有他人可为师表者耶?费君不以先生一人为师而又他求何也?尝以论评须于其人之事业道德文章莫不洞知,然后下笔,方可平允。允矣,尚为一时之见,盖今日以为是者,他日或以为非,识因学而高下也。若徒创立奇论以自矜炫,启后生轻议先贤之习,为人师表者似宜慎也。方望溪云,文不苟作,作不苟存,评论之作,亦犹是尔。临学殖浅薄,不愿论列,惟以向往之忱,敢不白其所疑,戆直勿罪,并希进而教之。后学东台杨临谨上。

张裕钊 《与吴汝纶信札》(据范曾先生处手稿复印件整理)

其一:初三日奉复一曰,前王晋卿过此云,阁下将有天津之行,其信然邪?大著三篇已妄缀数语于后,今附言赍入。李刚介谏,自曾文正外无能为之者。公于此体盖专长独擅矣。书□忘,然略加删润,则亦一篇……(原缺)懒慢无可比似,乃至终岁不作一文。一昨始撰得《南宫学记》一篇,寄呈阁下为是正。年老才竭,于此事已无能为役,请即加批,掷付送信人领下。此乃将勒石垂示后世之文,幸直言相告,万不得客气也。江南榜发,范肯堂竟被放,此亦人意中事。而为弟刊文集之查生燕绪乃获隽,差足慰意耳。十月廿一日。

其二:顷奉手书,知令弟已平复,极喜慰。此特造物妒我两人,不欲使久欢聚耳。不知我辈何所开罪,而造化小儿乃慎到之若此。得肯堂书,知已为我致顾延卿,又似彼苍非薄待我者,天道固神而莫测邪?肯堂本吾药笼中物,而为大力者挟之以走。今得延卿,足以元我公矣。肯堂不欲续娶,弟初不知,今乃闻之。此适符韩退之之言,《易》所谓恒其德贞而夫子凶者也。它日当相与力破此惑,不患不听从也。大稿妄为删窜,实不敢自信,故于足下原稿未著一字,不谓虚怀若谷,深信若此。前月,王晋卿过保定,谈次及之,欲索一观,因遂将大稿携之以去,云明春必当缴还,俟缴到谨以奉呈。拙作《南宫学记》甚浮浅,不足观。足下誉之过矣。南宫子一语,谨受教矣,日必当削去。弟疏于考据乃若此,奈何?其碑已与李梅生及南宫绅士宋弼臣朝桢有约,刻成当为我拓五百纸,并属任事者督令工人精刻为要。敬祈足下，更与新任陆公、绅董孙公言之是荷。日本《左传》，前者大小儿似曾言之。弟衰老，更不复措意，此等事都不省记，殊自笑。俟大小儿来问明，再以奉告也。小除日。

其三：两奉手书，具聆种种。肯堂之不再娶，循来书所云，其弊甚深，欲破其惑，须面谈乃能往复尽意，必非书疏所能为功。且顾延卿至今未来，亦无由询得其中情实委折。为解惑之地，故尔时不作书与之。但肯堂之不娶，其谬已甚，而必宜再娶之理，亦复甚明。以肯堂之英亮，此乃至竟执迷不返，想亦天下必无之事。但一时为情所蔽，未能遽瘳耳。王晋卿携去大稿，尚未缴还，当俟礼闱榜后矣。写《史记》人，无由踪迹，且其人疲玩非常，亦必不可由。足下不若径属萧敬甫物色一写手，当必可得也。往刻《史记》，合刻工、写工书板每字大钱二文，敬以奉闻。弟以初四日赴津，十七日返至保定，日内便当开课，又须入时文魔津，言之使人攒眉。大小儿尚未来至，二小儿驽钝不长进，乃辱长者垂意，甚以为愧。二月廿四日。

其四：二月廿五日，奉复一函，计早达。顾延卿一昨来此，肯堂不欲续娶一节，曾约略叩之，尚未得其真际。尊处州考，想已蒇事矣。闻新方伯于廿四日出都，此间有四月接印之说，未知信否？足下能邀肯堂一同来此，剧谈数日……（以下原缺）

其五：比奉手书，知台从竟未能来，为之惘惘。自弟由南而北，我两人可谓天假之缘。然年来偶欲谋一会合，往往千艰万阻，乃卒不能如人意何邪？弟及延卿皆有与肯堂书，此次尊处人来，乃无有肯堂一字，为之怅望。足下此时不能来，诚无可如何。弟与延卿皆盼切肯堂来此，祈足下更一敦促之。弟此间课卷云属波委，欲谋就教，恐未必能得暇也。尊处州考，乃得圣童，闻之喜忭无已。我公龙虎精气之所感召，固宜有是耳。范秋门之所写《尚书》，延卿初未赍到，想尚未写毕也。四月十三日。

昨函未发，今晨阅会试榜录，知王晋卿暨贺松坡兄弟同时获隽，敬以奉告。弟门下若张季直、朱曼君、查冀甫均报罢，榜后十九当来弟处。又敝门人孙佩南之弟叔谦有讯，榜发即来，此亦佳士也。此数人数日内计均可到，万恳足下趣肯堂必宜遄至盼切。十四日。

其六：二月廿二日奉去一函，计早达。前月王晋卿来，询悉近祉绥愉，至以为慰。贵治盗案已颇有绪否？然鄙意窃以兹事殊不足为轻重，惟尊处浚河建闸一事期在必成为妙。日间未知工程何若，甚为以念也。范铜士闻尚未来，殊不可解。数月来为校阅所苦，殆于束书不观，不殖将落，奈何？四月廿一日。

其七：十一日接奉惠书，即于十三日肃函奉复，而来差径自归去。至十九日，始交听差人转递，未知能早达否？前书恳阁下趣肯堂即日一来，顷敝门人查冀甫自都来保定，据云张季直、朱曼君日内均当来至，以此企盼肯堂不可言。恐前书未达，因复言之。……四月廿九日。

其八：读手示，知患咽喉，日内未知平复否？甚念！阁下每语及文事，辄谦让未遑，深所不解。以为客气邪，则阁下之于不肖决无所事此；以为诚然邪，则阁下于此事早夜矻矻孳孳，方且什伯于不肖，且如昔岁所作《李刚介谏》、《书符命后》二篇，盖已轶姚梅而上之，此岂甘让人者之所为欤？良由志意高广，过欲争胜于古人。每构一篇，必欲其卓绝古今而后出之，如杜公所谓"语不惊人死不休"者，无亦贤智之过欤？裕钊近看惜抱文集及《古文辞类纂》，似姚氏于声音之道尚未能究极其妙。昔朱子谓韩退之用尽一生精力全在声响上著工夫。匪独退之，自六经、诸子、史汉以至唐宋诸大家，无不皆然也。惟我文正师深识秘耳。又，往读汉郊祀歌，既苦其诂难通，且罔不知其妙处。近以意寻求其辞，固皆司马长卿等之所为也。窃意亦皆讽刺之旨耳。以此意读之，乃觉义味甚深远。此二者皆近日凭臆推测，妄为此谬论，敬质之阁下以为然否？并可与肯堂言之。且以此益盼阁下之来。六七两月内决能来否？且阁下来，必与肯堂俱。但一人来者，不能极乐尽欢也。弟八月初旬将有所适，阁下过七月来，则相左矣。贵治当已得大雨，飞蝗必不能为害也。六月九日。

其九：读来书，述向所闻于文正公者以证鄙说，倘所谓"赐不幸而言中"者邪？足下谓才无论刚柔，气之既昌，则无之而不合。此诚洞微之论，然果尽得古人音节抗坠抑扬之妙？则其气亦未有不昌者也。又承示，郊祀歌非长卿一人所为。裕钊前书固亦以为相如等，非谓一人之作也。所欲与阁下印可者，谓其果为讽刺之词以否耳！汉人词赋大抵皆原于诗之讽谏，亦不独长卿为然也。且班氏固明言每举司马相如等数十人矣。今足下论练时日诸篇，乃正与鄙意适合，则□论或当不甚谬。惟以天马诸篇皆武帝自造，似与班氏之言不合，容更细加寻绎耳。承体中小不快，计不日当平复。月内必偕肯堂一来，至祷盼切。初十日。

其十：体中想早平复矣。即辰惟眠食安善为颂。弟以敝门人刘生炳燮主鹿泉讲席，有约秋中为获鹿之游，顷因校阅鲜暇，已作罢论矣。阁下及肯堂何久不来邪？此间引颈以望也。大小儿于前月十一日来至保定，舍间葬事亦已办毕，知厪以附闻。八月初八日。

其十一：初八日奉寄一函，未知达否？顷奉手翰，具聆种种。弟初以敝门人刘子钦主鹿泉讲席，有约秋中为获鹿之游，属因校阅少暇，遂作罢论。计中秋后欲得余闲，阁下及肯堂务即脂车遄来，无任盼切之至。《易经》向日本拟写定一书，因循未果，俟阁下来此，当更一纵论之。中秋前一日。

其十二：日者快接名论，一豁素襟。然终恨匆匆，判襟未能极畅耳。顷得肯堂书，知已于十二日返冀，并承近祉绥吉为慰。比寻绎系辞传，似李安溪之分章十得六七，弟当不免枝枝节节之病。裕钊意仍以鄙说中庸体由一贯之义，求之觉微有端绪。然圣言精微广大，断非浅人肤学一时所能贯彻，决不敢妄下断语也。月之初旬，吴兰石仍欲于奎画楼开南出之门，而闭东户。督使何委员督率人徒盛气而至，其情状殊复不逊，乃言之刘景韩观察，始理谕而止。弟旋致书傅相，笺末并微及之。傅相复函亦深为怪骇。人之无礼乃至于此，诚非人意计所及也。刘仲鲁孝廉加课卷，洵为杰士，遂拔冠其曹，得此喜才，为之极快。肯堂、延卿当已言之矣。十月十六日。

其十三：顷得初三日手书，承勤民劳绩，深以为念。河工见已集事，盗案亦有端倪，闻之喜慰无极。承示，贵邑张君父子名字敬悉。属书令弟屏联，稍暇必书就寄呈。弟块独居此，孤陋寡闻，寂寥少欢。足下又不得一来，明岁新正无事，拟灯节前后膏车秣马，径诣尊处，为一握手之欢。藉得尽豁积悃，如奉赠拙诗所谓"剧饮狂谈碎百忧"者。足下闻之，当为大快邪？有恳代求拙书者，可属其先备佳纸，俟至尊署，当为快书，以塞众望。其宣纸必玉版宣，杂色纸惟冷金笺、雨雪宣、大红蜡笺三者差可。其余诸纸，必不敢书也。幸预告之。莼斋业已奉讳，不日即返至沪上。稍稍摒挡，便回黔中也。张季直计与吴筱轩之丧同归，亦未得其确耗。足下前所托寄函件，尚未能寄去，恐须他日转托范铜士耳。前日得鄂中友人书，知铜士在鄂局，弟已有书趣其遄来。足下欲觅写手，此人是否尚在金陵及能来与否均未可知。但其人烟瘾颇重，疲玩尤属非常，恐难任驱使，俟作书一往询之。今岁经年未作一文字，但有诗十余首，匆匆不及录请是正，亦以足下秘惜教言，弟故亦颇靳之。惟所闻近事，使人愤懑，幽忧无憀，偶成七律一首，录在别纸，知足下亦有同情，见此当如麻姑爪搔著痒处邪！九月十一日。

其十四：前月奉复一函，托李梅生转递，计达左右。顷得梅生书，知足下来月当由津至此，私为欢喜，行当日日扫门以待也。范铜士顷有书来，敬附呈览，他日仍望掷还是荷。令弟屏联均已书就，足下来此，当以奉缴。有与王晋卿一纸，敬请转交。十月廿七日。

其十五：顷奉手示，领悉。弟谓尊文但降以相从，便当与道大适，乃中心灼见其然而后为此言。今来书乃谓偶欲缀辞，辄生二患。夫子自道，固应尔尔，吾亦姑妄听之而已。至讽诵之功必不可少，此实扼要之言，吾故无以易之。肯堂、松坡并述作斐然,我公徒友之乐,真乃使人生妒也。尊论文正《金陵水师昭忠祠记》,识解超绝。其之谓不忌艰苦云云,亦非恢诡偏宕之词。但以前幅为宾,而后幅为主,则自可无疑矣。此间有安生文澜者,近益长进,颇足为喜。张化臣、刘仲鲁而外,可人意独此生耳!化臣景况甚苦,秋冬之交,贵属县试,欲恳更为谋一襄校馆,至以为感。无厌之求,想不罪也。司道迁调,尊处当已闻之。顷又闻方观察署臬篆,金观察署永定河道,省垣局面,复为一变。而弟以散人居旁,迎新送旧,其亦有如烟云之起灭百变于我前者乎?承掷还日本《左传》,已收到。四月十一日。

其十六:顷奉手示,领悉。前读大著过,不自度,辄复□其愚妄。阁下果及刍荛乃笃信而勇从之。今又寄示所撰祭萧太守文,盥诵再四,钦佩无已,谨识数语于后。……方存之遂已物故,此君至竟贤于众人,亦殊可惜。所谓合肥县官与李宅为难者,即敝门人孙生,此亦好名之过,诚有如来书所云耳。傅相办理郑工,都下颇有此言,并有筱荃制军署直督,劼侯署北洋大臣之说,其实皆士大夫外间浮议,非朝廷有此意也。筱帅入都后,尚无新命,闻周玉山当以冬初履任,未知果能至否?前日地震,保定尚不甚剧,闻自京师、天津、遵海而南皆大震动,乐亭、庆云诸县至地裂,而天久不雨,实深隐忧。肯堂议婚姚氏已定约,闻之至为喜慰。公可谓有功于肯堂矣。两小儿时文工力皆至浅薄,长者不加之教诲,又从而奖饰之,乃益令渠辈不长进耳。六月三日。

其十七:前者寄示大著,谬加评论,私心殊未敢自信。顷奉惠函,乃深韪之。甚矣!君子之以虚受人也。书中所云,具聆种种。既深感阁下及二州人士拳拳衰朽之至意,又得与良友朝夕聚处,中心悦豫,岂复可言!惟前日已得鄂中督抚来函,并寄到关聘川资。当经函复,许以今岁南返未便,旋又辞谢,为此反覆,缘悭福薄,怅也何如!且天下滔滔,吾辈持方枘以内圆凿,故自无入而可。此后在鄂,倘有龃龉,或仍可回辙北辕,依我故人,姑留此息壤以俟异日耳。前者微闻莲池诸生,拟具状大府,合词请留,询之果然,当力为谕止。复闻此议似尚未襄息,他日倘竟冒昧出此,则亦无可如何者也。弟俟两小儿场毕,即遄返保阳,计重九后便当摒挡行箧为南归之计。以我两人临当远离,岂可不一为面别?顷闻醇邸奏留周玉山廉访厘定海军章程,且缓到任,署臬盖系久局。八九月之间,阁下正可藉谒见署臬为名,一诣省门,并邀松坡同来。畅聚数日,无任企盼。范肯堂寄来诸君唱和之作,内有令弟熙甫诗一首,又寄示熙甫吊李佛笙文一篇,读之大诧。熙甫养疴,连年未尝伏案,而所为诗文,虽穷年累月专精学古者或未遽至是,此才岂复可以意量邪?有弟如此,人生至乐何以加?兹其文稿已谬加墨其上,即以附还。七月廿日。

其十八：七月廿日奉复一函，计早达左右。弟以前月廿八日返至保阳，卒卒摒挡行箧，计九月杪便当南返。此番与阁下必不可不一面别。且胸中觉尚有千言万语欲与阁下言者，相当惠来肯来，故无俟裕钊之哼哼。来时便可约贺松坡同来，度松坡亦必不靳此行耳！张幼樵已为傅相乘龙之选，曾闻之否？外间咸称莲池一席，渠已改计不就。此言虽无确据，然十八九其信。今岁直隶士子入都乡试者，皆言张某来主此席，相约决不应课。人言纷纷，想彼或有所闻。又传有王纫秋主讲莲池之说，此语或亦不妄耳。高秋气爽，菊酒盈樽，延颈故人，企盼何极？九月二日。

其十九：睽违数载，相思为劳。去岁早春得张筱传书云，附寄阁下一函。检函内乃无尊书，为之怅惘累日。盖缄封时遗之也。阁下退处连年，心远神逸，述作想益隆富，使人且畏且羡。而莲池诸生游大匠之门，亦当复蒸蒸日上。近更新得佳士否？弟以狷狭之性，不能如桔橰俯仰，遂舍去江汉，改就鹿门讲席，晤范肯堂，必能具道其详。去春归家，迁改先墓。寻复料检行箧。日夕倥偬，以四月来至襄阳，与阁下相去益远，遂致书问阙然。然恋嫪之私，何日忘之？此间课卷颇少，且远郡穷僻，无多酬应，与拙者殊复相宜，惟是精力衰颓，日甚一日。向日心期一皆无能为役，少不……（原缺）

沈燕谋 《范伯子诗本事注》

卷第一：

刘融斋先生熙载，字伯简，道光甲辰进士，著书五种刊行于世。

吴肇嘉，字仲懿，如皋人，光绪己丑进士，早卒。

欧家坊，俗名十里坊，在州治北十里。

竹庵，狼山白衣庵僧。

小块，狼山准提庵僧，名复古，善画梅。

芥舟，准提庵僧，名杯渡，著《散花诗稿》。

蕉庵，准提庵僧，名绿天。

新绿轩，在黄泥山上，今毁。

方子箴廉访浚颐，定远人，道光甲辰进士，著《二知轩诗集》，官至四川按察使。

顾延卿先生锡爵，如皋廪贡生，著诗集十二卷，《申君寱言》，工楷隶，亦师事刘融斋宫允。

马勿庵先生钊,名毓鎏,字莲卿,光绪丁丑进士。

李草堂先生芸晖,静海乡人,光绪癸酉拔贡生,著《草堂诗集》。子磐硕安,光绪庚寅进士,官户部主事,后更名审之。

顾涤香先生曾沐,字述铭,通州人,光绪甲戌进士,浙江知县,著《希造适斋诗集》、《杂著》。

周彦升先生家禄,海门厅人,光绪庚午优贡,历任丹徒、镇洋、荆溪、江浦、奉贤训导,著《寿恺堂集》,朝鲜三种,《三国志》、《晋书》校勘,配反切古义。

彭芾亭汝沄,江西乐平人,安徽候补知县。

秦尧臣宝玑,金匮人,号潜叔,著《霜杰斋诗》。

王豫熙,字欣甫,浙江海宁人。历署赣榆、东台、上元、萧县、江宁、六合、上海等县,著《旧读草庐诗稿》,能画梅,擅昆曲。

湖汊司,属荆溪县肥缺也。

孙儆,字谨丞,晚号沧叟,通州人。光绪癸卯举人,四川知县,著有诗集。

朱曼君先生铭盘,字俶简,泰兴人。光绪壬午举人,著有《桂之华轩诗集》四卷、《文集》九卷、《四裔朝献长编》五十六卷、《两晋南北朝会要》二百四十卷。

卷第二:

吴礼园宝俭,泰兴人,和甫侍郎子,以郎中改官同知,署荆门州。

黄仲弢绍箕,浙江瑞安人,光绪庚辰翰林,著《鲜庵遗稿》。

卷第三:

王弢甫彦威,浙江黄岩人,光绪进士,官至太常寺少卿,著《蓻庵丛稿》。

卷第四:

吴熙父汝纯,挚父之弟,官光禄寺署正。

顾莼溪蘅,居通州南门外,设鱼行,善画兰。

卷第六:

顾先生曾烜,字升初,光绪癸未进士,陕西醴泉知县,著《方宧寿世文》、《华原风土词》、《直隶通州志》、《泰兴县志》。

王先生尤,字西农,光绪己丑翰林。

顾先生曾灿,字裘英,光绪癸未进士,刑部主事。

张先生攀桂,字樵秋,光绪癸亥进士,当涂知县。

水心亭在南濠中,又名奎光阁,有鸥波舫、养云轩、适然亭诸胜,今已毁败。

卷第七:

邱方平,海州人,著有《归来轩诗集》。

卷第十:

刘锡彤先生钻,崇明诸生。

欣父夫人蒋淑芳,以画兰名。

王宾基,字叔鹰,附生,欣父先生之第三子,江西石城知县,著《董庐遗稿》。寯基,字季亮,亦能诗,皆伯子先生诗弟子也。

海月,狼山白衣庵僧。

卷第十一:

文右泉名泽,湖南人,工画花卉,客通州最久。

项晴轩承明,歙县人,为典商,喜藏书画。本源,字子清,为如皋师范学校教员。项有小天籁阁。

徐芙双先生联蓉,字镜缘,光绪己卯举人,著《分绿轩诗集》。

汪剑星州牧树堂,任州事十一年,号为能吏,浙江余杭荫生。

卷第十二:

松泉孙先生,名应涛,设饼肆于东门,荫堂封翁之友也。

顾先生昼蕃,名曾煜,字星若,廪贡生,训导,金标之子也。

秦先生驾鳌,字孟词,海门厅廪生,候选训导,著《醉花居诗稿》。

刘一山,名桂馨,彦升弟子,业布商,以资为浙江候补知县。

保厘东,字允百,廪贡生,著有《蹴云楼诗文》,号少浦。

卷第十四:

邓璞君际昌,原名来琛,如皋贡生,得保举官山东。

张又楼师江,光绪癸酉副贡,子宣誉,名嘉树,廪生。

卷第十五:

徐雨亭,名湛霖,光绪辛丑岁贡,所居地名瑞芝桥,在城东北八里。

徐昂,字亦轩,廪生,曾任之江、东南各大学教授,著有《徐氏全书》。

卷第十六:

江润生先生云龙,合肥人,己丑翰林,著《师二明斋诗》,字潜之,又字叔潜,署徐州府事。

王伯唐先生铁珊,字海门,光绪己丑进士,官兵部主事,殉庚子之乱。

冒先生广生,号疢斋,著有《疢斋诗》、《小三吾亭词》、《冒氏丛书》,如皋人,光绪甲午举人。

孙文节公,通州人,名铭恩,字兰检,道光乙未翰林,在安徽学政殉节,有《遗集》四卷。

顾孝廉未航似基,字誉斯,方宦叔子,光绪壬午举人,有《方宦叔子诗文集》。

陈筱山,通州人,名凤诏,好为诗,为总镇幕友。

金蘅意,泰兴人,名铽。光绪乙未进士,江西湖口县。著《江山小阁集》。

李月湖先生京麀,字璧人,增贡生,著《绿乡簃诗稿》。

马絜甫先生,名榘,上元人。

卷第十七:

陈启谦,后更名坚,字南琴,增贡生,浙江龙泉县知事。著有《持庵忆语》。

俞介甫,名锡生,婺源木商。

许簧竹,名明焱,丹徒人。

徐溥泰,名宇春,后改振。

姚云卿,名会恩,咸丰庚申岁贡,静海乡人。

徐涤庵先生,名潏。

刘揖青,名政,晚号悲庵,江阴附生,侨居海门,诗才敏捷,原名宗向,其女秋水,名浣芳,后卒于广州。

卷第十九:

冯光久,名熙宇,己酉拔贡,直隶候补知县。

陈子瑢先生国璋,字紫珊,光绪辛巳岁贡,如皋人,著有遗诗六卷、《香草词》二卷。

王漱六先生,光绪己丑举人,通经博学,著有经学书八九种,郡廪生。

吴汝纶　《桐城吴先生尺牍》

卷一:

《答张廉卿》(光绪十二年,摘录):前接惠书,并张季直函件,均读悉。肯堂不再娶,若私有禁令,严不可破。得惠书,与共读之,乃曰:"吾师易与耳。"吾言稍切,则谬曰:"得延卿为媒乃可。"不知肯堂再娶,干延卿何事? 而其私意,乃若与延卿有成言,不可负背者。公为我问讯延卿,且诘究之,事之济否,在延卿一言耳。又闻肯堂尊人令延卿作书与阿郎,劝令更娶。延卿书乃阳劝而阴讽之,亦不解何谓也? 近时肯堂归觐,退无以自娱,但致厚于故妻之党。母夫人调之曰:"自大娘故后,外戚群从皆赐爵一级也。"其梗概如此。而肯堂方始兢兢以为得计,且其意尤忽我公,此愈可诧者。来书谓它日相与力破此惑,不患不听从,恐亦徒为大言耳……

《答张廉卿》(光绪十二年七月六日,摘录):承示姚氏于文未能究极声音之道,弟于此事,更未悟入。往时文正公言:"古人文皆可诵,近世作者如方、姚之徒,可谓能矣,顾诵之而不能成声。"盖与执事之说若符契之合。近肯堂为一文,发明声音之故,推本韶夏而究极言之,特为奇妙!窃尝以意求之,才无论刚柔,苟其气之既昌,则所为抗坠、曲折、断续、敛侈、缓急、长短、申缩、抑扬、顿挫之节,一皆循乎机势之自然,非必有意于其间,而故无之而不合,其不合者,必其气之未充者也。执事以为然乎?

《答姚仲实》(光绪十二年七月十一日,摘录):见委择婚一事,不佞知交殊少,惟通州范肯堂,文学优长,前曾略为言及。渠坚持不续娶之说,兹拟作书问其尊人,且说明府廷家世及贵女弟才德,看其如何见复。尊大人来书,俟范氏有复音后再行裁答。

《答张濂卿》(七月十一日,摘录):月初已与肯堂定计谒候矣,会闻北邻深、束、河、献及属县衡水皆有贼徒啸聚,恐其阑入为害,因饬令民间整顿联庄。又闻道途阻水,不得不稍从稽缓。当须道通,乃能赴约耳。前书谓八月中有所适,未悉将何适也?不相见已及一年,其想何极!郊祀歌已承指教。肯堂门徒近依尊说,抄《易大象》为一篇,读之,不惟文字奇倔,即《易》道因以粗明。

《答张濂卿》(光绪十三年闰四月廿九日,摘录):范肯堂已为媒说姚慕庭之女,范府亦允诺矣,执事能不佩服我乎?

《与姚慕庭》(光绪十三年七月廿六日):所论范宅姻事,前因执事及仲实屡有书见讬,并言不嫌远省,但计人才,故敢为之导言。今范公来书,虽立言婉转,要已允诺,其所以委曲之者,实缘肯堂故剑情多,誓不更娶。前时范公屡令更娶,并讬肯堂深友从旁讽谕。肯堂坚持初见,自为前夫人墓文,仍以不更娶为词,其父不能夺也。其二子,大者闻不过十六七岁,小者约十岁,因不续弦。所聘妇闻视其大郎稍大三四岁,其前姻家,大率是通州近处人,其详某亦不能尽知。其父子兄弟间,慈孝之谊,迭见于诗文中。范叟盖一老儒,曾在福建抚院幕中。其先世,自明以来多达人,范文正之后裔也。其家清贫,然肯堂及其仲弟皆亦文学知名公卿,其季弟文笔亦雅健,范公来书乃其季弟手笔也。其兄弟竞爽如此,殆非久贫者。目前虽窘,亦未必仰给前姻家。阁下见范公之信,种种致疑。窃谓上有公姑,下有前子,亦续弦之常事,且安得无公姑之家而与之议婚哉?范氏本无议婚之心,而某因执事谆属,驰书劝之,既有诺矣,而尊处又若不甚见信,使某无词以谢范，殊觉为难。执事及仲实前书，专以此事见委，肯堂所闻知也，今若改议，亦苦难于置词。鄙意议婚专以择婿为主，其他皆在所轻，执事初见最是。若左顾右盼，长虑却步，则必至淑女愆期，交臂而失佳士。今海内文笔如范肯堂者，某实罕见其对。恃执事前书相委之专，为之作合，自谓不负诓诱。执事阅人多矣，知人材之难得，尚望采纳鄙言，旁人忌才嫉能，或多为诽议，不足听也。某前与薛宅议婚，系独断于己，其后传言亲家夫人至为严刻，亦引为私忧。及小女嫁后，其姑怜之乃过于己女，以此见传言之多妄，薛宅即其明征。今范氏昆弟文采奕奕，其老翁亦隐德君子，其可议者，但坐一贫字耳。贫非士君子所忧也，必不得已，则范公书中所云拜认前姻以存旧谊者，乃世俗之常例，贤者不必循之，此尚可从中缓颊，其他则实有某所难中变者，敬求亮鉴。仲实文字笔记，因闻其秋间当来，故未即拜读。女公子大作亦未阅定，他人未令见也，后当续寄。本日有人赴津，附便奉复，不及寄文卷矣。与执事交谊，不后于范氏，范公肯采鄙言，料尊宅不致待我不如范也。

《答李季皋》（光绪二十二年五月二十六日，摘录）：来示所述贵师范君之事，若果有之，殊可骇怪。来示"绝交不出恶声，矧从游三载，得益良多，何敢妄言讥诽"等语，足见执事笃于师友，风义可佩。某以贵师平日之为人卜之，窃恐亦有传言过实之处。当今中外贵人皆以诋诽师相为事，贵师进谒时贵，唯唯否否，不欲触犯，则诚恐不免，以贵贱交谈，稍有拂逆，则立见龃龉。吾皖人往往与人面争，若江浙人则断无此事也。若谓推波助澜，并欲痛诋执事以影响之谤，似出情理之外，疑肯堂不宜出此。弟前闻肯堂谒某公，欲图馆地，而黄某毁之，目为李党。若果痛诋师相，则黄谮必不行矣。即无黄谮，亦恐无益。何也？今之贵人亦具相士之例识，若甫离门下，遽反眼骂讥，岂不惧闻者心薄其行乎！故疑告者之增益而附会之，以成此谤议也。姚慕庭本年在京相见，口诵近作数诗，皆为师相发愤，去岁寄函谓师相向读曾文正《挺经》此文正戏言，皆无讥谤之意，不似去春议论，似亦肯堂有以易其故见之确证也。

《答李季皋》（光绪二十二年九月四日，摘录）：弟近得令师范肯堂来书，于师相及我兄皆甚殷勤。又自言：去年见张香帅，一论及师相，彼此便参差不合。肯堂称师相家赀贫薄，香帅哂之，次日一城传笑此言，以为阿附云云。凭肯堂书意，似无违言，旁人是非，究恐莫须有之事。肯函又言：湘抚处，渠不通一言，酷肖不佞。肯知不佞于薛叔耘官贵之后，不通一书，故以自比。现时肯堂穷居乡里，不能自给，庐州书院一席，倘有更换，弟意欲请执事改荐肯堂。彼未托谋馆而执事为之荐馆，于师友风谊可谓至厚。人如肯堂，似不宜遗弃也。

《答李季皋》(光绪二十二年十一月十三日,摘录):肯堂拜赐,弟如身受。此君文字,在今近日诸名流之上;师相久留宾馆,自宜有以始终之。执事亲执弟子之礼,尤宜有以振其饥寒,或为谋道地。鄙言无私,不妨时达之亲舍也。

《答姚叔节》(光绪二十二年十一月十三日,摘录):独肯堂穷困,我竟无力振之。士不得志,则谗毁百端,以尼其际会,不必问其所自来,知道者亦置之不辨。当今文学无出肯堂右者,其穷固其所也。大著敬读一过,鄙人所爱,又不知范、马诸君以为何如? 人好恶各不同,文章得失,公自内信于心可也。

卷二:

《答马通白》(光绪二十五年三月二十二日,摘录):朋友中,范肯堂困于贫病,贺松坡目已失明,唯吾通伯尚复精进不懈。

《尺牍》补遗

《答张季直》(光绪八年七月十七日,摘录):离天津日,于车中接手书,告知范君已襄助廉老撰辑《湖北通志》,前议料应中寝,遂未奉复。……铜士鄂志之役,自不宜辞,若肯惠顾,当令遨游张、吴间,修志固不必朝夕追随,即敝处之馆,亦岂肯终岁羁绊? 鄙意如此调停,似属一举两得。北方孤陋,知张叟当亦怜我也。

《答张季直》(光绪八年十二月三日,摘录):铜士既有鄂志之役,自难北来。执事谓其弟仲木,端敏介洁,工骈文,能诗,闻之令人敬慕,廷试时能一至冀州,无论屈留与否,皆慰饥渴。

《与张濂卿》(光绪十年四月二十八日,摘录):铜士至今无消息,不识何故? 弟此盗案不获,方拟怀惭自退,故亦不望铜士北来。

《与张濂卿》(光绪十年九月三日,摘录):范铜士近有消息否? 弟因盗案未获,进退狐疑,今案有端倪,仍拟书币走聘也。

《答张濂卿》(光绪十年十月二十九日,摘录):铜士明年当望北来,兹有书币奉迎,即求转达为荷。

《答张濂卿》(光绪十年十二月十三日):前接长至日手书并寄示范函,敬悉一一。某于此君,梦想三年,迄未合并,此次作书奉招,而范已决计北行,可谓神情契合。南有南皮而不往就,此则老兄在北,使弟得如孟德挟天子归许下耳。

🐟 张佩纶 《涧于集·书牍五》

《复陈弢庵阁部》:"有范秀才当世者,近为合肥延课其子。据云其弟钟尝在公学幕,而其友周君在闽深得公说士之力。范为古文有名,本漱兰客,其人学力行谊若何,侍近实不敢轻交人,待公言而决之,幸详示!"(陈弢庵即陈宝琛,其于光绪八年以侍读学士出任江西学政。)

又同卷《复陈弢庵阁部》有云:"范君课读不能时接,且熟读老前辈书,似与仲林相知甚深,其兄之人品学术,想久在药笼,无烦月旦。"

又同卷《复陈弢庵阁部》有云:"前岁属云楣觅王兰陔《管子地员考证》一种,书颇庞杂,侍节取入注,而云楣为刊行其原稿。有拙序一篇,寄奉下执,视文境稍有进地否?叔毅似恪守桐城,嫌中有排句。范肯堂说同。鄙人所以未改者,西汉文字排句甚多,昌黎振八代之衰,亦未尝有奇无偶。桐城以不排为古文,阮文达又以骈体为文,散行为笔,均属一偏之论,主张太过。窃以为散文莫古于周秦西汉,骈文莫古于汉魏,无不散中有骈,骈中有散,执一为之,非拘挛,即薄弱,所谓独阴不生,独阳不生也。侍于古文用力甚浅,阁下所知。然少习闻李穆堂、钱竹汀之说,不甚喜桐城,亦并不甚喜阳湖,故其持论如此。"

又同卷《致李兰孙师相》有云:"状元张謇乃吴提督长庆幕客,与朱铭盘、范当世称通州三怪。朱中乙科,已故,范未售,近在合肥处课读,三怪伎俩不同,其为怪一也。"

✤ 贺涛 《贺先生书牍》

《复吴先生》(癸巳,摘录):九月间,趋谒门墙,备蒙饮食教诲,又因其亲寿锡之文辞,谨领以归,献之堂上,举家拜观,欢忭莫名。称庆时,吾父辄指以示客,日必三四读。盖不以客多礼盛为荣,而以能得先生之文为荣也。能使不肖子有以乐其亲,大恩厚施,非世俗浅意所能报谢,敬铭肺腑而已……顷奉张先生书云:寿文已脱稿,不日即当书就,会试时世兄携来。又接肯堂书,拟将寿文令其夫人补书一分。涛之浅陋,竟获从两先生及肯堂游,两先生及肯堂又皆错爱,而吾亲七旬之寿适值其时,遂能获此非分之荣,遭际之幸,可谓极矣。

✤ 马其昶 《斗影图记》(辛卯)

闲伯既取平生所历境,属冯君筱伯作八图,题曰《斗影》。斗影者,因范无错《去影图》名也。无错善病,思所以自娱乐,乃图《去影》,而命其诗为《回风集》。闲伯览而善之。及是图成,无错曰:"《斗影图》之诗,则亦可命之为《横风集》

也。"予来安福,无错行矣。闲伯则为言两人所相与乐者,出《斗影图》示余,谓:"历兹以往,情善画者补之,其乐且未有极也。"余笑曰:"影去矣,又可执邪?达者乐时而偕逝,而不忘者苦。虽然,忘影可也。而其不可忘者,则非影也,乃未始不寓乎影。人必有不忘也,而后可以忘。然则君二人之为此,其善忘邪?其又得谓非知乐者邪?"其第二、第三图,余之影盖尝在焉。闲伯既自为记,又属予书此。他日无错见之,亦有相视而笑莫逆于心者乎?则吾三人者之乐,非图所能状,然亦安得而不图也?

姚永楷 《远心轩遗诗》

《题斗影图》八首之七《三釜斋》:南方冬日好,山水气常温。居此良足乐,极目楼中轩。老亲喜高咏,兴若春泉翻。险语每独造,奇句破前藩。就中惟范子,整辔堪追奔。余子亦珠玉,花月同讨论。人生如飘蓬,焉能系其根。当时寻乐事,事过了无痕。我今乞人绘,聊托片纸存。贻谋讵足大,已胜千金恩。

《斗影图记》:予来安成四年,以有幽忧之疾,事亲读书之暇,辄觅可嬉戏之事以陶吾情。无错今年来,亦以病新愈未能专力诗文,乃相与求所以娱目骋怀者。冯君筱白嗜画,无错乃倩作十余图,题曰《去影》,而命其诗曰《回风集》,亦颇征题于予。予喜其善戏近雅,大异于酒食征逐,和诗二章,因亦取平生所历境乞筱白作图,课日以成,而戏题曰《斗影》。无错曰:"斗影图之诗则亦可命之为《横风集》也。"呜呼!风影之说,达人皆当作如是观耳。无错今将挈吾妹归通州,而身赴相国李公之招。异日倘遇于车尘马足间,欢然道故,则今之求乐于斯二图者,不又如天风云影,一往无际者与?而至其时,各述所遭,因出图册,并视其增添几何,情善画者补之,则我与无错之藉斯图以为乐者,且未有尽也,于是乎欣然记之。

姚永朴 《蜕私轩集》

卷五:

《斗影图记》:同治中,先府君官安福,尝偕署中诸子为莲社,约期赋诗。时兄闲伯及永朴皆总角,亦戏邀同里胡悫慎思为蕉社。其后,府君引疾归,屏居十余年。光绪丁亥重莅故任,则慎思亡已久,而永朴兄弟各娶妇生子矣。明年,仲妹许字通州范肯堂。是冬,就婚安福。肯堂才气锐发,老宿莫敢当其锋。既至,献五言古诗一篇,媵以旧作。府君览之大喜,自是吟咏无虚日。又明年,修莲社故事,所谓《三釜斋唱酬小集》是也。一日,府君取苏子瞻《十六快事》授山阴冯世定小白为图。于是肯堂图平生所历之境十有二,名曰《去影》,而名所题诗为《回风集》。兄踵为之,得图八,亦各缀以诗。肯堂曰:"此之谓《斗影》,其诗为《横风集》可也。"是时,大母萧太恭人年逾八十,府君连得两幼子兄妹侍侧,永朴及伯姊、叔弟时来觐。安福频年丰稔,案牍清简,公余惟以文藻相娱嬉,颇极一时之盛,闻者叹慕。自辛卯大母弃养,兄旋以咯血卒。庚子,府君遂终于竹山,今服阕年余矣。追思曩人零落殆尽,而肯堂归卧通州,经岁不相见,如欲畴昔从容文艺间,何可复得?人生聚散欣戚不常如此,然则兄之惓惓往事乌能已哉?方图之成,叔弟、肯堂、马通伯各有记,永朴第撰诗一章。癸卯秋,从兄子案上重见之。日月几何,遽为遗泽,展阅之余,盍然涕落,爱补述其颠末如此。兄所著曰《远心轩诗钞》,吴挚甫先生谓有"冲澹之味"。永朴与叔弟刊府君遗诗毕,因择其尤胜者为一卷附于后,《横风集》亦在其中云。

🐟 王守恂 《王仁安集》

《诗稿十五》《漫兴》:我师论学天南北,造其极者将毋同(肯堂师);我今论学无今古,以得是处为折衷……(摘录)

《诗稿十八》《郑斋感逝诗题词二首》之二:故人去后历春秋,收拾丛残百代留。我是范门诗弟子,掩书垂涕向通州。(谓肯堂师)

《诗稿二十》《作炉香诗讽咏自得有忆范先生论诗语拈出示后来学者》:试看几辈风骚手,谁似衰翁静妙心。聒耳纵称能度取,澄怀未必解弹琴。明珠宝玉光都暗,大吕黄钟响独沉。记得通州留法语,文人流别在胸襟。

《诗续稿》卷二《次韵答子通诵洛》:忆昔从游范伯子,一庄荒去愧先师。我今绝似香山老,空向高才说小诗。

《戊辰海天集》之《自述六首》之一:梅杨史礼承亲授,风雅渊源溯旧闻。自事通州范夫子,全无南北古今分。

《戊辰海天集》之《自述六首》之二:范子爱余诗句好,未尝许我得文名。晚年独自开生面,不是方姚旧法程。

《海天集》之《示王叔扬》:吾师范子赅众门,陈郑风格能并存。横使才华猎浮艳,是皆无佛思称尊。吾子学诗自攻苦,停车载酒重与论。但守吾说不移易,常留浩气存天真。北风栗烈砭肌骨,雪花六出时纷纭。漫天匝地色纯白,变化神奇皆至文。过眼旌旗厌鼙鼓,时事塞耳如不闻。私祝太平日无事,半饥半饱随晨昏。我老在世有几日,从容待死方饰巾。勖哉吾党二三子,能作风骚嗣起人。

《文稿一》《与俞恪士书》:甲午夏秋间,先生侨居天津吴楚公所先师范肯堂家,余尝以诗请益,先生为之口讲指画,未知犹记及此事否耶?

《文稿一》《与赵生甫书》:同光间,吴至父来保定主讲,以桐城学教弟子,一时及门举以文字擅长,而贺松坡独出冠。时吾师范肯堂在吴门,如朱紫阳之于蔡元定,肯师亦以文事推松坡,是又桐城嫡派,松坡能得其传,在闻而知之之列,非吾乡学者之私意也。

《笔记三》(己未):余作诗年久,初为吾乡梅小树师所许,继为吾乡杨香吟师、乐亭史香崖师赏识,后为通州范肯堂师指导,并得俞恪士先生讲求,有以印证,放胆为之,虽不能成家,自信无大背谬。后学为词,耆寿民以为无愧古人,近已不复为之。独古文未尝得人印可。余老而废学,自丁巳来,颇喜为文章,且自以为是。今年取所作看之,总觉歉然。惟文须有理,诗贵有情。余诗情胜矣,文则于理未有不合,最近之作,托体亦高,但不得如范肯堂师为我一决耳。

又:余于诗经历实因流溯源,于文因范肯堂师不深许可,便废不作。近年始颇为之,然亦略窥八家门径。

范伯子年谱

凡　例

一、年谱体例向来不一,编者各具法眼,本谱无所依傍,惟求考索清楚,以符谱主行实。

二、本谱纪年均用旧历。

三、本谱采用一事一隔。一日两事者,用"同日";有月而日不可系者,用"本月",置于一月之末;有年而月不可系者,用"是年",置于一年之末。

四、古人相称,多用字号,本谱力求考证本名同时,并于该人物首见处标以字号。

五、按语用楷体,以示区别。

六、谱中引用材料,以伯子先生作品包括诗文、联语、书信、日记为线索,征引当时友人著述并参以正史野闻,要以明事为本。

七、凡引用诗题过长者,均视情形予以节略。

咸丰四年甲寅(1854)　一岁

七月初四寅时,先生出生于通州四步井老宅。(黄树模《行实编年》)

据《南通范氏世系表》(范毓抄稿),先生乃为明末真隐先生范凤翼第九世孙。

谨按:南通范氏系北宋范仲淹之后裔支派。

吴汝纶《通州范府君墓志铭》:"通州范氏,有宋资政殿学士文正公之后也。"又其《与姚慕庭书》:"其(指伯子先生——引者注)先世自明以来多达人,范文正之后裔也。"

先生《范伯子文集》(下文简称《文集》)卷六《〈通州范氏诗钞〉序》:"我之先盖出于文正、忠宣,而世次不相续。"又卷一《〈范月槎先生仕隐图〉序》:"问家世,乃知其先并出文正公;始迁之代,并由江西;自文正至于迁,其间又并皆有所缺失;而通州视公武昌稍有绪。"

曾克嵩《近代海内两大诗世家》序言亦云:"范氏系出宋范文正、忠宣公,曾氏系出宋曾文定公,可以说两氏都出自名贤,所以能够绍承前烈,历久不坠,这是一个佳话。"

先生出生之时,祖父范持信(静斋),六十二岁;先祖母金氏、继祖母徐氏均已去世;父亲范如松(荫堂),二十八岁;母亲成氏,二十五岁。

本月,曾国藩(伯涵)下岳州。太平天国在武昌开科取士。

谨按:曾国藩(1811—1872),字伯涵,号涤生。湖南湘乡人。道光十八年进士,授检讨,累擢礼部侍郎。咸丰初,在籍奉命帮办团练,旋编为湘军。四年,湘军出战。发布《讨粤匪檄》。数年间,攻占武汉、九江等重镇。十年,江南大营再溃,太平军东取苏、常。清廷乃授为钦差大臣、两江总督。十一年,占安庆。穆宗即位,西太后主政,复命节制苏、皖、浙、赣四省军务。后曾国荃攻天京,左宗棠入浙,李鸿章练淮军自上海攻苏、常,皆受成于国藩。同治三年,以湘军破天京,加太子太傅,封一等毅勇侯。后复督兵战捻军,无功。与李鸿章创办江南制造局;从容闳之议,选派首批学生留美。七年,以武英殿大学士任直隶总督。九年,办天津教案交涉,畏法国强盛,杀十七人,遣戍官吏,以求妥协。旋放任两江,卒于官。谥文正。论学仰奉桐城,谓义理、考据、词章缺一不可。所选《经史百家杂抄》、《十八家诗钞》,颇行于世。有《曾文正公家书》、《曾文正公全集》。《清史稿》卷四百零五有传。

曾国藩私淑桐城学派,认为"自唐以后善学韩公者,莫如王介甫氏,而近世知言君子,惟桐城方氏、姚氏所得尤多"。(曾氏《复陈右铭太守书》)伯子先生则又终生私淑仰慕曾国藩,所谓"独服曾文正公"者。

先生自云:"自吾束发读书,慕思曾文正公之为人,而愿睹当时之亲炙者"(《文集》卷九《故湖南巡抚义宁陈公墓志铭》);又云:"生晚十年吾已矣,居常默默问湘源。"(《诗集》卷十一《余以许仙屏中丞促赴广东至则渠以裁官去矣初宴赋赠二首》)又云:"我有无穷私淑泪,只应寂寞付湘流。"(《诗集》卷十九《以〈湘军志〉遣日读竟题尾》)

又《诗集》卷六题《泛舟秦淮》云:"一带秦淮水,千秋脂粉香。……姬传昔驻此,暗淡无华光。沦没百年后,杰兴得湘乡。……觌面成私淑,沿流到武昌。"诗后先生自注:"余十七岁赴江南乡试,犹及见曾文正公复在。及来师武昌,距公没仅十载耳。"深以未得亲炙为憾。

问学张裕钊后,先生颇以曾文正之再传为荣。《诗集》卷九有诗题为:"恪士至自都门,以曾重伯所诒诗扇相示,且为致声问我也。我思重伯久矣,自以文正公再传弟子,故于重伯引分甚亲。"诗句则有云:"私淑平生无不在,门庭长落每能知。"曾重伯,名广钧,系曾国藩次子曾纪鸿之子。先生爱屋及乌,遂有思见之忱。

《文集》卷三《寿言赠李季驯》云:"自曾文正公大修其绪,吾师与吴先生并得其传,他人闻者亦仅,而季驯独幸从余得之,则其果有成乎?"

时人亦常常将曾国藩、张裕钊及先生并提。先生《与姚夫人书》引吴汝纶语曰:"此作(指先生《武昌张先生七十寿言》——引者注)真可谓神奇,直当比方欧公而上之,非千年以内之物。曾公及濂老最工之作,乃不过如斯!"

又先生《禀外舅书》(光绪十七年九月二十三日):"合肥意中所视为极可爱而所无聊之人,亲戚则幼樵,宾客则婿与至父而已。尝笑谓婿:'吾目见君等三代矣,皆信书者。不信书,信运气;公之言,可万世。此十二字亦相传否耶?'三代者,谓文正公、濂亭先生至于婿也。"

又先生《与三弟范铠书》(光绪二十年四月十六日):"挚甫先生谓曾文正一没,而濂老之文立进;濂老一没,而肯堂之文亦立进,是何其相代即真之速也!"

钱仲联《近代诗三百首》介绍曾国藩时说:"他是晚清诗坛宋诗运动的开创者之一,影响极大。理论上倡为'机神说',继承和发展了姚鼐提倡黄庭坚诗的主张,写作上与同时的郑珍以学习韩愈、黄庭坚为主,对同光以来范当世、陈三立等人的写作有影响。"

先生擅技联语,亦有人谓"几于传钵曾文正"。(近人吴恭亨《对联话》卷五)

十二月,李鸿章(少荃)献计安徽巡抚福济并亲率官兵攻克含山,李知兵之名由此大著。(李书春《李文忠公鸿章年谱》)

谨按:李鸿章(1823—1901),字少荃,晚号仪叟,安徽合肥人。道光二十七年进士,授编修。咸丰三年,回籍从军,从曾国藩于江西。同治元年,受国藩命编淮军,任江苏巡抚。与戈登"常胜军"合力抵抗太平军,复占苏、常、嘉、湖。封一等肃毅伯,署两江总督。五年,任钦差大臣,镇压东、西捻军。九年,为直隶总督兼北洋通商事务大臣,授文华殿、武英殿大学士。于南方创设上海广方言馆、金陵机器局、上海轮船招商局、机器织布局等。又与曾国藩建江南制造局。于北方则开办开平矿务局、天津电报总局、津榆铁路等。以"自强"、"求富"为号召,为洋务派首脑。又创建北洋海军。外交以妥协求和为宗旨。中法战争乘胜求和;中日战争力求避战,分别签署《中法新约》、《马关条约》。光绪二十二年签署《中俄密约》,允许沙俄在我国东北建筑铁路。八国联军之役,以全权大臣与奕劻共同签署《辛丑和约》,皆为贬损中国权益之不平等条约。卒谥文忠。有《李文忠公全集》。《清史稿》卷四百一十一有传。

光绪十七年,先生以吴汝纶之荐而得居李鸿章西席,教授其季子经迈(季皋);二十年因甲午战败而南归,一生荣辱以此数年为最,则李文忠固影响先生命运之关键人物。

是年,曾国藩四十四岁;刘熙载(融斋)四十二岁;张裕钊(濂卿)三十二岁;李鸿章三十一岁;李慈铭(莼客)二十六岁;陈宝箴(右铭)二十四岁;黄体芳(漱兰)二十三岁;张之洞(香涛)十八岁;吴汝纶(挚甫)十五岁;周家禄(彦升)九岁;樊增祥(樊山)九岁;顾锡爵(延卿)七岁;黄遵宪(公度)七岁;王树枏(晋卿)四岁;陈三立(伯严)三岁;林纾(琴南)三岁;朱铭盘(曼君)三岁;张謇(季直)二岁;严复(几道)二岁。

是年,黄绍箕(仲弢)生;宋伯鲁(芝栋)生。

谨按:宋伯鲁,字芝栋,陕西醴泉人。光绪十二年进士,累迁山东道监察御史。中日甲午战后,上疏条陈政。1898年与杨深秀等在京发起关学会,与康有为、梁启超等交往。戊戌政变后潜避上海。后应伊犁将军长庚之请随往,至迪化为王树枏挽留,纂修新疆省志。民国后,应邀主持陕西通志馆馆务。

《范伯子近代诸家诗评》:"芝栋与吾唱和屡矣。坐从台阁体入手,故不能深古,至大篇亦遂无力量,然工于琢炼,要是雅才。"然先生集中不见与其唱和之作。

咸丰五年乙卯（1855） 二岁

是年四月,太平北伐军主将李开芳被俘,北伐军全部覆灭。

是年九月二十四日,桐城马其昶(通伯)生。(陈祖壬《桐城马先生年谱》)

马其昶于同治十二年(1873)婚娶同乡姚浚昌(慕庭)之长女姚倚洁,先生之继妻乃姚浚昌次女姚倚云(蕴素),故得与通伯称僚婿。又,其昶六世祖明太仆寺卿孟祯乃伯子先生八世祖凤翼之好友,同朝为官,时隔近三百年,其子孙又得以同门为婿,实亦佳话!

谨按:马其昶(1855—1930),字通伯,又字通白,晚号抱润翁。光绪举人,历任学部主事、京师大学堂教习等。入民国后,任安徽高等学堂监督、民国参政院参政、清史馆总纂,撰有《清史稿》之光宣列传,并修订文苑传等。马其昶师事桐城名家方宗诚、吴汝纶、张裕钊等,被时人目为桐城派殿军。著有《抱润轩文集》、《桐城文录》、《桐城耆旧传》等。

姚浚昌(1833—1900),字慕庭,号辛余,安徽桐城人。姚鼐侄曾孙,姚莹之子。以佐曾国藩军幕,保知县。历任江西安福、湖北竹山、南漳知县,光绪十九年曾至津任支应局差事。光绪二十六年卒于任。著有《辛余求定稿》、《五瑞斋诗》及《续钞》等。

伯子先生续娶姚氏乃浚昌次女倚云,故与先生称翁婿。

咸丰六年丙辰（1856） 三岁

五月,石达开攻破清军江南大营,天京之围初解,清军败走丹阳。

七月,先生二弟范钟(中木、中林、仲木、仲林)生。(《行实编年》)

十月,石达开起兵讨伐韦昌辉,洪秀全不久即诛韦。

是年,通海大旱,蝗虫成灾,蝗自北来,作风雨声,遮天蔽日,落地积厚二三寸,户外皆满,饥民载道。(张謇《啬翁自订年谱》卷上)

是年,散文家梅曾亮卒。

谨按:梅曾亮(1786—1856),字伯言,江苏上元人,道光三年(1823)进士,官至户部郎中。师事桐城派姚鼐,专力古文,居京师二十余年,有盛名。诗亦清秀。晚年主讲扬州书院。清末桐城派古文重要代表人物。

吴汝纶寿先生三十二岁联语云:"兄弟以头腹尾擅誉,文字与梅曾张代兴。"

梅即曾亮,曾为国藩,张则裕钊也。

徐昂《范伯子文集后序》则谓:"桐城文章,源于望溪,海峰嗣之,迨姬传而大昌。门弟子流衍,江苏最盛,江西、广西、湖南弗能逮也。先师范伯子先生治诗古文辞,始师张濂卿,既得吴冀州上下其议论,造诣由是大进。后婿于姚氏,益得规惜抱之遗绪。故夫异之、伯言而后,江苏传古文者,当巨擘先生焉。"异之谓另一位上元籍桐城派作家管同。

咸丰七年丁巳(1857)　四岁

是年正月,邑人徐宗幹(树人)补授浙江按察使,三月返家扫墓(徐宗幹《斯未信斋主人自订年谱》),招荫堂封翁入幕,封翁不久即归。

吴汝纶《通州范府君墓志铭》:"州人徐清惠公(徐宗幹卒谥清惠——引者注)开藩两浙,罗君幕下,心动思父,号泣谒归,慰留百端,不顾径去。"

先生挽徐宗幹之继室孙夫人联有"贤夫作疆臣"、"吾亲论世好"之对,曹文麟注云:"荫堂先生于清惠公抚浙时曾在幕中。"(曹文麟《伯子先生联语》)

谨按:徐宗幹(1796—1866),字树人。嘉庆二十五年(1820)进士。道光间历山东曲阜、泰安等县知县,累擢福建台湾道。同治间,官至福建巡抚。曾协同左宗棠击败汀、漳李世贤部太平军。有《斯未信斋文稿》及自订年谱。《清史稿》卷四百二十六有传。

咸丰八年戊午(1858)　五岁

四月,黑龙江将军奕山与俄国东西伯利亚总督穆拉维约夫在瑷珲签订《中俄瑷珲条约》,割黑龙江以北、外兴安岭以南六十多万平方公里土地归俄。

五月,清政府又分别与俄、美、英、法等国签订天津条约。

十二月,李鸿章以编修入曾国藩幕府。(《李文忠公鸿章年谱》)

是年,康有为(长素)生(康有为《自编年谱》);易顺鼎(实甫)生;沈瑜庆(爱沧)生。

谨按:易顺鼎(1858—1920),字仲硕,一字实甫,晚号哭庵。湖南龙阳人。光绪丁丑举人。官至广西右江兵备道,以劾归,潦倒江湖。工诗词及骈文,与樊增祥齐名,有《琴志楼丛刻》。

实甫童时曾陷太平军中,军中将领爱护之,养为己子,后为清军所得,问知为易佩绅之子,以付应城县。此事世多知之,伯子先生有诗三首追纪其事。

沈瑜庆(1858—1918),字志雨,一字爱沧,别号涛园,福建侯官人。光绪乙酉举人,以父葆桢功赏主事,签分刑部。总办江南水师学堂等差使。后历官湖南按察使,顺天府尹,山西、广西按察使,江西、贵州、河南布政使。抚黔年余,值辛亥革命,乃徙居上海,以诗人终老。有《涛园集》。

爱沧以名父之子,名臣之婿,早有匡济之志。及回翔中外,旋起旋罢,则以禀性刚直,不肯与世俯仰。与伯子先生性相投,故往来多繁。

咸丰九年己未(1859) 六岁

正月,徐宗幹补授布政使。(《斯未信斋主人自订年谱》)

五月,英、法兵船以使者赴津门换约为借口,强行进入天津海口并开炮挑衅,僧格林沁破敌于大沽。

是年,洪仁玕提出主张政治革新、学习西方先进科学文化的施政纲领《资政新篇》,洪秀全下命刊刻颁行。

是年,袁世凯(慰亭)生。

咸丰十年庚申(1860) 七岁

闰三月,太平军李秀成、陈玉成等会援天京,大破清江南大营。

四月,朝廷赏曾国藩兵部尚书衔并署两江总督,命统率所部兵勇,保全东南大局。六月实授,并命为钦差大臣督办江南军务,大江南北诸军均归节制。

八月,英法联军入侵北京,进占圆明园,肆行焚掠。咸丰帝巡狩热河,美其名曰“秋狝木兰”。

是年,陈宝箴入都会试,不第留京。值英法联军焚掠圆明园,于酒肆见火光,捶案痛哭,惊其座人。

先生《文集》卷九《故湖南巡抚义宁陈公墓志铭》:“咸丰十年入都会试,留交其俊乂”,又云:“公为我言咸丰十年(谨按:原作十一年,疑为误刻),京师酒楼见圆明园火,捶案大号,遂欲辍文学,讨时事,奋其愚陋,庶几乎一日之强。”

谨按:陈宝箴(1831—1900),字右铭,江西义宁人。咸丰元年(1851)举人。曾入曾国藩幕府。授河北道。创立致用精舍,延名师教授。光绪二十二年(1896),以荣禄荐,擢湖南巡抚。努力推行新政,与按察使黄遵宪、候补知府谭嗣同等合作,设立时务学堂、湘报馆、南学会等,并推荐杨锐、刘光第参与新政。戊戌政变,革职,所营新政皆废。《清史稿》卷四百六十四有传。

宝箴是伯子先生姻丈,宝箴卒后,先生应陈三立之请为之撰墓志铭。

九月,清政府分别与英、法、俄签订北京条约。其中,中俄条约又割乌苏里江以东约四十万平方公里土地归人。

是年,郑孝胥(苏戡)生。

谨按:郑孝胥(1860—1938),字苏戡,斋号海藏楼,福建闽县人。光绪八年福建乡试解元,后屡试不售。历任驻日使馆书记官和神户领事,广西边防大臣,安徽、广东按察使,湖南布政使等。辛亥革命后,辞职至沪,以遗老自居,鬻书卖文。1923年投奔清废帝溥仪,授内务府总理大臣。“九·一八”事变后,唆使溥仪至东北,充当日本傀儡。任伪满洲国总理兼文教部长等职。1935年去职,死于长沙。有《海藏楼诗》。

近人费行简《近代名人小传》云张謇、陈三立、郑孝胥皆与先生笃交。啬庵及散原,一友一亲,世人皆知;只是郑氏名号于先生诗文中不一见,唯有信札、评语中客观提及而已。伯子先生《近代诸家诗评》于郑孝胥云:“吾辈中已成名家者,苏戡一人而已。其《泰安道中》七律,此等作须时时诵之,非襟抱眼界俱高不能强造伟句也。”

咸丰十一年辛酉(1861)　八岁

七月十七日,咸丰帝崩,年三十一,庙号文宗。长子载淳立为皇太子。

八月,曾国藩下安庆,太平军死伤万余。

十月,三弟范铠(秋门、胄门)生。

十月初九,皇太子正式登基受朝,颁诏天下,以明年为同治元年。

十一月,两宫皇太后御养心殿垂帘听政。

本月,江苏巡抚薛焕为言官所劾,旨询苏抚于曾国藩,国藩乃以李鸿章对,其疏有云:“李某才大心细,劲气内敛,堪膺重任;且淮南风气刚劲,欲另立一军,以为中原平寇之用。”于是鸿章,归庐州募淮勇,国藩为厘定营制,悉仿湘军,是为淮军之始。(《李文忠公鸿章年谱》)

范铠《范季子文集》卷三《上元朱氏〈忠贞录〉书后》云:“当咸、同之间,长江上下遍丧失,吾通数数惊。铠尝闻先君言,曩时奉大父命送妇孺东乡舅家,大父独居守。一夕,先君返乃城,人咸奔,婴儿弃女号田间,遇所识呼曰:‘城破矣!

若奔返何为？'先君奔益力，攀东门而入。大父曰：'吾适入乡团，斩乱民数人，定矣！'因即卧。明日起笑曰：'夜闻贼几破吾城！'铠幼尝怦然曰：'若果破者，吾父吾祖当何如？其殆无我矣！'吾愈以叹先民之不爱其死而不愿人之乐乱于此也。"

又，《通州范氏十二世诗略》卷六《静斋诗》录有范持信诗二首，题曰："寇警，令举家出避，自居守。三儿不释也，旦出谋食，暮归守余，瘁病呻吟。余自外归，闻西门有寇将入矣，不以告之，遂卧。明尚无事，口占二绝以示。"诗则云："七十老翁何所求？要将一死抵封侯。人间乱世飘零尽，赢得先庐作一丘。"（其一）"偃卧归来夜不惊，呻吟愁汝到天明。分明一夕城垂破，又听街头卖饼声。"（其二）

谨按：此节可补范氏家乘。

是年，桐城派作家朱琦卒。

谨按：朱琦（1803—1861），字伯韩，一字濂甫，广西桂林人。道光十五年进士，授编修，迁御史，数上疏论时务，以抗直闻。家居办团练以抗太平军。咸丰十一年以道员总理团练局，助守杭州，城破死。文宗桐城派，有《怡志堂诗文集》。《清史稿》卷三百七十八有传。

先生《文集》卷四有代恩师张裕钊所作《〈怡志堂文集〉叙》，文中感悲朱琦"怀忠抱愤，志崇道远"，而"终其身竟死不遇"；又评其文曰："君子之道，惟本之心得而著之文字者，是亦不可诬。以余观伯韩之所诣，固犹未逮文正公（指曾国藩——引者注），而其贤于次青（指李元度——引者注）也亦远矣，亦天下之公论也。"

同治元年壬戌（1862） 九岁

正月，徐宗幹擢福建巡抚（《斯未信斋主人自订年谱》），礼聘荫堂封翁入幕，封翁托词教子不赴。

吴汝纶《通州范府君墓志铭》："徐公起家抚闽，书币继至，君不肯离亲远客，又畏避孝名，托词教子，坚卧不出。"

先生《集外文·先母述略》："其后，吾父因乱思大父，不复为幕游。"

范铠敬录《贞孝君六十述怀》稿："忆昔徐公再起闽，有人叹我误因循；不知残日西山薄，远涉重洋莫捄贫。"

三月，命李鸿章署江苏巡抚，十月实授。

是年,姚永朴(仲实)生。

谨按:姚永朴(1862—1939),字仲实,号素园,晚自号蜕私老人。姚浚昌次子。光绪二十年举人。历任广东起凤书院山长,山东、安徽等省高等学堂教授,北京大学教授,清史馆纂修,东南大学以及安徽大学等校教授。其古文辞与三弟永概齐名,著有《蜕私轩集》、《文学研究法》、《史学研究法》等。

永朴乃伯子先生妻舅,戚友相交,有似同胞。

同治二年癸亥(1863) 十岁

四月,曾国荃部攻陷雨花台石城,天京围急。洪秀全速召李秀成回援。

本月,石达开自云南昭通渡金沙江,由四川宁远小路北趋,拟抢渡大渡河,未成而陷于绝境,为清军俘获,六月被杀于成都。

十一月,淮军李鹤章部攻占无锡。

同治三年甲子(1864) 十一岁

四月,洪秀全自杀。

六月,曾国荃督军收复江宁。

十一月,两江总督曾国藩奏请补行江南乡试,借以鸠集流亡士子。因试在冬天,故不曰秋闱而称冬闱。江璧解元,吴汝纶中式第九名举人。(郭立志《桐城吴先生年谱》卷一)

谨按:吴汝纶(1840—1903),字挚甫,安徽桐城人。同治四年(1865)进士。曾为曾国藩、李鸿章幕宾。光绪时任京师大学堂总教习。尝赴日本考察教育制度,著《东游丛录》。于经史子集多有点评,为桐城派后期主要作家。曾为严复《天演论》作序,备加称道。有《桐城吴先生全书》。《清史稿》卷四百八十六有传。

吴汝纶是"曾(国藩)门四弟子之一",也是其中唯一的一位桐城籍作家,与先生在师友之间,感情真挚,互为引重,颇多切磋,对先生影响甚巨。先生游冀州书院、续娶桐城姚倚云、居天津李鸿章幕府西席,皆汝纶之力也。陈声聪《兼于阁诗话·吴范交情》云:"南通州范伯子(当世)诗兀傲排荡,以杜、韩之风骨,参苏、黄之姿神,以一诸生名满天下。桐城吴挚甫(汝纶)、北江(闿生)父子极推崇之,以为横绝千古。当挚甫先生官冀州时,伯子往依之,讲论政事文章,极为相得。……伯子丧偶，挚甫为介聘桐城姚氏女名蕴素，亦工吟咏，闺房唱和，一时佳话。"

是年，先生始受业于同邑塾师王兆榛（景周）。

先生《文集》卷一《王母陈太孺人哀辞》："当世十一岁，始学于先生。"

民国《南通县志·本传》载："王授制举业最盛有声，及门甚众，独爱重当世。当世上学，必先及曙为母卖所纺纱于市，归啜粥而后至学。"又载当世"幼即能对偶，工敏惊其长老"。

谨按：王兆榛，字景周，诸生，以教授名。居城中，四方来学者尤众。州及学政试，其弟子辄据前列。知州孙云锦造门为拜。每过之闻诵声，未尝不凭轼以示敬也。

先生《集外文·先母述略》："吾父……惧里居养不赡，则举所入悉以奉大父，而独恃吾母纺纱之所得而养私室焉。凡吾母既成纱，则令不孝至西门市尽处卖之，买棉以归。其日必令不孝觅晨餐归进大父，日中则为大父具一肉，如是数年。"

范铠敬录《贞孝君六十述怀》稿："寒窗纺读一灯前，襄助辛勤仗内贤；怀饼衷中呈大父，十龄儿子易纱棉。"

徐昂《范无错先生传》："先生少聪悟，惊长老。每晨为母粥易纱米，然后入塾。"

是年，先生曾侍立祖父之侧，闻说孝悌家风故事，于先生幼小心灵留下了极为深刻的印象。

《文集》卷六《〈通州范氏诗钞〉序》："曾祖晚年，贫不可以言，独恃吾祖教授为生。吾祖每夕归，必得曾祖欢而后止。一夕，久之若不欢。问家人曰：'岂有事耶？'曰：'无之，独丁氏送蟹，辞耳。'曰：'故嗜此者，奚不言？'遂驰出门，脱中衣质钱，冥走数市，竟得大螯以归，熟而徐进之。曾祖愕曰：'丁氏物哉？'曰：'非也，固将烹矣。'乃喜而歌诗以尽兴。当世盖十一岁时，立于祖父之侧，父刚退，祖父谓曰：'顷汝父之欲吾笑也，与吾同矣！'因追道此。"

自是年起，荫堂封翁不复参加科举考试。

《文集》卷三《与张幼樵论不应举书》："家君自甲子后，即不复提篮入场。"

谨按：《与张幼樵论不应举书》中尚云先生祖父自五十岁不再应举，今荫堂封翁三十八岁停考，而先生于不惑之年亦不复下场，可谓门风流传。

是年，继室姚夫人倚云（蕴素）生。

同治四年乙丑（1865）　十二岁

四月，僧格林沁追剿捻军，战死于曹州，诏命曾国藩赴山东督师攻捻，以李鸿章暂署两江总督。

是年，祖父范持信病殁，享年七十三岁。

先生《集外文·先母述略》："不孝年十二，大父病殁。"

《文集》卷六《通州范氏诗钞序》云："祖父讳持信，字静斋，诸生，年七十三而卒。"

谨按：范持信生于乾隆五十八年（1793），道光五年（1825）游庠为诸生，道光二十二年（1842）即不复应乡举。然雅重诗道，直欲力挽颓风，重振家学。《通州范氏诗钞序》："曾祖不令为诗，或潜为之，不以示人。独咸丰年间寇警，城垂破，期与吾父死之，口占二绝，当世尤能诵焉。"

徐宗幹《〈怀旧琐言〉序》："（静斋）先生有云：'弱冠即留心声律，积久而癖愈甚，虽谤议交集所弗计也。盖斯道关一乡之风气而存乎人之性情，贞淫雅俗于斯见焉，非性分之所有，不能学也。念自高曾三世以来，累叶以诗名，昔人所谓诗是吾家事者也。'先生所云，内证之性情，外验之风俗，贞淫之辨即兴观之旨也，总述之原乃修齐之本也，岂唯是叶声律习章句云尔哉！"

是年，吴汝纶中进士，以内阁中书用，遂入曾国藩军幕。（《桐城吴先生年谱》卷一）

是年，谭嗣同（复生）生。

同治五年丙寅（1866）　十三岁

十月，曾国藩以病难速痊及剿捻无效，奏请开协办大学士、两江总督两缺，上谕命李鸿章暂署钦差大臣，湘、淮各军均归节制。

是年，孙文（逸仙、中山）生；姚永概（叔节）生。

谨按：姚永概（1866—1923），字叔节，号幸孙，姚浚昌第三子。年十八，补诸生。二十有三，中光绪十四年江南乡试解元。后以大挑二等，选授太平县教谕，又举博学鸿儒，皆不就。清末民初，殚心教育，先后任京师大学堂教授、北京正志中学教务长，又兼充清史馆协修，分任诸名臣传，每脱稿，同馆叹服。工诗、古文词，著有《慎宜轩诗文集》。

姚永概为伯子先生妻舅,汪国垣《近代诗人小传稿》:"永概以其昶及范当世为姊婿,以永朴为兄,耳濡目染,神与古会。"先生卒后,永概为撰《墓志铭》。

同治六年丁卯（1867）　十四岁

是年,先生出应童子试。

《文集》卷一《王母陈太孺人哀辞》:"当世十四岁,出而试有司,辄合。"

是年,先生从邑人冯运昌(开父)为文会。

《文集》卷十一《冯君开父墓志铭》:"独余十四岁,从君为文会。君虽贫,犹爱乐文士。君配包孺人尤信重余,时时提明馨而诏之曰:'汝视若也!'"

王锡韩《蜷学庐联话》云:"冯德吾明经(明馨),其封翁香岩先生,与人相接,尤能不以年辈自居,以故人多乐与游,而与肯堂先生交最久,亦最厚。"

是年,先生始从邑人顾金标(修定)问学。

《文集》卷五《顾师母王太恭人八十寿序》:"盖自吾之为修定弟子二十有五年,视裘英之诸兄如兄,而视其诸子犹子也。"该寿序作于光绪十七年九月,故系在是年。

谨按:顾金标,字京詹,一字韵芳,岁贡生。尝权海州、高邮二州训导。始与兄金楠并以文学教授乡里,弟子著籍者各数十百人,为时名宿。顾皆薄于进取,至子孙取科第,乃若刈获焉。

同治七年戊辰（1868）　十五岁

四月,先生应州试,取第二名。知州为合肥梁悦馨。

十月,先生应院试,落榜。学政为童华,题目为《论语·宪问》"裨谌草创之,世叔讨论之,行人子羽修饰之"一节。张謇于此次岁试中取中二十六名附学生。

顾鸿、顾金楠《通庠题名录·佳话录》:"范肯堂先生于同治七年岁试,以州试第二名被摈,时年十五,学使者因其有俯视一切之概也。明年州试取第一,又明年入学,仍前任学使取录也。"

《啬翁自订年谱》卷上:"先是州试,余取列百名外,同时通范铸少余一岁,取第二,……至是余隽而范落。"

谨按:童华字薇砚,浙江鄞县人,道光十八年(1838)进士,同治六年以副都御史出任江苏学政。

本月，吴汝纶至金陵，访张裕钊，谈为文之法，谓"廉卿最爱古人淡远处，其谓气派即主意贯注处，言最切当；又谓为文大要四事，意格辞气而已。"（《桐城吴先生年谱》卷一）

是年，兴化刘熙载主讲上海龙门书院。

袁昶《安磐簃诗续钞·春闱杂咏·咏融斋老人逸事》（并序）："同治七年，先师融斋老人主讲龙门精舍。"

谨按：刘熙载（1813—1881），字伯简，号融斋，江苏兴化人。道光二十四年（1844）进士，官至左春坊左中允、广东学政。自子史、天文、算法、字学、韵学，无不通晓。论文艺尤具卓识。晚年主讲上海龙门书院。有《持志塾言》、《艺概》、《昨非集》等。

伯子先生拜谒问业于刘熙载，得列门墙。

又按：龙门书院，同治四年（1865）苏松太兵备道丁日昌创建，先后任山长者有顾广誉、万斛泉、应宝时、吴大澂、汤寿潜等，而刘熙载主院事达十四年之久。整肃院规，考课寒暑无间，诵读之外终日不闻人声。教士以慎独主敬为主，为学不分汉、宋，不斤斤为前儒争辩门户，教人以持志为先，广采众家，其德学均为学者所推崇。

同治八年己巳（1869）　十六岁

是年，先生州试第一。与顾锡爵、顾锡祥（仁卿）、陈国璋（子瑃）等为友。（《行实编年》）

先生《范伯子诗集》卷一（下文简称《诗集》）《悲愤之作》："十五逢延卿，十六知名字，十九通书识乡里。"

谨按：顾锡爵（1848—1917），字延卿，如皋人。同治七年（1868）与张謇同榜秀才。光绪五年（1879），应两广总督张树声之邀为幕僚。后从张裕钊学古文。光绪十四年（1888），随薛福成出使英、法、意、比四国。十九年回国，积极投入维新变法运动。顾延卿是伯子先生挚友之一。

顾锡祥，字仁卿，锡爵之弟。

陈国璋，字紫珊，光绪七年（1881）岁贡，如皋人，著有《遗诗》六卷、《香草词》二卷。

是年，先生与顾曾焕（绮岚）、曾灿（裘英、樾双）兄弟交。

先生《顾绮岚先生哀辞序》："余年十六，识先生兄弟。先生长于吾父且一岁,顾以余方问业于先生季父折辈行交余,余初未敢当,既益亲则益忘之矣。"
(是篇《文集》不载,节文见于曹文麟《范伯子联语注》"挽顾绮岚"联注语。)

谨按:顾曾焕,字诵芬,号绮岚,通州人。金标从子,副贡生。为人渊懿有守,上承诸德,长养诸弟,文行并著于世。咸丰、同治间以高淳学正兼权六合教谕,与弟曾炬共撰《光绪通州志》。有《双梧诗集》四卷。

顾曾灿,字裒英,号樾双,金标少子,光绪九年(1883)贡士,十二年进士,官至刑部主事,与先生相交最密。

是年,吴保初(彦复)生。

同治九年庚午(1870)   十七岁

六月,科试以三十一名入学。与达寿增(少卿)、姚熙(敬之)、李安(磐硕)同案为友,因始识静海李芸晖(少堂)。

《文集》卷十《草堂先生墓志铭》:"同治九年,吾与先生长子磐硕选入学,始识先生。"此后光绪六、七年间,先生尝再至李所居之吕四场问业。"光绪六、七年间,吾再至先生所居吕四场。其时,吾已游事张、刘两先生,以所业质先生。"

谨按:李芸晖,字伯香,通州静海乡人。同治十二年(1873)拔贡生。世居吕四场,学者称草堂先生。曾创办鹤成书院,而已主之,所成就甚众。有《草堂诗集》。

李磐硕,原名安,后改审之。芸晖之子。光绪十六年(1890)进士,官户部陕西司主事、总理衙门章京,更外交部主事,以庚子之乱归乡,遂不出,宣统元年(1909)卒。

七月,先生赴江南乡试,不中。(《行实编年》)

言敦源《〈范伯子先生遗墨〉再跋》:"先生天才超迈,同治庚午,年十七,应省试,即文采斐然,由是负海内大名者卅年。"

孟秋,先生造吴荛庵,下聘。(《行实编年》)

八月初三,两江总督马新贻为张汶祥刺死,移曾国藩为两江总督,调李鸿章任直隶总督。自此,鸿章先后断续总督直隶达二十五年之久。清代咸丰、同治以来,封疆向以直隶、两江为心腹,而直隶尤推领袖,故朝廷简授直隶总督,辄择其勋业资望独出冠时者,凡有大兴大作必先咨之。李鸿章久督直隶,可见其深受信任恩宠,虽重整山河之曾国藩不能过也。

是年,吏部侍郎彭久余(味之)出任江苏学政。(《清秘述闻续》卷十一)

谨按:彭久余,字味之,湖北江夏人,道光十六年(1836)进士。

同治十年辛未(1871)　十八岁

六月,吴汝纶正式补深州知州。(《桐城吴先生年谱》)

是年,先生补廪。(《行实编年》)

是年,先生结交张謇(季直)兄弟。

《文集》卷七《祭张封翁润之先生文》:"緊贱子之得交于叔季,于今二十有五年。"

谨按:此祭文作于光绪二十一年,倒推二十五年,正是同治十年。

张謇(1853—1917),字季直,号啬翁,南通人。早年入吴长庆军幕,曾赴朝鲜。光绪二十年(1894)状元及第,授翰林院修撰。甲午之战,劝李鸿章妥协。后返里兴办实业,纱厂、垦牧公司、面粉厂、轮船公司等次第而举,又创办师范学校、纺织学校、医药学校等教育事业。后曾拥护清廷立宪。辛亥后,曾任南京临时政府实业总长。

张謇是"通州三怪"之一,伯子先生挚友也。

同治十一年壬申(1872)　十九岁

二月十二日,曾国藩卒于两江总督任,享年六十二。

是年,先生婚娶同州吴芰庵之女。吴夫人乳名唤作大桥,时年二十三岁。

《诗集》卷三《大桥遗照诗》小序云:"此所谓大桥,乃吾所居通州城郭之东偏十五里许有所谓新地者,有水桥一区,类如斯图,而亡妻实产于是,其父母因以桥名之。"

贺涛《贺先生文集》卷一《题大桥遗照》:"通州范君肯堂不忍死其妻,图其母家所居曰'大桥遗照'。大桥者,所居之里有桥而其妻取以为名者也。"

是年,南宫李刚己(刚己)生,日后成为先生高足之一。

同治十二年癸酉(1873)　二十岁

是年,先生始闻刘熙载于顾延卿,亟欲一行拜谒,而延卿劝阻之。

《文集》卷一《哀祭刘先生文》:"当世年二十而知有先生,盖闻之锡爵。锡爵初不欲当世之骤见也,以为退一乡一国而友天下,必其识足以观天下之善士,苟尚非其人,则宁姑舍是。"

是年,先生开始攻读书史。

《诗集》卷六《去影图·燕南并辔》:"二十丛书史,发愤忘飧饔。"

又《文集》卷三《与张幼樵论不应举书》云:"当世自二十岁不与学政之试,则不复致力于时文,遇有故而后作,亦历年而颇殊,或颇以自验其盈虚,而并未尝留心于得失,遇试辄试,更无牢骚。"

谨按:《清史稿·职官志三·提督学政》:"掌学校政令,岁、科两试。"岁试指学政巡回所属各州县对生员举行的考试,旨在考查生员平时的学业,亦称岁考;科试则指在每届乡试前,由学政巡回主持的考试,意在选送优等的生员参加乡试,亦称科考。一般生员不参加科试者,不得应乡试。由下文可知,至光绪二年,先生尚参加科试,则此云"二十",盖虚数也。

是年,梁启超(任公)生。

是年,云南太和人马恩溥(雨农)以内阁学士出任江苏学政。(《清秘述闻续》卷十一)

同治十三年甲戌(1874)　二十一岁

正月二十日,访张謇,与之联床话雨。(《张謇日记》)

二十五日,张謇来通,先生设菜羹豆豉待之,并订游山之约。

《张謇日记》:"于肯堂处饭,菜羹豆豉,大有山林风味。噫!世人相待不过酒食征逐耳,乃一见即如是相待,厚矣哉!"

二十六日,先生与张謇乘马游五山,赏川至庵、准提庵、支云塔、黄泥山、新绿轩等景致。晚归,与张谈旧事,慷慨激昂,几于泪下。(同上)

二月十四日,先生与张謇共访同邑孙芝亭,与孙词锋风发,互相争讼,张謇为持平之。(同上)

七月二十五日,长子范罕(彦殊、莲儿)生。

范罕《蜗牛舍诗别集》卷二《癸亥七月二十五日》:"一万八千日,吾生信有涯。鸡豚惊破戒,风雨助喧哗。"范子愚先生注:"生日。"

十月,岁试,列三等。

十二月初四,同治帝崩,年二十,无嗣,庙号穆宗。慈安、慈禧两宫皇太后立醇亲王之子载湉为嗣皇帝入承大统,诏以明年为光绪元年。

二十六日,李鸿章调文华殿大学士,仍驻天津,以直隶总督摄行。

是年,姚浚昌自江西安福任引疾归里。

姚永朴《蕴素轩诗稿序》:"同治甲戌,先考自安福引疾归。"

《文集》卷九《外舅竹山君传》:"居安福数年,民既悦便之,君则一日不怡,上病于大府。今两江总督新宁刘公方抚江西,慰留之,不可,而昧昧然奉母还桐城,结屋挂车山中。"

是年,马其昶始师事吴汝纶。(《桐城马先生年谱》)

谨按:王树枏《桐城马通伯先生墓志铭》:"叔节,先生之妻弟也。生同里,学同师,时吴挚甫先生弟子满天下,而得其古文之传者,惟姚君与先生为称首。先生则尤能深造,成一家之言……文之朴茂,尤近南丰,盖吴先生后一人而已。"

是年,侍读学士林天龄(锡三)出任江苏学政。(《清秘述闻续》卷十一)

谨按:林天龄,字锡三,福建长乐人,咸丰十年(1860)进士。历官编修,山西学政,侍读学士。卒谥文恭。有《林学士遗诗》。

光绪元年乙亥(1875) 二十二岁

二月,先生有与张謇信。(《张謇日记》)

七月,先生为乡试赴省城江宁。

八月,参加本年恩科乡试,不中。

本月,清廷派郭嵩焘为出使英国钦差大臣,是为中国正式派遣常驻各国公使之始。

先生光绪四年《戊寅日记》有联语曰:"岑毓美出乎其类,拔乎其萃,不容于尧舜之世;郭松焘未能事人,然能事死,何必去父母之邦?"

谨按:郭嵩焘(1818—1891),字筠仙,号伯琛,晚号玉池老人,湖南湘阴人。道光二十七年(1847)进士。丁忧归。咸丰初力赞曾国藩出办团练,献编练水师议。授编修。同治间任广东巡抚。光绪元年以兵部左侍郎任驻英公使,兼使法国,在外力求了解外情。奉使三年,以病辞归。主讲城南书院。力主办铁路,开矿务,整顿内务。有《礼记质疑》、《养知书屋集》及日记、奏疏等。《清史稿》卷四百四十六有传。

十一月二十四日,先生往海门登门造访张謇及其封翁张彭年(润之),审定张謇诗草,并出日记及时艺请张謇点窜。欢聚五日乃去。此为先生首登张家之门。

《文集》卷七《祭张封翁润之先生文》：“始登堂而拜父，在今上之初元。公迎门而抚笑，旋释事而来言。若深幸吾亲之有子，而依因之来往乎寒门。”

《诗集》卷十九《润之世长归道山十年过拜遗容感呈叔俨季直》：“行年二十嬉娱地，篷舰柴车岁岁连。”“行年二十”云云，当为成数。

《张謇日记》云：“二十四日，饭后，肯堂自通来，迢迢百里而有相思命驾之情，是可与元伯、巨卿后先相映也。为之大快！以删成诗草嘱审定，灯下纵谈，夜深就寝。”

“二十五日，起视肯堂日记及时艺，不屑为庸庸所为，不甘道琐琐所道。肯堂诚可人，然言过其实，且多力劈前人之书，而无卓识定据，亦肯堂所短。”

“二十八日，与肯堂论人品。徐翔林来，五年前同学生也。旧雨今雨，聚于一堂，殊令人翕然意满。”

“二十九日，肯堂去。”

是年，先生曾赴葭塂顾延卿之招。

《诗集》卷一《延卿将之广东招同诸子集于其家次何氏山林十首》（之五）有云：“今上初元日，田间好事开。惟时携绿酒，及尔问红梅。”

是年，先生因张謇介绍谒见徐石渔。

先生《集外文·上徐石渔先生书》云：“徐石渔先生，东方百里之望也，吾以乙亥过吾友张季直海门，季直为绍介以见先生。”疑即十一月之行也。

王锡韩《蜷学庐联话》卷四：“海门徐石渔征君（云锦），居长乐镇，张季直先生之师也。一生教授，门下多材。”

周家禄光绪《海门厅图志》卷十八《耆旧列传下》有传。恩贡生，著有《寸草庐全稿》。

光绪二年丙子（1876）　二十三岁

正月十五，荫堂封翁五十岁，有《五十书怀》（荫堂诗未刊稿）七律四首。其第一首有云：“千家灯月庆元宵，且喜生辰值此朝。”可知封翁生日即元宵佳节也。

正月，张謇来访，与之略论立身救穷之道。（《张謇日记》）

本月，陈衡恪（师曾）生。衡恪日后婚娶先生长女孝嫦，因成翁婿。衡恪后以字行，与其弟寅恪以名行天下者不同。

陈三立《长男衡恪状》：“余长男衡恪，乳名师曾，遂为字，元妻罗淑人所出也。"

谨按:陈师曾,名衡恪,号槐堂,又号朽者,祖宝箴,父三立。幼年从祖父识字、习训诂,十岁即能为擘窠字。后留学日本,先后入东京弘文学院及高等师范。回国后先后为南通师范教员,湖南第一师范、北京高等师范、北京美专教授。善诗文、书法,尤长绘画、篆刻,曾得吴昌硕指授。

师曾工诗。叶恭绰《陈师曾遗诗序》:"师曾少好为诗,又工画。……画竟,辄好题句,故君之诗与画恒相系属。君少承散原先生之训,又濡染于妇翁范肯堂先生之诗学者至深,第所作乃一易其雄杰倔强之概,而出以冲和萧澹。"

沈其光《瓶粟斋诗话》:"义宁陈师曾诗学深造,襄读乃翁《散原精舍诗》,苦其奥涩,师曾却似简斋而不为后山,其工者虽其妇翁范伯子亦不能过,然往往为画名所掩。"

二月、三月,先生皆有信与张謇。(《张謇日记》)

四月,应科试。张謇来访。(同上)

闰五月,张謇赴浦口,入浙江提督吴长庆(筱轩)军幕。(《啬翁自订年谱》卷上)

谨按:吴长庆(1834—1884),安徽庐江人,字筱轩。咸丰四年(1854)领团练攻太平军。同治元年(1862)从李鸿章援苏。光绪间官至广东水师提督,旋以帮办山东军务驻登州。八年(1882)率部赴朝鲜,执其大院君送天津。卒谥武壮。南通许多名士均曾入吴幕,张謇之外,尚有朱铭盘、周家禄等,先生亦曾两次做客其中,又与其子吴保初(彦复)交往颇多。先生《诗集》卷七有诗题曰:"吴彦复,武壮之子也。余两度客武壮所,未尝受其一钱,而未始不互相重。"而阚铎《王伯恭(锡鬯)先生传略》"时吴武壮公驻军汉城,项城袁公领庆军营务处,南通张季直及范肯堂、周彦升,泰兴朱曼君,均在吴幕,先生颉颃其间,一时称盛"云云,当属误记。

七月,先生至江宁赴岁试,得与张謇等友人相会。(《张謇日记》)

本月,李鸿章与英使威妥玛签订烟台条约。

八月十六日,张裕钊与黎庶昌共游狼山。

张裕钊《濂亭文集》卷八《游狼山记》:"光绪二年秋八月,黎莼斋管榷通州,余过焉。既望,与莼斋游州南之狼山。"

谨按:张裕钊(1823—1894),字廉卿,湖北武昌人。道光二十六年(1846)举人,授内阁中书。文字源懿,历主江宁、湖北、直隶、陕西各地书院,成就后学甚众。研究训诂,专主音义。善书,工古文,为晚清一大家。有《濂亭文集》。《清史稿》卷四百八十六有传。

黎庶昌(1837—1891),字莼斋,贵州遵义人。廪贡生。同治初应诏上书论时政。光绪间随郭嵩焘出使英法,任使馆参赞。两任出使日本大臣。在日搜罗宋元旧籍,刻成《古逸丛书》。官至川东道。有《拙尊园丛稿》、《西洋杂志》、《续古文辞类纂》等。《清史稿》卷四百四十六有传。黎氏亦为"曾门四弟子"之一,《清史稿本传》载庶昌"少嗜读,从郑珍游,讲求经世学……国藩素重郑氏,接庶昌延入幕,历署吴江、青浦诸邑,两管榷关,税骤进。"张裕钊曾评述黎庶昌学行云:"君以诸生上书言当世事,为天子所嘉。既出仕,以文学、志节为曾文正公所重,为海内名贤所推;官于江南,所至有治绩,为民氓所慕思。"(《廉亭文集》卷二《黎莼斋夫妇双寿序》)

张裕钊为"曾门四弟子"之首,深得文正亲炙。《清史稿本传》载:"曾国藩阅卷赏其文,既,来见,曰:'子岂尝习子固文耶?'裕钊私自喜。已而国藩益告以文事利病及唐、宋以来家法,学乃大进……国藩既成大功,出其门者多通显。裕钊相从数十年,独以治文为事。国藩为文,义法取桐城,益闳以汉赋之气体,尤善裕钊之文,尝言'吾门人可期有成者,惟张、吴两生',谓裕钊及吴汝纶也。"伯子先生既得交汝纶,复受业问文法于裕钊,文正真传庶几尽获,故终身事张。

本月,吴汝纶北上至天津,入李鸿章直隶总督幕府。(《桐城吴先生年谱》卷一)

九月,先生长女鞠(孝嫦、菊儿、菊保)生。

十二月,张謇来访。(《张謇日记》)

是年,先生因顾延卿介绍而谒见沈廉溪。

先生《集外文·上徐石渔先生书》云:"沈廉溪先生,西方百里之望也。吾以丙子过吾友顾延卿如皋,延卿为绍介以见先生。"

光绪三年丁丑(1877) 二十四岁

正月九日,先生往海门祝张謇之父生日,并与顾延卿等人谈诗。十三日方回。(《张謇日记》)

二月,先生就欧家坊马次垣、江德纯两家合请,为其教子。(同上)

《诗集》卷一《寄仲弟欧家坊馆次》云:"昔我幽居地,三年病著书。"又卷六《去影图·燕南并辔》:"三年闭野馆,百病来相从。"可知先生在此教读三年者,半为养疴调息也。

谨按：欧家坊，俗名十里坊，在州治北十里。先生《集外文·报仁卿书》谈及馆况有云："至于郊居廓如，日夕气清，散步还席，调息数过，然后手一卷之书，究观大意，欣然有得，旷焉感念，恒至夜半，区区自待之意曷尝稍敢菲薄哉！徒以精神不良，略不任劳苦，每怀远大，顾此七尺则不适于用，未尝不隐忍废书，屏弃退想。"

六月、七月，先生皆有信与张謇。（《张謇日记》）

九月八日，先生自欧家坊返家。适张謇来访，遂偕张过顾绮岚。（同上）

先生《顾绮岚先生哀辞序》："余馆于欧家坊，每一归省，则必与先生兄弟为数日欢。及先生居城南，余复移席于黄泥山，数相过，谈必竟日。或无言，则相对默坐，倦或卧，亦不忍去。嗟乎！穷不得志，居里巷，而有同郡之好若吾两人者相与同术业共甘苦，父兄子弟交相友善如家人，是亦天下之至乐也。"

十二月，张謇访先生于通州，同诣顾曾烜（晴谷）。（同上）

是年，先生发读并整理山茨藏本历代先人诗稿。其于韶亭公未定稿识曰："先公太蒙勋卿诗、先公汝受十山楼诗、先公濂夫一陶园诗，承承总总，盖三世为海内大家伟矣！迄先公君宰，奋发投笔，有班定远封侯意，卒老于家，乃还使先公韶亭理家世业，遂以上承三世而下开我曾王父。设公之世弃而之他，先泽殆将坠乎！然则是卷虽寥寥数篇，盖吾家中流砥柱云。"此次整理，封页皆有伯子题签，并注明为"山茨藏本"，扉页则有"光绪丁丑某世孙铸订"字样。今日山茨藏本尚存人间者有《真隐先生年谱》、《十山楼序稿》、《十山楼尺牍》、《东游草》、《法会因由集》、《月因集》、《韶亭公为定稿》等十数种。

是年，先生好友朱铭盘入吴长庆幕府，识张謇、江都束纶（畏皇）、海门周家禄（彦升）、闽县林葵（怡庵）为文章道义之友。（郑肇经《曼君先生疑年录》）

谨按：朱铭盘（1852—1893），原字日新，改字叔简，号曼君，泰兴人。早年历游两淮盐运使方浚颐、庆军统领吴长庆幕。光绪八年（1882）举人。后随庆军历驻朝鲜及奉天金州，客死于旅顺军幕。有《桂之华轩诗文集》。

朱铭盘亦为"通州三怪"之一，与张謇、伯子先生齐名。

周家禄，字彦升，晚号奥簃老人，海门人。光绪九年（1883）优贡，历任丹徒、镇洋、荆溪、江浦、奉贤训导，著《寿恺堂集》及《朝鲜纪事诗》。先后游于诸名帅间，未尝以荣利自为，然亦不许责以为名高。以文字终老于家。

林葵，字怡庵，福建闽县人。监生。工画花鸟。有《鸳鸯藤馆诗钞》。狄葆贤《平等阁诗话》："侯官林怡庵上舍葵，郑苏龛京卿舅也。家贫嗜酒，放纵不羁。尝游吴武壮朝鲜幕，与周彦升、朱曼君为酒友。……性耽吟咏，稿多散佚。"

光绪四年戊寅（1878）　二十五岁

正月十七日，先生与同人有《群居妄谈》之作。（《范铜士戊寅日记》）

二十日，至如皋。

二十三日，与顾延卿起程乘船前往江苏兴化，拜谒刘熙载，舟中联句。

二十五日，至兴化，以弟子礼贽见刘熙载，上所为文数十篇。刘熙载招饭，赐《持志塾言》、《艺概》、《昨非集》等书。逗留两日而返。

二月九日，至欧家坊马氏馆开学。

十二日，至白蒲，吊沈锽（笠湖）。

谨按：顾曾炬撰有沈锽行状，云锽字骏声，笠湖其号，白蒲镇人，年十七补州学生，举道光二十四年乡试，又三年第进士，咸丰元年，诏简京员巡工，权兖州府运河同知，擢知府，主纂郡志，屡掌紫琅、马洲、丽正诸书院，卒年六十三。生于嘉庆二十一年十月十一日，卒于光绪四年正月七日，有《蜗寄庐诗集》六卷，诗余二卷。

同日有《与延卿书》，先生举贤不避亲，推荐仲林先生就任埭上顾姓塾师。（"埭上皋比之座，铸忽焉动念，拟即以吾仲弟当之，既为令族得一能师，更为吾兄得一学弟。吾仲弟固不好为人师者，然闻此意颇首肯，有所大欣慕于中也。"）

十五日，定塾中《功过格》。

三月二日，与弟侍父祭墓，有《冬青树》联句诗。

十八日，回家。侍父及吴外舅游狼山、马鞍山、黄泥山、军山、水心亭等处。

二十二日，葛桐（青伯）归自浙江来话。

二十四日，与顾绮岚兄弟集善应庵，闻顾绮岚说，在石港见《史眼类评》抄本，乃先生十一世祖濂夫公所著、州《艺文志》不载而家中亦绝不闻者，慨然以复见得之为怀。

四月一日，作《十里坊竹枝词》八首呈封翁。

四日，同葛青伯、顾延卿、钟、铠两弟等人宴于望海楼，赠青伯七律。

七日，选自己、顾延卿、葛青伯、弟钟诗十首为《狼山十首》，备游山记之作。

二十二日，寄张謇信。

二十五日，得张謇书。

三十日，将名己诗集曰《彦牗集》，是为先生之诗第一次结集。《清人诗集叙录》卷八十"《范伯子诗集》十九卷"云先生"《诗集》初刻于光绪四年"，疑即指

此。（以上皆见先生《戊寅日记》）

春末夏初，携弟铠读书养病于黄泥山之新绿轩，初冬返家。从此新绿轩成为先生心中圣地、家乡代称、美好回忆之最思者也。

《诗集》卷一《留别新绿轩》诗："篮舆侧放山门下，我作山人尽一餐。芳树如闻啼鸟怨，残花犹恋去人看。百年香火崇碑在，四海烟涛一剑寒。莫复殷勤为后约，还山古有万千难。"

光绪十四年，先生前往江西安福迎娶姚夫人，途中作《杂诗二十八首》，其中有云："吾山天南东，佐海所渊浩。一去新绿轩，悠悠十年老。"

十五年五月，先生外舅姚慕庭请画家冯小白为其画《东坡十六快事图》，属先生题诗，先生在诗题中写到："呜呼！境亦多端，语非过分。自古以为难得，至今悬于画图。丈人则萧瑟一官，贱子亦飘零万里。新绿轩之风雨，使我凄凉；挂车山之日月，从公想像。"

光绪十六年先生再赴安福，曾为姚叔节题《西山静舍》，诗中又有："磊磊狼山新绿轩，打门归住无烦言。"

自安福返通，临行前，江西画家冯小白为先生画《去影图》十二幅，第一幅便是《黄泥山读书》，诗前小序云："十二年前，携吾弟秋门入黄泥山之新绿轩读书养病，寄食于僧家，日供一蔬，见山下有携鱼过者，辄呼而指以所从入，人或不闻而去者亦多。"诗则有云："儒者称名山，山以儒名耳。荒山与穷儒，千载谅不毁。早入名山中，其人可知矣。狼山非不高，名盛吾所耻。蔼蔼新绿轩，相望只数里。喧寂异仙凡，金焦尚难拟。南疆万车马，西去无一趾。山门到者稀，轩堂复谁履？萝石牵杂花，迷离夹松梓。秘绝通岩扉，辗转达轩址。而我来此间，洒扫布床几。塞窦断来踪，穿墙发远视。春深地不宽，世乱心长已。惟珍病后躯，自惜闲中晷。蔬饭充饥肠，呼鱼那可指。追维是时乐，真实亦无侈。谁令襆被归，长作远游子。"

七月，先生至浦口，过张謇。（《张謇日记》）

十一月初，先生访顾延卿。（《集外文·与延卿笺》）

十日，先生访张謇，为其母寿作征文启，并为寿稿。在张謇处结识王豫熙（欣甫）、杨子青。（《张謇日记》）

谨按：先生《集外文·与延卿笺》有评二人之语云："座中意气，抚剑疾视，斗石一醉，每闻歌者靡靡之音，则划然长啸以乱之，有若杨君子青；少年薄宦，苦念乡国，歌叹双亲，一曲慷慨，呜唈流涕被面，有若王君欣甫。"

王豫熙，字欣甫，浙江海宁人。历署赣榆、东台、上元、萧县、江宁、六合、上海等县,著有《旧读草庐诗稿》,能画梅,擅昆曲。先生挚友也,先生作品中屡有提及。

十一月十四日先生同王欣甫、杨子青同赴海门,为贺张謇母亲生日。在海门,先生与众人聚饮,"风雨潇晦"中,"管弦之声与不歇者凡七越夕"(先生《集外文·与延卿笺》),席间先生有百姓富产之论,令闻者大畅。(《张謇日记》)

十八日,兵部侍郎夏同善(子松)奉旨视学江苏。(夏庚复《先孝子松府君年谱》)

谨按:《清秘述闻续》卷十一载夏同善出任江苏学政在上年,《清史稿》本传与《年谱》皆言在是年,依之。

夏同善(1831—1880),字舜乐,号子松,浙江仁和人,咸丰六年(1856)进士。同治间累擢兵部侍郎,兼刑部。光绪间迁吏部右侍郎,督江苏学政。旋受命巡视黄河,阅沿江炮台,所奏均合时宜。居官清廉,持家节俭。卒谥文敬。《清史稿》卷四百四十一有传。

二十一日,先生与众人别,送王欣甫河上。

先生《集外文·与王欣甫笺》:"送子河上,日夕风紧,浮云荡天,败叶如雨。此时眼中之欣甫,非复青眼高歌之欣甫,直是薄宦可怜之欣甫;意中之欣甫,非复谈笑初温之欣甫,直是几年瘝瘵之欣甫。"

又《集外文·祭赵太恭人文》:"余之送欣甫河上也,日既夕,严飙动天,败叶如雨。当此之时,欣甫大悲泣数下。余慰之曰:'后此六十日,吾母称五十觞,若来寿吾母,当复欢。'欣甫曰:'自非余病大作或有故,当来,顾事未可知耳。'"

本月,送张季直渡江吊林学使天龄,有序。

先生《集外文·送张季直渡江序》:"戊寅十月,学使林公卒于松江。十一月,张季直闻讣将渡江迎柩而哭之,范生送之江上曰……"

刘声木《苌楚斋随笔》卷八载林:"同治甲戌,以翰林院侍读学士视学江苏,光绪戊寅,卒于松江试院。苏皖为江南大省,分任学政者,大半二三品大员。林文恭公以四品任之,亦属罕见,良由穆宗惮其持正,出之于外。林文恭公出棚考试之时,每到一处,即延本地著名医生治病。医生出,谓他人云:林文恭公自云病由侍读而起,可见当时忧国爱君之心切矣。"

十二月四日,张謇代其师作寿荫堂封翁诗。(《张謇日记》)

本月,王欣甫之母赵氏卒,先生有《祭赵太恭人文》。

先生《集外文·祭赵太恭人文》:"光绪四年十二月十三日,通州范铸闻王大令欣甫骤膺大故,以不腆之物、斥苦之词敬附来使,致奠于赵太恭人之灵曰……"

是年冬，先生为筹措双亲生辰，而四处征文。

先生《集外文·与袁生书》："顷者，下走以堂上之庆移书四方友人，乞文章为寿，驿使相望，疲于笔札。入是月，方当以书近千里中诸君子，而寒不释冰，未任驱染。"

先生书中有论文人之所谓穷达云："文人者，穷达二者而已。贵盛富厚不足谓达，己所学而人必知之之谓达；贫贱枯槁亦不足谓穷，己所学而人不知之谓穷。二者亦适然之遇耳，均之可以成就文章则一也。故适然而人知之，一善必有述，一奇必有赏，声色之交遍于海内，令闻广誉，鲜可伦比。此之所患，将使名浮而实不至，驰骛于外而荒于内，伸于一时游扬之口而屈于千古择识之目，贸然自信，曾不能毕世，而向之隆隆者固已尽矣。若夫豪杰之士当之，则因而集益，以奖为劝，名盛乃惧，终其身欲然若不足，固未有以人知而自病者也。至于己所学而人不知，则语焉莫听，倡焉莫和，日抱数卷之书，著述于蓬蒿之中，无过而问者。当此之际，鲜有能忍，或乘其愤激之气举足出门，执途人语之，伧父俗子，一言之合，大喜鼓掌，以为知己，颓然不觉志气之坐丧。纵复久而厌弃，自通于当世之杰，而生质之美、学力之所得消磨之余，又或不必能倾倒一世，一不得当，更无可望，终身自毁，此可为太息流涕者也。若夫豪杰之士当之，则又不然，以为人不知焉能病我，我无自病焉耳矣，于是志益奋，气益锐，殚精竭神于亿兆耳目之外，用有不赡而古人饷之，思有不格而鬼神通之，才有不逮而造物益之，彼其沉郁坚苦之力，有非当时盛名士所敢望者，故其所为文章，或十年或数十年而见于世，亦有过之无不及，诚哉乎其不足病也。"于此可见先生当年之志。

光绪五年己卯（1879） 二十六岁

正月，先生母亲五十寿辰（二十日）、父亲五十三寿辰（十五日），诸友来贺。寿觞罢，侍父与马毓鋆（勿庵）、顾曾炬、周源灏（少峄）饮于西山，遂游马鞍山、狼山，至白衣庵，有《南山歌》。

《文集》卷三《勿庵哀辞》："己卯孟春，母氏寿祉。君来纳交，登拜犹子。罢觞入山，从此相峙。"

前此，顾曾炬作《为范铜士尊公双庆征诗文启》（《方宦文录》）。文首曰："范子觞余于所亲之舍，酒半，谂余曰：'来岁屠维之次，初月太蔟之律，大衍五十，萱瑞斯汁，半百加三，椿庆斯罩，将率两季寿二老，而曷以邑吾抱焉？'"文中提及先生兄弟云："伯兮攻古文辞，桐城、阳羡之别支；仲喜为诗，娄东、新城之故规;季弱弟齿犹未也,而不得以常儿遇之。"

谨按:马勿庵,原名钊,更名毓鏊,字莲卿,尝慕康熙间宣城学者梅文鼎(号勿庵)之学,故又字曰勿庵。光绪三年(1877)进士,以庶常家居,常与先生、张謇、朱铭盘等聚会为诗歌,连宵旦不寐。

顾曾烜,字升初,一字晴谷,晚号方宦。通州人。同治九年(1870)举人,光绪九年(1883)进士。官宜君、醴泉二县知县,历署耀州、郃阳二县事。平反冤狱,有卓异声。大吏特重其文,往往敕驲骑官走马就索,而辄立应之。尤倾秦中,与樊增祥齐名。以足疾归,为乡里重望者。著有《方宦寿世文》、《华原风土词》、《光绪通州志》、《方宦俪语》等。

正月二十九日,先生同学达寿增之祖达葆青(晓山)卒于家。先生为作《晓山达公墓志铭》。

先生《集外文·晓山达公墓志铭》曰:"光绪五年正月二十九日公疾卒,得年八十有五,以三月某日葬于东郊卞家庙之新茔。明经君泣而乞铭于余。"

谨按:范、达两家三世交好,情长意厚。先生《晓山达公墓志铭》有云:"自余为儿时,侍先大父左右,于乡先生过从者未尝不问,问即未尝不心识。一时巨人长德,指不胜屈。其恭俭若怯、循墙而走、言讷讷如不能出诸口者,吾知为晓山达公。先大父尝指而谓余曰:'是与交四十年并时补学官弟子者,今独吾两人矣!'因与公欢笑。其后数年,先大父卒,公哭甚哀。又数年,余复与公之孙少卿同补学官弟子,谒公。公喜曰:'吾两家之好及三世矣!……若先大父与公固皆有古人之契,而家君与公子明经君又好以行谊节操相砥砺,少卿又慷慨好学问,爱余之兄弟,往往不耻为菀之诒,宜吾两家之好独至也。'"

二月,顾延卿之母邀成夫人共游狼山,先生随侍。

顾延卿二月初七有与荫堂封翁书云:"家母拟请伯母偕游,前托肯堂归说,未奉回示。佇两次奉书,亦未知能达否?今拟初十日起行,老伯以为可,即请秋门随侍而来;以为不可,则俟下次,不敢仓卒勉强也。"

先生《金孺人哀辞序》:"通州接壤数百里内与吾家交亲犹骨肉者,独季直与顾君延卿。今年春,延卿奉太夫人来吾家,及吾母欢甚。道所以勤家与夫教成其子无不合,亦因之想慕孺人。"(此文《文集》不载,节文见于曹文麟《范伯子联语注》"寿顾伯母"联注语。)

谨按:张謇之母金太夫人卒于是年冬,故系文于此。

《诗集》卷六有题《去影图》十二首,其二《狼山观海》诗前小序云:"顾延卿之母邀吾母登狼山,大桥从焉,遂与之登大观台观海,指顾苍茫,大桥陨涕,哀恻之意不知所来,而十载夫妻犹以此为极乐。"诗中有云:"焉知后五年,君已如蝉蜕。"吴夫人于光绪九年谢世,故知登山当在五年。

三月四日,有《上徐石渔先生书》。(《集外文》)

四月,先生往海门访张謇。盘桓两日而后返。(《张謇日记》)

五月,科试张謇名列第一。先生置酒魁楼,宴请张謇、顾延卿、周家禄、朱铭盘等友人,几于竟日。(同上)

七月,先生赴江宁,参加会考。张謇列第一。(同上)

同月八日,吴汝纶之子吴闿生(辟疆、北江)生。闿生少年曾问业于先生,后留学日本,北洋时期任教育次长、国务院参议。后任奉天萃升书院教授、北京古学院文学研究员。著有《周易大义》、《尚书大义》等,编有《晚清四十家诗钞》,以先生居其冠。

八月,参加本年乡试,不第。十八日,王欣甫招饮。(同上)

本月,先生谒刘熙载于上海龙门书院。

《文集》卷一《哀祭刘先生文》:"至于明年,先生在龙门,龙门弟子孙点以书来告曰:'先生念子,子不能来,则先生就子矣。'于是,当世以秋八月往,先生穷日夜之力而与之言。"

又,本月清廷全权大臣崇厚擅自与俄国签订《交还伊犁条约》,划失边境土地甚多,朝野纷纷反对,清廷未予批准。

十月,先生有信与张謇。(同上)

十一月十二日,以张謇之母金太夫人病危赴海门。十四日回。十八日,张母卒。二十一日,复至海门吊孝。(同上)

冬,客海门,与王欣甫、刘馥畴(逢吉)、黄君俭(世丰)、杨子青(安农)、张謇作消寒会。(《行实编年》)

《张季子九录·诗录》卷二有《王欣父刘馥畴范肯堂黄君俭杨子青同在海门作消寒会别后分寄诸君》诗,其第三首云:"兴尽悲来漫拍张,白狼小范最能狂。酒酣一唱箜篌引,四座无言各断肠。"(张诗自注:"白狼小范",铜士有此印。)

又《诗集》卷六题《去影图·水心亭宴集》小序云:"故乡朋友之乐,莫盛于光绪五、六年间水心亭宴集,盖常事也。大抵晨夕共者,吾与马勿庵、顾晴谷、王云悔;时时至者,顾延卿、顾涤香、裴英及吾弟仲林;二三至者,周彦升、张季直、朱曼君;若樵秋则一至而已。"

谨按:顾涤香,名曾沐,字述铭,通州人,少落拓不羁,同治十三年(1874)进士,以母老不欲出。归主江阴礼延书院。母卒,改官浙江知县,被议落职,忧愤卒。著《希恺适斋诗集》。

是年,顾延卿应两广总督张树声(振轩)之邀赴广州,同时拜朴学大师、著名诗人陈澧(兰甫)为师。先生为之饯行。

谨按:张树声(1824—1884),字振轩,安徽合肥人。咸丰间,以廪生办团练,与太平军为敌。同治间,领淮军从李鸿章,转战江苏、浙江。后历官漕运总督、两江总督兼通商大臣。光绪间任两广总督,并一度署理直隶总督。中法战争爆发后,命赴广东治军防海,不久病死。谥靖达。《清史稿》卷四百四十七有传。

陈澧(1810—1882),字兰甫,广东番禺人。道光十二年(1832)举人,六应会试不中。尝选知县,不出。主学海堂数十年,晚为菊坡精舍山长。于天文、地理、乐律、算术、古文、骈文、填词、书法,无不研习。会通汉宋,无门户之见。所著各书,以《东塾读书记》为一生读书心得之总汇。另有《汉儒通义》、《声律通考》、《东塾集》等。《清史稿》卷四百八十二有传。

光绪六年庚辰(1880)　二十七岁

正月十八日,张謇家治丧,开吊。先生与二弟范钟赴海门吊张母金太孺人。

《文集》卷七《祭张封翁润之先生文》:"昔金恭人之没也,余不惮百里而星奔。"

《张謇日记》:"十七日,雨,吊客只陈子卿一人。二更,铜士、中木、幼清、次云、捷三来。"

本月,清廷命曾纪泽使俄交涉伊犁事。

二月,张家勘寻葬地,最后属意通州城东小虹桥先生祖茔耕阳之阡。荫堂封翁同意割墓地外四亩飞地,张家遂以海门田八亩易之,并移其租,互订易地券。(《啬翁自订年谱》卷上)

《文集》卷一先生代封翁撰《归田券》云:"张君润之夫人之丧方谋葬,而令子謇亟往军中,不可得地。谋诸某为求亦弗得,乃割池南地与之。"

《张季子九录·文录》卷一《大人命初易范氏地约》云:"某以往岁内子殒丧,兆或须谋丘垄,莫治山茨,范君邈乎通感,割其先茔与君寿穴之余地若干亩,俾归葬焉。……然而江东鲁肃,虽无卖地之标;赵国相如,敢袭易城之璧。海门东图故有薄田,分亩若干,用与抵直。嗟乎!百年旦莫,谁非陈人。一诺忼忱,公真健者。元白比邻之雅,以愧前休;张范生死之交,且从今始。子孙世世,长毋相忘。"

又同卷《易地约后记》:"先是先妣金恭人卒,先府君命依典礼三月而葬,而猝求地弗得,因即范丈所许割先茔之余地卜而葬焉,用海门田六亩,立约相易。既而先府君议偿地值,范丈执义甚高,延卿、曼君语再三返,始得请,乃更立后契。先府君以命睿兄弟曰:'日月同明,有时而相妨;舌齿同体,有时而触抵,事但知常,不可以久。范君纾我之急可感,其委曲受值署券乃尤可感也。'"

谨按:《啬翁自订年谱》言田八亩,《张季子九录·文录》又曰六亩,自相矛盾,今并存之。

又,此段交往当时传为佳话,后来龙公(姚鹓雏化名——引者注)在《江左十年目睹记》第一回以小说笔法写到:"讲起范孟公(影射伯子先生——引者注),与张叔正(影射张謇——引者注)是总角至交,文字知音。叔正早年家贫如洗,范孟公也不过是个穷诸生。这年叔正的封翁去世了,竟至无地以葬,恰巧孟公有一块地,颇颇合用,就亲自到叔正家来,说明奉赠。那叔正一家感激,自不必说。后来叔正大魁天下,名重一时,生计自然稍稍宽裕了,孟公家境却益发艰窘。一天,张叔正袖着两封洋钱,走到范孟公家,先寒暄了一会,落后才慢慢地说道:"前年承吴兄指困之惠,使弟等得勉完大事,实在铭篆终身。"说着把洋钱拿出,放在桌上道:"这区区之数,聊以奉酬高谊。"道罢连连作揖。却见范孟公一张瘦脸上突然改变了颜色,竟有些青森森的,呆了半晌,渐渐地面红耳赤,头颈里青筋一根根粗涨起来,突的跳起,大声说道:"张叔正!我从前当你是个人,谁知你竟是……"话未说完,捧起桌上洋钱,豁浪浪丢向窗外,散了一地,旋转身来,往里便走。把个张叔正弄得啼笑俱难,进退无措,赳赳地走了回去。从此他们俩的交情,也就渐渐生疏了。"

本月,先生为程遵道(悦甫)刺史校士泰州。

《诗集》卷十七有诗题云:"二十年前,余为程悦甫校士泰州,得袁衔卷,极赏之。"诗乃先生光绪二十七年岁暮所作,故系于光绪七年。又,清代童试多在二、四月,因先生四月有扬州之行,故系在二月。

谨按:袁衔,字淡生,江苏泰州人,举人。早卒。李详(审言)为作传。

三月十三日,张謇之母棺柩就墓,先生兄弟与焉。

《张謇日记》:"十三日,寅初开圹,辰初二刻扶柩归窆,时方大雨。宾客则马勿庵、顾次山、蒋月波、朱曼君、范世伯与铜士昆仲、张虎庭叔侄也。"

张裕钊《濂亭文集·遗文》卷五之《通州张生母金孺人墓志铭》:"卜明年三月十三日葬吾母通州城东之耕阳原。"

三月十八日,张謇回浦口军幕,过通州诣先生。先生与朱铭盘遂同行。(《张謇日记》)

十九日,先生与张謇乘船同至欧家坊塾馆。

二十日,与张謇、朱铭盘舟行联句,倒押五物全韵。(《诗集》卷一)行至东城宿。

二十一日,过如皋,看陈子璙所藏《元祐党人碑》、诸葛忠武画像,与张、朱复有《诸葛忠武画像联句》。(同上)

二十二日,宿冯甸。有《哀双凤联句三十二韵并序》。(同上)王庚《今传是楼诗话》:"通州张季直謇、范肯堂当世、朱曼君铭盘,均以朴学齐名,印驱相依,艺林争羡。有《哀双凤》五言排律,流传一时,亦一段佳话也。哀感顽艳,荡气回肠,亦可见三君少年时才藻之盛也。"

二十四日,至扬州。

二十五日,宿华子口。有《仪征道中联句》。(此诗先生《诗集》不载,见张謇《张季子九录·诗录》卷二)

谨按:范、张、朱,被称为"南通三怪",此次浦口之游是此三怪最快意之时。

二十六日,至浦口军营,识江西彭汝枟(苇亭)。

《文集》卷一《送彭苇亭之官安庆》:"今年春,游浦口军中,留五日,与乐平彭君苇亭谈,极欢。"

谨按:彭苇亭,名汝枟,江西乐平人,安徽候补知县。

本月,次子况(彦矧、裖儿)生。

四月初一,先生与张謇、朱铭盘过江,至江宁。(《张謇日记》)

三日,吴长庆因有陛见之行,张謇等人随侍;张裕钊以事去山东,遂同行。先生同之扬州,出所为文请张裕钊指教,张裕钊读之"其辞气诚盛昌不可御,深叹异,以为今之世所罕觏也"。(张裕钊《濂亭文集》卷二《赠范生当世序》)是为先生问学于廉卿得列门墙之始。

谨按:时张裕钊主凤池书院。凤池书院,在江宁,嘉庆间创建,专课童生。道光间改建于旧王府五亩园之东池,号舍讲堂,规模井井,馆桥亭台、花木草石擅一时之胜。咸丰间曾一度被毁,同治间另择民房建复。

四日,先生陪侍张裕钊游平山堂。同游者为张謇、彭苇亭。(《张謇日记》)

张謇《啬翁自订年谱》卷上:"四月,吴公有陛见之行,余与杨子青安震、彭苇亭汝云偕张先生以事去山东,肯堂以事至扬州,同发。四月七日,自清江浦开车,经……至泰安。"

夏,从方浚颐(子箴)游宴,方氏为先生作文序一篇。

《诗集》卷一《酬方子箴廉访赠文序》诗:"昔闻邗上题襟处,今过高斋得见公。江左文章诸老尽,淮南钟鼓几人同。青天酒盏无弓影,夕照轩窗有绪风。一序深惭负滕谷,江关庾信尚西东。"

又卷十九有诗题云:"旭庄示以通分司方君揖赵所藏《岭还七友图》,发之,则子箴方先生俨然在列,且即余庚辰夏闲日从先生游宴时之所为,读其遗文,观其风采,益叹先生之为吾作序于今已二十五年而吾衰病遂以至此也,感题一首,以复于旭庄,并贻揖赵。"诗则云:"绿鬓少年成感旧,乌衣弟子喜能文。江关实有飘零恨,一序深惭负此君。"

谨按:方浚颐,字子箴,号梦园。安徽定远人。道光二十四年(1844)进士,由编修历官至四川按察使。同治八年(1869)出任两淮盐运使,以岁课开设淮南书局,延请四方名士校勘群籍。晚年主讲江苏安定书院,以诗古文辞训士。著有《二知轩诗文集》。

七月二十三日,江苏学政夏同善以泻痢卒于官。(夏庚复《先孝子松府君年谱》)

刘声木《苌楚斋四笔》卷十:"仁和夏舜乐侍郎同善,于光绪四年,官吏部左侍郎、毓庆宫行走,再任江苏学政。六年七月,亦卒于江阴使院,年仅五十。"

本月,先生同朱铭盘谒张裕钊于南京凤池书院,问为文之法。张裕钊作序赠之。

张裕钊《赠范生当世序》:"洎七月,生偕泰兴朱生铭盘来金陵,复携所为文求余为是正,且恳恳问为文法。"

郑肇经《曼君先生纪年录》:"(光绪六年)七月,因范肯堂谒武昌张先生濂卿裕钊于金陵,问为古文法,执弟子礼。张先生尝语人曰:'吾得通州三生,兹事有付托矣。'张先生赠公诗有'名区佳山水,蒸馏孕奇尤。英英范与张,骐骥骖骓骝。与子总六辔,駸駸驰椒丘。'"(诗见《濂亭遗诗》卷一《赠朱生铭盘》——引者注)

谨按:先生、张謇、朱铭盘三人于张裕钊从学有先后,并非廉卿一日得之者。张謇于同治十三年八月,即由其师孙云锦介绍谒见张裕钊于凤池书院(见《啬翁自订年谱》卷上、陈启壮《张裕钊年谱》);先生因张謇而晤见张裕钊在本年四月,已见前述。朱铭盘则至此方由先生引见而拜识廉卿。张裕钊《赠范生当世序》云:"余以今年三月,因通州张生謇晤其同里范生当世邗江舟次",未及铭盘。南通管劲丞先生《张謇轶闻》之《张謇与张裕钊》一篇早析其详,可参看。

关于这三次拜谒,后人有所谓"伯子少负隽才,时武昌张裕钊有文章名,客江宁,伯子偕张謇、朱铭盘谒之,张大喜,自诧一日得通州三士,兹事有付托矣"

云云(如姚永概《范肯堂墓志铭》、徐世昌《晚晴簃诗汇》卷一百八十、汪国垣《近代诗人小传稿》、郑逸梅《艺林散叶》第3703条等),合三为一,特饰词耳!

八月初七,少詹事浙江瑞安人黄体芳(漱兰)继任江苏学政。(《清史稿·职官表》、《清秘述闻续》卷十一)

谨按:黄体芳(1832—1899),字漱兰。同治二年进士,授编修。官至兵部左侍郎。与张之洞、张佩纶、于荫霖共称为"翰林四谏",为同光清流魁首。后以劾李鸿章治兵无效,降通政使,十七年(1891)因病乞归。《清史稿》卷四百四十四有传。

黄任江苏学政期间,伯子、仲林兄弟入其学幕,黄极为引重。言敦源《〈范伯子先生遗墨〉跋》:"范肯堂先生当有清同光之际,为武昌张廉卿先生入室弟子,与其弟仲木、秋门皆负文章重名,瑞安黄侍郎体芳督学吴中时所目为南通三雄者也。"

冯壮《夫须诗话》言浙江慈溪王定祥云:"晚年入瑞安黄侍郎江苏学政幕,颇与通州范肯堂当世、仲林钟兄弟、泰兴朱曼君铭盘诸名流相契合。至是诗学益骎骎日上。"

又据王伯恭《蜷庐随笔》载:"张香涛为湖北学政,刻试牍为《江汉炳灵集》,皆樊云门增祥一人所作,非庐山真面也。其文犀利新颖,最为当时称颂。比黄漱兰为江苏学政,仿其例,刻《江左校士录》,丐范肯堂为文,而加以朱曼君铭盘之诗赋,亦风行一时。"足见黄氏对先生之推崇。而先生于《武昌张先生七十寿言》中称李鸿章、黄体芳、张裕钊为"知我、爱我、教诲我"者,又曰:"以余所识天下之长者,乃独有相国、通政及先生三人",则黄体芳固先生心中敬慕之大贤。

八月初,先生再至浦口,病中作《送彭莳亭之官安庆序》。(见《文集》卷一,《序》后有云:"此乃病于浦口军中,拥被呻吟时率口所为。")

同月二十一日,归自江浦,闻受业师王兆榛母陈太孺人之丧,方病,明日乃往哭。又十日,乃作《王母陈太孺人哀辞》。(《文集》卷一)

十月初五,陈三立元配、陈衡恪之母罗氏病逝于河南。八年秋,三立就婚长沙,续娶浙江山阴俞明震(恪士)之妹俞明诗,是为陈寅恪生母。

陈三立《故妻罗孺人状》:"七月,余父由湖南往官河北,余偕孺人从焉。次颍上之溜犊湾,而孺人病笃死矣,得年二十六,为光绪六年十月五日也。"又《继妻俞淑人墓志铭》:"淑人讳明诗,字麟洲,……初余侍父分巡河北,归应乡试,道出长沙。故人李太守有棻之妻,淑人从姊也。李传其妻之言曰:'公子诚图续娶者,无如吾妹贤。'力媒合。于是试后就赘焉。"

谨按:陈三立(1852—1937),字伯严,号散原,宝箴子。光绪十二年(1886)进士,授吏部主事。戊戌变法期间,助其父在湖南创行新政,后同遭革职。辛亥后,曾以遗老自命,避居杭州、庐山、金陵间。晚年迁居北平,坚守民族大义,不受日寇利诱。有《散原精舍诗文集》。其诗为同光体大家,伯子先生《近代诸家诗评》评陈三立云:"伯严文学本我之亚匹,加以戊戌后变法至痛,而身既废罢,一自放于文学间,襟抱洒然绝尘如柳子厚也,此其成就且大于苏戡(郑孝胥——引者注)矣。伯严诗已到雄伟精实、真力弥满之时,所欠者自然超脱之一境。"

三立与伯子称亲家,情真意厚,志同道合,交往之余,以诗文相砥砺。二人诗文集中提及对方之篇章甚多,兹不繁引。徐一士《一士类稿·一士谈荟》其"谈陈三立"条云:"综览《散原精舍诗》,所最推许者,当属通州范当世肯堂,集中投赠独繁而挚。一作云:'公知吾意亦何有,道在人群更不喧',又曰:'万古酒杯犹照世,两人翼影自摇天。'此'使君与操'之胜概也。"

俞明震(1860—1918),字恪士,号觚庵,浙江山阴人。光绪十六年(1890)进士,授刑部主事。曾参加"台湾民主国"抗倭,为内务大臣。清末任南京路矿学堂总办、甘肃提学使。1915年任肃政厅肃政使。次年以病辞归。辛亥后,寓居杭州,以病终。工诗,吟之推敲甚苦,自言成一诗或至终夕不眠。有《觚庵诗存》四卷。

俞明震,是陈三立的妻舅,故与伯子先生亦属戚友。二人往来颇密。

先生教书津门期间,俞明震携弟自京师过访,交游唱和甚欢。赵元礼《藏斋诗话》:"浙江俞恪士先生,光绪甲午在天津,寓肯堂先生所,先生诗弟子以诗呈恪士,少许可者。"

又,《诗集》卷六题《去影图·泛舟秦淮》小序云:"张先生在凤池书院,每携当世及其子导岷、会叔泛舟秦淮,光绪六、七年之际也。"

是年,李鸿章经营北洋海军,特调严复(几道)至津,为水师学堂总教习。十六年升总办。(严璩《侯官严先生年谱》)

谨按:严复(1853—1921),字幼陵,一字几道,福建侯官人,福州船政学堂首届毕业生。1876年留学英国海军学校。归国后,任天津北洋水师学堂总教习、总办。甲午战后,接连发表《原强》、《辟韩》等文章,又译赫胥黎《天演论》,提倡新学。晚年参加筹安会,拥护袁世凯称帝,备受舆论抨击。

伯子先生在津期间,正值严复出任北洋水师学堂总办,两人当于李鸿章座上相识,故先生诗文中屡称严复为"吾友"。如《文集》卷十一《答桂生书》:"此乃吾向者之所尝揣,得吾友严几道之传天演而益信焉者也。"

是年,顾曾焕卒。先生有挽联云:同郡交欢,末光幸附高阳里;盖棺论定,完行初刊有道碑。

先生《顾绮岚先生哀辞序》:"抑余尤悲夫去年乡举张季直得优贡生而令子梦璞登贤书,吾固谓殊不类吾党之遇。不数月,季直果丁母忧,而梦璞竟以赴礼闱抱终天之恨。"

谨按:张謇母金太夫人卒于光绪五年,故系顾氏之卒于此。"殊不类吾党之遇"之语,后来复有应验:光绪二十年,张謇状元及第而丧父;光绪二十四年,范钟兄弟登科选官而荫堂封翁旋卒。

是年,法国入侵越南,复侵我领海,海疆戒严。(张謇《啬翁自订年谱》卷上)三月,法国军舰于海阳洋面捕杀中国人十余名。(翦伯赞主编《中外历史年表》)

光绪七年辛巳(1881)　二十八岁

正月二十七日,周树人(鲁迅)生于浙江绍兴。

本月,曾纪泽与俄签订《中俄改订条约》,沙俄通过此约和以后几个勘界议定书,又侵占我领土七万多平方公里。

二月,刘熙载卒于家,享年六十九岁。

三月,先生与顾延卿闻讯走哭之,并各为文以道其哀。

《文集》卷一《哀祭刘先生文》:"光绪七年二月,兴化先生卒于家。三月,其门人顾锡爵以道路之言闻于范当世,并驰而往,入其境而问之,信,乃走哭于其殡而各为文以道哀。"

本月,慈安皇太后崩。(《清史稿·德宗本纪》)自此,两宫垂帘变成慈禧一人独政。

六月,先生至上海,祭刘熙载于龙门书院;识袁昶(爽秋)。

《诗集》卷一有《与同学者共祀兴化刘先生于龙门书院哀感成诗》诗。

《诗集》卷十五《哀袁爽秋》诗:"昔我游龙门,言从兴化师。师曰及门中,隽者汝知谁? 适来有袁生,灿烂多文辞。其人亦静美,与汝能相资。已闻师谓彼,亦曰范生宜。卒然不可并,各逐风尘驰。维岁辛巳春,木坏吁可悲。四月临殡所,六月龙门祠。于时一见君,戚痛胡能怡? 相向哭而散,各复之天涯。"

谨按:袁昶(1846—1900),原名振蟾,字重黎,一字爽秋,浙江桐庐人。光绪二年(1876)进士。历任户部主事、总理衙门章京、直隶布政使等职。1898年任总理衙门大臣,次年改任光禄寺卿、太常寺卿。主张兴学校、改官制、办洋务。

1900年,义和团运动起,主张镇压,反对围攻使馆和对外宣战。有《于湖文录》、《浙西村人集》等。

七月,先生谒张裕钊于凤池书院,识同宗武昌范志熙(月槎),作《范月槎先生仕隐图序》。

《文集》卷一云:"当世在武昌张先生书院,观察月槎范公闻而好之,既枉过不遇,则召之饮,乃知其先并出文正公。"文中,先生言明季三范有云:"(先勋卿公)归四十年,五起京卿皆不出,天下号为真隐。当是时,文肃公(范文程——引者注)佐圣清建伊吕之业,而吴桥文忠公(范景文——引者注)效孤忠于明,功名之盛无若范氏。"

谨按:范景文以垂绝之贤辅弼东阁,殉难而死,身后无闻;范文程以开国之勋,子承谟、承勋、承烈,孙时崇、时纪、时绶、时捷,曾孙宜恒,皆著名绩,显贵四世而趋式微。惟勋卿之后,历世安贫乐道,诗礼传家,直至于今,惟宁静以致远,诗书继世长,信矣!故伯子先生曾于家书中自豪道:"他日兄弟三人各有集数十卷,合而存之,而前编则列太蒙公以来至于大人五世诗文集,后编则列媳妇及莲儿及莲儿媳妇之作,亦数十百编。果如是,则《清史·文苑传》有体面似吾家者哉?公侯之子孙必复其始沈阳气脉,变而之通州,愈奇绝矣。"

闰七月,吴汝纶赴直隶冀州任知州。(《桐城吴先生年谱》卷一)

秋八月,在上海遇彭苿亭病还江西,先生赠以诗。诗中有云:"去年我病江城下,君行作官具裘马。今年我游东海滨,君病还家百事舍。君官我游都可怜,病榻攀望如飞仙。去年今日恰周岁,尔我相代心熬煎。"(《诗集》卷一)

秋,顾延卿赴两广总督张树声之邀补修《历代史志表》,先生送之。先是,光绪六年四月,张謇随吴长庆陛见入京,因结识张树声之子张华奎(霭卿、霭青)。至七年春,法国军舰开至越南北部,屡屡扬言要驱逐刘永福及清国商户,以保护其在越南之利益,双方剑拔弩张,一触即发。张树声欲招揽人士为之出谋划策,张謇遂邀先生。荫堂封翁不欲先生抛家远赴,临危蹈险,令先生婉拒之。

《诗集》卷一《延卿将发濡滞吾家再同次工部草堂韵》诗云:"去年五六月,张生来上都。盛言粤南帅,谋国方忧虞。借我二三子,难可稽须臾。吾父念儿子,云此不足图。万里耗大官,宁归饭尔粗。尔时客江浦,径返南山隅。久之张公子,再书抵隐居。(前张生谓季直,此则粤帅子张霭青也)虽云蹇修意,缓亟固已殊。皇帝策北方,有德无征诛。戎兵已归食,焉用资吾徒?"

同卷《因延卿寄秦尧臣》诗题小注云:"粤帅初以夷氛迫,招集人士,列名广募,兵事解,乃设局补修《历代史志表》,延卿、尧臣皆寓食其中。"所以系在秋天者,以先生同卷《送延卿既已归途有作》诗有:"秋草为春色,秋花亦可怜。北风吹细雨,落日满前川"之句。

谨按:秦尧臣,名宝玑,金匮人,号叔潜,著有《霜杰斋诗》。

十二月,祭顾曾焕(贞懿),作《祭贞懿先生文》。(《文集》卷一)

光绪八年壬午(1882) 二十九岁

正月二十四日,有家信,随即开船与二弟仲林先生一同跟从学政黄体芳巡省科试随棚阅卷。

二月上旬,有与荫堂封翁书,言及兄弟二人与黄体芳共处情形云:"每日过老师船上吃饭,早饭谈午、未二时,晚饭自酉正谈至子初,唯恐男兄弟之欲去也。钟或以头痛从船后逸去,则惘然不乐。至今犹延此例,故来此旬日只有谈天工夫,或开考之后能以晚半天做事耳。老师相待固无所不优,而近来相知亦极深。昨日一席呕心之谈为百年之约,乃知此老胸有成算而目无余子,迥非从前意料所及,安得非弟一流乎?去年钟归后,毁钟之人殆无所不至,老师愤极而逐之,今一一相告,或气极不能成辞,则令邵季生代述,总之无毫末之动于中者。钟之为学为人,老师所谓广大作用不及男者,然其信重之若此,真可感激。"信中尚谈及黄体芳出钱请名医为范钟医治面疮,并把下属送给自己的燕窝汤都与范钟吃。此外,为应考而嘱咐三弟秋门道:"老师前夜云:'试至通州,必有闲话。我则一秉大公,并不记名,要之有才气,有功夫,我自赏识,可写书勉之也。'弟此数月在家,当专力于时文、律赋、小楷,余者皆缓,更无他属。"

本月,王树枏(晋卿)由保定莲池书院《畿辅通志》局赴冀州出任信都书院山长。(《桐城吴先生年谱》卷一)

王树枏《陶庐老人自订年谱》:"吴挚甫先生知冀州,聘余为主讲冀州书院,以书致子寿(黄彭年——引者注)师,求其允让。师见之大愠,复书语多讥讽。挚甫再以书请,有:'子夏设教西河,正以广传师道'之语,辞极和婉。百师坚持不允。挚甫立上辞职书于李文忠公,谓:'某作官一无所长,惟整顿学校,为国家造就人才,尚堪自信。今求一山长而不得行其志,尚何面目尸此位乎?'时文忠公方遭母丧,乃请署督张靖达公树声代为和解,遂与吾师议定,保定、冀州各住半月,而二人自此水火矣。……挚甫选送高材生七人于书院肄业,……购置书籍数千卷,专讲求经史有用之学,以其间习时文试帖,若赵衡、李谐韺、刘登瀛、吴镗等,皆一时之秀也。"

谨按：信都书院，乾隆五年（1740）知州乔焞创建，院址在冀州。

王树枏（1852—1936），字晋卿，号陶庐，河北新城人。光绪十二年（1886）进士，历官四川、甘肃知县，新疆布政使。民国入清史馆任总纂凡十余年，晚年主讲奉天萃升书院。著书甚富，总其名曰《陶庐丛刊》，凡二十余种。

王树枏中第之前，在冀州与伯子先生唱酬甚多。

三月，张謇荐先生于冀州知州吴汝纶。（《蒿翁自订年谱》卷上）

《诗集》卷五《成婚有日内子为诗三十韵以道其相与为善之意与其迫欲侍舅姑之忧余亦作三十韵答之》："吾昔山中年，恐惧畏人识。一诗落世间，遂为吴公得。苦作珍奇收，过求美珠匹。"

又吴汝纶《依韵送范肯堂南归》诗："一诗初北走，三年怅南归"，吴闿生注云："先公初知范君因见一诗，属张濂翁招致，三年而范君始至。"由此可知，张謇当年致吴汝纶函中，必有先生佳诗也。

姚永概《范肯堂墓志铭》则坐实吴汝纶所见乃伯子先生与张謇、朱铭盘唱和诗："吴先生汝纶官冀州，见君与謇、铭盘唱和诗，贻书钩致，君亦乐依吴先生，遂之冀。"

言敦源则更具体指为秦淮联句排律，其《〈范伯子先生遗墨〉再跋》："光绪壬午尝应试白下，与泰兴朱曼君铭盘、同里张季直謇泛于秦淮，有联句排律，流布远近。挚甫先生闻之，殷勤招致，先生始北游。"

谨按：秦淮联句诗不见先生诗集。

春夏间，先生曾至上海，遇乡友张攀桂（樵秋），流连十昼夜。

《文集》卷三《樵秋哀辞（并序）》："光绪八年，樵秋已去安徽，应闽抚岑公之聘，见余于上海，流连十昼夜，如不欲行。"

谨按：此时闽抚为岑毓英，岑于光绪七年四月任福建巡抚，以八年五月离任，故知张攀桂去闽必在五月之前。

张攀桂，字樵秋，同治二年（1863）二甲进士，官当涂知县。年四十余罢官，倚馆谷为活，尤慕先生之为人，交游莫逆。

六月，朝鲜京城发生兵变。

七月，直隶总督（暂摄）张树声飞檄广东提督吴长庆率军乘船赴朝，时张謇、朱铭盘、袁世凯均在吴幕，随同前往。吴奉命拘鼓动兵变之朝鲜大院君李昰应，置之保定，留兵驻守。

七月十七日，吴汝纶有《答张季直》云："离天津日，于车中接手书，告知范君以襄助濂老撰辑《湖北通志》，前议料应中寝，遂未奉复。……铜士鄂志之役，自不宜辞。若肯惠顾,当令遨游张、吴间。修志固不必朝夕追随,即敝处之馆,亦岂肯终岁羁绊?鄙意如此调停,似属一举两得。北方孤陋,知张叟当亦怜我也。"(《桐城吴先生年谱》卷一)由此信可知,先生已受聘赴湖北通志局。吴汝纶仍愿先生分身北上冀州,真求贤若渴也。

秋应乡试,赴试前,过张攀桂之居,则张已自闽回,遂结伴先生同至金陵。至金陵,居于伍氏别墅,识李佛笙。又谒学政黄体芳,并识王彦威(韬甫)。彦威求先生跋其母卢夫人遗稿,先生未应。

《文集》卷二《书〈焦尾阁遗稿〉后》:"余以光绪八年之秋,初见漱兰先生于江宁,因从先生幕府识王君韬甫。韬甫则出其先母卢太淑人遗稿,索余之一言。……然是时余于韬甫不深,故无所代鸣其哀焉。"

谨按:王彦威,字韬甫,浙江黄岩人,官至太常寺少卿,著《蓼庵丛稿》。

九月二十日,张謇有信与吴汝纶,向其推荐先生二弟范钟出任冀州书院教习。

是年十二月三日,吴汝纶有《答张季直》云:"铜士既有鄂志之役,自难北来。执事谓其弟仲木端敏介洁,工骈文,能诗,闻之令人敬慕。廷试时能一至冀州,无论屈留与否,皆慰饥渴。"(《桐城吴先生年谱》卷一)是张謇荐伯子先生不果,复又推举仲林先生也。

是年,弟钟举优贡。(《南通县图志》卷十五《文选武选表》)

光绪九年癸未(1883)　三十岁

二月二十日,张謇来访。(《张謇日记》)

二月二十九日,马勿庵五十生辰,同人咸集。先生亦与焉。(同上)

四月五日,先生受业师顾金标卒,享年七十二岁。通州人士以顾氏之教授先生父兄子弟三世矣,因询乡谥于先生,先生乃敬谥恩师为"修定"。(《文集》卷五《修定先生墓志铭》)

四月二十二日至上海,二十八日乘船前往湖北任通志局事。时吴夫人大病方见起色,先生为谋稻粱不得已而赴风波。不想先生此一去,生离竟成死别。

二十九日,先生元配夫人吴氏卒,年仅三十四岁。

《诗集》卷一《湖北通志局闻妻丧于时方修〈列女志〉稍整齐然后行悲苦之余犹翻故纸停笔写哀遂成四绝》之一自注云:"四月二十二日,余去家至上海附番船,二十八日成行,二十九日过狼山,而吾妇乃殁于斯时也。"近在咫尺,而生死异路,回思追念,此诚人世最可哀之时也。

本月,张裕钊继黄彭年之后主讲保定莲池书院。(《桐城吴先生年谱》卷一)

王树枏《陶庐老人自订年谱》:"先是子寿师赴官去,莲池山长一席,文忠公命藩台嵩骏函商于余,继主此席。余言:'先祖主讲此席相隔仅四五年,考课之士,大半为余前辈。余以年少后生,忝居师位,不惟余心不安,亦必不能孚众望也。'嵩曰:'只论学问,不在年之老少也。'余坚执不允,乃与挚甫共荐张濂卿先生裕钊来主此席。"

谨按:莲池书院,又名直隶书院、保定书院,雍正十二年(1734)直隶总督李卫创建于古莲花池,故名。书院环境清碧绝尘,林泉幽邃,楼台亭榭,云物苍然,士子读书肆业其中,屏除凡思,事半功倍,影响为北方书院之冠。先后主讲其中者有汪师韩、章学诚、祁韵士、黄彭年等名士。张裕钊入主书院,以经史诗文训士,尤长于文法,主张:文以意为主,辞能副其意,气能举其辞。

五月初,船经湖北黄冈所谓东坡赤壁,先生作有《过赤壁下》诗:"江水汤汤五千里,苏家发源我家收。东坡下游我上溯,慌忽遇之江中流。不遇此公一长啸,无人知我临高秋。公之精灵抱明月,照见我心无限愁。"(《诗集》卷一)

先生平生最崇时人为曾文正,古贤则为苏东坡。《文集》卷七《题苏子瞻手书〈阿房宫赋〉后》云:"他人之书意吾不敢知,若苏氏则吾类也;吾以知客之未明此而伯谦之守此不厌也,伯谦亦吾类也。"将苏轼引为同类。

后来先生回忆此时心情写到:"昔者吾乘大江而下浮,至于武、黄之间,望子之故山而观于赤壁,诵昔人之遗文,独叹苏子瞻之在斯也,乃时时乘风雨渡江与王齐万、吴亮采之徒流连风景,往复不休……"(《文集》卷二《题张氏墓图》)语气艳羡之极,恨不能与东坡同游也。

近人金天羽《艺林九友歌》序云:"晚清诗人学苏最工者,推何蝯叟(绍基)、范伯子。"

汪辟疆《光宣诗坛点将录》云:"盘空硬语真能健,绪论能窥万物根。玩月诗篇成绝唱,苏黄至竟有渊源。"

金铖《范肯堂先生事略》:"世之称先生诗者,谓先生盖合东坡、山谷为一人也。"

先生《诗集》卷十三有《除夕诗狂自遣》诗云:"我与子瞻为旷荡,子瞻比我多一放。我学山谷作遒健,山谷比我多一炼。惟有参之放炼间,独树一帜非羞颜。径须直接元遗山,不得下与吴王班。"

先生至通志局后,最初负责修撰《列女志》,因识与事蔡金台(燕生)、柯逢时

（逊庵）、周伯敬诸公及甫弱冠之万中立（星涛）。

《文集》卷二《书焦尾阁遗稿后》云："其后余在湖北，韬甫每以书来促，而余方撰次《湖北列女志》，列其传者毋虑三数千人。"

又卷四《万星涛之母寿序》："始吾与柯逊庵、周伯敬、蔡燕生十数公者共修《湖北通志》，其时距今十余年，星涛甫冠无几耳，赠公犹在，即令之来游局中。"

谨按：蔡金台，字燕孙，又字燕生，江西德化人，光绪十二年（1886）进士，十七年以翰林院编修出任甘肃学政，则得力于伯子先生之荐也。先生三弟范铠曾随往甘肃学幕。

柯逢时，字逊庵，号懋修，湖北武昌人。同治九年（1870）中举，光绪九年（1883）进士，改庶吉士，十二年选编修，十四年放陕西学政，十九年充会典馆绘图处帮总纂官。二十六年任两淮盐运使，不久调江西按察使，二十九年任广西巡抚。

不久，先生闻丧归里。先生在武昌有《写哀四绝》悼之，诗云：

　　　　耗至惊看吾父笔，行行老泪写哀词。

　　　　如何薄命无妻日，正是过门不入时。

　　　　一病新从九死还，分明给我去乡关。

　　　　平生已种无边恨，此恨绵绵况可删。

　　　　入棺闻说彩衣鲜，费尽亲心总枉然。

　　　　十载宵晨有饥饱，不曾销我卖文钱。

　　　　迢迢江汉泪滂沱，秉烛修书且奈何。

　　　　读罢五千嫠妇传，可知男子负心多。

回通后又有挽联云：

　　　　又不是新婚、垂老、无家，如何利重离轻，万古苍茫为此别；

　　　　且休谈过去、未来、现在，但愿魂凝魄固，一朝欢喜博同归。

吴夫人与先生恩爱十一载，育有两男一女，长子范罕（乳名莲儿），长女范鞠（乳名菊儿，后名孝嫦），次子范况（乳名禊儿）。三子皆未成年，罕十岁，鞠八岁，况仅四岁。

谨按：吴夫人虽出身商贾家庭，然受乃兄吴肇嘉影响，多才多艺，通书法，兼能吟诗，特不如先生继室姚夫人倚云之超迈也。

《诗集》卷五有诗题为"与蕴素联吟乐甚，因而感怀前室，诵其遗诗，忽复与之流涕，蕴素用前韵，余复次之"。诗句则云："一篇残稿嗟何咎，十七年间事可哀。"

姚夫人《蕴素轩诗集》卷四《题大桥遗照》："纸上传心不传真,大桥魂魄今何属?义为一体不相亲,颦蹙自魁为君续。甘贫乐贱非我谋,不期富贵从君淑。"自注:"遗诗有'惟应作贤者,富贵不相期'之语。"

范罕《蜗牛舍诗本集》卷二《回顾》诗(其五)云:"吾母贾人子,嗜书逾常人。稍诵六经言,训义寻自申。"

《张謇日记》(同治十三年正月二十八日):"招肯堂来,挑灯夜话。闻肯堂夫人喜学书,以笺纸二柙浼肯堂献之镜台,以为临池之助。"是皆吴氏能诗通书之证也。

又按:先生于吴氏情深意笃,吴氏卒后,诗联之外,又画《大桥遗照》,广征题咏,大江南北名贤墨迹于斯图可毕见。而据贺涛言先生"既图大桥所居,又冶铜为炉,薰以众芳而勒名其上,以招大桥之魂"(《题大桥遗照》)。

六月初一,先生祭奠吴夫人,作《祭吴孺人文》。(《文集》卷一)文中言到:"吾暂哭汝,当复之武昌,不去,则汝棺不能以葬。"足见先生当日生计窘迫为难之状,故不久即返鄂回局。

吴夫人卒后,先生母亲成夫人欲将内侄名翠姑者续弦先生,以翠姑未几病卒而未果。

范罕《蜗牛舍诗本集》卷首《酒店》诗自序云:"予幼时有表姑母名翠姑者,祖妣成之侄也。予年十岁,初失母,行止食息,均随祖妣。姑怜予殊甚,常携至外家酒店(地名)。时姑年甫及笄,承祖妣意,抚翼予若大人。后曾一至予家,未几病卒,予感其恩意,极哀恋之,至期年犹未已。乃就当日乡村经过景象成诗四句,以志童年亲慕之诚。"范子愚先生注云:"先祖妣吴殁后,曾祖妣曾有意以翠姑续弦,先祖意亦无不可,是以此诗为先祖妣姚所不喜,此亦家庭趣史也。"

本月,江阴南菁书院落成,南通士子自此多入院习业。

谨按:清时江苏学政驻节江阴。光绪八年,学政黄体芳倡议仿浙江诂经精舍例建书院,以救时文之弊,得两江总督左宗棠支持。九年院舍落成,十年开课,院事学政主之,张文虎、黄以周、缪荃孙等先后掌教。崇尚实学,以空腹高谈为耻。

先生《文集》卷二《南菁书院记》(代黄体芳作)云:"江阴在江苏四方为中,而书院附于学政,为士之所归,循而嬗之可以久。体芳则以是告前总督左文襄公,公欣然许奏,拨盐课二万两为束修膏火之资。于是体芳与同官出资庀材为庐,择县人曹君佳实董其事。经始八年九月,成于九年六月。既成,取朱子《子游祠堂记》所谓'南方之学,得其菁华者'命之曰'南菁书院'。"

秋,先生复至湖北,馆于江夏。

《文集》卷三《樵秋哀辞》(并序):"明年,余馆江夏,樵秋亦就馆芜湖,出则俱出,还则俱还。"

九月,有代湖北巡抚彭祖贤《修复监沔水道记》之文。(《文集》卷一)

九月初五,顾延卿、陈子瀓来,帮助先生共理通志事宜。

九月十六日,先生有《与父翁书》,书中云:"(顾、陈)二君是初五来,原是可喜之事。但延卿不能多耽搁,决以十月初回,子瀓自然同回。儿子自己已是成书三卷半,还有两月,却无须帮忙。且从前是不知浅深,所以着急。后来做顺了手,原是不难。他人做,亦不得放心。此刻,但请延卿粗粗做《方技》一卷,子瀓收拾《庐志》数卷而已。"

十二月,归里度岁。

光绪十年甲申(1884)　三十一岁

正月,复至武昌。

二月,先生有与张謇信。(《张謇日记》)

四月二十八日,吴汝纶有《与张濂卿》书。吴因州判署被盗案,一直不获破,心情殊为抑郁,竟有辞官之念。故书云:"铜士至今无消息,不识何故?弟此盗案不获,方拟怀惭自退,故亦不望铜士北来。"吴又推荐贺涛(松坡)给张裕钊,书中有云:"武强贺松坡涛孝廉久欲登龙,现因选授大名县教谕到省领凭,藉得执贽门下。昨来此索弟一函,因弟欲久留客,旋即承间逸去,其文有可造之才,而不得师友指授,其人品则甚清洁,心境亦极光明,幸辱收之为望。"(《桐城吴先生尺牍补遗》)

谨按:贺涛(1849—1912),字松坡,河北武强人。光绪十二年(1886)进士。历任大名教谕、冀州学正,主讲信都书院十有八年。著有《贺先生文集》。

贺涛先后从师吴汝纶、张裕钊,与伯子先生有同门之谊,且共在冀州数年,交往密切,伯子先生以诗名,贺涛则以文著,时称"南范北贺"。吴闿生《晚清四十家诗钞自序》:"先大夫垂教北方三十余年,文章之传则武强贺先生,诗则通州范先生。二先生皆从先公最久,备闻道要,究极精微,当时有'南范北贺'之目。"

闰五月,法国远东舰队司令孤拔,率舰队主力擅自驶入福州马尾港,与我福建水师同泊一处挑衅。朝廷诏谕:"我军当严阵以待。彼如犯我,并力击之。敢退缩者,立置军法。"(《清史稿·德宗本纪》)然而,会办福建海防大臣张佩纶和船政大臣何如璋骄满大意,既不阻止,也不戒备。逮七月,法舰来攻,则仓促应战，军舰被击沉七艘，官兵伤亡惨重，福州造船厂亦遭炮轰。清廷被迫对法宣战，福建水师已然全没矣。战后，张佩纶、何如璋皆革职充军。

谨按：张佩纶(1848—1903)，字幼樵，一字篑斋，直隶丰润人。同治十年(1871)进士，擢侍讲。光绪间官侍讲学士，署左都副御史。以纠弹大臣名著一时。中法战争期间会办福建军务，马尾之役，以戒备不严，舰队、船厂被毁，褫职戍边。后释还，入李鸿章幕。佐办庚子议和，旋称疾不出。有《涧于集》、《涧于日记》等。《清史稿》卷四百四十四有传。

先生授课天津任李府西席时，张佩纶正以东床身份寄居翁家，先生与之有所往来，曾将诗文及家集请佩纶一阅，先生《文集》卷三有《与张幼樵论不应举书》，而张氏书札中屡次提及伯子先生，如其《致李兰孙师相》有云："状元张謇乃吴提督长庆幕客，与朱铭盘、范当世称通州三怪。朱中乙科，已故。范未售，近在合肥处课读。三怪伎俩不同，其为怪一也。"(《涧于集·书牍五》)

六月，法军犯台湾，一度占据基隆炮台。

九月三日，吴汝纶有《与张濂卿》书，有云："范铜士近有消息否？弟因盗案未获，进退狐疑，今案有端倪，仍拟书币走聘也。"(《桐城吴先生尺牍补遗》)

十月二十九日，吴汝纶有《答张濂卿》书，因盗案已破，又欲走聘先生，故附书信及礼金，请张裕钊代为转寄。书中云："铜士明年当望北来，兹有书币奉迎，即求转达为荷。"

与先生书则云："前岁接奉惠书，三年不报，非敢故为疏阔，缘数年以来，处心积虑，必欲一枉高轩，而时会所值，至不能自决进退，用此含意未伸。及濂卿先生北来，则又私心自喜，以为铜士在吾术中矣，不谓人事牵系，尚复沉吟至今。踪迹之合并以不，信有主之者耶！朋友道衰久矣，悠悠者追趣逐耆以相取益，卯亲酉疏，甚者争为朋党，私立标帜，倾动时人，究乃人各一心。虽日与连楣而居，抵掌而谈，而腹有山河，咫尺千里。若吾二人之南北睽隔，言论不一接于耳，风采不一接于目，而声气相感，兴往情来，盖不必足音跫然，而已若胶漆之不可离别，斯已奇矣。来岁倘能北来，过访濂亭，幸以鄙州为北道主人，俾某获遂数年夙愿，私心快慰，岂有量耶？奉上白金五十，为执事膏秣之资，迟速惟命。万一鄂事未了，固亦不必亟亟北行，需之数年，不难更缓数月，幸勿因志稿未竣，掷还往物。为望，孤城寂寥，无与晤语，官事羁屑，都已废书。濂卿近在三百里内，而不能请益。执事闻所闻而来，仍恐见所见而去耳。"(同上)

十二月十三日，吴汝纶有《答张濂卿》书，有云："前接长至日手书并寄示范函，敬悉一一。某于此君梦想三年，迄未合并，此次作书奉招，而范已决计北行，可谓神情契合。南有南皮而不往就，此则老兄在北，使弟得如孟德挟天子归许下耳。"（《桐城吴先生尺牍补遗》）可知先生已复函吴汝纶，应允明年北上冀州矣。"南有南皮而不往"，则张之洞亦曾青目于先生，而先生辞官聘而答友招，尤为可敬。

本月，法军大举进犯，陷谅山（在今越南境内）。

年底，先生归里度岁。

是年，先生曾同通志局同事蔡金台、柯逊庵共游汉阳琴台。

《诗集》卷六有题《去影图·琴台夜饮》，其小序云："此汉阳琴台，余在江夏时，柯逊庵生日，谢客邀余与蔡燕生留此两日，夜对郎官湖痛饮弗张灯也。"

光绪十一年乙酉（1885）　三十二岁

正月十五日，先生往顾埭，与顾延卿、张謇、王欣甫、陈子璐、刘景星等聚谈。（《张謇日记》）

二月，冯子材镇南关大捷，克复谅山等失地，法军溃败。

三月，先生应吴汝纶之聘启程赴冀州。时范钟往武昌，兄弟遂同行西上，至淮上分别。（王定祥《映红楼遗集》卷四有《淮上送范仲木之武昌时余将偕其伯兄肯堂当世往徐州》诗，时在乙酉岁。）至徐州，与王定祥话别，只身前往冀州。（《映红楼遗集》卷四有《口占别范大时君将之冀州》云："彭门春尽柳毵毵，晓日铃辕送客骖。一样辞家君更远，青山何处望江南。"）

过峄山（在今山东邹城东南）有《夜吟》诗，诗中多怀念吴夫人之词。

先生至冀州。张裕钊闻之大喜，有复先生书云："得手书，知已至冀州，喜慰无已。挚公才学识三者，十倍鄙人。足下得所依归，望益锐意精进以副鄙怀，幸甚！"又有与吴汝纶书云："近所得海内英俊之士，惟肯堂及贺松坡。松坡深感阁下遗我奇宝，今肯堂又得亲承教益，尤为喜幸。伏望一铲去宾主形迹，勖励而教诲之俾得有成，亦我公一大功德也。"（《桐城吴先生年谱》卷一）

吴汝纶之延请先生至冀，本欲委以书院山长，然先生性情倜傥不羁，士论多有毁谤，因此而止。

吴汝纶《答范肯堂四首》之四云："山川无新故，弹压要人文。不才食瘠土，岁久空纷纭。公来破其荒，龙虎生风云。莘莘媚学子，浮如苗怀新。道高辄惊众，耳语犹断断。岂知千载胸，岱岭看浮云。平揖呼乔松，并坐分中庭。下视悠悠人，杯水旋螺纹。我虽老不学，稍稍尝其旛。日对绝尘足，愧无十驾勤。昨日

示新作,对案来杜韩。弱才哪能知,聊使诸生闻。"(《吴汝纶诗集》)

本月,李鸿章与伊藤博文签订《中日天津会议专条》,专条规定异日朝鲜有事,中日两国欲派兵往,必先互行知照,为甲午之战埋下祸根隐患。

四月九日,先生在吴汝纶席上识信都书院山长王树枏。

先生《诗集》卷二有诗云:"维时浴佛后一日,吴公席上来匆匆。明朝就语信都院,为庄为诡十九同。"

谨按:浴佛日为农历四月初八。自此先生与之交往日深:先生既读其诗歌,论其骈文,评校其所注《墨子》,遂叹其无所不能;王树枏亦读先生文章,并以先生《山海》(见《文集》卷二)之文所说为不典,乃博稽载籍,拟黄庭坚《演雅》示先生,凡此种种,真可谓"奇文共欣赏,疑义相与析"也。

四月,李鸿章与法使巴德诺在天津签订《中法会订越南条约》,规定中国从此不得过问越南之事。鹰爪虎目,已触国门,所谓安南藩属,不复存矣。

夏,武邑知县郑骧来冀州,先生与之饮。

夏,先生受知师江苏学政黄体芳之子黄绍箕(仲弢)出京赶赴四川任乡试副主考,先生遇之保定逆旅,赠以《濂亭文集》,并口占二诗。(《诗集》卷二)

谨按:黄绍箕,字仲弢,一作仲韬,号漫庵。光绪六年(1880)进士,授编修,擢侍读。与康有为有交。戊戌政变后,任京师大学堂总办。出为湖北提学使,东渡日本。究心东西邦学制。辑有《中国教育史长编》。《清史稿》卷四百四十四有传。光绪十一年,其以翰林院编修出任四川乡试副考官。

七月四日,先生三十二岁寿辰。先生自为《三十二岁自寿》诗,将自己与颜渊、贾谊二子相比。

《诗集》卷二《三十二岁自寿》诗云:"颜子当我时,怡然顺化理;贾生在我时,悲天哭不已。……戒哉令誉乘欢来,誉来汲汲思二子。"

吴汝纶则有《范无错生日次韵奉贺》诗勉励先生:"无错希二子,二子易与耳。"(《吴汝纶诗集》)

七月五日,先生携吴汝纶为荫堂封翁所作寿序南归,盖以明年封翁六十大寿也。伯子先生约好十月北归。《诗集》卷二《赠别挚父先生》:"十月粗能暇,重来倘可几。"

吴汝纶有《依韵送范肯堂南归》诗,"道适前无古,才横空所依。心知非力强,目接似君稀。巨海收清淑,幽灵饷苾馡。耸身蹈霄汉,落笔有天机。鬼物穷艰怪,烟云眩是非。一诗初北走,三载怅南睎。……望深才一聚,欢浅遽言归。觐省知何乐,康强那更祈。近怜文度返,久忘长公饥。轼辙家全有,丘轲后可几。

青衫明日脱,为道欲抠衣。"(《吴汝纶诗集》)

王树枏有《赠无错》诗云:"我年三十二,躬莝趋冀州。君年三十二,亦此来倾投。吴公府潭潭,临渊日敲钩。游鳞饕大饵,一钓鱼双头。我当君之年,细于蛤与蜉。君已变瑰怪,捷猎翔龙虬。君乃弗自伟,日日加鞭辀。进退不旋踵,势如参逆流。况予顽钝质,翔泳寻常沟。斗水苟不资,败腐将谁收。吾闻达人语,生若风中沤。一朝忽漫漫,衮衮不可抔。中有不灭者,炳爝箕奎娄。勖哉冈或辍,逐好相与劻。君生后一日,风雨摇归舟。主人为荐酒,倾杯写绸缪。祝君千万年,如此诗所酬。"(《文莫室诗集·信都集》)

先生由海路南下,在天津待船时,有日本人武藤百智慕名以诗问业。先生为言其国人冈千仞者,使往见之,并赠诗二首。(《诗集》卷二)

谨按:冈千仞,字振衣,日本宫城人,以光绪十年来游吾国,曾至上海龙门书院,有《观光纪游》十卷。(瞿兑之《养和室随笔》"书院文献"条、刘声木《苌楚斋随笔》卷七)

九月,应江南乡试,不中。张謇中顺天乡试第二名(第一为直隶盐山刘若曾仲鲁),成为继顺治十一年盛于亮、乾隆十五年方汝谦之后第三位"南元"。(清代南方举人得中北榜——顺天乡试第二名,称"南元"。)

同月,先生代即将离任的学政黄体芳作《南菁书院记》;又于黄氏幕府遇王韬甫,为其作《书〈焦尾阁遗稿〉后》。(均见《文集》卷二)

谨按:《清史稿·黄体芳传》:"十一年,还京,劾李鸿章治兵无效,请敕曾纪泽遄归练师,忤旨,左迁通政使。"从此黄、李遂成水火,黄"每遇皖人,必极诋李文忠"(李详《药裹慵谈》卷六)。相传黄氏出棚开考命题有"有李,国人皆曰可杀"之句,以托微讽(刘声木《苌楚斋五笔》卷八、李伯元《南亭笔记》卷十四)。然体芳出任学政在先,劾李遭贬在后,命题云云实属后人妄编,却可证其矛盾不合。后先生出任李鸿章西席,李、黄既是宿敌,厚此难免薄彼,在黄恐亦有离朱即墨之慨,故二人疏远也在情理之中。

十月,起程往冀州,过山东兰山驿,王韬甫示以《绿杨春影图》,先生题诗八绝。(《诗集》卷三)

过泰山,先生写下佳篇《过泰山下》七律一首:

> 生长海门狎江水,腹中泰岱亦峥嵘。
> 空余揽辔雄心在,复此当前黛色横。
> 蜿蜒痴龙怀宝睡,蹒跚病马踏沙行。
> 嗟余即逝天高处,开阖云雷倘未惊。

——《诗集》卷三

十一月,再至冀州,武邑令郑骧正式聘先生为观津书院山长。

《文集》卷三《重修观津书院增建试院记》:"光绪十一年夏,署武邑县金溪郑君来见,吾亦与之饮。退而吴君谓我是有意教其人者,而惜乎不能久于斯也。及秋,吾还江南。冬,又来,则郑君已有钱六百万修复观津书院,聘吾为师,而大府亦以是留君。"

谨按:当时直隶观津书院有二,一在东光县,一在武邑。武邑观津书院乃道光二十三年(1843)由知县雷五福创建。

本月,有信与张謇,告知已北来。(《张謇日记》)

冬,先生与吴汝纶同赴保定看望张裕钊。《诗集》卷六有题《去影图·燕南并辔》,小序云:"余自冀州同挚父先生就濂卿先生于保定,车中困顿,舍之乘马,先生亦乘马,并辔相语,不知晓寒。"诗中则云:"官中念师友,车马犯严冬。"可知在冬日。

是年,先生挚友马勿庵卒。先生作有《勿庵哀辞》(并序)(《文集》卷三),并有联挽之:

> 舆论何凭? 君匪但能廉,亦越诸公好名者。
> 交情可叹! 我未尝不义,已成天下负心人。

是年,先生挚友张攀桂(樵秋)卒。

《文集》卷三有《樵秋哀辞(并序)》。又《诗集》卷六有题《去影图·芜湖附舟》,小序云:"余馆江夏,樵秋馆芜湖,出则俱出,还则俱还,每年如此。有一年,未约而舟过芜湖,樵秋亦适来附舟,十年之欢此为最。"诗则云:"此人实可悯,此事真当存。老年罢官职,投憩无家园。逢余以为命,徒步相追奔。相依不相活,各复投朱门。岁穷一并归,笑乐为吾昆。精诚所牢结,讦合常无痕。"

光绪十二年丙戌(1886) 三十三岁

正月十五,荫堂封翁松六十寿辰。先生兄弟为封翁举寿觞,"旁邑之客,不远数百里而至者,凡数十辈,皆肯堂先生友也"。(王锡韩《蜕学庐联话》)

荫堂封翁作有《六十述怀》七绝二十五首。其中第二十一首谈及先生,诗云:

> 童子冠军亦小哉,绛袍未谓脱尘埃;
> 脊令兄弟联翩起,敢忘逵荣举秀才。

又第二十二首提到先生元配吴孺人,诗云:

　　　　冢妇于归雉水吴,十年生聚尽公输;

　　　　三孙玉立皆心血,未答艰辛墓木枯。

《文集》卷十二《顾晴谷先生七十寿序》:"先生(顾曾烜——引者注)之甫之陕也,在岁丙戌先子六十之年,先生为先子称祝而后行。"

顾曾烜《方宦俪语》卷下:"丁亥孟春,将之秦中,荫堂范君招饮山茨,适诸公子为君称六十觞,算鹤歌骊,一时间作,撰言奉祝,即以志别。"时间不同,疑其误记。其联则云:

　　　　计公悬弧之辰,长余八年,后余一日;

　　　　为我祖帐于此,别君千里,思君平生。

王锡韩《蜷学庐联话》:"晴谷先生之将秦中也,范荫堂封翁置酒山茨饯之,时肯堂兄弟适为翁举六十寿觞,先生撰一联为祝,且以志别云云。"

二月、三月,先生皆有信与张謇。(《张謇日记》)

春,至武邑观津书院。

是时,吴汝纶开始游说先生续娶。先生乃作《题大桥影子》及《大桥遗照诗》(均见《诗集》卷三),以寄哀思。其《题大桥影子》题下自注云:"选于《百美图》,而得其似者写悬于斋,无可奈何之事也。于时。挚父先生实始为之媒,是以又有《大桥遗照诗》之作。"其《大桥遗照诗》前序则有云:"桥之殁,而余不获诀念,欲图其貌而无从为画工言也。文君右泉,游楚不得志,吾携以归。而右泉善画,吾因与之棹舟至新地,观于亡妻之故居,而属为之图斯桥并图其地,以谓此所以存我亡妻云尔。呜呼!地则恒是耳,桥亦不可以百年,而此之薯如著烟雾于纸上者,果何物也哉?而我又能长玩乎此哉?"其诗则曰:"若人一徂逝,杨柳三枯荣。荣枯劫未已,何如人去不复生。君魂匿吾心,君貌悬吾睛。若为相对复愁苦,达者胡为不自宁。大桥莽烟水,从此无君形,亦欲出君魂,持之当风飑。柔绝复几何,凌暴吁可伤。待吾精力消磨尽,及尔同归何有乡。"

四月州试,得南宫李刚己。先生与吴汝纶皆击节欣赏,目为奇才,并亟告张裕钊得知。张裕钊回书吴汝纶有云:"尊处州者乃得圣童,闻之喜抃无已。我公龙虎精神之所感召,固宜有是。"其后,李刚己果成其才,为先生门墙第一手。

赵衡《李刚己墓志铭》:"刚己年十几,以童子升应州试,时桐城吴先生为州,先后招延通州范肯堂先生客署中,武强贺松坡先生都讲信都书院,三先生同在试院,得刚己文,愕起环诵,大奇之,曰:'此天才,吾辈所畏也。'拔置第一。"又云:"既补弟子员,因从三先生更学。三先生皆绝重刚己,撰语慰藉,方拟古贤,侪夷瞠后。"

姚永概《李刚已墓志铭》：“年十三，应冀州试。州牧为吴先生汝纶，而贺先生涛长书院，范先生当世在幕中，方倡文学教士，得君文大惊曰：‘此天才也！’录冠其曹，召居署，从范先生游。”

《李刚已先生遗集》卷一《冀州宅中用通州先生赠别桐城先生韵兼呈两先生》（作于丙戌）诗后有伯子先生评语曰：“此作惊人乃又当数倍于昨日之文。此子得道之猛，虽六祖之一夕顿悟，何以过之？而令我抚中自问平生所受师门笃训千言万语强半遗忘，可为痛心！我何足以范此子哉？挚甫先生非上智不传，而过意于我，尚非其人，愿以平生所得于文正公者壹付诸此子，而益非我之所敢忝然并居者也。”又有吴汝纶评语曰：“相此儿所诣，便以突过老夫，那得不诧为奇宝。故知殊尤瑰玮之才率由超悟，不藉声闻证禅也。近日强留肯堂，自愧老荒不能相与上下追逐。得此儿相从问学，不负范公此行矣。”而李诗中“此钱当万选，来试有群讥。红雨花疑落，青云鸟竟飞。雉犹劳凤顾，龙尚爱鱼肥。欲作山千仞，初阶土四围”之句，正是刚已当年意气风发时也。

先生青睐之余，又申《论语·公冶长》“子曰：‘吾未见刚者’”之意，为李刚已取字曰“刚已”。

《文集》卷二《刚已字辞》：“呜呼！刚已！吾取吾夫子难其人者而名汝字汝。”

先生还为另一南宫学生于凤鸣取字“况箫”。

《文集》卷二《况箫字说》：“南宫于生凤鸣从余学为文且一年，而自字曰‘觊晓’，吾改字之曰‘况箫’，盖取诸《箫韶》以配其名，而进之以声音之道，不取箫之异文也。”

吴汝纶于是年七月六日有《答张濂卿》云：“承示姚氏于文未能究极声音之道，弟于此事更未悟入。往时文正公言，古人文皆可诵，近世作者如方姚之徒，可谓能矣，顾诵之而不能成声，盖与执事之言若符契之合。近肯堂为一文发明声音之故，推本韶夏而究极言之，特为奇妙！窃尝以意求之，才无论刚柔，苟其气既昌，则所为抗坠曲折断续敛侈缓急长短申缩抑扬顿挫之节，一皆循乎机势之自然，非必有意于其间，而故无之而不合，其不合者，必其气之未充着也。”（《桐城吴先生年谱》卷一），所指正是此文。文中先生发明声音之道有云：“是故人之身不足存也，而存其道，道无所寄也，而寄诸言。言可闻者，伪之也，而有不可伪之气。气行乎幽而不可识也，扬其声而求之。声之至者谓之乐。声出于口而未有不合焉者，自然之奏也，文之而改矣。然自口者不可以久留，而亦非声之至也，必也文之而尽如其口，则至矣乎。”

五月端阳节,州判张映棍(星阶)以枣粽馈先生。(民国《冀州志》卷十三《清代职官表》载张映棍,平定拔贡)

《诗集》卷三《酬冀州判张君》云:"客里逢端阳,劳公忽赠送。菜根飞盐花,肥枣满青粽。滕之两三品,清德偏可颂。我无报投物,作诗为公诵。食饱诗亦酣,陶然羲皇梦。"

七月初,先生欲与吴汝纶同往保定看望张裕钊,因故未能成行。

七月初九立秋日,李刚己有诗作呈伯子先生。

《李刚己先生遗集》卷一《立秋呈范先生》(丙戌作)诗云:"仰陪夫子下阶吟,呜咽鸣蝉向我瘖。半月偎城动凉色,一风入木作秋音。星云高灿还相媚,雾雨横凄忽见侵。应有列仙在空阔,徘徊不下暝烟深。"先生评曰:"置之姚氏《今体诗钞》中,亦殊尤之作,真可喜也。"

七月十一日,吴汝纶《答张濂卿》书云:"月初已与肯堂定计谒候矣,会闻北邻深、束、河、献及属县衡水皆有贼徒啸聚,因饬令民间整顿联庄。又闻道途阻水,不得不稍从稽缓。当须道通,乃能赴约耳。"(《桐城吴先生尺牍》卷一)

九月,武邑令以书院拥挤,增建试院。

十月,先生由冀州南归。

十一月,祭扫亡妻吴氏之墓,有悼亡诗《大桥墓下》,极尽哀伤之思。诗云:"草草征夫往月归,今来墓下一沾衣。百年土穴何须共,三载秋坟且汝违。树木有生还自长,草根无泪不能肥。泱泱河水东城暮,亡与何人守落晖。"(《诗集》卷三)

是年,陈三立成进士,授吏部主事。此科以人才之盛著称,王树枬《广东提学使固始秦君墓志铭》:"光绪十二年丙戌,礼闱榜出,宝君冯君煦、胶州柯君劭忞、义宁陈君三立、武强贺君涛、南丰刘君孚京、固始秦君树声,皆赐进士,论者谓人才之盛,于斯为最。"除上述等人外,徐世昌、张元奇、陈夔龙、宋育仁、吴庆坻、杨士骧、王树枬、蔡金台、裴景福等也同榜中进士,其中诸君日后多与伯子先生相往还。

光绪十三年丁亥(1887)　三十四岁

正月,光绪帝亲政。

三月,姚浚昌分发江西吉安府安福县知县。(《清代官员档案全编》)

姚永朴《蜕私轩集》卷五《斗影图记》:"同治中,先府君官安福,……光绪丁亥重莅故任。"

四月，三至冀州，主武邑观津书院。此时书院增修完毕，先生有代郑大令骧武邑观津书院联云：

> 自来学校以书院辅之，如今比屋东西，稍有欢颜在风雨；
> 吾为父兄望子弟成耳，此后一官南北，还将老眼看云霄。

五月，又作《重修观津书院增建试院记》。(《文集》卷三)

本月，范铠之元配发妻彭氏卒。

《诗集》卷四《书与仲弟以答来恉而言近事拉杂不休遂得六十韵》："一昔邮中得父书，秋门五月新丧俪。此子完完特过兄，周流相览谁当妻。乃知一妇关一家，莫更青天著阴翳。"

谨按：铠妻之卒，实属意外，却为先生续娶姚夫人又增添了一个理由。"完完"特过乃兄的范铠，丧妻后势必以大哥马首是瞻，可是范家两个媳妇病故，家中少人主持，荫堂封翁之强迫先生心情，则可预见。故先生诗前吟到："吾恨初心不自持，含愁更作他人婿。夫子怜我非登徒，强为导言索珍髦。"

六月，广州水师学堂成立。

中秋，先生登冀州西城，独吟成诗。(《诗集》卷四)

十月，为某舍人子戏题《百蟹图》。(同上)又有《吾所植荷既开尽而风雨频至坐见其萎谢慰别以诗》诗，吴汝纶"竟以为合李、杜为一手"(《与荫堂封翁书》)。

本月，《中葡和好通商条约》在北京签订，条约规定中国仍允许葡萄牙永驻和管理澳门地区。

是年上半年，王树枏中进士，发四川青神知县，冀州山长空缺。此乃先生入主书院之绝佳机会，惜诽言再起，先生又与之相失交臂。

先生《禀父翁书》云："男《百蟹诗》乃叹息人才之少，而目中所见阳刚之文不能多也，并无他意。男在此与挚翁原是极乐，即明年贺同门来此，亦不得同于世俗之欢。惟本地无端之小人与从前在此之王公(当指王树枏——引者注)，不知以何故得罪于彼，飞谋钓谤，啧有烦言。即此诗，亦有毁男于挚翁者，以为男之藐视挚翁。"适二弟范钟自湖北有书来，劝先生刓方合众，先生遂作一长诗答之，并言近况。诗中有云："尔听人言为我愁，教我刓方却俾倪。……南方谓我三礼精，北方传我狃清丽。我取两言微讼之，北语何伤南语戾。离家去井谋稻粱，恨已虚华促根底。更若违亲长盗声，茫茫江水吾何济？"(《诗集》卷四《书与仲弟以答来恉而言近事拉杂不休遂得六十韵》)

吴汝纶不得已乃力邀贺涛主持书院。

吴汝纶七月二十六日有《与贺松坡》云:"本年冀州缺山长,州人专信向阁下,举天下之宿儒硕学,无以易执事也。因忆往年成约,谓得缺在远,必当相调,遂以此意面启上官,久蒙许可。尚恐尊甫不谓然,昨经肃笺奉商,亦已俯诺矣。缮禀上闻,计八月初可得批答,届时当即飞送,兹先遣书院绅士张增艳前往奉迎。大名诸生虽受教至渥,不欲他徙,但此事上下定议,不可中变,能于八月到此为望。"(《桐城吴先生年谱》卷一)

同日,吴汝纶有《与姚慕庭》书,责其意欲毁婚。

是年,贺松坡自大名至冀州,任信都书院山长。先生始与之交。

贺涛《送范肯堂序》:"涛始学文于桐城吴先生,及武昌张先生北来复命往受法。时吴先生为冀州,而张先生弟子通州范君肯堂以聘来,涛亦自大名教谕调守冀学,因主其书院讲席,始与范君交。"

是年,范钟任武昌知府李有棻西席。

先生《文集》卷三有《寿言赠李季驯》云:"吾弟仲林为武昌知府李君教其子。"

又《诗集》卷四《书与仲弟以答来旨而言近事拉杂不休遂得六十韵》:"吾弟书由鄂中递,吾正思之一挥涕。感激平生未见人,肯为人兄养其弟。……弟谓李公彻骨贤,能教宾客病去体。室庐庖具多私恩,群子英英并告契。昔我修书在府旁,已闻说公似嘉醴。"

谨按:李有棻(1841—1906),江西萍乡人,字香缘,一字荄垣,同治十二年(1873)拔贡。由内阁中书分发湖北候补知府,历沅州、襄阳,光绪十年(1884)冬署武昌,官至江宁布政使。李系张裕钊弟子,与先生属同门故交。先是,光绪十一年(1885),范钟客武昌,得以交游李有棻兄弟。(范钟《柳太夫人寿言》)

光绪十四年戊子(1888)　三十五岁

春,先生作《感春》三首(《诗集》卷四),中有怀念故友张攀桂、马勿庵云:"平生至精所牢结,但觉朋友同肌肤。张籍凋零马周死,新悲旧恨纷来纡。当时二公弗徒爱,针砭苦语无时无。"

四月,先生有信与张謇。(《张謇日记》)

五月,先生至交张颉辅(采南)及故人李佛笙之子嘉璧(和度)同时来冀州。

吴汝纶于六月十二日与张裕钊书云:"敝友张采南兄名颉辅,壬午孝廉,久慕盛业,与肯堂至交,顷来冀匝月,与松坡诸君往还酬唱,亦最款恰。"

六月,李鸿章欲以莲池书院讲席媚新赘之婿——张佩纶(幼樵),而荐张裕钊另主湖北江汉书院,实则逐之也。莲池诸生闻而大哗,保定官僚亦同声怅恨,物议纷然,佩纶不敢就皋比,而裕钊耻于下人,遂引"衰年远客,越鸟南枝"之词,于十月返鄂。吴汝纶意欲挽留,力邀来冀,裕钊羞于屈驾,执意而南。

谨按:光绪十年(1884),福建马尾海战,李鸿章身为首辅,明知张佩纶不习兵战,既不遣北洋军舰往援,临战之期,又诫以不先开炮,导致贻误战机;难怪义宁陈寅恪谓之"丰润无负于合肥,而合肥有负于丰润,宜乎合肥内心惭疚,而以爱女配之。岂即《三国演义》所谓'赔了夫人又折兵'者耶?"(《寒柳堂集·寒柳堂记梦未定稿》)。梁鼎芬则有诗云:"篑斋学书未学战,战败逍遥走洞房。"(刘声木《苌楚斋续笔》卷一)篑斋,佩纶晚年自号也。

徐珂《清稗类钞》则谓张佩纶赦归即入李鸿章幕府,李则信用之,倚为左右手。"李有疾,张入内候之,忽见案有楷法端丽之诗稿,知为女公子所作。展视之,中有咏马关战事之七律,颇为张诿过于人者。张且读,且佯哭曰:'不意佩纶乃获一知己。'李笑曰:'此小女走笔为之者,何足道!'张惊起曰:'女公子作此耶?此诚佩纶第一知己。佩纶今日且感且惭,直无地自容矣。'乃跪而言曰:'佩纶今方悼亡,愿终身事女公子,藉报知己。'李大愕,欲挽之起,则长跪于地,不稍动。李徐曰:'君起耳,此事自有商量之余地。'张即以外舅之称奉李,李不得已,诺之。夫人大怒,责李曰:'吾女何人不可许,乃欲婚于麻子贼配军乎?'李无言,太息而已。"齐东野语,亦非空穴来风。张佩纶既入幕赘门,其求职也在所难免。

又按:张裕钊回湖北后,与张之洞龃龉难合,旋移襄阳鹿门书院。未几辗转关中,流落以死,贤人末路,其可悲如此。

六月十五,先生与吴汝纶、姚为霖(锡九)、张采南乘兴登冀州西城楼玩月赋诗。

《诗集》卷四有诗题为"六月十五日,酷热,傍晚得雨乃解,因与挚父先生、姚锡九、张采南乘兴登西城楼玩月,而姚丈、张君并吹笛,余乃即景为诗得二十一韵"。

谨按:姚锡九,名为霖,号漪园,桐城人。曾为吴汝纶在天津时幕客,又属姚浚昌之兄弟行,故先生以姻丈称之。先生《诗集》卷四有《冀州宅中再为姚锡九姻丈置酒次韵奉留》诗。此后,先生旅天津,姚锡九任青县令,复有往来唱和。

月末,先生准备南归,而冀州嘉客甚众,先生"益与之早夜为诗酒之欢",徘徊久之。先生有追和故友李佛笙之诗,一时和者颇伙,吴汝纶所谓"范君大作,弟侄皆有和章,老夫亦不能再嘿"是也。吴氏所和诸章中多有评及先生语,如"眼中不羁人,天赋实宏放。高步骋天衢,逸气凌苍莽。回翔翎翮劲,决起风云壮"(《范君大作弟侄皆有和章老夫亦不能再嘿勉成一首》);"邂逅陶谢手,摇豪方竞爽"(《酬张采南兼呈肯堂》);"羌雁得范子,大音无细响。散声入混茫,臂挹西山爽。三年苦独唱,空结千岁想"(《诸公倒用前韵要和勉答盛望》)。

七月,先生为赴乡试南归。

贺涛《送范肯堂序》:"七月初吉,君将南旋,次其道所由,自津沽浮海,南至沪,又并海而北绝江而抵通。既拜具亲、应试于金陵、迎妇于江右,闻张先生且南归,则又溯江而上谒师于武昌,不半载走江海万里。"

谨按:此次先生南归,本想江西迎娶姚夫人后,明春便回。《诗集》卷四《已发冀州苦雨不休夜泊荒野中再与采南叠韵》:"劝尔早归来,南方无息壤。南方有吾亲,长年岂不想。不有万金爱,不易千金赏。春船带薄冰,此约应无爽。"不料,此一去竟不能再回冀州。

先生之在冀州三载,乃人生一段辉煌。

言敦源《〈范伯子先生遗墨〉跋》:"桐城吴先生挚甫牧冀州,延新城王晋卿树楠掌书院,教先生主讲武邑,而武强贺松坡涛更以吴先生之学设教于乡,数君子者,声气相应,宏奖后进,一时学风蔚然为畿辅冠。"

·马其昶《赵超甫先生墓表》:"惟冀州自吾乡吴至父先生莅官,一以振起文化造士为急,延礼通儒王君晋卿、贺君松坡、范君肯唐专教事,一时瑰异之材得所矩范,人人皆知文章利病流别,旁衍及他郡邑。而武昌张濂卿先生暨吴先生,又先后主莲池讲席,师友渊源,同流共贯,徒党蔚兴。于是北方文学之博与东南侔矣,其高才尤异十余人,衡(赵超甫名衡——引者注)其一也。"刘声木《苌楚斋四笔》卷八评到:"学部(马其昶——引者注)此论洵为确恰。书院专为造就人材,非同虚设。但惜光绪末年,仅有冀州信都、保定莲池二处,未能及于他省,为可惜耳。然仅有二书院,教授得人,成绩之伟大已如此。若合他省尽能如此,则文治之盛,不特侔于东南,直驾唐宋之上矣。"

伯子先生正有感于斯,晚年才不遗余力办教育,呕心沥血以迄于亡。

八月,先生兄弟应江南乡试,皆不中。姚永概取解元第一。至此,先生已九赴乡试而不举,遂绝意仕途,不再入场。

《南通县图志·前纂叙传》:"年三十五,不复就乡试。"

吴汝纶《通州范府君墓志铭》(拓片):"当世岁贡生,年三十五后不复就试。"

《诗集》卷五《杂感二十八首》之八:"三战败不羞,九败益以笑。久于其事中,表里洞如照。"卷十《读曾文正公道光乙未岁暮杂感诗慨然毕次其韵十首》之三:"六朝烟水余兰桨,九度霜风困棘闱。直自科名拚永弃,于今岁暮转忘归。"

又《文集》卷三《与张幼樵论不应举书》:"游谈十年而产不进,不以为贫;九试不得一科,不以为贱。唯独病几没身,不能不惧,而因此废试,亦不以为高。"

姚永朴《叔弟行略》:"二十有三,应光绪戊子科乡试,同考官南丰曾公道唯,得卷大惊,荐之主试李公文田、王公仁堪,相与激赏,置榜首,谓必耆宿,撤弥封,乃知其年,又悉先世,益喜。"

重九,先生登览狼山。《诗集》卷十《与内子登狼山游宴极乐……》:"越从戊子作重九,十年不履兹山颠。"可知是年重九曾经登临也。

十月,先生就婚安福。过屏风山、南康城、南昌、庐陵,均有诗。庐陵道中,更以点校王安石诗为消遣。(《诗集》卷五)

泊舟滕王阁下,夜大雪,发顾曾灿(裘英)信。先是,先生师母顾老夫人病,曾灿自京返乡省母。先生欲其去宦归养,力谏之辞官。

《文集》卷五《顾师母王太恭人八十寿序》:"吾思之逾时,谓裘英曰:'今若此,则子不归养,于心不安。'裘英喜曰:'善乎子之言!吾往挈妻子还耳。吾从容,当可得提牢;还,必有阻我者。'及吾往江西,泊舟滕王阁下,而深思裘英之语,恐其万一为他人所挠,而吾之去彼也日益远,愈无以诤之。既寐而起,夜大雪,燃火解冻,为书数千言,往复于事之所必至,益愤其辞曰:'京师士大夫则岂复知有天性者哉?不幸而再,吾与子绝矣。'"

谨按:先生再婚,实吴挚甫矢力玉成,其始末挚甫先生《题范肯堂大桥遗照》载述甚详:"异时范君当世既丧其前夫人,哀思之不聊,则命工图其父母所家曰大桥者,以寄其思,且誓不更娶。汝纶谋所以散其哀而败其誓也,见是图则深非之。又为书告濂亭翁,翁复书曰:'是《易》所谓恒其德贞而夫子凶者也,吾助子破之。'已而,范君以其私白翁,翁竟止不言,而更为君题字图上。君归,矜语汝纶,殊自得也。当是时,吾县姚慕庭先生方邮寄其女公子所为诗示余,且属选婿。余曰:'莫宜范君者。'于是以书径抵范君之尊甫平章婚事,词若劫持之以必从者。然复书果诺许余,然后喜吾谋之卒遂而笑濂亭之不足与计事也。范君既别余去赘姚氏,早暮与姚夫人为诗更唱迭和,闺阃间自为诗友。于是又命工图其生平所历事为去影图,与姚夫人淋漓题咏其上。"

吴汝纶另有多封信札提及先生之婚事。如光绪十二年《答张濂卿书》云:"肯堂不再娶,若私有禁令,严不可破。得惠书,与共读之,乃曰吾师易与耳。吾言稍切,则谬曰得延卿为媒乃可。不知肯堂再娶,干延卿何事?而其私意,乃若与延卿有成言不可负背者。公为我问讯延卿，且诘究之，事之济否，在延卿一言耳。又闻肯堂尊人令延卿作书与阿郎，劝令更娶，延卿书乃阳劝而阴讽之，亦不解何谓也？近时肯堂归觐退，无以自娱，但致厚于故妻之党，母夫人调之曰：'自大娘故后，外戚群从皆赐爵一级也。'其梗概如此。而肯堂方始就就以为得计，且其意尤忽我公，此愈可诧者。来书谓它日相与力破此惑，不患不听从，恐亦徒为大言耳。"

又同年七月十一日《答姚仲实》书云："见委择婚一事，不佞知交殊少，惟通州范肯堂文学优长，前曾略为言及。渠坚持不续娶之说，兹拟作书问其尊人，且说明府廷家世及贵女弟才德，看其如何见复。尊大人来书，俟范氏有复音后再行裁答。"

又光绪十三年闰四月廿九日《答张濂卿》书云："范肯堂已为媒说姚慕庭之女，范府亦允诺矣，执事能不佩服我乎？"

又同年七月廿六日《与姚慕庭》书云："所论范宅姻事，前因执事及仲实屡有书见托，并言不嫌远省，但计人才，故敢为之导言。今范公来书，虽立言婉转，要已允诺，其所以委曲之者，实缘肯堂故剑情多，誓不更娶。前时范公屡令更娶，并诒肯堂深友从旁讽喻，肯堂坚持初见，自为前夫人墓文，仍以不更娶为词，其父不能夺也。某欲成此举，日夜说之万端，又挟张濂卿同说之，亦不能夺。及去冬肯堂南归，弟适奉到手教，念无以报命，因冒昧通书于肯堂尊甫，颇挟纵横之策，逞游说之能。范封翁踌躇数月，乃复书见允。今若忽然中变，某不佞诚无言以复范公。范叟盖一老儒，曾在福建抚院幕中。其父子兄弟间慈孝之谊迭见于诗文中。……其先世自明以来多达人，范文正之后裔也。其家清贫，然肯堂及其仲弟皆亦文学知名公卿，其季弟文笔亦雅健，范公来书乃其季弟手笔也。其兄弟竟爽如此，殆非久贫者。目前虽窘，亦未必仰给前姻家。阁下见范公之信，种种致疑，窃谓上有公姑，下有前子，亦续弦之常事，且安得无公姑之家而与之议婚哉？范氏本无议婚之心，而某因执事谆属，驰书劝之，既有诺矣，而尊处又若不甚见信，使某无词以谢范，殊觉为难。执事及仲实前书专以此事见委，肯堂所知也，今若改议，亦苦难于置词。鄙意议婚专以择婿为主，其他皆在所轻，执事初见最是。若左顾右盼，长虑却步，则必至淑女愆期，交臂而失佳士。今海内文笔如范肯堂者，某实罕见。其对恃执事前书相委之专为之作合，自谓不负谆诿。执事阅人多矣，知人材之难得，尚望采纳鄙言，旁人忌才嫉能，或多诽议，不足听也。某前与薛宅议婚，系独断于己，其后传言亲家夫人至为严刻，亦引为私忧。及小女嫁后，其姑怜之乃过于己女，以此见传言之多妄，薛宅即其明征。今范氏昆弟文采奕奕，其老翁亦隐德君子，其可议者但坐一贫字耳。贫非士君子所忧也，必不得已则范公书中所云拜认前亲以存旧谊者，乃世俗之常例，贤者不必循之，此尚可从中缓颊，其他则实有某所难中变者，敬求亮鉴。仲实文字笔记因闻其秋间当来，故未即拜读；女公子大作亦未阅定，他人未令见也，后当续寄。本日有人赴天津，附便奉复，不及寄文卷矣。与执事交谊，不后于范氏。范公肯采鄙言，料尊宅不致待我不如范也。"

姚永朴《蕴素轩诗稿序》："吴挚甫尝见妹诗于戚姻家，为之惊喜。会通州范当世丧其室，乃自冀州遗先考书曰：'肯堂诗笔海内罕与俪者，君为贤女择对，宜莫如斯人。'先考以道远难之，吴先生一岁中申言至七八，妹由是字范氏。其后先考重莅故任，肯堂来就婚，夫妇相得甚，闺中唱酬如鼓琴瑟。"

先生《文集》卷四《书诒炜集后》则云："往余悼其先室吴孺人，至不可奈何，而图其所生长之区曰'大桥遗照'，为之诗若序，征题于人，人无应者，徒以大义相绳，谓不可不更娶。而吾师张濂亭先生入吾说，独谓'宜听所守'，欣然为之题其耑，吾持以傲夫言当娶者。而吾挚父乃悍然必欲为之谋，且深讥濂亭。一旦为书劫吾父，而吾遂不得已变其六年所守，再娶于姚。"

先生之娶姚夫人又有诗媒之说。

顾公毅《蕴素轩诗集序》："蕴素先生之偶范伯子先生也，吴冀州为之媒。蕴素先生亦若以诗媒者。先生尝录所为诗由其兄姚仲实先生呈冀州，冀州亟赏之。时伯子先生失偶已数年，意不更娶，而冀州毅然为介，伯子先生亦既于冀州得诗读之，议始定……此义宁陈师曾恰语……秋初，起居先生，正曝书于庭，检一小册示公毅，上署《蕴素轩少时诗稿》。稿蝇头小楷，谛视之，先生之手笔也，而评者为吴冀州。就所识年月考之，则已越四十年，墨迹如新，粲然夺目。因忆师曾所谓诗媒者以询，先生默应焉。"

徐昂《蕴素轩诗集序》："范蕴素先生为先师无错夫子继室，其婚也，以诗为之介，春风帘幕，秋霜庭院，苦语唱酬，联绵稠叠。"又徐氏《范姚太夫人家传》："先生……前夫人吴没，先生矢志不续室。挚甫既知太夫人贤，而又多先生之才，乃以诗介，力主婚议。先生得父命成婚于慕庭安福任所。"

曹文麟《范姚太夫人七十寿言》："(先生)三十而丧耦，弗复娶，而吴冀州重蕴素先生之行与学，以诗册为介。蕴素先生者，今吾吴数千方里所传称兴学育才之范姚夫人也。太夫人承父兄之教，而诗册评点之墨至今淋漓，其惊异冀州实甚，则固亦豪杰之士，肯堂先生之次韵有曰'悲歌对子不能才'言其实尔。"

今日客观分析来看，当年先生改节继娶实乃多方面促成。诗媒恐还在其次，心怡桐城正宗惜抱贤嗣想是首要决定因素。

先生《诗集》卷五《入滩河闻舟人言往月安福使人迎探状惭恐弥甚心神益焦辄复为诗十九韵》:"顺康元老家,乾嘉大儒系。道咸名公孙,同光诗人子。蔼蔼敦诗媛,持以配当世。……韩公诗万篇,翱也数十纸。培塿附泰山,不尔将安恃?"又卷六《叔节在安福盼我久矣……》:"君家世世皆有声,天下举目姚桐城。摩挲先泽与人共,岂是寻常伐木情。嗟我于今弗可道,发愤编摩苦不早。且为不谬当如何,眼看头白归于扫。……平生负却张吴刘,天之所限人难求。惟应傍此终吾世,或者前言不谬悠。"又同卷题《去影图·安成玩月》诗云:"吾翁非常人,平生与凤麟。咸同圣贤际,了然皆所亲。以兹厚诗力,迥出千家屯。……生虽托名父,德由自苦辛。小子所深愿,乃公父师伦。"

徐昂《范伯子文集后序》则谓:"桐城文章,源于望溪,海峰嗣之,迄姬传而大昌。门弟子流衍,江苏最盛,江西、广西、湖南弗能逮也。先师范伯子先生治诗古文辞,始师张濂卿,既得吴冀州上下其议论,造诣由是大进。后婿于姚氏,益得规惜抱之遗绪。故夫异之、伯言而后,江苏传古文者,当巨擘先生焉。……呜呼!桐城之学久微,世且或引为诟病。昂忆十年前在江南,有友人某殷殷问范先生安否,愿从之游,时先生没已七稔,既述其状,神凄志索,相与唏嘘不置。今何世欤?有蕣瓣香浣薇露而研求先生之遗著者,其或能知先生也乎?"又其《范无错先生传》云:"婿于桐城姚氏,由是益探讨惜抱之精谊,学业大进。"又其《复曹君觉书》:"彦殊兄云:'先君传桐城学,亦何待言,不必辩也。'弟极然其说。"

金钺《范肯堂先生事略》:"国朝以古文推正宗者佥曰桐城三家。惜抱既逝,石甫姚按察、挚甫吴京卿继起,而通州范肯堂先生亦以古文鸣于时。先生后游武昌,受业于濂卿张学博。学博固得桐城之传者。又交于挚甫,继娶于姚,即按察之孙,永朴仲实、永概叔节之女兄也。师友渊源,学书益懋。先生自谓谨守桐城家法,然其为文独得雄直气,纵横出没,随笔所如,无不深合理道,固不局局然于桐城绳度也。"

刘声木列先生入其《桐城文学渊源考》云:"师事张裕钊、吴汝纶受古文法相从最久,于《史记》、韩文、杜诗尤三致意。其为文创意造言皆绝奇,非凡俗所有,恢谲怪玮,不可测量,辞气昌盛不可御。自言谨守桐城义法。诗才尤雄健,震荡开阖,变化无方。"

又,姚夫人之相貌,本非后生小子所敢妄加雌黄者,今就先生诗中自评而录之。《诗集》卷七《薄薄酒二章》:"我有好妇颜如花,我独对之肝胆无由邪。"又卷六《属冯君小白为吾写平生快事为八图而作诗以道其意》:"结交颇尽东南美,娶妪能兼大小桥。"先生将前后两位夫人比作三国时期著名的大小乔(《三国演义》谓大乔嫁于孙策,小乔嫁于周瑜),颇引以为荣。

本月,吴汝纶弃冀州官位而就莲池讲席,上下惊叹,倾倒一城。

《桐城吴先生年谱》卷一:"十月初至天津,送别濂亭,并谒李相。时莲池讲席无人主持,李相极费踌躇。公因往年曾有夙约,遂面请辞冀州任,来为主讲,李相大喜。公即日于天津寓具禀称病乞休,讲席遂定。"汝纶既解组,随即推荐先生为鸿章塾师,其眷厚故交如此。

《诗集》卷五《骤暖出眺还复同外舅登阁次韵一篇》:"冀州食我亦云泰,一旦自休仍割情。天津桥上春如海,仙李枝头溜好莺。怪底白鸥性殊绝,不能浩荡姑衔冰。"宛为斯人咏。

是年,弟铠从先生闻文章之道。

范铠《范季子诗集》卷一《学约三首赠李宗字宗翰并序》:"铠年二十六始从伯兄肯堂先生闻文章之道与为之者之极至。"

是年,朱铭盘入旅顺张光前(仲明)军幕(《曼君先生疑年录》),且有《题肯堂照像寄肯堂诗》云:"肯翁寄我赫蹄形,贱子悬着瓜庐隅。审君貌肥肤革缓,料是病起毛髓枯。水心亭上二十四,目长眉远丹肌肤。黄鹤楼边政三十,气充骨劲耐歌呼。论文不眠童仆怨,绝学锐讨门户孤。武昌白头财七品,冀州脱手空三都。君我尺牍互嘲弄,商量便服利走趋。季翁腹饱喜高论,彦叟病懒甘腐儒。余者群子各南北,有时一见在道途。吾党为学几途辙,丈人及我一冶炉。天津对酒电过眼,南苏望远月边湖。古时轼辙说麟凤,君家罕况真於菟。我无楚丘卜臣妾,安知方朔生龙猪。令人感激想年少,转眼老丑成颠胡。"(《桂之华轩诗集》卷四)

光绪十五年己丑(1889) 三十六岁

正月初,先生与姚蕴素结婚。姚夫人时年二十六岁。

《蕴素轩诗集》卷二《呈夫子》:"岁次在己丑,其时乃孟春。……结褵事君子,于归赋良辰。同心欣静好,燕婉愧蘩蘋。……老亲择士艰,十年得斯人。岂惜丝罗弱,千里缔婚姻。……瞬息将三旬,何时见高堂。"

徐昂《范姚太夫人家传》:"年二十六,归范伯子先生为继室。"

顾公毅《蕴素轩诗集序》记有一段佳话可录,谓先生与姚夫人"合卺之夕,宾筵酒阑时,蕴素先生突闻中庭有人引吭高诵其诗不置,异之,既乃知即伯子先生,一时传为佳话。此义宁陈师曾衡恪语"。

谨按：徐昂《范姚太夫人家传》云："范姚夫人蕴素，字倚云，桐城姬传先生侄曾孙女。祖石甫莹，著《中复堂集》。父浚昌，字慕庭，隐邑中挂车山，自号挂车山农，有《玉瑞斋遗文》、《叩瓴琐语》传世。"

徐文有二误。其一，姚夫人本名倚云字蕴素。荫堂封翁与先生及姚夫人书信（未刊稿）皆谓"当世、倚云并览"，姚浚昌《叩瓴琐语》卷一亦有《与次女倚云书》，又姚夫人既随伯子先生回通侍舅姑，有诗别父浚昌曰："云不得已当从夫子北归"，由此可知夫人本名倚云也。徐世昌《晚晴簃诗汇》卷一百九十二、徐一瓢《石𪊧文稿·范姚先生传》皆作"倚云"。

其二，姚夫人乃姚姬传（鼐）第五世侄孙女，非侄曾孙女。据郑福照《姚惜抱先生年谱》及姚浚昌《姚石甫先生年谱》，可知桐城姚氏，入清后姚文然生世基，世基生孔瑛，孔瑛生范、淑。姚范即姜坞先生，伯子先生诗中所云主天津问津书院者；姚淑即姚鼐之父。姚范生斟元，斟元生骙，骙生莹，即石甫，是为姚夫人之祖；莹生浚昌，是为夫人之父。浚昌生有五男三女，长姚永楷（闲伯）、次姚永朴（仲实）、次姚永概（叔节）、次永棠、次永樛；长女倚洁嫁同邑马其昶，次女即倚云，三女嫁怀宁陈氏。（姚永朴《蜕私轩集》卷一《闻仲妹将至皖作诗寄之》："吾女兄弟三，伯姊适马氏。夫婿为儒宗，更喜同闾里。季字怀宁陈，遣嫁尚有俟。远行惟仲妹，家在狼山趾。"又姚浚昌《幸余求定稿》卷十二有《寄女洁儿概书后漫题》诗，当时其三女尚未出生，故洁当为长女之名也。又浚昌《叩瓴琐语》卷一有《与长女青云书》，可知倚洁一名青云。）

今《南通市志·人物传·范当世》条亦云："原配夫人早逝，继配姚蕴素，桐城派古文宗师姚鼐侄曾孙女。"正属以讹传讹。最可怪者，先生长子范罕《蜗牛舍诗四集》卷四《回顾十一章》之八云："江声护龙眠，下有高人址。姬传之曾孙，曰继吾母氏。长我才十龄，圣善足千秭。毁妆纾赤贫，仁惠冠乡里。"亦作曾孙，殊不可解。

正月四日，先生与继妻姚夫人设位祭奠先妻吴氏，以祝其四十冥寿。

《文集》卷三《吴孺人四十诞辰祭文》："光绪十五年（原作十四年，疑为误刻——引者注）正月四日，范当世与继妻姚氏谨就安福甥馆为先室吴孺人之位而祭之以文曰：子年三十，吾是时贫甚，犹竭力而致客。客散，子怜其劳，以为何必作此无益耶？吾笑曰：'是不足言，待我十年而富贵，将惟子之所择焉。'子亦笑曰：'君不闻吾厄运在癸，若一木之浮于大泽乎？待至四十之年，吾墓树积矣。至于其时，子与新夫人奠我一觞，是亦不忘畴昔也。'"可知先生此举，乃为践约，山盟海誓，信不虚也。

谨按：姚夫人以名门闺秀而为继室后母，孝敬舅姑，甚于父母，怜恤子女，过于亲生，殊为难得。后来其在《沧海归来集》文卷《论为继母之义》中言到："鄙人鬌龄失恃，性复不敏，蒙先君之慈爱，受趋庭之训诲。先君以世传文德，择婿必重文行，高伯子之英才，故不辞小嫌，授以继配之命。自惭德薄才庸，夙夜惶惧，诚恐有忝所生而累祖德，故于归之后，拜于前室吴孺人墓下，不禁苍凉身世之感而挥无穷热泪祝之曰：'吾为子续，殆命也夫。今为子之代表，子之父兄子女，我之父兄子女也。应尽之义务，不得辞焉。子其有知乎？其无知乎？'且吊以诗曰：'他日黄泉相会见，眼前人事归吾营。'故廿余年间，兢兢操守，未敢自逸，每遇一家患难之秋，未尝少避。"

正月二十二日，有家信。

二十六日，光绪皇帝举行大婚典礼。

二月初五，姚浚昌生日，姚夫人置酒送至试院中，先生则因辅助外舅县考监场阅卷乃就试院即席献诗寿之。此间友朋颇多唱和，遂成《三釜斋唱酬小录》一卷。

姚永朴《蜕私轩集》卷五《斗影图记》："通州范肯堂是冬就婚安福，肯堂才气锐发，老宿莫敢当其峰。既至，献五言古诗一篇，滕以旧作。府君览之大喜，自是吟咏无虚日。又明年，修莲社故事，所谓《三釜斋唱酬小集》是也。"

先生《诗集》卷五有诗题为《就试院觞外舅生日即席献诗再次前韵》。姚夫人亦有和诗，先生颇为服膺。先生二月初七与仲弟书云："此人诗才极优。此韵作者且六人，人各二三首，未有能及之者。虽哥哥诗名为别派，其间亦岂能过之耶？"

同月十五日，吴汝纶抵达保定，正式入主莲池。（《桐城吴先生年谱》卷二）吴氏主此十余年，倡博知世变，易其守旧，举中外学术于一冶，以陶铸有用之材，终使莲池成为当时北方重要学府，一时人才辈出，世人瞩目。

本月，姚叔节北上赴京以谋官职。先生有《送叔节北上五首》。（《诗集》卷五）

姚浚昌《幸余求定稿》卷十二有《概儿计偕北上以官中事不及追别寄一诗》。

三月，先生患病。

《诗集》卷五《仲实相拉出游病懒不行作诗自嘲兼和外舅遮莫敲门惜大惭之作》："一旬阴雨将春老，三月浓花对影惭。寂寂书城还自拥，茫茫烟海问谁探。"

是时先生所患疑为肝脾及肺水肿之疾，同卷《戏答蕴素见慰诗次其韵》："鸥

夷腹大枉如壶,藏水盈怀滴酒无。久病焉知药良否,怀人经见草荣枯。"又卷六
有诗云:"积病支离到肺肝,便归无力耕阡陌。"(《叔节在安福盼我久矣……》)又
云:"陷落肝脾间,孤提不能出。何但夫妻哉,一一皆已毕。"(《行过南昌……》)

五月,先生病情加重。

《诗集》卷五《端午即席和外舅》题下有小注云:"斯时吾已自觉病甚不可支,
诸作皆强为之,故末句云然。"该诗末句云:"但祝神明弗早衰。"此时先生颇有弃
世之忧。

本月,先生外舅姚慕庭属冯小白画《东坡十六快事图》,命先生题诗,先生遂
每幅各题七绝一首。此时先生已然失音。其题《快事图》之《花坞樽前微笑》有
云:"庄生化蝶今无语,直任东风劝此壶。"先生自注云:"吾斯时已病失音。"

六月初,先生病甚,医生束手,已然停药,遂凄然孤身返里,以图还葬。

姚浚昌《五瑞斋诗续钞》卷一《喜范甥病愈来安福用其道中见忆诗韵》:"六
月布帆忆归日,临岐翻悔送长征。"

姚夫人先有《送别夫子》诗云:"束装归路悦庭闱,独愧私恩妇识违。……银
河挂户星斜度,高柳当窗萤暗飞";继有《六月十五夜寄怀夫子》诗云:"空庭俯仰
独萧条,忆君孤帆何处泊?"(均见《蕴素轩诗集》卷二)可知,先生返里当在六月
初也。

姚夫人并未随行,姚浚昌《幸余求定稿》卷十二《质言一篇送无错》:"汝归堂
上乐,汝去吾亲悲。悲乐境良殊,那复能挽回。嫁女不远行,如何慰尊慈。报刘
苦日短,且复聊相依。"

七月,到家,养病于东邻天宁寺。

关于这次大病,先生及亲友诗文多所提及。

《文集》卷五《顾师母王太恭人八十寿序》:"十五年夏,吾大病而归,喑不能
言,手不能作一字……及秋而至,吾所患苦若失焉。"

又同卷《题〈贺松坡文稿〉》云:"吾则自离冀州半年而即病,乃自江西还里,
卧里中萧寺。至己丑冬尽,乃能稍稍言动。又九月,而后能扶携出门。待至江
西,才能握管。"

《诗集》卷六《行过南昌……》诗云:"当溃弗复攻,生机转来弥。俄延复至
家,扶携跪亲膝。问故喑难陈,思危内自慄。弃捐谓之何,大罪不容劾。仰观亲
彷徨,俯意自宽恤。庭堂弗可居,邻庙假一室。喘汗秋阳天,何由得萧瑟。畏见
衰亲颜,只可弟儿侄。儿动则麾之,况也所深嫉。隔厅无履声,邻语变啾唧。尝
修一日禅,图博半宵逸。欹枕云雷兴,合眼风涛旭(旭,风字旁)。十宵成一寐,

有梦在虚实。何堪当此时,见尔悲相失。无因而至前,此事真咄咄。严拒弗思之,怀藏亦已密。心神才一交,惊魂自奔佚。吾欲铲根株,癗瘵苦不一。瘵即听其然,癗乃从吾吉。久之为石人,混沌还吾质。”

同卷题《去影图·塔院养病》,小序云:“吾去年病甚矣,坐此间五六月,殆如泥木人,所患苦者,虽弟及吾儿不知也。然至困而暂解,则此时便最欢。是以从宵达晨,自午至暮,亦时时有至乐存焉。盖昔人云‘病中增道力,危处见天心’,诚有味乎其言之也。”

又卷十九《自谕》:“昔年三十六,病亟江西船。去妇亦已远,离家路几千?于时一无冀,但冀稍俄延。计程疾抵家,得正首丘眠。及乎返家弄,扶携到亲前。病势日有改,外宽中熬煎。有手不能画,有口不能宣。指向对门寺,领头畏喧阗。实畏衰颜亲,避之依僧毡。且夕所愚祷,但冀终亲年。”

范铠《范季子诗集》卷一《再和大人出门吟八十二韵》诗:“伯也盛文事,囊笔别邦族……更遭安福君,匹配遂决择。为文相唱随,凌云追不失。可怜病归来,风雨阻山泽。思家路几千,徂暑月当六。固知仗忠信,涉险夷川渎。斯文况未衰,理岂中途促。间门扶病躯,静宇借幽筑。更兹忧患深,天意原相育。”

《三釜斋唱酬续录》姚永朴、姚永概、姚倚云兄妹均有《寄无错诗》,盖同时所作。其中姚倚云诗云:“青霜凉碧月,秋气逼璇闺。璇闺罗幔垂,梦魂千里驰。千里固非遥,奈何劳我思?心思不能寐,辗转忆君时。梵灯罩七宝,静契释迦师。木樨绕禅房,妙香侵肤肌。养疴萧寺中,蒲团坐正危。惊风击败蕉,飒飒终夜悲。披襟视斜月,心共秋云辉。孤怀安可释,且复寄幽辞。好恶不相置,岂复悲黄丝。书来慰盼睐,许我桃花期。”牵挂之情,缠绵悱恻。

先生养病期间金铽(蘅意)来见,执弟子礼。

金铽《范肯堂先生事略》:“试少诣州,应学院岁试,时先生养疴天宁寺之塔院,命弟秋门来召,与语曰:‘孺子可教也。’由是执弟子礼。”又云:“先生……就医上海,寓铽书曰:‘金生,我五百里门生长也。’”

谨按:金铽,字蘅意,江苏泰兴人,光绪二十一年进士,官江西湖口知县。著有《江山小阁集》。金铽母卒,曾上书先生告哀乞言(《江山小阁诗文集》有《上范肯堂先生告哀乞言书》);先生卒后,为撰《范肯堂先生事略》。

九月九日,姚浚昌有《九日怀通伯桐城无错通州》诗:“丹灶有缘逢扁鹊”(《幸余求定稿》卷十二),自注云:“无错病久,遇良医,渐已。”可知先生病情已有好转。

十月,范铠之子毓(彦彬)生。

是年,薛福成(叔耘)任出使英、法、意、比四国大臣,物色随员时,以张裕钊、吴汝纶保荐选顾延卿为参赞。

谨按:薛福成(1838—1894),字叔耘,号庸盦,江苏无锡人。曾为曾国藩幕僚,后随李鸿章办外交,光绪十五年(1889)出任驻英法比意四国公使。曾争于英廷,创设南洋各岛领事。著有《筹洋刍议》等。

光绪十六年庚寅(1890)　三十七岁

先生之病仍未痊愈,心气仍太弱,偶或思事念人,则心欲摇动,震眩不能自持,乃一意郊游寻乐排遣。先生自谓:"吾病不生于淫佚而困于读书,故其所以克治者亦异。春来自盘旋近郊,以及归而与朋侪相乐。"又云:"病后不能遐思,诗文都废,间取《五史纪事本末》观之,取其端委具在,不烦思前想后,而究亦觉其疲劳不堪,是以……颇复与于酒食征逐燕乐之游如十二年前病后之所为,以取释心气而平肝火。"(《文集附·家书一》)

正月二十四日,荫堂封翁将光绪六年割易张家之耕阳墓阡,核价卖与张家。

《啬翁自订年谱》卷上:"小虹桥先母所葬墓地,前以海门田与范氏易者;地隔,范氏收租不便,而墓地不定,固亦非计,因议照时偿地价,而范氏归我庚辰所与易田之契,至是阅十一年。"

同月底,顾延卿随薛福成自上海乘法国"伊拉瓦第"轮赴欧洲。同行者有黄遵宪。

范罕《顾母王恭人墓志铭》(拓片):"庚寅,先生(指顾延卿——引者注)随薛使住法。"

谨按:黄遵宪(1848—1905),字公度,别号东海公、布袋和尚,广东嘉应人。光绪二年举人。历充使日参赞、旧金山总领事、驻英参赞、新加坡总领事。在职能捍卫华侨权益。戊戌变法期间署湖南按察使,助巡抚陈宝箴推行新政。寻奉命出使日本,未行而政变起,遂罢归故里。工诗,喜以新事物镕铸入诗,有"诗界革新导师"之称。有《人境庐诗草》、《日本杂事诗》等。《清史稿》卷四百六十四有传。

黄遵宪未归田以前诗作曾抄送伯子先生阅过,文字略有商酌,先生又为其《人境庐诗草》作过跋语。

二月,清政府驻藏帮办大臣升泰与英国印度总督兰斯顿在加尔各答签订《中英藏印条约》,英国借此条约侵占了哲孟雄(今锡金),并向我国西藏伸展侵略势力。

是春,姚夫人有《春日漫题有怀夫子信笔书来聊以拨闷》诗六首。(《沧海归来集》卷三)

四月,姚夫人有《安成孟夏寄怀夫子》诗三首。(同上)其二云:"独坐芸窗未展颜,最怜消息阻江关。魂乘野鹤归千里,思逐飞鹏越万山。蕉叶乍舒心仍卷,荷花初放气能娴。悠悠别恨将经岁,又见官斋孟夏兰。"

五月十七日,陈寅恪生于湖南长沙。

谨按:陈寅恪(1890—1969),陈三立第三子,衡恪之弟。早年留学日本,复入上海吴淞复旦公学,后又三次游学欧美,先后在柏林大学、苏黎世大学、巴黎高等政校、美国哈佛大学,攻读语言文学、梵文及佛经。回国后,历任清华国学研究院导师、清华大学教授、故宫博物院理事、西南联大教授等职。解放后任中央文史研究馆副馆长、中国科学院学部委员。1952年由岭南大学调中山大学任历史系教授至终。著有《寒柳堂集》、《金明馆丛稿》、《隋唐制度渊源略论稿》、《元白诗笺证稿》、《柳如是别传》等。

六月,仲林先生致函大兄,谓张之洞有招致之意,且李有棻父子渴慕已久急思一见,而张裕钊悬恋至笃,请伯子先生赴赣途中务必迂道一来武昌。伯子先生不欲就南皮,而专待北方吴汝纶消息。

先生与姚夫人书信有云:"前日仲弟来书,复理张香涛罗致之说,言苟非香翁于大哥确有饥渴之意,则弟亦岂有浼大哥轻见大人?……而预期之香涛馆地,吾故十二分不就,盖徒然劳顿,未足免穷,并非高傲。而此外亦不复别图,惟静待至翁之所以处我。"(《文集附·家书一》)信中言明本月二十前后当可动身前往安福,下半载必与夫人聚首无疑。

秋,先生病情再次反复,以致姚夫人之来函都无心拆阅。

《诗集》卷六《行过南昌……》:"秋来病再深,不愿观卿笔。书来闭箧中,编在某甲乙。"

九月,先生强打精神,以未愈之身前往安福,旨在迎接姚夫人回通娱亲。

《诗集》卷六《强病》:"强病支离出郭门,揽衣愁叹数烟村。……乘潮即去吾何奈?回望亲庭欲断魂。"又同卷《外舅方约当世以明年留此……》:"九月临江报始征,早梅花发在山城。"《重到甥馆……》:"诸公高咏绿杨秋,尚有霜条为我留。"同卷《行过南昌……》:"十月冒霜征,辛苦若鞭挟。"则恐为虚数,并非实指也。

十月,先生过九江,晤熊香海、蔡燕生,香海以所著《论诗杂咏》赠先生,先生

371

亦以近作诗文赠阅,并同游甘棠湖。

《诗集》卷六有诗题云:"吾闻燕生道香海有年矣,至九江遇之,夜谈赠诗";又云:"香海赠以所著《论诗杂咏》稿三卷,读而酬之";又云:"燕生、香海同游甘棠湖之烟水亭,论诗颇洽,而语及时事乃必不能谐"。

熊氏当年有《喜晤范肯堂于君裔邸赐读大著奉题即以志别》诗云:"珠斗横构左瀣深,中宵读罢更沉吟。眼中人自期千古,天下才犹滞一衿。丽正文章元馥郁,华严楼阁孰窥临。翰林早达交仍旧,相与迢迢证此心。"末署"庚寅小春江州友弟熊光公叡甫"。

路过南昌,先生有长诗怀念姚夫人。《诗集》卷六有诗题云:"行过南昌,念且与内子相见,彼其怀我也积诗成卷,吾岂可遂无一言?而茫茫昔意又何从阑取以为辞,乃借欧阳公赠其夫人'斑斑林间鸠'四十四韵,谱而成之。呜呼!吴冀州之为吾两人作合也,则引欧公、薛夫人之'文辞相悦,白首相宾'以速吾之就,故吾亦得而效其诗也,而吾命穷矣。"诗中除了详述去年病情外,还委婉道出了当时为何没有携带姚夫人一同回通的原因:"嗟吾非子仇,深恐累斯疾。譬若昨无身,焉得为子匹?插足轮回边,归来可自怵。亲养几不终,吾罪当斧锧。"乃生怕自己性命有虞而牵累姚夫人岁月无伴。

十月,先生抵安福。此次故地重来,乃病后余生,先生不敢苦读,专务嬉戏休闲,颐养情志。

《诗集》卷六有诗题云:"余再来安福,专务嬉戏,不甚读书。"

姚夫人《夫子之来也病将痊可喜而赋此》:"霜华满院夜徐徐,别恨能消一载余。千里道途新病后,万重辛苦到来初。"(《蕴素轩诗集》卷三)

姚浚昌《五瑞斋诗续钞》卷一《喜范甥病愈来安福用其道中见忆诗韵》其二有句云:"即今稳趁安居便,身手明年好斗强。"

冬至日,先生有诗。(《诗集》卷六)

自冬至始,先生属冯小白画平生快事图,初为八幅,后增至十二幅,分别为"黄泥山读书"、"狼山观海"、"龙门夜雨"、"泛舟秦淮"、"水心亭宴集"、"芜湖附舟"、"琴台夜饮"、"燕南并辔"、"冀州城楼"、"塔院养病"、"安成玩月"、"航海北渡",因东归在即,故总名之曰《去影图》,至腊尽历时五旬而成。先生抱病为每图各题一诗,姚夫人亦有和章缀于图后。

《诗集》卷六有诗题云:"属冯君小白为吾写平生快事为八图",又云:"筱白为吾写快事递增至十二图,而总题曰《去影图》。兴会既集,疾痛复来,不能更端长怀一气成咏,每以灯前小睡,薄有神思,掇拾数言而成半稿,或间数日乃为一篇。"

姚夫人《蕴素轩诗集》卷四则有诗题云:"夫子以去影图消闷,自冬至至腊尽殆将五旬,余时时具茶果饷于冯君之画室。既成,又治酒馔以劳之,承命缀和章于图后。"

姚永楷《远心轩遗诗·题斗影图》附录《图记》云:"予来安成四年,以有幽忧之疾,事亲读书之暇,辄觅可嬉戏之事以陶吾情。无错今年来,亦以病新愈未能专力诗文,乃相与求所以娱目骋怀者。冯君筱白嗜画,无错乃倩作十余图,题曰《去影》,而命其诗曰《回风集》,亦颇征题于予。予喜其善戏近雅,大异于酒食征逐,和诗二章,因亦取平生所历境乞筱白作图,课日而成,而戏题曰《斗影》。无错曰:'斗影图之诗则亦可命之为《横风集》也。'"

十二月,吴汝纶电约先生明年赴天津为李鸿章课子。

《诗集》卷六有诗题云:"外舅方约当世明年留此,而挚父先生以李相见招,传电相告……"先生闻之大喜,诗中有"流电惊飞传好语,华云飘忽动生平。勿言处士今黄润,裸壤龙章倘可并"及"云龙有意游天地,风马何心议霸王"之句。

是年,陈宝箴除湖北按察使,旋署布政使。(先生《文集》卷九《故湖南巡抚义宁陈公墓志铭》)

是年,张之洞在湖北武昌创建两湖书院。该书院师资力量雄厚,历史地理学家杨守敬、数学家华蘅芳、史学家沈曾植等先后应聘执教,而唐才常、黄兴等人陆续成就于此。

光绪十七年辛卯(1891) 三十八岁

正月上旬,携姚夫人还里。

姚夫人《蕴素轩诗集》卷四有诗题为:"云不得已当从夫子北归,重堂白首,告慰无辞,而离绪万端,笔难倾写,聊次社韵书呈大人。"诗云:"岁暮那堪别思饶,愁肠九曲未能描。"先生《诗集》卷六《闲伯送余至庐陵途中有作》诗则曰:"酿别经旬别始成,抽刀弗断更同行。"岁暮而经旬,可知在正月上旬。

正月十五,次庐陵,姚夫人长兄永楷(闲伯)送至此间,先生以诗赠别。

《诗集》卷六有《舟中元宵叠韵再赠(姚闲伯)》诗。

途经南昌,先生偕夫人同登滕王阁,皆有诗。先生昔日曾三过阁下而未上,今日方了此愿。

《诗集》卷六有诗题为:"守风不行,而船得泊岸,蒲仙去之安福,内人触动悲怀,余无以慰之,乃携之游滕王阁,各为长歌一篇以取欢。"

《蕴素轩诗集》卷四《随夫子登滕王阁》:"我离膝下悲不释,况复阻风三四日。章江门外阁腾空,乃是滕王古遗迹。夫子慰我携登临,快览凭高爽心目。……离愁涤尽消烦恼,从君共返家山道。"

过九江,再晤熊香海。

《蕴素轩诗集》卷四《九江诗人熊香海借肯堂索余赠言……》:"我来浔阳江头泊,春水春山满四侧。……此间夫子有故人,磊落胸襟作词客。洒然独啸匡庐间,掩蔽诗名隐其迹。……此公向子乞吾句,出扇勉力为之赋。"

先生夫妇抵通时盛况空前。范子愚《伯子诗文选注》回忆云:"先继祖母抵通后,照例第一次拜访亲朋,乃一大典。寺街徐姓乃通之首富,因有亲戚关系,又彼家慕范、姚两姓之名,遂具请帖相邀,大会宾客。及期,该长巷居户,家家门外伫立男女,如迎神会。盖先继祖母能诗之名久为南通人所钦佩;而美丽之名,众亦欲一睹为荣。彩舆抵徐家门,鞭炮万声,更为热闹。众谓百年来无此盛也。"

二月二十日,晤张謇于家,同晤者姚永朴。(《张謇日记》)

先生在家时曾与姚夫人共同教诲范罕学诗。范罕却因不满于父亲再娶,一度离家浪游。

范罕《蜗牛舍诗本集》卷一《读惜抱诗有愤而作》:"我父昔者歌龙眠,携母归来共擘笺。我年十八语未圆,侧闻家法聊钻研。万言拟赋继枚宋,四时作颂原山川。父之诏我亦如是,我乃一纵亡其筌。泛滥东西蟹形字,废读百代龙吟篇。"

又《蜗牛舍诗四集》卷四《回顾十一章》(之八)云:"江声护龙眠,下有高人址。姬传之曾孙,曰继吾母氏。长我才十龄,圣善足千秭。毁妆纾赤贫,仁惠冠乡里。吾年逾弱冠,不辨诺与唯。一睹怙恃新,规规作童缡。虽违俗论苟,实亦乖常理。遂抛事父年,放意恣随诡。浪迹江湖间,所得亦仅耳。"

是年六月荫堂封翁与先生信中有云:"莲儿子道根于天性,汝不记对吴阿舅语:儿不能尽子道于继母,则我先慈淑德,何至生我不肖子,以遗先母之羞? 此不待读《冯衍传》而后尽子道于继母明矣! 知子莫若父,汝犹未也。"此乃封翁宽解抚慰先生之词,而先生之悬心未解不言自明矣。

二月末,先生至天津,课李鸿章次子经迈。

是年四月十日,吴汝纶有答先生书云:"前接傅相书,深以得名师为幸。旋接来示,敬悉宾主款恰。傅相英雄人,最善待士,世人往往谬议,正坐未见事耳。吾为执事作合,乃自揣文学不足以阐扬傅相之业,将以千秋公议付之雄笔记载,以正后来秽史,不区区为目前计也。"(《桐城吴先生尺牍》卷一)

谨按:李经迈,字季皋,一字季高,李鸿章次子。初为工部员外郎,光绪三十一年(1905)出使奥地利大臣,次年授光禄寺卿,两年后回国。历任江苏、河南、浙江按察使及民政部右侍郎等职。入民国,隐居于沪。

光绪十七年之李鸿章正得恩宠,权势亦正隆,先生虽居西席,实为幕僚上宾。

金铖《范肯堂先生事略》:"李文忠方为直隶总督,闻其名,介吴先生礼请宾之,授公子经迈季高学。然文忠日晡退食,恒过先生论政事,先生感其意,亦出己见,多所襄助。"

李、范宾主融洽,甚是相得。徐珂《清稗类钞》载一轶事,可见先生当日之优游得意状。该书《幕僚类·范肯堂佐李文忠》条云:"通州两名士,范肯堂其一也,德行文章,在人耳目。光绪初年,就李文忠公鸿章之聘。文忠尊师重道,朔望必衣冠候起居,每食,奉鱼翅一篓。范固甘菜根而薄膏粱者,却之,不获,文忠遂以干翅寄奉其二亲。时有以乡举劝者,范笑曰:'谁不知我为李公西席,中式何为!'故事,节幕得用居停舆马,文忠蒙赏紫缰,范尝假用之,访友于天津紫竹林。或告文忠,谓范乘紫缰舆作狭邪游,文忠曰:'既用紫缰,不可缺拥卫。'立命戈什哈八员护之。"

谨按:先生赴津在十七年,初年之说,显系误传。

又先生《禀父翁书》(十月十二日)云:"若说此老待男之优,即现御寒之具亦花费数十金,穷侈极工,生平所创见也。其法出自西洋,署中唯中堂自用之,今为男布置如样,所谓'无人知道外间寒'也。……合肥并云:'小儿不怕冷,单为先生病体耳!'"

又姚叔节《慎宜轩诗集》卷二《肯堂寄示诗一卷……》诗:"潭潭相府夏生寒,有书可读棋可弹。西瓜斗大南鱼美,宾朋络绎相追攀。"又同卷《次韵寄和肯堂游狼山之作》:"七十二沽春风颠,长桥丹碧跨平川,舆轿扰扰盖田田,大马矫怒如龙然,君潜幕府聊自全。"又荫堂封翁与先生书转引姚叔节语云:"合肥公爱才如命,肯哥去,必契合。"

此时先生若动荣身之思,则朝上荐章,暮可加官,然先生却"恣意诗歌,感慨身世,与海内贤豪倡和震荡而排矣视禄秩微尘耳"(徐昂《范无错先生传》)。

先生快意得一栖身之地,却无意失一交心之友。

《南通县志·本传》载,李鸿章"镇畿辅,握军国大柄,权势赫如。当世亦声光灼乡里。(张)謇故鄙文忠以利禄傲倪轻士,至是与当世异趣,数年不通问"。

三月,范钟赴鄂李有棻馆。张之洞招范钟往见,欲聘其为两湖书院文学山长,后以未中年格而罢。

范钟三月二十七日与荫堂封翁书云："男于初五日抵鄂，……初七日入署，主人相见极欢，……自男去腊归后，张香帅屡遣足相邀。二月又访问数次，男遂于十八日往谒，讲艺抢才，畅谈移晷，后乃知其有延主两湖书院文学一席之意而以未中年格而罢，不知其复有何主意，听之而已。"

信中提及陈宝箴父子云："此间陈方伯当代大贤，男本与其公子伯严为至契，此来晤言极乐。前日相约为晴川阁文酒竟日之谈，集吴楚才豪欣然并席，平生客况惟此为佳。将来此公效南皮为尤可靠，要之于瘠馆之人不无小补耳。"

先生到津后不久即病，李鸿章为请西医诊治，颇见疗效。《范伯子集·文附·上外舅书》："洋医之事，已屡禀大人，大人如许操心，岂有不遵之理？但婿自泄气病以后，又变为头晕，晕则目前深黑有万里之遥，独自惊恐，而告人则未有知者。与治西学者谈，方知为泄气太久，关键已松，脑气筋不能复固，因仍不治，恐必至于中风。婿为此惧，用其法，服其补脑药水，则曩时旬日一发者，今自四月至今未尝发过一次，殆将愈矣。曩时绝不能用心得细家书，屡作屡辍；今则一气十余纸，必殚必详。而前日遂为合肥代笔一篇，此尤两三年来绝无之事。明明有效无害，实难猝然改图，务请大人放心，不必牵挂。"

五月初八，荫堂封翁有与先生书，信中叮嘱先生要深居简出云："去洋吃酒，未见汝辞谢。倘辞不获命，相公决意使去方可。此至父先生有'深居简出'之嘱，非无谓也。此后慎重，凡有类此者，万勿轻出。颜子四箴，汝可深悉。"

谨按：颜子四箴谓"非礼勿视，非礼勿听，非礼勿言，非礼勿动"也。六月封翁书有云："承傅相不以汝为草茅下士，礼数有加，其体爱之情，真是可感。汝当极诚教其公子，借福泽为文章吐气，稍报傅相于万一也。"

五月十五日，吴汝纶有答先生书。先生故人李佛笙之弟定兴县令李传棣因事被参革，李佛笙固亦吴汝纶挚友，李传棣请吴出面求情，吴则请先生代为向李鸿章转达此意。（《桐城吴先生尺牍》卷一）

先生于光绪二十九年曾代人作《周玉山中丞寿序》（《文集》卷十二），文中特特言及此事，以表周氏之不徇私情。文曰："我闻公之为直隶按察使也，尝处一县令，既定谳矣。而其人熟于吴京卿挚甫，京卿于时方主莲池书院，其人则京卿故人之弟，而京卿实庇佑之，以赡故人之妻孥者也。用是颇入其人之言为求解于公，而公弗许，益据其言为书，以达于总督李文忠公。文忠为致其书于公曰：'挚甫，不妄言者。君覆之可乎？'公乃条其事之本末，一一就吴书而斥难之，以复于李公。李公大韪公言，谓京卿曰：'子所言者，情也；而周公所持者，法也。君不能屈法以信情。'狱遂定。"

六月，先生有家书，先一函告荫堂封翁以整饬学生功课较忙而不能勤于写信，"而接连有武邑东家与徐椒岑姻伯到津，未免频频往返酬应。此皆傅相所知。傅相每日不拘何时来书房，皆见男丹铅在手，或为学生口讲指画，则每每叹息，谓学生以汝等能效先生一分勤苦否？然又愁男久坐发病，故遇男有故出，则必曰：'好！好！先生亦可借此散心也。'男因上两层，已不得如初来之勤于写信，而此次家信如下场等事又须斟酌细秉，动辄盈篇累幅，故至今尚未得即写。"而第二函即以身体未痊为由，决定从此不参加秋试（此信惜已不存）。封翁表示理解赞同，淡泊名利，家风流传，其来有自。

荫堂封翁十六日与先生书云："知汝体气未痊，决志不秋试，吾深以为是。去年汝自九江禀我之讯，叹燕生频年奔走及去京窘状，想功名到手况味亦不过尔尔，不若得一盛馆为糊口计。虽此语不应出自少年人，然吾于前两科当李、王二公放差之时，可谓极大省之选。儿文虽劣，应不至出落，而竟不出房，嗣后决不作汝科第想也。况今病躯未痊，何堪吃此辛苦，留有用之身为将来计，保身全孝，吾甚欢喜。"

徐沅、祁颂威《清秘述闻再续》卷一载光绪十四年江南乡试主考官为广东顺德侍读学士李文田（芍农）、福建闽县翰林院修撰王仁堪（可庄）。荫堂封翁信中所谓"前两科当李、王二公放差之时"，指此。

本月，范钟应陈宝箴之聘教其孙衡恪。

荫堂封翁前书尚云："汝仲弟在鄂先曾与李公预订一同进京，不料本省陈方伯于前月初亲来聘请教读伊子（"子"字当为"孙"字之误笔——引者注），李公亦极力劝驾，已于初十就藩署馆矣。"

谨按：范钟自十三年至十七年一直在李有棻府上。李是年因与张之洞发生矛盾，遂有意离鄂他去。范钟是年有《致黄仲弢书》云："五月以后，主人与南皮颇有龃龉，意将北去，钟亦且自此行也。南皮再四相招，而柴池不可得一面。"又同年八月《致志仲鲁书》云："五月以来，香公与南皮颇有龃龉，将图解任，大约以明春入觐。钟亦将自此行也。南皮公以通人在位，咫尺相知。三月中曾嘱代撰小文，以四十金相赠。"李既是陈宝箴下属，又是陈三立媒人，故李离任之时极力推荐范钟给陈氏父子，使无失馆之忧。范钟虽有依附张之洞之意，而不得遂也。

本月，徐宗亮到津。先生《上外舅书》："徐姻伯又与东边道意见不合，欲改而他适。比与合肥计，尚未有以处之。合肥云：'但使六十两一月，馈送不绝，即又何必他去？'此自通论，而恐又不当于椒老者，奈何奈何？"

谨按：徐宗亮（1828—1904），字晦甫，号归庐，晚号椒岑。荫生，世袭骑都尉，历游胡林翼、李续宜、李鸿章幕府数十年。与张裕钊、吴汝纶友善，以文字相切磋，其为文雄健有法度，著有《善思斋文钞·诗钞》二十二卷、《归庐谈往录》、《黑龙江述略》等。

徐宗亮是姚叔节的岳丈，故与伯子先生亦属姻亲长辈。

七月，范钟出湖北返通，为参加乡试做准备。

七月二十日，荫堂封翁有信与先生云："汝仲弟是月初十归自湖北，体气颇好，拟于二十三同汝季弟去省乡试，约汝姚内弟同寓。汝仲弟权就陈方伯馆地一节，前已告汝，近述前月初，张香帅使首县来请教读其孙，并询问在府束修，汝弟缓辞。是月初，又请首府来请办文案事件，修金四百，汝弟托以场后为率。吾思汝弟片长末技，惧不足当幕府之选，恐用非所长，致生疑疑，不若谢之为是也。闻两湖书院有六山长，都不惬香帅之意，承香帅屡以寿文相试汝弟，频频推许，而词章之学似不大谬，而陈、李二公又不能达意，奈何？"

谨按：是年乡试，范钟落第。是科江南乡试副主考乃江西德化李盛铎，而李的同乡蔡金台，先生在湖北通志局故友也；蔡、李二人为取悦先生，遂商谋泄题给范钟，并约好试卷记号，以便私相录取。然范钟不肯如约，终至落榜。

先生《禀父翁书》（十月十二日）："其燕生怪木斋（李盛铎，字木斋）云，合肥亦云当怪，男则以为此亦怪得冤枉。其关节我既焚之矣。再则木斋与仲林往时要约以满策为凭，仲林又不肯如约，以为有如许文中亦该当不中，又何必勉强乎？此皆燕生所不知，故妄怪之耳。合肥只是点头云：'原来如此！在蔡公、李公固挟有万无一失之理，而君家兄弟必不肯枉道以求之耳，此亦我生平所未尝见也。'"

范铠《禀父翁书》（九月二十一日）："最后乃言，策问五题，惟类书乃木斋自作，系查好各条道路中属成者。其四策则李若农所为，木斋开车始袖中交纳，故燕哥仅晓五题目耳！二公之意实在可感，而男与二哥不能以全力满赴其言，无论获售与否，皆负二公多多矣。"于此事稍露端倪。先生则极为谨慎，甚至连姚夫人也不得其详，先生《上外舅书》（九月二十三日）云："所谓婿之微学亦尝刻以自绳者，乃即指今秋之事。合肥以谓有古人之风。今两弟乃无一获者，益信当时一炬之来无成心而叹以为知命君子也。此事曾为令爱示其端，亦未详其说。盖笔墨固不可不慎，而亦有不可以告家人者。"即指此事。

本月，康有为《新学伪经考》梓行。

秋八月，蔡金台出任甘肃学政，先生荐姚叔节及三弟范铠同赴兰州入其学幕。叔节未行，范铠独往。

《诗集》卷七有《送燕生视学甘肃》一诗;《范季子诗集》卷二有诗题为《辛卯秋八月廿五日将就馆陇西别仲兄一首》。

九月,顾曾灿抵书天津,云冬十一月母亲八十寿辰,请先生作寿文,先生乃作《顾师母王太恭人八十寿序》。(《文集》卷五)

九月十二日,顺天乡试揭榜,先生昔日在冀州两位学生刘乃晟、张其文中举。

先生家书云:"昨北榜发,冀州属下中两人,皆男学生:一刘乃晟(在此见过三弟,其所中不过男之残膏剩馥耳)最是男所提拔取十七岁孤童而教育之者;一张其文(文自聪明,不过读书欠耳)稍为泛概学生,后令之从吴铠看文章。然冀州连年中得极多,而衡水、新河至今未开科,今独中此两人,一县一个,男真可告无罪于冀州矣。"

谨按:刘乃晟,字平西,衡水人;张其文,新河人。吴铠,字凯臣,武邑人,光绪二十四年进士,亦先生弟子。

十三日,先生有家书禀父亲大人,告知父亲范铠已到京师与蔡金台会合。

二十一日,范铠有家书,其中提到"今日正是南闱放榜,能得二哥一中,足慰两大人之心……,二哥若无佳音,则湖北一局陈右铭有信相邀方好去,无信而往就之,本自无妨,然二哥不无寥落之感矣。香园(即李有棻——引者注)今岁必不能复任也。京师'三范'之名颇盛,男与诸人言及科名,不得不故为淡泊,然使二哥不中一举,男心大悲矣"。

九月二十三日,先生有禀外舅长书(《范伯子集·文附》),剖白自己不愿再应乡试及不能回家过年之心事,又体谅姚夫人省亲之举。信中还言,因永朴不愿西去甘肃学幕,遂就吴汝纶商量,欲令永朴明春前来保定莲池教其一子一侄,既可养资,又可假馆而受业。

二十五日,范铠起程赴甘肃,过保定,谒吴汝纶。(范铠家书)

同月,姚夫人长兄姚永楷因赴江南乡试,枉道通州接姚夫人回桐城归宁,不久又往江西安福探望父亲。

姚夫人《蕴素轩诗集》卷四有诗题为:"夫子去岁孟冬复来甥馆,以欧公四十韵诗相赠,历陈病中艰苦,雄文健句,字字酸辛。倚云览之涕下,不能和也。开岁随夫子归谒舅姑,而夫子橐笔北游,以应李相之聘。秋杪,吾又随伯兄归宁,舟中小暇,追述别后情辞,次其元韵,语质无华,不自知其美恶,聊寄津门,一破客中之闷,亦因以道舅姑隐衷云。"

同卷《游石钟山》诗云:"春水既落秋水深,复随吾兄省吾亲。扁舟载得湖山美,又作石钟山下人。"

范铠二十一日家书云:"大嫂此时想到桐城矣。"可知姚夫人出发在此之前。

荫堂封翁十月十五日与先生书云:"桐城两接来讯,媳妇体甚好,此时应已起程去安福矣!惟望汝讯甚切!"

十月十二日,先生有《禀父翁书》。信中谈及李鸿章因先生兄弟久不获第,以为乃先生祖坟风水不佳,建议亟须改造。先生驳曰:"不然。谓老坟风水不佳,则寒家十余世举秀才,五六代有文集,亦复差强人意。通州境内,求此风水亦不多。且燕生之言曰天之爱福泽不敌其爱文章,此夸大文章之说也。愚见尤以为天之爱文章不敌其爱天伦之乐事,此亦燕生之所羡慕欣叹。至谓寒家为海内无双而属其撙节享之者也。由是观之,假令风水一改,而忽然使孝友风微、文章减色,但出无数举人进士,而功业福泽之际并不能及中堂之毫厘,徒然闹饥荒,丧廉耻,其为一日二日惊愚炫俗之计则善矣,其奈百年何哉?故家大人平生绝不望儿辈以此事跨越祖宗,而但望其弗斫丧元气,愚兄弟安之有素,故不必有十分品德而已能杜绝营私也。合肥大笑曰:'了不得!了不得!如此酿法,必酿出曾文正、李中堂矣!'"

二十一日,张謇有与张裕钊信寄襄阳,可知濂卿正在此间鹿门书院。(《张謇日记》)

二十九日,先生有《禀父翁书》,有云:"昨日中堂劝男日游其花园散心,不可常坐,男始往一游,甚好甚妙,从此益舒展矣。"

本月,吴汝纶有答先生书,对先生《武昌张先生寿文》(《文集》卷四)推崇备至:"大作濂亭寿文,实为奇作,所谓陪客与主人全不相涉,有如时文家所谓无情搭者。文乃错综变化,尽成妙谛,诡谲多端。此由才气纵横,体格雄富,用能因方为珪,遇圆成璧。令我俯首至地,纵欲以文寿濂,读此不得不焚弃笔砚,佩服!佩服!承下问恳至谨贡,鄙见以为合肥、瑞安等字即所居县为称似非古法,大率起于明代古人就所官之地为称则有之,似未尝以籍贯为号,然此固小节,不足为文字轻重也。拙作不能成体,大类时文,来示所批文尾乃谬加饰誉,且有兄事师事之说。马齿稍长,呼兄自不敢辞,若师之名称,则冀州初见之时尊论已极可佩,今岂忘之?律以昌黎庸知年之先后生之说,则吾当北面。今亦不复云尔者,以获交有年,不欲中变也。"(《桐城吴先生尺牍》卷一)吴氏函中对以籍贯为号提出质疑,今观先生之文,则于李鸿章称"相国",于黄体芳则称"通政",从善如流,业已改过矣。

又先生《禀父翁书》(十月十二日):"此文至父先生至谓为宋以来所绝无仅有,男亦不知其何以遂至于此。高帝谓太上云:'今视臣所就,孰与仲多?'盖古人之创建非常,皆弄假成真,非始念所及料。"

又先生与姚夫人书:"文之道莫大乎自然,而莫妙于沉隐。无错中年到此,则'天下文章其在通州乎?'此亦至父所云也。……至父本函询寿期,言必当作一文,由吾寄襄阳,后见此文,乃不复作,且夸大其说云:'此作真可谓神奇,直当比方欧公而上之,非千年以内之物。曾公及濂老最工之作乃不过如斯,安得不令我焚弃笔砚耶?'至父非妄言者,吾故高兴录一通示蕴素,亦以见吾精神之雄。"

谨按:张裕钊七十寿辰在十八年,然先生提前预为之也。

贺涛《贺先生文集》卷二《武昌张先生七十寿序》:"光绪十八年,武昌先生春秋七十,门人谋所以寿之,而以其辞属涛。以文寿先生,门人之职,通州范君肯堂盖预为之矣。其意以为公卿贵人皆终其身于忧患,先生未尝求知于人,故能不践穷通之途,以自适所乐,令学者毋戚戚于先生之遭。"

贺涛之外,张謇亦作有《武昌先生七十寿序》。吴汝纶本与先生相约同作寿文,见先生之作遂搁笔。

本月,姚浚昌之母萧太恭人卒于其安福署邸。(马其昶《萧太恭人墓志铭》)

是年,先生识张佩纶(幼樵)、于式枚(晦若)。

先生《上外舅书》:"此间往来独幼樵与晦若,而皆不为诗,故诗尤绝少。"《诗集》卷七有《闷极为诗寄曼君旅顺兼示晦若》诗,有:"幕府青山徒怅望,故人朱绂亦蹉跎"之句。

谨按:于式枚,字晦若,号穗生。广西贺县人。光绪六年进士,历官邮、礼、吏、学诸部侍郎,以及修订法律大臣、国史馆副总裁。先后任京师大学堂总教习、译学馆监督。督广东学政时,设两广优级师范学堂,曾充李鸿章随员,往贺俄皇加冕,并曾出使德国。清亡,侨居青岛。《清史稿》卷四百四十三有传。

《清史稿》本传载李鸿章疏调式枚北洋差遣,历十余年,奏牍多出其手。刘体智《异辞录》则谓非奏牍,乃书牍。无论何种,式枚皆为鸿章幕中重要人才。

张佩纶《涧于集·书牍五·复陈弢庵阁部》:"有范秀才当世者,近为合肥延课其子。据云其弟钟尝在公学幕,而其友周君在闽深得公说士之力。范为古文有名,本澉兰客,其人学力行谊若何,侍近实不敢轻交人,待公言而决之,幸详示!"陈弢庵即陈宝琛,其于光绪八年以侍读学士出任江西学政。又《同卷·复陈弢庵阁部》有云:"范君课读不能时接,且熟读老前辈书,似与仲林相知甚深,其兄之人品学术,想久在药笼,无烦月旦。"称呼已由"范秀才"变成"范君",则陈宝琛揄扬之功不可没也。

是年,宗室溥良(玉岑)以内阁学士出任江苏学政,先生评点其人"非妙品"。

（徐沅、祁颂威《清秘述闻再续》卷二，先生光绪二十年三月初一《与三弟范铠书》）

谨按：溥良，字玉岑，正蓝旗人，光绪六年（1880）进士。李伯元《南亭笔记》卷二云："溥良之任江苏学政也，实奥援之力，欲借此以偿其清苦也。溥本不解此道，而忌讳尤深，诗中有犯'翠珠'等字样者，虽佳文不录也，必加勒帛。初不知其开罪之端，嗣闻其仆人言及，翠珠乃溥爱妾之名，故禁人引用，然蒙冤者已不少矣。"又云："溥良坐堂阅卷，必先翻排律诗，颠头播脑，备诸丑态，其余则非所知矣。按，翰林院有'四大不通'之目，曰萨廉，曰绍昌，曰裕德，曰溥良。"名声如此，他可知矣。

光绪十八年壬辰（1892）　三十九岁

二月中旬，吴汝纶来津。稍后，先生有信与甘肃三弟、通州父亲、桐城姚夫人。不久，荫堂封翁来信，令先生接姚夫人由桐赴津。而姚永朴北上会试之机恰好错过，此刻仲林先生以李香缘（芎垣）之招在沪，以广东道远，不欲随李南下任职（十二月二十一日，范铠家书言"腊月初四见电报局送进上谕，知李芎园放广东道"，并询问范钟是随李往粤，还是赴鄂就陈宝箴处），而张之洞虽屡屡相邀却迟迟不见聘书，故仲林亦决计不就，专在上海候先生银信还家。先生遂措银二百两，令其至家安顿一番，随后带领范罕赴桐城吊萧太恭人丧，吊毕派人送罕回乡应州试，而亲自护送姚夫人来津。（《范伯子文集附·上吴挚父先生书》）

二月二十二日，先生之友王尤（云悔）以庶常应散馆试由南通经沪来津，二十九日遂以病卒，先生与同乡戴祥元合力经纪其丧事，并归其枢。

《范钟诗集》卷一首篇诗题为："养疾天宁寺，里中诸子皆散去，云悔庶常行复入都，怆然有赋。"陈师曾《跋》谓："仲林先生没后十年，其友张允亮弟子徐鸿宝将为刻其遗诗。先生少年之作皆自弃去，存者始壬辰岁。"可知此诗作于是年。

谨按：清时翰林院设庶常馆，新进士朝考得庶吉士资格后入馆学习，于下科殿试前进行甄别考试，课以一赋一诗，亦分一、二、三等，一等与二等前列，可留馆授编修、检讨等职，其余则分发各部为主事，或出为州县之官。

王尤，字云悔，于光绪十五年中进士（《明清进士题名碑录索引》），改庶常以归，至是则欲应馆试以谋出仕。《行实编年》谓在十九年，误。先生《上吴挚父先生书》曰："云悔实以公行后五日到津，……此来名曰散馆，实则以贫病不可奈何之身来投当世，……吾见其神志昏耗，病势可怜，一切含糊慰藉，惟以林君视病为首图。林视至弟（第）四朝，则密告我病在心肺，证象险绝，恐水气下陷，脚肿难消，姑移寓安静之处而设法焉。廿七日，拟借吴楚公所不成。廿八日，拟送之还家而难于开口，亦恐冒险不安。然是日固尚能移步依然闲谈，不料其至廿九日午刻而遽死也。"

先生为王云悔之丧，不惜颜面而奔走张罗，却毫不居功。

《上吴挚父先生书》云："理丧事，裴浩亭与彼有交，周子玉无交而相识皆赴告以来，子玉则又为我拉戟门同办。浩亭慨然以病中所措棺木相借，附身之衣物，则诸公未到时我已措齐。子玉欲任此日之杂用，我力却之，一皆由我发放。……从前彼欲我为之散卷，我固无可散，亦正不欲散。至骤遭此事，则知必有不能自惜之处，而若不安放此层，更无由以凿空，乃于措办衣衾时娶四五卷，作数书，倒填时日，辗转托人致之小站、芦台歌统领，以此赴周、裴特迟。既殓，停棺庙中，乃复告此四五公者，乞改赙为赗。"先生为替王尤还债，提前向李鸿章支取束修，"方往借束修时，相国谓我：'此事一付天津道足矣！'我乃力辩子玉之并无交情，不得相扰累，所不告诉中堂者，亦以王君之未尝见过耳。因此相国送修金来时，别送四十番，题曰'帮分'，此其于我，亦可谓多情。而子玉闻我之办于相国，故亦深感，慨然以百番相资。……而张戟门劳顿一番，我往谢之，渠竟慨然任轮船之资，此尤得之意外"。《文集》卷四《三奠云悔文》："呜呼云悔，吾既为子具以殡，而今也乃送子归矣。具以殡者，非我之力也，周、裴二公实分任之，而张戟门观察又子所不识也。护以归者，非我也。从公车而反者皆故人，托以子则无不可也。"

二月，金钺来见。

金钺《范肯堂先生事略》："先生在天津，钺以公车北上投谒，慰问饥寒有若子弟。"

谨按：先生在津四载，壬辰、甲午皆有会试。今暂且定为壬辰，会试在三月，各地举子要提前进京，故系在二月。

同月，先生为上年去世之姚夫人祖母萧太恭人作《祭萧太恭人文》。（《文集》卷四）又代张裕钊作《〈怡志堂文集〉叙》。（同上）

三月中旬，先生有《上吴挚父先生书》。盖王尤之丧，已令先生借束修，而姚永概之友、张裕钊之子皆欲得先生周济，姚夫人即将来津花销亦复不少，先生一筹莫展，故作长书，尽述委曲，告急于吴。《书》云："尤奇者，方哭于云悔之尸侧，乃有霍山举人程伯麟持叔节书踪迹而至，书中谓其人'有学行，奔叔父丧，不俟榜而归。其人与弟至好，乞姊夫借与路费'云云。叔节不知我遭此窘，其人亦别无相识,此岂能决不应者? ……再者,会叔若不第出都,便欲此间图事,来时携《史记》、《说文释例》等书数十部,交付与我为之设法,此事我固且置之。若出都而无事可图,便须向我索钱用,如何了得? 故亦不得不告急于先生。渠过此时,指明欲拟黄紫垣谋关道口岸之事。先生能再与勉林一书,存留敝处,俟渠到,即令持见勉林。勉林究与廉师有素,而又当其穷,或不在一概谢绝之列。如此,则当世又可免一番奇窘也。"勉林,即李兴锐,湖南浏阳人,曾国藩部下,官至两江总督,《清史稿》卷四百四十七有传。

三月,言謇博(有章)来见。

《诗集》卷七有诗题为:"三月二十六日,言謇博优行援士相见礼以诗造余寓庐……"诗则曰:"莽莽风沙溷此身,眼明云水得斯人。今无古有士相见,花好日长天暮春。画饼声名聊唊俗,倾河意气对披真。舣舟正好吾同发,别一仙源许问津。"

谨按:言謇博,名有章,江苏常熟人。此时,言謇博正以游津海关道盛宣怀幕到津。言敦源《〈范肯堂先生遗墨〉跋》:"后先生居天津讲学,先兄亦以壬辰岁暮游续至,过从益密。乃赍所为诗请业于先生之门,躬为弟子。嗣是书札往还、篇什唱和,几无虚日。"又其《再跋》:"先兄于壬辰客武进盛杏孙年丈津海关道幕,得与先生会合。"

早在冀州时,先生便已与之订交。

言敦源《〈范肯堂先生遗墨〉跋》:"先兄謇博随侍先君子新河官舍,闻先生名,得以乡人之谊上谒,是为订交之始。"

吴闿生《常熟言公墓碑》:"曩者先公牧冀州,与所属五县贤大夫,殚思竭精,淬摩吏治。时常熟言应千(名家驹——引者注)先生实令新河,与先公交最笃……而言先生之子謇博、仲远两君,于时亦皆显闻。謇博豪气纵横,倾倒四座,文章倚马万言,尤为通州范伯子所激赏。"

本月,范钟病愈,携孝嫱赴桐城,稍作游憩即接大嫂姚夫人往天津与先生会合。

《范钟诗集》卷一《偕姚闲伯游龙眠……》诗有"伯子相逢正三月"之句,下面一首即为《将去天津别姚甥遂生》诗。

四月二十四日,先生有《禀父翁书》。姚夫人此刻尚在桐城,并未到津。

五月十五日、十六日,张謇会试落第回通途经天津,先生往见。(《张謇日记》)

谨按:《南通县图志》云,张謇与先生因入李鸿章馆事不通问者数年。然其不通问者,乃张謇不通问先生,非先生本意,故先生不计前嫌前往,与《图志》所云并不相悖。

五月十七日,先生有《天津问津书院姜坞先生主讲于此者八年外舅重游其地感欲为诗乃约当世同用山谷武昌松风阁韵》诗。(《诗集》卷七)

先生五月十八日《与言謇博书》:"日内发兴为诗,苦无题。丈人言问津书院姜坞先生昔主讲于此,此可为题,但茫茫从何处说起?吾以谓此必须用韵,因随手翻得《武昌松风阁》诗,以为此即可用也,丈人亦姑应之。而吾兴勃然,煮茶一开而即就,此昨晚十一下钟事,因而大乐。丈人诵琅琅至十余过,内子亦因煮肥粽劳吾,狂纵欢嬉至四更就枕。"

谨按:问津书院,乾隆十六年(1751)芦商查为义、盐运使卢见曾建于天津旧城鼓楼南,取"孔子之道如海,制义如津筏,学习者如乘舟浮海、问难请教以得其津"之意,故名问津。

姚范,字南青,号姜坞,乾隆七年进士,选庶吉士,授翰林,先后主讲天津、扬州等地书院,晚年居家。其学以程朱为宗,考与义理兼进,经史百家、小学、训诂,无不精通。著有《援鹑堂诗文集》。

本月,李鸿章夫人赵氏卒,享年五十六岁。先生有联挽之:

上有宫中圣母定卅年元老之勋,下有夫人赞金瓯相业;

昔为江左部民观百两于归之盛,今为幕士播彤管徽音。

六月十一日,先生受业恩师顾修定之妻王恭人卒于南通。

二十五日,吴汝纶有与先生书,建议先生辅助李季皋纂修李鸿章年谱。书云:"使院盘桓最久,与公兄弟晨暮留连,可谓极欢。别后犹系念不忘。季皋待我至厚,尤可感。渠百日后当理旧业,吾意欲请其纂修师相年谱。前时名人暮年多有自为年谱者,师相公事少暇,故不能自撰,亦不肯沾沾自喜。然生平所办皆大事,关国家安危,他人传述失真则心迹易晦,莫若季皋于问业之暇,日记数则,由执事润色而呈之。于趋庭之时,以决定事理之是非。此在季皋为莫大之著述,而在吾辈亦有先睹为快之愿,异日国史不能得英雄深处也。请公裁酌,以为可行,则请即行之。"(《桐城吴先生尺牍》卷一)今读梁启超《李鸿章传》后所附《李文忠公鸿章年谱》乃李书春所撰,疑先生当年未及施行也。又据刘声木《苌楚斋五笔》卷三载,张佩纶曾有《李文忠公年谱》之编,书未及成而先卒。

闰六月初,仲林先生护送姚夫人至津。十月廿三日,先生《与三弟范铠书》:"弟何以看诗乃有神智若此,竟觉得二哥在此诗异于安庆,而疑我挽和其间耶?此人在此一个月,与我争论便有三十夜,而与挚父亦有十来天。到了折服时,胸中直换了一个世界,方作诗时,已是换了七八成,作词时,我亦欢喜淋漓,不能易一字。现在所寄十首,弟望可知其真。我三十夜所云云,无非说是先要赤膊子打架,然后锦衣绣裳。挚父所发大难之端,乃莫甚于轻薄朱曼君等人一钱不值,二哥经此一番惩创,真乃光着脊梁看肌理,又能相体裁衣矣。……总而言之,我看燕生、仲林、秋门诗及嫂嫂诗与字及莲儿笔札、李刚己古文等类,真觉得云龙风虎,千载一时,慨然有自大之想,又欲澹然无所为,只是袖手围炉向着火过人生也。"《诗集》卷七有《先立秋一日同挚甫先生舍弟仲林登寓园台玩月同赋明日舍弟行矣》诗,由此可知,仲林及姚夫人之来当在月初。

本月,吴汝纶来信问是否往吊李相夫人就先生决行止,先生做诗劝其行。吴汝纶稍后来津。

《诗集》卷七有诗题为:"挚父先生以李伯夫人归榇问应来会否?就吾决行止,走笔答诗二十二韵,并以手写近诗往,属其来路评也。"

又《与言謇博》书云:"挚父先生以李伯夫人归榇应会送与否就吾决行止,答诗代书,录示謇博仁弟一笑,且知不日有好会来也。……所谓一卷诗者,随此诗将去,欲其于舟中评耳。謇博若有诗文须此老是正,可即录以代其来。"

吴汝纶《和范肯堂元韵》云:"愚儒不决事,须人裁可否。虽得劝驾人,当行乃反止。"

又,吴汝纶曾致书先生,劝其乡试,期以远大。先生乃以诗答曰:"爱惜君心畏君口,惯能移嵩消箕斗。君口哓哓不可关,吾心峣峣亦不还。岂有当年伐柯斧,舞我更置青云间。君道吾文百年上,但可呕心受君赏。自古人微各有情,平生不愿识都城。男儿尚能弃卿相,况我碌碌非辞荣。年增白发举场里,性命区区亦人子。岂不将心比父心,此但多忧少见喜。君不见世上迂生得饱难,有铗无门何处弹?相公厚我亦已足,更用举手将天攀?不必昏人簇迷网,正当开眼望湖山。"又云:"吾今欲闭谈天口,亦莫虚空打筋斗。四十真当生死关,要从人海收身还。已读南华亦奚悔,可以容身雁木间。范子何为书十上,屠龙有技无人赏。此是吴公叹喟声,乃有息壤燕南城。平生知心百不阗,何独一第为吾荣?吾命穷薄堪一士,蓬蔂子耶薜萝子。老与郊岛相娱嬉,此在风尘犹可喜。君不见赋有膏兰保命难,龚生至死为人弹。何哉吾党二三子,犹欲舍命穷跻攀?寄语东堂读书者,看取玉貌还青山。"(《诗集》卷七《挚甫先生来书劝乡试欲以诗答会连日用山谷韵乃复效其次韵晁补之廖正一连缀二篇因示叔节》)

吴汝纶答先生诗有云:"有夫白皙又甚口,世才一石君八斗。谪仙雄笔乞与君,问君久假何当还?遗我新诗十七纸,使我置身开宝间。……似闻姓字动公卿,劝子怀书入凤城。……子言人生各有志,安用建鼓求亡子。……我闻子语为爽然,取子小文为子弹。焦明已自翔寥廓,网罗薮泽宁能攀。鸡虫得失孰非幻,江上君看千叠山。"(《前韵和范肯堂》)

金钺《范肯堂先生事略》:"是时,中兴久,吴县潘文勤公、常熟翁尚书方锐意排缵古学,知名之士争趋集絷下,先生则慨然屏弃举业,独居深念,心忧天下事不可为,壹意研究经世有用之学。"可为"似闻姓字动公卿,劝子怀书入凤城"二句脚注。李伯元《南亭笔记》卷十一言:"翁同龢叔平相国有名士癖,凡稍具才华者,无不搜罗致诸门下。"张謇即是,然先生却不为所动。

闰六月二十二日,先生寄挽顾师母联语回通。联云:

贱子无似,德少而辞多,只与郎君同学同志得母之矜怜,已矣平生,弗似遭丧犹下泪;

大兄有言,亲亡则身老,莫如人间何世何年于我乎萧瑟,哀哉此语,孰能处变不伤心。

李鸿章夫人之殡期,一拖再拖,始定七月初八,继而改十一,继而改十四,后又改二十三,盖半为雨水所阻,半为星家之言,多所忌讳也。(先生七月十六日《禀父翁书》)先生则"日与宾客浮湛,夜与妻女谈嬉"。(同上)

谨按:由此可知,姚夫人至津当在五、六月间。《禀父翁书》道姚夫人来津好处云:"媳妇此来其实于男有益处,于用钱之事尤有潜移默改于无形者,就其小者论之,……如昨有吴至甫亲眷过此,借大钱五千,男已应之。媳妇未免有难色,缘其人本不过三日盘费,无取乎太多,故男亦以为然,改送二千,而此事亦了。诸如此类甚多,大者可想也。"

七月初三,先生同吴汝纶、二弟范钟登寓园台玩月,三人唱和有诗。

《诗集》卷七有《先立秋一日,同挚甫先生舍弟仲林登寓园台玩月同赋,明日舍弟行矣》诗。

谨按:《范钟诗集》卷一有《天津赠别吴挚甫先生》二首,《吴汝纶诗集》则有《次韵和范仲林》二首,姚夫人《沧海归来集》卷四《次仲林韵赠吴挚甫先生》亦同题二首,独先生诗集仅录一首,疑自删之。

七月七日,范钟抵达湖北陈三立处。

《范钟诗集》卷一有《抵鄂三日小病赋寄伯严》诗。先生于本月十六日与父亲书云:"二弟想是月底到家,闻初七动身到湖北矣。"可知范钟本欲借道湖北回通,却遭陈三立盛情挽留,至年底方行。同卷尚有《旅鄂一月有怀伯子天津季子兰州》《寓园半载,临去依依,赋此志别,即呈伯严吏部》等诗。

十八日,先生封翁有与先生夫妇书,信中言及范铠、范罕将于二十日乘船北上。又云:"儿四十岁,多感叹语,无怪儿子。是日家中邀客三桌,散后回忆四十年前之事及儿大父之苦境,为之暗泣。我儿子辈笔墨多有观,虽有虚名,亦非易易。总之,穷苦父子竭力尽人事,以待天可也。"

九月,贺松坡来会。

本月,吴汝纶荐张裕钊入安徽古学书院,不果。时张裕钊正谋求入陕,托人欲往同州书院。该月二十六日,吴汝纶有《与吴季白》云:"此间有友人得刘仲鲁书,谓张廉翁已定入关。前日冀州人来携有贺松坡致同州府一书,属为转递。询书中何事?则云张会叔有书,属松坡为渠父谋同州书院。据此,则秦中尚无遗席以处濂卿也。"

是秋,先生为许振祎《诒炜集》作书后。(《文集》卷四)

谨按:许振祎(? —1889),字仙屏,号大泽村人,江西奉新人。同治二年(1863)进士,历任编修、陕甘学政、江宁布政使。光绪十六年(1890)年任东河河道总督,二十一年(1895)年出任广东巡抚,二十四年(1898),裁撤广东巡抚,奉调回京。未几乞假归养,病卒。《清史稿》卷四百五十有传。

许仙屏乃曾国藩弟子,曾固先生私淑者,故于曾之徒辈格外敬重,《文集》卷九《故湖南巡抚义宁陈公墓志铭》:"自吾束发读书,慕思曾文正公之为人,而愿睹当时之亲炙者,若张濂卿先生、若吴冀州,既师友之矣;若公、若奉新许公,皆以其在位不往而通。"

先生《书〈诒炜集〉后》:"吾友刘葆真自都门来,赠之《诒炜集》,且为许仙屏先生征文及余。余既反复译诵,则持以示吾妇曰:'……夫许先生乃天下巨公名人,而吾昔者语子以曾文正之徒仅有一二存者也。'"

刘声木《苌楚斋四笔》卷十:"奉新许文敏公振祎,因侧室梁淑人故后,辑录自作诗句及他人诗文,编《诒炜集》五卷,附《侍香集》一卷,光绪丁酉六月,广州节署自刊本。"按,梁淑人卒于辛卯十二月,先生所题当为书稿。范姚夫人亦有《题梁淑人传》五言一首,其诗云:"旅馆肃秋高,窗明淡晴日。征鸿辞我南,客思真郁郁。忽有青云士,造门赠书帙。夫子授我览,东河许公述。嗟哉梁淑人,懿行为良弼。……"可知为秋日也。

谨按:刘可毅,字葆真,江苏武进人,是年会试会元。郭则沄《十朝诗乘》:"张季直未第时,即负盛名,朝贵争欲罗致之。壬辰会试,闱中得刘葆真卷,误以为季直,置首列。寻入词馆。……庚子夏,仓卒南归,途遇拳匪,竟被害。"其弟树屏,字葆良。

十月廿三日，先生有《与三弟范铠书》，其中提及荫堂封翁教先生捐官事云："大人后有两次信来，皆安乐无事。一次话多些，不知听汝二哥造什么谣言，教哥哥明年全数截留天津束修，捐官作底子，并着转交与弟看。此事吾不能行，亦不与弟看。何苦闹虚腔，受实祸也。……何况弄房子、娶媳妇，多事之秋，不宜再动。"

本月，李鸿章欲给吴汝纶请加京衔。三十日，汝纶有与先生书，剖白心事，不欲获此虚荣，至以弃馆相挟，云："此议……万一不能中寝，则吾惟有弃馆而逃之一法。……执事知我，尚望设法劝止此事，勿遽逐我远去也。"（《桐城吴先生尺牍》卷一）

本月，吴汝纶作《保定曾文正公祠堂碑记》，文已刻石，然先生尚有纠弹，汝纶自改数语，书示先生，先生以为善。三十日书中云："昨承惠书，深喜文字间有辅仁之友，犹还冀州时旧观，此吾徒之至乐也。拙文疵累，曾不自知，其诗辞平列四事，蹇滞可笑。执事所教皆是，今改云'士昔失学，民亦不泽。有呆有朴，有懦不复。孰师孰父，孰觉以煦。公既滋止，乃塾乃庚'。以上八句可用否？乞教我为幸！"（《桐城吴先生尺牍》卷一、《桐城吴先生日记·光绪丁酉年》）

十二月，先生为桐城江待园谋葬。

姚永概《慎宜轩文》卷九《江待园墓志铭》："桐城江待园先生既卒二十余年，贫未克葬，友人徐宗亮谋于天津，介通州范当世言于合肥李公子，立出白金百两属其役，……以光绪壬辰十二月辛酉将葬。"

是冬，先生与李经方为诗会甚欢。

先生《与三弟范铠书》（光绪十九年三月初一）："伯行一冬在此为诗会甚欢，却都是试帖，独作《唐花》七古一篇，索兄嫂和之，因送嫂嫂润笔百金。"又云："伯行实非常之人，燕弟如着意于出洋，他日但于此人交，即里外莫不通气。我与彼相处五月之久，固无十日不道及吾友燕弟之为人也。"

是年，先生识李鸿章孙婿杨圻（云史）。时杨新婚，客津门妻祖相国公府中。（今人陈国安《杨云史年谱》）

谨按：杨圻，字云史，号野王，江苏常熟人。光绪二十八年举人，官邮传部郎中，新加坡总领事。娶李鸿章长子李经方之女道清。有《江山万里楼诗钞》十二卷、词四卷。

是年，浙江余杭人汪树堂（剑星）出任南通知州。（《南通市志·政府·清代州署表》）

光绪十九年癸巳（1893） 四十岁

正月初一，诏以明岁慈禧皇太后六旬圣寿，今年举行恩科乡试，翌年举行甲午恩科会试。

初五，李鸿章七十寿辰，两宫赐匾、寿字及无量寿佛诸多珍物。先生以联寿之。

先生与弟铠书曰："相国寿文决意不作，而寿联固不可少，则撰一联云：'环瀛海大九州，钦相国异人，何待子瞻说威德；登泰山小天下，藉通家上谒，方今文举足平生。'二三知言者固以此联为高绝，然议其亢者亦不少矣。"（曹文麟《范伯子联语注》）

沈云龙《近代史事与人物》"范当世工于制联"条云，先生当时于"其他寿李诸联，殊少许可，如翁同龢：'壮猷为国重；元气得春先'，则目之为试帖佳联耳！又如张之洞：'四裔人传相司马；大年吾见老犹龙'，则以为上联断非三十年宰相之语，下联亦属平平"，先生自视之高类如此。

初六，张謇之柳西草堂开始动工。（《张謇日记》）

二十九日，以口外七厅及山西大同等府旱灾，诏命直隶、山西免收运商粮税，拨款十万赈之。

二月十二日，康有为与梁启超同赴北京参加会试。不第。（《康有为自编年谱》）

二月十八，清明，先生放假五天。

本月，范钟往赴湖北依陈三立。（《范钟诗集》卷一）

三月初一，先生有《与三弟范铠书》。天津各界积极为山西灾民筹集赈款，津海道盛怀宣之弟盛薇孙组织书画义卖活动，先生夫妇亦投入其中。与三弟书中云："所以不续写寄去者，缘山西奇荒，人相食，此间诸大名公开书画赈局，慕名请嫂嫂入局，自不得不应。访单一出，生意太多，无暇再图寄远。且说过此时动笔即为饥民，不得私相授受，亦应牢守此戒耳。"

《文集》卷五《为盛氏子题画》："山右饥，津海道盛杏孙既不惜巨万救之，其宾客言君謇博亦招合徒友炫鬻文字，一归于振，而其弟盛薇孙并为人篆刻竹石，勤勤恳恳，惟以活人，犹以为不足，益出其名书善画，征题于人，而出资以会于謇博。"

先生《与言謇博书》云："陈画大妙，若苟然下笔，惧不称薇孙雅怀。赈资可否先了,略俾从容,亦不敢久搁也。"又四月十三日先生《与言謇博书》云:"薇孙画又经狼藉,不得已而奉谢。此事关人性命,谦静不可,然再命不可不慎矣。"

谨按:先生书法兹不赘述,姚夫人书法之精妙,则巾帼不让须眉。

《诗集》卷十一《更为秉瀚题仲远先生比屋联吟图……》诗:"吾妇能为掣窠字";金鉽《范肯堂先生事略》亦云:"继娶桐城姚孺人,贤淑能诗,善书。"

因此常有人慕名求笔墨,如《蕴素轩诗集》卷四有诗题为:"九江诗人熊香海借肯堂索余赠言,明日复以书来请,义不能却,勉赋诗,书扇赠之。"又光绪二十七年八月十四日先生《与三弟范铠书》中写万中立请先生为其母撰墓志铭,另外更求姚夫人"写一本而刻之家祠",足见对夫人书法之敬重。

三月初一先生《与三弟范铠书》云:"嫂嫂正月所写诸联,今寄去,实则近来进境乃始大,指头具有本领,相国嘉叹以为真算写字也!"上年十月二十二日,先生《与三弟范铠书》亦云:"嫂嫂字真不可解矣!吾特护初,总以为初联为不减于后,其实后来好多了。前晚乃动心属再(写)些字与甘肃,嫂嫂乃以余纸写一诗寄赠五嫂,其实好不过昨书。吾又拾得一联纸携回属写与五哥,以为尽矣。而昨晚因挚父寄纸来求书,高兴不过,写到浑沦斩截处,不但与弟为难,并且与先生为难也,此才冠天下之联,真当捧让矣。……其话虽如此说,吾终是外行,弟乃内行,说嫂嫂字之天分毕竟何如? 能舍今人论古人否也? 弟勉为之,他日归来,一门两书家,卖字亦能过日子矣。放着先生排面,不假矜饰,朴朴实实写楷字,将嫂嫂写退了,才算本事也。人瞧不起我的字。我将一弟一妇傲之;弟瞧不起我的字,我不得不将嫂嫂弹压。嫂嫂现在面子上尚不敢轻薄我,却已是啧啧叹赏我之小行书册页,而不及其他。如他日气焰过张,吾还当用弟相错报耳!"诙谐之中不无佩服,又兼露自矜之色。

三月初九,朝廷命以两湖漕米六万余石变价赈山西灾。

四月十二日,范钟、陈三立、易顺鼎、罗运崃四人自武昌游庐山,历二十日,尽兴而返。

陈三立《〈庐山诗录〉序》:"吾友易仲实向称好事,尝筑室庐山深处曰琴志楼,昨岁粤人梁节庵共诣游宿,迫烦暑陵遽而返。今夏四月,仲实复持范中林、罗达衡及予往,尽二十日,为雨中之游,觊幽选奇各得诗歌数十篇。"

十三日,有信与言謇博。

十七日,姚浚昌来津。同日招言謇博饮,因访客过多,未及晏又遣之去。

同月先生夫妇为言謇博书扇,作《董父字说》。(《文集》卷五)

五月六日,康有为下车伤足,遂南归。途经天津,拜谒先生。

《文集》卷九《故湖南巡抚义宁陈公墓志铭》："康（有为）亦当世之所尝识也，尝以其下第时过当世天津。当世独许其才，不喜其学。已闻上召对康有为时，公疏言其长短所在，推其疵弊，请毁其所著书曰《孔子改制考》者，心独喜其与吾意同也。"

五月七日，吴汝纶有《与范仲林》书，其中言及先生云："令兄又示陈伯严所著文，见伯严自跋云：'欲附于不立宗派家数。'吾告肯堂曰：'此殆以曾文正自命者也。'伯严闻此以为有当乎？……令兄今年相见，兴会甚好，想常通书问也。"（《桐城吴先生尺牍》卷一）

初十，有信与言謇博。吴闿生来问学，称弟子。

《与言謇博书》："今晚有章刺史及桐城吴生过寓庐一饭，借此可与吾弟一谈。"

吴闿生《北江先生文集》诗卷二有题为《上范肯堂先生当世》的拜师诗云："忆昔湘乡相国能文章，睥睨韩柳陵欧阳。……濂亭先生继之起，文星灿烂临武昌。……我生既已后曾相，举头西望川无梁。心所服膺不得见，纵欲有作谁予匡？先生濂亭高弟子，雄名与师能颉颃。语妙天下世所少，藐视四海轻侯王。与我相望才百里，川途来往勤车航。曾张微言倘示我，轻车熟路谁能量？敢谓韩欧不可及，竟令千载独芬芳。"

先生《诗集》卷八有诗题云："挚父先生之令郎髫岁耳，以诗文问学于余，绝可喜。又闻莲池诸生言其于尊父之论西学每蓄大疑于心，此尤为非凡而莫有能正之者，余其可不言乎？用兼斯意，次韵一篇，以赏其奇而补其见之所不逮。"

十二日，先生外舅姚浚昌得绥巩支应局差事。此事乃由先生向李鸿章求来。

《诗集》卷七有诗《送外舅人绥巩支应局仍用前韵》云："相庭夜下一尺纸，饥人如得赦书似。十年两度专城居，可见身非小家子。"

本月，贺松坡来津。

先生五月廿一日《与言謇博书》："同学者贺松坡来矣（深州人，名进士，现掌冀州书院，吾濂师之弟子也——原注），迫欲观吾文，亦欲识吾弟也。"

《诗集》卷七有《喜松坡来再次一首》、《连与松坡、謇博饮酒楼谈吾师之道致足乐也……》诸诗。

六月初三，有信与言謇博，并赠以荔枝，并有《禀父翁书》。

自本月八日起，天津地区昼夜大雨，持续六七天，水潦成灾，海河下游泛滥，民田尽成泽国。（《天津通志·大事记》）

《诗集》卷八有诗题为："寓庐临河，水暴涨没阶尺许，而通永道张丈筱泉自大赵庄工次来,告以身自临筑河堤,厄于风雨,悲悯成诗,读之良动人,走笔奉和。"诗则云:"朝于枕上听涛声,若有鸥凫泛嫩晴。起看灶奴成水手,暂疑斗室是蓬瀛。……内自宣南外畿辅,几人歌哭望秋成。"

同月中旬,俞明震(恪士)携两弟自湖北由海路来津。

《诗集》卷八有诗题为:"俞恪士携两俊弟及吾弟仲林书以来,喜可知也。而天津方大水,又酷热,往还俱不易,读其近作《鸭栏矶》一首,感而和之。"

六月三十日,先生有诗自寿四十诗五律六首。(《诗集》卷八)有"四十又徂半,分年恰到中"之句。

《蕴素轩诗集》卷五有《和夫子四十自寿韵》:"寅子同初度,从君俱客中。举觥怜寂寞,对景伤无穷。"又云:"四十飞腾日,凌云笔不停。"

七月初二,有信与言謇博,并手抄诗文两篇托謇博转呈李慈铭。先生信中云:"莼客先生处,吾本欲多缮诗文奉教,吾弟此行出乎意外,今于人客满堂时,秃笔枯墨写得二篇,幸必为我致此诚,附香钱四枚作元卷之费,亦万不及专送矣。"

谨按:李慈铭(1830—1894),字爱伯,号莼客,晚署越缦老人,浙江绍兴人。清末著名学者,光绪六年(1880)进士,官至山西道观察御史,数上封事,不避权要。学识渊博,诗词古文,名闻天下。日记三十年不断,多朝廷政事及读书心得,成《越缦堂日记》数十册。

先是,言謇博曾携先生诗过李慈铭,李览而异之,其《与言謇博手札》云:"所携视诗,其姓名是否范当世? 当世素不知其人,观其诗,甚有才气,然细按之,多未了语,此质美未学之病也。"(徐一士《一士类稿》;郑逸梅《艺林散叶》第1776条"李越缦薄范当世"云云,即出此。)李越缦以谩骂时人著称。相传,李以官天津书院故,对李鸿章多存敬畏(文廷式《闻尘偶记》),其对先生之评,恐亦有及乌之情。

先生亦恰从言謇博处借得李慈铭诗集,大为叹服,恨无由见之,感慨既发,无从排遣,遂题诗一首。(《诗集》卷八《从謇博借得李莼客侍御诗集,即夕读其七古二十余篇,不容不服,恨无由见之,观其自序,称后世谁能定吾文者吾自定云尔,则又慨乎莫能禁也,独夜无聊,叠兵字韵,题其端以示謇博》)

此信发后,正值先生四十岁寿辰,言謇博竟携得李慈铭寿先生诗返津,而不见和章。先生疑之,《与言謇博书》有云:"曩示莼翁寿吾诗而大端则已告还矣,此或吾弟之善为说辞而莼老实薄吾诗,为不呈送耶? 必和我,我乃信耳。"

七月初四日,先生四旬生日,耳患聋疾,有诗。

《诗集》卷八《吉日二十七韵赠瞽者》:"吉日初度吾称翁,睡起两耳减作聋。"

七日,有诗,已有去意。

《诗集》卷八《七月七日感灵鹊》:"明年多大风,自向低枝栖。低栖那弗智,徒侣相招携。咄彼守雌者,还为天下谿。"

十三日,荫堂封翁有与先生书,其中谈及姚浚昌为范孝嫱保媒一事云:"儿外舅为菊保择婿,心感何极! 婿才貌、家世,又是还门亲,与媳妇至戚,又得我园夫人如此慈爱其子,安有不爱其媳? 惟菊保过于柔弱,又无本领,吾甚恐女红一事,媳妇尚当竭力教之。"信尾评及先生诗作云:"儿诗颇得韩、苏之旨,钟亦自以不及。"

十八日,姚叔节来。

《诗集》卷八有诗题"七月十八日晨兴,叔节搴帘以入,喜可知也"云云。

八月中秋,有《与俞恪士书》,时俞明震在京师,郁郁不得志,先生写信安慰并寄近作十四首。书中针对恪士有论先生诗"遁入苏黄一派"辨曰:"恪士凡事亦适可而止,善师吾意所贵乎文学者,岂不以自娱其身耶? 吾诗其实无意于学人,出手类苏、黄,亦所谓近焉者。然恪士愿吾取其所能而矫之,此亦极意自娱,何为而不可? 故吾已深守此言矣。抑愿恪士守吾言者,无为尊唐薄宋,蹈明人之陋习。且彼明人,何尝不说到做到,何尝不有绝特过人处,而何以卒不逮苏、黄诸君子耶? 此道有焉:依人与自立不同,为己与为人之各别也。不但如此,文章有世代为之限,贤豪之兴,心气万古一源,皮色判别殊绝,五六百年间,薄近代之所为而力求复古者,未有不流于伪俗者也。此则恪士之所通知,恪士之所与吾辨,不在古近而在难易,吾岂不知? 然亦恐一意求难,其弊亦有时而近于复古,且'遁入苏黄一派'六字,诚不能无病,吾不可以不辨。"

九月初七,有诗约外舅姚浚昌登高。(《诗集》卷八)

十月中,荫堂封翁有信与先生,信中言及孝嫱桐城之媒,因老太太嫌男方年岁过大而告罢。"菊姻事,因相公年大六岁,汝母深不为然,作罢论矣。"

十一月初一,先生有《禀父翁书》。由信中可知,孝嫱婚约已定。又荫堂封翁预备明春寄钱天津为范罕入赘桐城马府打造金手镯。先生出于孝心乃借姚夫人之口力阻之。

二十年正月,荫堂封翁与先生信有云:"至莲儿入赘用金镯之说,我不过念吴媳之意,又不知马公之气局何如,故有此说。两保闻上海金换纹银在三十六两,如此贵重,似可作罢论。"

先生书云:"惟谕中有明春将三百番寄津预备金镯说,媳妇大以为不可,而私说父亲不知何以与媳妇分家,若寄此钱,是终以媳妇而外之。一镯不须三百番,即自家要打金镯,亦可于此间束修取资。束修及家中存款,皆是父亲银钱,何必自家中寄出?此媳妇主意,请大人断弗寄钱来也。男亦如此,不待言矣。"

十八日,先生挚友朱铭盘积劳成疾,病逝于旅顺张光前军幕,享年四十二岁。身后留有一子名骥之,生不满月,尚在襁褓。(《曼君先生疑年录》)

本月,吴汝纶经天津往阳信探望胞弟汝绳(诒甫),止先生寓庐数日。

《诗集》卷八有诗题为:"挚父先生来止寓庐,欢燕屡日而后即其弟阳信,其行甚早,外舅不知,犹以《冬柳诗》来索和也。"

腊月二十三日,范钟由湖北返通度岁,并准备来年正月,陈府下聘事宜。

二十年正月荫堂封翁有与先生信云:"汝弟腊月念二、三到家……湘帅送银未受,少受陈公(宝箴——引者注)程仪,归装故亦不寒。所好订定今年仍作两湖山长看文,并述陈公以我家见亲,上下无不欢喜。"

岁末,姚永朴来津,与父亲团聚度岁。

《诗集》卷八有诗题"仲实自宛平来津度岁"云云。

除夕,乡人王铁珊(伯唐)兵部暴病卒于京师,身后一切皆由陈夔龙(小石)料理。陈有挽联曰:"平生风义师兼友;元旦荒寒我哭君。"(《范钟日记·光绪二十七年十二月七日》)

《诗集》卷十七《陈小石漕帅招同沈观察及舍弟饮,多闻京师两年间事,即席赋赠》"莫怪中兴余涕泪,也曾元旦赋荒寒"句自注:"吾乡人王铁珊兵部以甲午除夕独身没京寓,公为经济其丧而哭之曰:'平生风义师兼友;元旦荒寒我哭君。'"

谨按:王铁珊,字海门,一字伯唐,光绪十五年(1889)进士,官兵部主事,殉难赠道衔。有《王戎部遗墨》。先生《诗集》卷十七中屡有提及。如有诗题云:"王伯唐死难之期年,梦湘为哀祭之文,而潜之及余携至狼山后鼓石旁,诵之以为祭。"

王铁珊的籍贯,《清诗纪事》、《晚晴簃诗汇》、《清朝野史大观》、《明清进士题名碑录》皆作安徽英山人,而伯子先生兄弟称之同乡,范铠光绪十七年九月二十一日与荫堂封翁书云:"王铁山在如(皋)泰(兴)会馆",曾广钧有《九日到通州过王铁珊芝祥故宅无片瓦》诗,皆可证明王与通州渊源。可能原籍为通州而迁移英山者。

关于王铁珊之死期,《范钟日记》谓癸巳除夕,伯子先生谓甲午除夕,而郭则沄《十朝野乘》:"王伯唐驾部初颇附和主战,联军陷京师,自缢于米市巷六安馆。

其人务朴学,兼精金石。识者谅而惜之。"袁祖光《绿天香雪簃诗话》:"英山王伯唐兵部铁珊性豪迈,为文敏捷,有古侠士风。庚子岁,联军入京师,以身殉国。"徐世昌《晚晴簃诗汇》卷一百七十七:"庚子国门之变,扃户大书云:'惟我祖我父所以教珊者,只争此一刻耳!'遂从容自经死。"均言之凿凿,疑先生误记。

光绪二十年甲午(1894) 四十一岁

正月十六日,张裕钊卒于陕西。(《张謇日记》)

谨按:张裕钊落魄卒于关中,直令天下士林伤悼,惟其葬处毗邻北宋理学名家张载(横渠先生)墓地,可谓"死得其所",稍慰人心也。

《行实编年》谓张卒于莲池书院,乃属以讹传讹,盖由张謇《啬翁自订年谱》而来。《啬翁自订年谱》卷上云:"闻濂亭师卒于保定莲池书院,设位而祭。"今读张謇《祭张濂亭夫子文》(《张季子九录·文录》卷十六)云:"眂关中而流涕,书反复于盘庚。愿徙家而先往,承风雨于帝旁。昔闻此语,乃自建康。謇既瘁于勃碣而归里,夫子亦五年客郑,又违姻而汉襄。辛酉行而就养,申微款之茫茫。爱郿山川之清淑,依横渠之墓焉而卜藏。"可知张謇后来亦知其详。

先生《与三弟范铠书》(光绪二十年四月十六日):"惟先生事当言,然又不忍言,奈何之!那知弟生之心欲一见而竟不得见所,是吾之过矣,是吾之过矣。前回不欲告弟者,犹恐弟未改儒生之愚,痛哭于发书之日耳。然归途不旦至陕所,与其至而惊痛,何如早知之而留其哀为吊时之一哭?导岷兄弟犹未有书来,只例讣一函。然我闻其已葬于陕,不复归武昌。此亦先生之治命大旨,谓'世将乱,鄂不如陕安耳!'然闻者皆不谓然也。惟墓地在横渠先生之旁,则我闻诸陕人来信者,此即大佳,当使百年后谓二张同千古也。"

又吴汝纶八月十六日《与贺松坡》云:"廉翁葬秦中,闻与横渠墓相近,可谓得地。"(《桐城吴先生尺牍》卷一)

正月十六同日,义宁陈氏向通州范氏下聘礼成,两家互换庚帖。封翁事后有长信一封与先生专述当日盛况,兹不赘录,惟引信中转述陈宝箴之评赞此门亲事云:"陈公云:我已见君家四代诗文稿,为江南第一。旧家孝友相传,而尊公人品学问,绝非世俗。今我与对亲,真是喜极!我儿子品学,与君家兄弟相类;我孙子师曾又与彦殊略同;及内眷无不相似,真天假之姻!惟日望君(指仲林先生)来,欲责其避贤之罪,为有此贤侄女而不荐之故也。……又云:我初愁此亲不就,以令侄女弱小失母,皆亲家母抚育成人。又闻姻嫂慈爱,携去天津,恐两慈亲不肯远嫁。今请转致,我即不做官,我儿子为江苏候补道,我住扬州必不归江西,而一水之地,往还甚易,请堂上及令嫂可无虑。"一片欢欣真挚之情,溢于言表。

正月二十四日,出使英国大臣薛福成与英国外交大臣劳偲伯力订立《中英续议滇缅界商务条款》二十款,云南蛮允开为商埠。

本月,张謇闻朱铭盘之丧,为经济其丧事,并安置其家属生计。(《啬翁自订年谱》卷上)

本月,俞恪士自北京避嚣来津,并携曾广钧所赠先生诗扇,且代为问候先生。先生和诗四首,嘱恪士转赠。(《诗集》卷九)

谨按:曾广钧(1866—1929),字重伯,曾国藩之孙,曾纪鸿之子。光绪二十三年(1897)进士,历任翰林院编修、国史馆秘书、广西知府等。

二月初六,先生闻张裕钊讣,为之茹素三日,三月不与宴会。

二月十六,先生发奋整理家集。

先生《与三弟范铠书》:"我之所以闻讣十日后即发愤论次家集日夜不辍以至于今者,固感于生死之无常。谢却而成此大事,亦俾早夜为此,则精神无所旁溢,而夫妇谐笑、朋友欢会之缘皆屏焉,庶足以稍称其哀情也。"

《文集》卷六《通州范氏诗钞序》:"自当世甫冠,大人则以此事相督勉,往往读不终卷,辄蘁然莫辨其微远所在、孰为高下,以此发愤游学。"至张裕钊卒于关中,噩耗传来,姚夫人乃进言先生曰:"子不尝欲论次家集以问张、吴乎?张则远且没矣,吴幸而近在,而子又多病,人事何可知?与论古人,何如论家集乎?"先生闻而大惧,连六旬日,废百事为之,至四月乃成。

本月,贺涛之父贺苏生七十寿诞,吴汝纶有《贺苏生先生七十寿序》,先生为作《贺苏生先生七十寿言》。(《文集》卷五)

张裕钊《濂亭遗文》卷二《贺苏生夫妇双寿序》:"贺生以书来,称吾父以甲午之岁登寿七十。"

二月二十五日,荫堂封翁有信与先生,知先生夫妇年初曾大病。书云:"前接儿媳来讯,知汝夫妇大病,幸托天无恙。我实寒心,总因家贫。"

同月,恩科会试,张謇中第六十名贡士。

四月,殿试,张謇以一甲第一名及第。先生在冀州时弟子姜问桐、李刚己是科成进士,并于试后联袂来津拜谢当年恩师。

《文集》卷七《秦昌五诗序》:"及至去年(诗序落款为光绪二十一年),而问桐与刚己成进士,并来谒余于天津。"

赵衡《李刚己墓志铭》:"年若干,举光绪甲午进士。用知县分发山西,补大同,历署代州、灵丘、繁峙、五台、静乐诸县。"

姚永概《慎宜轩文》卷十《李刚己墓志铭》:"中光绪甲午进士,以知县分发山西。"

谨按:《明清进士题名碑录索引》载李刚己为光绪二十四年(1898)戊戌科三甲第一百九十一名进士;徐世昌《晚晴簃诗汇》卷一百八十二亦谓刚己光绪甲午进士;又查光绪二十年甲午科题名碑录,并无姜姓者,惟二十一年乙未科三甲第一百一十五名为江苏六合姜良材,疑即问桐也。不知孰是,存疑待考。

四月十六日,先生辑成《通州范氏诗钞》。

谨按:先生辑成《诗钞》后,本欲待三弟范铠自甘肃回来后缮写付梓。先生《与三弟范铠书》:"今撰集已毕,专待弟归书之。"又《〈通州范氏诗钞〉序》:"光绪二十年四月既望,范当世乃得读其家累世所为诗,约之为通州范氏诗略以复命于其父,而需其弟铠自陇归书以刻之。"然范铠归日,正中日战事起时,国事忧心,家事亦随之因循,至先生之卒,竟未之刻。

范毓《〈蜗牛舍诗稿〉跋》:"昔先伯父肯堂征君,集《通州范氏诗钞》,需先府君秋门公自陕甘归而手抄之。先府君在济南装精册。民国二年归,获诗钞稿,索册于毓,乃不知庋藏何所,遂以缮写责诸毓。越二年,而先府君见背。"是至秋门先生卒,此书犹未刻。

曾克耑《近代海内两大诗世家·前言》:"不久的时候,这部书公然由南通钞来了。在范先生原序中说要等他弟弟仲林、秋门来刻,不知何以未刻,想是经济情况和仲林、秋门早死的缘故。"

直至一九六六年,曾克耑才以《诗钞》为蓝本,复益以伯子先生、范姚夫人、仲林、秋门、彦殊、彦矧、子愚诗,合成《通州范氏十二世诗略》于香港印行,风雅得以流传,功莫大焉。(《〈通州范氏十二世诗略〉跋》)

本月,朝鲜政府以东学党起义,无术镇压,请求救助,李鸿章奏派叶志超等赴援,并根据中日天津条约,通知日本政府,日本遂乘机大举进军朝鲜。

五月,朝鲜东学党起义军接受招安,日军非但拒不撤军,且大量增兵,并胁迫朝鲜王宣布独立。朝鲜战事一触即发。

本月,先生作《前山西大同镇总兵黄君墓志铭》。(《文集》卷五)

六月十二日,张謇有信与先生。(《张謇日记》)

六月十九日,李鸿章租赁英国商船分载清军二千余人增援朝鲜,北洋军舰"济远"、"广乙"护航。(罗尔纲《晚清兵志·淮军志》)

同日,薛福成因积劳成疾,卒于上海。先生有联挽之。

王锡韩《蜷学庐联话》:"光绪甲午,薛叔耘副宪奉命与英外部续议《滇缅条约》,事成回国,未复命而殁。范先生有联挽之云:辛苦九州还,身未趋朝魂恋阙;安危一疏在,生当致主死成名。"

二十三日,我运兵船"高升"、"操江"号在朝鲜牙山附近海面遭日舰截击,"操江"被俘,"高升"被击沉,清军将士七百余人殉难。日本正式挑起侵略战争。

本月,弟铠自甘肃学幕归。

《范季子诗集》卷二《归经醴泉顾晴谷先生县署居一日行》诗:"三年秦陇分云日,薄宦穷游阻望魂。六月乍回旧来辙,中宵欢聚古寒门。"

七月一日,光绪帝下诏对日宣战。

谨按:甲午之事,帝党翁常熟主战,后党李合肥主和。张謇以新科状元为翁之得意门生,先生以一介布衣为李之敬重幕僚,翁、李既异音,张、范之别调不待言矣。

金钺《范肯堂先生事略》:"会中日事起,京朝士大夫集矢和议,先生独违众论,以为未可轻开外衅。时论訾之,先生知交亦有腾书相抵者。先生怃然谢曰:'是非听之,异日终当思吾言也。'文忠既罢总督,先生亦归通州,龃龉先生者犹不少息。""知交"云云,当指张謇。

沈云龙《现代人物述评·通州三生——朱铭盘、张謇、范当世》云:"(张謇)至光绪十一年(1885)乙酉始中顺天乡试南元,为常熟翁叔平尚书(同龢)所得士,……至光绪二十年甲午始以恩科会试中第六十名贡士,旋应殿试,阅卷大臣仍为翁尚书,乃以一甲一名赐进士及第,……时肯堂正客李合肥幕,合肥与常熟政见两歧,张、范遂亦异趋。未几,中东衅起,翁、李和战之争,世传二公阴主之,盖曾于家书中各露其微旨也。《范伯子文集》卷七有《祭季直封翁润之先生文》有云:'嗟两家之兄弟,逐风尘之累迁;既酸咸之各异,亦升沉之各天。'又云:'昔金恭人之殁也,余不惮百里而星奔,恨公丧之独否,属有故而羞陈。殆昔勤而今惰,岂今疏而昔亲。'……语意含蓄,亦耐人寻味。"

王伯恭《蜷庐随笔》云:"甲午之事始于项城(袁世凯,河南项城人),成于通州(张謇,江苏通州人),而主之者常熟(翁同龢,江苏常熟人)也。此自通国皆之,无可为讳。合肥力言不可开衅,大为盈廷所诃。"

刘体智《异辞录》卷三"张謇为主战派首领"条云:"中日之役,主战者,高阳、常熟。奔走高阳之门者,项城。为常熟之耳目者,通州张季直殿撰、萍乡文芸阁学士也。项城归自朝鲜,力诋文忠设计之缓,使从己谋,可以制敌于先。光绪九年,殿撰从吴武壮率师援朝,先据汉城,拒退日本,身亲兵事,谓确有胜算。是科会试，与学士同出常熟之门，互相标榜，欲以奇计自见，实为主战派之首领。"

岂不知"彼一时，此一时。日本崛起东方，国势浸盛，几欲凌驾欧美，执亚洲牛耳，有一日千里之势，固非光绪八年（1882）见闻所能囿"（刘声木《苌楚斋四笔》卷七）。而中国"光绪十四年之后不购新械，武库已空如洗"（刘体智《异辞录》卷三），李鸿章深知国力衰微，不足御寇，故主和。李伯元《南亭四话》卷五《庄谐联话》"帝王度量联"条云："甲午之役，丧师失地，为国大戚，此中朝贫弱之缘起也。合肥相国老成持重，了然于事之不可为，故发难之始，即立持和议，当时有血气者，莫不交口非之，后王师果不胜利。"

李鸿章虽亦主和，然关键时刻未能以死相谏，遂苟从主战之说，仓卒应付，终尝败果。黄秋岳《花随人圣庵摭忆》云："近读散原精舍文存，自为其尊人右铭先生行状，有云：'其时李鸿章自日本使还，留天津，群谓且复总督任。府君愤不往见，曰，李公朝抵任，吾夕挂冠去矣。人或为李公解，府君曰，勋旧大臣如李公，首当其难，极知不堪战，当投阙沥血自陈，争以死生去就，如是，十可七八回圣听，今猥塞责望谤议，举中国之大，宗社之重，悬孤注，戏付一掷，大臣均休戚，所自处宁有是耶？'……盖义宁父子，对合肥之责难，不在于不当和而和，而在于不当战而战。以合肥之地位，于国力军力知之綦审，明烛其不堪一战，而上迫于毒后之淫威，下劫于书生贪功之高调，忍以国家为孤注，用塞群昏之口，不能以死生争，义宁之责，虽起合肥于九京，亦无以自解也。"又刘体智《异辞录》卷三"甲午之败李鸿章不得辞其罪"条云："观常熟《日记》，未开战先，常熟曾至津，督促宣战。公当以去就争之。何至轻于一掷，情见势绌，底里毕露，百患皆作，陵夷至于土崩瓦解，不可收拾，酿为他日神州陆沉之祸。《春秋》责备贤者，公不得辞其罪矣。"

此中意味，伯子先生于陈宝箴墓志铭中亦有提及，其云："先是二十一年，中东和议成，公以直隶布政使督湘军粮台，见马关和约而泣曰：'不国矣！'因大望相国李公。至其使还留天津，亦不往见。吴冀州方主莲池书院，颇为公言李公。公亦愤其辞，而吾弟钟会试归过公有言，公并诮之曰：'若兄弟皆主李者耶？'然吾后得其平心之言，则公尤望李公极知不堪战，不以死生去就回上意，而猥随俗塞谤取祸败空国至于斯也"。（《文集》卷九）

二日，吴汝纶有与先生书，请先生改稿，并感慨国事，书云："病中成《淮军昭忠祠记》一首，自知漫率不成文，通白颇有议删之处，兹录稿呈政，务望痛加改削。海上多事，而吾辈乃从容而议文事，真乾坤腐儒也。大诗谨据所窥测者记注眉端，以识私款，未能得其深处。前议光禄碑，容迟再奉复。相公此时军国事重，吾此二文但成稿，俟事小定再献上耳。"其论朝鲜外交则云："日本此次争高丽，蓄谋已久,特承俄人铁路未成时发难,俄路成,则日本无可措手。日本得之,则俄必拱手分地,而吾国大势去矣。高丽不能立国,无愚智皆知之。往年黎莼斋在英时,吾尝寄书莼斋,谓越南、高丽皆当改为内藩,遣督抚治之,否则必为他人所得。黎复书服吾论为英伟,而亦不敢坚持也。高丽亡久矣,此廿年来赖相公经营保全之,是以弥留不绝。今难以虚声守矣,诏旨诘责,言路纠弹,相公惟有忍辱负重支此危局耳。"(《桐城吴先生尺牍》卷一)

二十一日,吴汝纶有与先生书,深以中日战事及李鸿章处境为忧。书云:"东事轩然大波,尚未识如何结局?周公都统诸军之举径罢为善,周固非都统之才也,近年欧洲各大国无不增兵增饷增船增炮,独我国以外议庞杂不许添购船炮,一旦有事,船炮不及倭奴,遂至海事束手,渤海任他人横行,则虽陆军麇集平壤,何能济事?又况军械不能足用,士气孤怯。来示谓山海关形势单弱,未必有备。某未识何术备之,且恐形势孤弱,不止山海关一处也。某久游相公门下,今军事孔棘而某卧疾保定,不可一趋辕门。又,平日深讥他人以山长而条陈要政、随节航海,今日不欲效尤。且此事失疏在于平时,及至两军相当,愚见亦自无可献之策也。独默计时艰,中夜太息不能成寐,不知相公七十之年,旁无同心赞画之人,何以揩挂危局耳。"末句隐隐似有对先生怨责之意。(《桐城吴先生尺牍》卷一)夫平壤未战,而先生已担心山海关之防备,是早知我不如敌,必至引狼入室,战场由外直达境内也。而清廷于八月二十三日命桂祥统率马步各营往驻山海关;又于九月初四谕令在籍提督曹克忠募津勇驻山海关;又于十二月十九日命刘坤一驻山海关,是皆徒劳之举。

初秋,作诗稿《三百止遗》自序。序云:"吾诗大抵皆有挚父先生评。此本三百余首,自甲申以前及初至冀州诗有高丽纸别本,评者为程悦父,借观而分析,或在秋门处矣。其再至冀州诗皆零稿,亦有就孟生日记评者,兹不复能合。今所得录,独两次安福诗及去年新得之作耳。罗稷臣欲写吾诗而为之石印,吾乃写其必不可上石者。然独斤斤于吴评,何哉?凡吾辛苦为一诗,固取于彼之一誉,而是吾事也。"

八月五日,有诗《八月五日晚窗即事》。诗中有云:"四载闲身浑不觉,一更初魄已无光。然灯仆从思归懒,投笔生徒感事忙。莫我惛惛竟无辨,冥然真对海山苍。"(《诗集》卷九)心绪莫展,似有难诉之志。稍后几日,友人李映庚(啸溪)告以集得"上马击贼下马作露布,左手持螯右手擎酒杯"之联,先生用其意作诗有云:"上马击贼下露布,左手持螯右酒杯。四事未能先得半,一生无命不须才。坐深且忘天南北,胆落能禁海阖开。只有吟诗向秋好,君看霜露白皑皑。"(同

401

上）愈发身为一介书生空负才华而不能快意恩仇于阵前马上之慨叹。

十五中秋，作《中秋次韵高季迪张校理宅玩月》诗，此诗全面表现了先生此时此刻的复杂心情，里边有浓浓的乡思："我来四换霜林蓝，魂梦已失江边岚"；有身不由己的唱叹："身独何为入囚舍，翻覆自缚真如蚕"；有对周围环境的清醒认识："天寒海昏怒涛动，孤客坎壈真能堪。嗟子斯言吾岂昧，飞霉既集谁不谙？"；有对慈禧太后专权的厌恶："月之团团定何物，疑非我与天能参。一片寒冰照人世，却有功用无求贪。著向青天不可扫，朗若大字题空嵌。所以贤愚各顶礼，岂有骂语闻诟谤？"；也有对李鸿章知遇图报，不欲马上离人而去的表白："丈夫行止有尺寸，但惜玉貌非好男。长年与人共烟火，能无一日同苦甘？何况东兵大蚩手，曾不责我谋平戡。"

八月十六日，吴汝纶有《与贺松坡》书，信中言及先生云："肯堂近年诗益高，文则不常作。"

十七日，日军占领平壤，叶志超败走，死伤二千余人。

十八日，朝廷以李鸿章统筹全局而未能迅赴戎机，日久无功，令拔去三眼花翎，褫去黄马褂。（《清史稿·德宗本纪》）

同日，北洋舰队在鸭绿江大东沟附近与日军联合舰队激战，损失"致远"、"经远"等五舰，管带邓世昌战死，提督丁汝昌等受伤，日舰受伤五艘，史称"大东沟之役"或"黄海之战"。

《诗集》卷九有诗题为："金道坚生日，啸溪戒各为一诗而共置酒焉。及是日，而东征之师败报沓来，不能成一字矣。"诗则云："挥杯为尔称难老，筹笔怜渠尚大东。"而首联"秋晖短短焚膏继，摘尽霜毫无寸功"，一语双关，暗喻清廷垂亡挣扎之状。

东征之师既败，李鸿章遭群攻，先生亦大受非议。

《诗集》卷九《寄某御史》诗有小序云："盖有书来，颇持大义，而亦以相商，故答诗云尔。"所谓"颇持大义"者，先生隐词耳！御史职在纠弹，定有怪罪语也。先生诗云："烬余士卒生还少，孤注楼船再战无。九代垂衣魂梦警，卅年补衮血华枯。柏台尚作栖乌舍，莲幕终分养鹤符。疏有千篇诗百首，一般无用恨为儒。"不无自辩之意。孤注楼船，既道出了这次战争的仓促草率，同时也表明了先生对战与和的立场。刘体智《异辞录》卷三云："船械不敌，政府未尝不知，而敢孤注一掷。寿伯符诗云：'衮衮诸公胆气粗，竟凭意气丧皇图'，为庚子咏也，然甲午亦复如是。"

《清史稿·张佩纶传》："居边，释还，鸿章再延入幕，以女妻之。甲午战事起,御史端良劾其干预公事,命逐回籍。"

沈云龙《现代人物述评·通州三生——朱铭盘、张謇、范当世》又曰:"挚甫荐之于直隶总督合肥李少荃(鸿章),并授李子季皋(经迈)读,宾主极融洽。迨中日战起,有诋排合肥者,竟以'东床西席,狼狈为奸'二语,形诸奏牍。东床谓张幼樵(佩纶),西席即指肯堂,乃谢职南归,居州为紫琅、东渐等书院山长。"则所谓某御史者,似可指明矣。

据张佩纶《与鹿菘砚尚书》(《涧于集·书牍六》),则乃李经方、盛宣怀贿金五百令端良上弹章也。

八月二十日,吴汝纶有与先生书。书中有评先生诗云:"大诗所诣益高,赋品当在鲍、江之间。此乃追还古风,非时俗所有。吾读竟不以为君喜,乃反怨恨,既叹老颓,又深惜执事诗赋益奇,益复无人知者,奈何!奈何!"又论时事云:"近日内意似不信人,想师相意绪不能佳。窃谓此等皆在意料之中,豪杰当事任,惟有不顾是非、福利、利害,专力于吾所能为而已,独惜国论如此。决无胜敌之理,举朝愦愦,将有石晋之祸耳。丰润所处极难,今番之劾似非怨家,殆亦专与师相为难者。闻日内有战事,曹子建云:'权家虽爱胜,全国为令名',惜乎今之议者不能通此义也。"(《桐城吴先生尺牍》卷一)

本月,江南乡试二弟范钟举第二名。姚永朴中式顺天乡试。(姚墉《姚仲实行述》)

九月七日,翰林三十五人合疏弹劾李鸿章;张謇独疏劾李:战不备,败和局。(《啬翁自订年谱》卷上、张孝若《先父季直先生传记》)

九月十七日,张謇之父张彭年卒。先生有《代大人挽张老伯联》云:

城东有家宅,约先生于此终焉,嗟我何劳,仍各幽冥难聚首;

塞北无好音,问儿子归来未也,与君同病,不论显晦总伤心。

时先生与张謇都在北方,故下联如此。

二十六日,吴汝纶有《与张季直》书,绵里藏针,多有讽刺。其云:"执事高文硕学,倾动公卿已久。此次褒然举首,盛流折服,非取胜临时者可比。闻始立朝端,便有藜藿不采之望,军国重要,动见咨访,公才公望,殆将兼之。独时局益难,人才日少,识时俊杰已不多觏。弘济伟略未见其人,未来之变不可胜穷,公名位日高,则所处将日难耳!"(《桐城吴先生年谱》卷二)

本月,范铠自甘肃走水路至湖北陈宝箴按察使署,与范钟会合。

《范钟诗集》卷三有诗题云:"重阳前二日得家信中季子泾州来讯,不相闻六月矣,诗以道悲";又有《喜三弟归自甘肃时同次陈廉防署中》诗云:"独树雨凉虫共语,中原露冷雁初群。秋阴乍为千山展,烛影犹怜昨夜分。"

秋,言謇博以乡试中第作吏河南,遂与先生别。

言敦源《〈范肯堂先生墨迹〉跋》:"先兄以甲午秋试吏河南,遂与先生别。"

十月二十四日,旅顺陷落。

二十六日,以旅顺失守,责李鸿章调度乖方,褫职留任。(《清史稿·德宗本纪》)

十一月,以嫁女省亲为名偕姚夫人离津,送长女孝嫦去江夏湖北按察使署适陈衡恪(师曾)。

十一月八日,李鸿章有答先生书,云:"顷奉手书,敬悉黄总兵之母得先生一言而骨肉完聚,仁德兼施,先生之功大矣。鸿章处兹国难殷急之时,实无余闲为此可缓之事,冀州寿文即请烦清神代书。日内奉圣谕进京与端王洽商军机,约月余可返津门。先生南旋省亲,不敢阻留,但时日不可过延耳。今谨奉本年束修金五百两,外备二百两,聊助先生代笔清兴,并壮行色。明春聚首在即,余不多详。"可知先生离津当晚于此。在李鸿章尚有"明春聚首"之期,而在先生竟成古楼黄鹤,一去不复返也。

姚浚昌《五瑞斋诗续钞》卷四有《送肯堂南归》诗云:"饯秋咏雪事刚兴,海警何堪起恶憎。十月汝餐江上菊,一方吾枕日边藤。扶身有子轻如鸟,避地无家便似僧。行矣长途莫相念,帝车紫气尚蒸腾。"饯秋咏雪事刚兴,可知南归当在十一月初。

多年后,先生三弟范铠为先生离津苦衷辩解道:"惟其材有所区,其势有所限,则其不得已之苦心乃孤藉于能自达者而曲致力焉,是亦贤豪长者之大凡也。余尝窃闻诸桐城矣。桐城之遭遇合肥之知人顾,一旦辞一州之业,卑谓不足为退,而就讲于莲池,欲以儒素先天下,慎立经世之大原,使无弊于因革损益之义,常以世之弱乱为己耻,昕夕不遑于一餐。一凡材之所能,殷然尉荐而躬礼下之;一恒言之有得,欣然称述而手缮录之。再佐合肥于危难之中,枯集而菀辞,蒙世骂讥而不恤,若此者岂非桐城之心苦于有不得为则姑托于立言为能致力而自达者欤?及我伯兄者更退据枯淡寂寞之为,益以一切贤智予天下,是亦不可缺之道焉,其于己也何益?其于世也何功?其视桐城不且愈褊矣乎!"(《范季子文集》卷二《送阮斗瞻观察从项城制军之直隶叙》)

当月,孝嫦与衡恪成婚与按察使署,时范孝嫦十九岁,陈衡恪亦十九岁。

谨按:此桩婚事乃由先生二弟范钟撮合。

先是十八年,姚浚昌曾为孝嫦择桐城姚家婿,不知因何未果。(见十八年七

月十三日荫堂封翁与先生书)

陈三立《〈范伯子文集〉序》:"君有二弟,钟字仲林,铠字秋门,皆才士。余最夙交仲林,附以婚姻,然后与君习。"

陈衡恪《〈范钟诗集〉跋》:"先大父官湖北按察使时,延馆署中,衡恪从受业,朝夕侍左右。而先生与吾父相契甚殷,倡和讲论,往往至夜分不倦。衡恪侧闻余绪多所获。其后妻以兄子,盖由于是时见爱之笃也。"

蒋天枢《陈寅恪先生编年事辑》卷上光绪二十年:"本年冬,先生长兄衡恪(师曾)年十九岁,与范当世女孝嫦结婚于湖北按察使署内。"又云:"是冬范当世偕妻姚倚云由天津送女至湖北。时右铭公将北行入觐,行前十余日,范始抵湖北使署。"蒋氏自注:"据范文,已忘何篇。"今按,先生《故湖南巡抚义宁陈公墓志铭》:"吾独送女湖北时,从公语不及旬,公遂去之直隶。"

先生与陈三立一见如故,大有相见恨晚之意。《诗集》卷九《余以岁暮疾还里,濒发而为风浪所阻,乃又喜与伯严兄得稍聚也,抚事有赠》:"海内飘摇十数公,更能坚许两心同";又同卷《余既与伯严稍稍赠答,无几而决行矣……》:"寒江照此双心合",直至先生回乡后还有"毕竟栖栖有余恋,复从蓝蔚梦君游"(卷九)之诗。

在江夏期间,先生凭吊陈友谅墓,并客万星涛双梧书屋。万母田太夫人款待甚周,尤喜姚夫人。

《诗集》卷九有诗题为:"年来虽屡与汉阳万星涛绸缪于津沪之间,而不至其家者恰十年矣,比复止于其双梧书屋者两宵。"

《文集》卷十《诰封一品夫人万母田太夫人墓志铭》:"囊吾夫妇送女至江夏,太夫人悦吾妇而留之。命酒,而促之饮,醉则示以盈筐之柑曰:'速若醒,为我说古记也。'去则曰:'安得越数千里而与若言其爱乐?'"

此时,陈宝箴已擢直隶布政使,因婚事而为伯子先生稍留,喜事毕,遂之任去,先生送之。

徐一士《一士类稿·谈廖树蘅》转引廖氏自订年谱光绪二十年:"十一月,发长沙,拟游明圣庙。至武昌,值右铭公以明日赴直隶藩司任,即夕见之。明日与通州范当世送之登舟。"

十二月,清廷临阵换马,命湘系首领、两江总督刘坤一为钦差大臣,关内外各军均归节制,以接替溃不成军的淮系,指挥对日作战。(《清史稿·德宗本纪》)同时,张之洞由湖广移镇署理两江总督。

《诗集》卷九《湖北按察使署吊陈友谅墓》:"东道林亭还寂寂,北征车马日振振。"即指湘军北上之事。

岁暮,先生与夫人东归通州。临行,姚夫人贻诗孝嫦(《蕴素轩诗集》卷五《遣嫁孝嫦书以勖之》),而先生则有诗赠师曾。(《诗集》卷九)

是年,先生纳赀为光禄寺署正。

《南通县志·本传》载:"骞成进士之年,当世即纳赀为光禄寺署正。文忠与瑞安黄先生积午其论当世兹事一庄一谐,当世闻之,夷然不措意也。"

冒广生《小三吾亭诗》卷一有《答范肯堂光禄二首即依来韵》诗。

谨按:

先生于捐官一途,原是看得极淡。十八年十月《与三弟范铠书》中,即有剖白,至上年三月初一先生《与三弟范铠书》中尚云:"大人累书迫我捐官,命截留束修,凑集其事。我皆权词以对,现寄出两书中犹有此语。此皆不熟悉外间情形之故,且此刻亦乌暇及此耶。……惟二哥可捐中书一节,此误听人言。……我家此时从何处集此巨款,以千金捐中书哉? 大凡我及父亲于名利两途皆迂缓不善谋,看是失却无穷机会,然又安知不培成几许元气? 总之,照现局面,心安理得平平走去,于人世所享用之数,亦算中上矣,毋汲汲也。"

然先生《通州范氏诗钞序》记其曾祖崇简"为诸生,未久弃其衣巾,尝曰:'吾平生他无所动心,独闻印渚大魁不免耳。'印渚者,胡尚书长龄,与吾家比邻,幼与曾祖同学,长而同艺能。"此时先生与张謇,亦犹当年崇简之与印渚也。

又,冒广生,号疚斋,如皋人,光绪二十年举人。著有《疚斋诗》、《小三吾亭词》、《冒氏丛书》等。

是年,天津王守恂问诗于先生,先生赠诗相答,遂列弟子。

《诗集》卷九《天津王仁安孝廉以诗见投次韵相答》云:"人生不自见,百世无人知。所以悬崖松,亦作青霜姿。迷离入花海,意逐东风披。令人不自保,一旦撤藩篱。人娱岂有限,但为斯人悲。前民有戒律,儒生当奉持。饥餐必麟脯,渴饮必华池。遗万而得一,此言真可师。世有知我者,头白未妨迟。少年有深处,却喜我能窥。王生造诗句,起落皆崇规。昂然欲自惜,见可来通词。我有凌虚管,子吟为子吹。发声天汉上,一使风云卑。"先生手稿云:"王生名守恂,当时读我'令人不自保'数句云,感动彷徨,至于潸然出涕也,此沉潜之士!"

王守恂《阮南自述》:"光绪甲午,三十一岁,从李啸溪先生学词赋史论,从范肯堂先生学制举文并讲求古今作者,于诗学颇有所得。见肯堂先生后,接遇才人硕学,均不甘居弟子之列。"又其《乙丑避暑小记》云:"余尝有说云,自见范先生后,虽有通才硕学,不甘在弟子之列,至于友朋相处得受教益者,散见于诗文集及笔记杂著者,更不一一叙述也。"

汪辟疆《近代诗人小传稿》:"王守恂,字仁安,河北天津人。官河南巡警道。肯堂弟子,其诗学致力甚沈,得力于肯堂较多。其用力之作亦复健举。有《王仁安集》初、二、三、四集。"

谨按:王守恂,光绪二十四年(1898)进士,曾历官刑部主事、民政部郎中。

守恂《乙丑避暑小记》云:"范肯堂先生客授天津,见言謇博有余诗卷。先生曰:'不图此间乃有此人!'嗣余以诗进谒,先生谓余曰:'国朝诗朱、王、施、宋,孰胜?'余对曰:'施、宋胜。'先生曰:'施、宋孰胜?'余对曰:'施胜。'先生喜曰:'可与言诗矣!'"

又其《杭居杂忆》云:"生平服膺通州范肯堂先生,居尝往来甚密。时值甲午,海上多事,先生戒座客曰:'我非诗不谈!'"

是年,先生荐故人冯小白襄卫汝成军事。

《诗集》卷十四有诗题为:"甲午之役,余荐小白襄卫汝成军事,遂去不复返。"

谨按:卫汝成乃淮军将领卫汝贵之弟,官至总兵。甲午之战,奉命援旅顺,日军未至,则已闻风先遁。后朝廷查办抓捕,竟未获踪迹,不知所终。冯小白也不知去向。先生诗中有"冯生莫知死何处?"之句。

姚永朴《蜕私轩集》卷四《冯君筱白传》:"冯君讳世定,字黔夫,一字小白,浙江山阴人。……先考尝属绘东坡十六快事图,通州范肯堂当世就婚安福,见而爱之,亦举平生所历境,俾为之图,……其后,闻先考客天津,橐笔至。会日本构衅,有武人某将防海,聘司文牍,君欣然往。及旅顺失守,久之无耗,或曰为僧某寺,或曰死矣。"

是年,顾曾炟在陕西醴泉县六十寿辰,先生作寿文寄之。

《文集》卷六《顾醴泉先生寿序》:"今年春,顾启我孝廉、及其弟聘耆舍人、未航孝廉并自京师抵书天津,将以六月七日为其父醴泉先生及其母孙宜人举六十寿觞,乞言于城南诸公,而属当世为之启。于时,当世方撰次家集,未遑报也。四月,启我复亲来趣之,且曰'非子言无征',当世则敬诺。已乃闻先生不忍于其兄子之戚,谕令诸子毋举觞,而当世亦因罢不为启。然先生之生也,实以十二月二十五日,前此为孙宜人耳。于时,先生持其兄子服则已及期,而当世亦且南归,启我必更觞我于其家。纵不为乞言于四方之人,独可无一言以告我邦人子弟乎?乃言曰……。"

又卷十二《顾晴谷先生七十寿序》:"及岁甲午,先生在醴泉,登寿六十。当世则为文以寄,引狂简之思,以速其归。"

光绪二十一年乙未(1895) 四十二岁

正月十六日,先生吊张謇父润之。

《文集》卷七《祭张封翁润之先生文》:"光绪二十一年(1895)正月既望,范当世乃得过其友张叔俨、季直而补奠于其尊父润之先生之灵。"

本月,张之洞奏请任命张謇总办通海团练。(《张謇日记》)闰六月,吴汝纶在与先生尺牍中评及此事云:"沿海筑堤办团以为御倭妙策,此种儿戏举动,吾国仰为祥麟威凤,他国三尺之童闻之未有不喷饭者。削国殃民,至于此极,而朝野议论,颠倒眩瞀,愈昏谬则愈得民誉,天下安得有是非? 吾辈会观其通,俗所是者殆未必是,俗所非者殆未必非,则亦何必断断于其间哉?"(《桐城吴先生尺牍》卷一)果不出吴氏所料,四个月后,通海团练即撤防。

二月十三日,先生与李鼎、许国均、徐联蓉、张师江等人祭奠王云悔,立其寡妾为继妻,并作《立云悔之寡妾为继室之告文》。(《文集》卷六)

谨按:徐联蓉,字芙双,又字镜缘,光绪五年(1879)举人,著有《分绿轩诗集》。刘邦霖《〈分绿轩诗集〉叙》:"(联蓉)由副贡登己卯贤书,同时友人张君又楼、范君无错、王君云悔、李君磐硕辈,相与文酒燕游,过从无虚日。"

张师江,字又楼,同治十二年(1861)副贡。州有大事,为牧吏、贤豪、长者所借重,后与兴学之举。

十八日,李鸿章赴日议和。"二十四日至马关。次日与日使伊藤博文、陆奥宗光相会,即要求停战。日以大沽口、山海关与天津间之铁路为交换条件,拒之。于二十八日第三次会议之后,遇刺。世界舆论多非日。日皇乃亲往问候,且以无条件停战。清廷乃派李经芳为全权大臣,而公实一切自行裁断,创剧偃卧,犹口授事机。"(《李文忠公鸿章年谱》)

《诗集》卷十《和顾晴谷六十述怀诗八首》之三:"自我言从李相公,短衾夜夜梦牛宫。进无捷足争时彦,退有愚心愧野翁。涕泪乾坤焉置我,穷愁君父正和戎。时危复有忠奸论,俯仰寒蝉只自同。"当作于此时。

三月二十三日,李鸿章与伊藤博文在日本马关签订《马关条约》二十一款。条约规定:中国承认朝鲜"完全独立",割让辽东半岛及所属岛屿、台湾全岛及附属岛屿和澎湖列岛,赔偿日本军费二亿两,开放重庆等长江重要港口为通商口岸,任便日本人在中国通商口岸投资设厂。

是春，至葭埭祝顾延卿母寿。

《诗集》卷十《至延卿家拜母寿，为之题客中所画故乡图》："一角明霞起暮天，桃花红雨烂相鲜。"

是春，阅州南练勇。

《诗集》卷十四有诗题为："于人扇头见乙未春州南阅练勇时所题双柑斗酒二绝，回首当时，已成盛世……"

四月二十日，长子范罕婚娶桐城马氏。

荫堂封翁闰五月初九与范铠书云："莲儿四月二十日入赘桐城，前接彼信，已定于前月二十八去鄂视菊保。"

范罕《蜗牛舍诗本集》卷首《桐城道中晚过山寺》诗范子愚先生注："先慈桐城马氏，此诗乃先君往桐城就婚时作。"

范毓《蕴素轩诗集跋》："吾家自先十山公于明清之际，与桐城方氏有朋好。发为歌诗，至今子孙识之。而先伯父以吴冀州之介，太夫人来嫔。于是伯兄（指范罕——引者注）娶于马，毓娶于方，凡婚嫁于桐城者四。燕婉之求，室家之好，通两地亲姻，蔚然以厚吾宗，太夫人实为之主。"

本月，康有为等号召各省在京会试举人一千三百余人联名上书，请求拒和、迁都、练兵、变法图强，史称"公车上书"。

五月，张裕钊之子张导岷客死天津。三岁之中，连丧父子祖孙三世，张氏一门，可生叹悼！（《张謇日记》）

吴汝纶闰六月与先生书中言及此事云："导岷竟已作古，濂卿后人何以如此？此真令人憾愤！秋门欲以百金赙之，君家兄弟真能轻财，无所万不能逮者也。吾子姓似三桓子孙，而君家诸季鼎盛如此，霍氏世衰，张氏兴矣。"（《桐城吴先生尺牍》卷一）

先生此时曾一度欲北上复就李鸿章幕，终托词未行。盖李鸿章马关条约既订，一时物议沸腾，成众矢之的！黄秋岳《花随人圣庵摭忆》载陈三立竟有"力请先诛合肥，再图补救，以伸中国之愤"的电报，而陈三立《巡抚先府君行状》载时任直隶布政使的陈宝箴以下属而愤愤然不去谒见！亲眷如此，先生恐不无顾虑。

闰六月初一，吴汝纶有与先生书。书中有云："读来示并寄秋门书，知将北渡，复托词以归。鄙意殊不谓然，执事去年南归，其时后事不可知。盖受人托孤重寄，去就不宜太轻。若缘世人讥讪，则流言止于智者，虽在近亲密友，尊闻行知各有所守，不必同也。且与人交分，岂得当群疑众谤之际，随波逐流，掉头径去哉？吾谓台从仍以北来为是，非徒吾二人欢聚有私快也。"（同上）郭立志引之入

《桐城吴先生年谱》时曾加按语云:"范公馆于李氏,甲午之役,李相有决死之志,以其子托范,所谓'受人托孤重寄'也。范与陈三立伯严结婚,以其女嫁伯严子师曾,伯严之父陈宝箴右铭深恨李相,必令范去李氏,公固留之不能得,故有'近亲密友不必同'云云。"

此前,先生曾致函吴汝纶,告以陈宝箴情形,吴若南归,当为陈考虑一下。而陈亦访问汝纶,谈及近事,陈愤恨甲午败辱之耻,积怨于李而迁怒于吴,竟当众斥责吴汝纶为李鸿章之孝子贤孙,声色俱厉,并拂衣竟去。十一日、十二日,吴汝纶接连致书陈宝箴,慷慨陈辩,直欲辞席。其书有云:"尊论谓不佞以浊流自处,亦殊不然。近来世议以骂洋务为清流,以办洋务为浊流。某一老布衣,清浊二流皆摒弃不载,顷故以未入流解嘲也。前接范肯堂信,谓执事甚知不佞,异日去留当为执事稍一踌躇。肯堂知某以家事将谋南归,故来书及此。士伸知几,闻此亦为气王。……某少孤立,无先达相知攀联于时,生平知遇,前惟曾文正,后惟李相。今虽外议籍籍,某诚不能随众波靡,为吹毛之讥讪。""至开示李相各节,多某所未及知,岂敢妄辨?独谓淮军之败,并无戚容,似非其实。某闻平壤之败,李相痛哭流涕,彻夜不寐,此肯堂所亲见,某亲询之者。及旅顺失守,愤不欲生,未闻其无戚容也。东事初起,廷议决欲一战,李相一意主和,中外判如水火之不相入……断国者持书生之见,采小生妄议,必欲与之为难,使国事败坏至此。"(《桐城吴先生年谱》卷二)

秋八月,陈宝箴由直隶布政使擢升湖南巡抚。陈宝箴在湖南政声卓著,陈三立《巡抚先府君行状》略云:"既设矿务局,又设官钱局、铸钱局、铸洋圆局,又通电竿,而时务学堂、算学堂、湘报馆、南学会、武备学堂、制造公司之属,以次毕设。其他蚕桑局、工商局、水利公司、轮舟公司,以及丈勘沅江涨地数十万亩,皆以萌芽发其端。由是规模粗定。当是时,江君标为学政,徐君仁铸继之,黄君遵宪来任盐法道,署按察使,皆以变法开新治为己任。其士绅负才有志意者,复慷慨奋发,迭起相应和,风气几大变,湖南之治称天下。"而以政见故,未招致先生也。先生则与之不通一信。

本月,由康有为发起的维新政治团体强学会在北京成立,不久上海成立分会,发行《强学报》。

十二月,应张之洞之招至江宁。张不久有移镇湖广之命,先生从之乞近馆而不得。

《诗集》卷十《香涛尚书将移镇湖广而余从之乞近馆再呈二首》诗末自注云:"余之来,尚书实招之,乃淡交。既接,而毁言日闻,故亦聊有所云以观其俯仰。"

先生在江宁,得以会晤湖北通志局故友柯逢时,《诗集》卷十有《与柯逊庵兄别十二年,再晤于江宁而有是作》。

又应昔日冀州弟子姜问桐之请为其亡兄秦昌五作诗序。

《文集》卷七《秦昌五诗序》:"及是余来江宁,问桐来告以之官安庆,谋刻其兄之遗诗,且言'吾兄不幸居末秩,而年又不永,所成就止于此。此赖先生与吴公传矣'。……光绪二十一年十一月。"

谨按:秦昌吾,名炽姜,冀州吏目。《秦昌五诗序》:"昌五本姓姜,而后于秦,江南旧族也,故其人有清才而尤爱乐人士。"民国《冀州志》卷十三《清代职官表》载秦炽姜,江宁监生。

又赴故友王欣甫之招饮,欣甫之子宾基、寯基拜先生为师。

《文集》卷七《〈金陵刘园九老燕集图〉序》:"余以乙未冬薄游金陵,而王欣甫招余饮。"

《诗集》卷十《赠王宾基、寯基两生》:"何哉访旧来汝门,见汝兄弟竟如此。……百夫之特千人英,看我从头下鞭筶。……我之得汝鱼水论,汝亦应将风虎比。"

谨按:王宾基,字叔鹰,欣甫第三子,浙江海盐人,官江西石城知县,有《董庐遗稿》。钱仲联《梦苕庵诗话》:"海盐王叔鹰宾基亦肯堂门下士,《董庐遗稿》导源萧《选》,沾及唐、宋诸大家,而以瘦劲出之,削肤存液,窅然深秀。五古最工者为《吊陈氏古墓》。……范肯堂评曰,感喟湛至,气格亦高矣。"

王寯基,字季亮,宾基弟,亦能诗。

王氏席上先生识李荫唐、许醴泉,为其作《〈金陵刘园九老燕集图〉序》(《文集》卷七),文中感慨身世"若舟之放乎中流而未知所届",孤寂迷茫之情溢于言表。此时先生异地遭谤,形影相吊,颇为落拓。其作序之后而感慨不绝,复题有二诗(《诗集》卷十),诗中有云:"由来欲语竟无俦,莫问清流更浊流。"稍后,先生诗中又云:"从今筮得天山遯,清浊茫茫付两仪。"表达了先生不与执政同流合污、不好标榜的孤高。

岁晚,黄遵宪亦来江宁。先生旅中既无聊,乃泛览前人之诗为消遣。先是,先生在沪时,黄遵宪授以《人境庐诗草》,并"即示以陈伯严诸所为评,曰:'蔑以加矣,子欲颂难矣。'"先生曰:"不然,子之诗诚众人所则,余亦云云以颂之耳,何难之有? 如其不然,则吾将伏而诵之,句句而求之,而为之圈识焉,点识焉,旌别其高下而兼议其所可去者焉。此最吾之能事,又奚以徒颂为乎?"遂携诗草至江宁,至此"颇竭数昼夜之力"读之,既卒业,而为之跋,并赠以七律二首。(《〈人境

庐诗草〉跋》、《诗集》卷十、钱仲联《黄公度先生年谱》)

岁暮,归里。

是年,先生购置东宅。

《诗集》卷十《和顾晴谷六十述怀诗八首》之六:"债钱万里知心许,买宅一区殊眼明。"

顾曾烜是年有《致范大无错书》:"比谂足下悬车不出,葺宇家林,吟声酬答于闺帏,佳气郁葱于衿佩。"(《方宦文录》)

范子愚《伯子诗文选注·万星涛之母寿序》云:"清咸、同间,此母不吝数千金以助士人之困厄者,闻先祖名,欲资助之而无名义,遂令其子求为文章以寿母。此文既赠,将买舟东下矣,其子奉母命致文酬及程仪共八百两,此吾家新宅之所由来也。"按此说,则序文当作于湖北送亲之时,而购置新宅则在是年春也。

是年,范罕入州学第一。(《行实编年》)

光绪二十二年丙申(1896)　四十三岁

正月,张之洞回镇湖广。

正月十五日,先生弟子王守恂有《上元梦范肯堂师》诗:"欣开笑口问新诗,犹是平生接见时。今日梦回灯月晓,昔年别后羽书驰。胸怀落落无余事,吾道悠悠念我师。记得荔枝亲手擘,此间有味果谁知?"(《仁安诗稿》卷六)

二月十四日,李鸿章奉诏启程赴俄祝贺沙皇尼古拉二世加冕典礼,并访德、法、英、美诸国。

插秧时节与姚夫人登狼山。

《诗集》卷十《与内子登狼山,游宴极乐,内子先有诗而余次其韵》:"越从戊子作重九,十年不履兹山颠。春初与人观野烧,宾从杂遝如流川。此间岂容尔我迹,辗转期待秧分田。山空人静杂花发,攀登一览心欢然。"同卷又有诗题云:《是日也,内子先归,余留与山僧海月为连夕之谈。盖不宿兹山者十七年矣。海月多询世间事,余乃叠前韵示之以诗》。

《蕴素轩诗集》卷六《从夫子游琅山归而戏为长句》:"陌上落花亦如雪,可怜辜负春风天。又值阴阴夏木长,誓探幽兴登层颠。……兴阑思倦各归去,望海楼中稍憩延。我留不可乘舆返,君留小住权谈禅。"

五月二十六日,吴汝纶有《答李季皋》书,书中论及先生,颇为先生辩白。今录之。"来示所述贵师范君之事,若果有之,殊可骇怪。来示'绝交不出恶声,殂从游三载,得益良多,何敢妄言议诽'等语,足见笃于师友,风义可佩。某以贵师平日之为人卜之,窃恐亦有传言过实之处。当今中外贵人皆以诋诽师相为事,贵师进谒时贵,唯唯否否,不欲触犯则诚恐不免,以贵贱交谈,稍有拂逆,则立见龃龉也。吾皖人往往与人面争,若江浙人则断无此事也。若谓推波助澜,并欲痛诋执事以影响之谤,似出情理之外,疑肯堂不宜出此。弟前闻肯堂谒香帅,欲图馆地,而黄漱兰毁之,目为李党。若果痛诋师相,则黄譖必不行矣。即无黄譖,亦恐无益。何也?今之贵人亦具相士之例识,若甫离门下,遽反眼骂讥,岂不惧闻者心薄其行乎?故疑告者之增益而附会之,以成此谤议也。姚慕庭本年在京相见,口诵近作数诗,皆为师相发愤。去岁寄函,谓师相向读曾文正挺经,皆无讥谤之意,不似去春议论,似亦肯堂有易其故见之确证也。"(《桐城吴先生年谱》)

八月中秋,有奉和外舅诗,兼怀昔日天津诸公,并叠韵一章教姚夫人相和。其叠韵诗中有:"试想贤愚定何物,只今泾渭已同流。鹤有乘轩坐糜俸,鹰有调驯不去韝。燕雀纷纷噪余粒,老凤茫茫何处投?"指出朝廷中满汉清浊沆瀣一气、燕雀噪天、群小登场的昏黑腐朽。

九月四日,吴汝纶又有《答李季皋》书云:"近得令师范肯堂来书,于师相及我兄皆甚殷勤。又自言去年见张香帅,一论及师相,彼此便参差不合。肯堂称师相家赀贫薄,香帅哂之。次日一城传笑此言,以为阿附云云。凭肯堂书意似无违言,旁人是非,究恐莫须有之事。肯函又言湘抚处渠不通一言,酷肖不佞。肯知不佞于薛叔耘官贵之后不通一书,故以自比。现时肯堂穷居乡里,不能自给。庐州书院一席倘有更换,弟意欲请执事改荐肯堂,彼未托谋馆而执事为之荐馆,于师友风谊可谓至厚。人如肯堂,似不宜遗弃也。"(《桐城吴先生尺牍》卷一)

谨按:薛叔耘,薛福成字,乃吴汝纶亲家,吴氏长女嫁薛子翼运(南溟),而范女嫁陈子,故因同类相比。湘抚则指陈宝箴也。

本月,姚浚昌"由江西安福县服满候补,遵例捐免远省,捐入近省,签掣湖北郧阳府竹山县"(《清代官员档案全编》)。

姚浚昌《性余翁诗钞》(稿本)自序:"丙申九月,铨官竹山。"

《文集》卷八《祭外舅竹山君文》所录姚慕庭签官一节,最可显彰其品格,亦可见先生之气类相尚也。今节录如下:"服除,听铨吏部。部吏来告曰:'明有竹山、阳湖之两缺,其优劣相万也。君与某者各以签得之,与我钱,则君阳湖矣。'君怒叱之去。明日,肃衣冠至部,部谕曰:'某荫生,当得阳湖也。'君笑而就竹山。"

十一月十三日,吴汝纶有《答李季皋》书,其中有云:"肯堂拜赐弟如身受,此君文字在今日诸名流之上,师相久留宾馆,自宜有以始终之。执事亲执弟子之礼,尤宜有以振其饥寒,或为谋道地。鄙言无私,不妨时时达之亲舍也。"(《桐城吴先生尺牍》卷一)

十二月五日,先生有《上外舅大人书》,有云:"李季皋银信已接到,观此子意思殊不恶,此在大人与挚老析辨后,故有此耳。渠京寓在何处,乞开示,以便复信。"

同日,吴汝纶有《答姚叔节》书,其中有云:"独肯堂穷困,我竟无力振之。士不得志,则谗毁百端以尼其际会,不必问其所自来,知道者亦置之不辨。当今文学无出肯堂右者,其穷固其所也。大著敬读一过,鄙人所爱,又不知范、马诸君以为何如?"(《桐城吴先生尺牍》卷一)

是年,张謇创办大生纱厂。

《啬翁自订年谱》:"三月,与两江总督新宁刘岘庄坤一议兴通州纱厂。先是南皮以中日马关约,有许日人内地设工厂语,谋自设厂,江南北苏州、通州各一,苏任陆凤石润庠,通任余,各设公司,集资提倡,此殆南皮于学会,求实地进行之法。"

张謇是年有《纪梦》文曰:"范子肯堂,吾总角友也。清同光之际,余客于江宁,岁杪必归省,归则肯堂必来视余,信宿柳西草堂,谈两三昼夜而去。乙亥、丙子间,一日肯堂来,住草堂,晨起,忽笑谓余:'子他日当有异!我昨见子于一至宏广之楼,服役皆少女,往来蹀躞。余怪其侈,诘焉。子曰:是皆木人,动转行止以机楗者。余益怪,审视果然。他日子岂有是乎?'及余营纺厂,开幕数月,肯堂至厂话旧,述此梦,相视而笑。中国纺织,女子事也。厂机一碇所出纱,当四五女子。四万碇则当女子十六七万人,日役十六七万人,宁非异者?"

是年,范罕肄业南菁书院。(《蜗牛舍诗本集》卷首《丙申初至上海》自注)

光绪二十三年丁酉(1897) 四十四岁

正月,李鸿章与英国公使窦纳乐在北京签订《中英续议缅甸条约》,将工隆划归英国。

二月,姚永楷(闲伯)卒。先生有联挽之:

> 我为妻兄事,君亦视我如兄,往复绸缪,骨肉奇欢真有此;
>
> 人谓子德优,孰肯怜人以德,死生寂寞,肺肠纯笃抑何为?

姚永概《慎宜轩文》卷十二《告伯兄文》:"光绪丁酉二月,永概侍父游鄂,闻伯兄之丧。"

　　同月先生应刺史陆笔城之招至泰州,为其考校州试。

　　《诗集》卷十一有诗题为:《泰州官廨乃十八年前亲见程悦甫刺史创造落成者,今以陆笔城刺史之招而复来此,抚今追昔,怆然成诗》又卷十七有诗题云:《……五年前,来过陆笔城,追怀昔游,而有"一士升沉尚怵心"之作……》即指此行。

　　同月,清廷总理衙门照会法国公使,声明琼州(海南岛)不让与他国。

　　三月二十一日,维新派报刊《湘学报》在湖南长沙创刊。

　　同月,先生有信与张謇。信中言,朱铭盘之妾携孤子至通州,与张謇商议每年周济母子三十六千,除朱家从前自有十千利息外,张謇承担十五千,而先生与顾延卿共承担十一千。张謇遂先寄十二番,由先生与之。(《张謇日记》)

　　金铽《范肯堂先生事略》:"先生笃念亲旧,故人泰兴朱铭盘客死,收养其寡妾孤子于家。"又金氏《江山小阁诗文集·重编桂之华轩遗集序》:"(铭盘)殁后,其侧室赵孺人囊负以归。既而,孺人挈其孤子投依南通张季直、范肯堂两先生。"又其《蔡楚卿行实》:"妇兄朱铭盘客死旅顺,为请于通州范先生当世、张先生謇,收养其妾赵氏及子麟之。"

　　姚永朴《旧闻随笔》卷三:"通州范肯堂当世,予姊夫也。……友人泰兴朱曼君铭盘卒,收养其寡妾孤子于家。"

　　《诗集》卷十六《题项晴轩所藏先师写与朱曼君诗册》:"昨向长卿孤寡问,茂陵今日已无书。"

　　谨按:项晴轩,名承明,歙县人,侨居如皋,为典商,喜藏金石书画。其子本源,字子清,诸生,先生弟子也。先生有挽项晴轩夫人联语。

　　同月,姚浚昌自武昌之竹山任。(《性余翁诗钞自序》)

　　八月三日,先生与顾延卿赴张謇之约。(同上)

　　十月,先生赴如皋办事。

　　范铠十六日有与范钟书云:"大哥去如皋,尚未回。"

　　同月,德军占据胶州湾。

　　十一月,姚浚昌改权南漳县事。(《性余翁诗钞自序》)

　　冬,梁启超应陈宝箴之聘赴湖南主时务学堂中文总教习。

　　是年,先生三弟铠得拔贡。(《南通县图志》卷十五《文选武选表》)

　　谨按:清制,自乾隆七年定每十二年(逢酉年)由学臣于府、州、县学廪生内,选拔文行优秀者,与督抚会考核定,贡入京师,称拔贡生。

是年,项本源以所藏范凤翼手书卷子及旧刻颜书《裴将军诗》为贽拜先生为师。(《诗集》卷十一)

是年,林纾与王寿昌合作(林笔译,王口授)翻译法国十九世纪著名作家小仲马的代表作《茶花女》,题为《巴黎茶花女遗事》,两年后(1899)刻版行世。

光绪二十四年戊戌(1898)　四十五岁

正月初一,康有为《孔子改制考》正式刊行。

初六,定经济特科及岁举法,命中外保荐堪与特科者。(《清史稿·德宗本纪》)

先是,贵州学政严修于上年奏请仿照从前博学鸿词之例开经济特科,经总理衙门会同礼部议定"内政"、"外交"、"理财"、"经武"、"格物"、"考工"等六条章程。至此而谕令下。

二月初一,南学会正式开会,陈宝箴、黄遵宪、徐仁铸皆与焉。同会者还有谭嗣同、唐才常、熊希龄、皮锡瑞等。

十四日,李鸿章、翁同龢与德国公使海靖在北京签订《胶澳租界条约》,条约规定德国租占胶州湾九十九年。

月底,范钟、范铠兄弟乘船自上海赶往京城参加会试。

三月,李鸿章、张荫恒与俄使巴布罗福在北京签订《旅大租地条约》,租借旅顺、大连二十五年。

初九日,范铠有家书云:"日闻中外事体败坏,不可收拾:大连湾营口俄强索去,日本遂不肯退威海,而法遂强索雷琼,日本兵费此月一期无着,日本布告政府云过期当以兵索……,此时之险乃复百倍于甲午、乙未时矣。皇太后、皇上、翁师傅日日相对痛哭,中堂嘿嘿只求速死,而满朝梦梦非身家之计即清流之昏聩者耳。"

闰三月,法军强占广州湾。

本月,姚浚昌抵南漳正式署理县事。(《五瑞斋诗续钞》卷八)

十一日,姚浚昌将近作一百三十三首寄于伯子先生夫妇(此稿共分上下两卷,上卷自题《上堵诗钞》,下卷自题《五瑞斋诗钞》,今范曾先生题为《性余翁诗钞》,盖以其自序署款"性余翁"也),其序云:"丙申九月,铨官竹山。丁酉三月,自武昌之任。十一月,檄权南漳县事。中间道路往来,公家事了,偶有余闲,与人唱和,积数月,遂得诗百三十三首。春光已暮,柳絮乱飞,念吾女倚云远隔二三千里,其夫婿范肯唐,江湖牢落,奉养无方,时廑予怀,乃取所为诗,命奴子钞之,遥寄倚云,并示肯唐,畀知吾近况,兼以遣吾抱也。江山绵邈,世事可忧,安得一二年间鼓舵东游,一抒心曲,且以晤语尊翁,登狼山,望大海同解积懑耶?"

四月,弟钟成进士二甲第三十二名。先是,先生九世祖范凤翼中明万历二十六年(1598)进士,亦为戊戌科,至钟再中,恰三百年矣。

荫堂封翁有《戊戌喜钟儿成进士为诗勖之》诗,诗云:"三百年来五戊戌,祖孙两第阅明清。六经衣钵仍先代,九世文章有定评。造物已悭嗟末俗,一官须耐守生平。纵然世到难堪处,真隐前车直道行。"

谨按:范毓《府君集后序》:"仲父继太蒙公间二百四十年成戊戌两进士"之语,连类及之,而错不自觉。

四月初七,严复译作《天演论》正式刊行。吴汝纶为之作序。

四月二十一日,李鸿章与英使窦纳乐在北京签订《展拓香港界址专条》,英国强租九龙半岛及附近港湾九十九年,又强租威海卫二十五年。

四月二十三日,光绪帝颁布《明定国是诏》,宣布变法。谕曰:"中外大小诸臣,自王公至于士庶,各宜发愤为雄。以圣贤义理之学植其根本,兼博采西学之切时势者,实力讲求,以成通达济变之才。"(《清史稿·德宗本纪》)

五月二十五日,命三品以上京堂及各省督抚、学政举堪与经济特科者(同上),如有平素所深知者,出具切实考语,陆续咨送,俟咨送人数汇齐百人以上,即可奏请定期举行特科。先生乃以经济特科征,至八月因政变而未及实行。(据《南通县图志·文选武选表》,全州被荐经济特科者共六人,分别为范当世、张謇、冯澂、孙儆、冯善征、崔朝庆。)

七月,广东巡抚许振祎为响应变法而招先生入幕,虽然此时"纷然时局已如麻"(《诗集》卷十一),但先生还是动身前往广东。

《诗集》卷十一《将之广东,与州牧汪君及季直宴集水心亭……》诗:"殷勤欲问天南使,星火来征岂有闻?"

秋七月十四日,诏裁詹事府、通政司、光禄寺、太仆寺、鸿胪寺、大理寺等六衙门,又裁撤督抚同城之湖北、广东、云南三省巡抚,以总督兼管之。故先生虽以许振祎(仙屏)之招至广东,才至而诏令已下,许氏为先生所谋差事,也被刚毅裁掉。无可奈何,往番禺依裴景福(伯谦)。然金钺《先生事略》云:"钺即通籍,先生以书招至广州,先生时居广东巡抚许文肃公幕府也。"恐有不实之处。

谨按:裴景福,名伯谦,安徽霍丘人。光绪十二年(1886)进士,授户部主事,改官广东,历宰陆丰、番禺、潮阳、南海四邑。以触迕上官,被议,遣戍新疆。此时任广东番禺知县。精鉴藏,收藏金石、书画、碑帖极富。工诗,有《河海昆仑录》。伯谦之父大中曾于光绪十六年任通州知州,先生与之结识,当在此间。

《诗集》卷十一《余以许仙屏中丞促赴广东,至则渠以裁官去矣,初宴赋赠二首》云:"云来会与龙为戏,天外横风吹断之。岂有厄穷如贱子,更能好会在今时。还家笑乐千山待,为客仓皇四海知。一展平生吾已幸,不妨觏拜话将离。"

七月二十日,光绪帝命谭嗣同、刘光第、杨锐、林旭以四品京卿衔为军机章京,参预新政事宜。(《清史稿·德宗本纪》)

谨按:七月三十日,先生有诗云:"今日普天还旧政"、"逆旅惊心又一时"之句(《诗集》卷十一《七月三十日叠韵书怀》),而政变在八月六日,疑此诗当作于八月。

本月,黄体芳之子、张之洞门生兼侄婿、翰林院侍读学士黄绍箕进呈由张之洞撰写的《劝学篇》。该书共分二十四篇,提出"旧学为体,新学为用"的论点,主张在维护封建统治的基本原则下接受西方资本主义的技术,反对维新变法。它是一部集中反映洋务派思想的论著。该书由光绪帝"详加披览"后,全国公开发行,广为刊布,成为风靡一时的"维新教科书"。

八月六日,慈禧太后再度垂帘训政,戊戌变法失败,因前后总共历时一百零三天,故史称"百日维新"。以工部主事康有为结党营私,莠言乱政,革职拿办;康自天津乘船南下转赴日本。梁启超则避入日本公使馆。

八日,行太后训政礼,光绪帝被幽禁于南海瀛台。

十三日,谭嗣同、康广仁、杨深秀、杨锐、刘光第、林旭六人在北京菜市口被处死,史称"戊戌六君子"。两日后,先生诗中表达了对他们的极大同情,而对逃亡的康、梁予以批判。

早在变法进行当中,先生就有"无言百怪生南海,赤县神州遍陆离"的诗句(《诗集》卷十一《七月三十日叠韵书怀》)。《诗集》卷十一《为庄秉瀚题其外祖张仲远先生道光戊戌海客琴樽图,因有感于时事,即以砭庄生之狂》之二云:"卧闻燕市前宵雪,坐觉羊城八月霜。为爱迁书语杨幼,人间无地著哀伤。"杨幼指西汉杨恽,恽字子幼也。司马迁《史记·建元以来侯者年表第八》:"杨恽自喜知人,居众人中常与人颜色,……到五凤四年,作为妖言,大逆罪腰斩。"先生认为众君子们听信康、梁的"妖言",而使得天下为之悲哀。

二十一日,陈宝箴被罢免湖南巡抚职。上谕:"湖南巡抚陈宝箴,以封疆大吏,滥保匪人,实属有负委任,陈宝箴著即行革职,永不叙用。"同日,陈三立一并革职。《德宗景皇帝实录》卷四二八:"吏部主事陈三立,招引奸邪,著一并革职。"

所谓"滥保匪人"者,以"戊戌六君子"中之杨锐、刘光第乃陈宝箴所荐也。先生《故湖南巡抚义宁陈公墓志铭》:"上将大有为,则无往而不须才,遂罄举平生所知京外官之能者与所属吏士之可用者三十余人,备上之采择。于时在京者独杨锐、刘光第而外官在京者独候补道恽祖祁,上遂擢祖祁为厦门道,而用杨锐、刘光第与谭嗣同、林旭者并为新政章京。公疏言:四章京虽有异才,然臣恐其资望轻而视事易,愿得大臣领之。复力荐张公之洞。疏上而皇太后训政,四章京诛,公坐滥保匪人废斥不用,然固不罪公所为也,而人遂汹汹目公以'康党'。"

所谓"招引奸邪"者,陈寅恪《寒柳堂集·读吴其昌撰梁启超传书后》云:"先是嘉应黄公度丈遵宪,力荐南海先生于先祖,请聘其主讲时务学堂。先祖以此询之先君,先君对以曾见新会(指梁启超——引者注)之文,其所论说,似胜于其师,不如舍康而聘梁。先祖许之。……其后先君坐'招引奸邪'镌职,亦有由也。"

九月三日,范钟与徐乃昌(积余)、汪树堂(建新)、郑抉云等同游琅山,访五代姚存题名。(《南通县金石志》)

谨按:徐乃昌,字积余,号随盒,安徽南陵人。官候补道,长居上海。藏书颇富,多稀本。伯子先生《诗集》卷十二有《为徐积余题王渊雅夫妇所书前后赤壁赋卷子内子同作》诗,又有诗题云:"先君既葬,出谢客,徐积余太守为余兄弟筹生事甚挚,及秋,余病未出门,积余太守复来视……"卷十六有诗题云:"积余故有《狼山访碑图》,今为筱山再游,指示其处,则汪剑星诸题名已一一具刊,润生当复为积余图之,而余因是亦预有赠。"所谓《狼山访碑图》,即指此次也。

重九,先生登广州白云山最高处,与山僧能仁久谈,吊燕市诸人,有诗纪之,于六君子不无怜惜之慨,并再次对康、梁进行了攻击。诗云:"我行亦何意?忽在天南头。登高作重九,遂入番山幽。四山丹垩尽丘陇,壮者或是公与侯。……何哉粤人好作乱,辄出扰我东南州。人之有才不自已,仍视风俗为刚柔。寻常圣与盗,截然如异才。藉令易置之,何必如是哉!水土浸淫耳目染,敢作狂欺蹈深险。风之所至众趋之,飞蛾历历投凶焰。嗟哉谁是奸人雄?岂有大略烦诸公。眼前寂寞不可耐,使我哀吟空如中。"

又《诗集》卷十四《有人招登高饮宴不赴》"前游翻忆大颠僧"句注道:"前年广州重九登白云山,与能仁僧久谈。"

九月十八日,复置三省巡抚,许振祎却不复来,继任者鹿传霖。先生只得谋归。先生在广东分别为庄秉瀚、裴景福作《题苏子瞻手书〈阿房宫赋〉后》、《题包慎伯手定〈小倦游阁文集〉后》、《题〈茗柯文集〉手定本》、《谢节妇传》、《李烈妇传》等文。

十月,范钟签发河南,范铠签发山东,皆以知县用。先生在广东有诗纪之:"我弟新入官,此独忧心捣。仕学两茫然,旧德虑难保。黄河青岱间,行迹复草草。想见两大人,愁添鬓边皓。"(《诗集》卷十一《留别伯谦、仲若二十四韵》)

本月,范钟、范铠兄弟与徐乃昌、陈祖煊、汪树堂、张师江、李鼎同观天祚题名。(《南通县金石志》)

范钟兄弟赴官临行,封翁亲书《作吏十规》以警之。文云:

今日儿辈初登仕版,束装就道,签分河南、山东为民父母矣,而家贫亲老,难言养志,实有毛义捧檄之欢。但吾七二衰年,不任驰驱,恒惧十世一经,至汝兄弟得以两县知用,此皆祖宗积德之余庆也。喜忧交集,顿兼之矣。喜者,喜汝兄弟得以成立;忧者,忧其造福少而造祸多也。然汝兄弟自幼至长,熟闻祖父遗训必能借此造福,保养元气,则寒门百世可沿矣。戒之!慎之!今吾亲书作吏十规以示之,亦防微杜渐之苦心云耳。

一、为民父母,不能培养元气以遗子孙,最可耻;

二、依托权门,一旦失势,以至十目十手之指视,最可耻;

三、地方善善不能用,恶恶不能去,最可耻;

四、宦游无窘于难,天道好还,此往彼来,最可耻;

五、地方善政不能举,逢迎上官则恐后,最可耻;

六、眼前百姓即儿孙,而任情敲扑,最可耻;

七、小民无知,误陷法网,而问官不察,锤楚之下何求不得,最可耻;

八、为民父母者,第一戒贪,贪则心昧,而书役借此挟制舞文,其祸可甚言哉,最可耻;

九、天下事诚与伪二者而已,诚则无不明,而伪则立败,最可耻;

十、作官须知进退,若老马恋栈,阿时殃民,必至身败名裂,辱及君亲,最可耻也。

封翁又有勉志联云:

> 治民犹水情无逆,
> 作吏能清意自慈。

自序有云:"吾家本儒素,今儿辈为民父母,特拟此十四字以勖之。"

封翁又有赐范铠诗,有句云:"他时日日为民计,竹帛留名百世欢。"(范铠《范季子文集》卷二《与友人书》)

谨按：此前，范铠朝考一等。清制，拔贡生先赴会考，择优再参加朝考。朝考一等任七品京官，二等任知县，三等任教职。而范铠虽得一等，然不愿就京师，遂改外放。至山东，尚未分县，则封翁讣告召回也。

范毓《府君集后序》："府君以吏为师，始以丁酉拔贡，戊戌朝考，试用山东。时项城袁公抚鲁，延置幕府。"按：当时山东巡抚张汝梅，非袁世凯，范毓误记。

十一月二十二日，先生有《与仙屏先生书》。书中言到："当世此将附轮北归，明年仍当寄食于此，以伯谦为依。"则先生已定归期矣。

十二月，自广州还至上海。

十七日，抵家。

二十五日，荫堂封翁病卒（《行实编年》），享年七十二岁。有《未信斋稿》藏于家。

《范钟日记·戊戌腊月二十六日》："晨未起，十下钟，曹生持来家电，惊闻父大人弃世。"

《张謇日记·光绪二十四年十二月二十六日》："闻范丈谢世。"

吴汝纶《通州范府君墓志铭》："卒年七十有几，光绪二十四年十二月也。"

先生竟以哀毁得肺疾。乡人孙铭恩（云轩）为料理丧事。

先生《文集》卷十《孙云轩先生哀辞》："方吾父之初丧，公屡就而抚视我。……公熟于葬书，吾父之葬也，大风雪中，从始迨终视惟谨。"

周彦升有挽封翁联云：

> 与先君同字，视予犹子，视公犹父；
>
> 从诸孤之后，事死如生，事亡如存。
>
> ——《寿恺堂集·补编》

谨按："与先君同字"者，盖周彦升之父，亦字荫堂也。

又封翁以孝仁闻名乡里。周彦升《寿恺堂集》卷二十五有《孝子范公诔》特言其仁义好施云："公性好施，惠及嫠独；方公既殁，有友来哭；谓岁之晏，公有所属；朱提四流，为饿者粥。公于是时，盎无余蓄；胡来多金，膏不自沃；无令人寒，宁衣无複；无令人饥，宁食无肉；善恐人知，友乃大服。"

吴汝纶《通州范府君墓志铭》："病且作，晨过其友张师江，出番币四十令为粥食饿者。师江怪君贫窭安得此，已而廉得之，则先一日有馈君币固辞不获者，其清峻好济物多此类。"此乃周诔之本事也。

陈启谦《持庵忆语》（载民国二十一年《通通日报》）记载一事云："范荫堂封翁，事父至孝。某年之冬，天气严寒。其父微疾卧床，封翁旁侍，父顾之欲言又止。封翁向父问故。父曰:'吾思食蕺耳。'封翁曰:'儿当为父购之。'父正色止之曰:'前言戏耳! 家贫如此,食且难赡,安有余钱可购蕺者?'封翁唯唯。旋即外出,逾时以蕺进。父见之怒曰:'汝敢逆吾命购蕺耶?'封翁笑启曰:'此事巧极! 父方思蕺,而某戚即以蕺赠,儿回奉父耳。'父欣然食之。实则封翁出父所后,因父思蕺,而囊无一钱,乃脱所着之棉袄质钱购蕺,嘱其夫人烹之以进,诡言某戚所赠耳。因外着绨袍,故虽无棉袄,其父亦不之觉也。"

是年,子况入州学。(《行实编年》)

光绪二十五年己亥(1899)　四十六岁

正月十七日,范钟自河南奔丧至家。(《范钟日记》)

三月二十一日,吴汝纶有答先生书:"考终自寿所极。读来示,起病即前后溲痛不可忍,此下部生疮,而医者乃定其名曰伤寒,此如不知文者见古诗号之曰'此时文也',以此治病,安得令人活? 虽有割股心,何益? 君尚有老母,后当戒慎,勿用此等医为望。命为文志墓,葬期急,得书迟,又老朽不能文辞,则义所不可,仅为此急就章呈君兄弟,聊当挽幛挽联之用,不必果刻石也。"(《桐城吴先生尺牍》卷二)盖随封翁墓志同寄。

二十二日,汝纶答马通白书有云:"朋友中范肯堂困于贫病,贺松坡目已失明,唯吾通伯尚复精进不懈。"(同上)

三月二十九日,张謇的纱厂首次试机。

《啬翁自订年谱》:"纱厂机装成,试引擎。始有客私语:'厂囱虽高,何时出烟?'兹复私语:'引擎虽动,何时出纱?'"

谨按:张謇创办实业,荆棘满途,殊非易事。先生两年后有《题许鬶竹独坐观书图》诗云:"吾友张苍者,乡邦小试来。艰难谁得喻,镇定亦须才。孰信蚩氓意,真如蛮俗哀。凭君手中籍,重与辟蒿莱。"诗后自注:"季直创设通州棉纱公司,许其司籍之一。"

三月三十日,葬父于城东耕阳阡祖茔,封翁得获乡谥贞孝先生,又受旌"孝子第"之匾。

桐城吴汝纶为撰《通州范府君墓志铭》,张謇书丹并篆盖。铭文云:"既卒,邦人士友相与撽君孝行,列上有司,请旌于门,用诱进乡里。当世以数及里长老举孝事状来告哀,且曰:'君以三月晦葬东郊新茔,敢请铭。'"

先生亲为《祭奠文》。(《文集》卷八)

四月十四日,张謇大生纱厂正式开工。

五月,黄体芳卒于瑞安。

六月十三日,康有为、梁启超在加拿大成立"保救大清光绪皇帝会",简称
"保皇会",又称"中国维新会"。(《中国历史大事年表(近代)》)

八月,去广东,不果行,遂滞留上海,居王欣甫署中。(《诗集》卷十二)

谨按:此前,王欣甫权知上海县。(徐文蔚《校刻〈范伯子集〉序》)

八月十三日,戊戌六君子弃市周年,与沈瑜庆怀念去年今日被害的六君子之
一林旭。先生悲叹之余,赠诗一首云:"问我诗怀已涕零,去年今日更堪听。陆
沉风雨桃花面,小照乾坤腐草萤。百不相谋成沆瀣,万无可说况零丁。侯官太保
遗风在,聊与苍茫泣素馨。"(《诗集》卷十二)

谨按:林旭(1875—1898),字暾谷,福建侯官人。光绪十九年举人,官内阁
中书。参与新政,赏四品衔军机章京。政变被害,为"戊戌六君子"之一。有《晚
翠轩诗集》。

先生《近代诸家诗评》有评林旭云:"暾谷纵不与六君子之难而永其年,以将
以诗人名世。"

林旭之妻沈鹊(孟雅)是伯子先生好友沈瑜庆之女,而沈母又是林则徐之
女,故诗有"侯官太保遗风"云云,林则徐曾加太子太保衔。

九月九日,与陈季同(敬如)登高遣哀,作诗相慰,并打算让两家子弟同就法
国教会学校。(《诗集》卷十二)

先生挽陈敬如之兄联有"当遣子与令郎同学,堪叹百年家国茫茫后事付伊
谁"之语。

谨按:陈季同(1851—1907),字敬如,福建侯官人。1869 年入福州船政局,
1878 年任驻法使馆参赞,1884 年为刘铭传幕宾随往台湾,1895 年中日《马关条
约》签订后,建议组织"台湾民主国",任外务大臣,失败后返回大陆。

秋冬之际,为张謇《厂儆图》题诗。

先生《诗集》卷十二有诗《题季直所绘四图(鹤芝变相、桂杏空心、水草藏毒、
幼小垂涎)》,即为此图。张謇创办大生纱厂,募股甚为不易,沪宁绅商既谋约,
州官汪树堂用其幕僚黄阶平计,佯作支持而阴挠之。迨厂成获利,张謇憾恨不
已,遂设鹤芝变相、桂杏空心、水草藏毒、幼小垂涎四图,以题中二字隐指八人名
姓,倩扬州画家张之溶成图,悬置纱厂楼厅壁间,谓之《厂儆图》,遍邀题识(顾延
卿亦有题《厂儆图》七律四首),以快我心。其中"水草藏毒",即以"汪"字水旁、
"黄"字草头影射汪树堂及黄某,然汪氏在州十年,与先生殊相得,故先生题诗不

涉本事,大乖謇意。(管劲丞《南通历史札记》)

十月,代沈瑜庆作《两江总督刘公寿序》。(《文集》卷八)

谨按:沈瑜庆《沈敬裕公年谱》作《两江总督刘岘庄制军七十一寿序》。

本月,先生代沈瑜庆作有《直隶总督裕公寿序》。(《文集》卷八)

谨按:《沈敬裕公年谱》作《直隶总督裕寿山制军(禄)六十寿序》。又,先生序文,各本皆作"公(裕禄)以某月日登七十之寿",而各种辞书于裕禄生卒年均作"约1844—1900",据沈谱可知裕氏当生于道光二十年,即1840年,而先生文集偶误也。

十一月四日,清廷将山东巡抚毓贤撤职,以工部右侍郎袁世凯署理。(《清史稿·疆臣表八》)此时,义和团已在山东风起云涌。

十七日,朝廷命李鸿章署两广总督,未到任前由德寿署理。(《清史稿·疆臣表四》)李鸿章有携先生同往之意,先生婉言却之。

《诗集》卷十二有诗题为:"吾粤馆既为刚相所裁,亦不谋从李相再之粤,惟欲就近得一馆以养老母,爱沧、恪士、星涛三弟者既极为之谋,而逊庵兄及余晋珊、杜云秋皆有意焉,所求至少而得朋若是之多,一何可笑……"

二十一日,先生同张謇、何嗣焜回南通同看大成沙坝,登狼山,宿望海楼,题名刻石。(《张謇日记》)

《南通县金石志》有张謇正书题名碑拓云:"光绪己亥十一月冬至后一日乙丑,何嗣焜、范当世、张謇同游宿望海楼下。"

先生赋得七古长诗,诗中提出了垦殖荒滩、建设家园的理想蓝图,充分显示了先生拯世济民的宏伟抱负和先觉才慧。日后,张謇创办通海垦牧公司,实滥觞于斯也。

《诗集》卷十二《同何眉孙、张季直夜登狼山宿海月处》:"张君吾以海东让,千岁斥卤兹能培。一日和甘尽作稼,亦能消释胸中哀。丈夫弗假风云助,遂以白地明天才。"又云:"吾皇释政后一岁,己亥冬至狼山隈。有吾三人夜秉烛,走访衲友寻初梅。会以兹山万万古,勿与五岳为陪台。"点明时节。

二十二日,复游狼山观塔。先生有《赠何眉孙》诗。(《诗集》卷十二)先生与何嗣焜相处虽短,但交谈甚深。诗中所谓"一日欢然未云短,百岁共处宁为修。名声相闻义有死,言语或失恩成仇。以此充然乐今日,与子笑浪南山头。青山果然耐霜雪,君子白发心悠悠"是也。

《诗集》卷十七《潜之、梦湘访石之游,我剑星刺史招同桂厚之饮于望海楼,因观余与眉孙、季直题名处,感慨今昔,叠韵再作以当斯游题名》:"嗟余昔游此,张何夜连床。刻石纪行迹,作歌写彷徨。君子有白发,青山耐雪霜。"

同日,慈禧太后召反对废立之两江总督刘坤一来京陛见。先是坤一曾致书大学士荣禄曰:"君臣之分久定,中外之口宜防。坤一所以报国在此,所以报公亦在此。"(《清史稿·刘坤一传》)

先生《诗集》卷十三有《和刘岘庄尚书入都留别四首》,其一云:"不信人间叔末年,群公卿士若狂颠。微阳耿耿孤忠动,一发沉沉大义悬。起自湖湘功在世,坐深江海泽如渊。岁寒愈有惊人节,可以昭回日月天。"即指此事。

二十六日,先生查勘保安沙后还至上海。

《诗集》卷十二《看保安沙还至上海和敬如见怀》:"为别四五日,六日甫至止。一日山中卧,一日走江汜。两日风雨中,水深没车轨。去其往还日,实只四日耳。何张与吾人,良非等闲比。新欢入故群,磊磊真可喜。"不久先生复将前诗中"人闻子名者,循例欲谤訾"二句衍为五绝十首,其八云:"平心论吾曹,谁能补时局?所争在有志,岂必定无欲!"真切流露出无才补天、但求无愧的心迹。

十二月,先生在沈瑜庆席上结识林纾,并赠诗二首。

《诗集》卷十二《爱沧席上赠林纾琴南即撰茶花女遗事者》:"骚人欲炫芳兰佩,巧向樽前并一欢。岂识廿年同味者,更从海外异书看。"又其二云:"条支弱水荒唐甚,碧海青天夜夜同。莫把茶花问范籍,言言都在国风中。"诗中表明了自己对林纾的心怡和对《茶花女》的评价。

谨按:林纾(1852—1924),近代古文家、翻译家。原名群玉,字琴南,号畏庐。福建闽县人。光绪举人,自称矢忠于光绪帝。文章崇尚韩、柳,擅叙事抒情,婉媚动人。翻译西方文学,皆由人口译,再以古文意译。善画山水,好讲学,不分门户,主张义理考据合而为一。有《畏庐诗文集》。此时,林纾正受聘于杭州仁和知县陈希贤,教书东城讲舍。

十二月十九日,苏东坡诞辰纪念日,先生与众友人置酒临舫,唱和诗篇。先生有《东坡生日临舫有感复和敬如》一诗,诗中通过"曾是渊源一江水,聊以弟子净其师"式的对苏东坡的规谏,鲜明地表达了对戊戌变法的支持,"只言新法乱人纪,岂谓旧学诛民彝",更是从根本上提出了对儒学的批判。

先生有感于东坡生日,遂作吴汝纶六十寿辰诗。(《诗集》卷十三)诗云:"人生百年一刹那,贤愚贵贱同一科。挈长量短其如何?祝祷称颂皆私阿。要使日月无空过,圣哲自比庸愚多。有儒一生高嵯峨,堕地便与书相磨。浸灌滋润成江河,放之一州勤民痾。昼执吏事晨自哦,即饭仍与宾搓摩。判简批牍如交梭,不肯俯首惭羲娥。犹嫌一官遭网罗,于世无补身受瘥。立起自刭投烟萝,从此一意知靡佗。嗟彼岂诚书有魔,方今儒术资挥呵。腐士不识真丘轲,死守徒以来倒戈。后有万年宁可讹,濯而出之浑浑波。奠至高皋平不颇,用此忧劳鬓亦皤。独与往圣留纯和,我年十九付蹉跎。矧今伤心至蓼莪,忍死惜泪吟庭柯。感念身世终滂沱,会以生日觞东坡,类引更为先生歌。"这首作于吴汝纶生前的寿诗,被修吴氏年谱者录之以殿其后,认为"风格甚高,而词旨尤极湛至警切"(《桐城吴先生年谱》卷二),评述吴氏一生志业,颇得深处。

二十四日,慈禧太后以光绪帝体弱多病、未生皇子为由,诏立端郡王载漪之子溥儁为"大阿哥",承穆宗嗣。(《清史稿·德宗本纪》)至是废立之谋遂大定。先生有《果然》、《书贾人语》二诗纪其事(《诗集》卷十三)。题为《果然》者,戊戌变法失败后,光绪帝久被幽禁瀛台,慈禧太后废帝蓄谋已久,海内皆知。今先生见二十四日上谕,所以有"果然如此"之感。

《果然》诗云:

> 一纸相看事果然,朝娱旰哭到穷年。
> 游丝忽落三千丈,锦瑟真成五十弦。
> 老寡可怜垂涕晚,大僚应记受恩偏。
> 愚生自把春王笔,载自尧天入舜天。

《书贾人语》一诗更奇:

> 去即去耳谁为贤?人如绿草生春田。
> 镰刀割尽还须长,不闻但有今岁无来年。
> 东家独患囊无钱,佣保杂作何有焉。
> 请看朝廷没曾左,也有后来相联翩。
> 我闻此语怵失色,从此昆仑泰华皆不坚。
> 明朝便叱玉皇退,何能一帝专诸天。

先生当时发此议论,不独有思想性,而且有革命性。

二十五日,上海电报局总办经元善邀集叶瀚、马裕藻、章炳麟、唐才常等一千二百三十一人,联名呈总理衙门代奏反对"建储",同时发表《布告各省公启》,吁请如朝廷不理,则诸工商罢市集议。(《中国历史大事年表(近代)》)

二十七日,先生有诗,心境萧瑟之极,诗句有:"不知门外今何日,便与楼头送此生"、"无心拨尽一炉火,不寐听残五转更"。(《诗集》卷十三《腊月二十七漫书》)此间诗作多帝王之忧,如"岂知帝星亘天上,也有生命不及辰。忽忽未知生可乐,恢恢常与死为邻"(同上《余题〈月湖琵琶图〉因及钓台……》)、"只可相从复消夜,与君挥泪说京华"(同上《柬爱沧》)、"何况于今万乘如飘风,齐楚化为无是公"(同上《除夕无聊复次山谷还家呈伯氏诗以贻余仲》)。

除夕,先生有诗自遣,狂态大发。诗云:"我与子瞻为旷荡,子瞻比我多一放。我学山谷作遒健,山谷比我多一炼。惟有参之放炼间,独树一帜非羞颜。径须直接元遗山,不得下与吴王班。"(《诗集》卷十三)

又有诗寄家二弟范钟。夜与刘一山谈。

谨按:刘一山,名桂馨,周彦升弟子,业布商,以资为浙江候补知县。

是年,先生之孙范子愚生。(《子愚报应录》)

是年,李翰章卒。先生有挽联曰:

> 与曾胡左骆百战成功,比投老家园,浸灌滋培,还使门闾气充固;
> 历道咸同光四朝全盛,迄考终里第,伤亡殄瘁,顿教天地色凄凉。

谨按:李翰章(1821—1899),字筱泉,一作筱荃,李鸿章兄。道光二十九年(1820)以拔贡生铨湖南永定知县。曾从曾国藩主饷运事。同治间,擢湖南巡抚,屡阻击太平军李世贤部及贵州苗教各军。四督湖广,后移督两广,以疾归,卒谥勤恪。《清史稿》卷四百四十七有传。

是年,顾曾灿卒于京师。先生有联挽之云:

> 从束发为兄弟至今,属纩不知思我否;
> 纵苦心求仕宦何益,请缨当更待儿曹。

又云:

> 于弟应极痛,父丧间之,今日抚棺才一哭;
> 教儿使长成,兄行在也,异时勒石与千春。

光绪二十六年庚子(1900)　四十七岁

元旦,有诗。(《诗集》卷十三)

年初,荐保厘东与裴伯谦为西席,有诗纪之云:"吾乡如今有瑰宝,曩列高价子所评。种松十年冒霜雪,冻骨渐与寒山撑。吾虽半菽不独饱,忍能对作空肠鸣。会将质裘持送似,令就吾子天南征。"(同上《以保生厘东荐之伯谦》)诗中尚有不凡句云:"李白韩愈浪得名,子瞻山谷皆平平,不然嶔崎历落如我者,焉得置之世上鸿毛轻?"(同上)

谨按:保厘东,字允百,号少浦,通州人。少孤贫,力学能文。师事伯子先生治诗古文辞,遂为高第弟子。以先生荐,任淮扬道沈瑜庆西席,嗣受知于顺天府尹孙宝琦,奏以候选训导,充顺天府中学总办。及宝琦巡抚山东,以图书馆优养之。民国后任农商部主事,卒于官。

正月初四,入市买报,阅之有感,有"妖姬犹傅粉,群贵尚鸣珂"之诗(《诗集》卷十三),讽刺慈禧及阿附众臣。

七日,有《人日和杜公〈追酬高蜀州〉诗用其体韵》诗。(同上)

十五日元宵节,有《元夜》诗。(同上)

同日,谕令闽、浙、粤各省悬赏十万两,缉拿康有为、梁启超,并命毁其所著书籍,严惩购阅其报章者。(《清史稿·德宗本纪》)先生有《读报愤叹》诗云:"罗者不知有寥廓,应从薮泽视鹓鹏。如何故作痴人梦,捕兔而今向月明。"(同上)

二十六日,张謇来谈。(《张謇日记》)

本月,俞明震奉命委办江南陆师学堂。(《清代官员履历档案全编》)

二月二十九日,岳丈姚浚昌卒于湖北竹山县署,享年六十有八。(吴汝纶《姚慕庭墓志铭》、王树楠《桐城姚府君墓表》)

先生有联挽之:

> 我之今日亦何恨能加,惟有牵连并哭耳;
>
> 公在人间更无缘遭妒,奚为委曲以死乎?

谨按:先生《文集》卷九《外舅竹山君传》:"君事道府皆应古典。府,贤人也,父事君;道,纨绔子也,嫉君,而遂污之。总督不为之辨,但还君竹山。君耻不就贫,仍回竹山,数月而事有为君所不然者。君乃决曰:'吾不复濡忍于斯矣。'称病得代,为诗以道其将归之乐。然无几日遂殁于竹山。竹山之人哀其无还丧资也,为具舟而送之",乃联中"无缘遭妒"之本事。而王树楠《桐城姚府君墓表》谓"会襄阳道朱某忌府君强项,列之下考,巡抚于荫霖见其名,惊曰:'是循吏也。'不举劾。"则实亦有故。

本月,义和团在畿辅地区发展迅速。

三月,自上海回里。

春,范罕入上海法国教会学校学习。

《诗集》卷十三有诗题为:"罕儿入法兰西学堂,以安息日出,为余述其间规矩甚严,甚乐从也。余亦甚慰。"

卷十五又有诗:"因少浦寄罕儿学堂,不复往视。"

四月,江潜之来通任职,随即与先生契合为友。

《诗集》卷十七《潜之以是月年满当代,吾与梦湘皆皇皇然若失所赖也,四叠前韵,以勉其留,并呈剑星》:"岁庚子初夏,潜之来卸装。余方在惸独,乍见犹凄凉。兰气一合会,迢遥引风香。"

谨按:江云龙(1858—1904),安徽合肥人,字潜之,又字叔潜,号润生,光绪十六年(1891)进士,官翰林院编修,改徐州知府。善画山水,兼工诗。

五月十五日,义和团大规模进入北京。

二十五日,清政府向各侵略国宣战,声称要与列强一决雌雄;并明令嘉奖义和团为"义民",令各省督抚招集义民成团,借御外侮,北京义和团开始进攻驻京各国使馆。

三十日,两江总督刘坤一和湖广总督张之洞发布"东南互保",宣布长江及苏杭内地由各省督抚"保护",不听当局战诏。之后,两广总督李鸿章、山东巡抚袁世凯等亦加入"东南互保"。

本月,女孝嬛因病殁于江宁,年仅二十五岁。范孝嬛为陈氏生有二子,长封可、次封怀(日后成为我国著名植物学家,庐山植物园创始人之一),而封怀生方满月,尚在襁褓之中。

龚产兴《陈师曾年表》:"光绪二十六年庚子二十五岁,夏,师曾妻范孝嬛卒,年仅二十五岁。"

蒋天枢《陈寅恪先生编年事辑》:"光绪二十六年庚子,四月十八日,兄师曾子封怀生。是夏,长兄师曾妻范孝嬛卒于江宁。"

袁思亮《陈师曾墓志铭》:"始娶南通州范氏,继娶吴县汪氏、长沙黄氏。子六人:封可、封怀,范出……"

《文集》卷九《陈氏女墓碣铭》:"女之殁,吾夫妇皆居父丧。逾月,其舅亦遭父丧,故虽其夫与其兄皆不得极哀,此尤可哀也。"又云:"女出前母吴而成于今母,适陈氏,人皆谓其有母风,然女从母天津诚学三年耳。年十九而嫁,遂不失令名于陈氏,其质性亦优也。女名孝嬛,生二子,曰邺,曰二邺。年二十五。"

孝嬛从母天津事,姚倚云《蕴素轩诗集》卷五《遣嫁孝嬛书以勖之》:"辽海三年吾愧训,楚江一别汝悲忱。"

谨按:范孝嬛死后,陈师曾曾经沧海难为水,常常作画吟诗,以寄哀思,从此菊花成为其画其诗的主题,盖孝嬛乳名菊英、菊儿也。(姚倚云《蕴素轩诗集》卷八《春季扫墓无限凄凉遥望通明宫复哭春绮》诗自注:"吾女名菊英,而春绮(汪姓,师曾继室——引者注)名梅末。")

《诗集》卷十四《阅女婿陈师曾诸近作,至其画菊为吾女遗照,而题四诗,潸然有述》:"誉汝诗文至悼亡,人间无有此情伤。徒缘罔极呼天痛,更为同怀引恨长。遂以鸿毛沦我爱,不图麟角为兹狂。秋心不与秾春谢,从此东篱岁岁芳。"自注:"钿妹之早逝,更痛于菊儿。"

又《诗集》卷十七《陈甥为孝嫦写病菊以寄其思,久之复为嗟菊诗,速余之题咏,余泫然而反慰之》:"白帝荒荒造秋色,无端幻此殿秋花。只缘骚雅能千古,收合愁人作一家。阅世已更新涕泪,隔年犹护旧根芽。浮生即景皆堪遣,莫把青春老叹嗟。"

姚倚云《蕴素轩诗集》卷六有诗题为:"师曾以《菊华遗影》征题,有所感怀,援笔为赋。"

本月,范铠起复,就官山东,同行者有如皋邓际昌(璞君),伯子先生乃以铠相托。

《诗集》卷十四有《送邓璞君之山东因托余季》诗。

范铠《范季子文集》卷一《赠侍郎国子监祭酒王廉生先生诔词》云:"光绪二十六年五月,通州范铠既免父丧,就官于山东。"又卷二《送潘景陈观察之官直隶叙》:"始与余同出于乡,来而并入幕中者为如皋邓君璞君际昌,及其甥歙县刘念劬宝泰。"卷五《邓璞君长兄六十寿言》:"昔吾之往官于山东,吾伯兄盖以吾托之于璞兄。"

谨按:范铠因在荫堂封翁病逝之前已出嗣大伯范廷琛,故守制降服一年,遂较范钟提前一年起复。《范季子文集》卷二《与友人书》云:"仆之此来衔大哀于心而不可以苟释者,仆之先伯父无嗣,殁已越三年,而父兄议以不肖后之,不肖未尝能补行服也。不幸戊戌之腊,先君子下世,而不肖遂限于礼降服一年,虽欲自行其志,又以家贫母老两兄憔悴于谋生无已时也,而先君子有遗言欲修复义田以收养宗亲,兹事宏大,道远而未知所济,仆何敢不出分两兄之劳而苟以自蹈其是耶?"

六月十二日,调李鸿章为直隶总督兼北洋大臣,趣兼程来京。(《清史稿·德宗本纪》)

十八日,各国联军攻陷天津。

二十五日,李鸿章抵达上海,因"跋涉过劳而病"。(《李文忠公鸿章年谱》)实则鸿章深知非破京城后而和议必不能成,故意逗留不发,称病托词耳!不久,有"等闲新党"邀先生往沪同谒李鸿章。先生有意回避,仅答以诗,而没有立即前往。其《与三弟范铠书》(月日不详)云:"前诗所谓答诸公要至上海云云者,意谓等闲新党,而吾避之耳。"其诗云:"青天白日沉忧患,远水遥山送语言。世有万年身是寄,民今百死我何冤。可怜黄发承兹难,宁惜丹心为至尊。后鬼前猰啼不已,又能重把劫灰论。"(《诗集》卷十四)

二十六日,陈宝箴卒于江西南昌西山崝庐。陈三立方挈家移居江宁,遂不得送终。

陈三立《巡抚先府君行状》:"二十六年四月,不孝方移家江宁,府君且留崝庐,诚曰:'秋必往。'是年六月廿六日忽以微疾卒,享年七十。不孝不及侍疾,乃及袭敛,通天之罪,莫之能赎,天乎痛哉!"先生挽陈宝箴联有云:"赫赫宗臣,一往沉冥向山僻;哀哀孝子,百年长恨在天涯。"正以三立远在江宁也。

谨按:宝箴之卒有慈禧密旨赐死之说,详可参见2001年3月3日《文汇读书周报》邓小军文章。

六月中旬,先生偕姚夫人往桐城吊岳丈姚浚昌之丧。十五日,过镇江。途经江宁,欲得女柩归葬通州,闻陈氏之丧而罢。

先生《陈氏女墓碣铭》云:"女殁江宁,吾及吾妇赴外舅丧桐城。过江宁,不忍入而哭。时北方乱,沿江日有警,妇言我曰:'儿不得生还通州,今俾其柩得葬通州乎?'且告伯严,闻遭丧而罢。"

在桐城,见马其昶,为其所藏张裕钊、姚鼐手迹分别题诗。

《诗集》卷十四有诗题为:"吾与通伯相思七年,仅得见于外舅之丧,又不得稍留,中间又泣且病,谈世则灰心短气,读其书则徒有浩叹,并其夫妇怜我之丧女,欲以长女相嗣,为却为承,亦未遑云也,放手而行,能无痛泪。"

谨按:马其昶《范伯子文集序》云:"范君当世……与余称僚婿,尝一见于金陵,再见于天津,君时居李文忠幕府为课其公子,吴先生都讲莲池,往来津沽间,诗酒文宴之乐,称盛一时。自曾文正督畿辅,喜延揽人士,其流风未沫,犹可想见焉。君恨余不为诗,督之甚力。吴先生曰:'子毋然!子为诗徒见短耳!终莫能胜彼。'因相与一笑罢。"记忆犹新,直疑伯子先生误记。

又陈祖壬《桐城马先生年谱》云光绪十七年,马其昶曾"省外舅竹山君于江西安福县廨,僚婿通州范肯堂访就婚甥馆,竹山子仲实、叔节亦均随侍,极论文谈艺之乐"。则又显系传讹。

又陈诗《皖雅初集》引《静照轩笔记》:"肯堂先生……庚子夏曾至桐城居匝月,吾皖僻壤,得名流庋止,亦嘉话也。"

七月初三,吏部侍郎许景澄、太常寺卿袁昶以主和不可轻开外衅,同日被杀。(《清史稿·德宗本纪》)

袁昶与伯子先生同门之谊,先生闻讯尤哀之。《诗集》卷十五有《哀哀爽秋》诗云:"何图不数年,立节于斯时。临命不绝缨,庶几哲人仪。我初闻君耗,急泪几难持。谅哉我仲言,令善更不疑。人徒四万万,毒螫将无遗。求为祸轻减,输心谅在兹。皆兹玉雪士,一旦成民牺。"

范铠《范季子文集》卷二《叙所录平平言后》:"京卿袁君爽秋数君子者并以争团匪痛切身膏于西市,……袁君爽秋,余伯兄肯堂同学兴化刘融斋师友也,余伯兄尤哀之。"

《范伯子近代诸家诗评》于袁昶云:"爽秋,吾同学。其人已不朽,其诗亦可传也。""其人已不朽。"下语沉断,爱憎已明。

七月十二日,八国联军攻占杨村,直隶总督裕禄兵败自杀。

七月二十日,八国联军攻陷北京,慈禧挟光绪帝仓皇西逃。

同日,先生挈长子范罕往省岳丈吴芰庵疾。

《诗集》卷十四有诗题为"七月二十日挈罕儿往省外舅吴公疾,自吾庚午孟秋入此门恰三十年矣,即夜感赋"。

二十六日,慈禧与光绪帝逃亡至宣化所属之鸡鸣驿。以光绪帝名义发布"罪己诏",虚饰文词,将主要责任推诿给大小臣工,并承认东南互保条约的合法性。

同日,先生与周彦升赴大生纱厂,与张謇议事。明日返。(《张謇日记》)

二十七日,先生有《闻说》诗云:"闻说鸡鸣驿,吾皇昨驻兹。移家无百乘,遮道有群蚩。暧旷虚臣荩,艰危仗母慈。风狂兼月黑,惟以涕涟洏。"八月又有《读皇上罪己诏》诗云:"一昔惊闻诏罪己,万方流泪善归亲。问安已过鸡鸣驿,失路应悲萤火津。最痛三良前死殉,至今欲赎亦无身。"再次为袁昶等人鸣不平。

二十八日,唐才常等"自立军"领导人因起义失败,被张之洞杀害。

先生于此颇愤愤,其《与三弟范铠书》(月日不详)云:"三弟,吾告汝以诧事,前诗所谓答诸公要至上海云云者,意谓等闲新党,而吾避之耳。不图此间乃遂有人为楚督所杀,而唐才常者,弟之同年,吾尝见之矣。公然目为匪首,而《中外日报》述此事,则谓曰致命也。各报皆言牵连文士数十人,不列其名,而吴彦复于此时不见,季直忧极。然亦岂有不问谁何而拖去斫头者耶?吾尚以为必无此事也。乱世头颅真险绝,吾之免矣。弟念之,兄告。"

《张謇日记》于此事亦有记述云:"三十日,湖南唐才常谋以会匪之为,行复辟之事,事泄伏法于武昌。抵书鄂友曰:'光武、魏武军中焚书,使反侧子安也。'"

谨按:唐才常(1867—1900),字黻臣,湖南浏阳人。早年就读于长沙校经书院、岳麓书院及武昌两湖书院,究心经世致用之学。1897年与谭嗣同等在浏阳兴办算学馆,提倡新学,酝酿变法。旋参与创办时务学堂、南学会。1898年变法失败,亡命日本。1900年在上海组织自立会,筹组自立军,拥护光绪帝当政。至此因密谋泄露而失败。有《唐才常集》。唐才常曾肄业两湖书院,"每试未尝后人,之洞雅重之"(《自立会史料集》),算是张之洞的门生,所以先生有"岂有不问谁何"之慨!

吴彦复(1869—1913),名保初,安徽庐江人。吴长庆之次子,与陈三立、谭嗣同、丁惠康有"四公子"之目,以荫补刑部郎中。流寓上海,工诗,书摹褚、赵。与章太炎、宋平子等友善。先生《诗集》卷七有诗题云:"吴彦复,武壮之子也。余两客武壮所,未尝受其一钱,而未始不互相重,彦复以此仍世交余。"卷十二有《赠吴彦复》诗,卷十四又有《嘲吴彦复》诗。《范伯子近代诸家诗评》评吴保初云:"彦复才高质厚,而乏深湛之思、专一之力,故所学俱未成。"

又按:陈衍《吴保初传》:"康有为、梁启超方倡新法,保初奔走号召。唐才常起事于汉口,相传保初与焉。逃之日本,逾岁归。"可作先生书信旁证。

七月三十日,先生故友万星涛之母卒,先生夫妇皆邮送挽联以致哀。

八月三日,先生晤张謇、顾延卿、李磐硕。(《张謇日记》)

十二日夜,先生乘车至上海港。先生此行专为拜谒即将北上的李鸿章。

《诗集》卷十四《至沪谒李相》诗:"天津回首阵云屯,重向江头谒相门。天意尚能留硕果,人间何处起贞元。耆年往复乘衰运,老泪滂沱有笑言。一事告公时论定,八州生类赖公存。"这是甲午之后,先生第一次也是最后一次与李鸿章的见面,鸿章老泪纵横,但念旧情,不言往事;先生则对老东家寄予极高厚望。

十四日,清廷正式发布"剿团"谕旨,下令各地实力镇压义和团。

十七日,两宫行驾次太原。(《清史稿·德宗本纪二》)

二十一日,李鸿章自沪北上。至津后,各国使臣多不欢迎,独俄使深与周旋。(《李文忠公鸿章年谱》)

二十四日,清廷又诏令有司劝教民安业,拳民被胁者令归农。(《清史稿·德宗本纪二》)距"剿团"之谕仅仅十天。先生闻讯作《汗》诗一首云:"一雨从容汗竟收,岁华从此入深秋。山河表里尘初上,天汉东西水不流。白骨青苔泪缠绕,黄金丹药死追求。拔山自古非容易,尺二书中语尽头。"

谨按:先生《近代诸家诗评》评及自己此诗时云:"是诗庚子车驾至太原时作,先是已正拳匪之名,至太原复有拳民之诏,所谓反汗也。"此处,先生讽刺朝廷的朝令夕改,已无法取信天下矣!

本月,张謇始拟营办垦牧公司。

在沪,先生荐弟子保厘东为沈爱沧课子。此前,先生曾荐少浦于裴伯谦,宾主不欢而散,使先生颇无颜面。此次保少浦与沈爱沧东家西席甚是相得,学生亦大佳,先生甚为高兴。

《诗集》卷十四有诗题为:"举少浦为爱沧课子,见其宾主酬唱,而亦和焉。"

闰八月初九,至江西新建吊陈宝箴。先生至此乃作联挽长女孝嫦:

> 比之二祖,轻若鸿毛,亦使肝肠不可忍;
>
> 望汝一归,艰于马角,岂其魂魄又能飞。

在新建,先生应陈三立之请为陈宝箴撰写墓志铭。(《文集》卷九)其间,又有《外舅竹山君传》之作。(同上)

九月初过南昌,蔡公湛因陈师曾拜见先生,先生赠诗二首并录旧作数首以之论文之道。

先生《诗集》卷十四《师曾之友蔡公湛感慨时事屏弃举业投诗问学于我次二首以答极道伤心之语不敢欺蔽少年也》诗云:"游人屈伏屋庐底,高阁滕王不敢瞻。苦忆中原就涂炭,喜闻后辈有沉潜。鲸吞鼍作君无异,虎啸龙吟气正严。要识吾人真猥獉,甫能即事下针砭。"又云:"文章韵事终无让,何况昌黎与子瞻。却有一番厘定在,不教万智此中潜。明明丝粟童而习,赫赫尊彝性所严。要与穷观百年后,儒生剧病始能砭。"

先生手稿有云:"蔡公湛,此间英妙奇士也。因女婿陈师曾而得见,既颇览我近诗矣,又索写一二旧作。吾诗八百篇,未知何所爱,姑以昔者与俞恪士论文一首写奉吟教何如?"又云:"公湛顷来与我谈,益知志意所在。吾不欲外视,公湛愿益宏,此学业未为深入乎古人而不谬于来世者,气求声应,岂患目前所识之少哉?庚子九月,范当世。"手稿末有民国十八年秋七月陈三立写于沪上的题记云:"此肯堂庚子岁啐我居父丧西山墓庐,过南昌始与公湛相见所写诗也。肯堂爱才好士,扶掖后进之心,恳挚出天性,宜于公湛才俊少年尤一往而深。录论文作,特高妙,其平昔持议颇依此。今相望三十年,从劫罅中诵之,尚如孤灯夜雨促膝对谈时也。公湛重肯堂手迹,久不能忘,忽于数千里外示我印纸,徒博我后死亡命之身,感旧怀贤,老泪纵横耳!"

九月九日,有人招先生登高饮宴,不赴。有诗云:"登高望远昉何年?而我于今足不前。节遝只堪偕送日,蓬飞无力再浮天。思亲可但沧江上,忆弟宁徒青岱边。遍把神州堕烟莽,拥衾犹觉泪如泉。"感怀时事,神州不堪一望。又有诗云:"东南尽付昏庸手,约束虽坚祸恐仍。"对张之洞等人的"东南互保"表示反对。

九月中旬,先生返至扬州。道闻营将杨某谈兵事,先生有诗云:"不知敌若非人待,拥鼻犹能辟毒不?"自注:"西人此番用绿气炮,盖不特野蛮我,并禽兽我矣,万世之羞谁召之哉?"此恐是在我国使用化学武器之最早记载,先生对西方列强的非人道行径感到无比愤怒。

在扬州,先生造访通志局故友——盐运使柯逊庵,欲谋事做,柯答应聘先生修纂《盐法志》,酬以润笔三千金。然不久,柯逊庵升迁而去,修书之事化为乌有。二十七年四月十八日先生《与三弟范铠书》:"扬州事之化为乌有,想弟亦因逊庵升迁去而料见也。吾年来格局遂已大,三千金之得失并不动心,岂尽由胸襟取究意,势局能搬运得来,故依然混过。"

又访旧识王义门,旋即失盗,先生为陈宝箴作墓志铭之润笔被洗劫一空。

《诗集》卷十五有诗题为:"出就义门谈,盗攫余此行所得卖文钱尽,因而有作,即以答吴董卿大令晨间见赠诗,诗有'千里卖文钱易尽'一语故也。"

夏敬观《忍古楼诗话》:"闻吴董卿言,肯堂为义宁陈右铭中丞作墓志铭,公子伯严酬以千金,携至扬州,访柯逊庵运使,一夕就王义门谈,至深夜始归客舍,而卖文金已为盗所攫去矣。董卿投诗先有'千里卖文钱易尽'之句,遂以为谶。"

九月二十九日,李草堂卒于家。(《张謇日记》)先生有联挽之。

是秋,范铠入山东巡抚袁世凯幕。

范铠《范季子文集》卷二《送阮斗瞻观察从项城制军之直隶叙》:"铠以光绪二十六年之夏服官于山东,其秋入中丞袁公幕中。"又卷二《与友人书》详述入幕经过云:"仆苦于长日之无事,则日被冠带上谒中丞,冀得一见毕到省之役耳。然不自意获传入,相随坐畴人之中,而中丞辄询及平生著述,有仰慕之言,惊时愧汗出不知所以为辞者,退而不得已缮上数篇,亦会有杜牧推荐之言,遂列于幕属。"

先生《诗集》卷十五有诗题为:"季弟书言东抚袁中丞见即问余甚挚,因委弟文案,赋谢二律……"

十月,先生乘船经上海回通。在上海,听友人陈敬如述说李鸿章抵达天津,不禁涕下,吟诗有云:"相公实下人情泪,岂谓于今非哭时。譬以等闲铁如意,顿教锤碎玉交枝。皇舆播荡嗟难及,敌境森严不敢驰。曾是卅年辛苦地,可怜臣命亦如丝"之句。(《诗集》卷十五《闻李相至天津痛哭》)

本月,通州知州汪树堂五十寿辰,先生为作《汪剑星刺史寿序》。汪树堂任通州达十一年之久,至是已九年矣。

本月,先生至吕四场,吊李磐硕之父李草堂,挽之以"学道有涯,安心是乐;酒阑人散,云卧天行",并先后作《草堂先生墓志铭》、《公祭草堂先生文》。(均见《文集》卷十)范铠亦应李磐硕之请作有《祭李草堂先生文》。(《范季子文集》

卷二）

十一月十二日冬至，天子祭天之节，先生念及皇帝尚在西安，不觉痛哭。

《诗集》卷十五有《冬至哭》诗云："我君一不返，天地再回旋。无奈向时节，何能背几筵。"

二十五日，乡人孙铭恩卒于家。先生有挽联云：

于吾州相处只六七人，可怜岁岁凋伤，不复欢言到春酒；

去先君之亡恰廿四月，正尔朝朝悲怆，更感急泪洒冰天。

谨按：孙铭恩，字芸轩，资性端凝，尝署金坛、上海两县教谕，董治通州保婴、恤嫠诸局，勤于所事。其殁，先生哭之痛，为求若似其父者而不可得也。

又《文集》卷十《孙云轩先生哀辞》云："光绪二十六年十一月二十五日，孙云轩先生年八十四卒于家。"先生封翁卒于二十四年十二月，因二十六年有闰八月，故先生联中"恰廿四月"之说，并不矛盾。

十二月，岳丈吴荄庵卒，偕姚夫人往吊。有联挽之：

老吾见其孝，幼吾见其慈，搔首问天，历历平生多少事；

子则未能收，婿则未能诀，含悲入地，茫茫后顾属何人？

十二月二十六日，慈禧假借光绪帝名义下"自责之诏"，声称要"量中华之物力，结与国之欢心"。

腊月底，为长子范罕办补廪。

先生《与三弟范铠书》（光绪二十七年四月十八）："且喜又于残腊两日中办莲儿补廪。不知何以上首极枯窘，三人一一挨次请贡而去，轮到莲儿须生缺，非少浦之让而谁让耶？我为年事难须贴提贡钱迫成自然之摇头，而少浦从而强求，又楼从而蛮做，究无几何之难而成此一事。"

岁暮，徐昂（益修）来见，先生治羊酒招饮，并有《答徐昂秀才》八首。

《诗集》卷十五《答徐昂秀才》之八云："心血真能引凤高，苍天万仞与翔翱；聊于岁计荒寒外，灼酒烹羊为子劳。"

徐昂《〈范伯子文集〉后序》："昂既请业，先生忻然锡以诗。岁寒风雪，治羊酒招往，集徒友环坐欢饮，先生撑杯纵谈，意气不可一世。"

时先生长子范罕在上海法国教会学校读书，寒假归州，先生乃谓罕曰："益修文沉挚而博茂，殆非汝能所及。"（《徐昂诗文选》附录范罕自识语）

谨按：徐昂（1877—1953），字益修，南通人。学者。伯子先生高足也。南菁高等学堂肄业，历任通州师范、南菁中学、无锡国专、浙江大学教师、教授。著有《徐氏全书》三十七种。昂除为先生文集作序外，尚写有《范无错先生传》、《范姚太夫人家传》、《〈蕴素轩诗集〉序》等。

顾偿基《徐君益修家传》(手稿):"君姓徐氏,讳昂,字亦轩,南通人,自致其力于学,恒自署益修……,先后师如皋管仲谦、同县孙敬民、孙伯龙诸先生,弱冠以第一人籍于庠,旋试高等食饩,从范伯子先生治诗古文辞,以无志进取,不应乡试。"

光绪二十七年辛丑(1901)　四十八岁

正月初一,先生侍母进食,退而感怀时光荏苒,岁月蹉跎,老大之悲,忽从中来,不觉涕泪沾襟也。因有诗作,有句云:"愁如山峻将无度,笑比河清定更希。"(《诗集》卷十六)

初三,清廷惩治"肇祸"诸臣,令载勋、英年、赵舒翘自尽,毓贤、启秀、徐承煜正法。

初七人日,江润生有《怀人一死二生》之作,先生次韵和之。一死谓乡人王伯唐兵部——癸巳除夕暴亡者,二生谓王以愍(梦湘)——通州牧聘其来主紫琅书院尚未到任者及先生妻舅姚永概。(同上)

谨按:王以愍(1855—1921),湖南武陵(今常德)人。字子捷,一字梦湘,号檗坞。光绪十六年(1890)进士,历任编修、甘肃乡试副主考、江西知府。工诗词。王以愍与先生在广州许仙屏处曾有来往,可称故交。故先生和诗有"王生有饥饱,或就故人来"之句。卷十七有诗云:"许公席上三年别,地塌天旋有再遭。"(《梦湘来主紫琅书院……》)

正月十一日,何嗣焜卒于上海,先生闻讣有挽联之:

> 隔海未闻凶,温语犹传数行至;
>
> 登山长不乐,淡交多此一番游。

盖何卒前数日,犹有手书达先生也。

《啬翁自订年谱》卷下:"十二日,至上海诣眉孙,眉孙以连日草要政议,昨午后三时,方据案,掷笔遽卒。"

谨按:何嗣焜(1843—1901),字眉孙,一字梅生,号定庵,江苏武进人。以诸生从军。光绪间历参张树声等人幕府,为诸当道所倚重。光绪二十三年(1897),武进人盛宣怀创南洋公学于上海,何应聘前往参与筹议。草创经营,规模宏远,实开江南教育界之先声。至此,因代盛拟折稿,以耗脑力过多,患脑溢血而死,年仅五十有九。创办教育而至捐躯献身,可敬可仰。

正月十五,辛丑元宵,通州竟无灯市,一片萧条景象,先生感慨系之,遂叠《答徐昂秀才》韵,吟诗八首以示姚夫人,诗中多所指摘时弊。如其一云:

今年元夜无灯市,万象萧条气正清;

遥想长安宫阙里,月华仍傍五云生。

其三云:

燕市尽屯胡马迹,汉宫初试晓莺啼;

依然鹑首为天府,大帝何曾醉似泥?

其六云:

债台高欲入云去,富媪河山一览空;

谁信终南降王母,蛾眉萧飒坐愁穷。

通州元宵风俗,城内赏灯,乡下观烧。既无灯市,先生遂与友人登狼山观百姓野烧,并写下极富民主思想的七古佳什《狼山观烧》。诗中先生把百姓野烧看成是他们反抗压迫、发泄怒火的举动,而把贪官污吏比作嗜人血肉的虮虱,尤为可贵的是先生朦胧地认识到"翻腾变化人为之,万众齐心不可御"的群众力量以及"一诏弥纶有万年,百姓身家不可侮"的民主思想。

谨按:清末胡延《长安宫词·禁元宵放灯》诗云:"那有鳌山画采绘,帝城元月冷如冰。中宵好是团圆月,满照宫庭当试灯。"自注:"长安元夜,灯火最盛。两圣以年岁荒歉,宵旰忧劳,不许民间放灯。宫中惟以纸糊数灯悬于门楣,十六夜后即命撤去。"又唐晏《庚子西行记事》载是年潼关上元,"放灯五日,虽不足观,然较之北京于外国节令日,家家挂灯旗,而中国节令反无声臭者,胜之远矣"。可知,慈禧之流并非关切民生,实为讨驻留北京外国兵众之欢心,不惜易风俗拍马屁也。

本月,顾晴谷自陕西弃官归,为先生言毓贤、赵舒翘虽以罪魁诛死,而清节绝可悯痛。(《诗集》卷十六《润生爱余答徐秀才诗……》自注)

先生为陈三立作其父墓志铭,陈氏所酬润笔既被盗,三立又以影印日本藏本宋刻《黄山谷集》相报。先生奉答以诗,有"欲把斯文待灰烬,凭何写恨向苍天"之句。(《诗集》卷十六)

三月,朝廷复开经济特科。

三月十二日,沈瑜庆抵达淮安淮扬道署接印视事。

《清代官员履历档案全编》载沈二十六年闰八月十六日经刘坤一奏请补授淮扬道,至此方补缺到任。

本月,纷传长江上自芜湖下至京口,江水清澈。先生自南通乘船北上,行至镇江,亲眼目睹,始信。此事可补正史之缺。

《诗集》卷十六《至镇江晤丁星五及游氏子信有江清之事》:"沿江居人走相惊,胡此浊浪朝来清?升高直视尽殊曩,千里百里同一声。我初闻之苦不信,恐其謽语随风生。……上自芜湖下京口,历历照眼波光明。"先生并由此引发对时政的不满。"有言江清圣人出,或主变乱愁刀兵。沉思物理不可解,徒纵妖异资狐鸣。不然清流祸国古无此,天其或者著象咨我氓。梦梦万古杳无觉,独向江头涕泪横。"

又先生八月十四日《与三弟范铠书》中夹注云:"今年江清,即大水之根。"

过京口,先生遇杨圻。杨《江山万里楼诗钞》有《京口遇范肯堂先生》(合肥太岳督直时,先生为幕府上客,今别十年矣)诗。诗云:"桃花逐春水,江上忽逢君。宇宙今何世,风流意不群。暮潮生细雨,绝壁起闲云。严武军中事,相看感旧闻。"又:"忧乐谁先后,含情未忍言。与君看落日,为我话中原。时难文章弃,春深草木繁。卧来江渚冷,高枕向乾坤。"

谨按:先生曾于二十七、二十九两年春天溯江而上过京口。今人陈国安《杨云史年谱》系在二十七年,同之。

三月末,先生至淮安沈瑜庆淮扬道署为葬父谋款,无奈,复向新任运使程仪洛商议修纂《盐法志》,未果。

先生《与三弟范铠书》(光绪二十七年四月十八日):"直至三月杪乃来此间,爱沧固恨不与我日日俱者,然为我筹千余金,则从何处着手!无已,仍理《盐法志》之说,手书商程运使,并设问于其旁。今两淮且日日不保,我良知其未必行,姑任爱沧尽谋,及今亦无回信。"

《诗集》卷十六《余诣爱沧淮扬道署……》之四诗有云:"盐河激越仍求活"先生自注:"爱沧为我赅书运使,复理柯逊庵《盐法志》三千金之说。"

先生在淮扬道署,见严复别沈瑜庆四诗,和之并赠二君。其中评价严译赫胥黎《天演论》云:"昭然一是群书废,十万缥缃只汗牛。"

谨按:严璩《侯官严先生年谱》载严复于光绪二十六年由天津赴上海,二十七年复回津。故先生诗中有云:"去年返自津门乱,无意相逢百不违。"

先生到淮安仅两日,通州汪树堂即来电,聘请先生回通掌教东渐书院。其时,原东渐书院山长孙赞清(穆如)卒于任,无人接管,遂有电请先生之举。先生前信云:"最奇者,吾到此两日,则家中来一电。吾骇之不知何变。译视则汪剑星请我东渐书院,请必到家而面致聘也,然则穆如殆死矣。"

同时,王梦湘来主紫琅书院,到即与先生诗篇往来,几成莫逆。

范钟五月十八日与三弟书云:"王梦湘乃实甫(易顺鼎——引者注)至交,与大哥在广东许仙帅座中一见,今其诗篇往还,真莫逆也。"

谨按:东渐书院,同治七年(1868)知州梁悦馨创建于四甲坝通源镇东首。紫琅书院,乃南通最大之书院。乾隆十年,知州董权文倡建未果。三十一年知州沈霓请得巡抚拨田,又率乡绅输助乃成。光绪二十八年(1902),通州筹建高等小学,经两江总督核准,以紫琅书院为校址,书院始废。

是年春,陈师曾至上海,亦入法国教会学校,与妻舅范罕同校肄业。

范罕《蜗牛舍诗本集》卷二《哭师曾》诗自注:"庚子后予妹已故,师曾就学上海,时予在法国教会读书,约师曾同学一年。校在南浔路。"诗句有云:"南浔校宇宏,食息同轩幌。一日君逃学,我诚君以劳。君惭继以怒,曰胡事扰攘。逝将三山避,劈海成家两。"

四月二十日,先生启程归。抵通,先生献联挽孙穆如,并继其入主书院。联云:

严事吾亲三十年,丱角论交,敬任袁丝呼作弟;

才去家乡一千里,皋比遽撤,愧从张载继为师。

《诗集》卷十七有诗题云:"梦湘来主紫琅书院,余亦从淮上归主东渐。"

曹文麟《范伯子联语注》云:"穆如先生,光绪丁丑进士,户部主事,……殁时任通州东渐书院山长,其后继者为肯堂先生。"

本月,白振民推荐范况报考南洋公学特科班。

先生十八日《与三弟范铠书》:"南洋公学设特班,招中学已成之生,待之如师范之礼,但专学不给修耳。白振民已荐禊儿,此事大妙。"

五月二十五日,除荫堂封翁灵。

五月底六月初,通州大雨成灾,江水暴涨,农田淹没,民房坍塌,先生家王港之围亦遭冲毁,此为道光三十年之后通州最大之雨灾。先生本定在六月初一奉封翁之主入州忠孝祠,因大雨连绵延期至初八。

《诗集》卷十七《久雨病困柬潜之》诗云:"一雨十日屋被围,萍合槛外波浸扉。盆中金鱼受急溜,唼喋已若伤天机。我身非鱼作鱼伍,那弗头涔腹又痹。……敬因改卜祀先子,看取晴日迎骖騑。"

又同卷《已矣叹》诗云:"一雨十日城无隍,百河之水流湟湟,冲决户牖推排墙,汹涌直造庭中央,砖苔砌草俱沦亡,飞鱼跃入生鱼秧,虾游蛭走纷成行,痴蟆睨我情态狂,欲出无路来无航,弥望一片波洋洋,眠愁坐叹谁能当,……有友涉彼狼山冈,遂极百里东西望,但见两道平湖光,昔之绕山田万方,到今处处施船樯。"

谨按：当风雨之际，伯子先生表现出了顾念万生的博大胸襟。《已矣叹》云："噫嗟我闻仅如此，安得民情皆入耳。龌龊家居何足言，世乱民贫今已矣。"又先生《与三弟范铠书》（八月十四日）云："当雨风之时，我向空中窥看，其意色真狠毒，若果与清国为难者。全局如此，而我又奚足道耶？"

六月初八，先生奉封翁主人祠，知州汪树堂临祭。先生作有《奉府君入忠孝祠告文》及《代汪州主祭文》。（均见《文集》卷十）

先生《与三弟范铠书》（八月十四日）云："是日也，天大晴，而今年一夏亦只此日为挥汗。门前水犹未退，一例成浮桥。途中亦有一二处用板者，人客之众乃如出大会之烧香者。到祠，地方官祭，全营祭，大小委员祭，然后及于州人，皆八位一班，综数十班，而后稍稍断续。"

《诗集》卷十七有诗题云："先君入忠孝祠，州主汪剑星临祭，四叠监试韵呈谢"。

本月，范况考取南洋公学特班，名列第二。姚家枣儿兄弟则考取方言馆。

《中国历史大事年表（近代）》：南洋公学新设特班，授以英文、政治、理财等学，以备后日保送经济特科之选。蔡元培任特班总教习。

先生《与三弟范铠书》（八月十四日）："禊儿往上海考特班，岂知盛公以此为特科之先，视之绝重大。东南高才至者近四百人。初取四十人，禊儿列卅七。（本取三十六人，为留三孝廉选得禊儿卷陪之，不意大反仰也，盛公因言考一场不足以定人高下——原注）再复，则又削半，取二十人，禊儿竟列第二。此真意外矣！阅其文乃真瑰奇足当上选。吾家出人，莫为之而为，亦可怪也。此一可喜也。枣儿兄弟俱至上海考特班，不取，则试方言馆，而皆取矣。方言馆亦新整，毛宾君为道台而主其政，枣兄弟于此肄业亦大佳。"

谨按：枣儿系姚浚昌孙子、姚夫人侄辈。姚浚昌《五瑞斋诗续钞》卷二有《雪晴示枣孙》诗，惜不知为永楷三兄弟何人之子。

七月八日，先生以联语寿朱辑斋五十，并作诗四绝送其行。（诗见《诗集》卷十七）

二十五日，清朝全权大臣奕劻、李鸿章与十一国公使签订《辛丑条约》。这是李鸿章签订的最后一个条约，也是最丧权辱国的一个。这个条约从政治、经济、军事各方面都扩大和加深了帝国主义对中国的统治，它标志着清政府已彻底成为帝国主义统治中国的工具。

二十八日，苏东坡忌日，先生友人江潜之以其夫妇生日各占东坡生死之一

日,戏为诗赠先生,先生和之。(《诗集》卷十七)

本月,张謇筹办垦牧公司,招股二十二万,力劝先生屏除杂用,多多入股。先生遂借得五百金入五股,又从张謇处预先虚挂五股,许陆续交钱。陈三立亦听先生劝尽力设法入百股。(参八月十四日先生《与三弟范铠书》与《啬翁自订年谱》卷下)

八月初二,朝廷诏命各省于省城及所属府州县筹设高等、中等、初等学堂。明年七月,颁行《学堂章程》,分大学堂、高等学堂、中学堂、小学堂、蒙养学堂,大致采用日本制度。(《清史稿·德宗本纪》、《中外历史年表》)

五日,朝廷诏命各省选派学生出洋留学,学成归国,优秀者分别赏进士、举人各项出身,以备任用。

十四日,有与三弟书,中云:"东渐卷如山积,又楼又病倒,学台按临在即,我每起即会客,有至天黑不休者,二哥只有恭惟我不稍代也。"院务之繁杂可想。

二十四日,光绪帝与慈禧车驾发西安回京。(《清史稿·德宗本纪》)据长谷川雄太郎《回銮日记》载,仅慈禧太后行李车就有三千辆,金银、绸缎、古董、玩器尚不胜载,而一路迎奉铺张浮靡,前导王公仆从又需索太甚,近乎抢掠。

同月前后,先生先后作《貤封通奉大夫浙江候补知县林君墓志铭》、《诰封一品夫人万母田太夫人墓志铭》及《诰授资政大夫日讲起居注官詹事府詹事朱君墓志铭》。(均见《文集》卷十)

先生《与三弟范铠书》(八月十四日)云:"我诔墓之运忽焉大行,林道台一铭已得百番,万星涛母铭专差坐索,此刻已作成遣回,并优赏路费,伊且更求嫂嫂写一本而刻之家祠,此其赠送或不菲也。昨又为朱辑斋作其兄铭,三稿皆急,思与弟读,惜不暇书之。"

九月二十七日,李鸿章卒于北京贤良寺,享年七十八岁。谥文忠。朝廷以袁世凯署理直隶总督兼北洋大臣,张人骏任山东巡抚。

先生闻李丧,以联挽之曰:

贱子于人间利钝得失渺不相关,独与公情亲数年,见为老书生穷翰林而已;
国史遇大臣功罪是非向无论断,有吾皇褒忠一字,传俾内诸夏外四夷知之。

谨按:先生于此联很是自负,在与三弟范铠信(月日不详)中言到:"今年行挽联之运,最著者,如李文忠云云……,吾弟视文忠此番哀挽,有能作此等言语气象者耶?"

后人亦多佩服此联者,龙公《江左十年目睹记》第二十回借江维(影射方还——引者注)之口说:"在近时人中,作挽联我最佩服的是范肯堂。你看他挽李少荃的联语,何等阔大悲壮,我至今还记得。……挽李少荃最难措词,惟他的联句最为得体。上联是'贱子与当世利钝得失渺不相关,独与公情亲数年,知其为老书生、穷翰林而已';下联是'国史于大臣功过是非向无论断,得圣主褒忠一字,传之与外四裔、内诸夏知之。'"(引文与曹文麟《范伯子联语注》有所出入,今年谱依曹注本)

先生此信尚谈及南洋公学与改革当地书院以及其他地方新政,今摘录如下:

"将废之科举,乃有一定不移之理数,岂非大奇?然白振民、冯子久二人已辞馆而归,眉孙死,沈子培主张公学归于复旧,梁星海辈亦皆敷衍另宗旨,则科举固亦永存尔?

通州山长并姚为三人,前日汪剑星请吾三人议变考试之法,姚固唯唯,梦湘则曰一切弗得知,而润生从旁下断词归之于我,我云何则云何。自明年起又议通紫琅、东渐为一,而立我为西学山长,此可笑者也。

然书报公社事竟由我主张而成,罄所爱之书及艰难之钱入于公社,则诸公亦无以难我,而剑星亦因变阻遏而为开引。现又属我立蚕桑会、工艺局,要款则提,主于不令二三十岁之秀才就消磨之列,而并望其人人得资生。此盛心也,我如何不为之作主。但自又楼病,无最不涉之事已归于我,书院及种种局、所复归于我,不孤寒而为孤寒如冯、白者又归于我,我其奈何耶?汝二哥以'化家为国'四字诔我,真乃哭笑不得也。"

本月,先生早岁受业师王景周之子王烈(铭勋)、昔日忘年文友冯运昌(开父)先后卒,先生并有联语挽之,皆沉挚悲痛,又作《冯君开父墓志铭》。(《文集》卷十一,联语则见曹文麟《范伯子联语注》)

本月,江鄂书局在江宁开局,刘世珩为总办,缪荃孙为总纂,后改名江楚书局。(《中国历史大事年表(近代)》)

谨按:刘世珩,安徽贵池人,字聚卿,号葱石,刊刻、收藏、鉴赏名家。光绪二十年(1894)举人,历官度支部参议。辛亥革命后曾任北洋政府官员。原侨居江宁与伯子先生、缪荃孙等相往还。后寓居沪上。辑著有《吴应箕年谱》、《秋浦双忠录》、《贵池二妙集》等。伯子先生曾为世珩之《秋浦双忠录》、《聚学轩丛书》作序。

缪荃孙,江苏江阴人,字筱山,晚号艺风。目录学家、金石学家、藏书家。同治元年(1862)举人,先后入吴棠、张之洞幕府,并为张撰《书目答问》。光绪二年(1876)成进士,授编修。历任国史馆纂修、总纂、提调等官。又任钟山书院总教习。1915年任清史馆总纂。有《艺风堂文集》、《续碑传集》、《辽文存》等。

十一月十五日起程,送弟钟至河南起复。行至州南丁堰,读顾延卿"曾泊孤臣独夜舟"之诗,因探求当年文天祥在通之遗迹,而不可得。

《文集》卷十一《题黄漳浦手札》:"余与舍弟治行未遑暇。既行,及于州南九十里之丁堰,读延卿'曾泊孤臣独夜舟'之句,因以求信国公之遗迹,而不可得。盖其时特经由吾州而渡海,而吾州人遂处处祠之。此诚出于秉彝之公好,亦由其土之僻,或旷隔数十百年岁而无瑰玮绝特之士生于其间,故慕想盛名之彦,而愿其得与于斯也。"

谨按:通州当地对文天祥敬重有加,祭祠代代有之。各种传说附会,充斥民间方志。先生此文以亲身所历而破惑也。

同月二十八日,光绪帝奉慈禧自保定行宫乘火车至北京。(《清史稿·德宗本纪》)

《诗集》卷十七《答伯严用叔节韵见寄》:"天子从容返里门,西征甲卒散归村。驷虬逐日嗟何及,仗马迎风更不喧。"

本月,先生为徐涤庵之孙徐溥泰主婚,有诗记之。(《诗集》卷十七)诗后短跋云:"先君遗命有'徐涤庵之孙学贾,他日为我报恩'两言,即溥泰也。适会斯时溥泰之父少庵产尽绝,余延之居吾家,一年而病殁,溥泰割肱血盈衫,余亦痛爱之,疑其必可读,遂亲授之……权宜为之授室,徐氏之存亡在此妇矣,故深勉之。"

谨按:《南通县图志·人物志》:"徐涤庵,名浣,自高祖始五代孝子,通州称最。"又称荫堂封翁"父事浣"。

先生《文集》卷一《介人先生诔》(并序)云:"涤庵先生者,徐氏,四方所称徐善人者也。为人恻怛而忠信,长有钜万,死而孤子不能饱。"

王锡韩《蜷学庐联话》:"徐少庵,吾通富家子也,范荫堂封翁穷困时,其先人尝顾恤之。至少庵,不善家人生产,产乃尽绝。封翁临殁时,遗命肯堂兄弟某所以报德者。"又:"(徐)雨春,名溥泰,始学贾,自先生授以书,乃专力于学,后复东游日本,卒业于某陆军学校,归授武职焉。"

十二月初二先生偕二弟抵达清江浦,寓沈爱沧淮扬道署。(《范钟日记》)

又,《沈敬裕公年谱》:"沈子封曾桐、范肯堂当世、中林钟兄弟同时到清江浦,皆住淮扬道署,流连累日。"

六日,先生谒陈夔龙漕帅。陈颇以文学契先生兄弟。

七日,先生同二弟赴陈夔龙宴,先生即席赋赠一律。(《诗集》卷十七有《陈小石漕帅招同沈观察及舍弟饮,多闻京师两年间事,即席赋赠》诗)

十二日,陈夔龙以公文四件交范钟,命其面递河南诸要员,大备推荐之情。

同日午后,陈有诗赠先生诗云:"旧闻一范军中有(陈注:文忠公幕府),淮上相逢倦眼开。直为桐城留正派,独怜湖海是粗才。平生风义从何说,世变沧桑信可哀。莫怪儒臣心恋阙,养牛曾侍上尊来。"(诗见《范钟日记·光绪二十七年十二月》)

先生次韵答之:"万树雪霜皆老物,一枝梅蕚向人开。能令岁序初惊眼,已觉皇天不负才。寒日恹恹风作暴,长淮荡荡水流哀。何当遍与阳和泽,更泛春江锦浪来。"(《诗集》卷十七)

十三日晚三鼓后,先生乘船回通,沈爱沧西席先生弟子保少浦同船而归。途中有《答桂生书》(《文集》卷十一):"承书乃在里中为舍弟治行,卒卒不遑暇,……遂携舍弟至清江,濡滞累月,而后遣之行,身亦还里度岁,篷舟风雪中至无聊赖,乃取尊书复读。"书中言及先生之醉心西学有云:"我之今日,乃独皇然于西学之合乎天理周乎人事,而视我向者之所为几不成其为学,且其为道深博无涯涘,断断不尽于已译之书,而年老舌钝,不复能往而自求,则因以责之于吾子,望之于吾徒。如秦皇汉武之所谓三神山未能至而必欲甘心焉者,殊可笑也。"

本月,吏部尚书张百熙以京师大学堂总教习聘吴汝纶,至拜跪以请,然汝纶退意已决,坚谢不应。(《桐城吴先生年谱》卷下)

本月,日本人嘉纳治五郎在东京创办弘文书院,1906年停办,中国留学生入该校学习者达七千余人。(《中国历史大事年表(近代)》)

岁暮,先生至泰兴,访罗敬之。(《诗集》卷十七)

岁暮,为白振民等所译《列国岁计政要》作序。

《文集》卷十一《〈列国岁计政要〉序》:"白振民孝廉,吾州之俊异士也。吾友何眉孙罗而致之南洋公学,盖以为大师焉。眉孙殁而总理南洋公学者一岁中数易其人,沈君子培亦尝尸其事,子培盖吾友张季直之所严事,而吾向者私引为同类恨未得见焉者也。然振民斯时乃独辞公学而去。吾窃怪之,犹以为意气之适然耳。及余至清河,人有自上海来者,言彼间人士倡为自由之说,其祸为最烈,而振民若为之巨擘。余诚怪而不信,亦无以相难也。岁暮归里,而振民来相劳问,出其所与傅孝廉、张训导同译之书曰《列国岁计政要》者请序于余。"

光绪二十八年壬寅(1902)　四十九岁

正月十三日,南通千佛寺前殿毁于火。(《张謇日记》)

十七日,先生与张謇商谈学校事。(《张謇日记》)

《诗集》卷十七有诗题云:"小石潜帅以《人日有事淮城舟中见怀有题》诗'春到草堂寒'之句,且言于澹园种芍药,迟余往观,余方筹议通州学堂事,未得行也,叠韵寄答。"

同月初,范钟入河南巡抚锡良幕府,办理文案。(《范钟日记》)

谨按:锡良,字清弼,蒙古镶蓝旗人。同治十三年(1874)进士,以山西知县,累官山西冀宁道、按察使,湖南布政使。庚子之乱,因率兵前往太原护驾有功,调任山西巡抚,后历任湖北巡抚、河南巡抚、热河都统、四川总督、云贵总督、东三省总督。清帝退位后,离职家居而卒。有《锡良遗稿》。

费行简《近代名人小传》言锡良、端方等曾交致币聘先生,而卒不一应。

《范钟日记》中载锡良颇关心先生,垂问不已。

二月,刘坤一邀请张謇商议兴学次第,张謇以为先定师范中小学,刘毗之,藩司李有规、粮道徐树钧、盐道胡延阻焉。张謇乃谋于罗振玉、汤寿潜,自立通州师范。其资金来源则为纱厂六年以来利润二万并其他友人赞助一万余。(《啬翁自订年谱》卷下)

本月,俞明震赴日考察学校制度。(《清代官员履历档案全编》)

春,先生至泰兴参观小学堂。

《诗集》卷十七有诗题云:"至泰兴观龙研仙大令所为小学堂,将归而雨,研仙固留饮,且以中学堂之事相期。"

四月一日,张謇垦牧总公司建筑开工。(《啬翁自订年谱》卷下)

谨按:《中国历史大事年表(近代)》谓张謇创办之通海垦牧公司基建工程开工在上年九月二十二日,当以张氏自述为是。

四月二十一日,朝廷调张人骏为河南巡抚,以周馥为山东巡抚,锡良为热河都统。

《诗集》卷十七有诗题为:"二弟书言河南锡中丞受任以来其勤至矣,本日方以电语延聘姚叔节,而遽闻其调热河都统,叠韵慨之。"诗中有云:"试看朝朝传舍客,几曾留恋到昏时。中途梨栗争能售,东道林亭却付谁?"对朝廷的朝令夕改、官员更迭如走马灯,表示了极大的反感。

《范钟日记》:"大帅奉上谕调热河都统,山东张安帅调补河南,直隶周玉山方伯升任山东……余乃叹帅之去留,非止河南一省关系,正士寒心,小人快意。人心风俗不可挽回,内政无自立之权,日以甚矣。"

谨按:锡良乃本年正月十八日正式莅豫,四月十五日即调离,满打满算不足三月。此时先生二弟正在河南锡良幕府任文案,先是锡良属范钟请先生代为物色西席，先生以徐宗亮（椒岑）荐，而锡良看中马其昶、姚叔节二人，至四月二十二日，先生致电二弟谓姚叔节归葬，徐可代半年。（《范钟日记》）

本月，与汪树堂、王梦湘、江云龙等人登狼山，于当年遥祭王伯唐处求石刻梦湘所为哀祭文。饮于望海楼，用东坡《游灵隐高峰塔》韵赋诗。于二十五年后，先生再登黄泥山，因访昔日读书处，感怀有诗。（《诗集》卷十七）

本月，先生吟诗已有九百九十九首，遂五叠东坡韵足成千首。《诗集》卷十七《吾诗遂已九百九十九首，五叠前韵以足之，示潜之、梦湘》："我游二十载，不益囊中装。聊凭一卷诗，镇压风霜凉。……昨来足千诗，夜中起彷徨。一世只如此，鬓毛真已霜。"

谨按：先生所谓九百九十九首及千首之说，恰与《诗集》序数相符，由此可知，先生诗集早在此前就已编好，而二十九年编诗之举，特整理耳。

本月，先生十四年前友人刘揖青自海门携其女秋水来投。先生盛情安置，其重情谊如此。

《诗集》卷十七有诗题为："刘揖青者，十四年前所见与吴仲懿以文彩相悦者也。今其穷而访我，且携其十四岁女子字秋水者，以画为赞，余夫妇绝宝爱之，揖青他去，遂留余家内……"

谨按：刘揖青，名政晚，原名宗向，号悲庵，江阴附生，侨居海门，诗才敏捷。其女秋水，名浣芳。后卒于广州。

本月，通州知州汪树堂被参撤。（《张謇日记》）

先生《与三弟范铠书》（五月五日）："通州又有大事，则剑星、阶年皆被参，尚在未复。"

《范钟日记》（二十八年五月二十三日）："得大哥寄信，信中述乡间事甚详，汪直牧及刑名黄阶年有参案，委李观察查办，云系季直所为，又似顾未杭作剧。吾固知早有今日，惟汪似可惜耳。"

谨按：顾未杭，名似基，字誉斯、方宦、叔子，光绪八年举人，有《方宦叔子诗文集》。

本月，先生挚友江云龙复得留任一年。

《诗集》卷十七有诗题云："潜之以是月年满当代，吾与梦湘皆皇皇然若失所赖也，四叠前韵以勉其留，并呈剑星。"

《范钟日记》（同上）："江润生太尊又得留差一年，吾兄在家乃不寂寞，此最可喜。"

五月五日，先生有《与三弟范铠书》。信中言及先生一人办教育之豪情云：

"现在大事,则我欲截现存庚子一届宾兴之半四千五百千开办学堂,启告阖学,谓无人挠我也,而不意顾氏父子公然鼓动数十百人与我为难。我恨其太鄙,立挟又楼与我先自承捐五百千作为我欲分大生厂之红,向季直借二千千,合此二千五百千,再向剑星不拘何项借拨二千五百千,有此五千千抵半宾兴,让彼辈发财而我于学堂得自主矣,无人能过我而问者矣,岂非快事!"

谨按:顾氏父子谓顾兰升(芷庭)、顾育李(屺思)父子。王锡韩《蜷学庐联话》:"光绪辛丑,办学令下,肯堂先生与张季直殿撰谋所以创始者,拟将邑中旧有书院及乡会试宾兴存款移拨提用,作为开办经费,而先由先生启告邑人。邑人大噪,竞集矢先生,先生一日得匿名书盈寸。顾君屺思,芷庭广文(兰升)之公子也,能文章,工书法,颇有名于时,时名亦在书中。未几,屺思以时疾死,先生挽以联云云。"联中则有"昨与众上书,望而知若所为"之语。

《诗集》卷十七有诗题为:"余以经营学堂启告乡人,谋所以肇始者,一日而得匿名书盈寸,纷咙所在,成聚皆集矢于余身,良用悲惋,梦湘山长乃以独游军山诗相示,余因感其地为先勋卿公明季逃禅之所,其说谓吾多年老寡妇,岂复向人,而一日不受吏,则徒苦吾民,遂去之军山,与尧封老人辈讲佛法焉,此通州所以保全至今也。先人不争世名而常为一乡受难,区区亦惟先志是从耳,爱即次韵述怀,以呈教于山长及州主",诗则云:"我今实亦爱其类,恐遂茫昧千年终。圣皇忧勤日有诏,敬告海内毋雕虫。官师贤能眼如炬,奚以若辈犹昏瞳。欲偷天酒浑难得,莫把松容掩醉枫。"深切表达了对乡民的关切和对事不关己、高高挂起官僚的责问。

五月十五日,先生与陈敬夫、李磐硕、张謇等同相度延寿阁,规划小学校地。(《张謇日记》)

本月,吴汝纶东游日本,考察学制。九月归国。(《桐城吴先生年谱》卷下)

本月,汪树堂被参事被粉饰,汪得暂留。

六月,通州大疫百姓多病死。先生一家也有所不免。

先生《与三弟范铠书》(七月十九日):"灾疫之害,几于无族不有。我家仅弟妇一穿经过,嚼生芋头至八枚而愈。瑞儿则染之甚重,而亦获全。……余则六一之母及禹弟之长子皆以疫死,所谓无族不染也。……虽曰'藜藿之灾,贫贱者众',而亲友中亦多其人矣。"

七月初六,先生六叔染疫病故,先生"哭之痛,身后一切皆从丰"。(《范钟日记》)挽联则云:

先君同气七人,爱护未能,凋丧若此;
犹子入官累载,尊荣且至,奄忽胡为?

先生《与三弟范铠书》（十九日）云："所可痛者，则六叔老病惙惙，至本月初六日卯时遂已下世。其证象入夏已重，吾亦明知不起，而不谓其如此之速。吾购燕窝一斤，只吃去五六两也。然自前月下体日肿，而容日黑削，吾对面吃饭而心痛焉。旋即商之汝嫂，密为之制里衣，故诸凡不至仓猝。"

九日，通州师范学校动工兴建。（《张謇日记》）

《啬翁自订年谱》卷下："规定就千佛寺址而广之，于西南水中填增地四之一，建师范学校；采日本学校建筑法，自绘图度工为之。"

先生《与三弟范铠书》（十九日）："季直则独任私立师范学堂，以千佛寺改造，现已兴工。"

十四日，柯逢时护理江西巡抚。

十九日，先生有信与三弟。信中有云："又兄（张师江，字又楼，同治十二年副贡。州有大事，为牧吏、贤豪、长者所借重——引者注）病已豁然，出与吾共学堂事也。开办费大难，全州与我为敌。然事已小定，得开办费八千余金，年费三千余金，吾拟谋诸香缘，必于花布正捐中留支少许，事乃可放心。季直则独任私立师范学堂，以千佛寺改造，现已兴工，与吾所为官绅合办之通州小学堂相足相成，而明定界限，各不相制。然师范学堂，我亦任出力也。

谨按：《南通县图志》卷九《教育志》载是年先生与张师江主建高等小学，议并盐义废仓为中学校，当即指此。

又，我请以东渐书院改为东渐小学堂，事归磐硕，则吾馆亦即推与之。梦湘紫琅馆其势亦当归吾，吾并不预计，此刻但任总理耳。

月来作得刘旭初之母寿文，持与弟所为何直臣先生寿言一校，太觉平淡无奇，吾岂能遂至老境耶！大抵弟精力正盛之时，无俗事纷挠，作得一文，便喷放许多奇气。吾胸中已逐逐无奇，如何能与弟较。弟强我必也，若将稿与弟看，弟必有一派鬼话奉承，使我更发糊涂，不如权不示弟，说与弟悬猜，并为他日相见酿一笑可耳。弟真进矣，真当大成矣！

谨按：先生之办学堂阻力重重，全州为敌，似不夸张。姚永概《范肯堂墓志铭》："学堂令下，君已病肺卧，慨然强起，以助国家长育人才为己任。迂儒老生极口訾嗷，至投书丑诋，君一接以和面，论文谕使有端序。"

又先生创办教育之忠贞，三弟范铠曾有论述，其《范季子文集》卷三《上胡鼎臣方伯书》："张殿撰志实业以兴民利，当世志教育以正人材，其勤心于其事也，皆极憔悴专一，多方以求济。推其诚之所到，惟孝子之奉病父始足相喻焉耳。然皆远于荣利而畏于昏浊。"

二十七日，葬六叔。先生以哀哭而发病。(《与三弟范铠书·九月十三日》)

此时，先生一心向往西学，全身注于教育，虽一文一诗无不透露消息。本月所作《刘旭初之母寿序》有云："乃者西人之言理，亦往往与吾之古籍相发，故其生学家之说曰：'人之一身，常有物焉转附其子，绵绵延延，代趋于微异而不可死，或传之累世而忽有极似远祖者焉，是谓反种。此贵种之所以为宝也，而阴阳胖合之间又必其相宜而相剂，斯其种乃日进于良。'夫所谓贵种者何耶？学之精且纯焉，而积久遂成为定质也云尔；所谓相宜相剂者又何耶？德之精且纯焉，而积久遂成为定性也云尔。万品之差，皆源于质性而成于学，此学校之所以当兴而女教之所以尤汲汲也。"

八月初四，先生去江宁，护送范罕等人乡试。(同上)

八月十五中秋，在江宁同陈三立赏月复成桥、四象桥。为陈三立录天津甲午中秋诗。陈叹为"苏黄而下无此奇矣"，并和诗一首云："吾生恨晚生千岁，不与苏黄数子游。得有斯人力复古，公然高咏气横秋。深杯犹惜长谈地，大月难窥彻骨忧。旷望心期对江水，为君洒泪忆南楼。"

《诗集》卷十八有诗题为："秣陵中秋，伯严以城间胜处在复成桥，约诸公棹小舟往会，至则风甚，月不莹，不能望远，伯严遂欲出马路穷探，而陶公所携妓尼之，及反棹至四象桥，月色转莹彻，余与伯严徘徊良久，述以此诗。"

又有诗题云："为伯严录天津甲午中秋诗，至'人间佳节复有几，沦失八九钟阜南'之句，觉向时所惋惜能偿以此日之游，而今所悲哀复绝异于当年之事，伯严愈有'且暮承平更百忧'之作，感痛可胜言哉，次韵尽意。"

在江宁，邀陈三立、蒯礼卿、何诗孙、志仲鲁、曾泳舟、俞恪士、薛次申为陶椠林作五十寿。

江宁俞明震席上，晤日本嘉纳治五郎，请质小学校事宜。

谨按：先生此次来宁，专为考察质询学堂。

《诗集》卷十八有诗题云："日本嘉纳治五郎以考察中国学务而来江宁，余营通州小学校，故于俞观察席上多所请质，而感君来意甚悲且惭，即席为二诗赠行，并因挚父先生游彼国未归，附声问之。"又有云："余与叔海兹来，所造请及于海外师儒。"又："余以江安道胡研孙观察总办江南学堂，欲有所陈，而方为监试不得见。"

在江宁，遇江瀚(叔海)，向其询问张裕钊之孤孙而为江之女婿者，江则探问先生收养朱铭盘遗孤情形，并怆然分金助之，怀想向时师友凋丧，相对感悼不已，先生因成诗二首，赠与江瀚。(《诗集》卷十八、江瀚《慎所立斋诗文集·诗集》

卷八)

谨按：江瀚，字叔海，别号石翁山民，福建长汀人。清末历任重庆东山书院山长，致用书院讲席，长沙校经堂校书，江苏高等学堂、两江师范学堂监督，学部总务司行走、参事官，京师大学堂教授，河南布政使。民国后，历任京师图书馆馆长，四川盐运使，参政院参政，总统府顾问。著有《南游草》、《慎所立斋诗文集》、《石翁山房札记》、《吴门销夏记》等。

在江宁，先生晤李有棻，李欲先生总理译书局事。

先生九月十三日《与三弟范铠书》："李方伯与我甚殷，欲留我总译事而有所待，故我且先归，盖记念州小学事耳。"

本月，三弟范铠被新任山东巡抚周馥改派至大学堂工程总局任差。（《范钟日记》）

先生七月十九日《与三弟范铠书》："如周玉翁到任，则此人我所知，好读书、讲史治或过于安帅也。循弟之所为无不高置一座者矣。先容则须老辈，不宜猝谋诸眼前之人，或竟用吾书反能增重，待吾兴会之所至为之，非我即作迂谈又生疲语也。"

九月初五，先生自江宁返家。通州合境时痧流行，范家亦多患染者，幸喜太平无恙。（《与三弟范铠书·九月十三日》）

同日，两江总督刘坤一卒。坤一（1830—1902），字岘庄，湖南新宁人。早年率团练在湖南、江西等地与太平军对抗。同治间累擢署两江总督。甲午战争期间主持辽东战局，迭遭败绩。庚子年参与东南互保，次年与张之洞三次联名上奏，疏请变法，为清末新政蓝本。卒谥忠诚。有《刘坤一遗集》。

九月六日，朝廷调张之洞署两江，李有棻护理。（《清史稿·疆臣年表四》）此为张之洞第二次移镇两江。

《范钟日记》（九月二十二日）："是午接李筱缘留下一信，闻李方伯护两江督。"

谨按：李筱缘，有棻长子。

九月九日，与王梦湘、汪剑星、江潜之携酒肴登狼山，祭王伯唐，还至望海楼，谈江宁近事，悼刘坤一之卒。（《诗集》卷十八）

九月十三日，先生有《与三弟范铠书》。信中谈及袁世凯敬重先生之事，颇值一录："仲实信来，谓弟有出文案调他局之说，此似不得意者。而彦升复我书摹绘慰帅（袁世凯——引者注）见我信，随即将与玉帅（周馥——引者注）函抽回加笔，回头向彦升谓：'此信去，挂牌不远矣。'又笑谓：'人言肯堂不佩服我，观其信,岂不佩服者哉?'又笑而言:'乃弟不作急,而乃兄宜如此作急耶?'"又言自己"颇发血痔,事又多劳困不可言"。

谨按:先生当日为三弟谋差不得不到处托请,不想一世枭雄,竟以得先生口赞为荣,足见先生当年超凡誉望!

同月底,原山东巡抚张人骏始到豫与锡良交接,新旧交替,文案处人员稍有变动,范钟蒙许得蝉联再任。(《范钟日记》)

十月,先生复返江宁。冬至前,送陈三立回江西省墓。在江宁与刘世珩、梁公约、柳诒徵、李详等人交往。

十月十七日,上海南洋公学发生学潮,二百余名学生退学。应南洋公学退学学生请求,中国教育会在上海开办爱国学社,蔡元培为总理,吴稚晖为学监。

谨按:此次南洋公学学潮因学校教习蛮横专制压制学生言论自由而起,先生次子范况早在五月初写给范钟的信中就"颇论公学教习短处"(《范钟日记》),然而在此次学潮中却"岸然不移,得优学生之誉,月得八金"。(《与三弟书·二十九年正月初三》)

本月,河南乡试,范钟奉命任同考官,初八入闱。(《范钟日记》)

本月,吴汝纶聘姚叔节为桐城中学中文讲习。

十一月七日,魏光焘任两江总督兼南洋大臣。

谨按:魏光焘,字午庄,湖南邵阳人,魏源族孙。早年隶属左宗棠军,后任甘肃按察使。甲午之战,曾募兵北上,在海城等地与敌激战。战后历任江西布政使、陕西巡抚、陕甘总督、云贵总督、两江总督等职。

十二月初四,范况结婚。

先生《与三弟范铠书》(二十九年正月初三):"禊腊初四完姻,夫妇万分和美。"

二十七日,通州小学校破土,计划明春初十开工。

先生《与三弟范铠书》(同上):"吾春来事殊拥挤,学校地茔已收讫,廿七破土,初十后商量开工,各章程均未有定本。"

本月,岳父姚浚昌葬于桐城栲栳山下。(吴汝纶《姚慕庭墓志铭》)

本月,先生有与吴汝纶书,询问吴氏东游日本考察办学之成果,又劝其北上就京师大学堂总教习之职。二十日,吴汝纶有答先生书,谈学堂事宜甚详。其云:"来示乡邑学校,齐民所有事,学子之初级,蒙意不然。齐民所有事、学子之初级,乃西国所谓普通小学。此小学不过读书作字算术体操唱歌数者而已,此宜一村一里便立一学。吾国教法未定,教师难得,一时尚难遍立。若乃一县所立之小学校,岂得专教此等?汉志所云八岁入小学,十五入大学,此以学年分大小,今西国所谓小学大学者也;所云诸侯岁贡少学之贤者于天子,学于大学,此以学地分大小,今吾所谓京城大学州县小学者也,不得合并为一事。西国小学专教九岁以下之幼童,无一人不入学,故可曰齐民所有事,学子之初级。州县虽小,百里之内必多能入大学之人,美国大学数十区者以此,岂得一县之大立一小学堂,仅教九岁以下之幼童哉?然则造育之道,京师乡县一而已。"又云:"来示谓仆宜早北上,无使外人绝望吾国,所见极是。仆此游,日本人属望甚至,虽不敢冒居总教习之任,故不能径归卧家,使方外轻藐吾国。但北去亦止委蛇数月,徐谋奉身而退,诚不宜自忘己量,强所不能,贻羞知己。"(《桐城吴先生尺牍》卷四)可怜汝纶"出师未捷身先死",二十二天后,怀着北上之心踏上了西归之途。

是年冬,先生获会办江楚译书局差事。

《范钟日记》载十二月出闱后得三弟及家信,"悉大哥于李芗园方伯护督任内,由胡方伯亲笔致四六信会办译局,每月八十金。又紫琅一席亦归大兄掌教,东渐归磐硕也"。

又范钟十二月十八日与三弟书云:"大哥新得译书会办,月八十金,加以经济特科之荐,有此光芒,当可敷衍。"

谨按:范钟于十月初八入闱,尚未得知先生会办译局消息,十二月十八提及,可知当在十、十一两月。

是年上半年,漕运总督陈夔龙保荐先生参加经济特科。

先生《与三弟范铠书》(七月十九日):"特科之举,乃陈小帅即入奏,属爱沧函告明言借招牌者。假若先闻此,决不当此名。先师语我谓'世间无经济一门之学'言在耳,岂当信之!"

《范钟日记》(二十八年六月十九日):"得三弟东来两函,六月初三四两日发,三弟保归知州及漕帅保大哥特科皆见明文矣。"

王锡韩《蜷学庐联话》:"家拾珊叔祖善为诗,尤长于联语,肯堂先生死,作一联挽之,已又嫌不佳,别为一联云:文章乃末焉者也,大节所关惟孝友;征辟亦偶然事耳,先生原不在功名。盖范氏素以孝友称,而光绪间开经济特科,大吏以先生名应,先生辞不就征,故云。"

光绪二十九年癸卯(1903) 五十岁

正月初三,先生有《与三弟范铠书》,有"江鄂局说来话亦长,吾亦或有日本考察之行,皆候徐徐相告"之语。

初八,张之洞奏设三江师范学堂于江宁。杨锡侯任监督,日本人菊池镰二郎为总教习。光绪三十一年改名两江师范学堂,1914 年改为南京高等师范学校。

十二日,吴汝纶卒于桐城,享年六十四岁。先生事后有挽联云:

> 君今安往乎,吾末之也已;
>
> 无不善画者,莫能图何哉?

先生与吴挚甫之契分,散见于诗文集中,于其殁只集句以挽,所谓情至则无文,然亦足见其独对苍茫放声一哭也。姚叔节《慎宜轩文集》有吴汝纶行状,马其昶《桐城耆旧传》有吴汝纶传,先生于此盖让美与姚、马二公矣。

十九日,先生为母亲做寿,特送关庙寿戏一本以宴乡邻,极为热闹;而是日,成夫人发病旋愈,又殊为危险。(《范钟日记》)

二十日,王仁东(勋藏、旭庄)代汪树堂署通州知州。(《张謇日记》)

先生曾为汪树堂及其幕僚黄穆(此二人正张謇所痛恨者)极力调停、斡旋,甚至要张謇答应不在总督张之洞面前告状,但汪仍被调离。

先生《与三弟范铠书》(日期不详)云:"吾为黄穆事极力转圜,既罚二千归学堂了结,而藩台入圣言,重汪剑星甚至。季直既诺我,亦未必毁汪于南皮。汪从省归,畅然无复他虑。不意,祀灶日而南京来电,忽调省。署之者为王旭庄,正吾与季之友也。此殆南京安顿王,而与汪无交之故,然群意谓季直使之矣。"

又云:"旭庄从宁归,定接署一年。前日归而吾往,昨今两日彼两来兼复唱和,其得意可知。"

二月三日,王国维(静安)与日本教习木造、高俊等应张謇之聘至通。(《张謇日记》)

初七,先生《与三弟范铠书》。信中有云:"吾连接宁电促,恐旬日内当一往。往即返,兴学堂工。"

十日,先生得吴汝纶之讣。

二十二日,先生与姚夫人共同启程赴桐城,吊吴汝纶。奈病不可支,至江宁,遂遣姚夫人代吊,而自己留宁办事。江鄂书局本有延聘先生任总纂之请,而先生甫至即大病,实难胜任,遂改请缪荃孙,即下文家书中之缪小山。

先生《与三弟范铠书》(三月十日):"吾自二月初七后,且应酬,且理学事,亦且服腰脚酸痛之药,而挚甫先生之丧耗亦且至初十后而始闻之。由于嫂嫂护我腰脚疼,匿此报章不令见。得仲实信则大痛数日,决与嫂嫂偕至桐。又因剑星动身,吾特集资于万寿宫张乐以酬其十年之劳,而消季直之痕迹,故至廿二乃得成行。然自□每乘三数里之舆轿,则腰即不支……母亲益谆谆命嫂代吊,然则我仍同发至宁何耶？书局本约四月杪待缪小山从日本回而再议，此时方且无事，所以不得不行者，乃为姚芳润向范季远讨债，速电后专差相追；而季直在宁则亦以电促我往，有数事通于香缘。"

《诗集》卷十八《金陵病中寄内子桐城以代家信》："君行徂桐城，我乃税于兹。何人实丧葬，而不身亲之。（原注：外舅竹山君葬，吴冀州新丧。）十旬病腰脚，长路舆难支。怜君且代我，提携临路歧。……我缘积损瘵，客病来侵肌。别君第二夕，寒热动心脾。徐之五六日，寒热在四肢。去茗亦无渴，绝食亦无饥。犹能日起坐，而难寸步移。"

本月，先生在通州就文昌宫设筹议学费公所，参与者有李磐硕、张謇。

《诗集》卷十八诗题云："筹议学费初集，余病困不能多言，卧听磐硕、季直二君谈，默然赞之。"足见先生一腔热血。其实兴学任重道远，阻力重重，先生诗中特特写到："嗟兹钜事山难任，嗟彼苦心河水深。行行且无畏，事大不如心。"

先生《与三弟范铠书》（三月十日）："州中开局筹学费，磐硕为坐办，意在大索诸董。此季直主意，我亦只好会行，盖极知又楼无私弊也。"

上巳前一日，有诗示陈三立，并送其回江西扫墓。

《诗集》卷十八《示伯严》："明朝虽上巳，终觉未回春。"

三月十日，先生有《与三弟范铠书》。先生在江宁为母亲买置绣蟒宁绸，以备过寿之用。书中尚云："师曾在日本。莲儿暂于川港教习，下半年恐入三江师范作教员矣。此间亦有请我三江师范总教习之意，四月乃定。"

十二日，拜谒魏光焘。（《与三弟范铠书》）

十四日，先生出下关，十五抵家。（三月二十一日《与姚夫人书》）

十九日，先生为母亲打制寿木。（同上）

二十一日，先生有《与夫人书》。信中有云："南京请我为三江师范总教习，大概二百金一月，却将吾总纂一席挪与伯严，此几都一无可却者，然我有几层必不可就。就此则通州事永废，一也。又学生易教，教习难教；三江所考取教员皆乌合之众，而将用为师范之师，仗总教习一年之陶镕，至开学之时而分派。我无仙法，何以成功，此必不可就者二也。再则，我与湖北党为反对，而魏午帅（魏光焘——引者注）聘范明经为总教习，且煌煌见于《汉口日报》中，就此席，湖北党必将腾谤。盖三江学堂即其党首张之洞所为，张之宗旨主于以教习归总办节制，不立总教习之名，曾与管学争执，而管学大臣坚持不许者也。魏聘我必非张所喜，汉报不知而夸美焉。故我见几而虑远，必不就聘三也。有此三层，吾故决不劳扰此事，安心在家阅课建学堂，兼定编书条例。又莲儿自可充三江分教，五月补考,吾已托提调报名,届时携之往耳。"

二十九日,先生有《与三弟范铠书》。

本月,先生为刘世珩作《〈秋浦双忠录〉序》(《文集》卷十二)。

暮春,金陵城北赏桃花。

四月一日,通州师范学校开校典礼。先生演说建学宗旨。(《张謇日记》)该师范分本科、讲习科、简易科,聘王国维和日本人木造、高俊、吉泽等任教。

二十五日,张謇东游日本。六月回国。(同上)

本月,先生弟子程昌蕭(后姚)进士及第。

《范钟日记》:"通州程后姚,大哥弟子,去年乡榜时,开录之廿四元。余家所给寒士而好学,气宇清澄,大有造就。"

本月,邹容在上海发表《革命军》。

五月,姚夫人归桐城送父葬,葬毕即归。

闰五月,母亲成夫人卒。

本月,经济特科考试,袁嘉穀、冯善征等二十七人考取。先生未应征。

六月二十八日,张謇有挽成夫人联云:

推教子之圣善以及州人,遗命千金,女学维新开筚缕;

与吾母相敬慕殆如士友,临丧一恸,先坟相望有松楸。

七月十八日,沈瑜庆补授顺天府尹。(《清代官员档案全编》)

《诗集》卷十九有《邮中得爱沧府尹赠别严幼陵诗次韵奉寄并呈幼陵》诗。

二十七日,先生有《与刘一山书》。信中有云:"不虞病中遭大难,前状俱在哀启中。从作启到今复两月余,家人扶携调护,病亦竟有六七望瘳,惟肺损有征,终亦不能全好。而每每痛哭,则作烧酿痰。从大事来又反复四次,历验不爽,故虽迟至四月而后葬,恐仍不免蹈大险也。……罕儿为循国典蓄发六十日,故自奔丧后竟不复到学。"云云。

九月三日,先生请张謇为母亲题旌。四日会葬。

十月,先生赴江宁三江师范学堂总教习任。

冬至前一日,先生发病。

先生《与夫人书》(十一月十八日)云:"夫人愁我发病,我恰以冬至前一日左半头复肿,天花板亦方肿,至四五分宽。熬煎一日,痛不可复忍,则坐起而哭。忽齿舌间觉咸水溢出,吐之乃齿缝之血水也。盖因哭一荡决而涨于破,痛即立减,居然吃夜饭如常,其病若失矣。吾病久,已习知状,虚阳上炎,血随气升,向坏齿一边,奔突而出,此为确情。又吾脚痛往往在睡醋之后,日久体认,确系炭气充塞,养气不足之故,故或时昂头被外,调息久之,依然能睡,或即因睡已足而起,则半点钟后痛即渐忘矣。此全系肺家因由,不关他事。"

谨按:由此更可推断先生之病状。

十一月十六日,先生做东宴请三江学堂日本籍教习,并发表演说。先生于此事颇觉得意。在十八日《与夫人书》中,先生写到:"吾又有一乐事告夫人、弟者,日本十一人直蔑视学堂诸公,无一人上眼。吾甚悲之。吾病至初九全好,进堂三日,自十二至十六即日本过年假期。吾意总办必有宴会,至十四日寂然。吾乃约张会叔具帖请十六金陵春晚饭。至期,欣然皆来。吾入座时演说一番,其总教菊池真如暗室见赤日,喜形于面,敬谨演答,连翻译十四人皆肃立久之然后坐。其后一与我问答,以至终席。各教员并多离座致殷勤者,以两总教有平行之身分,而各人益加敬也。昨日开学,菊池遂向总办言范总教之可敬,三江独得人矣云云。总办但喜述而莫名其妙。此吾为国争体面之一事,夫人、弟闻之必欣欣也。"

谨按:此信是目前可以证明先生充任三江师范总教习的唯一自证,颇有史料价值。

又范铠《范季子文集》卷三《上胡鼎臣方伯书》云:"当世,一江南廪贡生耳,徒以学行与桐城吴挚甫夙昔并名,为北方学者所信倚。尝居李文忠幕府任教诸子,未尝一侧于荐牍而颇负李党之名。归而主教于歙州,创州邑中小学堂,复主三江师范总教习,并领江楚译书局总纂,业尽心为之更良矣。"可为旁证。

十二月二十五日,杜云秋奉命治军淮上,陈三立招先生为之寿五十,先生既赠联语,复成诗相送。(《诗集》卷十八)

同日,日俄两国正式宣战,清廷随后宣布恪守"局外中立",划出辽河以东地区为日俄战场。

自是年,范罕多病,先生令其作诗以导性情,并使学《诗经》。

范罕《蜗牛舍诗别集》卷一有诗题云:"忽忆癸卯年余方三十岁,授馆于海门某氏家塾,时尚未东游,而喜操英语,爱读西人小说,次年乃入都矣。越一年,复游山左,生平惟此数年病最多,尽辍吟诵。先大人甚忧之,时令作诗导性情,并令治毛公诗学。余未有以报,先大人亦于是时见背……。"

是年,先生代两江总督魏光焘作《周玉山中丞寿序》。

谨按:周玉山,名馥,安徽建德人。光绪二十八年至三十年八月任山东巡抚。周馥乃李鸿章之左右手,早岁从李鸿章司文牍,累保道员。中法战争时,奉鸿章命赴海口编民船立团防。李督直隶,周馥赞画筹立海军、办理轮电路矿等有绩。中日之战,任前敌营务处。辛丑议和,随鸿章入都,为直隶布政使。鸿章卒于直隶总督任,周馥遂署理直隶,旋擢山东巡抚。伯子先生与周馥为天津旧识,故于其任直隶按察使期间作为甚是周悉。

光绪三十年甲辰(1904) 五十一岁

二月,先生整理诗集。(《诗集》卷十九)

三月四日,得姚叔节二月三十日诗。(同上)

暮春,种荷于学堂后仓河。(同上)

四月,范铠入山东省警察局掌文案。(《范季子文集》卷三《为戴敬南观察校〈警察手眼〉书后》)

本月,延冯熙宇(光久)教吉儿及两孙读书,并乞为缮写诗稿。(《诗集》卷十九)

范增厚《子愚报应录》:"甲辰,六岁,我祖曾聘其弟子冯光久来家塾,教我及兄读《三字经》等开蒙的书。是年,我祖逝世,冯先生辞馆。"

谨按:冯熙宇,字光久,光绪十一年(1885)拔贡,直隶候补知县。

初夏,先生邮中得沈瑜庆赠别严复诗,先生次韵奉寄并呈严复。(同上)严璩《侯官严先生年谱》载,严复于光绪三十年辞编译局总纂,出都至沪。沈瑜庆既为顺天府尹,出都时想有所赠。先生诗中写到:"君平下帷心益苦,期以笔奏回天功,子臣弟友百不晓,枉论天演忧心忡。于今时局阴阳错,莫知为魃为罴熊。女憧妇悾概一世,虎变未可望诸公。"极写严复怀才不遇,当今时势非一书生一部著作可以挽回。

本月,端方调署江苏巡抚。费行简《近代名人小传》谓端方曾致聘先生,而先生未应,想当在此时。

五月二十五日,张謇生日,张詧来置酒师范学校寿松堂,召先生饮焉。先生有诗二首记之。(同上)

先生时已患病,《张謇日记》载:"二三友好,若周彦升、若顾延卿、若范肯堂,均老病支离,不复能如昔时意气,思之可痛!"

七月,先生痰涨,药疗无效。

八月初,顾延卿来看望先生,静谈两日而去。

顾延卿八月二十五日与范铠书云:"爵自新春以至今,病势蝉联,几殆者数矣。八月初,甫能强起,便至通一望令兄肯公。令兄之病重险虽不似我,而深过之。与之静谈两日,所喜神明完足,然惫亦甚矣。近数年来,朋友寥落,回思往日之乐,不可复得。"

中秋有诗,大胆影射激刺慈禧太后。(《诗集》卷十九)

陈衍《石遗室诗话》卷四:"南通州范肯堂明经当世有《中秋月》句云'噫余瘦削不成影,见汝盈盈在上头',凄咽似倪云林中秋之作,皆不久下世矣!"

二十日,用击听法诊断病情为肺水肿,已漫及心脏。

先生《与三弟范铠书》:"吾病直至八月廿后,选来用击听法,方察实得肺水肿,心门户一边肿而施治焉。是以日起有功,前此面部肿虽消,气虽不促,而人日软,水沫日益多,甚为难也。"

九月初五,胡廷幹署山东巡抚。(《清史稿·疆臣年表八》)

九月十四日,先生乘舟往张謇家,九月十七日乃张父辞世十周年忌日,先生十年前因在天津未睹遗容,此番前往瞻其遗照,借以弥补平生之憾。

同日三更后先生有《与三弟范铠书》,其中范铠询问先生己诗与近人孰比近,先生答曰:"只有二人,陈、郑而已。郑已小成,自然处每不可及,然不必方比。伯严则犹未成,而近不可量,伯严极处能碎,吾弟则能整,深造之皆各成一家。"陈者,陈三立;郑,郑孝胥也。

十五日,阴雨中过灞,甚觉辛苦。

十七日,张謇之父忌日,先生致祭,瞻拜遗容,感赋有诗。(《诗集》卷十九)

《张謇日记》云:"先子忌日,十周岁矣。设像于丰思堂致祭。……肯堂有瞻拜先子遗像感赋诗,末句云:'纵向遗容掩衰病,当时儿子亦华颠。'殊沉着。肯堂此来甚衰,计已隔十七年矣。"

十八日,先生回家,回舟中仍手把《汉书》而读。临行有集句联赠张謇:"学成师范,缙绅归慕;独持风裁,声名自高。"

谨按:上联《张謇日记》谓出自蔡邕《郭林宗碑》,翻阅不实,待详。下联则出《后汉书·李膺传》。

十九日,先生有《与三弟范铠书》,抄录张謇生日诗、《中秋月》、《残蚊》三诗寄三弟山东,并感叹"吾今年居然有诗卅五首!"

二十九日,先生有《与三弟范铠书》:"吾前诗函既去,此又发信者,乃因大调动,而胡中丞回东,论公事则大不利于吾侪,论似计则疑吾弟之或有进步,故且感且冀望而为是笔谈也,所谓大不利则莫如包小布捐。桂厚之乃公然与吾侪作反对,把持旧官,正拟向李帅运动而反之,乃有此变,殆无望矣。"胡中丞,即胡廷幹。李帅则谓李兴锐,李于是年七月署两江总督,至九月二十二日卒,旋有周馥署理两江之命。先生与李在天津时有交,故云。

十月,顾曾烜七十寿辰,先生于先期作寿文贺之。《文集》卷十二《顾晴谷先生七十寿序》:"今岁甲辰,先生与其配孙夫人并登七十,州人谋以十月之吉为先生举觞,属其辞于当世。"

本月,光复会在上海成立,蔡元培为会长。

同月底,陈三立以隆恪、寅恪二子赴日留学,送行至吴淞口,在沪稍作逗留即返江西扫墓。

《散原精舍诗集》卷上有诗题为:"十月二十七日,江南派送日本留学生百二十人,登海舶,隆、寅两儿附焉,遂送至吴淞而别。"

十一月先生肺病加剧,已到"呼吸骤若游丝牵"(《诗集》卷十九《自谛》)之地步。先生不禁发出"我与众生实同道,以次现出诸因缘。不如动植物,得性能自坚。人为万灵最,何术能绵绵?"(同上)的感慨!先生次子范况时在上海,以陈三立、姚永概二人皆在沪,遂电邀先生就医海上。张叔俨曾力行劝阻,以治病心切不听。范姚夫人偕行。至沪,寓于铁马路前李氏租舍。

先生其时对症状已不抱奢望,《诗集》卷十九《况儿以伯严、叔节皆在沪,请速就医,夜出江,口占示内子》:"岂有神方通绝域,但教死友值生年。"可窥见心态。然姚夫人却以"久病深愁那有边,求瘳愿速虑时迁"(《侍夫子就医沪上候轮旅舍酬其见示原韵》)为念,希望"觅来灵药可长年"。(同上)

《张謇日记》:"十一月初六,闻肯堂为伯严、叔节电邀至沪,病颇剧,而二君已去。"

又:"三十日,视肯堂于铁马路前李氏租舍。"

又:"十二月二十五日,此次肯堂之至沪也,伯严、叔节实电招之。比至,则伯严、叔节日事酬应而置病夫于室,旋乃俱回金陵。"

姚永概《慎宜轩诗集》卷四《来沪数日肯堂亦就医到此吾姊偕行相见喜赠》:"别来几日须都白,我到中年子应衰。歌哭隐含三古愤,文章自写一秋悲。尊前骨肉须勤问,后世渊云未可期。莫道委行从物化,有身端合付灵医。"

十二月四日,先生吐血瓯许。

五日,张謇来探视。先生谓张謇:"子长我一岁,望节劳,我可死,子不可死,幸记之!"

《张謇日记》记述甚详,其云:"闻肯堂昨吐血瓯许,大狼狈,亟视之,甚惫。执我手附耳而语,气息仅属,始为言倘不死若何,医生言二日不更见血尚可支挂一二月,否则殆。继又言,子长我一岁,望节劳,我可死,子不可死,幸记之。闻之心楚。三十余年之老友,今无几人。年来图兴地方自治之基,肯堂预议论极多，亦甚资其助力，今察其病状至危险，可忧也。属一山代营衣衾棺木，殓用素服用衾，我为主之。州俗不用衾也。

生平乡里知好，唯肯堂、彦升、延卿、子璇、曼君数人。曼君逝于旅顺已十二年。彦升上年亦大病，今犹未瘳。其病状与肯堂大异。肯堂病在形质，精神全无病，故虽极重而无乱言。彦升病在神经，形质全无病，故人视之无可忧，而时时自言将死，死必无以庇子孙。……肯堂、彦升于学界皆可有协助之能力，而皆有危殆之病故，虽数十年之交分毫不能得其助，可痛也。

闻肯堂此次自编诗文已成。论其诗文，非独吾州二百五十年来无此手笔，即与并世英杰相衡，亦未容多让。虽以不节用之故，稍被世讥，要其大段明白公理，尚非他文人所能及也。"

六日，张謇复来视疾，晚则以电话问之。（《张謇日记》）

七日，先生以电话告张謇，病间请放心他去，不必挂念。（同上）

八、九两日，先生病情貌似转好，已能饮粥，吸食雅片，谈笑一如平时，足肿亦消，寝亦安帖。

初十日寅时，忽大吐血，血尽即绝，年仅五十一岁。

月底，范钟、范罕叔侄扶柩返通，张謇、刘桂馨（一山）、白作霖（振民）等为经理丧事。（《蕴素轩诗集》卷六《悼亡二十首》自注）

谨按：先生就医期间，狄葆贤曾来探视。狄氏《平等阁诗话》："南通州范肯堂明经当世，一字无错。平生兀傲颜放类阮嗣宗，困厄寡谐，以古文名世。诗学东坡、临川，心摹力追，直造其域。比以肺疾就医沪渎，晤谈竟日，抵掌论天下事，辄唏嘘不置，见其近作数首。"

吴保初弟子陈诗（子言）亦来存问。陈氏《范肯堂先生疗病沪渎，从人存问近状，辄成此诗奉简》诗云："五年杯酒黄花笑，客里相逢岁又阑。落落江关供老病，劳劳尘市问饥寒。醯醢馎酸嗟何补，肝腑雕镌总自残。缮性故应澄百虑，好扶筇竹一枝安。"（《尊瓠室诗》卷一）

又陈诗《挽肯堂先生》自注云："范先生病亟时，有劝其归者。先生曰：归死、客死等耳，奚为故乡，奚为道路乎？"何等洒脱！

先生卒后，姚夫人有《悼亡二十首》（《蕴素轩诗集》卷七），今选录数首，以见未亡人之评价：

其二：

情协金兰太可怜，回思去影泪如泉。

唱随十五年间事，今日何期化作烟。

其四：

> 风雪归招爱国魂，雪光惨照泪光深。
> 最怜第一伤心事，辜负生平教育心。

其九：

> 咸颂先生孝且慈，乡邦妇孺尽能知。
> 文章气节千秋业，叔子空留堕泪碑。

其十一：

> 平生肝胆倾豪俊，毕竟穷途仗友生。
> 感激沪滨临命际，真从生死见交情。

其十二：

> 兴学乡邦不伐功，济人利物意无穷。
> 彬彬文质遭时厄，德惠雍容柳下风。

其十三：

> 千篇佳句抗苏黄，健笔雄辞追盛唐。
> 慷慨悲歌今已矣，只余才调发清扬。

其十四：

> 夫子文章信可传，澄怀至性未能言。
> 彼苍岂有真天理，何事偏悭仁者年。

其十五：

> 任从毁誉独存真，大孝终身但慕亲。
> 默抱宏才轻利达，勇于为义不违仁。

其十六：

> 襟怀磊落如秋月，富贵从来淡若云。
> 正喜伦常堪并美，人天谁料已先分。

东南各界友朋吊章纷纷：

顾延卿有《哭肯堂》七绝四首：

> 闻讣真如手足伤，又传恶耗满他乡。
> 未成痛哭先惊寤，人到途穷可散场。

> 前岁相招问死生，所言六圣总惊心。
> 九州人物萧条甚，不可无卿卿竟行。

能用吾才已绝伦,于君下笔想精神。

九原诸老英灵在,藉手文章见古人。

顾范交情世所知,幼同艰苦长同师。

以君授我诚天意,来吊何须置一辞。

陈三立有《哭范肯堂》五古三首:

摇摇榻上灯,海角相诺唯。羸状杂吟呻,形影共羁旅。

嗟子淹沉疴,倏忽笃行李。饱闻绝域医,沪渎颇挂齿。

谬计石散力,万一疾良已。子果用所言,携拏叱神鬼。

初来奋低昂,稍久勉卧起。云何别匝月,天乎遽至此!

岁暮轰雷霆,但有瞪目视。疾恨促之行,颠踬取客死。

又幸保须臾,絮语落吾耳。残魂今安之?荒茫大江水。

江南号三范,子也白眉良。早岁缀文篇,跻列张吴行。

承传追冥漠,坠绪获再昌。歌诗反掩之,独以大力扛。

噫气所摩荡,一世走且僵。玄造豁机牙,众派探滥觞。

手揽橐籥灰,缁此万怪肠。惭汗视故技,八荒恣搴扬。

永夜郁自语,摧烧篋中藏。愚暗退抱蜀,几案引嚘喤。

子亦笑相谋,灯火逐评量。嵼岘放人世,孤感依微茫。

鄙事得熙怡,坐对发苍浪。敬礼复不待,余生信伥伥。

通州弹丸耳,名以张范辈。张氏营实业,农商炫区内。

范氏专教育,空拳办兹事。子当寝疾甚,喘吤惧失坠。

弥缝挽天亡,辛勤扶士类。其精贯物变,下牖无穷世。

颠飙扫万灵,姝姝垂文字。亲朋日去眼,吾衰宁有恃。

维嫡学东瀛,实子所爱婿。家儿与驱驾,傥副衔木志。

一事愧未能,李汉序韩愈。

——《散原精舍诗集》卷上

同卷复有《雪夜感逝》一首,有"死去亲知并一哀,帷灯檐雪映徘徊。等闲歌笑防追忆,重叠文书有此才"之句,亦为伯子先生吟也。

姚永概闻先生之讣,作《冻梅叹》、《伐桂叹》以悼其人。

《冻梅叹》云:

墙根老梅手所栽，天葩照眼当风开。

十五年来共肝胆，惟汝于我无嫌猜。

今冬暄暖花仍吐，特辟轩窗原为汝。

如何一雪阕阳春，使汝飘零不自主。

《伐桂叹》云：

窗前老桂性所爱，直干撑空无媚态。

深宵霜露饱与尝，高秋精爽谁堪配？

死去根犹彻九泉，焚之香可扬青天。

世间草木芟不尽，嗟哦桂仆泪如迸。

——《慎宜轩诗集》卷四

吴保初《挽范肯堂》诗云：

垂死病中一相见，浚冲伤性了残生。

肺肝早分忧时裂，涕泪从教苦野倾。

袖有文章能活国，目存江海独伤情。

廿年爱我如昆弟，竟使枯桐不再鸣。

——《北山楼集》

张謇挽联云：

万方多难，侨札之分几人，折栋崩榱，今后谁同将压惧；

千载相关，张范之交再见，素车白马，死生重为永辞哀。

——《张謇全集》第五卷

陈诗《挽肯堂先生》云：

弥留瞬息仍耽道，绪论能窥万物根。

腐骨何须问乡国，大文至竟有渊源。

——《尊瓠室诗》

先生故后，友朋弟子每每睹物怀人，付诸吟咏。

李刚己有《读范先生遗集》诗云：

荆棘荒坟岁几周，高文不死寸衷留。

暮年别有伤心事，穷老原非吾道羞。

乱柝敲风山郭夜，惊霜杀叶讼庭秋。

骑鲸一去无消息，南望吴天涕泗流。

——《李刚己先生遗集》卷一

夏敬观《读〈范伯子诗集〉竟题其后》诗云：

伯子平生龙鹤气，蜿蜒夭矫入篇中。
能教天下翕然变，岂谓其文穷始工。
齐楚大邦真不愧，同光诸士问谁雄？
诗葩骚艳多疑义，犹及生前一折衷。

——《忍古楼诗》

蔡可权《读范伯子遗墨尽然志感》诗云：

挥毫发蕴尚前辈，如舞鸾鹜书亦奇。
悠悠坐想地天泰，亹亹终资仁义师。
当时拜贶同美璞，今日开箧忘晨炊。
海滨还叩椒原叟，或慰不材无益悲。

俞明震《读范肯堂遗集怆然赋此》诗：

达人齐思仇，沉忧吐珠玉。
并世毁誉情，待向沧桑哭。
谁知一卷诗，早定浮生局。
君诗大国土，未屑计边幅。
精神在苍莽，万象生断续。
放笔夺天机，窅然龙象伏。
甲午造君庐，饥驱一月宿。
家贫国难多，畏行转踖踧。
幽吟互赠答，一放常千曲。
相知在肺肝，影不隔明烛。
收泪入欢娱，持瑕又抵触。
当年笃爱情，历历诗在目。
此境不可追，此诗安忍读。
墓门宿草深，昨夜梦海角。

——《觚庵诗存》卷二

江瀚《偶检故箧见亡友范肯堂壬寅岁金陵见赠之作因追和其一》诗：

自君悲宿草，世竟少斯人。
志节甘违俗，文章信绝尘。
良朋多下世，遗墨几经春。
早死宁非福，传看莫惨神。

——《慎所立斋诗文集·诗集》卷八

姚永朴有《予交海内贤士甚寡偶怀逝者得五君泫然成咏》诗,其四为伯子先生,诗云:

江南有三范,家在狼山麓。

仲叔亦清才,文史各洽熟。

就中推伯子,高怀世罕觏。

诗成泣鬼神,宁为近代束。

吾尤钦其人,温温如美玉。

孝德式乡间,仁心逮茕独。

五十遽委形,未克荷天禄。

遥想墓门前,乱蝉嘶古木。

——《蜕私轩集》卷一

章士钊《论近代诗家绝句》云:

陈琳书记有平生,霸气千秋共一鸣。

五十年间余事了,劣容诗客对桐城。

秋老梧寒动客悲,诗为境缚亦何辞。

两当轩内寻知己,奇数君优偶逊之。

姚永概为先生作墓志铭,见《慎宜轩文集》卷六。

范铠《范季子文集》卷四《上孙佩南先生书》:"悲念先兄肯堂以中年遽逝,高文长德,海内更无几人,国粹耗虚,不知所遭,内自伤感,重为世忧也。某少从先兄幸得闻武昌、桐城之绪余,颇思问学,然汩没于制艺,消磨于饥驱,奔走廿年始从薄宦而大忧重叠,剥铄心神,十年之中性命三殒。至于先兄旅亡,尤若以数十年积胜之师尽燔于一旦,虽有遗卒无敢以一戈之力自命为能兵者矣。且自审以先兄阳刚之才旷绝一世,武昌、桐城之所惊畏也,又尽弃一切利达,并力于枯淡寂寞之为,犹尚不几于大成,困死于贫病,其能传及于后世,仍未可知。"

又卷五《邓璞君长兄六十寿言》云:"昔者,吾先伯兄肯堂君,盖尝有意乎立言矣。今吾读其诗与文,则固无所疑于吾心,而天下之读之者则亦憬然并见其为人也。"

后 记

　　壬午年秋，沧州孙建以范曾教授门人代表来吴中贺家师梦苕夫子九五大寿，我那时正从钱师攻读硕士学位。彼此年齿相近，性情相投，故相谈甚契。此即我与孙建订交之始也。

　　其时，孙建正协助范曾教授编纂《南通范氏诗文世家》，我亦在随马师亚中教授点校《范伯子诗文集》，所以，两日晤谈便多是"范伯子"矣！《范伯子诗文集》要求书末需附"范伯子研究资料"，于是，我们便相约分头收集合作编纂《范伯子研究资料集》，孙建"范伯子年谱"当时已撰初稿。此后，孙建每年均有苏州之游，辱蒙不弃，皆下榻寒舍，日夕衡文论学，茶酒相佐。

　　乙酉年冬，孙建携所积"资料"来苏，我亦尽出所得，去重合并，近二十万字，似已具规模。我们以全部资料呈请亚中师指导，丙戌正月，马师赐序多所鼓励，顿有望外之喜，更受鞭策之感。此后数年，随读随记，以有如此。其中，南通耆宿凌君钰先生，或指点路径，或提供所藏，故"集"中多有凌老之功，我们当鞠躬致谢再三也！

　　早在乙酉深秋，我们在北京诣谒范曾教授时言及有此一编，范先生即挥毫题耑。去岁搬家，书什零乱，今竟遍寻不见，无奈，我以实情相告范先生。孰料二日后即收到范先生自京惠寄重为题签一纸，为本编极增其色，于此谨向范先生深表谢忱！

　　稿成数年，屡有增益。时下出版以论著为主流，此类"钞书公"所作，少有人垂顾。幸得江苏大学出版社总编芮月英、编辑部主任顾正彤女史鼎力襄助，责任编辑订字正误，出力尤多，当一并表示真诚谢意！

　　我自辛未负笈问学东吴，时光荏苒，忽忽二十年矣。在此编收集编纂过程中曾经指导帮助关心过我的四位业师相继返归道山，他们是：钱仲联教授、王迈教授、严迪昌教授、潘树广教授，同样给我生活学业上无尽关心的待我如自家孩子的师母刘文华教授（业师杨海明教授的夫人）亦在去年突然病故，亲身经历亲师生死别离的那样的场面久久不能挥散去，谨以此编表示对他们的无尽怀念！

　　在钱师捐馆以后，我的学业就只剩杨师一个人指导了。我天性懒散，杨师的督责也就成了我学业慢慢前进的动力。即使这样的"资料集"也是在杨师多次催促下才得以顺利刊出。杨师今年已届古稀,愿健康快乐整日萦绕在他身旁!

当然,最后还需有一点说明。本编工作孙建所做比我要多,而所附"年谱"我更是出力甚少,因年龄稍长,我排名列于前,想来都有些脸红。说清此事实,也是为我们兄弟般的情谊作下一个注解。

坦率地说,在现在这样的集子根本不算什么学术成果。但我们相信,即便在资料检索无比便捷的当代,这个集子也还是有些作用的,如果这能够为其他学者研究范伯子带来一些便利,那么,我们梓行本书的意义也就实现了。

写下这几段不相关联的话作为"后记",只是记录下了这一时的情绪而已,无他。

陈国安
辛卯正月记于杕庐